THEATER
THEATER

Anthologie
Aktuelle Stücke
24

Herausgegeben
von Uwe B. Carstensen
und Stefanie von Lieven

FISCHER Taschenbuch

Theater

Eine Reihe bei FISCHER Taschenbuch

MIX
Papier aus verantwortungsvollen Quellen
FSC® C019821

Originalausgabe
Veröffentlicht im FISCHER Taschenbuch
Frankfurt am Main, Dezember 2013

Quellenhinweise am Schluss des Bandes
Aufführungsrechte: S. Fischer Verlag GmbH, Frankfurt am Main
Mitarbeit Lektorat: Hilke Bultmann
Satz: Pinkuin Satz und Datentechnik, Berlin
Druck und Bindung: Druckerei C. H. Beck, Nördlingen
Printed in Germany
ISBN 978-3-596-19707-1

Herbert Achternbusch

Der Stiefel und sein Socken

Personen

FANNY = RÖMER
HERBERT = FRAU

Keine Pappeln

Ein Regenvorhang. Eine Holzwand mit vierteiligem Fenster. Dahinter vergrößert ein Paar, zeitlos und doch alt. Sie ist dick und klein, er groß und hager, sie sitzen einander gegenüber, sie rechts.

FANNY Hat man gedenkt, daß der Winter heuer nimmer aufhört.

HERBERT Mhm …

FANNY Der Winter hat aufgehört, irgendwie.

HERBERT Mhm …

FANNY Und jetzt der Regen …

Herbert atmet tief durch.

FANNY Mir ist, als hörte der Regen nicht auf. Aber der Regen hört schon auf. Dann ist uns wieder leichter ums Herz.

Er sieht auf und lächelt.

FANNY Ich bürstle jetzt deinen Hut aus.

Sie kommt mit einem braunen Hut und einer Bürste wieder und bürstet.

FANNY Der Regen läßt und läßt nicht nach. Ein Gewitter müßte den Regen beenden. Ein Gewitter im Mai. Ein Gewitter am Muttertag.

Er wehrt ab.

FANNY Möchtest du schon deine Zigarre?

Er verneint.

FANNY Socken habe ich noch zu stopfen, denn morgen ist so ein kalter Tag zu erwarten, daß es dir in den Stiefeln ohne Socken zu kalt sein wird – falls der Regen aufhört. Und da ich das Aufhören des Regens ganz nahe vermute, freue ich mich so.

Sie geht zu ihm, legt den Arm um ihn, zieht ihn innig an sich und setzt ihm schließlich den Hut auf.

FANNY Mir ist heute, als hätte ich einen dritten Fuß. Einen, der an mir hängt. Keine Stütze, kein Stützfuß. Ein Fleischfuß, der an mir hängt. Als hätte ich nicht genug Fleisch. Ich bin doch langsam in dem Alter, da mich das Fleisch verlassen müßte, wenn ich älter werden sollte. Wie soll mein Kreuz all das Fleisch noch tragen? Wie soll mein Schmerz all das Fleisch ertragen? Obwohl das Nahen des Endes beständig ist, fällt es mir oft schwer, an ein Ende zu glauben. Oft kann ich das Nahen eines Endes nicht mehr wahrnehmen, und mir ist, als verschwände irgendeine Lust, ein Lustgedanke, ja ein Aufatmen in der Unendlichkeit, wo ich doch so gerne lustig bin. Es wird schon wieder werden.

Er lehnt sich an sie. Sie kost ihn, indem sie seine Schulter drückt, Härchen von seiner Schulter nimmt und die Schulter wieder drückt. Die Kerze vor ihnen flackert.

FANNY Dein wievielter Hut das wohl ist? Mein Poet. Du mit deinen Hüten. Du mit deiner Teekanne. Immer sitzt du unter deiner Teekanne. Immer hängt deine Teekanne über dir. Wäre sie nicht zerbrochen, deine Teekanne, und hättest du sie nicht repariert, und wäre sie nicht leck, hinge sie nicht über dir, deine Teekanne. Nur weil sie unbrauchbar ist, hängt deine Teekanne über dir.

Sie sieht hoch.

FANNY Schwer ist diese Teekanne nicht, aber wenn sie die zwei Meter herunterfiele, wäre es nicht ratsam, keinen Hut zu tragen. Früher hing die Lampe dort oben, aber der Tisch war schon genauso da, wo er jetzt ist. Dann kam die Zeit des Kerzenlichtes, und du hingst deine Teekanne hinauf. Ich kann mich noch so gut erinnern, wie du die Kanne repariert hast. Wir hatten die schönste Teekanne. Ihr Smaragdgrün, das man leider von unten nicht so richtig sieht. Und nun sind wir so alt, daß sie keiner von uns mehr herunterholen kann. Haha. Du hingst den Teebeutel hinein, nachdem du unsere Kanne mit heißem Wasser aufgefüllt hattest. Als du die Kanne vom Ofen hergetragen hast, rann sie schon. Ich dachte mir: Hat er es zu gut gemeint und zuviel Wasser aufgegossen. Aber als dann die Kanne auf dem Tisch stand und der Tee bereits über die Tischplatte rann, während wir mit leeren Tassen warteten, dachte ich mir: Hoffentlich sieht er es nicht. Nun, für unsere Tassen blieb Tee genug, aber die Überschwemmung auf dem Tisch machte sich Luft. Wie wird er reagieren, dachte ich mir, wenn der gute Tee auf den Fußboden rinnt? Er wird die Kanne an die Wand werfen, dachte ich mir, die teure Kanne. Aber du sagtest nur: Die Kanne kann nicht mehr. Und du hingst sie an den Haken, der die schwere Lampe getragen hatte. Der Haken wird halten, aber ob der Bügel der Kanne hält, der dünne Bügel aus Ton, ob der die Teekanne aus Keramik hält, das ist immer noch die Frage.

Sie streicht über seinen Hut, der bei dem erwarteten Unfall das

Schlimmste verhindern soll, und geht. Es blitzt ohne nachfolgenden Donner.

HERBERT Meine Fanny macht sich Sorgen, damit sie der Mut nicht verläßt. Meine Gute, meine Ewige. Nie hätte ich gedacht, daß sie mit ihren roten Haaren so alt wird. Nie hätte ich gedacht, daß sie so dick wird. Nie hätte ich gedacht, daß ich mich bei ihr so wohl fühlen könnte. Ich war getrieben wie ein jeder begabte Mensch. Ich war zerrissen. Ich fühlte mich so begabt, daß ich dachte, mir die Zerrissenheit leisten zu können. Die Künste, dachte ich mir, seien nur vorhanden, sie lächerlich zu machen. Was soll ich die Künste mit einem Handwerk weiter zur Vollendung treiben? War nicht das Leben viel kostbarer? Schien mir die Kunst nicht nur dazu zu dienen, auf die Kostbarkeit des Lebens zu verweisen?! Und ist mir etwa etwas anderes als diese Kostbarkeit des Lebens geblieben, Fanny?

Sie kommt mit einem Socken, den sie stopfen wird, zurück.

HERBERT Fanny, es hat geblitzt. Dein Gewitter wird kommen, dem du die Beendigung des Regens zutraust. Da strahlst du. Immer wieder dein strahlender Gesichtsausdruck. Du bist nicht nur meine Frau, du bist mein Frauenwerk. In dem Sinne, wie ein Licht, sprich eine Frau, wie ein Licht viel weniger ist als ein Elektrizitätswerk, das ja die Erzeugerin aller Lichter ist, in dem Sinne eines E-Werks bist du mein Frauenwerk. Laß es mich mit einem meiner Lieblingsbeispiele erörtern, wieder erörtern.

Sie blickt auf.

HERBERT Neinnein, nicht das Beispiel mit dem Elefanten. Wenn du das Elefantenbeispiel erwartest, so muß ich dich enttäuschen, denn mir geht nämlich das Boxerbeispiel durch den Kopf, der Boxeraufstand sozusagen. Die Beispiele liegen ja alle sehr eng beieinander. Und diese Beispiele der Jugend wachsen ja immer enger zusammen, je älter wir werden. Noch kann ich sie auseinanderhalten. Hmh – Ich ging – damals – nach dem Kriegsende – sozusagen – von heute gesehen, von Beispiel zu Beispiel, vom Elefantenbeispiel in München zum Boxerbeispiel in Freising. Ich hatte mich querfeldein bis nach Freising durchgeschlagen. Von Weidenbusch zu Weidenbusch, könnte man sagen. Ich war ein wandelnder Strauch. Könnte man sagen. Man wußte nicht mehr, wer einen erschießen könnte. Da fällt mir ein Gedicht ein aus dieser Zeit. Ha! Dreißig Jahre habe ich nicht mehr daran gedacht:

Fremder

Geht vor mir her
mit dem Gewehr
dreht sich um
und erschießt mich
bum bum

Haha. Kannst du dich daran erinnern?

Fanny wiederholt langsam und tonlos das Gedichtchen.

HERBERT Da schlich ich mich durch Freising. Ich war von meiner Wehrmachtsuniform derart verängstigt, daß ich sie immer noch zu tragen vermeinte, obwohl ich sie durch andere Fetzen ersetzt hatte. Vielleicht war mein Stahlhelm längst ein Klosett, mein Kopf jedoch, er war immer noch ein Stahlhelmträger. Tja, ich wußte aus eigener Erfahrung, daß der Zweite Weltkrieg ein Krieg besonders schwerer und besonders häufiger Kopfverletzungen der Soldaten auf beiden Seiten der Front war, so fiel es mir besonders schwer, am Leben geblieben, mich von meinem Stahlhelm zu trennen. Und wenn ich mich heute frage, was ich damals suchte, als ich durch das Freisinger Moos streunte, kann es nichts anderes als mein Stahlhelm gewesen sein. Dann sag mir, was das für ein Lebenselexier ist, das einen suchen läßt, was einem den Tod bringt?

Fanny blickt nur von ihrem Stopfwerk hoch und schaut vor sich hin.

HERBERT Du pflegtest ansonsten an dieser Stelle zu sagen: Das Problem ist die Existenz. Hätten wir nicht diese Kriege gehabt, keinen Krieg, meine ich, wäre das Alter mit seiner Eitelkeit kein Trauma. Oh, wüßten wir doch von diesem Ausdruck nicht! Tja, aber heute ist mir ja wieder mein Gedichtchen eingefallen, und das läßt dich wohl schweigen. Ich schlich durch Freising und bewegte mich zum Dom hoch. Ich kann mich noch gut erinnern, daß ich das Gedicht nicht vor mich hinsagte, denn ein Gedicht hilft einem ein zweites Mal nicht. Lebendig ist so ein Gedicht nur, wenn es in einem aufsteigt. Und wenn du daran denkst, kann nichts aufsteigen. Fremd war mir dieser Domberg, fremd, fremder als Rußland, weil ich allein war. Dieses Geschwafel von Heimat. Dieses Geschwafel von Starenkästen und Birnbäumen. Dieses Geschwafel von Bachläufen und Forellen. Dieses Geschwafel von Straßenzügen und Obstständen! Diese Kirchturmheimat! Und dann das Geschwafel von eigenen Kindern, eigener Verwandtschaft, eigener Frau. Alles Lüge war das für mich. Ich suchte nur, wie ich heute weiß, nur meinen Stahlhelm, mit dem man mich erschossen hätte, wollte ich das? Nein. Ich suchte, was ein Soldat immer sucht. Ich suchte Deckung. Ich suchte Rattenlöcher. Ich suchte Hundescheiße, weil Hunde in Deckung scheißen, wenn es irgendwie geht. Ich ging dem Gestank nach und taumelte. Hätte ich einen Stahlhelm gefunden, hätte ich ihn aufgesetzt, und dieser Stahlhelm hätte mich verraten, wie mich ein heulender Hund verraten hätte, den ich aufgesetzt hätte, wäre er mir über den Weg gelaufen. Da hielt ich inne und sah mit einem Blick auf Freising hinab, als mich die zweite Strophe meines Gedichts überraschte, die du aber schon kennst.

FANNY Unterm Totentuch
Wasserspiele
der Liebe im Mund
noch blüht meine Zehe
es grünt der Fund
meine weichen Hirnteile
vom Rind in der Pfanne
schaufeln

HERBERT Ich kann mich nicht erinnern, in welchem Teil des Domes es war, wo die Amerikaner einen Boxkampf austrugen, war es in der Krypta? Es schien mir jedenfalls in einer Apsis gewesen zu sein, wo vormals die Altäre zu stehen pflegten. Biergartenbänke hatte man aufgestellt, und alles Licht war auf den Boxring gerichtet. Das Publikum war nicht sonderlich interessiert, obwohl so viele schrien, und die Kämpfer boxten eher vor sich hin, so wie man vor sich hin trinkt, damit irgendwas geschieht. Ich saß zwischendrin und war erstaunt über soviel Zigarettenrauch. Da erblickte ich dich zum erstenmal in meinem Leben. Und immer wieder kann ich mich in den Zustand zurückversetzen, als hätte ich dich später nicht gesehen. Du warst so weit von einer Frau entfernt, die meint, ein drittes Bein mit sich herumzutragen. Du kamst aus der Zukunft und lächeltest mich an, wie du das Leben anzulächeln pflegtest. Es standen dicke römische Säulen herum, und immer wieder verschwandst du hinter einer, bis ich dich nicht mehr sah. Sie ist auf der Toilette, dachte ich mir und konnte mir noch nicht eingestehen, daß ich in einer Kirche noch nie eine Toilette ausfindig gemacht hatte. Wie soll ich das Leben hier ertragen, wenn sie nicht kommt. Und da du nicht kamst, verließ ich Freising. Und als die Sonne aufstand, ich war schon hinter Moosburg und näherte mich bereits Landshut, überraschte mich die dritte Strophe meines Gedichts Fremder.

FANNY Wohin du
gebierst Sonne
zu nah bin ich
deinem Plissee
aus deinen
Schalen des Blutes erhebe dich
neu von Wasser
zu Wasser

HERBERT Schön hast du es wieder gesagt. Stell dir vor, es wäre ein Dritter bei uns, der fragte. Wir müßten schwafeln, ich müßte von Heimat schwafeln, wie der von Heimat schwafelt, der an seine Brieftauben denkt. Aber Brieftauben kann man nicht in sich haben, wie man ein Gedicht in sich hat. Ist doch ein Unding! Diesen Heimatschwaflern in Rußland liefen Tränen über die Wangen, wenn sie nur erzählten, wie die Februarsonne den Schnee von ihrem südlichen Hausdach schmolz, und dann meldeten sie sich zu einem Exekutionskommando, damit sie ihren Heimaturlaub bekamen. Diejenigen, die der Schneeschmelze ferne waren, erschossen solche, die die Schneeschmelze ganz nahe hatten. So ist das, wenn man keine Gedichte in sich hat. Kein Gedicht in sich hat, ich habe ja nur das eine geschrieben, denn dann kamst du, Fanny, und das Leben mit dir. Der Krieg ließ mich ein Gedicht schreiben, das Leben mit dir nicht, wozu auch?

Es blitzt.

FANNY Hast du die Pappeln am Bach gesehen?

Sie ist erregt. Holt ihre Brille und schaut damit zum Fenster hinaus.

FANNY Hast du die Pappeln nicht gesehen?!

HERBERT Wie sollte ich? Ich habe nicht damit gerechnet, daß es blitzt.

FANNY Aber du hattest deine Brille nicht auf, du hättest sie sehen können, nicht?

HERBERT Ja, ich hätte die Pappeln am Bach sehen können. Du hast ja das Gewitter angekündigt.

FANNY Waren es noch alle sechs Pappeln, oder hat der Blitz in eine geschlagen?

HERBERT Wie hätte ich das sehen sollen?

FANNY Schon gut. Ich wollte ja nur wissen, ob die Pappeln noch Orangen tragen.

HERBERT Da müssen wir auf den nächsten Blitz warten.

FANNY Ja, warten wir auf den nächsten Blitz.

HERBERT Auch der nächste Blitz wird blau sein, wie sollten wir da die Orangen an den Pappeln sehen?

FANNY Wieso Orangen an den Pappeln?

HERBERT Du sprachst davon, fragtest mich, ob ich die Orangen an den Pappeln gesehen hätte. Mhm.

FANNY So. Dann habe ich mich schlecht ausgedrückt. Aber das Gehirn macht einem halt immer öfter einen Strich durchs Hirn. Das Hirn wird partikelweise ausgestrichen. Dafür verbinden sich Partikel wiederum, die sich bislang fremd gewesen sind, und es entsteht ein neuer Unsinn, im Gegensatz zum alten. Denn die Äpfel an den Pappeln waren schließlich auch nicht das Erfreulichste.

Es blitzt.

FANNY Und?

HERBERT Der Blitz war blau. Wie sollte ich da deine Orangen erkennen. Zwetschgen kann ich dir zugestehen, daß ich sie gesehen habe – aber nur, wenn du willst.

Sie schüttelt den Kopf.

HERBERT Wenigstens stehen die Pappeln noch. Und wahrscheinlich alle sechs. Wie sollte ich in einer Zehntelsekunde, in einer hundertstel Sekunde sechs Pappeln zählen.

FANNY Beim nächsten Blitz zähle ich von links die Pappeln und du von rechts. Wie addieren unsere Zahlen und –

Es blitzt.

FANNY Einszweidreivier-

HERBERT -fünfsechssieben! Es sind noch alle sieben.

FANNY Sieben? Bis vor kurzem waren es sechs!

HERBERT Ja, sechs waren es zuletzt, aber sieben waren es früher immer. Immer sieben Pappeln. Und sie wußten sich wohl voneinander zu unterscheiden. Als mir kein Gedicht mehr eingefallen ist, habe ich nur noch die Pappeln gezählt.

FANNY Ich liebe dich.

Sie geht zu ihm, umarmt ihn, bläst die Kerze aus. Beim nächsten Blitz sind sie nicht mehr da.

Keine Melone

Im Hintergrund das Holzhaus, dessen Fenster bekannt ist, davor ein leerer Hof, den links ein Hackstock, rechts eine Schuppenwand abschließt. Vor dem Haus fließendes Wasser. Seine Stimme aus dem Haus, ihre Stimme aus dem Schuppen.

FANNY / STIMME Das Huhn legt nicht mehr. Mein Huhn legt nicht mehr. Unser Huhn legt kein einziges Ei mehr. Es sitzt in seinem quadratischen Nest und brütet vor sich hin. Es brütet vor sich hin, ohne ein Ei unter sich zu haben. Und da unser Huhn kein Ei unter sich hat, brütet es über dem Gedanken, daß es kein Ei unter sich hat. Das Huhn findet den Gedanken, kein Ei unter sich zu haben, zum Federnausreißen. Und so hat sich unser Huhn, Herbert, hörst du mich? Herbert, unser Huhn hat sich die Federn ausgerissen, und nun ist unser Huhn derart mit seiner Kahlheit besorgt, daß es vergißt, uns ein Ei zu legen. Soll ich es schlachten?

Sie kommt ans Wasser, wäscht sich die Hände, die sie an ihrer Schürze abtrocknet.

FANNY Wenn wir das Huhn nicht bald schlachten, rentiert es sich nicht mehr, denn es wird magerer und magerer. Seit unser Huhn kahl ist, frißt es nicht mehr. Es hat alle Selbstverständlichkeit verloren. Es sieht mich mit schrägen Augen an, als verlangte ich von ihm, gebraten in seinem Nest zu liegen. Man könnte das Huhn erwürgen, um ihm das Schlachten zu ersparen. Herbert, was sagst du dazu? Ich erwarte ja nicht, daß unser Huhn eine Gans sei. Aber das Auge des Huhns verrät mir seine Befürchtungen. Und unser Huhn befürchtet, daß ich von ihm verlange, eine Gans zu sein. Wie soll ich dem Huhn klarmachen, daß ich nichts von ihm erwarte, nicht einmal ein Ei? Ich erwarte nur, daß es mir keine Vorwürfe macht mit seinem schiefen Blick! Herbert, erwürgst du es?

Langsam geht sie zum Hackstock und hackt Reisig für ein Reisigbündel. Bald hält sie inne.

FANNY Auch heute wird ein Gewitter kommen. Wie ich schwitze. Das schiefe Licht drückt auf mich. O Herbert, könntest du doch wenigstens Reisig hacken, dann könnte ich auch wieder von dir verlangen, daß du das Huhn schlachtest … Nun wirst du es erwürgen. Die Sonne blickt mich an, als wäre ich eine Blume. Ich habe nichts zu öffnen, alle Blüten sind in meinem Leib verschlossen. Und sähe mich die Sonne nur als Gras, ich könnte ihr auch nicht helfen. Bin zur Fotosynthese nicht befähigt. Möchte auch nicht grün sein. Obwohl es einfach wäre. Hier zu liegen. Und sich liegend von der Sonne ernähren zu lassen. Zu leben, in diesem Leben, als wäre man bereits in einem vorherigen Leben gestorben, wäre das so, wie es ist? Herbert, siehst du mich denn nicht?! Herbert!

Klein taucht er am Fenster auf. Fuchtelt mit der Faust.

FANNY Hier bin ich.

HERBERT Ich seh dich nicht. Ich bring das Fenster nicht auf. Wo bist du denn?

FANNY Hier bin ich, beim Hackstock. Ich gönne mir eine Pause. Die Sonne blickt mich heute so willkürlich an. Da dachte ich, du solltest nach mir sehen.

HERBERT Beim Hackstock bist du, sagst du. Ich kann dich nicht sehen. Du mußt hinter dem Hackstock liegen. Es wird dir doch nichts passiert sein? Gib mir ein Zeichen!

FANNY Hier bin ich. Ich schwinge das Beil.

HERBERT Ich kann dich nicht sehen.

FANNY Du willst mich nicht sehen – Nimm doch deine Brille ab.

HERBERT Ach ja. Da bist du ja. Du stehst auf einem Bein.

FANNY Unser Huhn hat wieder kein Ei gelegt. Es liegt in seinem Nest und macht mir Vorwürfe. Wie genau es mich zu kennen scheint. Unser Huhn verlangt von mir, daß ich ein Ei lege. Meine Eier wären schließlich größer als die ihren. Ja, unser Huhn beschimpft mich sogar, wie ich von so einem kleinen Huhn nur verlangen könne, ein Ei zu legen, statt es selber zu legen und zufrieden zu sein.

HERBERT Was hast du gesagt? Ich höre dich nicht.

FANNY Gut. Ich bin dort, wo gehackt wird. Reisig gehackt wird. Da bin ich und stehe auf einem Bein. Ich kann heute nur ein Bein gebrauchen. Hacke mit den Händen, die Hände sind noch stark, stark genug. Da bin ich.

HERBERT Hör doch: Das Huhn gackert. Es muß ein Ei gelegt haben. Fanny, hol dir das Ei. Ein Ei im Glas, das ißt du doch so gerne. Das Huhn gackert dort im Gras. Ich vermute in der Nähe des Hackstocks. Fanny. Wo bist du? Das Huhn gackert und bewegt sich gackernd. Es steht auf einem Bein. Fanny, sieh doch nach!

Fanny hört auf zu hacken.

HERBERT Das Huhn gackert nicht mehr. Aber es steht noch beim Hackstock. Es scheint sich in der Sonne zu baden.

FANNY Herbert, mach das Fenster auf.

HERBERT Welches?

FANNY Das vor deiner Nase.

HERBERT Ach, das hier. Geht nicht. Was soll ich denn von dir halten, da du dich nicht blicken läßt, wenn ich schon einmal von Nutzen sein kann, indem ich das Huhn erblicke und dir einen Hinweis geben könnte, wo sein Ei liegt. Gib mir ein Zeichen, Fanny, bitte.

Sie hackt wieder.

HERBERT Fanny, Fanny, das Huhn gackert wieder, siehst du es nicht am Hackstock? Wo auch immer du sein magst, bemüh dich doch, unser Huhn zu erblicken. Unser Einundalles, unser Lebendiges! So muß es sein, ein Ei zu legen, so wie mit dir zu reden: Das Ei kommt und kommt nicht. Es kommt kein Ei. Und kommt doch einmal ein Ei, dann ist es ein Schokoladenei. Ich bin als Huhn ungeeignet. Vielleicht als Hausschwein, ich kann nämlich ein wenig Latein. Neinnein, ich will als Hausschwein nicht übertreiben wie als Mensch, denn als Mensch schrieb ich ein Gedicht, da muß ich als Schwein nicht auch noch Lateinisch sprechen, wirklich nicht, nein.

Er verschwindet hinter dem Fenster. Fanny hebt Steine hoch und ißt Würmer. Eine Frau kommt.

FRAU Guten Tag, ein schöner Tag. Sie essen Würmer, Frau Fanny? Ich kenne Sie. Kennen Sie mich nicht mehr? Ich bin Ihre Nachbarin aus Hamburg, vom Hamburger Schauspielhaus. Ich bin die Schauspielerin. Sehen Sie, was ich immer noch kann: Ich kann den Ostwind herbeirufen mit seinem Trauermarsch. Hören Sie! Und ich kann den Westwind rufen mit seinem Hochzeitsmarsch, den haben Sie doch immer so gerne gehört, wenn Sie mit Herbert auf der Bank gesessen sind. Er hörte lieber den Trauermarsch. Er war nicht so für das Heiraten wie Sie. Er war mehr für das Alleinsein. Da hat er sich dann nicht mehr ausgekannt und gemeint, er sei ein Römer, der im Wald haust und an einem Stein klopft. Frau Fanny, für den Fall, daß Sie ein Ei legen wollten, sollten Sie nicht nur Würmer essen, auch Kleie und Eierschalen für die Eierschale. Ich lebe von Bewegungen, das rinnende Wasser nährt mich zum Beispiel. Oder die Brennesseln.

Unter den angekündigten Märschen, der Stille und einem Steinklopfen aus dem Wald findet das statt: Die Frau hält ihre Hände über Brennessel und bewegt die Hände langsam, und langsam bewegen sich die Brennesseln mit.

FRAU Das nährt mich. Ich kann zwar mit dieser Ernährung keine Eier legen, aber für mich reicht sie. Ist Ihnen nicht gut, Frau Fanny? Wenn Sie so viele Würmer essen, müssen Sie wahrscheinlich zwei Eier legen. Das macht nichts. Das ist nicht der Alptraum des Landes. Was glauben Sie, was wir in Hamburg Eier gelegt haben! Am Hamburger Schauspielhaus haben wir Eier gelegt wie am Fließband. Das war die Hamburger Krankheit. Wissen Sie noch, als ich zu Ihnen sagte: Wenn hier Hamburg wäre, wäre es viel schöner als dort. Wo ist gleich wieder der Sinn? Das kann man übrigens überall sagen. Wissen Sie, ich würde so gerne einmal die Teekanne von Ihrem Mann sehen. Ach, verheiratet seid ihr ja nicht. Das ist der Unterschied in der Liebe: Die Ehe findet im Bett statt und die Liebe in den Brennesseln. Oh, ein Ei gelegt, das bring ich ihm. In der Zwischenzeit können Sie ein zweites legen.

Sie nimmt das Ei, groß wie eine Wassermelone, aber weiß, und rennt damit hurtig zum Haus hoch und verschwindet darin. Nach kurzer Zeit, unter den Klängen eines Marsches, ist dem Haus anzumerken, daß darin ein heftiger Beischlaf gepflegt wird, als ganzes wackelt es nämlich hin und her. Während sich die Stimmung verfinstert, hackt Fanny noch ein wenig Reisig.

FANNY Das erste Ei ging nicht leicht. Es war aber auch nicht zum Schreien. Doch endlich hatte ich etwas zwischen den Beinen, was nicht als mehr erscheinen will, als was es ist. Es war nicht einmal lästig, und wenn es sich weiter machen läßt, warum nicht. Aber jetzt doch nicht – ah – ah –

Unter Lustschreien bricht sie zusammen. Trockene Blitze zerfetzen die Finsternis. Tag. Aus dem Haus tritt die Frau und putzt sich Eiweiß und Eigelb von der gesamten Bekleidung.

FRAU Gut war Ihr Ei, Frau Fanny, hoffentlich habe ich mich überessen, damit auch ich ein Ei legen kann. Dann darf auch ich Sie zu meinem Ei einladen.

Fanny schüttelt den Kopf.

FANNY Fräulein, das Ei, das Sie gegessen haben, kann nicht von mir sein, ich lege nämlich keine Eier. Ich lege Melonen.

Sie zeigt die Wassermelone, die sie gelegt hat.

FRAU Ach, ach, ach – ich gehe wieder nach Hamburg! Wenn ich nur wüßte, wo das ist … Wir bräuchten hier Palmen, wippende Palmen, damit man weiß, woran man ist. Oder ein Flugzeug müßte mal wieder vorbeikommen und Bomben werfen, damit man weiß, woran man ist. Ihr habt eure Teekanne, nach der ihr euch richten könnt –

FANNY Seien Sie froh, daß es Ihr Hamburg nicht mehr gibt, sonst müßten Sie hier mit einem anderen Hamburg anfangen. Man nennt ja schon ein jedes Stück Fleisch einen Hamburger. Ich möchte kein Hamburger sein, lieber noch ein Huhn, das belästigt niemanden mit seinem Gequatsche, wissen Sie, was ich meine?

FRAU Ja schon. Doch wüßte ich gerne, wie ich von Hamburg hierhergekommen bin. Vom Hamburger Schauspielhaus. Ich stehe hier so unwissend wie die Faltung meiner Hände.

FANNY Das meinen Sie. Ich will nun nicht mehr an all dem herumschnuppern, als wären es Blumen. Erstens kamen Sie hierher mit einer Springflut, die legte Sie am Bach unten nieder. Sie waren aufgedunsen wie ein Frosch. Wir dachten, Sie seien tot. Aber Sie erhoben sich und behaupteten, eine Hamburgerin zu sein. Immer wieder sprachen Sie vom Hamburger Schauspielhaus. Nun gut, auch die Bretter vor dem Kopf können die Welt bedeuten. Ich möchte jetzt auf einen Misthaufen gehen, um wieder einen klaren Kopf zu bekommen.

FRAU Ja, ich erinnere mich. Darf ich Sie etwas fragen? Ich habe mit ihm gerade Ihr Ei zwischen uns zerdrückt und fand das gar nicht schön. Könnten Sie mir sagen, warum Sie bei ihm bleiben?

FANNY Mein liebes Fräulein aus Hamburg. Wie Sie sehen, lege ich keine Eier, sondern Melonen. Ich bin nämlich kein Huhn. Das Huhn sind Sie. Und wenn Sie zwischen sich und ihm Ihr Ei erdrücken und dabei nichts empfinden können, können Sie doch von mir zu diesem Sachverhalt keinen Kommentar erwarten, oder?

FRAU Oh, Sie sehen ein Huhn in mir. Ja, ich stehe gern auf einem Bein. Sagen Sie, wenn Sie Melonen legen, müßte es Ihnen doch ähnlich wie mir beim Eierlegen ergehen: Zuerst meint man, das zu Legende nicht loszukriegen und dann zu krepieren, und auf einmal ist das Ei entwichen, und man wird depressiv, weil man getrennt ist. Ist das mit der Melone ebenso?

FANNY Ja. Gut, daß wir darüber reden, denn andere Hühner reden nicht darüber, die sind nur mit dem Fressen beschäftigt, und das Eierlegen lassen sie über sich ergehen. Aber nun muß ich wieder gackern, um den Appetit meines Mannes zu wecken für den Mittag.

Sie hackt wieder Reisig.

FANNY Wissen Sie, Sie Schauspielerin, früher legte ich meine Eier aneinander, sie lagen weiß im Nest, bis wir sie aßen. Manchmal mußten wir welche wegwerfen, weil wir sie angebrütet hatten. Aber, darf ich es sagen, was ich als Zusammenhang vermute? Ich trau mir nämlich nicht recht, denn ihr aus Hamburg seid kluge Leute, und vielleicht lachen Sie mich aus, denn der Zusammenhang von der Melone und der Teekanne, meine ich, zwingt mir die Ansicht auf, daß ein Mann, daß sein Einfluß, sein Samen, nicht ohne Bedeutung sein kann auf die Eier der Frau, wenn ich mir meine Melone einmal genauer ansehe, dasselbe grün, wie ein Smaragd, hm … Jedes Ei ist ein gutes Ei, wenn ein Huhn daraus schlüpft. Möchten Sie brüten, dann gackere ich.

Fanny hackt Reisig, und die Frau hält sich mit einer Hand die Melone an den Bauch, mit der anderen sammelt sie das Reisig zu einem Bündel.

FRAU Ich bin froh, daß ich hier die einzige aus Hamburg bin, denn wäre noch jemand von Hamburg da, meinte der eventuell, ich sei in einem Irrenhaus. Mein grünes Kind, oh! Ich brenne in Liebe zu dir. Ich brenne, ich brenne!

Brennend rennt sie herum.

FANNY Das Gewitter kommt zurück. Diese Vormittagshitze macht mich kaputt. Daß mein Mann nicht ans Fenster kommt. Daß er mich nicht braucht. Daß er nicht schreit. Fanny! Fanny! Es ist so still. Sie brennen ja. Nicht einmal der Römer klopft auf seinen Stein. Und die Musik bleibt aus. Es ist so still. Nicht einmal die Brennesseln sprechen heute mit mir, mit uns. Daß Sie die Flammen nicht verzehren! Legen Sie doch die Melone ab!

Fanny netzt die Frau mit Wasser und löscht dabei die Flammen. Nachdem die Flammen gelöscht sind, ist es Nacht.

FANNY Herbert, rufe mich! Ich heiße Fanny. Du sollst mich rufen! Es ist Nacht. Ich möchte auf deiner Stange sitzen. Frage mich endlich, woher ich komme, und ich sage, aus Hamburg. Ich bin nämlich ein Hamburger Huhn.

Es wird hell.

FANNY Herbert, laß deinen Hut auf. Ich gehe zum Hühnerstall, vielleicht bekommen wir ein Frühstücksei. Oh, was hatte ich für einen

Traum! Ich hatte so einen Hunger, daß ich Eier legte. Hast du je etwas von einem Hamburger Schauspielhaus gehört?

Sie geht zum Schuppen.

FANNY / STIMME Kein Ei. Das Huhn legt nicht mehr. Wir sollten es schlachten.

Kein Wald

Das Haus ist weiter zurück, darüber ein Berg mit einer gekerbten Wolke. Fanny trägt einen Stuhl in den Schatten des Schuppens. Dann trägt sie Herbert auf ihrem Rücken zum Stuhl, beide haben vier Beine.

HERBERT Früher ist der Hausfrieden schiefgehangen. Dann ist der Pfarrer gekommen und hat sich vollgefressen und hat was von Tomaten gefaselt, denn Tomaten hat er von uns nicht gekriegt. Am Jüngsten Gericht, hat der Pfarrer gefaselt, wird Gott die Tomaten trennen: die holländischen Tomaten zur Linken und die italienischen zur Rechten. Und der Pfarrer hat uns angesehen, als müßten wir unter den holländischen Tomaten sein, die in die Hölle geworfen werden. Und der Pfarrer tröstete uns, daß wir nur deutsche Tomaten seien und deshalb ins Fegefeuer dürften. Dann hat er mit einem Finger wieder unseren Haussegen zurechtgerückt, und wir haben ihm einen Christbaum geschenkt. Auch uns wird der Weltuntergang trennen, weil ich im Gegensatz zu dir keine Tomaten mag.

FANNY Wir werden gelbe Schmetterlinge, denn die Leute mit Volksschule werden Schmetterlinge. Welches von den Gleichnissen Jesu gefällt dir am besten?

HERBERT Welches Gleichnis von Jesus mir am besten gefällt? Das kann ich dir sagen. Das mit dem Römer, der Lazarus hieß. Der reiche Prasser hatte viele Hunde, aber diese Hunde unterm Tisch bekamen nur die Brosamen, wenn der Reiche Zahnweh hatte. Und der arme Römer bekam nur einige Brosamen, wenn alle Hunde auf einmal Zahnweh hatten. Der Arme wohnte neben dem Tisch des Reichen, dort starb er auch. Wie alle Toten lief er im Himmel Jesus Christus nach. Jesus Christus bekam von den vielen Toten, die ihm im Himmel nachliefen, Kopfweh. Da kam der tote Römer, der nur eine Rüstung aus leeren Konservenbüchsen hatte und nicht einmal reden konnte, weil er noch einen Verband vorm Mund hatte, ein Heftpflaster gegen den Hunger aus Lebenszeiten. Aber der Römer lächelte beim Anblick von Jesus Christus. Und Christus, der den grausamen Anblick der ungezählten Toten satt hatte, vergaß beim Anblick unseres Römers sein Kopfweh und umarmte ihn und sagte folgende Worte:

Römer, diesmal verzeih ich dir noch, aber das nächste Mal darfst du nicht mehr sterben. Und so starb er nicht mehr. Und der Römer lief so weit von Rom weg, bis er in unserer Gegend war. Hier klopft er die Steine seit damaliger Zeit. Mir fällt jetzt der Name nicht ein von dem bayerischen Schriftsteller, der das geschrieben hat. Bergmoser – nein! Gauweiler – nein. Irgendwie Oswald. Thomas oder so. Baumgartner möchte ich sagen, aber nein. Hitze und Saufen möchte ich vorkommen lassen in diesem seinem Namen – verkehrt! Etwa Nenning, die Maulquappe, nein, der ist Wiener. Und Jenswalter, die christliche Kuh – Du mußt ihn kennen, Fanny! Er hat mit mir überhaupt nichts zu tun. So ein Realitätendepp. Ganghofer, endlich, oder so. Ganghofer ist es, das Gegenteil von mir. Aber wenn man die Realität nur ein wenig ritzt, zerplatzt sie. Ganghofer hat ja herumgeschnitten an der Realität und sie zerschossen. Ganghofer meine ich nicht. Aber ein anderer fällt mir nicht ein. Es ist nicht leicht, nicht nur über das Essen zu reden. Das Gegenteil von mir: Ich, ein Aufschrei. Ganghofer! Fanny, Ganghofer heißt der bayerische Schriftsteller, der mir nicht eingefallen ist. Aber den meine ich nicht, Fanny! Ich meine einen anderen bayerischen Schriftsteller, kruzifix!

Fanny hat aus dem Haus ein Biertragel geholt und es unter Herberts Stuhl geschoben.

FANNY Bist du schon auf den bayerischen Schriftsteller gekommen, der das Gleichnis geschrieben hat?

HERBERT Mir fällt sein Name nicht ein. Kruzifix! Bring mir ein Bier.

FANNY Du sitzt drauf.

Schwerfällig kramt er unter sich ein Bier hervor. Fassungslos sieht die Frau dem entwaffneten Mann zu.

FANNY Soll ich dir helfen? Nie kann ich dir behilflich sein. Eine plötzliche Maus könnte mich mehr aufregen als du, immerhin wäre sie auf Nahrungssuche. Dann laß es doch, das Bier –

HERBERT Plautus! Plautus heißt der, der das Gleichnis geschrieben hat.

FANNY Plautus? Plautus konnte schreiben, Lateinisch zwar. Aber der mit dem Gleichnis war ein Analphabet, und zwar in allen Sprachen. Kommst nicht drauf? Laß dir Zeit, ich sehe währenddessen nach, ob das Huhn ein Ei gelegt hat.

HERBERT Selbst die Ratten haben uns verlassen. Und nun die Namen der Schriftsteller. War das nicht der, den sie nach dem Schreiben noch mehr geschlagen haben als vorher? Er war Gepäckträger. An einem Tag sollte ich mich an ihn erinnern, wenigstens dem gestrigen. Schreiben konnte er nicht, sagt Fanny. Ein Schriftsteller, der nicht schreiben kann, sollte sich vom Dach herunterstürzen. Oder ins Wohnzimmer zurückgehen. Man sollte ihm einen Tritt geben, wenn er sich nicht entscheiden kann. Auch wenn er eine Frau ist. Ist unser Schriftsteller eine Frau?

FANNY / STIMME Nein.

HERBERT Nein. Weit über die Hälfte der schlechten Schriftsteller fällt schon einmal flach. Kein Name fällt mir ein – alle Namen fallen mir nicht ein. Ich zerfalle in weiße Punkte. Ich werde Sand. Ich sollte Förmchen dabeihaben, damit ich was aus mir machen kann, Sternchen oder einen toten Mann und Soldaten und Muscheln. Dann könnte ich Fanny erzählen, wie ich den Sommer verbracht habe. Vielleicht vergißt sie dann den bayerischen Schriftsteller, der nicht schreiben konnte und den ich nicht herausgebracht habe. Und wenn der Sommer vorbei ist, bin ich wie immer in München. Fanny, war der bayerische Schriftsteller aus München?

Fanny kommt.

FANNY Nein. Wieder kein Ei. Wir sollten tatsächlich die Eier selber legen, wie heute nacht in meinem Traum.

HERBERT Kein Ei? Du verlangst also nicht, daß ich mir vor dem Essen die Hände wasche? Jetzt muß ich aber schon sagen, daß wir das ganze Jahr kein Ei essen, geschweige an einem Tag. Ein bayerischer Schriftsteller ohne Buchstaben. – Schrieb er in Latein? Welches war sein Lieblingstier?

FANNY Das Schwein.

HERBERT Das Schwein. Dem gefällt der Mist. Und seine Eltern sind das Wildschwein und das Nilpferd. Und wenn es über einen Quadratmeter Fleisch hat, hört es die göttliche Stimme: Sie wollen dich schlachten! Sie wollen dich schlachten! Dann bockt es mit steifen Beinen wie ein Esel, weil es sich nicht schlachten lassen will wie ein Lamm. Aber weil einem Metzger ein Lamm nicht leid tut, weil sich ein Metzger nicht sagen lassen will, daß er das größte Arschloch auf der Welt ist, wenn er das Lamm nicht abmurkst, so murkst er auch das Schwein ab, mein Lieblingstier murkst er ab. Mein Lieblingstier, weil es alles in sich hineinfrißt. Dann liegt es da und schläft sich aus, wie du, Fanny. Sag mir den bayerischen Schriftsteller, dann nehme ich die Beleidigung zurück.

FANNY Auch mir fällt sein Name nicht ein. Und wenn ich beleidigt wäre, könnte ich kontern, daß ich tatsächlich ein Schwein bin, indem ich dir zuhöre und deinen Mist in mich aufnehme. Aber so verhält es sich ja nicht. Ich höre dir gerne zu. Du bist mein Labsal mit deinem Gerede. Hätten wir Enten, wäre ich viel unaufmerksamer. Das Huhn gibt keinen Ton mehr von sich. Wir sollten es schlachten. Ich hacke Reisig, damit auch ich mich äußere. Bitte rede weiter von deinem Lieblingstier.

Sie geht zum Hackstock und hackt Reisig.

HERBERT Welcher Metzger ließe sich abmurksen, weil er zu feige ist, mein Lieblingstier abzumurksen? Ist das Schwein erst tot, dann schläft es für immer. Da hilft das schlechte Gewissen des Metzgers nicht: Er kann das Schwein an den Borsten zupfen, es rührt sich nicht. Und wenn der Metzger das Schwein in eintausend Stücke zerlegt, zersägt, zerschneidet, mein Lieblingstier wird nimmer wach. So wird der Metzger ein Künstler, aus seiner Missetat die schönsten Träume zu gestalten, indem er aus dem Eber die Leberwürste macht und aus der Sau die Blutwürste. Ja, aus dem Töten des Schweines wird eine Religion: Inwendig reiben sich die Menschen mit Schweineschmalz ein und lassen sich von der Stärkung meines Lieblingstieres die Seelen aufrichten. Ja, die Menschen gleichen sich in ihrem Drang nach Wiedergutmachung meinem Lieblingstier, dem Schweine, an. Wer Mitleid mit dem Schweinenacken hat, in den das Beil fiel, ißt nur den Halsgrat, und in seiner Liebe zum Schwein wächst ihm der gleiche Nacken, stattlich wölbt sich diesem Menschen ein neuer Nacken aus, und der Mensch nimmt dabei gerne eine gewisse Verkürzung seines eigenen Halses in Kauf. Die Damenwelt erschauert beim Gedanken, wie das Schwein, vom Beile getroffen, auf die Hinterkeulen fällt, und erwählt diesen Teil vom Schwein zum letzten Gericht. Geschürzte Lippen führen sich würzige Schinkenröllchen ein. Und siehe, der Damen Hinterbein wird wie das vom Schwein. Gibt es eine praktiziertere Religion? Welcher Menschenkörper zeigt nur im leisesten Flecken eine Achtung vor Gott, dessen Hostie er doch ißt? Und glaube mir nicht, Fanny, daß die Pfarrer nur von den Hostien so fett und so dick sind. Als wir darbten und hungerten, hatten diese Pfarrer für sich längst nicht mehr nur Hostien, wie für uns. Ich bringe es nicht einmal über mein Herz, daß die Menschen von diesem Landstrich Bayern es mit ihrer Religion des Schweines, meines Lieblingstieres, zu weit trieben, als sie Schuhe von ihm trugen, ja sogar Hosen. Deshalb ist das Schwein mein Lieblingstier, weil man von ihm alles gewinnt. Bist du zufrieden, Fanny, mein Liebling? Ich meine, auf den stattlichen Eindruck meines Lieblingstieres brauche ich nicht einzugehen, den es als Borsten in Zahnbürstenbärten auf Hüten hinterläßt. Oder?

FANNY Bitte rede weiter. Rede über Gott und die Welt. Meinetwegen auch über die Bayern. Ich habe ja kaum einem ins Gesicht geguckt, denn die haben gleich zugeschlagen. Zuerst haben sie dir ans Geschlecht gegriffen, und dann haben sie dir ins Gesicht geschlagen. Und wenn du wieder zur Besinnung gekommen bist, warst du schwanger. Sie schrien wie Löwen herum und waren doch so ängstlich, als bräche gleich ein Vulkan aus. Ein Bayer ist, gerade wenn er geboren ist, schon ein Urmensch. Wenn er nachts nicht schlafen kann, schlägt er mit einer Keule nach den riesigen prähistorischen Mücken. Wer bei dieser Mückenjagd nicht draufgeht, kann dennoch nicht schlafen wegen der Flüche im Schlafzimmer. So fluchen bald alle im Schlafzimmer, bis der Morgen tagt. Die Bayern behaupten zwar, daß sie das Rad erfunden haben, aber nicht die Speichen. Wer ihnen widerspricht, wird mit der Keule bedroht. Da der Bayer nicht anfangen will, intelligent zu werden, ähnelt er noch sehr dem Affen. Den Affen nördlich des Alpenkammes, den Deutschen. Wenn es auf der Welt nur die Bayern und die Deutschen gäbe, hätte es nie die Ägypter gegeben und die anderen Kulturnationen. Ich habe so einen Durst. Ich nehme mir ein Bier von deinem Bier, Herbert. Willst auch schon eins?

Sie nimmt zwei Flaschen aus dem Tragel, füllt sie mit Wasser ab und gibt eine Flasche Herbert. Beide trinken. Sie unmäßig, er mäßig. Die leeren Flaschen legen sie beiseite.

FANNY Zwei Menschen – ein Zustand.

HERBERT Solange wir ein Bier haben, haben wir einen Garanten, daß es weitergeht.

FANNY Aber die Brezn fehlen mir schon arg.

HERBERT Jaja. In was für einer Epoche möchtest du gerne leben, Fanny?

FANNY Ohne Brezn ist diese Antwort schwer zu beantworten, gleich nirgends. Am ehesten noch im alten Ägypten, weil die die alten Brezn auf die Welt brachten, die verschränkten Arme, weißt du, vom

Nichtstun, ach! Mein Kopf ist ganz kaputt, die Decke ist kaputt, die Möbel darin, der Tisch, die Stühle kaputt, der Boden ist kaputt, die Mauern sind kaputt, kaputt das Klo, und mein Kopf ist noch viel kaputter. Alles ist zu dritt, die Betten sind zu dritt, die Stühle sind zu dritt, aber mein Kopf ist noch viel dritter. Ich mag meinen kaputten Kopf, aber am Schluß spiele ich dann immer mit meinem Huhn, das ist aber noch kaputter. Ich habe den Kopf des Johannes des Täufers, der auch in der Wüste herumgeschrien hat, wo ihn keiner hören konnte. Als sie ihm den Kopf abgeschnitten hatten, legten sie ihn auf einen flachen Teller. Bestimmte Gedanken sind dunkel. Bestimmte Gedanken sind schwarz. Unterwegs auf den Gedanken ist es besser. Und die Leute gehen nicht mehr auf den Gedanken. Wenn ich in die Gedanken hinaus muß, habe ich Angst. Ist es nicht besser, unterwegs auf den Gedanken zu sein, wenn ich nicht bin? Hier in Arizona gibt es kein Meer, und ich muß schwitzen. Wenn ich nicht mehr schwitze, gehe ich auf den Gedanken hinaus ans Meer und sage: Da war das Meer. Da war eine Sonne und viel, viel Licht. Kein einziges Huhn da. Ich habe das ganze Meer gesehen, das kein Ende hatte, es war das ganze Meer der Welt, die Boote, die Schiffe, das Meer und jetzt sind es nur Pappeln
Pappeln
Pappeln
Pappeln
Pappeln
Pappeln

HERBERT Nein, so hat der bayerische Schriftsteller auch nicht geheißen. Und die Zeugen Arizonas glauben nur an die Bibel, die sie selber geschrieben haben. Hundhammer hat er geheißen, aber der war aus Hamburg. Und Hamburg: eine Idylle, durch Gift zerstört. Der Treibhauseffekt war nur über Hamburg. Die Hamburger starben alle im Februar. Leg dich richtig hin, ich kann nicht aufstehen und mich dazulegen. Fanny! Die Sonne ist hier zu schwach, um uns zu töten. Schau, und die Bibel haben die alten Ägypter geschrieben. Die hatten eine Pharaonin, die hat die Bibel geschrieben. Aber nur, was darin schön ist, die durchsichtigen Frauenkleider und was darunter ist, die Frauen selber. Die Pharaonin hat auch den Tempel der Griechen erfunden, aber nur was daran schön ist, die runden Säulen, um die sich die Sonne einen jeden Tag drehen muß, aber es nicht schafft. Reicht das? Ja, es ist nicht leicht, nur über das Essen zu reden. Trinken wir noch ein Bier.

Aus dem Tragl nimmt Fanny wieder zwei Flaschen und füllt sie mit Wasser.

FANNY Prost! Ich mag heute nicht mehr Pappelreisig hacken.

Sie gibt ihm einen Kuß. Sie umarmen sich. Beide fallen zu Boden. Sie ziehen sich aus. Nun sind aber nicht nur die Gesichter von so einer gelben, blassen schrumpeligen Art, auch ihre Körper haben dieses Aussehen und eine schwerfällige Art, wie in Pergament genäht. Herberts vier Beine sind dünn und kläglich. Vom linken Bein bindet sich Fanny ein drittes Bein los. Dergestalt wollen sie Liebe machen.

HERBERT Müssen wir es hier machen?

FANNY Ja, weil wir es nicht mehr schaffen, in die Badewanne reinzugehen. Warte, ich hole den Schubkarren.

HERBERT Nein, laß mich nicht liegen, sonst holen mich die Toten.

Echsen nicht unähnlich, schleppen sich die beiden über den Hof. Fanny lehnt Herbert an den Schuppen, er fällt um. Sie kommt mit einem Schubkarren und zerrt Herbert in denselben und karrt ihn über den Hof.

HERBERT Wo bringst du mich denn hin?

FANNY In den Wald, dort war es doch immer am schönsten, wenn du über mir warst und sonst nichts. Wie allein dein Stuhl dasteht …

HERBERT Mir fällt das deutsche Wort für Stuhl nicht ein.

Kein Farn

Das Haus ohne Berg. Der Schuppen im Anschnitt. Herbert sitzt im Schatten. Grelle Sonne.

HERBERT Machen wir uns doch nichts vor: Du bist eine Krankenschwester aus Hamburg und hast nachts mit den Patienten gebumst. Du rennst einen jeden Morgen in den Hühnerstall und findest nie ein Ei. Warum? Weil du kein Huhn hast, sondern mit dem Römer bumst. Wir sprechen auch vom Wald und von Bäumen, obwohl es nur Farne sind. Und die Pappeln am Bach unten, wo dich alle Soldaten vergewaltigt haben, denen du dich hingegeben hast, wie viele Pappeln sind es denn? Fünf. Aber wir plappern von sechs. Auch die fünf Pappeln bezweifle ich, obwohl ich das schon 30 Jahre weiß. Und mein Beweis? Warum hackst du nicht Pappelreisig, das sich angeblich so leicht hacken läßt? Warum hackst du dieses zähe Farnzeug? Weil es sonst nichts gibt! Und ich bin aus München, bin ein Poet, der nur ein Gedicht geschrieben hat. Und warum das? Weil ich mit einem Gedicht unter der unüberwindlichen Mittelmäßigkeit Münchens bleiben wollte.

FANNY / STIMME

In Frieden leben
den Schmetterlingen nachsehen
das Heu riechen
aus den Schuhen schlüpfen
weil es so heiß ist
weil die Zehen jucken
weil sie den Pilz haben
wund sind und stinken

Fanny kommt.

FANNY Ach schau, dieses Gedicht ist ja auch von dir. Aber wieder kein Ei. Laß uns das Huhn schlachten. Ich kann es nicht. Wenn du heute brav bist, nehme ich dich morgen mit zu den Pappeln. Was bellst du mich so an? Bist du unser Hund? Sie wollen dich schlachten! Sie wollen dich schlachten! Meinst du, daß das Huhn ebenfalls diese Stimme hört? Wenn du meinst, für dich sei das Schwein ein Lieblingstier, so darf ich doch auch sagen, was mir das Herz diktiert.

Mein Lieblingstier ist nun einmal das Huhn. Und schon eine lange Zeit. Das Schwein war nur gestern dein Lieblingstier, weil ich dich gefragt habe. Ansonsten ist doch der Römer dein Lieblingstier. Hm? Ich hacke den Scheißfarn. Dieses Scheißleben. Warum sagt man nicht Scheißtod? Das wäre doch für jemand angebracht, der nicht mehr leben will.

HERBERT Jawohl, Frau Lehrerin. Aber bevor du stirbst, muß erst ich sterben. Manchmal fühle ich mich schon kühler und manchmal schon kalt. Man läuft zwischen den Toten rum. Die Straßen haben alle Namen von Toten. Wir haben unsere Toten nicht gefunden. Ich habe immer Durst, aber du sagst, wenn ich die Toten nicht auftreibe, kriege ich nichts zu trinken. Ich also glaube, das dauert noch 1000 Jahre. Oder gibst du mir schon ein Bier?

Sie hackt weiter.

HERBERT Für einen Arizoner ist es nicht wohltuend, wenn er nicht trinkt: Es ist schädlich. Fanny! Wenn ich mir selber ein Bier hole, könnte ich herunterfallen.

FANNY Du mußt mir jetzt das Huhn schlachten helfen!

Sie packt Herbert auf den Karren und fährt ihn in den Schuppen.

FANNY / STIMME Ich halte den Kopf, und du schlägst zu. Mit einem Hieb mußt du den Kopf vom Rumpfe trennen.

HERBERT / STIMME Es ist besser, wenn du den Rumpf hältst. Dann halte ich den Kopf und trenne ihn mit einem Hieb vom Rumpf. Gleich bist du in Tibet. So. Tschack! Ab nach Tibet!

Vom Hals abwärts blutüberströmt rennt Fanny wild rudernd und schreiend auf den Hof, rennt auf den Farnhaufen zu, in dem sie sich vergräbt und winselt.

HERBERT / STIMME Fanny, das Huhn ist fortgerannt, wo bist du? Fanny, sag ein Wort! Ich sehe dich nicht. Fanny, du kannst dich doch nicht in Luft aufgelöst haben! Fanny, fahr mich aus dem Schuppen hinaus, bitte. Wenn ich kriechen muß, hast du die Scherereien mit den Kleidern. Seit die Waschmaschine nicht mehr geht, ist es eine Heidenarbeit. Seit du die Gicht in den Händen hast, solltest du dir eine jede Arbeit mit dem kalten Wasser sparen, Fanny! Fanny, versteck dich doch nicht! Ich kann dich doch nicht suchen! Wie soll ich dich finden, Fanny? Du bist mir immer voraus. Wenn du in den Farn hinaufgegangen bist, muß ich dich lange suchen. Wenn du aber nicht in den Farn hinaufgegangen bist und ich bin im Farn oben, wird es Nacht, bis ich wieder zurück bin. Dann bist du allein zu Hause und fürchtest dich, Fanny! Sag doch was! Mir geht es schlecht im Schuppen. Ich glaube, ich kriege einen Erstickungsanfall –

Er hustet heftig. Kommt aus dem Schuppen gekrochen.

HERBERT Ich gehe auf meinen Stuhl zurück, dann bin ich wenigstens auf meinem Platz, und du weißt, wo ich bin. Fanny, ich bin immer auf dem Stuhl und hüte das Bier. Ich meine die Bierflaschen. Ich kann auch alle Flaschen in der Zwischenzeit mit Bier füllen. Aber in welcher Zwischenzeit – Mir gehen die Wörter aus, Fanny. Ich habe das Beil im Schuppen zurückgelassen, denn bei Regen hackst du im Schuppen Reisig, das gute Pappelreisig, das unsere Stube wärmt. Wenn wir die Pappeln nicht mehr haben sollten, werden wir nur mit dem Farn heizen, bei diesem Gedanken kommt mir schon wieder der Husten. Fanny, ich krieche auf allen sechsen und huste. Die wichtigsten Dinge lernt man nicht, etwa auf den Händen zu laufen.

Er zieht und stemmt sich auf seinen Stuhl.

HERBERT Fanny, siehst du mich jetzt? Ich sitze wieder auf dem Stuhl. Selber geschafft! Du mußt doch merken, daß ich dich nicht suche. Das blöde Huhn ist auch nicht da. Fanny, gib mir ein Zeichen, mach einen Piep! Wie soll ich denn merken, daß du mich liebst, etwa in dem, daß du nichts sagst? Es reicht, daß du nicht da bist, aber sag etwas, Fanny, bitte! Ich schau schon den Himmel ab nach dir, aber nicht einmal eine Wolke sehe ich. Wie sollte da dies schwache Firmament dich tragen? Ich hüte unsere Flaschen, und was machst du? Die Sonne rückt mir näher, und bald sitze ich in ihr. Und die Sonne ist heute nicht gut auf mich zu sprechen, sie ist so grell wie blöde. Dann bringe mir wenigstens meinen Hut, Fanny. Egal, wo du bist, wirf meinen Hut in meine Nähe, nicht? Hmh, soll ich dir den bayerischen Schriftsteller sagen, der die blöde Bibel zwar nicht geschrieben hat, sie aber verantworten muß? Es ist Jesus Christus, und jetzt kommst du. Denn mit was könnte ich dich noch locken. Du weißt, ich schätze den Sex zur passenden Gelegenheit, aber nicht die ganze Zeit. Hmh. Ja? Habe ich was gehört? Hast du dich gemeldet? Bitte noch einmal. Ich höre nichts. Nicht einmal den Römer höre ich seine Steine klopfen, und der klopft doch die ganze Zeit. Überall will man wieder Kopfsteinpflaster haben, bis nach Speyer und nach Trier. Die läßt er auch jetzt, da er in Arizona den roten Stein bearbeitet, nicht im Stich. Denn Speyer und Trier waren auch schon im Mittelalter seine Kunden, die damals sehr entfernt waren. Grafenau war nah und Hengersberg. Vom Straßenbau zog sich unser Römer nach dem Untergang seines Reiches zurück, aber nicht vom Straßenstein, der blieb durch alle Zeiten seine Domäne. Fanny, vielleicht hänselst du mich schon die ganze Zeit, und ich höre dich nur nicht, denn eines Tages läßt auch mich das Gehör im Stich. Oder bilde ich mir nur ein zu reden und sage gar nichts?

Er berührt mit der Hand seine Lippen.

HERBERT Sie sagen gar nichts, doch jetzt, tatsächlich.

Er schweigt. Der verwehte Trauermarsch setzt ein. Herbert wischt sich Tränen von den Wangen. Als der Hochzeitsmarsch einsetzt, richtet er seine verrutschte Kleidung zurecht. Wartet, korrigiert seine Haltung.

HERBERT Ach, Fanny wird eine Verabredung mit dem Römer haben. Der mit seinen drei Eiern. Das dritte Ei besetzt sein Hirn ganz. Dem kannst du alles an seinen Schwanz hintragen, und er fickt es, den Nabel, die Achselhöhle und das Arschloch sowieso. Du mußt dich nur zufriedengeben und darfst keine Leidenschaft zeigen, vielmehr mußt du seine Leidenschaft bewundern. Die Römer sind alle Angeber und blind. Bei den Römern hat sich in 2000 Jahren nichts geändert. Immer drei Eier. Jetzt verstehe ich auch, was es mit dem Kühlschrank auf sich hatte, Fanny. Als du sagtest, es ist an der Zeit, unseren alten Kühlschrank zu verkaufen, meinte ich, das zahlt sich nicht aus ohne Strom, und das Geld ist nur noch ein Sammelobjekt. Nicht für Geld, meintest du, für Naturalien, ich kenne jemanden, der gibt mir drei Eier für unseren unbrauchbaren Kühlschrank. Der Römer, klar! Aber was macht der mit unserem Kühlschrank? Ein Andenken? Fanny, sprich!

Das Klopfen des Römers ist zu hören.

HERBERT Ah, jetzt sind sie fertig. Jetzt zieht sie den Slip hoch, und jetzt holt sie noch einen Farnwedel heraus. Sie preßt ihre Füße in die Halbschuhe. Ich habe ihr immer gesagt: In Arizona läuft man nicht mit Halbschuhen rum, sondern mit ganzen. Jetzt läuft sie im Farn herunter. Nein? Sie hat ihre Strickjacke vergessen. Nein? Schließlich mußte sie nach so einem Gewaltakt immer pinkeln. Jetzt kommt sie in Fahrt und taucht gleich am Schuppen auf. Ist sie hingefallen? Wenn sie hinkt, heißt es noch zu warten. Wahrscheinlich klopft sie dem Römer die Steine, und der sonnt sich in seiner Eitelkeit. Immer dauert es so lange, bis ich das Richtige annehme …! Hmh … oder du erzählst ihm von mir, sagst, daß mein Sack bis zu den Knien herunterhängt und ich in Badehosen unmöglich bin. Mein Sack ist aber nicht lang, nur die Vorhaut, und auch die ist nicht länger als normal, Schlampe! Statt der vier Beine hätte ich zwei Schwänze gebraucht für deine zwei Löcher, auf daß ich dich von unten herauf zerschneide mit meiner Schere in verblutende Stücke. Schließlich hast du mir, du Aas, die Beine in vier Stücke zerschnitten, ich dir die deinen, du Luder, immerhin nur in drei. Wir hielten das für Pornographie! Scheißsonne!

Er ruckelt mit dem Stuhl in den Schatten zurück.

HERBERT Immer warst du da, Fanny. Immer wäre es mir lieber gewesen, du wärst nicht dagewesen. Immer wäre es mir lieber gewesen, du wärst erst morgen gekommen. Morgen. Morgen. Morgen. Morgen. Morgen. Morgen. Und so weiter. Ich hielt den Kopf des Huhns und hielt ihm gleichzeitig die Augen zu. Du wirst das ganze Huhn gehalten haben mit beiden Händen. Man hält die Beine des Huhns an seinen Leib und hält es an den Flügeln. Man fürchtet die Krallen des Huhns. Da schaut man nicht hin in seiner Angst. Da schaut man weg. Da wirst du jemand gesehen haben. Eine Frau. Ich schlage zu mit dem Beil, und du läufst weg, drängst die Frau hinter den Schuppen aus meinem Blickfeld. Was für eine Frau? Ich stand einmal vor einer Frau, wie ich noch keiner je begegnet bin, wie ich sie mir nicht einmal vorgestellt habe, daß es sie schon geben könne. Sie hieß Roswitta, anders geschrieben, glaube ich, als man sie spricht. Sie war aus Hamburg, vielmehr vom Hamburger Schauspielhaus, und sagte: So. So. So, sagtest auch du, aber ganz anders betont. Auch ich sagte so, in dem Sinne: Endlich bist du da. Da hast du die Frau ganz einfach angezündet, und sie ist verbrannt, weil ich wie angewurzelt dastand. Da hat mir mein Schmerz die Beine gespalten. Und jetzt läßt du mich einfach sitzen, Fanny, nachdem du mich des liebsten Menschen beraubt hast.

Langsam hat sich die Blutlache aus dem Farnhaufen vergrößert.

Kein Leberkäs

Nacht. In der Stube sitzt Herbert auf seinem Platz. Den Hintergrund schließt ein Fenster ab. Er starrt in das Kerzenlicht. Sieht zur Teekanne hoch.

HERBERT Fall schon!

Er wartet.

HERBERT Dann nehme ich den Hut ab.

Tut es und wartet. Durchs Fenster blickt eine Gestalt. Klopfen.

HERBERT Fanny, was klopfst! Hast ein schlechtes Gewissen? Mich erschrickst du nicht.

RÖMER / STIMME Fremder

Geht vor mir her
mit dem Gewehr
dreht sich um
und erschießt mich
bum bum

HERBERT Kommst mit meinem alten Gedicht, traust dich nicht allein herein.

Stille. Klopfen.

HERBERT Hast dem Römer Steine geklopft, klopfst also weiter. Hat der Römer einen Auftrag von Worms? Pflastersteine für Worms. Worms, im Osten von Frankreich. Müssen die Steine über den Großen Teich?

Stille. Klopfen.

HERBERT Herein!

Der Römer betritt in einer Rüstung aus glattgeschlagenen Konservenbüchsenblechen die Stube, bleibt hinter Herbert stehen.

HERBERT Beunruhige mich nicht länger, nimm deinen Platz ein.

Der Römer geht an die andere Seite des Tisches, bleibt stehen.

RÖMER Howdy!

HERBERT Bitte! Ach du! Daß du dich ins Haus traust, Haha!

RÖMER Ich wollte nur sagen, daß meine Arbeit hier getan ist. Die ganze Gegend habe ich in Pflastersteine zerschlagen.

HERBERT Und der Berg?

RÖMER Auch den Berg habe ich in Pflastersteine zerlegt. Aller Farn ist entfernt. Dies ist der letzte Farngruß.

Er deutet auf seinen spitzen Hut aus Farn.

HERBERT Wenn der Farn weg ist, kommen dann nicht wieder die Ratten?

RÖMER Von was sollten sie leben?

HERBERT Hast recht. Setz dich doch. Magst nicht. Reut dich deine blecherne Uniform? International, sag ich. Das französische Blech, wie gescheit es schillert. Ist das die Anzahlung für die Steine nach Worms?

Der Römer nickt.

HERBERT Und dieses blasse Blech, das ausschaut, als würde es zwei Jahre nicht rosten, ist sicher britisch. Gell. Und das bunte Blech ist aus Italien.

RÖMER Nein, ich trage kein Blech aus meiner Heimat, es ist aus Spanien.

HERBERT Spanien? Spanien! Apropos Spanien, meine Fanny hast du nicht gesehen?

RÖMER Du weißt, ich habe seit meiner Kindheit keine Frau mehr gesehen, denn Frauen machen mich unsichtbar. Und deshalb bin ich heute zu dir gekommen, damit du mich einmal siehst.

HERBERT Ja, schön, daß Sie gekommen sind, Herr Römer. Bisher habe ich Sie nur gehört. Ich habe Sie mir anders vorgestellt, irgendwie römischer. Es hängt ja soviel deutsches Blech an Ihnen. Und zum deutschen Blech kann ich nur sagen, daß es blecht. Das amerikanische Blech tönt wenigstens etwas, aber das deutsche Blech ist sang- und farblos Blech.

RÖMER Ach bitte machen Sie sich über meine Zahlungsmittel nicht lustig. Bemerken Sie doch gefälligst, daß ich kein kirchliches Blech mehr trage, denn es verlor am schnellsten seinen Glanz. Vielen menschlichen Einrichtungen genügt der Glanz der Eitelkeit, aber ein wenig Blech muß schon dahinter sein. An der blanken Eitelkeit kann man sich zwar nicht schneiden, aber man ist auch nicht geschützt. Ich habe darüber lange nachgedacht, Fremder.

HERBERT Woher kennst du mein Gedicht?

RÖMER Wem gehören Gedichte? Mir gehört diese Rüstung, ich bin ein Römer und muß ein harter Mann sein, hier in Arizona mehr als anderswo. Ich trage mein Entgelt auf der Haut und verteidige es.

Er zieht einen Colt umständlich unter der Rüstung hervor.

RÖMER Du bist ein Mensch, der nicht arbeitet, und dein Entgelt ist in dir, dieses Gedicht. Das brauchst du nicht zu verteidigen. Aber daß du deine Frau nicht verteidigst?

HERBERT Tiefe Unkenntnis voneinander: Man reibt sich. Bitte!

Der Römer setzt sich ihm gegenüber. Legt den linken Fuß auf den Tisch mit einem weißen Cowboystiefel und darauf den rechten Fuß mit einem weißen Wollsocken. Herbert schaut darauf und nickt.

HERBERT Da sitze ich nun schon, ich weiß nicht das wievielte Jahr, und auf einmal sehe ich was mit meinem einen Auge. Einen Stiefel und einen Socken und weiß nicht, wer ich bin. Fühle ich mich zum Socken hingezogen, fehlt mir der Stiefel. Möchte ich den Stiefel tragen, bräuchte ich auch den Socken. Und dann alles zweimal. Das habe ich nie geschafft. Römer, ich möchte dir was erzählen, ich war nämlich im Krieg. Die vielen Feuerschüsse haben in mir eine Sehnsucht erzeugt, die keine Musiktöne einlösen können. Ich bin so durstig geworden auf das eine. Ich weiß nicht, wo es war, war es in München? Jedenfalls war ich im Tierpark. Es kann aber nicht in München gewesen sein, denn nach dem Fliegerangriff auf den Tierpark liefen zu viele Löwen herum. So viele Löwen konnte München nicht haben. Nur Leipzig hatte so viele Löwen, eine Löwenzucht hatten die, weil sie den Löwen in ihrem Wappen hatten, im Leipziger Wappen. Aber in Leipzig war ich noch nicht. Also war es doch in München, und wir müssen die Löwenfrage offenlassen. Nachdem die Bomben gefallen waren und alles zerschmettert hatten, war es ganz ruhig in diesem Tierpark. Nur ein Tiger schrie, der schrie so kläglich, daß ich mich aus seiner Nähe wegschlich, der schrie so erbärmlich, obwohl es ihm nur seinen Schwanz abgerissen hatte. Ich suchte Schutz bei den Elefanten, da liefen die vielen Löwen ganz friedlich an mir vorbei. Aber von den Elefanten war keiner mehr da außer einem, der nur einen Stoßzahn hatte. Der Elefant zitterte am ganzen Leib und berührte mit dem Stoßzahn seinen zuckenden Rüssel. Der Rüssel lag nämlich zuckend auf dem Boden. Und der eine Zahn stieß wie ein Stiefel nach seinem Socken. Als der Elefant in Ohnmacht und umgefallen war, band ich mit meinem Lederriemen den Rüssel ab, was noch von ihm da war. Ich streichelte den schönen Zahn des Elefanten, und auch seinen toten Rüssel streichelte ich. Da kamen brennende Giraffen, auf denen das Heu brannte. Ich fand Heu und stopfte es dem bewußtlosen

Elefanten ins Maul. Als er wieder zu sich kam, kaute er gleich das Heu. Bis zur eigenen Ohnmacht stopfte ich dem Elefanten Heu in den Rachen. Auch ein Wasserschlauch fand sich, aber kein Wasseranschluß. Da schrien auch schon wieder diese Schreiaffen. Um ihr Gehege war ein Wassergraben, und ich versorgte bis zur eigenen Bewußtlosigkeit den Elefanten mit Wasser. Als ich wieder zu mir kam, stank es nach fauligem Fleisch. Der Rüssel des Elefanten hatte zu faulen begonnen, so lange bin ich bewußtlos gewesen. Ich war auf dem Gesicht gelegen und drehte mich um. Da sah ich auf den kahlen Bäumen des Elefantengeheges Geier sitzen, und auch der Elefant, auf alle viere gelagert, wackelte mit dem Kopf. Mein erster dummer Gedanke war, daß der Elefant vielleicht froh sei, seinen lästigen Rüssel loszuhaben. Er wird verhindert haben, daß sich die Geier an mich ranmachten. In Afrika hatten die Geier den Kameraden als erstes die Augen ausgehackt, ein Leckerbissen, so warfen wir uns in brenzlichen Situationen immer auf das Gesicht, damit wir auch auf dem Gesicht lagen, wenn wir bewußtlos wurden oder starben. Ich grub den Rüssel ein. Der Elefant folgte mir auf Schritt und Tritt. Blieb ich stehen, rieb er seinen Schädel an meinem Rücken. Setzte ich mich, ließ er seine Unterlippe auf meinen Kopf hängen. Keinen Tritt trennte er sich von mir, ich war schließlich sein Rüssel. Ohne Tuchfühlung mit mir schlief er nicht ein. Nun war ich in diesem Krieg gewesen und sah mich auf einmal ans Leben gefesselt. Ich sagte ihm, daß es nur die Lebewesen gut haben, die gestorben sind oder nicht geboren sind. Das konnte mir der Elefant nicht glauben und ließ nicht ab von mir. Ich fütterte ihn über die Maßen, mit vielen Runkelrüben und gärendem Obst, das ich in einem Wärterhäuschen gefunden hatte, bis er einen Rausch hatte. Aber ich war von dem Geruch des Alkohols schon besoffener als der Elefant vom Alkohol selbst. So torkelte ich, und er torkelte mir nach. Aber ich wollte und wollte mit ihm keine Lebensgemeinschaft eingehen. Wollte nicht mit ihm auftreten. Wir hätten uns leicht durchs Leben schlagen können und wären sicher einmal nach Amerika gekommen, nach Hollywood und auch hierher nach Arizona. Aber nach dem, was ich im Krieg gesehen habe, sagte ich mir: Keine Lebensgemeinschaft! Keine Lebensgemeinschaft mehr! Was sollte ich mit dem armen Elefantenweibchen machen, das mich so brauchte und sicher auch liebte. Manchmal hat man ja im betrunkenen Zustand eine Idee, auf die man nüchtern nicht kommt: Ich zog meine Uniform aus und ließ sie liegen und torkelte weiter. Als ich mich nach dem Elefanten umsah, wahrscheinlich fehlte er mir sogar, sah ich, daß er bei meinen Uniformstücken stehengeblieben war und sie mit den Füßen zärtlich hin- und herschob. Hmh. Mit meinem Rausch zog ich weiter und muß bei den Affen gelandet sein, denn als ich erwachte, sah ich Affen um mich sitzen, alle mit dem Rücken zu mir. Da saßen sie auf ihren geschwollenen Ärschen und zeigten mir ihre schwarzen Rücken. Sie rührten sich nicht und taten, als meditierten sie. Aber vorne fraßen sie sicher Käfer und Flöhe und Läuse und sonstige Kleintiere und Kleinkinder. Diese Affenärsche haben es mir angetan. Ich konnte mich an diesen Affenärschen nicht sattsehen. Mein Freund, du lebst schon so lange in Geduld. Wenn du einen unruhigen Geist hättest, wärest du längst gestorben wie deine Landsleute, die Römer und Europäer und die Amerikaner, die so unruhig waren, als würden ihre Gehirne andauernd von Blähungen gequält und müßten sich andauernd bewegen, um sich in Fürzen zu befreien. Sah ich mir die Affenärsche an mit ihren grobschlächtigen Furchen und darüber das schwarze Fell. Die Köpfe sah ich gar nicht. Das Fell hörte einfach auf, wie ein bewaldeter Berg ohne Felsengipfel. Der Gedanke war nicht mehr fern, daß diese Affen auf ihren Köpfen sitzen, dieses haarlose Gewurschtel. Noch sah ich Sitzkissen. Kissen in Trauer. So wie ich das schwarze Fell auf mich wirken ließ. Kissen in Trauer. Warum auch nicht Kissen in Trauer, wenn sie auf ihren Köpfen, ihren Gesichtern, ihren Gehirnen saßen? Kissen in Trauer. Da haben wir es: Ich sah in diesen Affenärschen das menschliche Hirn. So eine Bescherung! Weiß ich, ob ich so dachte, um keine Abschiedschmerzen aufkommen zu lassen?! Jetzt war der Elefant schon weit weg, obwohl ich mich noch innerhalb der Mauern des Tierparks befand und weiter aufhielt, indem ich mir die riesengroßen, verkommenen Affenärsche durchs Gehirn gehen ließ. Wir tragen seit Jahrhunderten das Gehirn herum, und die sitzen einfach darauf. Uns treibt dieses Gehirn zur Rastlosigkeit, die lädt es zur Rast ein. Diese Affenärsche führen keinen Krieg. Unsere Affenärsche führen nur Krieg. Als wäre das eine Ergänzung der Natur! Diese Affenärsche sind, obwohl an der entlegensten Stelle des Körpers, ständig mit Blut versorgt. Und da diese Affenärsche andauernde Berührung mit ihrer Umgebung haben, sind sie ständig verletzt und ständig blutverschmiert. Und so blutverschmiert denken sie, diese Affenärsche, und so blutverschmiert setzen sie sich mit ihren Gedanken sogar auf ihren Kot, wenn sie ganz gedankenverloren sind. Und durch diese unzähligen Furchen und Falten von Blut und Kot verschmiert zieht sich auch noch das schleimige Interesse der Fortpflanzung. Nur weg, sagte ich, nur weg. Das muß schon in München gewesen sein, denn in einer Nacht kam ich von München nach Freising. Von Leipzig aus hätte ich eine Woche gebraucht, wenn nicht zwei. Aber wer möchte da noch von Zeit reden …

RÖMER
Unterm Totentuch
Wasserspiele
der Liebe im Mund
noch blüht meine Zehe
es grünt der Fund
meine weichen Hirnteile
vom Rind in der Pfanne
schaufeln

HERBERT Du Steinklopfer, kannst mein Gedicht?

RÖMER
Wohin du
gebierst Sonne
zu nah bin ich
deinem Plissee
aus deinen
Schalen des Blutes erhebe dich
neu von Wasser
zu Wasser

HERBERT Ja, mein Gedicht. Ich dachte immer, ein Gedicht ist zuwenig, um jetzt zu merken, daß ein Gedicht zuviel ist.

RÖMER Nein. Setz deinen Hut wieder auf, du hast es verdient.

Er reißt sein spitzes Hütchen runter.

RÖMER Ich habe von der Erde alles genommen und nicht genug gekriegt. Und du bist so bescheiden, daß dir ein Gedicht schädlich erscheint.

HERBERT Ja. Vergiß es. Ich kann es mir nicht merken. Aber woher kennst du mein Gedicht? Es kann dir nur Fanny beigebracht haben.

RÖMER Ja. Als Trost. Wenn sie mich ohnmächtig im Berg oben fand und mir Wasser reichte. Sie sprach es nur, damit ich wieder zu mir käme. Da verstellte ich mich ein wenig, um mir dein Gedicht zu merken.

HERBERT Wenn du das selber glaubst – mir ist es wurscht.

Der Römer hebt sein Blechkleid, darunter eine pergamentene Frau.

RÖMER Schau!

HERBERT Fanny!

Die Kanne fällt herunter und auf seinen Kopf, und er fällt vom Stuhl.

FANNY Nein! Ich muß dir noch etwas zeigen! Nichts als weg! Nichts als weg!

Sie zerrt ihn hoch. Der Vorhang mit dem Fenster hebt sich: Nichts als Steine, dazwischen blüht weiß ein Strauch.

FANNY Schau: Es sind die Steine nicht allein: Orchideen. Schau!

Sie trägt ihn hinaus, bricht auf den Steinen zusammen.

FANNY Schau! Schau! Schau! Direkt vor dir. Zum Greifen nah. Kriech! Kriech alleine hin! Ich sterbe. Ich verblute. Aus. Schau …

HERBERT Wenn wir einen Leberkäs hätten, täte ich ihm dieses zeigen. Schau, Bub, würde ich sagen, schau, Bub, damit du einmal etwas anderes siehst. Das sagte ich, wenn wir einen Leberkäs hätten. Damit so ein Leberkäs einmal sieht, was ein Land wie Arizona ist. Früher, als Bayern von einem Leberkäs regiert wurde, von Franz Josef Strauß, wanderte ich nach Arizona aus, ging ich zu dir ins Exil –

Langsam bewegt sich der Orchideenstrauch, tastet sich an die beiden heran und setzt sich drauf. Langsam geht die Sonne auf.

Gesine Danckwart

Wunderland

Idealerweise für eine Besetzung von fünf Schauspielern / Schauspielerinnen.
Mindestens.
Gerne ein Alterspanorama bis über siebzig.
Der Raum groß. Dunkelweit.

Ich soll muss anfangen. Wir müssen anfangen. Es tut mir leid. Wenn wir es nicht tun, wird nichts vorhanden sein. Natürlich machen wir uns schuldig schmutzig. Immer. Mit allem. Bitte, es ist Ihr Abend, Leben, aber bevor wir gleich aus dem Fenster, was wir uns noch nicht mal ausgedacht, die Augen zu, ein Njet, ich kann nicht, ich will nicht, zurück, die Füße in den Sand, payback in den Mutterschoß, in Vatis Schwanz, ins dunkle Nichts, gnep schiz Urknall, wollen wir doch einfach, ja, sind Sie dabei? The show must. Der Vorhang will. Es muss gelebt werden. Der Schnodder aus der Nase, die Spermie ins Ei. Das Leben soll. Wir auch. Na bitte. Das Blatt beschrieben. Die Wette gesetzt. Bühne. Auftritt. Anfangen.

Wer, was?

Ich, ich bin vielleicht dran – bin ich die Erste? Ich bin eigentlich schüchtern, ich bin mir sicher. Man hat mir die Pistole in den Rücken. Aus mir soll vielleicht mal etwas werden. Darum hat man mich rausgestoßen. Rausgeworfen. Hallo? Ich bin ein Fähnchen im Wind. Ich erinnere mich nicht.

Wir fangen mit guter Laune an. So werden wir geboren, so stehen wir auf.

Mein Name könnte Bella Happy.

Ich bin die anderen.

Er ist so hübsch wie ein Kellner in einem Strandlokal.

Wir spielen Fünfziger.

Achtziger.

Ich bin ein Neunziger.

Bitte unterstellen Sie mir mehr Gehalt als.

Mir geht's schon jetzt etwas besser als das was neben mir.

Ich bin die aus dem, mit dem, also mit dem Abi habe ich einfach. Also ganz vorne, verstehen Sie?

Keinweg.

1,80.

73.

2445678.

Während das geschrieben wird, liegt ein Baby kurz vorm Schrei neben mir. Dem Schrei jedes Wort abtrotzen, schneller schreiben. Sie können sich auch einen Körper auf der Hinterbühne vorstellen. Oder Ihren Herztakt, der aus dem Rhythmus. Die Krankheit, die in Ihren Eingeweiden lebt und kurz vorm Ausbruch. Es ist Ihr unser Abend. Wir wollen noch mal glücklich. Ein Körper auf der Hinterbühne, vor der Mauer, der allmählich verblutet. Ein ehemaliges Lieblingslied, das man ein Leben lang, bis es einem wie Hohn auf die eigenen Jugendträume. Die Jugendschorle kurz vorm Auslaufen.

Kann ich einen Liednamen haben?

Es wird langsam dunkel. Man kann ganz weit über den Platz sehen, hier vorne Menschen, weiter hinten Menschen, dazwischen Autos, und dann ganz hinten auch noch Menschen, schon ganz klein wie Dekostriche in Landschaft.

Wollen Sie sich mich sich bitte vorstellen?

Und hinter uns?

Wir fangen an in einer mittleren Großstadt. Es ist Abend geworden. Drinnen merkt man das nicht so, der Fernseher läuft. Die Vorhänge sind zu. Einige im Vorderhaus. Andere Hinterhof oder Souterrain. Die Dachgeschosswohnung ist gerade noch frei.

Draußen auf dem Platz ein Kaffee, eine Kneipe. Eine Art Kaffeekranzgruppe. Lauter Weiber, die sich hier seit Jahren auf einen Plausch treffen. Was sollen sie auch sonst machen.

Später sind auch Männer dabei.

Meine Mutter lebt nu och schon zwanzig Jahre alleene, da kannste nicht mal nachts auf Toilette gehen, hrghrgh, wenn was Schlimmes passiert, dann muss sie das Geld, das sie hat, nehmen und einen Pfleger, oder besser noch vorher wegschaffen, nee, meine Mutter kann nicht mehr mit den Leuten, 'tschuldigung, wenn die schon nicht mit den Kindern eine Nacht zusammen, hoffentlich geht es gut, und dann legt sie sich einen Abend ins Bett und hat einen heftigen Herzinfarkt, so einen richtig dollen, und das war's, das haben wir jetzt schon öfter gesagt, aber du hast recht, das ist eben sehr selten, hrghrgh, einfach so und das war's dann.

An den Rändern?

Er geht, nein schleicht, wieselt vom Verkaufen nach Hause. In der Tüte noch mehrere Stangen Schmuggelzigaretten, heute war kein guter Tag. Aus Gewohnheit an den Häuserwänden entlang. Nicht auffallen. Nichts falsch machen. Vielleicht heißt er Nguyn Vien?

Also nach Hause ist vielleicht etwas übertrieben, was das ist dieses Zuhause.

Wo bin ich?

Vielleicht fängst du in der Mitte an?

Sie denken, ich warte hier? Nur so umhersitzen? Nein. Ich beobachte und schaue, ich bin bereit, ich bin auf Arbeit. Tausende schlendern vorbei und den, der wo wichtig ist, den muss ich rauspicken und texten. Jetzt! Nein, doch nicht. Das hier ist meine Arbeit, mein Leben, bitte was. Ich bin der Handlungsreisende, ich mach in, ich, ich trete nicht, ich ver. Ich vertrete. Und immer passiert das für einen, was für einen das Schlimmste ist. Für andere passiert etwas anderes. Wahrscheinlich nicht ganz so schlimm wie für mich. Wahrscheinlich ganz sicher. Kann ich hier noch mal was zu trinken haben?

Und dann das Schlimmste und das ist mein Wiedergenickbruch, und ein Überleben interessiert mich nicht, und zum Springen bin ich zu pathoslosphantasielos, und wem wird es etwas ausmachen? Abgerechnet wird nicht mehr. Das hier ist dein Leben, bitte was?

Ich vertrete meine Firma, wir machen in Techniktechnik, Flachbild und Kommunikationstechnologie, wir sind nicht top of the top. Aber das würde ich nie sagen, nie, wir sind, also im vorderen Mittelfeld der mittleren Billiganbieter, das sind wir, ich auch, ich bin billig, das sehen

Sie, das würden Sie sehen, wenn mein billiger Anzug nicht vor dem Hinteruntermittelgrund der anderen einfach nicht auffallen, ich falle Ihnen nicht, nicht wahr, Sie haben mich nicht eigentlich im Blick, das sollen Sie ja auch nicht, ich vertrete, ich bin nicht, ich bin, was ich verkaufe, das kann ich mittelmäßig, ich sehe mittelgut und seriös aus, ich bin Mittelstand, und genau jetzt ist der peak, ob nach oben oder unten. Vielleicht werden Sie mich nachher nicht wiedererkennen wollen? Vielleicht werde ich Sie nicht wiedererkennen wollen. Ich mache Fitness, um nicht zu schnell nur noch ins seriöse Fach, man sieht ja das Rauchen, das macht diesen Grauschleier auf was mein Gesicht, aber was soll man machen, irgendeine Leidenschaft, während wir in unseren Anzügen vor der Messehalle stehen, rauchen wir und machen Kontakte. Ohne Rauchen hätte ich ja nur die Hälfte, jetzt ist Messe, das ist unser Jahreshighlight, da treffen wir uns alle, und ich darf vertreten und dabei auf zwei mittelattraktive Hostessen bauen, die servieren uns die Kataloge, wenn der Chinese da steht, dann sage ich, Mariehanna, so heißen die zusammen, Marie und Hanna, und dann mache ich immer diesen Witz, der ist eigentlich schon vom letzten Jahr, aber ich mach es dieses Jahr noch mal, wahrscheinlich heißen die, wie werden die heißen, abends kommen sie nicht mit, abends ist Vertreterhighlight, im Hotel an die Bar und von der Bar noch ins Bordell, das machen wir wirklich, das hier ist die große Messe, Kontakte sind Kontakte, das machen wir ohne den Chinesen, sondern auch so in privat, sagen wir, ich vertrete high, hier ist heute unser Highlight, darf ich Sie von der Kommunikationsflachbildscheiße etwas überzeugen, alles leuchtet von innen und ist superschnell und kann dieses Jahr ein kleines bisschen mehr, als wir vor zwei Jahren versprochen haben, ich bin Ihr Vertreter, Sie müssen mir etwas glauben, bitte, von wem wollen Sie denn sonst, Sie sind doch hier nicht umsonst, Jungs, wer kommt mit, wer will noch mal wer hat noch nicht, wir sind im Highlight. Talk with your plant, perform yourself, das ist die Premiere von wo Ihrem Ich, Mariehanna!

Man nennt mich Marie

Hanna.

Meine High Heels sind nicht mal high, aber bringen mich um. Sie werden mich nicht wiedererkennen, aber meinen Schmerz. Der ist mein. Und der von allen anderen Mädchen. Kurz vor Messeoktoberfestschluss exzessiv die Reste auftrinken, die für die GROSSKUNDEN. Dann heißt's noch mal, komm, wir haben doch noch einen, biste du so süß, und alles wird ganz schnell süßer, also die Muschmuschis, das sind wir, sollenwollen wir sein. Alle wollen ficken oder nicht, aber wir tun so, als wenn es jetzt darum geht. Wir sind alle nicht wirklich groß, und seine Anzüge sind billig, und vielleicht ficken wir jetzt schon das zweite Jahr und können uns nicht an uns erinnern, und ein drittes Jahr wird es nicht geben, nicht für mich.

Alles Handelsvertreter, hier sind ja alles Handelsvertreter, und wenn einer kein Handelsvertreter, dann vertritt er was anderes,

zum Beispiel sich,

und handelt damit.

Ich handel in Soziales.

Ich handel in Mutti, bin aber eigentlich schon ausgehandelt.

Ich handel mit meiner Herkunft.

Ich handel nicht, ich bin. Ich bin ganz unten. Ich bin nicht Souterrain, sondern Hochhaus in Randbebauung. Hier komme ich gar nicht vor, dafür werden Sie mich aber immer wiedererkennen. Sie kennen mich aus Funk und Fernsehen, nicht wahrwa? Ich bin noch dicker, als Sie gedacht, ich bin so dick, wie ich Kinder habe, ich habe eine Ehre im Leib, das haben Sie nicht gedacht, da ist viel Platz für da, für die Ehre und die ganzen Genussmittel, die ich mir auf Ihre Steuern gönne, oder sind Sie auch alle Transfer? Ich bin die untere Seite, ich bin dein Achtung-weg-von-mir, dein Körperwogewissen, Sozialgewissen, wegen mir müssen Sie wenigstens keinen Neid. Ich rauche diese ganz schlechten Zigaretten, dann hält es länger, darum dieser Husten, das Geld, also rauchen, okay, aber die Dinger, die der Fidschi verkauft, aus Polen oder noch was woher, die machen dies Dreckskeuchen, sind aber viel billiger, da kann ich dann noch 'n Schnaps und Korn und den Kindern die Playstation. Jetzt ist Gut Nacht, ab in die Falle. Alle anderen wollen mal wieder nicht nach Hause, wir sind schon da. Immer. Leider werden wir immer das Mehr, was die anderen auf Konto.

Es ist ein weicher Abend, unten auf dem Grau Hunde und Menschen, man sieht den Fidschi am Eck Kippen verkaufen und Müdgearbeitetes nach Hause kommen und Jugend, die wo was erleben will, und Feierabendbiere zischen an Tischen, und wir wollen uns nicht aus dem Fenster stürzen, ich, ich will mich nicht aus dem Fenster stürzen, oder doch, aber ich weiß, dass wir, ich es nicht wollen, dass wir ich mal gedacht haben, das lohnt sich nicht, jetzt nicht mehr jetzt – wird das wem was ausmachen – außer uns – nein, also bitte, nicht stürzen, das geht ja immer noch, das geht ja immer noch, ein wenig will ich noch schauen.

Draußen am Stehtisch, man kennt sich, und doch fällt allen zu allem was ein, und darüber reden sie gemeinsam, über die Ravioli mit dem frittierten Rucolasalat und was das soll und die Mieten und Wucher und den und jenen und von früher und Hummeln im Arsch

Natürlich waren wir auch jung und haben uns rumgetrieben, da wollte keiner nich abends nach wo zu Hause

Und lauter Nachbarn gehen vorbei, oder Nachbarn im Geiste, die haben sich einen Hund angeschafft, damit sie einen Grund haben, oder halten eine Obdachlosenzeitung im Arm und einen Spruch auf der Lippe und 'ne Kippe zum Anbieten, und Mütter mit Kindern gehen vorbei, und bei denen wirkt das wie das Natürlichste der Welt, als wenn man die einfach so bekommt, und das ist dann so, und die hängen da so vorm Bauch, und bei anderen ist das gar nicht natürlich, sondern immer zu spät oder zu früh, je nachdem, und Autos mit idiotischen Namen werden ausgeparkt und eingeparkt, und jedes ist so ein kleiner Traum für sich, und ein total besoffener Penner brüllt ganz laut, und dann sieht man, der steht in einer Telefonzelle, die gibt es hier tatsächlich noch, und ob die funktioniert oder er nur so brüllt, auf jeden Fall telefoniert er mit Muttern

Ja, denn komm ick

und er hat so eine komplett umgekippte durchgedrogte Stimme, von ganz ganz unten, und andere unterhalten sich über Stress und Burn-out und

Weihnachten oder Nikolaus, denn komm ick, Mama, denn komm ick nach Hause

ach, und ich muss morgen wieder zur Arbeit

Hartmut, du gehst mir so was von auf den Sack.

Ich muss, also morgen mach ich dann –

Morgen machst du gar nichts, wenn ick dir

Mama, ick komm dann schon bald, ja Mama, dann komm ich zu wo dir, hallo, sag doch was Mama, sag doch mal Mama, hallo, nu sag doch was, du olles Stück

und Sehnsucht in der Luft. Und heute Abend wird es schon blau. Segel up, Leinen los, wir wollen weg, wir wollen reisen, wir wollen fort, wir wollen leben, wir wollen lieben, nein, das wollen wir nicht mehr, wir wollen Gewinner sein, wir wollen Ficker sein, wir wollen nicht ganz unten sein, und wenn, wollen wir dabei recht haben, wir wollen diesen Gehaltsscheck, diese Zukunft

ich hasse es zu warten, ich warte ein halbes Leben lang, komme aber selber immer zu spät, weil ich es so hasse zu warten, und dann warten andere, und die warten aber nicht so schlimm, und ich hasse es, auf einen Fahrstuhl zu warten, und dass die und die Nachricht kommt, und wahrscheinlich gibt es kaum jemanden, der so dermaßen wartet wie ich

MAMA!

Und dann weiter

wir sind wieder allein allein

sie ist wieder allein

er ist wieder allein

DAS SIND SIE ABER GERADE ZUSAMMEN.

Ein Morgen über der Stadt.

Den Morgen nehmen. Nicht zurücksinken. Aufstehen. In den Tag gehen.

Ich gehe in den Tag.

Ich will. Ich werde. Ich werde ein Mensch sein.

Aus den Betten aus dem Schlaf aus dem Koma.

Der Penner braucht einen Schluck. Der Alkohol schreit.

Das Kind, um sechs, existentielle Not, wo ist die Milch, hallo, hört mich denn hier keiner? Das Kind trägt sehr niedliche, ökologisch korrekte, etwas altertümliche,

Achtung Heimat!

form- und farbschöne Bodys, es ist ein hochgeliebtes spätgeborenes frühgefördertes Kind, auf das die Erblast der Großeltern zurast.

Es kann nicht so viel falsch machen, das Kind.

Der Dönermann auf der Straße schabt das erste Fleisch.

Hallo Mama, ich verdurste, ich sterbe ja!

Der Penner hat sich fertig gemacht:

Also ich bin so vom Scheißboden aufgestanden.

Der Mannmacher:

Ich schaff's schon,

in der Dusche.

Bin zu spät, ich bin schon wirklich wieder zu spät, das ist das mit dem Nichtschlafen, das darf man mir nicht ansehen, das Nichtschlafen, ich kann mich nicht erinnern, warum wieder nicht, der Körper durchgeknirscht von Zahnweh, würde gerne eine Verdauung, habe keine Zeit mehr, Kaffee ins Gesicht, Pfeffer in den Arsch, wo ist mein Handy, hallo Welt, ich bin da.

Die Fraumacherin schon im Taxi,

ich weiß nicht, warum, gestern Nacht, irgendwas Unproduktives geträumt, von wem, ich erinnere mich nicht, ein Verlust, von wem von was, dass man diese Scheißträume nicht abschalten kann.

Wo sind wir?

Schon etwas weiter. Wir wollen weiter, und wir sind schon weiter.

Nach wo?

Immer besser.

Was ist denn nun hinter uns?

Ich habe keine, also diese Dings, Zeit na, ich kann hier nicht einen Umweg um Sie, ich würde gerne meinen direkten Weg zum Gate zur Tür zum Fahrstuhl nach bittschön immer oben, ich bin ja, ich bin ja wichtig, wann habe ich mich zuletzt, also zuletzt, ach ich weiß nicht. Weg hier aus meinem Weg, du Fotze.

Wir produzieren hier am östlichen Rand für den europäischen Markt. Für den Direktverkauf. Hier gibt es eine richtige Industrie. Das geht ganz einfach. Die Kippen, die Packungen, die Logos, manchmal machen wir sogar Banderolen drauf, können wir uns natürlich eigentlich sparen, Westen geht am besten.

Möchtest du eine rauchen? Kommst du mit mir, mit raus?

Bitte was?

Ach, ich weiß nicht,

jetzt?

Nein, nein, später.

Und also, ich habe ein Angebot vor mir, das wäre so großartig, man will mich nach Argentinien fliegen für Werbung. Ja richtig, die Amis machen eine richtig fette Werbesession, und weil die irgendwas Europäisches wollen, wahrscheinlich sind die in Amiland alle übergewichtig oder braungebrannt, denen glaubt man die Kippen natürlich nicht, da fehlt der Kunstdings, und jetzt also jetzt fliegen die irgendwelche Schauspieler aus Old Europe für ein paar Stunden nach Argentinien, um da für die Amis worldwide Berlin zu spielen, und ich, ich bin vielleicht dabei, es gibt unglaublich viel Geld, und ich wäre für ein paar Monate frei, drücken Sie mir die Daumen, ja?

Ich frage mich, warum die in diesen Scheißwellnesscafés nicht mal irgendwas mit Low anbieten können, wieso ist denn jetzt in diesem Birchermüsli Sahne, warum könnt Ihr den Cappuccino nicht mit Low, warum geht das nicht, die halbe Welt zählt Kalorien, und in dieser Wellnessscheiße werden nur Sahnetorten als Kaffee und Brownieverführmörder angeboten.

Ich träume von einem anderen

Leben.

Bitte was?

Ein Käsebrötchen, ich würde so gerne ein Käsebrötchen statt dieser Ingwerwellnessscheiße, ich träume von einem

Mann

bitte was?

nein, nein, NEIN, Wellnesskäsebrötchen, ein ganz und gar kalorienfreies Käsebrötchen, weiß und mit dicker Butter und Geschmack von früher, so zum Reinbeißenlegen, also so ein knuspriges, das so nach Brot riecht und so ganz und gar schlichter Käse, aber echter, so ein echter einfacher Käse, der nach Käse riecht und schmeckt, so ein Kinderkäse, so ein.

In diesem Internet-Programm muss man jeden Tag seine Kalorien eintragen, es ist ungeheuer aufwendig und dauert ganz lange und all die Sachen, die, wo die Kalorien angegeben sind, die esse ich gar nicht, also man gibt Bier ein, und dann taucht Bierschinken auf, und erst nach ganz vielen Bierschinkengerichten ein ganz einfaches Bier, aber jetzt habe ich die App und andauernd, wenn ich irgendwo warte und alle ihre Telekommunikation dingsen, und mir fällt aber gerade niemand Wichtiges ein, tippe ich meine Kalorien ein, es dauert ganz lange, es ist so eine ganz und gar unpraktische Fummelarbeit, aber es ist ein wenig wie Tagebuchschreiben, und es heißt auch so, mein Tagebuch, nur dass es nicht so persönlich ist, aber so bleibt dann jeden Tag etwas von mir nach.

Also ich werde immer weniger, ja, sehen Sie das, ist Ihnen das aufgefallen, ein wenig? Also vorhin war ich noch so und so viel Kilos Trockengewicht, und jetzt jetzt bin ich nur noch so und so viel Kilo oder noch weniger, also mich freut das ja heimlich, aber es ist doch sehr schnell gegangen, denke ich, nicht wahr, jetzt bin ich schon wieder etwas weiter weg, also dünner, Sie müssen ja denken, dass ich mich andauernd entferne, ich würde aber auch gerne mehr werden – also innerlich und auf dem Konto.

Jetzt jetzt würde ich gerne, dass Sie mich bitte ja! Später werden Sie mich ganz neu, also fast nicht wiedererkennen.

1,92 und etwas blonder

Dritter Stock ganz oben

Ein Iphone xxs vom Betrieb

Tablet

Auto

S-Klasse

Zwei Geliebte 1A

Und Spesen.

Ein Mann. Neuzustand.
100000! Das muss man sich mal vorstellen.

ichmussichkannalsoichbinich

Ich bin das, was man früher Übrrrfliegrrrr genannt, jetzt bin ich, just on the tip top. Schon woanderss, ich mache mehr Gelddd, als Sie sich je vorgestellt, während ich auf der Tlette, klingelrattern die Euro hundertr tausendr klng klng aus dem Automaten,

Game over,

das ist mein Stundenlohn.

Sorry, Schnauzze, ich muss schnller schssen, sonst.
Ich muss schnll entscheiden,
das mache ich
weil ich ganz Tesstossteron.
Ich bin ganz junk
und kain Gedaaanke
stört meine
Entscheidungsentscheidungenanalyses,
da gibt es kein Arschhaar,
was mir zwischen den
Zähnen Synapsen Touchscreeen,
nothing,
nothing no.
Ich bin ganz Zknft,
wir können uns mich gar nicht in fünf Jaaahrn vorstellen,
wenn ich mal dddddreissssig,

ich werde ja immer jünger

I can't believe, weil das gibt es ja schlicht weg nicht, entweder geht's immer so nach tp, oder don't. Oder ich weiß nicht weiß nicht weiß nicht, das gibt es gar nicht, dass ich je in einem

DRAUSSEN

eine Verlieeehrerfalte können wir uns an mir. No no never. Sorry, ich mss. Wieder, während wir uns so verquatschen, muss ich eigentlich schon mal wieder irgendwas mit Großbuchstaben. Jede Pore ein Vorwärts. Ein Rückwärts für uns nicht. Wir sind eine gut geölte Armee und Mitleid ist uns kein Gefühl. Btte ws? Wir sind nicht blöde, wir könnten auchf Emphatie, alleine wofür?
Fcken
tun wir
wahrscheinlich
auch.
Nur wann und wo und warum – am liebsten würden wir uns selber ficken.
I – am. Ja aber wnn?

Ich habe den richtigen Pferdeschwanz gewählt!

Ich! habe den richtigen Look.

Ich bin!

Ich kann!!

Ich will!!!

Ich will will!

Stopp.

Im Fernseher der alten Dame die Sendungen des frühen Abends,

das sind ja ihre

das sind meine, die sehe ich jeden Tag, dass der Tag eine Ordnung hat und auch vorbeigeht. Sie schicken immer Förster und sanfte Kriminalunterhaltung. Das tun sie seit vielen Jahrzehnten, das weiß ich, ich war ja immer dabei, habe früher allerdings nicht so hingeschaut. Immer um acht die Tagesschau, manchmal schaue ich schon um sieben die Nachrichten, dann fängt der Abend früher an. Dann wird die Nacht allerdings länger, die Nacht ist das Schlimmste, die Nacht ist nicht durchzustehen, wie kann man nur diese Gedanken wegbeißen. Die Nachrichten springen mir ins Gesicht, ich werde blind, ich muss mich zwingen, mich zu interessieren, es ist ja auch mein Land meine Geschichte. Ich sitze allein und kann die Liebenden nicht ertragen, dann schon lieber sanfte Kriminale und andere Langeweiler, Förster kommen mir nicht ins Haus, Förster und Ärzte nie ertragen, ich verstehe nicht, wer mir diese langweiligen Glattmänner ins Haus schicken muss, wenn die FörsterKriminale kommen, wird Abendstimmung und die Alterseinsamkeit so eine ganz gewöhnliche Einsamkeit, die hat ja jeder Zweite, ich bin ein Profi darin, mir muss keiner helfen, ein Leben zu machen, das war da und wird nicht viel länger, hören Sie mir auf mit Emotionen und schönen Erinnerungen, die Liebe dauert oder dauert nicht, auf dem Sterbebett eine rauchen wollen, das Kind von nebenan schreit zum Erbarmen, das Pokern fehlt mir, die Spielsucht ist ja die einzige Leidenschaft, um die es sich lohnt, die Spielsucht geht immer, man muss nur wie alles im Leben, so halb drauf zu, nicht alles auf einmal setzen, gewinnen tut der mit der Zeit, und dann springt mir dieser Krieg ins Gesicht und irgendwelche tausende schreiende Kinder gegen Amerika, und das sind ja wir, Go West, und das, wo ich immer die blauen Franzosen viel lieber.

Nicht schlafen können. Ich muss aber.

Ich soll ein Tagebuch schreiben, man hat mir eine Verwarnung, ich soll mich noch mal richtig zusammenreißen, ich verdiene über 100 000. Ich bin eine Bank für diese Firma, und jetzt soll ich ein Tagebuch.

Vielleicht, wenn ich mir diese Haut vorstelle, vielleicht, wenn ich mir diese Haut vorstelle, oder Sie sich diese Haut vorstellen, und dann wie das drinnen denkt, da denkt vielleicht etwas genauso wie ich, wie der Tag war und ob ich wen und wen noch sehe

Und so ein Alienkind, das denkt ja noch gar nicht, das kann ja nur so wie ein Hund so gut gut denken oder hunger hunger hunger, oder nur schlimm oder nicht schlimm, so ein Kind kann ja nur wie ein Computer in 1 und 0, und das eine bedeutet Schreien und das andere Schreipause.

Wenn ich irgendwas suche im Netz, werde ich jetzt immer aufgefordert, diese Humanisierung durchzuführen, auf einmal muss ich andauernd mein Menschsein eingeben, einfach nur, wenn ich eine ganz normale Sache suchen will.

Wie spät?

Vielleicht halb zwölf?

Den Fernseher aus.

Das Zimmer gegenüber jetzt schwarz. Kein Blauflackern mehr.

Am Rand der Stadt in leeren Warenumschlagshallen, in einem halbdunklen, halblegalen Restaurant feiert eine große Runde, zwanzig Mann und ein paar Frauen, Nguyn Vien hat ein Kind bekommen, ihm ist ein Kind passiert, das hätte nicht passieren dürfen, denn seine Freundin, kaum 18, ist genauso illegal wie er, du musst eine Frau mit Pass schwängern, dann gibt's ein Bleiberecht, zu Hause warten die Schulden seiner Familie, die sie in seine große Reise investiert haben, nach Hause zurück geht nicht mehr, auf die Straße auch nicht, die Abschiebung ist amtlich, ein Flugzeug zurück hat er schon verpassen können, beim nächsten Mal wird's ernst, da er kein Geld hat, um die Beamten zu noch einer Warteschleife zu überreden –

beim nächsten Mal wird's ernst,

heute wollen wir feiern,

auf die Kleine!

Alles Gute!

Die Freundin ist schon weg.

Vielleicht ist heute Nguyn Viens schönster Tag, vielleicht ist heute mein Glückstag, vielleicht denkt das Nguyn Vien, alles Freunde hier, das ist meine Familie, alle sind hier, um uns zu gratulieren, heut ist heut, ich bin Vater.

Ein Hoch auf die Kleine!

Ich bin so stolz.

Schläfst du schon? Darf ich mich trotzdem an dich kuscheln? Meine Füße wärmen?

Schräg über den Hinterhof sehe ich sie von oben durchs Fenster. Jetzt, jetzt wird es wieder blau. Sie schaut wieder Fernsehen. Jeden Tag die Betreuerin – oder ist es die Tochter? Die bekommt mehr Besuch als ich. Es klingelt an der Tür, hören Sie? Nein. Nur ein Versehen. Ein Hörversehen, ein Klingelschaden im Ohr oder ein Testklingeln eines Werbeverteilers. Ich lass keinen rein. Hier bin ich – ganz. Hier soll keiner. Schritte auf dem Flur auf der Treppe? Mutters Schritte klappern im ersten Stock, aber sie wird nicht runterkommen, das ist hier ein anderes Haus, eine Wohnung, Leben, ich wohne hier, man kann mich an der Tür ablesen, das ist eine Eigentumswohnung, hier kommt niemand rein. Oben irgendwer. Ich hätte die Wohnung ganz oben kaufen sollen, wieso habe ich nicht die Dachgeschosswohnung, sondern nur so second best mit meiner falschen Mutter über mir.

Nichtschlaf. Nichtschlafenkönnen. Sich in die Welt rettenträumen. Es ist ja alles da, jetzt, draußen sterben die Fliegenschwärme, jetzt in jeder Sekunde krepiert jemand irgendwo in einem Krankenhaus in Gütersloh und in Chengdu, in Nigeria und in Chile und Kolumbien und Texas und in Grönland und in Tunesien und hier ums Eck, und es wird gefickt und gevögelt und geliebt, und Schwarzenegger geht joggen und dann mit jemandem essen, und das tut er wirklich jetzt, und in seinem Heimatdorf pinkeln Dorfköter an das Arniedenkmal, und aus der ganzen Vögelei werden die Frauen wieder schwanger, und das sind Hollywoodfrauen, die tragen dann dazu so einen entspannten Jogginganzug von Dolce und Gabbana, um zu zeigen, dass ihnen ihr Bauch gar nichts ausmacht, dabei krepieren die ja daran, aber ohne Muttiglück geht's ja auch nicht, und Adoption ist ja schon wieder out und all die Bilder, wo über das Bäuchlein spekuliert wird, und Diedings will aber einfach nicht werfen, und wenn jetzt Derdings vielleicht einfach nicht kann, und woanders ploppt das fünfte Kind aus einer Türkin, die lebt in Kreuzberg und ist in einem Krankenhaus, in dem ist alles Deutsch und Türkisch aufgeschrieben, und eine andere will unbedingt, und es klappt aber nicht, und eine andere ist kaum 18 und wirft in der Krankenstation vom Abschiebeknast, in Russland sitzen welche im Arbeitslager, und das tun sie da, und überall und in Afrika verwesen die Körper der Ungehorsamen, in Wuppertal stirbt eine lebende Wohlstandsleiche an Einsamkeit, in New York geht jemand zur zweiten Schicht seines Drittjobs, die Börse wird aufgemacht, chinesische Wanderarbeiter hocken neben der Autobahn tief im Morast des

Riesenreichs und löffeln ihre Morgensuppe mit den dunkelschmutzigen Händen, und einer hat vielleicht Liebeskummer, und ein anderer wird den nie haben, und alle eine Seele und alle eine Seele, und ein indischer Vorortszug ist so voll, das sind so viel Seelen, dass ich verrückt werden möchte, und meine Seele, die ist so groß, an der komm ich ja nie vorbei, die ganze Wohnung ist voll damit, und weniger wird sie nicht, das liegt an meinem Charakter und der großen Wohnung.

Oh, ich habe gerade so einen Erfolgerfolg gehabt, ich habe eine Nachricht bekommen, dass man an mir interessiert ist, man interessiert sich für mich ganz persönlich! Früh um fünf. Aufs Handy geschaut.

Heute ist wieder diese Sitzung. Viel zu früh morgens, das Gesicht noch zu weich. Privat.

Ich bin der Coach, ich weiß, Sie sind nicht ganz freiwillig hier, aber vielleicht nehmen Sie das als Chance, es läuft ja nicht so, so ganz easy.

Wieso? Wer sagt das?

Man hat mir gesagt, dass Mitarbeiter vor Ihnen Angst haben?

Wer hat Ihnen das gesagt?

Vielleicht sollten Sie mal Ihre Empathiefähigkeit überprüfen, ich bin mir ganz sicher, dass Sie mal Ihre Privat also Geschichte anschauen sollten, es wird dann auch für Sie besser sein.

Es gibt keine unnormalen Probleme. Sie können meine Bewertung. Andauernd. Nachlesen. Ich bin. Lächel.

Man sagt, dass Sie den Eindruck von Asozialität, ich bitte Sie, achten Sie mal auf sich und dann bitte dieses Tagebuch, dann werde ich das als positives Bemühen gerne weiterleiten.

Ein Rentner in Gera will nicht mehr umziehen. Die Platte wird abgeholzt. Alle, die nicht schon, sollen endlich weg. Man sieht ihn in einer trostlosen Plattenbauwohnung mit Blick auf Plattenbauruinen.

Man sieht mich in einer trostlosen Plattenbauwohnung. Das ist mein Blick. Man hat sich hier zurechtgezuzelt. Bekannte, zu denen man auch mal hingehen kann, wenn man Hilfe braucht, und dann ist man nicht so allein. Im Flur hängen sorgfältige Holzbilder an den Wänden, und

Blumengestecke sind auch da. Ich bin siebzig, das soll der letzte Umzug werden.

Aber das sind ja Wir.
Wir sind so glücklich.
Wir haben das schönste Fest der Welt.
Die Italiener sollen nicht in so großen Gruppen kommen,
dann finden sie natürlich hier keinen Platz.

Das Karussell ist ja ein Traditionskarussell,
wir sind Schausteller,
wir sind Zuckerbäcker.
Wenn der schwarze Mitarbeiter sich verschreibt,
weil sie aus Äthiopien ist,
aber die sind so begabt für die Verziererei,
wenn die sich verschreibt,
was soll ich da schimpfen.

Wir sind Wir,
das Schönste ist das Bier.

Alle Jahre was ganz Besonderes,
man hat Kühe hergebracht,
ja, das Schnitzel wächst nicht in der fridge,
das wächst ja hier,
bei Wir.
Aus Dirndln quellen Busen,
das ist eine Freud,
aber am schönsten
ist ja der Anstich,
beim Bier natürlich,
das ist der schönste Stich.
– also wenn ich hier mal wie vermitteln darf, ich habe ja so ein öffentlich-rechtliches Gutelaunegesicht im Gesicht, heute trage ich sogar Dirndl, meine linkes Buserl heißt Hannerl, das rechte Mariannerl. Sonst bin ich eher so im Blazer, wenn ich hier mal also was zeigen darf, muss man also doch mal zeigen dürfen, oho darf ich diese Familie mal, das ist ja herzig, eine ganze große weiße Mehrsohnfamilie und alle in Lederhosen die BengelBumsbeine und der Vati und die Mutti, ja wer mag denn das Bier am liebsten zu Haus, der Vati oder die Mutti?

Der Vati, der Vati!

Ja, das ist ja liab, und ihr?

Schießen, Schießen!

Das ist ja süß, und während ich das sage und von den Ministerdarstellern, die sehen ja alle aus wie der Dings, na wie der Dings

Prost, die Herren!

und zu die Kühe rübergehe, weil die Schnitzel, die wachsen ja nicht in der fridge, quellen meine beiden Bumsmöpse aus dem Dirndl, das gehört sich so, das muss ich sagen, das ist heute eine Lebensfreude, Wir sind hier also ganz ganz Wir.

Du musst diese Titten bei der Akquise zeigen, da kannst du dir das ganze Gelabere sparen, du musst einfach nur etwas mehr in Titte.

Darf ich auch ins Bild?

Man hat Rikschafahrer aus der ganzen Welt zusammengezogen. Die radeln die Fetten, wo nicht mehr laufen wollen oder können, radeln die von Festzelt zu Festzelt.

Ja aber dass i da nimmer reinkomme, nur weil alles voller Japanesen?

Die kommen immer in so großen Gruppen, sind aber zum Glück ganz klein, da passen dann gleich viel mehr rein.

Heute sind wir wir, eine große wichtige Versicherung, man hat uns ein Festzelt, wir sind ja die Handelsvertreter von wo Ihrer Sicherheit, also Ihrem Dings, na Leben, man hat uns zur Feier des Jahres Begleiterinnen, das sind Einheimische, die wo aber gut aussehen, besorgt, jede hat ein Band ums Händchen, und die, die wo nur für die Chefs sind, die haben eine besondere Farbe, und die anderen, die darf man aber bumsen, wo und wie man will, und die kriegen dann ein Stempel dafür,

und alles alles wird bezahlt,

zur Feier des Jahres. Das war ein gutes Jahr.

Die finden einfach keine hochqualifizierten Mitarbeiterinnen, es ist ein Alptraum.

Ich will diese feiernden Förster und Vertreter nicht in meiner Wohnung.

Ich frage mich aber, was hinter uns liegt, also oder vor uns, irgendetwas muss doch vor uns liegen, wir sind hier ja vor der Welt, da muss doch ein dahinten bitte sein, hinter dem Bildschirm der Wand, alles ist aus Glas, man stößt sich den Körper, wenn man zu weit, es ist gut gestaltet, man hat ja nicht das Gefühl, eingeschlossen zu sein, alles ist von Ikea oder wo wenn man eine andere Lebensklasse gebucht hat, ligne roset oder antique geerbt und modern kombiniert, es ist sehr geschickt gemacht, dass man gar nicht merkt, wo das Glas, der Rand, das no go.

Ich hasse es zu warten, ich warte ein halbes Leben lang, komme aber selber immer zu spät, weil ich es so hasse zu warten, und dann warten andere, und die warten aber nicht so schlimm, jetzt warte ich in einem Wartezimmer als Zweite-Klassemensch, das tue ich jetzt eine ganze Weile. Greinende Rentner und Krüppel an den Wänden gestapelt. Bitte, Sie können ja privat.

Können die eben nicht.

Weiter.

Wir sind wieder allein allein.

Ich kann nicht schlafen.

Ich will nicht.

Mit diesem Gesicht kann ich nicht in die Arbeit.

Morgen über der Stadt.

Dem Land.

Du musst. Damit musst du raus. In den Tag.

Der Penner braucht einen Schluck. Der Alkohol schreit.

Das Kind, um sechs.

Die Taxis.

U-Bahnen.

Stau.

Fahrradfahren.

Die Handwerker schön beim zweiten Frühstück.

Die Nachtarbeiter und Tresenfräulein ins Bett.

Die Toten finden.

Den Liebsten küssen.

Wo sind wir?

Der Chor: Schon etwas weiter. Wir wollen weiter, und wir sind schon weiter.

Dieses Haus ist eine Ruine.

Ich bestelle eine Wellnessscheiße zu Mittag.

Es dunkelt schon.

Was für ein Tag ist war heute?

Sie denken vielleicht, ich tue hier nichts? Falsch. Ich warte. Vielleicht warte ich an einer öden Bushaltestelle im Nirgendwo vor etlichen Jahren und stelle mir gegen die Dämmerung vor, ich wäre nicht allein. Ich stelle mir vor, es würde mir zugesehen beim Warten. Ich säße nicht nur so für mich. Sondern so mittendrin im Fokus von Aufmerksamkeit und allem. Vor mir ein großes dunkles Loch. Hallo Welt, ist da noch wer? Der Wind pfeift über die natürlich abgeernteten Felder und die Bushaltestelle aus grauen Platten, wie Asbest, und der Fahrplan von schon lange ausgewachsenen Schulkindern abgeknispert oder längst verbleicht, und man weiß nicht, ob noch was kommt, aber zum Weglaufen ist es viel zu spät. Im Windsturm Sehnsucht und Abwesenheiten. Es ist ja furchtbar. Dass das Mensch nicht komplett sein kann. Warum sitze ich hier, und wo sind wir nur, und in welche Lebensdorfdisco kann es nur gehen? Was sind meine Gehaltsdaten, und wer ist über und wer unter mir, und wo, wo bitte bin ich wann?

Vielleicht jetzt?

NATUR!

Der Abend dunkelt, es kann doch nicht wieder, wir wollen noch nicht.

Natur!
Heute drehen wir einen Film.
Eine Serie.
Alle alle sind dabei.
Ich möchte Förster sein.
Ich bin der Arzt.
Ich mach den sanften Kriminalen.
Keiner soll ein Mörder sein.
Der Hauptdarsteller ist ein Starchen.
Er ist blond und gut gebaut und hat schöne Zähne.

Dürfen wir ein Foto?
Aber sicher.
Er heißt Adam.

Hier ist unsere Stammkneipe.
Hier dürfen wir sein.
Hier sind wir.

Im nächsten Leben werde ich Nutt, nein, Nonne wollte ich sagen, im nächsten Leben will ich mit all dem nichts zu tun haben, und dann bist du zwanzig und liest, dass es mit 30 aber so richtig abgeht, und wenn du dieses Alter erreicht hast, also kurz vor Ende und all das, dann geht es auch nicht richtig ab, sondern und dann liest du wieder irgendwas, also dass es mit vierzig so richtig abgeht, mit vierzig muss man sich mal vorstellen, und wenn man dann tatsächlich vierzig also eigentlich schon eben, dann geht es so ein bisschen mehr ab, es geht ja andauernd so ein bisschen mehr ab bis.

Manchmal dauert die Liebe.

Manchmal nicht.

Hör auf hör auf hör auf hör auf hör auf hör auf hör auf hör auf hör auf hör auf.

Körper und andere Krüppeleien.

Ich gehe mich machen, mich heil machen, gleich ist Abend, ich muss noch ficken, das Testosteron muss wo raus. Also rein also weiter, ich muss noch mal, da muss doch noch was, die Ische dings ich mir, ich muss heute verdammt, es ist Samstag, da muss doch was.

Sich im Ehebett zweimal umdrehen.

In Zeitschriften seit Jahrzehnten die Dr. Sommer Seiten lesen, natürlich immer anders.

Ich muss wohin, es ist Samstag!

Wir wollen samstags noch was reißen.

Wir gehen auf den Jahrmarkt.

Aufs Fest.

In die Cocktailbar.

In den Club.

Vereinsheim.

Theater.

Ich gehe auf die Pirsch.

Das Leben prickelt.

Wo?

Es ist so banal. Willst du? Sonst frage ich eine Nutte, aber wir können auch, es wird dann hoffentlich auch für mich billiger und all das, es sei denn, dass du so eine langfristig Emotion und ich dann andauernd an ein Handy gehen muss.

Also Männer ist das, was immer denkt, Lösungen sind Teil des Problems, und auf Fragen muss man antworten, und über Techniken muss man reden, und es gibt ein Ja und Nein, und so ist das, und das Dings muss ins Dings, und das ist doch schon toll toll, also was denn noch alles.

Das Dumme ist, dass man ganz ohne Mann auch nicht möchte.

Ach, na ja, alles eine Einstellungsfrage.

Ich warte so. Ich warte von innen heraus, das ist die Wartehölle. Von außen ist nichts sichtbar. Irgendwer schaut mich. Ich werde geschaut. Ich schaue in die Zeit. Wann nur wann wird was? Ich warte in meiner inneren Schneckenseele. Ich muss gar nicht sprechen. Ich spreche so nach innen. Ihnen kommt es vielleicht so vor. Als wenn. Als wenn Sie was hörten? Aber da ist nichts. Wir sind ja ganz woanders, da wo keine Stimmen mehr, weil kein Air, kein Airbook, nein, keine Luft, kein Rauch, kein Gerede, hier ist Trockeneiszeit.

Jetzt genau jetzt Wolkenbruch, den ganzen Tag diese Spannung, man weiß nicht was und dann auf einmal, das Grau. Noch kein Novemberelend, die Hitze keinerlei persönliche Schuld und Schludrigkeitsbeschwerden, sondern ein echtes Gewitter. Von hier unten ahnt man nur, über den Dächern könnte man die Blitzwunder sehen. Blitze in Hochhäuser und Fernsehturm.

Über vierzig ist es wahrscheinlicher vom Blitz erschlagen zu werden, als einen Partner abzubekommen.

Ja, ja.

Aber so viele Blitze gibt es doch gar nicht?

Ich warte so unpathetisch, just for myself, for me, not for you Vorort, ich warte so mit leichtem inneren Summen, keiner wird mich erwarten nach meiner Warterung.

Es ist schöner, hier zu warten, als woanders. Was soll schon kommen.

Alles joggt, Tag und Nacht, mit Kleinkindern und Joggingwagen.

Irgendwann, wenn ich hier raus bin, werde ich meinem Ex-Chef so einen in die Fresse hauen, ich mach den fertig, ich werde dem Arschloch eine reinwürgen, seinen ganzen Psychopathen, die schwule narzisstische Sau. Irgendwann fliegt dem diese Firma so um die Ohren, und dann sag ich hoppla. Ich lächel jetzt immer auf dem Flur, ich lächle und summe so in mich rein, ihr Arschfressen, das kommt gut an, ich nicht weiter nach oben auf der Leiter, aber auch nicht raus.

Sie ist so schön, wie ein Topmodel, eine Unwirklichkeit, und det gibt es.

Keine Schritte kein Air keine Luft keine Wärme keine Berührung keine Erlösung keine Sehnsucht, nur die Zahnärztin einmal im Jahr, da wird man so durchgemangelt mit allem. Dass die Dinge immer so einfach sind. Ja, das sind sie. Lasst uns. Ich bin für Volksabstimmungen.

Nach nach nach …

Sie ist schon wieder vorbeigegangen.

So schön.

Wir sind wir sind wir sind ja wir! Abschussrampe von Freude, hallo, Sie sind mit dabei.

Was ist hinter uns?

Fragen Sie nicht, was hinter, sondern nur, was vor Ihnen liegt, über Ihnen, nach vorne ist das Ziel, nach hinten nach unten stehen wir, das ist unser Boden, unser standup, Sie müssen wissen, was Sie im Leben,

bitte was?

wollen, es ist Ihre Chancechancechancechance

Mach das aus bitte ja?

chance.

Wir liegen im Bett, und immer murmelt er diese Beschwörungsscheiße, wir haben bestimmt nur Sex nach einem Motivationsplan, immer montags oder vor oder nach dem Gehaltsgespräch, und dafür mache ich meinen Bauch dünn, ich sollte mir schnell wo einen besseren Mann, die Uhr tickt, tickeditackeditick, ich sollte mir schnell, und er murmelt immer diese, diese

Diese Nacht ist eine schlechte Traumnacht, um drei wach geworden und gewusst, dass nie wieder einschlafen, irgendetwas war nicht gut, irgendetwas ist nicht gut, was ist überhaupt gut, sich festhalten an dem Film von gestern Abend oder an einem Artikel oder … Nein, ich möchte nicht über dich nachdenken.

Ich möchte nicht über die Arbeit, über mir Schritte, schlafen die nie, es ist halb vier, ich bin hellwach, mein Kopf tickertackert, ich muss mich runter, habe aber Angst, einen Gedanken zu verpassen, der wo wichtig.

Zusammen mit anderen Vietnamesen verkauft er Zigaretten. An der S-Bahn ab vier für den ersten Zug. Es ist sehr kalt, und ich bin jetzt zweimal von der Polizei erwischt worden. Ich habe nicht genug Geld gemacht. Ich kann die vietnamesischen Beamten bei der Abschiebung nicht bestechen. Alle paar Monate kommt ein Flugzeug. Da müssen die mit Abschiebedatum mit. Es gibt keine Hoffnung. Ich kann nicht zurück. Ich verkaufe Amerikanisch und die Blauen Franzosen und eine Marke, die habe ich noch nie gesehen. Die Zigaretten kommen natürlich alle von woanders. Irgendwo aus dem Osten. Ich kann nicht zurück, alle werden denken, was für ein Versager. Das Geld für die Reise. Die Schulden auf dem Haus. Das gehört unserer Familie nicht mehr. Die Zinsen wuchern jeden Tag. Ich hätte mehr Geld machen müssen. Oder eine nichtvietnamesische Frau von hier schwängern. Ich kann nicht zurück.

Wir produzieren für den globalen Markt. Wir haben die Blauen Franzosen und natürlich die Amerikanischen Klassiker. Die Sache mit dem Rauchen sieht nicht gut aus. Bald können wir auch noch Europa vergessen. Die Schmuggelzigaretten sind die einzigen, die wo noch Erfolg, kann man natürlich nicht lange rauchen.

Alles spricht immer ganz ganz schlecht englisch –

Jetzt sehen Sie mich in einem Panasianrestaurant warten. Alles ist voller Bambus, und es gibt heute einen richtig deutschen Monsun und Regenbäche unter dem Tisch, und vielleicht warte ich also gar nicht hier, sondern in Bali oder Kambodscha, und meine Füße im Schlamm, und leise hört man aus der entfernten Bar, ja tatsächlich, hören Sie? – kambodschanische Schmachtlieder, und es ist heiß, allesmögliche Getier zerknallt an den zittrigen Neons, meine Stiche jucken, und ich habe seit Tagen Dünnpfiff, trinke darum Bier, um überhaupt irgendwas zu mir zu nehmen, ich habe kaum noch Schecks bei mir, und mein Hotelloch ist ein Alp, es sind nachts fast vierzig Grad, schwitzen wie in Hölle, im Sitzen Liegen dünstet die Feuchtigkeit über die klebrige geschwollene Haut. Ich warte, ich warte, dass irgendwas passiert und ich dieses Kaff wieder verlassen kann, irgendwann, in die Heimat zurück, ich muss mich retten, aber die Malaria hat mich schon fest in den Krallen, jeden Tag werde ich schwächer, ich.

Oh it is nici

und das tut es besonders gerne laut

ich mag dieses Gelache am Nebentisch nicht ertragen

Alles voller Touristen, diese ganz Stadt Welt besteht nur aus Touristen.

Das ist hier ein einziges Fest.

tickeditickeditack

und dann darf man noch nicht mal mehr in den Zelten rauchen, die wollen uns kaputtmachen

oder ganz laut spanisch

kein Rauchen im ganzen Innenstadtbereich, in Singapur wirste dafür erschossen

hier sind nur Handelsvertreter, an allen Tischen wird nur gehandelt, und dabei essen sie panasisches Sushiwuschi, ja.

Wir haben jetzt die ganze ID aufgebaut.

Ich mache in.

Die nassen Bambusse glitzern in den Funzeln. Ich hätte gerne noch, hallo?! Ein Tschingdings also na ja, wo ich schon mal hier bin, was für Weißweine haben Sie, dann nehme ich den Grauburgunder den Tschingdingsgrauburgunder gegen Malaria und Magen und Melancholie.

Ich hätte gerne noch eine Maas,
aber eine richtige,
wo ich reinpaas.

Was ist denn nun hinter uns?

Ich warte. Sorry, ich bin draußen. Aus dem Bambus fallen drüber hängende Kastanien.

Bums schon wieder ist wer gegens Glas gestoßen.

Und dann kommen alle zum Rauchen nach draußen.

Hallo! Hier sitzen Menschen!

Alles frisst Frühlingsrollen, aber so gesunde unfrittierte.

Eigentlich haben wir sowieso schon verloren, unser Bakteriaozidsystem ist total im Eimer, ein paarmal Antibiotika und das ist hin, das ist ja ein eigenes Organ, aber bei uns ist das alles hin.

Ich hätte diese Malariatabletten, ich höre, hören Sie diese Musik, das ist ja ein Chor, was macht dieser Chor hier im Bambusbusch?

Sie denken vielleicht, ich tue hier nichts? Falsch, ich warte. Ich warte im Zentrum der Entscheidung, ich bin ein Entscheider, meine ganzen Mitarbeiter um mich rum im Dauerstress. Hier ist es ruhig. Sie betrachten. Ich bin. Manchmal nur der Baulärm von dem Dachapartment, was man mir zur Verfügung.

Heute sind wir im Zentrum, das ist eine große Baugrube, die ist in einer Hauptstadt, mitten in der Mitte, da wird das neue Ich gebaut. Man hat einen Informationsdings, also Box

und oben auf der Caféterrasse kann man Fotos von sich und sich über der Baustelle machen

Das ist das Herz vom Ich

ich hätte gerne einen Cappuccino

drei Prosecci für die flotte Reisegruppe

die Goldohrringe schunkeln im Abendlicht

das ist hier oben besonders toll

wir wohnen ja in der schwulen Hochburg

sie ist eine Keineangst vor Tabus, und ganz laut wird Leben ausgequetscht

noch drei Prosecci, bitte, wir sind die Könige der Welt!

In der Baustelle lauter Chinesen und osteuropäische Kleinunternehmer

das Sicherheitsneon leuchtet gegen den dunklen Boden,

rot glitzern die Pfützen ganz tief unten

es wird in Geschichte geschürft

es gibt Schautafeln am Rand

und schwups zieht man neue Geschichte hoch

Das wird ein Wir!

Bohrhämmer in die Erde

Betonmischer drehen sich

Stahlträger werden in den Boden gerammt

Einsame Kabelträger

Die Frau hat einen roten Beißmund:

Damit beiß ich mich durchs Leben, das tue ich in einer ersten Klasse, meistens tut das mein Mann, und ich beiß dann so hinterher, in Puerto Tansania hatten wir 13-Meter-Wandschränke, das muss man sich mal vorstellen, danach alles verschenkt, jetzt leben wir hier in der Schwulenhochburg, aber es gefällt uns super, wir sind ja immer Kosmopolit, andere Sprachen Geschlechter Ethnien sind uns kein Schimpfwort, sondern die genießen wir so

in einem Puff an einer Ausfallstraße sitzen Lin Yin und Valerie:

Natürlich sitzen wir gar nicht wirklich hier, Puffs sind ja getrennt

also der Thai Puff

und der polnische dicke Mädchen Puff oder was auch immer die Grenzgänger aus Mitteleuropa andingst

die Frauen lassen sich die Zähne machen, die Männer ficken.

Wir sitzen und warten,

das Warten ist unsere beste Zeit,

die Kunden sind nicht erfreulich,

wenn wir nicht mehr warten,

sind wir vollkommen überflüssig,

vielleicht hat uns wer rausgeheiratet?

Dann landen wir irgendwo als Ehenutten

oder wir landen nirgendwo als

also was wird dahinter sein?

Alle erben und zeugen Zwillinge in Kunstprozessen, dann fahren sie in Mittelklasseautos in ihre Heimatorte und zeigen ihre genetischen Erfolgsausweise mit den niedlichen Locken vor. Nur Müllers, die haben eine Mongoloide, aber die ist ganz süß, wirklich.

Ich bin ein Star des Mittelmaßes, ich bin der Handelsvertreter der Mitte, mein innerer Gehsteig ist immer sauber, aber ohne so ein exzentrisches Muster, ich bin Mittelklasse Steuer und Führerschein Drei, Herz am rechten Fleck und Ellenbogenschoner um den Geiste, der ist nicht träge, aber pragmatisch. Ich sag immer, ohne Schubladen gibt's keine Ordnung. Ich bin kein Arschloch, sondern so ein Schwiegersohn, den man wo sich wünscht und nie ausstehen kann, ich werde mich immer für mich entscheiden, mit 48 werde ich eine Jungmuschi nehmen, einfach so, warum nicht, weil ich die anstrengende Ehefotze dann leid bin. Ich gehe gerne Fußball spielen und kann meine politische Meinung pointiert darstellen. Meine Kinder schlage ich nicht.

Jetzt also jetzt. Noch einmal, bitte schauen Sie mich und meine Gerätschaften. Ich bin will das, was ich habe. Für mich soll's noch einmal wohin gehen, ja, ja bitte, drücken Sie jetzt den Herkunftsknopf, go!

Ich werde gleich noch etwas blonder, also

Dünner.

Ein Stock nach oben!

Nach draußen, jetzt das Einfamilienhaus und die Glücksfamilie.

Dieses Haus ist mein Erbe.

Jetzt sehen Sie jetzt uns als Gruppenbild. Wir sind gerade so schön Wir. Wir stehen an der Mehrheitsfront, sind aber keine statistischen Fehlbesetzungen. Analphamismus und Migrationsdilemmatas haben wir auf der Rückseite des Bildes deponiert.

Ich kann mir nicht genau vorstellen, wie alt ich bin, also man siezt mich seit langer Zeit, aber es will mir nicht gelingen, das Außen mit dem Innen, verstehen Sie, deckungsgleich zu bekommen, also natürlich weiß ich, wie alt ich bin, und was ich früher darüber gedacht hätte und was noch geht und was nicht, und ich muss in keinen Spiegel schauen, um mich an eine Realität, aber wie alt ich wirklich also ich bin, das weiß ich nicht, und da gibt es keinen Spiegel nicht, der mir das sagt, und ich schaue immer so andere an, die in meinem Alter sein könnten. Aber die sind nie passend, die sind alle immer ganz anders und dann in den Artikeln Bilder von Menschen, die wo in den Klammern jünger sind als ich, und die sehen ja aus wie eine ganz und gar andere Generation aus einem anderen Jahrhundert. Das kann ich also nicht sein.

Ich bin so hapselich, ich bin gerade aufgewacht und noch schlaf- und traumglücklich und jetzt gleich in den Tag, es wird ein toller Tag, die Sonne scheint, ich habe heute etwas Schönes vor, ich bin mir ganz sicher, da ist etwas, ich hatte etwas vor, also ich weiß nicht genau was, aber es war, also es war etwas, da kommt, vielleicht Besuch oder ich fahre irgendwo hin, eine Reise vielleicht, ja, ich würde gerne eine Reise von weg von hier nach irgendwo hin, an ein Meer zum Beispiel, ja ans Meer, ich muss ans Meer ganz unbedingt, heute fahren wir nach, ich muss noch ein paar Sachen packen, ganz unbedingt ein Frotteestrandkleid mit Blumen, alle Frauen und Mädchen immer so hübsch mit reinen Herzen und saubergebeizten Füßen am Meer, ich muss auch ein Buch und eine Mütze und Geld und einen Badeanzug, ich möchte, Mutti, ich möchte aber nicht alleine fahren.

Auf dem Foto im Album ein Bild meiner Mutter als kleines Mädchen am Strand. Ich muss noch was packen. Für meine kleine Mutti am schwarzweißen Strand.

Komm, ich guck dir in die Ohren, ich guck dir an den Hals am Popo in die Verdauung in den Mund, du isst, was ich dir mit Liebe, mit Liebe mache ich das Essen den Brei die Milch die Fischstäbchen den Matjessalat die Trüffel, wie lecker, den macht dir keiner so wie ich, ich mach die Nase sauber, und die Schramme weg, ich bin die Mutti, ich bin der Körperchef.

Ich bin so, Sie denken, ach, denken Sie, was Sie wollen, ich bin so, so ein Glück in mir, ein Glück, wo ich aufpassen muss, dass es nicht gleich weg, ein Geheimglück, Privatkamin, ich habe eine Nachricht bekommen, ich habe. Ich bin. Also ich.

Ich glaube – leider nicht. Leider bin ich sterblich. Und das ist nicht mehr so lang hin, wie es mal war.

Diese Neuigkeit kann ja nicht für mich sein, eben gerade noch Rührung um deutsch-deutsche Zusammenführung und jetzt muss ich andauernd eine Meinung zum Koran entwickeln.

Ich liebe.

Und werde geliebt.

Ach ja?

Er guckt andauernd anderen Frauen nach, und dann stellt man fest, dass er total kurzsichtig ist.

Sei arschig, und et looft.

Und dann, dass es mein Schlimmstes ist, und darum wird dieses Schlimmste mir immer wieder passieren. Es ist dieses Schlimmste das Immerwieder, das Immerwieder Schlimmste, das wird zu meinem Genickbruch, dass dieses Immerwieder Schlimmste Immerwieder passiert. Das passiert mir dieses Schlimmste, das ist mein Immerwieder das ist meins irgendwann, das bin ich, das ist mein Genickbruch, das ist mein Immerwieder, dass ich Wiederallein, dass ich Weggestoßen, dass ich Ausgelöscht, dass ich Nichtmehrgeliebt oder Wiedernichtgenuggeliebt oder vielleicht sogar gar nicht, sondern Nurgefickt, und auch das reicht nicht mehr aus, das Geficke, und dass sich keiner in mich verbeißt, und dann auch kopfkissenbleiben muss oder will oder, sondern immer in andere, das ist mein Immerschlimmstes, dass ich, die ich ich ich nichtmitspielen soll darf, raus, Mutter Vater, ich will nicht allein, das Licht soll nicht aus, da muss doch was, Herr Jesus, wenn schon nicht du, dann was anderes, dass ich also die nicht nie alleine, bitte nicht, ich wieder weg, gestoßen, aus die Geschichte raus die Maus, aufs Sofa ins gemeinsame Bett in den Sarg auf den Stein an den Finger mit dem Ring geschweißt werden andere, ich nicht, ich bin wieder alleinallein.

Wir fahren also ans Meer.

Nachts schrecke ich immer, ich habe etwas vergessen, oder, da war doch etwas, was ich vergessen habe?

Habe ich dir Ihnen schon meine Visitenkarte meine Daten mein Xingdings, Sie können auch meinen Newsletter, er ist dann auch gleich wieder abbestellbar, ohne Komplikationen, Sie müssen nur, also mein Körper ist erstklassig, Sie können meine Blut- und Laborwerte, auf meiner Homepage können Sie sich Bilder meiner inneren intimsten Körperregionen, ich kann Ihnen aber auch gleich den Lifeticker aus wo mir verlinken, meine Synapsen sind als App vernetzt, und jeden Samstag können Sie auch bei der It's-Friday-Porn-und-Emotiontime dabei sein, hallo Sie, habe ich Ihnen schon meinen Namen, also nennen Sie mich Raoul oder Happy Gonzales oder

Ich habe mir schon ein paar Informationen im Netz vor diesem Ding.

Date

Na ja, vielleicht hätte ich es nicht so genannt,

und was sind deine Pläne, ich meine, wo willst du hin?

Auf den Bildern hast du mir irgendwie besser gefallen.
Und tschüss.

Ich muss schon wieder los, es ist ja schon wieder Montag um 6, und da versuche ich jetzt noch ein wenig zu laufen, damit ich wenigstens etwas für mich.

Stundenlang liege ich in dem dunklen Raum. Tagelang. Und aus dem Dunkeln mit Blinken der Maschinen Galopptöne. Die Herzfrequenz da drinnen Düppdedüpp und Holtertipolter. Alles ganz heil noch, manchmal leichte Störungen, die großen kommen ja wohl noch, Handy ausmachen und auf den kleinen inneren Galopp hören.

Hier sind alle schwanger, das ist ja unfassbar, entweder sind alle schwanger oder aber sie schieben Kleinkinder vor sich her, eine ganze Menge Männer in Kuschelhaltung, die sehen aber nicht nach Karriere aus, sondern nur Erbengewinner, die Alphaarschlöcher mal wieder woanders

Er ist so cool, er kann vor Eierklackern gar nicht gehen.

Das klötert lauter, als all die Handys bimmeln.

Wir warten jetzt in einem Szenelokal mit Sojalatte.

Schaulaufen.

Osterspaziergang.

Das New Bürgertum zeigt sich.

Die Hälfte trägt Sonnenbrillen.

Oder Kinder.

Gleich nach dem Come Together an die Bar,

wenn du da nicht hingehst, bist du eben nie dabei

so ein bisschen etwas noch mal gemeinsam Dinge klären

meine Karte hast du, oder?

Ja, ja, wir können ja mal

ja gerne, auch mal so

der Dings also der Dings

und du am Konzept

brainstormenessen

im Dings

mit dem Dings

jau

und die äh

wollte mal wieder nicht mit.

Wo die Frauen nur bleiben, die alle mal in die Führungspositionen sollenwollen.

Auf diesem Bild keine einzige Frau.

Hast du die Muschi gesehen, meine Fresse, so kann's sein.

Wo?

Hinterm Tresen.

Jau.

Ich will ich will ja, ich bin ganz jung, also ich bin so, ich bin blond und hinterm Tresen, aber gleich studiere ich BWL oder VWL oder Jura oder irgendwas werde ich mit diesem Abitur schon anfangen müssen, ich bin ja schon, also ich bin ganz ein inneres Startup, ich will ein forgoer ich

will ein Dauerstartup

ich will diesen Erfolg

und der ist mir nicht nur ein Auto,

sondern.

Sondern was?

Mutter, ich komme dann Montag.

Nein, Sonntag!

Nein, da kann ich nicht.

Aber du kannst doch nie, warum solltest du ausgerechnet Sonntag nicht können?

Keiner klopft mehr an die Tür.

Mama, dann komm ich eben Donnerstag, das könnt ich machen, Matze kommt nie!

Vater, ich kann die Woche nicht, ich habe so viel Arbeit, du kannst kommen.

Der Berg zum Fluss.

Alle zehn Minuten eine Muslima.

Der Lederpenner labert all diese Weicheier an.

Lauter kleine Lockenkinder mit Fahrradhelmen.

Aber warum warum tragen die alle Fahrradhelme, und vorher haben die keine Fahrradhelme getragen.

ALLE fragen wir im Chor, was ist denn nun dahinter, ich würde gerne wissen, wer da oder was da, also auf was warten wir nur, wann kommt der Dings der Drink das Konzept die Liebe, bitte was, die das, na irgendwas oder wer, der mal wieder nicht da ist, das soll hier Wunderland, bitte, das hatte ich mir aber anders, Bierflaschen zerspringen aus Jungmädchenfotzen, das ist unsere Party, das ist das, ich muss noch ganz schnell dieses will will face aufmachen, mich in meinem Postamt unentbehrlich, aber wann, wann ist dieses Budgetmeeting, was, nein, Sonntag kann ich nicht, da kann ich wirklich nicht, und das geht Sie nichts an, warum nicht, das ist privattime. Was ist das? Sonntag, natürlich machen wir Nutten da das und dies, das ist unser bester Tag, da steh ich erst um fünf an der Bahn, weil die Raucher noch nicht an die Schicht, am Sonntag sterben im Quadrat, die letzten Heuler streichen durch die Bahnhofshalle, Hauptsache, nicht alleine zu Hause, in der Wohnungshölle bleibe ich nicht, alles sonntagt voller Familienglück, vielleicht ein Hobby, die Zeit totzuschlagen oder ein Budgetmeeting, warum machen wir das Budgetmeeting nicht Sonntag, ja, wunderbar, nein, da kann ich nicht, wie wär's um zehn, dann ist danach noch Privatfamilytime. Jetzt soll dieses Dahinter mal rauskommen, oder dieses Dings, nein, hinter der Wand, außerhalb vom Glas, von der Denke, ich kann ja nur als wie wir und alles ist unser, wir wollen auch mal ein Leben, aber was ist da draußen, nein, ich glaube, es ist besser, wenn das nicht hier rein, das Draußen soll draußen bleiben, WIR machen dann Sonntag dieses Meeting, aber da muss ich, ich muss, Sonntag kann ich einfach nicht, oder nur bis eins, dann machen wir bis eins dieses Budgetmeeting, und dann machen wir das Sonntagsglück, was wir uns wo verdient haben.

Eine alleine, und das ist ganz egal, ob Sonntag oder nicht, flüstert so, weil andauernd sind feine kleine Fehler in der Wohnung, hinterm Rohr, im Bad ein gelbes Sickern, ein sanft satter Gestank aus dem Abfluss, das Lüftungsgitter seltsam befleckt aus totgekrümelten Fliegen, eine Pfütze in einer Ecke, die da nicht hingehört, laufen denn nachts Rehe oder Penner durch die Wohnung, die ihre Notdurft absondern? Gluckern in den Heizungsrohren, Schlagen, Klopfen, Schreie auf dem Hausflur, im Spion blaue Leere, Blut sickert durch den Türritz, ganz fein, das Raufaser der Tapete tanzt nachts und muss morgens in eine Ordnung gebracht werden, immer wenn ich nicht hinschaue, laufen all die Raufaserflecken zurück in die Wandmitte, gibt es hier eine Dorfdisco, wo die sich nachts treffen, meine Haut ist sich nicht mehr sicher, ob sie zu mir gehört, sie wird faltig und wandert ungebührlich, hängt der Schwerkraft nach und nicht mehr an mir, sie schlenkert in Eigenbewegungen und fließt in Lavaströmen, sich nicht mehr im Spiegel anschauen, weil das Ich da sowieso nicht mehr zu finden ist, nachts fremde Männer in meinen Träumen, wenn ich eine Kalaschnikow hätte, könnte ich diese

Würmer totschießen, gibt es denn nie eine Gnade nicht im Leben, ich will alleine sein in meiner Haut und mir und meinem Kopf, gehen Sie bitte daraus aus meiner Erinnerung.

Und was ist hinter uns?

Ich weiß nicht genau. Es knirscht unangenehm. Es sickert durch die Sonntagsritzen der Feuilletons.

Wir sind. Wir sind hier eigentlich ganz gerne, wir haben uns gut eingerichtet. Man hat uns unseren Exklusivzugang zum Glück gekündigt.

Hier geht es mir am besten. Aus dieser Wohnungshölle will ich nicht mehr raus.

Ich werde ihn nicht anrufen, ich werde ihn nie mehr anrufen.

Ich versteh dieses Handy nicht mehr. Es redet mit mir, aber nicht so, dass ich es verstehe, und Telefonieren geht schon ganz lange nicht mehr, weil ich auf meinen Geräten zwei Identitäten habe und darum nicht mehr zugangsberechtigt bin.

Jetzt ist wieder die Zeit der verdeckten Hundescheiße.

Und gleich Weihnachten.

Oh, tatsächlich, dann schnell ein Cheers auf ein superneues Jahr.

Alles ist also wieder ganz wunderbar, Ich im Zentrum, die anderen auch, wir sind in harmony, und das haben wir uns verdient, wir sind bestbetters, wenn wir graue Haare haben, segeln wir, dass die Knochen nur so knirschen, wir sehen alle aus wie bestager models und das in jedem age, und die anderen finden Sie auf dem Unterdeck, bitte machen Sie aber keine Fotos von den lebenslang geschwollenen Füßen, ja, Saufen macht halt krank.

Ich bin kurz davor, mich einen nach oben, bitte drücken Sie mir, nicht wahr, Sie denken, ich bin schon ein wenig mehr einer, vor dem man seine Schwäche weniger im Bier ausbreiten möchte, sondern so einer, wo man sich am Riemen reißen würde und sich so aufrecht. Ich ständig schon ein wenig jüngerwoweiter, man hat mir eine Bleibe in einer höheren Etage, ich habe es munkeln gehört, aus Amerika via der Europazentrale, mein Chef soll übergangen werden, ich an ihm vorbei eine Etage nach der Dachgeschosswohnung, ich werde Ihnen wo auf dem Kopf rumlaufen, hören Sie, das ist mein Kindergeburtstag da oben, das ist meine Wunderlandparty.

Wenn er spricht, knirscht es immer. Er hat diese Aura, auf der man jeden Fettfingerfleck sofort sieht. Ich bin mir sicher, Sex mit ihm ist entsetzlich, auch wenn er ganz und gar fit im Schritt ist.

Würden Sie mir also die Daumen, ja, nicht dass ich es nötig hätte, aber bitte fassen Sie mich nicht an – habe ich Ihnen schon meine Visitenkarte?

Wie heißt du?

Wir kennen uns?

Ja sicher, aber ob wir uns mal oder das mit jemand anderem?

Du hast bestimmt eine Eigenheit,

an die ich mich erinnern würde

könnte,

zu Tisch, jetzt alle zu Tisch.

Es tut mir leid, ich esse schon in der anderen Klasse.

Sie sitzt auch schon einen weiter hinten, oben, so undeutlich, wir sind doch ein Biertischglück.

Ich trinke nur Schampus wegen der Kalorien.

Auf einmal setzt die Musik ein.

Die Bühne öffnet sich.

Das Kind schüttelt sich, jetzt jetzt der Schrei.

Ich gehe.

Nach vorne.

Raus.

Auf der Bühne Bühnenbilder längst vergangener Gedanken.

Wo sind wir bitte wann?

Ein Körperleben, ausgeblutet, liegengeblieben.

Und dann?

Auf auf ins nächste Geschoss, hallo hallo, ich muss will einen nach oben!

Achtung. Ganz ganz oben stößt man sich so leicht den Kopf am Glas. Und etwas später merkt man, das war gar nicht der Himmel, sondern nur die High Heels von wo irgendeinem über einem.

Und das sind nicht Gott seine.

Jetzt noch einen allerletzten Blick. Auf uns, ich im Vordergrund, die anderen dahinter.

Platz und Tableaus, es ist noch etwas später als spät, gleich wird Nacht, nicht die ewige, aber. Im Tagebuch stehen um fünf vor zwölf 1500 Kalorien und eine Aggression, vielleicht wir noch wohin, wir wollen nicht schlafen gehen, da soll noch ein etwas Dings, na, Sie wissen schon, sind Sie noch da? Hallo, ist da jemand, da draußen, irgendwo? Wir warten, nein, nein ganz falsch, wir warten nicht, das Kind kurz vorm Schrei, der Klage, aus den Fenstern blaues Flackern, Nguyn Vien im Rand verschwunden, raus aus dem Palast, dem Wunderland, manche sterben gleich, einige etwas später, sie ist alleine mit sanften Kriminalen, draußen und drinnen im Bild Draußenelend, geh ich jetzt oder nicht, kommst du mit, ein Morgen soll bitte heute noch nicht sein, vielleicht gleich noch so ein EtwassichanderResturherde juckeln, das Glas knirscht, gibt aber noch nicht nach, wir sind bestbetters, wir sind hier, wo wir sind, ist Wunderland, das ist so schön. Applaus.

Helmut Krausser

Eine Neuköllnische Tragödie

Personen

GOTTFRIED
SIEGLINDE
MIKE
NINA

Folgender Text ist metrisch geschrieben. Er sollte deklamiert werden, nicht einfach nach Gusto gesprochen.

GOTTFRIED *kehrt am frühen Abend nach Hause zurück* Weißt *du*, wo's
Taubengift zu kaufen gibt?
Die Ödnis macht mich kirre. Lang, zu lang,
hab ich den Boccia-Spielern zugesehn,
am Maybachufer, hab im Karstadt unten,
Probieroliven reingewürgt, und im
Saturn am Alex neuste Fernsehtechnik
angestaunt. Das geilt! Das spitzt so zu!
Konsum ist deprimierend ohne Kaufkraft.
Sogar den schrägen Predigern zu lauschen,
am Richardplatz und weiter südlich, nein,
bedeutet mir nichts mehr. Den halben Tag
verkackt hab ich beim Arbeitsamt und dann –
wer ist der Mann, der da an deiner Seit
sich suhlt und Bier aus meinem Kühlschrank trinkt?
SIEGLINDE Der neue Nachbar ists, das Bier indes
ist deines nicht, er hat es mitgebracht,
ein Sechserpack Geschenkgetränk von Aldi.
GOTTFRIED Dann seis mir recht. Begrüßen will ich ihn
als Nachbarn wie als Trinkkumpan. Sei denn –
er hätte seinen Stinkeschwanz in dich
gesteckt. Dann wäre Ende lustig, nie
ertrüg ichs, Rache nähm ich, heilger Eid!! –
SIEGLINDE Du fönst mich mit gestelztem Wortschwall zu?
Pack deinen Hahnenkamm mal wieder ein.
Verdächtigt grober Unzucht werd ich? Das –
ist unerhört. Verschaff dir Überblick,
Gemahl, was im Detail hier Sache ist:
Wir trinken, pflegen Scherzgeplauder, sehen
Zoofernsehn auf ARD und gut.
Entheizt sich dein Gemütchen wieder?

GOTTFRIED Nun.
MIKE Dein Weib ist schön, ich gratulier! Ergreif
die Hand zum Freundschaftsbund. Wir waren brav,
das Bier ist kalt. Und eines langen Tages
elend lange Langeweile weilt
nicht länger unter uns, ist erst das Zweit-
promill erreicht. Wir wolln an Zoten uns
ergötzen, lästern, lachen, Abendspaß
genießen, ganz auf meine Kost. Nimm hin
mein Bier, und geht es neige, pissdruff, flugs;
dann hüpfen wir ins Sternbild Wodka. Zwei
Bouteillen birgt mein Eistresor, devot,
sehr feucht – und geil auf unsre Gaumenzapfen.
GOTTFRIED Der Kerl, scheint mir, ist reich wie Lotto! Frau,
wen hast du da herbeigeschleppt? Sehr gut
gemacht. Wir wollen uns vertragen. Amen!
Wie nennst du dich, du neuer treuer Freund?
MIKE Der Namen viele hab ich schon gehabt,
aus diesem oder jenem Grund. Für euch
bin ich der Mike. Wie sich die Löckchen auf
der Frühlingswiese nennen, weiß und duftend.
GOTTFRIED Weiß und duftend? Nee. Bist du – Kanak?
MIKE Mein Vater war ein Bosporusse. Doch –
sind wir nicht alle Trinker vor dem Herrn?
GOTTFRIED Mag sein. Nun, Frau, schalt um, wir wollen uns
Lokalnachrichten reinziehn. Sehn, was denn
so vorgeht in der Welt und über die
Politiker und deren Dummheit uns
das Maul zerreißen. Danach aber: Fußball!
SIEGLINDE Viel eher stünde mir ein Tanz im Sinn,
ein leicht frivoler. Jung zu sein, so lange
irgendmöglich, ist Gebot für mich.
Holter, alter Polter! Knall und Fall!
Der Tube Leben letzten Saft abpressen.
Tanzend, außer Atem, will ich eines
fernen Tages holla-kollabieren.
GOTTFRIED Krawall! So schüttel deine Wonnproppmopse!
Wir, mein neuer Freund und ich, wir sind

die Rhythmustruppe, stampfen, klatschen laut
und kreischen, bis die Bullen klingeln. Mike?

MIKE Krawall! Tumult! Die Hexenkesselbrut!
So soll es sein. Sieglinde tanzt. Und wir,
die Meute, feuern ihre Schritte an.
Sieglinde tanzt.
Wie nennst dich du denn, Kamerad?

GOTTFRIED Nur einen Namen gab die Mutter mir.
Gottfried. Nenn mich ruhig Gotti, so
wie ein New Yorker Mafioso hieß,
von dem es heißt, er habe Feinde und
Probleme gern im Säurefass gelöst.

MIKE Ach Gotti, ja, wir wollen Freunde sein,
zivil und säurefrei, wie Gentlemen
fortan, bei holdem Tanz, Gesang und Bier,
ganz brüderlich uns alles Schöne teilen.

GOTTFRIED Nachtigall, du Nachtprall-Galle, traps!
Ich hör aus dem Beschluß die Schweinerei
heraus. Sind mir Antennen für gewachsen.
Sieglinde war einmal sehr schön und ist es
bei geschickt gesetztem Licht ja immer
noch. Nur mir gehört sie, keinem sonst.

MIKE Was brabbelst du in deinen Bart, komm, trink
mit mir und labe dich am süßen Hampeln.
Wie deine Frau Ekstase imitiert,
vielleicht sogar bereits empfindet, das
berührt mich sehr, berührt mich tief.

GOTTFRIED Was reibst du dir so unverschämt den Schritt?

MIKE Er schielt auf meinen Schoß, wie schwul ist der
denn drauf? Wir können blankziehn, wenn du willst.
Den Kürzeren, den Schlafferen ziehst sicher –

SIEGLINDE Ihr blöden Männer, schweigt und zeigt Respekt!
Solang ich meinen Tanz darbiete, gibt
es keinen Schwanzvergleich, kein böses Blut.
I will survive. I've got all my life
to live, I've got all my love to give,
I will survive. Jaja. Heyhey!
Holter, alter Polter! Geiles Lied.
Ende von Sieglindes Tanz.

MIKE Und grandios interpretiert, Applaus!
SIEGLINDE Da weiß mich wer zu schätzen. Nur mein Mann
steht tapsig rum, sagt nichts. So viele Jahre
leb ich kaum gewürdigt neben ihm
dahin. So mehr geduldet wie ein Schatten.
MIKE Seien wir für den Moment erschöpft,
im Stand der Gnade, überwältigt vom
Buffet der Reize. Habt ihr ein paar Chips?
GOTTFRIED Und schon die erste Forderung. Arschklar.
Was können wir Monsieur Le Mike denn bieten?
SIEGLINDE Angebrochnes Salzgestänge. Leider
schon was älter. Hab ich, Schatz, nicht stets
gesagt, schaff Neues an? Es kommt der Tag,
es kommt der Gast, ders frisch und knackig mag?
MIKE Immerhin. Mal immer her! Ist knackig
noch. So Knabberzeug, das hält sich lang.
GOTTFRIED Was starrste auf ihr Dekolleté bei diesem
Spruch? So knack-kanakig- kakerlakig?
MIKE Soll ich ausm Fenster gucken? Oder
lieber auf zu dir, mein strenger Gotti?
GOTTFRIED Gütevorschlag: Glotze. Kommt gleich Fußball.
Hertha spielt zu Hause. Könnt was werden,
ausnahmsweise. Oder biste Fan
von Union? Dann gibt es ein Problem.
SIEGLINDE Andre Konfessionen als die Hertha
duldet Mono-Kulti-Gotti nicht.
Gib Obacht, was du sagst.
MIKE Auf ewig: Hertha!
GOTTFRIED Gut. Dann steht dem Abend nichts im Weg.
Auf ewig Hertha! Jetzt und in der Stunde
ihres Abstiegs. Alles, alles geht
vorbei, wir bleiben treu. Denn Prost! Auf Ex!
MIKE Das runde Leder samt Betretern zog
mich, bin ich ehrlich, nie so ganz in Bann.
Doch will ich einmal tun als ob, als guter
Gast paßt man sich manchem Unsinn an.
Sind alle erst mal lala, spielen wir
ein Ballspiel nach Sieglindenart. Geduld.

Mein Schwan, der sie entrücken wird, ins Lala-
Land, steht stramm bereit. Ich habe Zeit.

SIEGLINDE *Arie* So unverfroren wurde ich schon lange
nicht mehr angepeilt. Außer mal
beim Frauenarzt. Ich muß, wenn ich
beschickert bin, auf meine Würde achten.
Erst observiert, dann abserviert, sobald
sein Schwan gekräht hat, nee – da muß schon mehr
rausspringen. Bißchen Zukunft muß da sein.
In meinen Mund kommt er mir nicht, dazu –
sind wir zu unvertraut einander noch.
Auch Frauen kommen oft zu früh – entgegen.
Rauben Männern alle Ziele. Wundern
sich wie blöd, wenn die sich neue stecken.
Meine Zukunft heißt jetzt Mike. Und gehn
wir beide weg, dann ganz weit weg, wo Gotti
nie uns findet. Wedding. Oder Pankow.

MIKE Alles kommt mir grad entgegen. Eine
Flasche nach der andern säuft der alte
Patriarch und schwappt sich selbst von Bord,
sein Weib ist feucht und wild auf mich.
Die hat es dringend nötig. Es ist beinah
wie Fischen in der Badewanne. Keine
Gegenwehr zu sehn. Wie ist das schön.
Anal, oral, egal, ich nehm sie mal
von überall als leichte Beute hin.
Sieglinde, sag, ich habe kalte Hände,
darf ich deine Glocken läuten?

SIEGLINDE Nix.
Mein Mann kann viel vertragen, alkoholisch.
In Beziehungsfragen eher wenig.
Beinah gar nichts. Warte, bis der Schlaf
ihn bald zur Seite klappt.

GOTTFRIED Sie spielen schon?

MIKE Hurra! Sind wir weiß-blau? Für immer Hertha!

GOTTFRIED So! Nicht anders. Bricht auch Stein und Eisen
einst entzwei, der Mike und ich sind treu.

SIEGLINDE Wie Scheiß am Schuh! Es heißt *blau-weiß*.

MIKE Wo wär der Unterschied?
SIEGLINDE Weiß ich doch nicht.
GOTTFRIED Ach, noch ein Bier! Ihr redet nach dem Munde
mir und glaubt, ich merk das nicht. Ganz falsch.
Ich bin enorm empfindsam. Leider. Jemand
will mir etwas stehlen, das begreif
ich selbst im Koma. Prosit, lieber Freund!
SIEGLINDE Wie wärs mit noch mehr Tralala? Dazu
ein wenig Hopsassa – und fertig ist
die Tandaradei. Seid ihr dabei?
NINA *kommt von der Arbeit nach Hause* Hallöchen, hübschen Abend.
Vollversammlung?
GOTTFRIED Meine Tochter: Nina. Das ist Nachbar Mike.
Gib Pfote.
MIKE Küss die Hand, Madämchen Nina.
Eine feine Hand ist das, und erst
die Finger! Glatte zehn! Ich muß schon sagen.
Zehn auf der gedachten Skala zwischen Eins
und Zehneinhalb, Verehrung, Euphorie!
Extremitäten schöner Mädchen haben
das gewisse Ominöse an sich.
Hossa, Hallelu und Hallali!
NINA Wie krass ist der denn drauf? Was macht er hier?
GOTTFRIED Im Freundeskreis zur Abendstund genießen
wir den schmalen Rest von unsrem Leben.
SIEGLINDE Sei fröhlich ohne Widerworte, komm,
geselle dich zu uns. Ein Mädel, das
verdient, und seis bei Schlecker an der Kasse,
ist zweifellos gesellschaftlich von Nutzen.
Du bist unser ganzer Stolz. Fürwahr.
NINA Schalt bitte mal nach Kanal Elf, da geht
gleich *Deutschland sucht das Supermodel* los.
GOTTFRIED Auf keinen Fall, und Finger weg von meiner
Fernbedienung. Scheißegal, was Deutschland
sucht. Und wenn es Raum im Osten wär.
MIKE Ich sähe mir die Supermodels lieber
an als Fußball. Bin auf deiner Seite,
Nina, rück ein Stück an mich heran.

NINA Ich brauch nicht soviel Platz. Was sind denn Sie
für einer?

SIEGLINDE Jugend forscht. So indiskret,
beneidenswert. Die Frage treibt auch mich
ein wenig um. Und ist ja von Gewicht.
Woher beziehst du, Mike, im Daseinskampf
die Scheinchen mit dem Wasserzeichen? Sag!

MIKE *ariös* Wovon ich lebe?
Von Minnesang und Fliegen
in meinem Spinngewebe.
Ratet mal.

GOTTFRIED Ich bin da eher phantasielos. Tor!
Nein, Latte! Ekles gottverdammtes Pech!

SIEGLINDE Was für Berufe gibt es denn? Bist du –
ich tippe mal – ein Kaufhausdetektiv?
Ein Ticket-Kontrolleur der BVG?
Ein Suchtberater? Nein? Na, hoffentlich
kein Bulle in Zivil? Erleichterung.
Nach harter Arbeit sehen deine Hände
eher nicht aus. Kleinen Hinweis bitte.

MIKE Ich arbeite mit guten Händen, lebe
in der Tat von Fliegen.

NINA Wie – von Fliegen?
Wie der Teufel in der Not?

SIEGLINDE Er meint
die Luftfahrt. Bist du Steward? Gar Pilot?

MIKE Vielleicht bin ich ein Diebsgesindel? Schleich
mich in die Häuser, mach die Opfer alle
malle, raube ihre Habe, stehle
mich davon, bevor der Morgen graut.

GOTTFRIED Plagen mich auch manche Sorgen, diese
nicht. Gäb hier kaum was zu holen. Höchstens
das TV-Gerät – geschenkt.

SIEGLINDE Habs!
Du bist was wie – ein Mathematiker!

MIKE Ein bißchen wie. In meinem Job kann etwas
Rechenkunst nicht schaden.

NINA Rumzuraten
ätzt.

GOTTFRIED Mach uns mal klüger, selbsternannter
Herr der Fliegen.
SIEGLINDE Sei kein Frosch, lös auf!
MIKE Ich klick im Weltweitnetz und spiele Poker.
GOTTFRIED Davon kann man derart leben? Wow!
MIKE »Fliegen« oder »Fische« nennt ein Hai
die Freier ohne Strategie und Eier.
SIEGLINDE Wie für mich so plötzlich gar kein Auge
mehr erübrigt wird, das schmerzt. Ach, Töchter
bleiben zweischneidig, man lebt in ihnen
fort, sagt man, und lebt in zweiter Spur,
ein Schatten seiner selbst. Erleidet den
Vergleich als zu direkt und gnadenlos.
MIKE *Arie* Ich zocke online,
es bringt Gewinn ein.
Bin der *Jolly Joker*
beim Texas-Hold-Em-Poker.
Man muß an vielen Tischen
mit vielen Fischen spielen,
muß megaforsch sein,
eiskalt und hundsgemein,
im Goldfischteich
sein Netz auswerfen.
Mit starken Nerven
wird man reich.
Man muß gerissen
handeln, immer wissen,
wie die Fliegen ticken,
um sie dann von hinten
zu fi- beschwindeln.
Ich zocke online,
es bringt Gewinn ein.
Bin der *Jolly Joker*
beim Texas-Hold-Em-Poker.
Weiß man, wie es geht,
worum sich alles dreht,
ists ein Schlaraffenland.
GOTTFRIED Beeindruckend. Mich armen Idioten

hat man noch mit schwielig harter Hand
gelehrt, daß Karten oder Würfel Teufels-
spielzeug seien. Drum ist nichts aus mir
geworden, außer Gottfried, Ninas Vater.

NINA Was erspielt man sich da so, pro Tag?

MIKE Können tausend, mal auch nur zweihundert
sein. Das schwankt. Doch heute liefs geschmiert,
fast überirdisch. Zwei und eine halbe
Mille in drei Stunden habe ich
verdient. Drum bin ich auch so gut gelaunt.

NINA Dafür muß ich einen – und noch einen
halben – Monat schuften. Katzenkacke!

MIKE Des Menschen halbe Würde ist die Summe,
die auf seinem Konto parkt. Ich bring
dir Poker gerne bei, wenn du es möchtest.
Keine Angst! Zu Übungszwecken spielen
wir um Kleidungsstücke statt um Geld.

GOTTFRIED Sie hat nen Job bei Schlecker, Mann! Poker –
dafür muß man Englisch können. Wird hier
nicht gekonnt. Setz Nina keinen Zockerzeck
ins Ohr. Wir sind dafür zu bürgerlich.

MIKE Nen Nebenjob als Ninas Schleckermann –
verachtet niemand.

GOTTFRIED Bitte?

MIKE Nix.

NINA My English
goes.

GOTTFRIED Ich will aufs Spiel mich konzentrieren.

SIEGLINDE Außer dir will niemand hier das blöde
Herthaspiel ansehn. Ist eh nur wieder
üblich-ärmliches Gebolze, Klassen-
kampf um den Erhalt der Liga. Davon
seh ich täglich mehr als mein Gemüt
verträgt.

GOTTFRIED Ich respektiere deine Meinung,
gäb mein Leben dafür her, daß du
sie äußern darfst. Jedoch: Im Haus bin ich
der Herr. Und Supermodels, die ich eh

nie kosten werde, regen mich nur auf
für nix und wieder nix. Und dreimal nix.

SIEGLINDE Ein Brot mit Leberwurst, mein Kind, hob ich
dir auf. Du mußt am Abend etwas essen.

NINA Muß ich *nicht*. Verwesendes Getier
gleich *gar* nicht. Schüttelt mich bei dem Gedenken
an das Lebewesen, hingemordet.
Folteropfer, Leichenteile, willst
du mir kredenzen? Schäm dich, Mutter.

SIEGLINDE Als wohntest du am Prenzlberg, so redest
du und raubst den Tieren ihren Sinn.

GOTTFRIED Dann nehme *ich* das Brot, bevors verkommt.
Und störe mal die Totenruhe dieser
tragisch unterbrochnen Existenz.
Wie gut duftet die Kräuterleberwurst
heute nacht! Wie eine Frau, die auf-
steigt aus dem Bad
Auf die Melodie aus Salome.

NINA So, wie ein Schwein, das tot ist.

GOTTFRIED Gürkchen fehlen.

MIKE Gürkchen sind das A
und O bei Leberwurst. Veganer aus
Gesinnung war ich ja von je, allein,
das Bauchgefühl hat mich oft schwach gemacht.
Rein rational bin ich auf deiner Seite,
Nina, habe meine Sympathie.
Gedenksekunde! Für die unbekannte
namenlose Sau in Gottis Bauch.

GOTTFRIED Und Schlußstrich. Amen. Auf zu neuen Taten!

SIEGLINDE Klapperdürre Nina, nimm etwas
vom Salzgestänge zu dir. Komm zu Kraft
und Kurven. So bulimisch, wie du aussiehst,
muß man Allerschlimmstes bald befürchten.

MIKE Sie sieht richtig gut aus, nicht bulimisch.
Derart prächtige Figur verdient
gebührend Anerkennung. Solche zoll ich.

SIEGLINDE Das macht der unheilvolle Einfluß dieser
Heidi Klum. Die Mädchen werden dünn

und dumm. Die wahre Frau ist keine Maus,
hat einen Arsch – und Männern was zu bieten.

NINA Abertausend Jahre schon muß ich
mir diesen Scheiß anhören. Will sie mich
nach ihrem Abbild formen? Ich verstehs nicht.

MIKE Sie hat Angst, du könntest einmal mehr
mit dir erreichen, als sie selbst.

NINA Ach ja?

GOTTFRIED Du solltest, Kind, zu Bette gehn. Denn morgen
blüht ein harter Tag uns allen. Hier
brennt bald die Luft, das ist dein Ding ja nicht.
Ich seh so viel Verdruß vorher.

SIEGLINDE Mach hinne,
Tochter, überlass, was Sache ist,
mal lieber mir, ich weiß, wie damit
umgegangen werden muß, es handelt
sich um Fragen der Geschlechtlichkeit.
Da bist du lang noch nicht bereit dafür.

GOTTFRIED Und null zu eins! Das kommt davon! Na klar!
Wer vorn keins reinmacht, kriegt es hinten.
Nun. Woher bezieh ich Sinn aus diesem
Tag? Das Gratis-Bier. Und meine Nina.
Sie anzusehn, behagt mir so. Wenn etwas
mir noch mehr als Hertha ist, ist sies.

SIEGLINDE Da hast du mal was gut gemacht, sag ihr
gut Nacht.

GOTTFRIED Sie ist ein schönes Kind, nicht wahr?

SIEGLINDE Zu mager nur.

GOTTFRIED Ich will ihr einen Kuß
noch geben.

SIEGLINDE Laß mal gut sein. Das geniert sie.

GOTTFRIED Ei, weswegen? Hat ein Vater denn
kein Anrecht auf ein Bett-Geh-Küßchen? Nein?

NINA Er riecht so aus dem Mund, ganz ekelhaft.
Zu Bett geh ich noch lange nicht, bin keine
elf.

MIKE Bist eher Elfe.

SIEGLINDE Hast gehört? Du riechst.

GOTTFRIED Ich rieche nichts.
SIEGLINDE Nach Bier und alten Socken.
GOTTFRIED Müßtest meine andern halt mal wieder
waschen, wa? Statt dumm herumzumaulen.
SIEGLINDE Seh ich dein Gebiß, wird mir ganz schlecht.
GOTTFRIED Und deines solltest du einmal rasieren.
MIKE Wo dort gestritten wird, sei hier ein Ort
des Friedens. Wir – ich meine dich und mich –
wir haben uns, das ist für den Moment
genug, um einiges daraus zu machen.
Vieles fiele mir ja ein, was noch
aus dir und mir zu machen wär.
NINA Du gehst ja
volle Kanne ran, o Mann, ich muß
schon sagen.
MIKE Wie dus brauchst. Du willst es ja
doch auch.
NINA Das wußt ich nicht. Gefällt mir das?
MIKE Wie *du* mir erst gefällst! Ich häng mich heute
nicht mehr auf! So prall von Glut erfüllt,
wie ich grad bin. Mein Weltbild wandert
auf der Farbenskala von betropftem
Dunkelgrau hinan ins grellste Pink.
Du bist ein Sonnenaufgang, bist ein Lift
zum Licht. Du denkst, ich schmeichle? Tu ich nicht.
NINA *Arie* Das hat mir *so* noch nie ein Mann gesagt.
Er hat was Stierisch-Schnaubendes, dabei
durchsetzt mit Poesie. Wenns Pose wär?
Was Gegenwehr-Beraubendes hat er.
Das bißchen Altersunterschied, die
fremden Gene – pfeif drauf. Mal was Neues.
Er ist, so scheints, ein Mann von Welt, hat Geld,
mein Vater kann ihn auch nicht leiden, Mutti
will ihn gern für sich – und kriegt ihn nicht,
alles paßt, ich bin beinah bereit zu allem.
MIKE Weshalb sich Mühe geben mit der Mutter?
Wenn ihre Tochter wilder, glatter ist
und Geldressourcen jeder Art begrüßt?

Welch Mann von kurzatmigem Horizont
wär ich geworden, um das Spektrum meiner
Möglichkeiten ohne Not und vor
der Zeit zu limitieren? Immer nach
den Sternen greifen, sag ich, und den Handspatz
wieder fliegen lassen, das bewahrt
dem alten Spiel die scharfe Würze. Hossa!

SIEGLINDE Mike? Massierst du mir den Nacken bitte?
Bin verspannt. Und angekotzt.

MIKE Dein Gotti-
Gatte sähe das, befürchte ich,
nicht gern. So leid mirs innen tut. Wir können
trinken, singen, Witze reißen, nicht
massieren. Was zu weit geht, endet schnell
im Abgrund seines Tief-Beleidigtseins.

GOTTFRIED Da ist ihm mal ein wahres Wort entfleucht.

SIEGLINDE Du bös-gemeiner Spacken.

MIKE Ninas Nacken
zu entspannen, ist was völlig andres,
geht konform mit Sitten und Gebräuchen
dieses Landes. Denk ich.

GOTTFRIED Denkt er sich
das so? Er provoziert, beleidigt meine
Frau, verweigert ihr die Erste Hilfe.
Ninas nackter Nacken hats ihm eher
angetan. Fehlt nur, daß er ihn küßt.
Denn dann ist Schicht im Schacht, weiß Gott.

NINA Ich scheine dir – rein optisch – wohl gelungen?

MIKE Gelungen? Mehr! Bejubelt und besungen
werden müßtest du, graziöse Maid,
gefeiert von den Völkern weit und breit.

GOTTFRIED Wie er Nina ansieht, mißbehagt
mir mehr als alles vorher. Wühlt er seinen
Blick doch kaum verhohlen mitten zwischen
ihre Beinchen. Diese dreiste Drecksau.
Besser Nina als Sieglinde, denke
ich – als Gatte – doch als *Vater* muß
man, denk ich, anders denken, *könnt* ich denken.

SIEGLINDE Kaum kenn ich meine Tochter wieder, die
ansonsten auf die Floskeln der Romantik
sehr viel reservierter reagiert.

GOTTFRIED Mein Kopf ist so verstopft von Eifersucht.
Und Neid. Was ist das denn für ein Gesetz,
wenn dieser Arsch, mal hypothetisch – wenn
ers schafft – mit Nina darf, ich aber nicht?

SIEGLINDE Dann ist hier eben auch mal etwas los,
worüber sich die Nachbarschaft das Maul
zerreißt, ritsch-ratsch, ich seh, wie Gotti leidet.
Und gönn es ihm. Nur *mir* nicht. Mike!
Hör her! Ich muß etwas mit dir besprechen.
Ein Komplott, das Gottfried aller Macht
beraubt, bin ich bereit zu schmieden, bist
dus auch. Ich will das alte Bündnis brechen,
zugunsten eines neuen, das uns taugt.

MIKE Keine Zeit für vages Larifari und
Safarichöre tief im wilden Wald.
Begegnet mir im Mondschein, Krieger der
verlornen Sache.

SIEGLINDE Hör mich einfach an!

MIKE Hab keine Zeit. Hab Nina gleich soweit.
Ich will das junge Weib, kein Muttertier
mit breitem Arsch und laschen Eutern. Nee.

NINA Wie forsch der Mann sich an mich drängt,
mir meinen Atem nimmt, ich müßte ihn
in seine Schranken weisen. Oder meine
vor ihm spreizen. Komm hinein in mich,
du wildes Tier! Was würde Heidi Klum
an meiner Stelle tun? Sich einfach so
verschenken sicher nicht. Muß mich bedenken.

SIEGLINDE Nina scheint verloren. Geb ich ihr
den Segen? Spiel ich mit dem Sieger gegen
meinen matten Gatten? Oder anders?
Bin mal so drauf oder so, denn beiden
mangelts an Respekt für mich, fürwahr,
ich wäre lieber zwanzig Jahre jünger
und allein, ein Zustand, den ich damals

nicht genug zu würdigen gewußt hab,
leider. Frei bin ich gewesen und
so dumm, zum Schreien. Gottseidank ist unser
Leben kurz, und was in ihm geschieht,
egal vorm Hintergrund der Galaxien.

GOTTFRIED Ich schütt Bier in mich hinein, weil drinnen,
tief in mir, noch Feuer lodern. Die zu
löschen – will mir nicht gelingen. Seh ich
Nina, sticht die Flamme mir ins Herz.

SIEGLINDE Wenn ich Gotti töte, gehen Mike
und Nina fort. Und ich – bin dann allein.
Jedoch nicht zwanzig Jahre jünger, nein.
Das wird nicht so sein, wie Alleinsein damals,
als ich jung war, war. Das kommt nie wieder.

NINA Nimm diesen einen Finger wieder an dich.
Penetrant ist das, mich naß-forsch zu
erforschen, wenn ein Kiekser mich verraten
kann.

MIKE Wie süß! Ein Glückskieks steht bevor?
Wie gern vernähm ich den – es wär Musik.
Dann fährst du also auf mich ab, mein Schatz?

NINA Eitler noch als geil ist dieser Typ.
Hat Arme überall und saugt sich fest,
wie ein Polyp. Vermutlich bin ich für
ihn nur so irgendeine Oktopussi.

SIEGLINDE Zwei Milliarden Jahre noch und diese
Erde wird verbrennen, alles Grün,
was strotzt und blüht, die Vielfalt allen
Lebens, unsre holde Heimat, geht
in Flammen auf. Bis dahin muß die Menschheit
Zuflucht finden, weit weit weg. Welch ein
Moment, wenn Menschen dieser Erde dann
ein letztes Lebewohl zuwinken, so
sakral wär das, da wär ich gern dabei.

GOTTFRIED Meine Tochter wird, da wär ich vor,
keine Bosporussentusse werden.
Allein, ich bin schon gut besoffen, weiß
grad kaum noch, was ich tu, und wem genau.

MIKE Du bist so schön, ich kann nicht an mir halten.
Meine Reife – tief in dir entfalten
würd ich wollen, Schönste, dürfte ich.
Ich liebe dich, befiehl mir, was du willst.
NINA Du könntest meine Eltern vom Gesicht
der Erde subtrahieren, wärst mein Held.
Ich hab sie beide satt, sie sind so mies
und widerlich. Verstummen und verschwinden
sollen sie, das wäre sehr erleichternd.
MIKE Was hören meine heißen Ohren? Träum ich?
NINA Revanchieren würd ich mich mit allem,
was ich da und dort zu bieten habe,
manches ist beinahe unbenutzt.
Ich gäb es dir mit Freuden, ließest du
die beiden lange leiden.
MIKE Klingt verlockend.
Überraschend auch und arg verpflichtend.
So was ginge tief, irreversibel
wärs. Mit blutgefülltem Mittelteil,
das platzen will, kann drüber nicht entschieden
werden. Sorry.
NINA *Sorry?* Hat mein erster Freund gesagt,
als er nach zehn Sekunden in mich kam.
Ich habe ihm kein zweites Mal gegönnt.
MIKE Ich hab Verständnis für ihn für und für.
Du bist wohl *ein* Verbrechen wert, die Rede
ist indes von zweien. Mußt verzeihen.
So ein Doppelschlag bringt sehr viel Streß
und Aufwand mit sich. Nicht zu reden
vom Risiko der lebenslangen Haft.
NINA Bist du ein Pipifax mit ohne Saft?
Ein Plapperlapappkamerad? Ein schaler
Schlaffschwanzfirlefranz? Ich bitte dich.
Etwas Irrwitz darf ich schon verlangen.
Männer, um der Liebe willen, haben
noch ganz anderes vollbracht. Lies
sie im Geschichtsbuch nach, die Heldentaten
geiler, wildentschlossner toller Hechte.

Du willst Hai sein unter Fischen? Kommst
mir glasig-quallig vor und selbstverliebt.

MIKE Ich will das alles mal sich setzen lassen,
dann bestimmen, was zu tun ist. Aus
der Ruhe, ohne spermatrüben Blick.

NINA Ich bin nun mal kein Gratisfick. Siehs ein!

MIKE Bist unbezahlbar, weiß ich doch. Du bist
ein schwarzes Loch, dem keiner heil entkommt.

GOTTFRIED Wir müssen Brüderschaft noch trinken, Mike.

MIKE Ist gut, schlag ein. Wir werden Brüder sein.

GOTTFRIED Wir müssen Schwesternschaft noch trinken, Mike.

MIKE Sowieso. Das auch und unbedingt.
Der Mensch braucht Schwestern. Morgen
mehr als gestern. Froh der Jüngling, der
im Bett früh üben kann mit Blutsverwandten.

GOTTFRIED Wir müssen Vetternwirtschaft trinken, Mike.

MIKE Dann sind wir ausreichend vernetzt, Kumpan.

SIEGLINDE Ständig saufen muß das Pack – und ich –
seh zu. So unbegehrt entehrt.
Da zieh ich lieber mit und mir die Kutte
zu, es ist sonst unerträglich.

MIKE Mein Gottfried!

GOTTFRIED Mike?

MIKE Mal unter uns: Ich hätt
was zu besprechen unter Männern, bei
gebotenem Respekt, doch frank und frei.
Das ist gewiß in deinem Sinne: klare
harte Fakten auf den Tisch.

GOTTFRIED Mag sein.

MIKE Denn du bist hier der Herr. Und ohne daß
du zustimmst, läuft im Hause nichts.

GOTTFRIED So seis!

NINA Kann ich zu Heidi Klum umschalten? Nur
kurz sehn, wer heute rausgeflogen ist.

MIKE Ich gäb was drum, mit deiner süßen Tochter
eben mal ne Viertelstunde Tät-a-
Täte hinterm Vorhang zu entschwinden.

GOTTFRIED Täterä – äh, hä?

MIKE Französisch für:
Wenn zwei sehr eng sind.
GOTTFRIED Seid ihr das? Das wußt
ich nicht von ihr. Mit Gummi meinste? Kommt
sonst gar nicht in die Tüte. Meine Güte.
Dank für die brutale Offenheit.
Abgrund! Aber – als Pragmatiker:
Combien – das ist französisch für sehr viel –
täterätätätest du konkret,
in deutschen Zahlen, bieten?
SIEGLINDE Was machst du, Mann?
Wozu die monetär geprägte Frage?
GOTTFRIED Du, belausch uns nicht. Ist Männersache.
Intressiert mich. Was da rausspringt, wenn
man spaßeshalber Ernst macht. So aus Gaudi.
SIEGLINDE Unsre Tochter wirst du nicht verschachern.
GOTTFRIED Sie ist über achtzehn, vorm Gesetz
verantwortlich, für was sie immer tut.
Ich mein ja nur. So nebenher gesagt.
Sie tuts ja sowieso. Ihr Vorbild, diese
blonde Heidi, treibts mit einem Neger.
Mach die Negerfickerin mal weg!
Noch läuft das Schicksalsspiel! Nein, null zu zwei?
Vorbei?
NINA Du bist ein Aas. Ich hasse dich!
MIKE Du scheinst mit den Gedanken ganz woanders,
Gotti. Weichst mir aus, wo ich, konkret,
die harten Fakten auf den Tisch –
GOTTFRIED Halts Maul!
Der Hertha ist nicht zuzusehn, das Rum-
gestolper zieht nur Mitleid nach sich, was
von allen Mitgefühlen sicher nicht
das Beste ist. Die Loser müssen in
die zweite Liga. Welche Schande. Mir ist
schlecht. Und Nina ist so gut, das Beste,
was ich im Leben abgesondert habe.
Und habe sie von je gewollt und mirs
verkniffen. Nur, damit nun dieser geile

Bock, der Nebenan-Filou sich meinen
Tiefkühl-Traum erfüllt? Ich müßte kotzen.

SIEGLINDE Geh dich doch erleichtern, steck dir einen
Finger in den Mund und gurgle hinterher
mit Kölnisch Wasser. Ab ins Bad mit dir!
Sobald er vor der Muschel kniet und speit,
hock ich mich auf ihn drauf, betätige
die Spülung, spüle seinen Lebensgeist
aus ihm heraus, zu irgendwas muß mein
Gewicht doch auch mal gut sein, nicht?

GOTTFRIED *Vor-Sich-Hin-Rap* Wie dus sagst, klingts nicht nach gutem
Rat.
Aber schönen Dank. Ich werde das
mal machen, auch wenn dann alle lachen
und denken, ich sei krank, aber schönen Dank,
ich werde das mal machen, auch wenn dann alle
lachen und denken, ich sei krank, aber
schönen Dank
Etc.

NINA Du scheinst kein Mann der Tat zu sein. Kein Held,
der leuchtend wütet. Öde, wie fast alle.

MIKE Ich tue, was ich kann. Noch manches mehr.

NINA Auch was du *nicht* kannst, tust du? Sieh mal an.

MIKE Die beiden sind sehr ekelhaft und wären
besser heute tot als morgen. Nur –
mir fehlt noch die Methode, wie man sie
ganz ohne Schaden an sich selbst entsorgt.
Du willst, aus purer Ungeduld, mein Grübeln
um Unschuld vor Gericht mir nicht verübeln?

NINA Übel nehm ich dir das Hingehalte.
Keinen Vorschuss gibts für leere, kalte
Phrasen, für ein Wollen halben Herzens.

MIKE Ha! Komm mit mir in die Rumpelkammer,
wehr dich nicht, du wirst schon sehn, welch halbes
Herz dich will, und bist du willig nicht,
werd ich gewalttätig, mein Fräuleinchen.

NINA Das ist die Sprache, die mir etwas sagt.

MIKE Um deinen Genpool kümmern wir uns später.
Jetzt zu meinem! Hossa! Halali!

NINA Versprichst dus mir? Als Mann von Ehre?
MIKE Ja. Sie werden sterben. Beide. Schwur!
Und nun laß mich vergehn in deinen Armen.
SIEGLINDE Was wird da verbandelt, was verhandelt?
Gotti weiß nicht, was er tut, und meine
bös mißratne Brut spinnt Netze wider
mich, die eigne Mutter. Geht so nicht.
Was wir geschaffen haben, wird beschützt.
NINA Wenn jetzt nicht gleich, sofort, etwas passiert,
dann steht es schlimm um mich. Befürchte ich.
Dem wilden Mann gehör ich dann. Für immer.
SIEGLINDE Ich nehm den Buddha dort, aus Speckgestein
geschnitzt, von dem ja keiner jemals wußte,
warum er hier in diesem Haushalt sitzt.
Ich werde sagen, daß es Notwehr war.
Ach, wie das spritzt! Herr Buddha möge mir
verzeihn, hab Heim und Herd mit ihm beschützt.
GOTTFRIED Aber schönen Dank – Perplex, pardauz –
Mein Weib, was hast du da getan? Respekt.
Der Bärendreck von Mensch, der mußte weg.
NINA Ich war dabei, mich zu verlieben. Jetzt –
sieht Mike nicht länger gut aus. Nennt mich oberflächlich oder ehrlich. Schwer entsetzt
bin ich von meiner Amokmutter. Sich
so derart tendenziös in meine Lage
einzumischen, ist – indiskutabel.
GOTTFRIED Ist nun einmal, wie es ist. Mike war.
Und lebt nicht mehr. Beraten wolln wir, was
wir tun. Er muß in Erde ruhn. Am besten,
wir zerstückeln ihn, verteilen das
Gebein in Grunewalder Grünanlagen,
auf daß kein Schwein im Nachhinein
Zusammenhänge herstellt, die uns schaden.
SIEGLINDE Ich hab an dir von je geschätzt, wie kalten
Blutes, auf den Punkt, du sein kannst, tut es
Not. Du funktionierst. Nun hab ich wieder
einen Grund, an dir hinaufzusehen.
GOTTFRIED Er war der Jolly Joker,

beim Texas-Hold-Em-Poker
wollte megaforsch sein,
eiskalt und hundsgemein …
Ich hol die Kettensäge
mit der ich ihn zerlege,
in winzig kleine Teile,
gegen die Langeweile,
das Wohlgefühl-Gefälle
in der Gefängniszelle.

NINA Ihr könnt nicht glauben, diese Bluttat ließe sich verbuddeln. Besser wärs, ihr stellt euch.

GOTTFRIED Warum ich? Hab nichts gemacht. Bin nur ein treuer Mann, der aufwischt hinter seiner Frau, der ein Malheur passiert ist. Und – solange *wir* hier tun, was nötig ist, kannst *du* bei Mike – das muß sein Haustürschlüssel sein – dir suchen, was verwertbar scheint.

SIEGLINDE Es ist zu deinem Besten, Kind, vertraue deinen welterfahrnen Eltern. Männer –
gehen kurz mal Zigaretten holen
oder überfallen Polen. Manche
kehren nicht zurück, Natur der Dinge,
ganz egal, es gibt noch viele Stecher,
einer ist allein für dich gemacht.

NINA Euch häng ich beide hin. Bin allzugern Verräterin.

GOTTFRIED Hab keine Angst, stets kannst
du auf uns zählen, eins, zwei, drei sind wir –
und werden niemandem je offenbaren,
daß du unsren Gast aus Eifersucht
erschlagen hast. So lang uns niemand fragt.
Der Buddha ist nun wieder sauber, schau,
kein Fingerabdruck weist mehr hin auf dich.
Du weißt Bescheid? Jetzt geh auf Kaperfahrt.
Mein liebes Kind, hier stehst du nur im Weg.
Ich glaube, meine tolle Frau und ich,
wir wollen gleich für uns ein wenig sein.

NINA Faß es nicht. Das ist gemein. Was tun?
Ganz widerlich Getier seid ihr!

Verläßt türschlagend die Wohnung.

SIEGLINDE Bring uns was Schönes mit. Ein Souvenir
für diese wunderzarte Nacht der Tat.

GOTTFRIED Welchen Ärger es mit Kindern zu
ertragen, zu verhindern gilt, das weiß
nur wer, der selber eines hat wie dieses.

SIEGLINDE Ich seh sie unten an der Straße stehn.
Sie raucht und überlegt, wohin sie gehn
und was sie tun wird.

GOTTFRIED Nina *raucht*? Das duld
ich nicht!

SIEGLINDE Für heute laß es gut und dreie
grade sein. Mitunter braucht es Rauch,
um wieder klar zu sehn. Umarmst du mich?
Mir ist danach. Die Erde wird verbrennen.
Zwei Milliarden Jahre noch. Dann Ende.

GOTTFRIED Wir haben schon viel durchgemacht, wir zwei.
Doch waren große Nächte bei. Wir wollen
Mike entkleiden und zerkleinern. Es tut
gut, dein Mann zu sein.

NINA *von der Hinterbühne* Getier seid ihr!

SIEGLINDE Das Wesentliche
ist gesagt, es mag sich nun der Vorhang
senken oder wie ein Fallbeil fallen.

Wolfram Lotz

Der große Marsch

Für Felix Leu

Zwischen den drei Teilen des Großen Marsches sollen Pausen gemacht werden, damit ausgeruht werden kann für das jeweils Folgende. Die drei Teile dürfen jedoch in ihrer Reihenfolge nicht umgestellt werden, und auch keiner der Teile darf weggelassen werden: Der Große Marsch muss von Anfang bis Ende gegangen werden.

Vor dem Eingang des Theatersaals soll ein Fernseher aufgestellt sein. Über diesen wird vor der Vorstellung folgender Satz eingeblendet (die aufeinander folgenden Textsequenzen entsprechen dabei den einzelnen Zeilen):

Die meisten Theaterleute sind
(natürlich gibt es Ausnahmen)
Arschgesichter.

Falls dieser Satz nicht eingeblendet werden soll oder nicht zum Thema des Abends passt, so kann folgender Satz in oben angegebener Weise eingeblendet werden:

Für alles
hat man immer noch
einen Igel im Kühlschrank.

Prolog

Anna das Kind betritt von links die Bühne. Sie trägt ein Kleidchen und hat ihre Haare zu einem Pferdeschwanz zusammengebunden, der von ihrem Kopf (wie eine kleine Palme) nach oben absteht.

ANNA DAS KIND Ich sage jetzt den Prolog auf. Er geht so:
Das Theater ist ein Ort auf der Welt.
Die Welt ist ein Ort im All.
Das All ist eine zugeschissene Grube
finde ich.

Meine Mutter sagt:
Dein Zimmer ist unordentlich!
Räum es auf!
Ich räume es aber nicht auf.

Das Theater ist ein Punkt in der Zeit.
Die Welt ist ein Punkt in der Zeit.
Auf der Welt gibt es
Menschen und Tiere
und auch im Theater gibt es deshalb
Menschen und Tiere (unterschiedliche).
Es sind kleine Punkte in der Zeit
und sie haben Augen und Haare und Ohren
(nicht alle).

Meine Mutter sagt:
Dein Zimmer ist unordentlich!
Räum es auf!
Ich aber räume es nicht auf.

Meine Mutter sagt:
Das Theater ist ein Punkt oder ein Ort
oder sonst was
aber es ist wie die Welt
und die Welt ist so, wie sie ist

und das nennt man Wirklichkeit.
Und jetzt räum dein Zimmer auf!
Ich räume es aber nicht auf
und ich glaube ihr auch nicht.

Anna das Kind verlässt im Hüpfschritt die Bühne.

I. Über die RAF oder irgendwas anderes

Eine Schauspielerin und Lotz betreten die Bühne. Lotz kann entweder von Wolfram Lotz selbst gespielt werden oder aber von einem sehr fetten Schauspieler. Ist Letzteres der Fall, so sollte die Schauspielerin von einer magersüchtigen Person gespielt werden. Lotz hält in seiner rechten Hand einen tiefgefrorenen Aal, der in der Szene keinerlei Rolle spielen und auf den auch gestisch nicht im Geringsten hingewiesen werden soll.

SCHAUSPIELERIN Hallo, Herr Lotz. Sie haben ja – oder vielleicht darf ich Du sagen?

LOTZ Ja, Du, sehr gerne.

SCHAUSPIELERIN Du hast ja das Stück geschrieben und also auch diese Szene hier, die wir beide gerade aufführen. Das Theater hat ja Vorgaben gemacht, es sollte ja etwas Politisches sein, und es sollte ja um Widerstand gehen?

LOTZ Ja, Widerstand, und es sollte ja auch einen aktuellen Bezug haben …

SCHAUSPIELERIN Und was ist dieser aktuelle Bezug in dieser Szene?

LOTZ Naja, das ist eben ein bisschen das Problem gewesen. Ich wollte über etwas anderes schreiben, also um Widerstand in einem eher metaphysischen Sinn. Also darüber, dass der Tod als Faktum in der abendländischen Tradition so dasteht, und dass ich eben finde, dass er aufgehoben werden sollte …

SCHAUSPIELERIN Wenn das möglich wäre!

LOTZ Ich glaube ja eben, dass das schon möglich wäre, oder anders gesagt: dass es eben nicht mehr unmöglich wäre …

SCHAUSPIELERIN Aber es sollte ja einen aktuelleren Bezug haben.

LOTZ Ja, ich habe lange überlegt, aber ich habe immer ein – wie soll ich sagen – irgendwie ein Unbehagen, so ganz aktuelle Themen zu nehmen, weil die eben auch gleich wieder nicht aktuell sind. Deshalb dachte ich ja an die RAF.

SCHAUSPIELERIN Ja, das ist ein sehr gefragtes Thema beim Theater.

LOTZ Ja, es ist ja in dem Sinn nicht aktuell, aber es hat ja doch immer eine Art Aktualität, also, man hört ja ständig etwas darüber.

SCHAUSPIELERIN Dann bedeutet es also, dass wir beide uns in dieser Szene, die wir gerade aufführen, über die RAF unterhalten.

LOTZ Ja.

Pause.

SCHAUSPIELERIN Und über welchen Aspekt der RAF unterhalten wir uns jetzt?

LOTZ Das weiß ich nicht genau. Ich habe eben nicht so richtig Ahnung von der RAF, ich habe zwar einige Fernsehdokumentationen gesehen, aber ich finde es schwierig, darüber etwas zu sagen. Also ich meine, man kann natürlich einen Haufen darüber sagen, aber es sollte ja auch eine gewisse Überlegung dahinter stehen, und eben so, dass man nicht einfach nur darüber quatscht.

SCHAUSPIELERIN Aber das muss man ja nicht!

LOTZ Naja, aber die Szenen sollen ja kurz und präzise sein, hat man mir gesagt, und da kann man so ein komplexes Thema nicht so einfach entwickeln, weil die Szenen schnell viel zu lang werden, und ich habe schon versucht, auch diese Szene so kurz wie möglich zu halten.

Lotz verlässt die Bühne, weil es so ist. Währenddessen wird eine Regenmaschine am vorderen Bühnenrand in Gang gesetzt (aber nicht so, dass das Publikum nass wird), Stroboskoplicht setzt ein, und von der linken Seite her wehen Papierblätter, die vor einen gigantischen Ventilator geworfen wurden, apokalyptisch über die Bühne. Von der anderen Seite wird mit einer Nebelmaschine Rauch auf die Bühne geblasen. Laute und dramatische Musik erklingt, sodass die Szenerie dem Zuschauer zu Herzen geht. Auf den Einsatz einer Videoleinwand soll dabei verzichtet werden.

SCHAUSPIELERIN Begrüßen wir nun den Vorstandsvorsitzenden der Deutschen Bank: Josef Ackermann!

Josef Ackermann betritt die Bühne. Es handelt sich dabei tatsächlich um Josef Ackermann.

Herzlich willkommen!

ACKERMANN Vielen Dank und hallo!

SCHAUSPIELERIN Herr Ackermann, sind Sie oft im Theater?

ACKERMANN Nein, nicht so oft. Also, beziehungsweise, als Figur schon, als Figur bin ich in der letzten Zeit sehr oft im Theater gewesen, es gab ja wohl eine regelrechte Manie, einen Josef Ackermann im Theater auftreten zu lassen. Aus Gründen allerdings, die ich, wenn ich ehrlich sein darf, nicht so richtig gut finde. Als Mensch war ich in der letzten Zeit aber nicht so oft im Theater.

SCHAUSPIELERIN Weil dort unbequeme Wahrheiten verkündet werden?

ACKERMANN Nein, also, es ist eher – ich will da nicht so herumreiten drauf – mein Job – man hat sehr wenig Zeit, und deshalb komme ich als Mensch selten ins Theater.

SCHAUSPIELERIN Empfinden Sie es nicht als merkwürdige Kluft, dass Sie als Figur so oft im Theater sind, aber als Mensch nicht? Hat man da nicht das Gefühl, man müsste auch als Mensch öfters ins Theater gehen, wo man ja als Figur sonst viel öfter da ist?

ACKERMANN Ja, also, ich weiß nicht. Damit Sie mich nicht falsch verstehen: Ich würde gerne ab und zu ins Theater gehen! Ich habe ja nichts gegen das Theater!

SCHAUSPIELERIN Obwohl das Theater noch die einzig kritische Institution ist?

ACKERMANN Nein, ja, also: Ich habe da gar nichts dagegen, aber ich habe einfach nicht oft Zeit. Ich würde mich sonst sicher mehr mit Theater beschäftigen.

SCHAUSPIELERIN Aber für Oper haben Sie Zeit und Interesse!

ACKERMANN Wie meinen Sie das?

SCHAUSPIELERIN In einem Interview haben Sie mal gesagt, Sie sängen unter der Dusche gelegentlich La Traviata!

ACKERMANN Ja, das habe ich mal in einem Interview erzählt, das ist richtig.

SCHAUSPIELERIN Die Oper ist Ihnen also lieber, weil sie vielleicht unpolitischer ist und sich nicht wie das zeitgenössische Theater derart stark engagiert?

ACKERMANN Nein, also, das kann man so nicht sagen.

SCHAUSPIELERIN Aber es wird doch kein Zufall sein, dass Sie Opern singen, während Sie unter der Dusche stehen!

ACKERMANN Nein, Zufall, also: Es macht mir eben Freude!

SCHAUSPIELERIN Aber Freude bedeutet doch vielleicht auch, dass man es sich eben leicht macht!

ACKERMANN Ja, wahrscheinlich bedeutet es das auch, aber es ist eben so.

SCHAUSPIELERIN Sie versuchen also das zeitgenössische Theater zu verdrängen!

ACKERMANN Nein, ich denke nur eben nicht daran beim Duschen.

SCHAUSPIELERIN Das ist ja dann eben Verdrängung!

ACKERMANN Also – nein, ist es nicht!

SCHAUSPIELERIN Es tut mir leid für Sie, dass ich Sie hier so hart befragen muss, aber wir sind politisch im Theater, und das hier ist keine Selbstdarstellungsplattform!

ACKERMANN Ja, aber das ist ja doch auch in Ordnung! Nur wollte ich eben sagen …

SCHAUSPIELERIN Aber Sie sind oft im Theater, andererseits singen Sie dann unter der Dusche La Traviata! Das ist doch eine merkwürdige Kluft!

ACKERMANN Ja, aber ich bin ja nicht oft im Theater, weil ich wenig Zeit habe, nur als Figur eben bin ich oft im Theater!

SCHAUSPIELERIN Ja, aber Sie sind doch eine Figur!

ACKERMANN Ja, aber doch nur jetzt, in echt doch nicht!

SCHAUSPIELERIN Also, wie dem auch sei! Wir wollen hier nicht mehr selbstreferentiell sein, sondern politisch agieren: Warum singen Sie – als Figur oder in echt oder wie auch immer – unter der Dusche eine Oper und nicht zeitgenössisches Theater!

ACKERMANN Weil man das ja auch gar nicht singen kann!

SCHAUSPIELERIN *entrüstet* Das ist nun wirklich eine unqualifizierte Aussage: Natürlich gibt es auch Musik, aber ich merke, dass Sie sich falsche Vorstellungen machen, nicht zuletzt deshalb vermutlich, weil Sie nicht oft ins Theater gehen!

ACKERMANN Gut, das kann ja sein, ich habe aus Zeitgründen nicht so oft die Möglichkeit, ins Theater zu gehen, und vielleicht wird ja tatsächlich mehr gesungen, als ich es jetzt so erlebt habe!

SCHAUSPIELERIN Abgesehen davon geht es im zeitgenössischen Theater aber nicht in erster Linie ums Singen, sondern wir versuchen, politisch zu sein!

ACKERMANN Ja, ich weiß.

SCHAUSPIELERIN Und trotzdem singen Sie unter der Dusche nur Oper – obwohl Sie es eigentlich wissen?

ACKERMANN Ja.

SCHAUSPIELERIN Das zeugt von einem gewissen Desinteresse gegenüber gesellschaftlichen und politischen Fragen!

ACKERMANN Also … wie auch immer.

SCHAUSPIELERIN Dann muss ich Sie jetzt bitten, die Bühne zu verlassen, wir wollen hier schließlich politisches Theater machen!

ACKERMANN *seufzt* Na gut. *Geht ab.*

Die Internationale (Techno-Remix) wird eingespielt.

SCHAUSPIELERIN Ich freue mich nun, Shakespeares Hamlet zu begrüßen!

Hamlet betritt in einem historischen Kostüm und mit einem Head-Set-Mikrofon eine Kanzel oder irgendeine höher gelegene Stelle der Bühne.

HAMLET *mit erhobenen Armen, huldvoll* Nach der militärischen Niederlage folgt für die dezimierten Kader die Zeit des »Widerstands« in der Illegalität!

SCHAUSPIELERIN Ist das Shakespeare?

HAMLET *sachlich* Nein, Horst Mahler. Das ist aus »Über den bewaffneten Kampf in Westeuropa«, dem einzigen RAF-Manifest. Diese Szene soll dokumentarisches Theater sein, weshalb ich nur Originalsätze aus dem Manifest sprechen werde.

SCHAUSPIELERIN Ja, aber jetzt haben Sie ja schon andere Sachen gesagt!

HAMLET *Kurz Pause.* Ja. Das ist richtig.

Hamlet geht von der Bühne. Die Musik des Game-Boy-Spiels Tetris wird eingeblendet.

SCHAUSPIELERIN Begrüßen Sie nun den Arbeitgeberpräsidenten: Herr Hundt! Mit DT!

Der Arbeitgeberpräsident Herr Hundt tritt auf (er darf nicht von einem Schauspieler ersetzt werden). Er ist – in der Art des Kinderschminkens – als Katze geschminkt.

Herr Hundt, in den Siebziger Jahren wurde eine Umfrage gemacht, in der gefragt wurde, ob man – wenn die Baader-Meinhof-Bande für eine Nacht um Unterschlupf bitten würde, ob man dies dann gewähren würde. Dreißig Prozent der Befragten sollen darauf mit »Ja« geantwortet haben.

HERR HUNDT Ja, das kann sein.

SCHAUSPIELERIN Sie stimmen dem also zu!

HERR HUNDT Also … ich weiß es nicht, aber ich kann mir das durchaus vorstellen!

SCHAUSPIELERIN Halten Sie es nicht für notwendig, dazu eine Meinung zu haben!

HERR HUNDT Naja, also wenn Sie es sagen, dass es … ich finde es auf jeden Fall interessant!

SCHAUSPIELERIN Wir verstehen es hier im Theater nicht als unsere Aufgabe, den Leuten etwas zu sagen, sondern wir wollen Sie zum Nachdenken bringen!

HERR HUNDT Ja, das finde ich gut.

SCHAUSPIELERIN Ihnen scheint ja alles egal zu sein, Herr Arbeitgeberpräsident!

HERR HUNDT Nein, ist es nicht, aber ich weiß es eben nicht, das mit den dreißig Prozent!

SCHAUSPIELERIN Sie würden also mit »vielleicht« antworten? Aber die Frage wurde wohl so gestellt, dass man nur mit »Ja« oder »Nein« antworten konnte! So, wie ich sie eben verstanden habe, würden Sie eher zustimmen!

HERR HUNDT Ich halte es für möglich, dass es in den Siebzigern so war, aber ich denke, es ist jetzt anders!

SCHAUSPIELERIN Aber Sie waren doch auch in den Siebzigern!

HERR HUNDT Ja, na ja, klar.

SCHAUSPIELERIN Aber dann müssen Sie doch wissen, wie Sie auf die Umfrage geantwortet haben!

HERR HUNDT Ja aber mit mir hat man ja die Umfrage gar nicht gemacht!

SCHAUSPIELERIN Das ist Klagen auf hohem Niveau, Herr Arbeitgeberpräsident! Ich habe Ihnen außerdem die Möglichkeit gegeben, sich jetzt dazu zu äußern!

HERR HUNDT Ja, aber ich habe ja versucht, mich dazu zu äußern, und ich halte es für möglich, dass dreißig Prozent auf diese Umfrage mit »Ja« geantwortet haben, aber ich weiß es nicht!

SCHAUSPIELERIN Ihnen ist es vielleicht auch egal, weil Sie sowieso abgeschirmt in einer Villa wohnen!

HERR HUNDT Nein, ich finde es interessant!

SCHAUSPIELERIN Also würden Sie auch erwägen, der Baader-Meinhof-Bande Unterschlupf für eine Nacht zu gewähren!

HERR HUNDT Aber die Frage stellt sich doch gar nicht mehr!

SCHAUSPIELERIN Es ist Ihnen gleichgültig, oder wie darf ich das verstehen!

HERR HUNDT Nein, aber das war doch in den Siebzigern!

SCHAUSPIELERIN Ja, aber Sie waren doch auch in den Siebzigern!

HERR HUNDT *seufzt* Ja, aber da wurde mir die Frage nicht gestellt, und ich kann Ihnen sagen, dass ich in den Siebzigern wie auch heute grundsätzlich dagegen bin und war!

SCHAUSPIELERIN Gegen was genau!

HERR HUNDT Na gegen die RAF!

SCHAUSPIELERIN Na jetzt beziehen Sie endlich mal Position! Sagen Sie es doch einfach gleich, anstatt sich hier herumzuwinden! Sie schwimmen also mit der Masse mit!

HERR HUNDT Wie meinen Sie das?

SCHAUSPIELERIN Na, Sie waren bei den siebzig Prozent der Befragten dabei!

HERR HUNDT Ja, also, wenn man so will.

SCHAUSPIELERIN Und Sie haben mit »Nein« geantwortet!

HERR HUNDT Ja meinetwegen.

SCHAUSPIELERIN Sie wissen, dass Sie damit auch eine gewisse Verantwortung für die Erschießung Benno Ohnesorgs tragen!

HERR HUNDT Nein, das weiß ich nicht!

SCHAUSPIELERIN So ist es aber!

HERR HUNDT Wie Sie meinen …

SCHAUSPIELERIN *zum Publikum* Es ist unter Historikern unstrittig, dass die RAF eine logische Folge aus den 68ern war!

Schauspielerin und Herr Hundt gehen von der Bühne. Irgendeine Hippiemusik wird währenddessen eingespielt, zum Beispiel »San Francisco«.

Die Schauspielerin kommt nun mit zerzausten Haaren und mit von Tränen zerlaufenem Lidschatten mit fuchtelnden Armen auf die Bühne gerannt.

Schreiend und heulend Ich sage jetzt, wie es wirklich ist!
Ich sage jetzt, wie es wirklich ist!
Ich sage jetzt, wie es wirklich ist!
Ich sage es jetzt!
Ich sage es jetzt!
Ich sage es jetzt!

Pause.

Wir müssen uns zu einer klaren Aussage durchringen!
Wir müssen uns zu einer klaren Aussage durchringen!
Wir müssen uns zu einer klaren Aussage durchringen!
Es bringt nichts, sich selbst zu sabotieren!
Es bringt nichts, sich selbst zu sabotieren!
Es bringt nichts, sich selbst zu sabotieren!
Ich sage es jetzt!
Ich sage es jetzt!
Ich sage jetzt, wie es ist!

Pause.

Die da oben sind Idioten!
Die da oben sind Idioten
Und die da unten sind Idioten!
Sie sind Idioten!
Wir sind Idioten!

Pause.

Ich sage jetzt, wie es ist!
Ich sage jetzt, wie es ist!

Zwei hässliche männliche Schauspieler treten aus dem Hintergrund hervor. Sie sprechen im Chor:

DIE ZWEI HÄSSLICHEN MÄNNLICHEN SCHAUSPIELER Wir sagen jetzt, wie es ist!
Wir sagen jetzt, wie es ist!

Wir heben es im Chor hervor!
Wir heben es im Chor hervor!
Chor!
Hervor!
Chor!
Hervor!

Die zwei hässlichen Schauspieler treten wieder ab und sind still. Die Schauspielerin fährt fort.

SCHAUSPIELERIN Es ist nämlich so:
Armut ist etwas Konkretes!
Armut findet statt!
Armut ist real!
Armut ist wirklich!
Armut ist in der Wirklichkeit angekommen!
Armut findet statt in unserer Wirklichkeit!
Armut ist in unserer Wirklichkeit Realität!
Sie findet konkret statt in unserer Wirklichkeit!
Sie ist nicht irgendwo sonst
Sondern in unserer Wirklichkeit!
Armut ist etwas Konkretes!

Pause.

Wir können nicht länger verdrängen, wie es ist!
Wir können nicht länger verdrängen, wie es ist!
Wir können nicht länger verdrängen, wie es ist!
Es ist so, und es kommt ständig vor!
Kommt ständig vor!

DIE ZWEI HÄSSLICHEN SCHAUSPIELER *treten hervor und rufen im Chor* Chor!
Hervor!
Chor!
Hervor!

Die zwei hässlichen Schauspieler treten wieder ab und sind still. Die Schauspielerin fährt fort:

SCHAUSPIELERIN So ist es!
So ist es!
Die da oben beuten uns aus!
Die da oben beuten uns aus!
Die da oben sind konkret!
Die da oben sind konkret!
Die da oben sind die Oberschicht!
Die da unten sind die Unterschicht!
Die da oben sind über denen da unten!
Die da unten sind unter denen da oben!
Ich sage nur, wie es ist!
Der Krieg ist real!
Der Krieg ist real!

Pause. Schauspielerin verschnauft.

Ich hasse den Krieg!
Ich sage nur, wie es ist!
Ich hasse den Krieg!
Ich sage endlich, wie es ist!
Ich hasse ihn!
Ich hasse die da oben!
Die da oben müssen nach da unten!
Die da unten müssen nach da oben!
Ich meine das ernst!
Es ist ernst!
Armut ist ernst!
Krieg ist ernst!
Krieg ist real!
Armut ist real!
Armut ist Krieg!
Krieg ist Armut!
Die da oben sind real!
Die da unten sind real!
Die da unten sind Armut!
Die da oben sind Krieg!
Ich sage nur, wie es ist!
Es findet statt!

Es ist nicht so, dass es nicht stattfindet!
Es findet statt!
Niemand kann sagen, dass es nicht stattfindet!
Es findet statt!
Es hört nicht auf!
Es hört nicht auf!
Es hört nicht auf!
Es hört erst auf
Wenn es beendet wird!
Es hört erst auf
Wenn es beendet wird!
Dann erst hört es auf!
Hört es auf!
Hört es auf!
Es hört auf!
Es wird beendet!
Es ist zu Ende!
Es ist jetzt zu Ende!
Das ist jetzt das Ende!
Das Ende!
Das Ende!

DIE ZWEI HÄSSLICHEN SCHAUSPIELER *treten hervor und rufen im Chor* Ende! Ende! Ende!

Die zwei hässlichen Schauspieler treten wieder ab und sind still.
Pause.
Die Schauspielerin fährt fort:

SCHAUSPIELERIN Ein kleiner Epilog sei mir aber noch gestattet!
Ein kleiner Epilog sei mir aber noch gestattet!
Ein kleiner Epilog sei mir aber noch gestattet!
Ein kleiner Epilog!
Ein kleiner
Epilog.

Die Schauspielerin geht nach hinten und kommt mit einer roten Fahne wieder und fährt fort:

Ich sage nur, wie es ist.
Sie wissen ja, ich sage nur, wie es ist.
Das wissen Sie doch.
Eigentlich wissen Sie es ja doch.
Eigentlich wissen Sie ja doch, wie es ist.
Eigentlich wissen Sie es ja doch.

Schauspielerin verlässt die Bühne. Die beiden hässlichen Schauspieler stehen im Hintergrund noch herum. Sie bleiben stehen. Das Licht geht an. Die beiden hässlichen Schauspieler stehen weiter herum. Dann klatscht das Publikum – zum Teil, weil es ihm gut gefallen hat, zum Teil aus Respekt vor der schauspielerischen Leistung.

II. Kommt und esst

Die Bühne ist zum Publikum hin durch einen hüfthohen hölzernen Gartenzaun vom Publikum abgetrennt, allerdings ist die Abtrennung nur symbolisch, das heißt, der Gartenzaun ist lediglich drei Meter lang und erstreckt sich somit – links beginnend – nur über einen kleinen Teil des Bühnenrandes. In der Mitte der rechten Bühnenhälfte steht das Buffet: ein vier Meter langer Tisch, der von einer weißen Tischdecke bedeckt ist. Der Tisch steht vertikal zum Publikum. Im Zentrum des Buffets steht eine große Platte mit Buletten, die pyramidal aufgehäuft sind. Neben der Bulettenpyramide sind folgende weitere Speisen angeordnet:

1 Korb mit Baguettescheiben
1 Platte mit Mozzarella- und Tomatenscheiben
1 Schälchen mit Senf
1 Schälchen mit Ketchup
1 Schälchen mit einer Ingwersauce oder einer anderen experimentellen Angelegenheit
1 große Schüssel mit Rucolasalat und französischem Dressing, garniert mit vertrockneten Brotwürfeln, Croutons genannt
1 Schälchen mit Labskaus
1 Platte mit Ciabattascheiben, auf denen sich ominöse Sachen als Garnierungen befinden
1 Schüssel Nudelsalat mit Schinkenstückchen, Gurkenstückchen und Erbsen
1 Schüssel Nudelsalat ohne Schinkenstückchen, aber mit Gurkenstückchen und Erbsen
1 Schüssel Nudelsalat mit Schinkenstückchen und Gürkchen, ohne Erbsen
1 Schüssel Nudelsalat mit Schinkenstückchen, Gurkenstückchen, Erbsen und Ei
1 Schüssel Nudelsalat ohne Schinken, aber mit Gürkchen und Ei sowie wenigen Erbsen
1 Platte mit unterschiedlichen Käsesorten, die meisten gelb
1 Platte mit zusammengerollten Wurst- und Schinkenscheiben, die auf der Platte kunstvoll in Form einer Vagina angeordnet sind

1 Platte mit Gemüsebratlingen
sowie 1 Stapel Porzellanteller, Besteck und rote Servietten.
Der Autor des Stücks – Wolfram Lotz – betritt sodann die Bühne. Er hat ungewaschene Haare, trägt einen Strickpullover, eine verknitterte Bügelfaltenhose und riesige, schwarze Schnabelschuhe, die als eine Art Blickfang fungieren. Er stellt sich neben das Buffet zur Bulettenpyramide, dem Publikum zugewandt.

LOTZ Verehrtes Publikum!
In diesem – meinem – Stück soll es
Darum gehen
Dass
Liebe möglich
Sein kann
In einer Gesellschaft
Heutzutage
Die sich an anderen
Werten orientiert
Die unklar geworden
Sind.

Pause. Lotz nimmt zwei Buletten und steckt sie sich in die Hosentaschen.

Globalisierung!
Heutzutage …

Kurze Gedankenpause.

Immer mehr Dinge
Müssen formuliert werden.
Es ist Aufgabe der Schriftsteller
Es muss Aufgabe der Schriftsteller sein
Das
Zu formulieren.

Lotz nimmt weitere Buletten und steckt sie in die Hosentaschen.

Fragen, gestellt
Von einem neuen Jahrtausend.

Lotz seufzt. Dann nimmt er eine weitere Bulette, steckt sie jedoch noch nicht in die Hosentasche. Mit ernsterer Stimme.

Vielleicht werden Sie es komisch finden
Aber bei allem Klamauk
Den man macht, gibt es etwas
Das zu tun hat mit Schmerz
Und Traurigkeit.
Und man macht sich lächerlich
Wenn man es sagt …

Lotz steckt die Bulette in die Tasche.

Aber in dem großen Gefüge
Sei es die Gesellschaft oder die Natur
Ist der Einzelne, der Mensch,
Von der Vernichtung bedroht
Immerzu
Und wir können von der Gesellschaft reden
Oder von der Natur
Und es bringt nichts
Es spielt sich dort nicht ab
Sondern nur im Einzelnen
Im Menschen
Abends
Wenn er für sich ist.
Und wenn ich das hier sage
Wenn ich das so sage
Dann wird man es wahrscheinlich nicht verstehen
Und vermutlich werden Sie es sogar lächerlich finden
Aber es ist eine Tragödie …

SCHAUSPIELERIN *von der rechten Seite auf die Bühne stürmend* Hau ab, du verschissener Idiot!

Lotz nimmt hastig noch zwei Buletten und humpelt – aufgrund der Schnabelschuhe – unbeholfen nach links von der Bühne. Die Schauspielerin nimmt den Löffel des Nudelsalatbestecks (von dem ohne Schinken, aber mit Gürkchen und Ei sowie wenigen Erbsen) und droht Lotz damit.

Schreiend Du versoffener Affe! Mach, dass du davonkommst! Zeitgenössisches Theater will der machen und schickt Manuskripte ein, die mit der Schreibmaschine geschrieben sind! Ein Trottel, ein stinkender Trottel!
Jetzt kommt das Theater! Der Regisseur, die Schauspieler – das Theater!

Dröhnende Musik wird eingespielt, von der rechten Seite kommen zwei Schauspielerinnen auf die Bühne, die Fahnen vor sich her tragen, auf denen das Logo des aufführenden Theaters zu sehen ist. Hinter ihnen fährt der Regisseur auf einem sogenannten Quad ein. Er ist – bis auf einen Lendenschurz – nackt, sein muskulöser Oberkörper ist eingeölt. Ihm folgen die übrigen Schauspieler, die allesamt in schlichten weißen Outfits auftreten. Der Regisseur fährt am Buffet vorbei in die Mitte der Bühne, wo er mit laufendem Motor hält. Die Schauspieler stellen sich am Bühnenhintergrund verteilt auf.

DER REGISSEUR Das Theater muss etwas herausholen aus dem Stück! Wir müssen es rausholen!

Der Regisseur stellt sich auf sein Fahrzeug aufrecht hin und ruft:

Raus-ho-len!
DIE SCHAUSPIELER *im Chor* Raus-ho-len! Raus-ho-len! Raus-ho-len!

Der Regisseur setzt sich wieder, gibt ordentlich Gas und fährt im Rückwärtsgang, ohne sich umzudrehen, in einem Satz zurück in die rechte hintere Bühnenecke, wobei er einer Schauspielerin über den Fuß fährt, ohne es zu merken. In der Ecke stellt er den Motor ab und macht es sich auf dem Gefährt bequem.
Kurze Pause.

SCHAUSPIELERIN *in ein Mikrofon* Ach so, ja, rausholen. Holen wir Sie nun raus, die Wirklichkeit, meine Damen und Herren, Sozialhilfeempfänger aus dieser – unserer – Stadt! Keine Schauspieler, nein, wirkliche Menschen, Menschen mit einem wirklichen Schicksal!

Stille. Eine Gruppe echter Sozialhilfeempfänger betritt von rechts die Bühne. Um noch echter zu wirken, wurden jene Sozialhilfeempfänger, die ordentlich angezogen waren, vor dem Auftritt dazu gebracht, alte Jogginghosen und Strickjacken aus dem Fundus des Theaters anzuziehen. Eine ältere Frau wurde dazu gebracht, eine Bomberjacke und Springerstiefel zu tragen.

DER REGISSEUR *jubelnd* Jawoll! Jawoll!

SCHAUSPIELERIN Kommen Sie! Essen Sie! Ihre Armut ist nicht zu ertragen! Sie sind die Opfer der Gesellschaft! Um Sie geht es im Theater – greifen Sie zu!

Die Sozialhilfeempfänger werden von den Schauspielern zum Buffet gedrängt. Dort stehen sie verwirrt herum.

Greifen Sie zu, Sie armen Leute!

Kurze Pause.

ÄLTERE SOZIALHILFEEMPFÄNGERIN IN BOMBERJACKE UND SPRINGERSTIEFELN *schüchtern* Vielen Dank, gerne, aber wir haben erst gegessen, wir haben uns vorhin was zu essen in der Theaterkantine gekauft.

SCHAUSPIELERIN *wütend der Sozialhilfeempfängerin zugewandt ins Mikrofon schreiend* Du bist ein Nazi! Du bist ein Nazi! Du Nazi! Du missbrauchst die Armut und das Elend der Menschen für deine Zwecke, du verlogener Nazi!

DER REGISSEUR Sehr gut, Schauspielerin, sehr gut! *Klatscht begeistert in die Hände.*

Stille.

SCHAUSPIELERIN Wie auch immer, jetzt nimmt jeder einen Gemüsebratling, und dann dürft ihr wieder gehen!

Die Sozialhilfeempfänger nehmen – nach kurzem Zögern – einer nach dem anderen einen Gemüsebratling, dann gehen sie zur linken Seite hin von der Bühne.

Unser Angebot steht, liebe Sozialhilfeempfänger, falls ihr im Lauf des Stücks noch Hunger bekommen solltet, dann könnt ihr jederzeit wieder auf die Bühne kommen und euch etwas nehmen!

Das Publikum applaudiert.

So, kommen wir zum Nächsten.

Kurz Pause.

DER REGISSEUR Ja, aber jetzt soll der Fette mal moderieren!

Einer der Schauspieler, der, im Gegensatz zu den anderen, sehr fett und hässlich ist, tritt vom Bühnenhintergrund hervor. Die Schauspielerin übergibt ihm das Mikrofon und bleibt neben ihm stehen.

DER FETTE SCHAUSPIELER Wir begrüßen nun einen weiteren Armen, und zwar Patrick S., bekannt aus dem Fernsehen, weil er vier Kinder mit seiner Schwester gezeugt hat und dafür im Gefängnis saß, dann vor dem Bundesverfassungsgericht Beschwerde eingelegt hat, aber – wie das manchmal so ist im Leben – war das nicht erfolgreich, und jetzt war er noch mal im Gefängnis. Wir wollen ihn mal fragen: erst Gefängnis, dann Arbeitssuche – gibt es einen Ausweg aus der Unterschicht? Patrick S., meine Damen und Herren!

Kein Applaus. Der echte Patrick S. aus Zwenkau bei Leipzig kommt von der linken Seite auf die Bühne.
Der fette Schauspieler zu Patrick S. Wie geht es Ihnen?
Patrick S. wirkt irritiert.

DER REGISSEUR *zornig* Der Fette kann das nicht, die Schauspielerin soll das wieder machen!

Die Schauspielerin nimmt dem fetten Schauspieler das Mikrofon weg.

SCHAUSPIELERIN Sie waren im Gefängnis, Patrick S., weil Sie mit Ihrer Schwester gefickt haben, und jetzt wollen Sie Arbeit, wie sieht das aus?

Regisseur nickt zustimmend im Hintergrund.

PATRICK S. Ich will keine Arbeit im Moment, ich will Recht, ich werde Klage einreichen am Europäischen Gerichtshof für Menschenrechte.

SCHAUSPIELERIN Weil die Sozialhilfe nicht ausreicht zum Leben?

PATRICK S. Nein. Weil ich im Gefängnis saß dafür, dass ich mit einer Frau, die ich liebe, Kinder habe und dass uns diese Kinder dann auch noch weggenommen wurden vom Staat.

SCHAUSPIELERIN Eine Frau, die Sozialhilfeempfängerin ist, die in Armut lebt, einer Frau aus der Unterschicht! Wie ertragen Sie gemeinsam die Armut?

PATRICK S. Die Armut?

SCHAUSPIELERIN Die Armut und die damit verbundenen mangelnden Bildungschancen!

PATRICK S. Aber es geht doch darum, dass ich ins Gefängnis musste, weil die Liebe zwischen mir und meiner Schwester verboten ist aufgrund von völlig überholten Moralvorstellungen, die letztlich durch eugenische Gesichtspunkte begründet werden!

SCHAUSPIELERIN Und die mangelnde Bildung?

PATRICK S. Welche mangelnde Bildung? Was meinen Sie?

SCHAUSPIELERIN Die mangelnden Bildungschancen in der Unterschicht, nicht zuletzt die Ihrer Kinder, die aufgrund Ihres Inzestes behindert sind!

PATRICK S. Aber unsere Kinder sind ja gar nicht behindert!

SCHAUSPIELERIN Doch. Statistisch sind Ihre Kinder behindert. Die Wahrscheinlichkeit der Behinderung von Kindern, die bei inzestuösem Geschlechtsverkehr entstehen, ist deutlich höher als bei normalen Paaren. Deshalb kann man sagen, dass Ihre Kinder geistig und körperlich behindert sind!

PATRICK S. Sind sie aber nicht!

SCHAUSPIELERIN *seufzt* Die mangelnde Bildung!

PATRICK S. Aber selbst wenn sie behindert wären, warum sollten sie nicht auch leben dürfen, warum sollten sie weniger Recht auf Leben haben als andere Kinder!

SCHAUSPIELERIN Aber die Kinder leben ja behindert, aber die Bildungschancen, sie fehlen ja in der Unterschicht, der sie angehören, und was haben die Kinder da für Chancen!

PATRICK S. Unsere Kinder sind nicht behindert!

SCHAUSPIELERIN Doch!

PATRICK S. *seufzt* Und selbst wenn: Wer sagt, dass das Leben von Behinderten weniger freudvoll und sinnvoll ist als das Leben von Nichtbehinderten!

SCHAUSPIELERIN Sie machen es sich ja einfach! Die Kinder sind ja nicht nur behindert, sondern sie werden ja auch in der Unterschicht und in fragwürdigen sozialen Milieus groß.

PATRICK S. Aber ich saß im Gefängnis dafür, dass ich mit einer Frau, die ich liebe und die mich liebt, Kinder gezeugt habe, was nicht erlaubt ist, weil aus eugenischen Gründen untersagt ist, seine Schwester oder seinen Bruder zu lieben!

SCHAUSPIELERIN Was beklagen Sie sich! Sie hätten es ja auch in den Po machen können, dann hätten Sie nicht ins Gefängnis gemusst!

PATRICK S. Aber es geht doch ums Recht, es geht doch darum, dass ich der Meinung bin, dass man zwei Menschen nicht verbieten kann, sich zu lieben, nur weil die Wahrscheinlichkeit bei ihnen höher ist, dass ihre Kinder mit Behinderungen auf die Welt kommen! Das heißt doch, dass das Leben dieser Kinder weniger lebenswert sein soll! Und dann nimmt man uns die Kinder auch noch weg, unsere Kinder!

SCHAUSPIELERIN Aber wenn die Kinder bei Ihnen geblieben wären, wären sie ja in der Unterschicht aufgewachsen und hätten nicht die gleichen Chancen gehabt wie die Kinder von Akademikern!

PATRICK S. Aber wir hätten doch unser Bestes getan, um Ihnen diese Chancen zu bieten, soweit uns das als Eltern möglich ist!

SCHAUSPIELERIN Hah, soweit Ihnen das als Eltern möglich ist! Was ist Ihnen denn als Eltern möglich, wenn Sie ständig wegen Inzest im Gefängnis sitzen!

PATRICK S. Aber ich bin ja der Meinung, dass es nicht rechtens ist, dass ich deswegen im Gefängnis saß, weil ich der Meinung bin, dass diese Rechtsauffassung …

SCHAUSPIELERIN Sie klagen hier auf der einen Seite den Staat an, weil er Sie verurteilt, andererseits lassen Sie sich von ihm Ihren Gefängnisaufenthalt bezahlen! Merken Sie nicht, was für einen Unsinn Sie hier einfordern!

PATRICK S. *wütend* Nein, das merke ich nicht. Ich will, dass wir unsere Kinder zurückbekommen! Es sind unsere Kinder!

SCHAUSPIELERIN Jaja, es ist auch Ihre Unterschicht, Ihre Behinderungen! Aber wir interessieren uns dafür!

PATRICK S. *zornig* Wie auch immer! Es ist nicht rechtens, uns dafür zu verurteilen, und ich …

SCHAUSPIELERIN *zornig* Schreien Sie mich nicht so an! Wir sind hier nicht in der Unterschicht, wir sind hier im Theater!

PATRICK S. *ruhiger* Entschuldigen Sie, ich wollte nicht schreien, aber es geht hier um meine Kinder!

SCHAUSPIELERIN Nun gut. Auch ich will mich bei Ihnen entschuldigen! Ich weiß ja, dass Sie zur Unterschicht gehören, mangelnde Bildung haben und dass Sie bedürftig sind – deshalb bieten wir Ihnen an, sich auch etwas vom Buffet zu nehmen!

PATRICK S. Aber ich bin nicht hier, um von Ihrem Buffet zu essen und mir einen ausgeben zu lassen, sondern es geht doch um das Recht!

SCHAUSPIELERIN Aber im Gefängnis saßen Sie doch auch auf Kosten der Gesellschaft, da haben Sie doch auch ohne Hemmungen auf Kosten anderer gegessen, und hier – nur weil Leute zusehen – tun Sie nun so, als würden Sie das nicht wollen!

PATRICK S. Weil ich nicht hergekommen bin, um zu essen, sondern um mein Recht einzufordern!

SCHAUSPIELERIN Ach, und deshalb sind Sie wohl auch ins Gefängnis gegangen, um dort Ihr Recht einzufordern!

PATRICK S. Nein, ich wurde verurteilt!

SCHAUSPIELERIN Verurteilt! Wozu denn verurteilt! Als hätten Sie und Ihre Kinder in der Unterschicht irgendwelche Bildungschancen! In staatlicher Betreuung im Gefängnis haben Sie und Ihre Kinder vermutlich weit bessere Chancen! Und dann beklagen Sie sich!

PATRICK S. Ja, ich beklage mich allerdings!

SCHAUSPIELERIN Jetzt reicht es aber! Wir laden hier Leute aus der Unterschicht ein, geben Ihnen die Möglichkeit, Ihre Meinung zu sagen und von ihren bitteren sozialen Realitäten zu erzählen, und dann beklagen Sie sich darüber!

PATRICK S. Ich beklage mich darüber, dass …

SCHAUSPIELERIN So, Schluss jetzt! Es bringt nichts, auf Intoleranz immer nur mit Toleranz zu reagieren, wir müssen Ihnen hier Grenzen aufzeigen, und deshalb würde ich Sie jetzt bitten, die Bühne zu verlassen!

Die Schauspieler im Hintergrund applaudieren. Patrick S. geht resigniert von der Bühne.

Schauspielerin zum Publikum. Das ist bedauerlich. Wir bieten Möglichkeiten an, wir zwingen niemanden: Jeder kann sich vom Buffet nehmen, soviel er will, jeder, der eingeladen ist, hat die Möglichkeit. Aber wir können – und wollen – niemanden dazu zwingen. Jeder muss es für sich selbst entscheiden, und wenn jemand nicht vom Buffet nehmen will, dann will sich diese Person offenbar nicht helfen lassen. Aber ich möchte auch klar sagen, dass wir die Person deswegen nicht verspotten wollen, sondern wir müssen uns auch darüber klar sein, dass solche Entscheidungen mit mangelnder Bildung aufgrund fehlender Chancen einhergehen, für die die Leute aus der Unterschicht nichts können – im Gegenteil, wir müssen uns bewusst sein, dass diese Verhältnisse mit der Beschaffenheit unserer Gesellschaft zu tun haben und dass es sich dabei um Problematiken handelt, die uns alle angehen und für die wir alle Verantwortung tragen!

Ein bedrohliches Brummen wird eingespielt.

ALLE SCHAUSPIELER *entsetzt, im Chor* Um Himmels willen, was ist das?

Eine riesige schwarze Schlange hat ihren Kopf von links auf die Bühne gestreckt, die Schauspieler sind zurückgewichen. Es ist zweifellos eine echte Schlange, aber ihr Kopf ist so groß wie ein Kleinwagen, weshalb man von ihr auch nur diesen und einen kurzen Teil des Halses sieht. Die Schlange hält ihren Kopf erhoben und züngelt. Das Züngeln klingt so, als würde man ein nasses Badetuch ausschütteln.

DER REGISSEUR *rufend* Es ist ein Symbol! Es ist ein Symbol!

ALLE SCHAUSPIELER Ja, es ist ein Symbol!

DIE SCHLANGE *mit einer männlichen, aber hohen Stimme* Ich bin kein Symbol.

DER REGISSEUR Doch, du bist ein Symbol! Ein Symbol!

DIE SCHLANGE Nein, ich bin kein Symbol.

ALLE SCHAUSPIELER Doch, ein Symbol bist du!

DIE SCHLANGE Nein, das ist ein Missverständnis.

DER REGISSEUR Natürlich bist du ein Symbol!

DIE SCHLANGE Nein nein, ich bin eine Schlange!

DER REGISSEUR Quatsch!

DIE SCHLANGE Doch.

DER REGISSEUR *aufgebracht* Unsinn! Ein Symbol bist du!

SCHAUSPIELERIN Ja, ein Symbol für das Böse!

DIE SCHLANGE *verzweifelt* Nein, bin ich nicht.

DER FETTE SCHAUSPIELER Vielleicht ist sie auch kein Symbol, sondern eine Metapher!

DER REGISSEUR Quatsch, ein Symbol ist sie!

SCHAUSPIELERIN Für das Böse nämlich!

DER FETTE SCHAUSPIELER Für den islamischen Terrorismus?

SCHAUSPIELERIN Das ist doch dasselbe!

DER FETTE SCHAUSPIELER Das Selbe oder das Gleiche?

DER REGISSEUR Quatsch! Quatsch! Quatsch! Sie ist ein Symbol, das Böse, ja, begreift ihr es denn nicht: Es ist der Kapitalismus, ihr Trottel!

ALLE SCHAUSPIELER Ja, der Kapitalismus ist es! Es muss der Kapitalismus sein!

DER FETTE SCHAUSPIELER Ja, aber das heißt, der Kapitalismus ist auch im Theater, sozusagen?

DER REGISSEUR Unsinn! Der Kapitalismus ist nicht im Theater, es ist ja nicht der Kapitalismus, es ist ja nur ein Symbol!

DER FETTE SCHAUSPIELER Das heißt, der Kapitalismus ist nur im übertragenen Sinne im Theater?

DIE SCHLANGE *vor sich hin* Aber ich bin doch eine Schlange.

DER REGISSEUR Ja, als Thema, damit er hier behandelt werden kann!

DIE SCHLANGE Behandelt?

SCHAUSPIELERIN Jawohl, die Schlange geht uns alle an!

ALLE SCHAUSPIELER *jubelnd* Das Symbol! Das Symbol! Es geht uns alle an!

Der fette Schauspieler stürmt vor.

DER FETTE SCHAUSPIELER *mit erhobener Faust* Jawoll! Wir werden es dem Kapitalismus zeigen … ähm … dem Symbol … im übertragenen Sinne … wir werden es ihm zeigen … also … im übertragenen …

Die Schlange schnappt blitzschnell zu und verschlingt den fetten Schauspieler, nur eines der fetten Beine ragt noch seitlich aus ihrem Maul heraus.

DER REGISSEUR *ratlos* Jetzt ist er weg!

Die Schlange behält den fetten Schauspieler für einen kurzen Augenblick im Maul, das hervorstehende Bein zuckt leicht, dann schlingt sie ihn herunter. Man sieht, wie er in ihrem Hals entlanggleitet.

SCHAUSPIELERIN Es geht uns alle an!

Stille.

DER REGISSEUR So, jetzt reicht's aber!

Er springt von seinem Quad und rennt in seinem Lendenschurz vor die Schlange, wobei er einer Schauspielerin die Fahne mit dem Logo des aufführenden Theaters aus der Hand reißt.

Stirb, Kapitalismus, stirb! *Er piekst die Schlange mehrmals mit der Fahne.*

Die Schlange seufzt.

Hau ab! *Er piekst die Schlange nochmals.*

Die Schlange zieht sich langsam zu ihrem Verdauungsschlaf von der Bühne zurück.
Ein Jubel bricht unter den Schauspielern aus, auch das Publikum applaudiert – ihm hat es gut gefallen, nicht zuletzt deshalb, weil eine riesige Schlange gezeigt wurde.
Der Regisseur wischt sich den Schweiß von der Stirn.

Donnerlittchen!

Den nun folgenden Monolog spricht der Regisseur nicht direkt zum Publikum, sondern zu den unterschiedlichsten Stellen der Bühne, die alle lediglich gemeinsam haben, dass sich an ihnen nichts und niemand befindet.

Das war es!
Das war die Wahrheit!
Wir haben hier die Wahrheit gesehen!

Wir haben hier die Wahrheit gezeigt!
Die Wahrheit wurde gezeigt!
Wer die Wahrheit nicht ertragen kann
Der hätte nicht hierherkommen sollen!
Wer die Wahrheit nicht ertragen kann
Der kommt dann eben nicht her!
Wer die Wahrheit nicht ertragen kann
Der hätte ja gehen können
Wenn er doch hergekommen wäre
Und die Wahrheit nicht ertragen kann!
Dann kann man ja gehen!
Das ist doch die Wahrheit!
Das muss man doch mal sagen können!
Wer das nicht ertragen kann
Der ist dann ja gar nicht hergekommen!
Das muss man ja mal sagen können!
Wir sagen hier eben die Wahrheit!
Das ist eben manchmal hart!
Wenn einem das nicht passt
Dann ist es hart
Aber es ist eben die Wahrheit!
Das wird man ja mal sagen dürfen!

Der Regisseur zuckt für den Bruchteil einer Sekunde mit dem ganzen Körper auf eine unbeschreibliche Weise.

Wem die Wahrheit nicht passt
Der muss sich eben Lügen anhören!
Lügen sind aber nicht die Wahrheit!
Lügen sind nicht die Wahrheit!
Das wird man ja wohl mal sagen dürfen!
Lüge kommt nun mal nicht von Wahrheit!
Lüge kommt ja nicht von wahr
Sondern Lüge kommt ja von lügen!
Das hört man ja schon an den Wörtern!
Da hört man es ja schon!
Wer das nicht hören will
Der kann die Wahrheit nicht ertragen!

Man muss es sich ja nicht anhören!
Man muss es sich ja nicht anhören!
Das ist doch die Wahrheit!
Wir müssen das hier mal sagen!
Wir müssen uns das hier mal anhören!
Wenn wir uns das nicht anhören wollen
Dann sind wir eben nicht hergekommen!
Das ist nun mal die Wahrheit!
Die Wahrheit ist … *Mit ruhigerer Stimme.* … ist ja so, dass aus der Annahme oder dem Prinzip, dass es eine einzige Wahrheit gebe, ein Wahrheitsbegriff folgt, der eine unbedingte Geltung des als wahr Bezeichneten impliziert. Ein solcher Wahrheitsbegriff impliziert damit zugleich eine vollständige Trennung des als wahr Bezeichneten vom Beurteilenden. Aber da alle Wahrnehmung subjektiv ist, ist auch die Sicht der Welt oder die Sicht von Dingen ausschließlich subjektiv. Es gibt daher nicht eine Wahrheit, sondern nur miteinander konkurrierende Wahrheiten. So ist das nun mal!
Das ist nun mal die Wahrheit!
Die Wahrheit kann nicht jeder ertragen
Der gegangen ist!
So ist das nun mal!
Das kann man ja mal sagen!
Ich ertrage die Wahrheit nicht!
Das wird man ja mal sagen dürfen!
Da kann man sich nun darüber aufregen
Aber das ist nun mal die Wahrheit!
Wem das nicht passt, der kann uns mal ficken!
Das wird man ja mal sagen dürfen!
Wenn es Ihnen nicht passt
Dann können Sie uns mal ficken!
Sie können uns ja mal ficken!
Das ist doch die Wahrheit!
Man wird doch die Wahrheit mal sagen dürfen!
Sie können uns ja mal ficken!
Man wird ja wohl mal ficken dürfen!

Pause. Der Regisseur wirkt sehr erschöpft.

SCHAUSPIELERIN Was machen wir denn jetzt mit den Nudelsalaten?

Ein lautes Schreien setzt ein von der linken Seite der Bühne. Von dort kommen 21 mongoloide Kinder schreiend auf die Bühne gerannt. Sie reißen die Latten von dem Gartenzaun am rechten Bühnenrand. Entsetzt fliehen die Schauspieler nach rechts hin von der Bühne. Der Regisseur springt auf sein Fahrzeug und wendet panisch zwischen den fliehenden Schauspielern den Quad, wobei er einige anfährt, und fährt dann ebenfalls nach rechts hin von der Bühne. Die mongoloiden Kinder zertrümmern mit den Latten unter wüstem Geschrei das Buffet innerhalb von Sekunden. Dann beginnen Sie, ins Publikum zu springen. Das Publikum, das vom zeitgenössischen Theater einiges gewöhnt ist, zeigt sich zunächst interessiert, verlässt aber, nachdem es einige Lattenhiebe abbekommen hat, entsetzt den Raum, um an der Kasse den Eintritt zurückzuverlangen. Es kommt zu tumultartigen Szenen. Die mongoloiden Kinder verwüsten schreiend den Saal, reißen die Sessel aus ihren Verankerungen. Währenddessen werden auf dem Bühnenhintergrund mit dem Videoprojektor Szenen von einer Mungofarm gezeigt. Dazu ist sentimentale Streicher-Musik zu hören. In den zunächst schnell wechselnden Einstellungen werden die Mungos gezeigt, wie sie in ihren Gehegen herumtollen und spielen, wie sie Futter bekommen etc.
Die mongoloiden Kinder beginnen, nachdem sie innerhalb kürzester Zeit den Saal völlig verwüstet haben, die Besucher zu verfolgen.
Die Filmeinstellungen werden langsamer, zudem mehren sich die Nahaufnahmen der Mungos, die plötzlich aufhören, herumzutollen. Ihre kleinen schwarzen Augen werden gezeigt, ihre Schnäuzchen, wie sie langsam zu zittern beginnen. Dann sieht man, wie die Tiere – obwohl es Tiere sind – anfangen zu weinen. Aber es ist niemand mehr im Saal.

III. Lotz' Kritik der reinen Vernunft

(Dieser Teil wird – im Gegensatz zu den vorangegangenen – nicht mehr von einem Regisseur inszeniert. Jeder der Auftretenden spricht seinen Text so, wie er das für richtig hält.)

Der Saal ist leer, ein Publikum ist nicht mehr vorhanden. Auf der Bühne sind – in einem rechteckigen Grundriss – vier aufwärtsfahrende Rolltreppen (gegen den Uhrzeigersinn) angeordnet. Obwohl die Rolltreppen alle aufwärts streben, schließt sich – ganz so wie auf den Bildern des Malers M. C. Escher – jede an die nächste an, bis das Quadrat geschlossen ist. Das Ganze ist physikalisch unmöglich, aber es steht tatsächlich auf der Bühne. Auf den Rolltreppen stehen einige Personen, die also immerzu aufwärtsfahren.
Auf die Leinwand im Bühnenhintergrund (hinter den Rolltreppen) wird folgendes Motiv mit einem Videobeamer projiziert[1]*:*

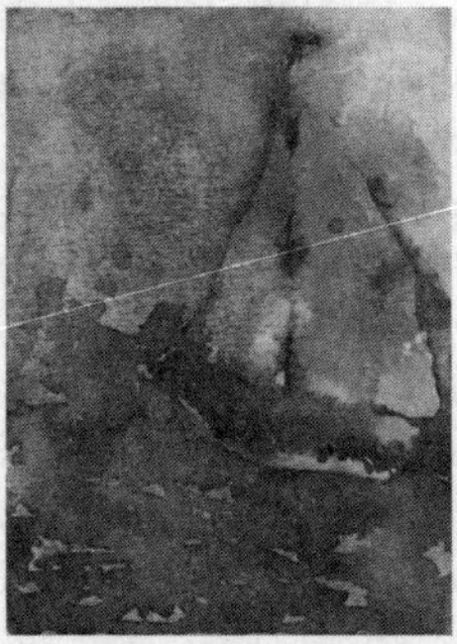

1 Im Originaltext befindet sich an dieser Stelle eigentlich ein Postkartenmotiv, das unterschiedliche Seevögel zeigt. Wie der Verlag mir mitteilte, kann es in dieser Anthologie aber aus rechtlichen Gründen nicht abgedruckt werden. Das hier eingefügte Bild ist also nur ein Ersatz. (Es handelt sich dabei um eine von meiner Mutter mit Aquarellfarben hobbymäßig bemalte Postkarte an mich. Ich habe mich dafür entschieden, weil sie auf meinem Schreibtisch steht und das Erste war, was mir bei der Suche nach einem Ersatzbild in den Blick kam und zudem zufällig auch ein maritimes Motiv zeigt.) Dieses Bild kann hier leider nur in Schwarzweiß abgedruckt werden, was sehr schade ist, denn eigentlich ist es sehr bunt.
(Anmerkung des Autors, Juni 2013)

Am rechten vorderen Bühnenrand steht ein leerer Umzugskarton. In der Mitte des vorderen Bühnenrandes steht ein Mikrofonständer mit Mikrofon, dahinter kniet in einer theatralischen Geste die Schauspielerin im Ausfallschritt, das Gesicht in den Händen verborgen.
Als der Vorhang aufgeht, bemerkt man erst, dass er eigentlich da war: Nur noch einige kleine rote Fetzen sind übrig, die sich in der Höhe nun auseinanderbewegen.
Die Schauspielerin erhebt sich langsam hinter dem Mikrofonständer.

SCHAUSPIELERIN *mit müder Stimme* Weitermachen.
Wir machen jetzt weiter.
Mit was?
Mit dem Weitermachen.
Wir beginnen jetzt erst richtig
Mit dem Weitermachen.
Wir beginnen jetzt mit dem
Was schon immer da war.
Wo?
Na hier.
Was?
Na alles.
Wir machen jetzt damit weiter.
Ihr werdet schon sehen.

Betretene Stille.
Nach einer kurzen Pause betritt eine ältere Dame von links hinten die Bühne. Es ist Ursula Lotz, die Mutter des Autors. Sie hat einen zerknitterten Zettel in der Hand.

Herzlich willkommen. *Seufzt.*
MUTTER LOTZ Guten Abend.

Pause.

SCHAUSPIELERIN Wer sind Sie denn?
MUTTER LOTZ Ich bin die Mutter vom Wolfram.
SCHAUSPIELERIN Wolfram?
MUTTER LOTZ Lotz, mein Sohn, der Autor dieses Stücks.

SCHAUSPIELERIN *seufzt* Ach so.

MUTTER LOTZ Er lässt sich entschuldigen. Er hat Schnupfen und kann deshalb nicht auftreten.

SCHAUSPIELERIN Pffff. *Pause.* Vorhin … *Abwinkend.* Naja, wie auch immer.

MUTTER LOTZ Er hat mir etwas aufgeschrieben, ich soll das sagen. *Sie hält den Zettel hoch.* Ich kann es aber nicht lesen, es ist ein furchtbares Gekrakel, und ich kann es einfach nicht lesen, aber er hat gesagt, es sei wichtig, aber es ist einfach eine unmögliche Schrift.

SCHAUSPIELERIN Vielleicht ist das auch egal!

MUTTER LOTZ Nein nein, er hat gesagt, es ist wichtig, und ich habe es ihm doch versprochen, ich habe ihm versprochen, es vorzulesen hier im Theater, er hat mich doch gebeten, ihn zu vertreten. Und ich bin doch hierhergekommen, weil es doch bestimmt wichtig ist für ihn.

SCHAUSPIELERIN Wie dem auch sei. Wenn Sie ihn vertreten, dann würde ich Sie jetzt bitten, da in dem Karton Platz zu nehmen.

Die Schauspielerin und Mutter Lotz gehen zu dem Umzugskarton am rechten vorderen Bühnenrand. Indem die Schauspielerin den Karton zurechtrückt, dreht sie ihn so, dass die Filzstiftaufschrift »Autor« sichtbar wird.

Das ist der Karton hier für Ihren Sohn. Warten Sie, ich helfe Ihnen hinein.

Die Schauspielerin hilft Mutter Lotz in den Karton. Mutter Lotz sitzt mit angewinkelten Beinen darin.

MUTTER LOTZ *schüchtern* Ich hoffe, ich bin Ihnen keine Last, hier am Theater.

SCHAUSPIELERIN Nein nein.

MUTTER LOTZ Als ich jung war, als ich noch in Hamburg war, da bin ich ab und zu ins Theater gegangen, das hat mir eigentlich immer Freude gemacht. Als die Kinder dann auf die Welt kamen, sind wir ja in den Schwarzwald gezogen, und da gab es ja kein Theater, da konnte man ja nicht mehr ins Theater, da ging es ja nicht mehr. Ich dachte oft, man sollte mal mit den Kindern ins Theater, das sollten sie mal sehen, aber das ging eben nicht. Naja, dafür gab es aber viel Natur, das war ja auch schön.

SCHAUSPIELERIN Soso.

MUTTER LOTZ Ach, ich rede wieder so viel. Lassen Sie sich von mir nicht stören!

Mutter Lotz versucht, die Aufschrift auf dem Zettel zu entziffern. Die Schauspielerin geht wieder in die Bühnenmitte.

SCHAUSPIELERIN Also …

Pause.

Wir begrüßen nun einen Gast, und zwar einen … sogenannten … Lewis Paine.

Von der Rolltreppe steigt Lewis Thornton Powell herab. Er trägt, so wie auf der Fotografie, die vor seiner Hinrichtung gemacht wurde, Handschellen, sieht ansonsten auch genauso aus: Ebenso wie auf dem Foto ist er nicht in Farbe, sondern in Schwarzweiß.

LEWIS PAINE Eigentlich heiße ich ja Lewis Powell …

SCHAUSPIELERIN Sagen Sie noch mal – woher sollen wir Sie kennen?

LEWIS PAINE Ich weiß, ich bin nicht sehr bekannt. Aber ich war einer der Attentäter, der in die Ermordung Abraham Lincolns verwickelt war, wenn man so will.

SCHAUSPIELERIN Aber Abraham Lincoln ist doch von jemand anderem ermordet worden!

LEWIS PAINE Ja. Abraham Lincoln war mir auch egal, ich hatte gar nichts gegen ihn. Ich habe aber am selben Abend versucht, am 14. April, als Lincoln im Theater ermordet wurde, den Außenminister William Seward in seinem Haus zu ermorden. Ich hatte auch nichts gegen Seward. Aber es war eben so, dass – wenn der Präsident ermordet wird – auch die Stellvertreter ermordet werden müssen. Dann hätte sich endlich alles aufgelöst, es hätte niemand mehr geherrscht, es hätte sich alles aufgelöst. Ich habe es aber nicht geschafft, Seward zu ermorden. Ich konnte nicht richtig, es ging in dem Augenblick nicht mehr, ich habe auf ihn eingestochen, aber immer daneben. Aber wissen Sie: Die Zeit stand still, als ich einstach auf Seward, währenddessen stand die Zeit still, ich war – als ich so einstach – über dem Ganzen wie Gott über dem Universum. Ich war aus der Zeit!

SCHAUSPIELERIN *müde* Soso.

LEWIS PAINE Danach habe ich mich drei Tage lang in einem Baum versteckt. Sie müssen wissen, ich saß da in diesem Baum, im Astwerk, ich saß da, und dieser Baum blühte die ganze Zeit! Da habe ich es auf einmal begriffen!

SCHAUSPIELERIN Ich glaube, es wäre interessanter, wenn Sie uns noch etwas über das Lincoln-Attentat erzählen würden.

LEWIS PAINE Aber ich würde lieber erzählen, was ich begriffen habe, als ich in dem Baum saß!

SCHAUSPIELERIN *seufzt* Na, dann erzählen Sie halt, was Sie da begriffen haben.

LEWIS PAINE Ich habe begriffen, dass wir sterben müssen!

Die Schauspielerin seufzt völlig resigniert.

Ich meine, ich habe begriffen, dass ich nicht anders kann, als zu sterben!

SCHAUSPIELERIN Ja, aber das weiß doch jeder, dass man sterben muss!

LEWIS PAINE Ja, ich weiß, ich weiß. Aber ich meine: Ich habe plötzlich begriffen, dass man es muss!

SCHAUSPIELERIN Ich habe doch eben gesagt, dass jeder weiß, dass er sterben muss.

LEWIS PAINE Schon, ja, aber als ich da im Baum saß, und es blühte überall um mich herum, da habe ich begriffen, dass es ein Zwang ist!

SCHAUSPIELERIN Meine Güte, soweit waren wir eben auch schon!

LEWIS PAINE Aber verstehen Sie denn nicht? Ich hatte zuvor versucht, den Außenminister umzubringen, damit sich die Herrschaft auflöst. Und dann habe ich begriffen, dass man sterben muss, und dann wurde mir klar, dass es sinnlos ist, diese Herrschaft aufzulösen, also das zu versuchen, wenn ja dahinter noch eine andere ist, eine, die einen zum Sterben zwingt, verstehen Sie?

SCHAUSPIELERIN Aber Sie wollten doch auch jemanden töten!

Stille.

LEWIS PAINE Ja, das stimmt. Soweit war ich noch nicht. Ich meine, als ich da im Baum saß und alles um mich herum blühte – ich saß da ja drei Tage –, da wurde mir eben klar, dass die eigentliche Ordnung, die höhere Ordnung, wenn man so will … also dass die … also indem ich jemanden ja töte, also habe ich ja nicht … ich wollte es, zugegebenermaßen … also jedenfalls wurde mir klar, dass ich dann nur das mache, was die Herrschaft, die höchste Herrschaft, will … verstehen Sie?

SCHAUSPIELERIN Nein. Hm. Und jetzt?

LEWIS PAINE Na, ich meine, man muss erst die höchste Herrschaft auflösen, und dann die anderen.

SCHAUSPIELERIN Was soll das denn heißen?

LEWIS PAINE Na, stellen Sie sich mal vor, ich hätte den Außenminister umgebracht – das habe ich ja nicht – aber mal angenommen, ich hätte, und der Präsident wäre nicht umgebracht worden, dann wäre ja gar nichts geschehen gewesen. Also ich meine, das ist jetzt nur ein Bild!

SCHAUSPIELERIN Aber der Präsident ist doch umgebracht worden!

LEWIS PAINE Aber ich sagte ja doch, dass das nicht die höchste Ordnung ist. Die höchste ist ja noch darüber. Das wurde mir eben klar, als ich da im Baum saß, als ich begriff, dass ich sterben muss, da wurde es mir eben plötzlich klar.

SCHAUSPIELERIN Aber dann wurden Sie ja doch erhängt.

LEWIS PAINE Ja.

SCHAUSPIELERIN Und das war dann die höchste Ordnung?

LEWIS PAINE *resigniert* Nein, war es nicht. Aber der Tod, also das, was dann ja eigentlich geschieht, die Auslöschung, das ist ja doch nicht von den Menschen erfunden worden, und das ist ja doch eingetreten.

SCHAUSPIELERIN Für einen Toten machen Sie mir aber einen recht lebendigen Eindruck, Sie mit Ihrem Baum!

LEWIS PAINE *traurig* Ich dachte, verstehen Sie, ich dachte, wenn ich hier auftrete, obwohl ich tot bin, wenn ich hier lebendig auftrete, obwohl ich zum Tode verurteilt war und hingerichtet wurde, von wem auch immer, wenn ich dann trotzdem hier bin, dann würde damit so etwas wie eine Sehnsucht gezeigt.

SCHAUSPIELERIN Eine Sehnsucht!

LEWIS PAINE Ja, ich meine, eine Sehnsucht, dass man nicht sterben muss, dass diese höchste Ordnung nicht mehr gilt.

SCHAUSPIELERIN Das hat doch keiner begriffen, was Sie hier sagen wollten mit Ihrem Baum und Ordnung und Sehnsucht und was alles! Außerdem sind Sie tot. Es ist nicht möglich, dass man tot ist und dann doch noch lebt, das ist doch Quatsch!

LEWIS PAINE *resigniert* Dann gehe ich jetzt besser.

SCHAUSPIELERIN Nicht so eilig! Ich habe da noch eine Frage: Hat Lee Harvey Oswald jetzt Lincoln ermordet oder war es doch jemand anderes?

LEWIS PAINE *seufzend* Nein, der war es nicht.

SCHAUSPIELERIN Habe ich es mir doch gedacht, dass es eine Verschwörung war! Wer war es aber dann?

LEWIS PAINE John Wilkes Booth. Booth hat Lincoln im Ford's Theatre in Washington bei einer Aufführung von hinten in den Kopf geschossen.

SCHAUSPIELERIN Dann war die Ermordung des Präsidenten also eine Inszenierung!

LEWIS PAINE Nein, war es nicht. Wieso sollte es denn eine Inszenierung gewesen sein?

SCHAUSPIELERIN Aber Sie sagten doch eben, dass es im Theater war!

LEWIS PAINE Ja, aber das hat doch damit nichts zu tun.

SCHAUSPIELERIN Ach so! Was war Booth denn von Beruf?

Pause.

LEWIS PAINE *wütend* Er war Schauspieler, ja und! Er hat aber trotzdem Lincoln in den Kopf geschossen, und er hätte es auch sonst wo getan, nicht nur im Theater, sondern sonst auch überall, aber es war nun eben mal im Theater!

SCHAUSPIELERIN Ja sicher! Pffff! Wer das glaubt, ist plemplem! Na gut, keine weiteren Fragen!

Pause. Dann geht Lewis Thornton Powell kopfschüttelnd in seinen Handschellen wieder zu den Rolltreppen, um weiterzufahren.

MUTTER LOTZ Und das war wirklich eine Inszenierung?

SCHAUSPIELERIN Ja natürlich! Wie kann man nur so naiv sein!

Pause.

So. Der Nächste.

Der Lyriker Felix Leu kommt in einem automatischen Rollstuhl von links vor an den Bühnenrand gefahren. Vor Felix Leu ist ein Computerbildschirm an dem Rollstuhl angebracht. Dieser ist durch ein Kabel mit einem großen Rechner verbunden, der hinter dem Sitz angebaut ist.

Ach ja, richtig, der. Herzlich willkommen, begrüßen Sie … also das ist der Lyriker Felix Leu. Ja. Also eigentlich, das muss ich doch kurz sagen, sollte Felix Leu auch von den Rolltreppen heruntergefahren kommen, aber das ist leider nicht möglich, da die Rolltreppen nicht behindertengerecht sind. Aber vielleicht kann man sich einfach vorstellen, dass er eben von den Rolltreppen gestiegen ist, so ist das zumindest gedacht. Als Ersatz haben wir dafür Anna das Kind auf die Rolltreppen eingeladen. *Die Schauspielerin dreht sich zu den Rolltreppen um. Rufend.* Anna, hallo!

Ein Spot wird auf Anna das Kind gerichtet, die auf den Rolltreppen fährt. Anna das Kind strahlt und winkt der Schauspielerin.

So. Man muss vielleicht noch dazu sagen, dass der Herr Leu an amyotropher Lateralsklerose leidet, weshalb er auch so kümmerlich in seinem Rollstuhl sitzt. Er kann eigentlich gar nichts mehr, auch nicht mehr sprechen, nur noch die Augen bewegen. Aber er teilt sich mit, indem hier auf dem Bildschirm seine Augenbewegungen aufgezeichnet werden und von einem Sprachcomputer wiedergegeben werden. Herzlich willkommen, Herr Leu.

Felix Leu zuckt mit den Augen.

COMPUTERSTIMME Hallo.
SCHAUSPIELERIN Gut! So, Sie wollten uns doch ein Gedicht mit dem Titel »Einige Augenblicke« rezitieren. Dann fangen Sie mal an mit Ihrem Gedicht!

Felix Leus Augen beginnen zu zucken.

COMPUTERSTIMME Einmal ging ich (und ich meine
mit ich das Ich, wie es vorkommt

in einem Gedicht) über eine Straße
der Wind wehte leicht, es war
ein ganz normaler Tag.

Einmal hörte ich ein Kind im Treppenhaus
schreien und es schrie und
schrie, einfach nur so.

Einmal war ich am Meer.
Ein alter Gartenstuhl
lag dort in der Brandung.
Für eine Weile sah ich ihm zu.

Einmal sah ich, wie einer Frau
an der Kasse eines Supermarktes
eine Münze entfiel und unter einem
kleinen Hund mit drei Beinen
zum Liegen kam.

Einmal war ich in einem Wald
und der Wald war ganz so
wie ich dachte, dass
ein Wald eben ist.

Einmal, in der U-Bahn-Station
Berlin Hermannplatz, sah ich
eine Rolltreppe, deren Stufen
abgebaut waren, ihr Inneres
lag also offen vor mir.

Einmal sah ich abends am Ortsrand
einen Mann, den im Dorf alle als Idioten bezeichnen
mit einem Stock im Straßengraben
stochern.

Einmal sah ich im Fernsehen
ein Mädchen, das nackt
auf einem Sofa saß
und über ihre seelischen Probleme
sprach, und ihr Sprechen ließ
ihre jungen Brüste unmerklich
beben.

Einmal sah ich einen Mann
in der Augsburger Innenstadt
schreiend einschlagen
auf einen Bankautomaten.

Einmal sah ich vier entsetzliche Reiter
über die Wolken reiten am Himmel
in ihren Gesichtern
stand das Ende geschrieben.

Einmal sangen die Vögel wie immer
sitzend in einem Baum.
Ich konnte es nicht mehr ertragen.

Einmal entfiel mir die Gabel.

Einmal bebte in der Nacht
die Erde aber
ich bemerkte es nicht.

Einmal ging …

SCHAUSPIELERIN *hat das Kabel aus dem Bildschirm des Computers gezogen* So, jetzt reicht es wieder! Das waren ja einige Augenblicke, sonst müsste das Gedicht ja ›Viele Augenblicke‹ heißen!

Felix Leu zuckt sehr heftig mit den Augen.

MUTTER LOTZ Ach, eigentlich war es ja ganz schön.

SCHAUSPIELERIN Schön! Schön! Mein Hintern ist auch schön, und ich muss ihn nicht ständig vorzeigen!

MUTTER LOTZ Hm.

SCHAUSPIELERIN Also …

MUTTER LOTZ Aber steht der denn auch sicher, da vorne am Bühnenrand? Nicht, dass er …

SCHAUSPIELERIN Ja, der steht schon sicher, aber wenn Sie …

Die Schauspielerin nimmt den Mikrofonständer und schiebt ihn zwischen die Speichen der Rollstuhlräder.

So.

Pause.

Jetzt begrüßen wir Michail Alexandrowitsch Bakunin. *Seufzt.*

Bei der Person, die nun von den Rolltreppen steigt, handelt es sich tatsächlich um Michail Alexandrowitsch Bakunin. Er hat ein Gewehr der Marke Winchester umhängen und trägt auf seinem Arm einen großen Vogel, einen sogenannten Dodo. Von der Rolltreppe herabgestiegen, setzt Bakunin den Dodo auf den Boden, woraufhin dieser beginnt, über die Bühne zu watscheln.

Sehr geehrter Herr Bakunin, Sie sind zwar eine Ikone des Anarchismus, aber vielleicht sagen Sie dennoch ein paar Worte zu ihrem Werdegang!

BAKUNIN Ich bin Michail Alexandrowitsch Bakunin. Ich wurde am 11. April 1981 in Davos geboren.

MUTTER LOTZ *erfreut* Mein Sohn wurde auch im Jahr 1981 geboren, aber am 4. Oktober, das war ein Sonntag.

SCHAUSPIELERIN Aber das stimmt doch gar nicht!

MUTTER LOTZ Doch, doch, das war ein …

SCHAUSPIELERIN Nein, ich meine, Herr Bakunin, Sie sind doch nicht …

BAKUNIN Doch, bin ich.

SCHAUSPIELERIN Und auch nicht in Davos!

BAKUNIN Davos ist sehr schön!

SCHAUSPIELERIN Sie wurden am 18. Mai 1814 geboren!

BAKUNIN Na und! Das stimmt doch gar nicht!

SCHAUSPIELERIN Und gestorben sind Sie 1876 in Bern!

BAKUNIN Das haben Sie nicht zu bestimmen!

SCHAUSPIELERIN So ist es aber!

BAKUNIN So ist es nicht! *Er reißt die Winchester von der Schulter und feuert in den großen Kronleuchter über dem Publikumsraum. Gäbe es ein Publikum, würde es sehr erschrecken.*

SCHAUSPIELERIN Sie können sich hier aufführen, wie sie wollen! Es ist so, und daran lässt sich nichts ändern! Fett und aufgedunsen sind Sie 1876 in Bern gestorben!

BAKUNIN Das ist eine Frechheit! Wer bestimmt das!

SCHAUSPIELERIN Die Zeit bestimmt das!

BAKUNIN Die Zeit können Sie vergessen. Ich lasse mir von der Zeit nicht vorschreiben, wann ich sterbe! Ich bestimme selbst, wann ich sterbe: Ich bin 1543 gestorben, wenn Sie es wissen wollen!

SCHAUSPIELERIN Na, dann sind Sie jedenfalls tot!

BAKUNIN Ich bin nicht tot!

SCHAUSPIELERIN Doch, 1543 sind Sie, wie Sie sagten, gestorben, und 1543 ist längst vorbei!

BAKUNIN 1543 ist überhaupt nicht vorbei! 1543 kommt erst noch! Ich mache nicht mehr mit bei diesem Vorbeigehen, bei diesem ewigen Vorbeigehen, dieser verfluchten Zeit! Diese Welt will nur, dass wir vorbeigehen, wie schimmliges Gemüse! Es gibt kein schimmliges Gemüse mehr, und es gibt keine Zeit mehr! Ich bin nicht mehr gewillt, mich abschlachten zu lassen von der Physik! Machen Sie doch mit, wenn Sie es wollen, steigen Sie doch ein in dieses große Mahlwerk! Ich bleibe hier, am Leben! Ich wurde 2009 an der Côte d'Azur geboren, von meiner geliebten Mutter … *Mit trauriger Stimme.* … meiner geliebten Mutter …

SCHAUSPIELERIN Die ist längst tot!

BAKUNIN *stößt einen Schmerzensschrei aus und feuert einen Schuss in den Kronleuchter, verzweifelt* Sie ist nicht tot!

SCHAUSPIELERIN Sie haben Ihre Mutter ja nicht mal geliebt!

BAKUNIN Natürlich liebe ich meine Mutter! Wer behauptet denn so was!

SCHAUSPIELERIN Ihre Biografen!

BAKUNIN Ich lasse mir von meinen Biografen nichts vorschreiben!

SCHAUSPIELERIN Jedenfalls ist sie tot!

BAKUNIN Unsinn!

SCHAUSPIELERIN Ach! Sondern?

BAKUNIN Sie wollte nie sterben!

SCHAUSPIELERIN Sie ist aber trotzdem gestorben!

BAKUNIN Nein, sie pflanzt Kohl, im Garten hinterm Haus, in ihrer blauen Schürze.

SCHAUSPIELERIN Wo denn? Ja wo denn!

BAKUNIN Wo? Na im Jahr 1822!

SCHAUSPIELERIN Wie können Sie denn dann im Jahr 1981 von ihr geboren worden sein?

BAKUNIN *zornig* Wieso denn nicht!

SCHAUSPIELERIN Weil es nicht geht!

BAKUNIN Das lasse ich mir von Ihnen nicht befehlen!

SCHAUSPIELERIN Ich befehle Ihnen das nicht, die Welt befiehlt es Ihnen!

BAKUNIN Ich nehme keine Befehle entgegen, von niemandem!

Bakunin schießt in den Kronleuchter.

SCHAUSPIELERIN Das hilft Ihnen nichts, wenn Sie sich dagegen wehren – es ist trotzdem so! Das ist die Ordnung der Welt!

BAKUNIN Diese verschissene Ordnung nehme ich nicht mehr hin! Wir sollen sterben, sterben sollen wir, aber ich tue es nicht mehr, verstehen Sie!

SCHAUSPIELERIN Nein, das verstehe ich nicht!

BAKUNIN Die Zeit – wir sollen vorbeigehen, immerzu vorbeigehen! Aber ich mache da nicht mehr mit! Das Vorbeigehen wird aufgelöst! Man kann auch frei durch die drei Dimensionen des Raums gehen! Dann wird man doch auch durch die drei Dimensionen der Zeit so gehen können, wie es einem passt! Man muss die beiden fehlenden Zeitdimensionen nur noch finden!

SCHAUSPIELERIN Und wo sollen die sein?

BAKUNIN Na hier irgendwo!

SCHAUSPIELERIN Und dann! Wo geht man dann frei hin?

BAKUNIN In den Garten, hinters Haus, zu meiner Mutter. Sie ist da und pflanzt den Kohl in ihrer blauen Schürze.

SCHAUSPIELERIN Ihre Mutter ist tot! Selbst der Kohl ist längst verschimmelt!

BAKUNIN *stößt einen verzweifelten Schrei aus. Er feuert mit der Winchester in den Kronleuchter* Sie ist nicht tot!

SCHAUSPIELERIN Doch, es kann nicht anders sein!

BAKUNIN Es muss anders sein! Die Welt kann so nicht sein, sie kann so nicht bleiben, wir können doch nicht einfach sterben in dieser Ewigkeit, wir können uns nicht von der Zeit zum Sterben zwingen lassen, wir können uns doch nicht einfach umbringen lassen und das auch noch gut finden, und auch noch sagen: So ist es!

SCHAUSPIELERIN Es ist, wie es ist!

BAKUNIN *verzweifelt* Nein, ist es nicht! Ich sterbe nicht, meine Mutter stirbt nicht, meine geliebte Mutter …

SCHAUSPIELERIN … ist längst tot!

Bakunin stößt einen kurzen Schrei aus, lauter und verzweifelter noch als die vorherigen. Er richtet das Gewehr auf den Kronleuchter und drückt ab, aber es klickt nur. Er schleudert das Gewehr verzweifelt in Richtung des Kronleuchters, den er aber damit nicht mal annähernd erreicht.

BAKUNIN Nein, ist sie nicht! Ist sie nicht! *Er beginnt zu weinen.*

SCHAUSPIELERIN So ist es nun mal.

BAKUNIN *zornig* Ich lasse mir nicht einfach meine Mutter umbringen, von niemandem: von Ihnen nicht, nicht von der Zeit und nicht von Gott!

SCHAUSPIELERIN Und wie wollen Sie das Sterben verhindern, wenn es sowieso schon geschehen ist?

BAKUNIN Es ist möglich!

SCHAUSPIELERIN Das ist doch Fiktion!

BAKUNIN Na und! Ich bin auch Fiktion, und ich bin trotzdem hier! Ab jetzt bestimmt die Fiktion die Wirklichkeit, und nicht mehr andersherum! Wir machen nicht mehr mit! Wir lassen uns von Gott nicht mehr umbringen!

SCHAUSPIELERIN Das ist doch Unsinn! Ihre Mutter ist tot und wird es immer bleiben!

BAKUNIN *schreiend* Nein!

SCHAUSPIELERIN *schreiend* Doch!

BAKUNIN *beginnt wütend zu weinen* Sie ist nicht tot! Sie ist doch … im Garten! *Schluchzt.* Hinterm Haus! Da ist sie ja doch, in ihrer blauen Schürze! *Schreiend.* Da ist sie ja doch! Zwischen dem Kohl! *Schluchzend.* Zwischen dem Kohl … dem Kohl … Mamuschka … *Er verbirgt das Gesicht in den Händen und schluchzt.* … Mamuschka … in der blauen Schürze … *Verzweifelt weinend.* … Mamuschka.

SCHAUSPIELERIN Sie ist tot, und Sie, Bakunin, sind im Übrigen auch tot! Sie sind 1876 in Bern gestorben! Punkt um! Da können Sie sich aufregen, soviel Sie wollen!

Bakunin fällt auf die Knie, bitterlich weinend.

So, und jetzt gehen Sie bitte wieder, es gibt hier noch andere Gäste!

Bakunin steht langsam auf.

BAKUNIN *verzweifelt brüllend* Mamuschka ist nicht tot!

Dann geht er leise weinend zur Rolltreppe zurück. Die Schauspielerin hält sich mit beiden Händen den Kopf, dann setzt sie sich neben Mutter Lotz an den Bühnenrand.
Mutter Lotz setzt an, etwas zu sagen, aber die Schauspielerin bedeutet ihr mit einer Geste, zu schweigen. Die Schauspielerin und Mutter Lotz sitzen eine halbe Minute da und starren vor sich hin. Dann versucht Mutter Lotz, eine nach innen geklappte Deckelhälfte des Umzugskartons auszuklappen (ungefähr eine Minute). Es misslingt, da sie sich ja in dem Pappkarton befindet und den Vorgang dadurch blockiert. Die Schauspielerin sitzt währenddessen reglos am Bühnenrand.
Prometheus steigt von der Rolltreppe herab. Bei Prometheus handelt es sich um eine mythologische Figur. Er ist klein und untersetzt und trägt eine Brille mit dicken Gläsern. Er geht langsamen Schrittes zur Schauspielerin an den vorderen Bühnenrand und tippt ihr vorsichtig auf die Schulter.

PROMETHEUS Hallo.
SCHAUSPIELERIN *seufzt* Und wer sind Sie?
PROMETHEUS Prometheus, der Sohn der Titanen.
SCHAUSPIELERIN Ach ja. Sie waren doch der mit dem Adler!
PROMETHEUS Ja.
SCHAUSPIELERIN Der Adler, der hat Ihnen die Nieren …
PROMETHEUS Die Leber.
SCHAUSPIELERIN Ja, die Leber, als Strafe für … für was?
PROMETHEUS Das Feuer.
SCHAUSPIELERIN Das Feuer?
PROMETHEUS Ich habe den Göttern das Feuer gestohlen, um es den Menschen zu bringen.
SCHAUSPIELERIN Auf jeden Fall war Ihre Leber so groß, dass der Adler sie nicht ganz …
PROMETHEUS Nein. Sie ist immer nachgewachsen. Aber ich wollte eigentlich über etwas anderes … ich wollte über etwas anderes sprechen!
SCHAUSPIELERIN Über was denn?
PROMETHEUS Ich wollte etwas sagen zu …

SCHAUSPIELERIN *steht auf* Ach was. Erzählen Sie doch die Geschichte mit dem Adler!

PROMETHEUS Ich möchte aber nicht! Das ist doch alter Kram! Ich möchte etwas sehr Wichtiges …

SCHAUSPIELERIN Ist Ihre Leber jetzt aufgegessen?

PROMETHEUS Ich will das jetzt nicht erzählen! Ich will etwas sagen über den Zelltod, also, besser gesagt …

SCHAUSPIELERIN Aber das interessiert doch niemanden!

PROMETHEUS Doch! Es geht darum, dass menschliche Zellen sich in etwa nur fünfzig Mal teilen können, dann …

SCHAUSPIELERIN Sie könnten mir doch zumindest kurz die Frage beantworten, ob Ihre Leber jetzt ganz gegessen ist oder nicht!

PROMETHEUS *wütend* Nein, ist sie nicht! Hier! *Er reißt sich das Hemd vom Leib.*

SCHAUSPIELERIN Du meine Güte!

Sie betrachtet angewidert den Bauch des Prometheus, an dessen einer Seite eine große Wunde klafft, aus der ein Geschwulst ragt.

PROMETHEUS Das ist sie, die Leber! Sie wächst immer nach, immerzu! Die menschlichen Zellen können sich aber normalerweise nur fünfzig Mal teilen. Es gibt in den Zellen etwas … also, besser gesagt … am Ende der Chromosomen, dort befinden sich die sogenannten … also die Telomere …

SCHAUSPIELERIN Die was?

PROMETHEUS Die Telomere, das sind die Endabschnitte der Chromosomen. Sie verkürzen sich jedes Mal, wenn sich die Zelle teilt, verstehen Sie!

SCHAUSPIELERIN Na und?

PROMETHEUS Aber die Zelle kann sich nur in etwa fünfzig Mal teilen! Dann sind die Telomere … ja … wie soll ich sagen … dann, also … dann sind sie aufgebraucht! Und dann stirbt die Zelle, und … also, wenn eben soundso viel Zellen … dann ist der Organismus … also …

SCHAUSPIELERIN Was also?

PROMETHEUS Dann stirbt man!

SCHAUSPIELERIN Soso. Und?

PROMETHEUS Verstehen Sie denn nicht? Die Götter … oder Gott … also wie auch immer … jedenfalls: Die haben uns das Leben blockiert! Die haben uns einfach das Leben blockiert!

SCHAUSPIELERIN Wie blockiert?

PROMETHEUS Na, die haben uns den Tod programmiert! Einprogrammiert! Die haben uns den Tod erfunden! Die wollen, dass wir sterben! Am Anfang irgendwann, als wir vom Baum der Erkenntnis gegessen haben …

SCHAUSPIELERIN Das ist ja gar nicht Ihre Mythologie!

PROMETHEUS Ja, aber trotzdem, wie auch immer, oder als ich das Feuer … jedenfalls hat man uns da zum Tode … verurteilt! Die haben uns programmiert zu sterben, verstehen Sie!

SCHAUSPIELERIN Jaja.

PROMETHEUS *aufgeregt* Aber die Telomere, sie laufen ja ab! Im Grunde laufen sie ab wie eine Uhr, mit der Zeit, aber man kann die Uhr zurückdrehen, verstehen Sie, man kann die Telomere erneuern! Es gibt ein Enzym, Telomerase, das kann die Telomere immer wieder erneuern!

SCHAUSPIELERIN Na dann ist doch alles gut!

PROMETHEUS *zornig* Nichts ist gut! Die haben es manipuliert, die verdammten Götter, die haben es manipuliert! Die Telomerase … also, wenn sie vorhanden ist, dann teilen sich die Zellen unbegrenzt – das schon! Ja, aber … *Schreiend.* … Dann ist es Krebs! Verstehen Sie: Krebs! Die haben das so konstruiert, dass wir sterben müssen, dass wir in jedem Fall sterben müssen, selbst wenn sich die Zellen unbegrenzt teilen!

SCHAUSPIELERIN Ja, und nun?

PROMETHEUS Und das ist es ja mit der Leber! Meine Leber …

SCHAUSPIELERIN Ja?

PROMETHEUS *schreiend* … sie wächst immer nach, weil ich Krebs habe, verstehen Sie! Die lassen nicht zu, dass ich mich gegen das Sterben wehre! Aber ich nehme das nicht mehr hin! Ich lasse mich nicht mehr umbringen! Ich weiß es nämlich jetzt! Ich weiß es jetzt: Die haben einen Fehler gemacht! Sie haben nämlich …

SCHAUSPIELERIN Jetzt kommen Sie mal zum Punkt!

PROMETHEUS Die haben etwas vergessen, als sie den Tod erfunden haben! Die Seegurke! Die haben die Seegurke vergessen, verstehen Sie!

SCHAUSPIELERIN Nein!

PROMETHEUS Die Seegurke ist unsterblich! Die Seegurke produziert Telomerase, aber sie bekommt davon keinen Krebs! Die Götter haben Sie vergessen! Sie haben die Seegurke einfach vergessen, als sie sich die Marter der Welt, den Tod, ausgedacht haben! *Er lacht schrill.* Die Seegurke stirbt nämlich keines natürlichen Todes! Die Idioten haben die Seegurke vergessen! Verstehen sie? Wir müssen nur die Seegurke fragen! Die Holothurien! Am Meeresgrund, diese bunten Würste, die hat man vergessen beim Austeilen des Todes! *Er lacht hysterisch.* Die Seegurke ist das blühende Leben! Wir werden auch das blühende Leben sein, das blühende Leben! Wir müssen nur die Seegurke fragen! Kommt ihr Nereïden! O kommt, ihr Töchter des Nereus!

Die fünfzig Töchter des Meeresgottes Nereus und der Doris betreten von links die Bühne. Sie sind alle von noch nie gesehener Schönheit und Anmut. Sie stellen sich vor den Rolltreppen in folgender Ordnung auf:
3. Reihe (von links nach rechts): Euagora, Kymodoke, Doto, Aktaia, Thetis, Sao, Pherusa, Lysianassa, Galene, Eupompe, Laodameia, Hipponoe, Erato, Glaukonome, Kymo, Dynamene, Lykoria.
2. Reihe (von links nach rechts): Halia, Eukrante, Speio, Melite, Nesaia, Kymatolege, Agaue (die einzige Rothaarige), Polynoe, Halimede, Euarne, Proto, Autonoë, Panopaea, Glauke, Kymothoe, Protomedeia, Psamathe.
1. Reihe (von links nach rechts): Eudora, Thoe, Menippe, Hippothoe, Eione, Galatea, Amphitrite, Pontoporeia, Leiagora, Ploto, Eulimene, Pronoe, Neso, Themisto, Eunike, Pasithea.
Mit ihren engelsgleichen Stimmen heben sie nun zum GESANG DER NEREIDEN *an (es ist ein Gesang von noch nie vernommener Schönheit), den Prometheus euphorisch dirigiert:*

Aus Staub und Verzweiflung, aus den Tiefen des Meers,
aus dem Sand am Grunde, aus den Fluten empor,
kommt blühendes Leben, von dort kommt es hervor –
Plitsch-platsch! Plitsch-platsch!

Durch die Zähne des Hais, die Netze der Fischer,
dieses knallbunte Wesen, der unsterbliche Schlauch
gegen Zeit und Vergehen, trotzend den Göttern –
Plitsch-platsch! Plitsch-platsch!

Die Holothurie, unsterbliches Leben,
durch Ebbe und Flut und durch tosende Brandung,
hervor und hervor, den Mensch zu erlösen –
Plitsch-platsch! Plitsch-platsch!

Prometheus lächelt glücklich und erschöpft. Dann wendet er sich zu der Schauspielerin.

PROMETHEUS Verstehen Sie jetzt? Verstehen Sie jetzt, was ich meine?
SCHAUSPIELERIN Ja, das Leben hat mit Wasser zu tun!
PROMETHEUS *verzweifelt* Nein nein, ich wollte damit sagen, dass … also, dass es eine Möglichkeit …

Schauspielerin seufzt.

Prometheus verzweifelt, zu den Nereïden. Aber ihr versteht doch, was mit dem Lied gemeint ist?

Stille.

AUTONOË *zögerlich* Naja, also, dass die Seegurke an Land geht …

Prometheus fährt sich mit den Händen verzweifelt durch die Haare.

EULIMENE Das Meer zeigt das Leben – so habe ich es verstanden!
PRONOE Ja, Geburt, im Wasser, Geburt ist ja auch immer mit Wasser!
PROMETHEUS Ja aber versteht denn niemand, was es bedeutet! In der Seegurke liegt die Möglichkeit, das Sterben endlich aufzuheben!
LAODAMEIA Jedenfalls war es ein schönes Lied!
PROMETHEUS *verzweifelt* Wir können das Sterben endlich aufheben! Die Seegurke! Dann muss niemand mehr sterben! Wir müssen nur die Seegurke fragen!
SCHAUSPIELERIN Wie wollen Sie die Seegurke denn fragen? Die kann ja nicht sprechen!
PROMETHEUS Ich meine doch, dass man es herausfinden muss, meine ich …
SCHAUSPIELERIN Und wie wollen Sie es herausfinden?
PROMETHEUS Man muss es eben erforschen! Es geht! Es geht irgendwie!

SCHAUSPIELERIN Jaja, aber wie?

PROMETHEUS Es wird schon irgendwie gehen! Sonst müssen wir doch sterben! Es muss gehen! Wir können doch nicht einfach sterben!

SCHAUSPIELERIN Und wie?

PROMETHEUS *verzweifelt schreiend* Irgendwie!

SCHAUSPIELERIN *zornig* Was beklagen Sie sich eigentlich!

PROMETHEUS *schreiend* Ich habe Krebs!

SCHAUSPIELERIN *verächtlich* Jaja, aber Ihnen schicken die Götter doch den Adler, damit der Ihren Krebs immer wieder auffrisst! Wissen Sie eigentlich, was für ein Privileg das ist! Welcher Krebskranke bekommt sonst noch einen Adler geschickt?

PROMETHEUS *weinerlich* Ich will aber nicht, dass ein Adler meine Leber frisst bis in alle Ewigkeit! Das ist kein Leben! Das ist doch kein Leben!

SCHAUSPIELERIN Wenn es Ihnen nicht passt, dann können Sie ja immer noch sterben!

PROMETHEUS *schmerzerfüllt schreiend* Ich will aber nicht sterben! Ich will nicht sterben, und ich will die Schmerzen nicht mehr ertragen müssen! *Prometheus fasst mit beiden Händen an seine Wunde.*

SCHAUSPIELERIN Man kann nicht alles haben!

PROMETHEUS *in verzweifeltem Zorn* Ich lasse mich nicht von den Göttern zum Sterben verdammen oder dazu, dass ein Adler mir bis in alle Ewigkeit die Leber zerhackt! Die Götter haben kein Recht! Sie haben kein Recht dazu!

SCHAUSPIELERIN Scheinbar doch!

PROMETHEUS *unfassbar schmerzerfüllt brüllend* Nein! *Er bricht in Tränen aus.*

Kurz Stille.

SCHAUSPIELERIN *zornig schreiend* Ich lasse mich hier nicht mehr anschreien! Ich lasse mich von Ihnen nicht so behandeln! Ich höre mir hier den ganzen Quatsch an, ich muss mir hier den ganzen Abend irgendwelchen Quatsch anhören! Ich muss hier einstehen für irgendwas, für das Theater muss ich hier immer einstehen! *Sie schleudert das Mikrofon mit aller Kraft auf den Bühnenboden.* Aber ich bin nicht das Theater! Oder die Macht oder die Herrschaft oder sonst was! Ich bin es nicht! Und ich bin es leid, immer diese blöden Fragen zu stellen, immer einstehen zu müssen für irgendwas, in dieser sexistischen Scheiße hier! Ich bin es leid!

Die Schauspielerin schweigt.

Nein, ich schweige nicht! Ich lasse mir nicht mehr von irgendwelchen Regieanweisungen irgendwas befehlen! Ich lasse mir diese idiotischen Regieanweisungen nicht mehr bieten und nicht mehr den ganzen Quatsch: Die Schauspielerin macht dies, die Schauspielerin macht das! Ich habe auch irgendwann genug! Jawohl: Genug! Ich mache es nicht mehr! Wie der letzte Trottel werde ich hier dargestellt in diesem scheiß Stück! Ich bin doch diejenige, die hier das ganze Stück über stehen muss! Ich bin es doch! Und dann lässt man mich immer nur blöde Sachen sagen, als sei ich gehirnamputiert! Es reicht jetzt! Mir reicht es jetzt! Ich mache hier nicht mehr …

MUTTER LOTZ Ich glaube, ich weiß jetzt, was hier auf dem Zettel steht.

Stille.
Die Schauspielerin blickt ratlos, dann winkt sie wütend ab. Anna das Kind, Lewis Paine und Bakunin kommen langsam von den Rolltreppen hinunter und gehen mit Prometheus zum Umzugskarton, in dem Mutter Lotz sitzt. Auch die Nereïden (sie sind von noch nie gesehener Schönheit und Anmut) verlassen nach und nach ihre Ordnung und treten näher. Die Schauspielerin kommt nach einem Augenblick des Zögerns ebenfalls hinzu. Die Nereïden treten etwas beiseite, damit die Schauspielerin sich nahe an den Karton stellen kann.

Bedeutungsvoll vorlesend und den zerknitterten Zettel nach jedem gelesenen Wort herzeigend. Hier steht:
»Alle
sind
Brei.«

Mutter Lotz strahlt.
Ratlose Stille.

BAKUNIN *ärgerlich* Wahrscheinlich heißt es: Alle sind frei!

PROMETHEUS *die Tränen aus dem Gesicht wischend* Darf ich mal sehen?

Mutter Lotz gibt ihm den zerknitterten Zettel.

Hm. Nein, das ist jedenfalls kein F. Aber auch nicht unbedingt ein B. Aber ein F ist es nicht. Aber es ist jedenfalls eine entsetzliche Schrift!

LEWIS PAINE *auf den Zettel blickend, den Prometheus ihm hinhält* Ich kann da überhaupt nichts richtig erkennen. *Pause.* Aber da steht wenn dann auch nicht »Alle«, sondern »Affe«!

PROMETHEUS Da steht nicht »Affe«! Niemals!

LEWIS PAINE Aber da steht jedenfalls auch nicht »Alle«!

PROMETHEUS Das kann kein Mensch lesen!

SCHAUSPIELERIN *seufzt* Ach, das ist doch auch völlig egal!

Ratlose Stille.

ANNA DAS KIND *zögerlich* Heißt das, es war alles umsonst?

Ratlose Stille.

SCHAUSPIELERIN Vielleicht. *Pause. Seufzend.* Ich gehe jetzt jedenfalls.

Sie streckt Anna das Kind die Hand entgegen. Nach kurzem Zögern nimmt Anna das Kind die Hand. Dann gehen sie langsam nach links hin von der Bühne. Die Nereïden wenden sich ebenfalls ratlos um und verlassen in gleicher Richtung nach und nach die Bühne. Bakunin nimmt den Dodo mit einer zärtlichen Geste wieder auf den Arm, Prometheus hilft Mutter Lotz aus dem Karton, dabei fällt ihr der zerknitterte Zettel unbemerkt auf den Boden. Dann verlassen auch Bakunin, Lewis Paine, Prometheus und Mutter Lotz schlendernd die Bühne.

Felix Leu sitzt starr in seinem Rollstuhl. Seine Augen zucken wie wild.

Anhang: Rede zum unmöglichen Theater

Brüder und Schwestern,
man hat versucht, uns zu erzählen, dass die Zeit linear vergeht. Das stimmt, aber wir glauben es nicht!
Man hat versucht, uns zu erzählen, dass alles von oben nach unten fällt. Das stimmt, aber wir glauben es nicht!
Man hat über Jahrtausende versucht, uns zu erzählen, dass wir sterben müssen. Auch wenn es stimmt, glauben wir es nicht!
Die Würstchen der Wahrheit, die für uns gebraten werden, wollen wir nicht mehr essen. Wir wollen nicht mehr Zaungäste oder Zaunkönige oder Bachstelzen sein bei den Bedingungen des Lebens, denn das hier, Brüder und Schwestern, ist unser Leben. Wir haben ein Recht darauf, über die Bedingungen unseres Lebens zu entscheiden, und nicht nur darüber, ob wir nach dem Abiball Tischler oder Schreiner werden.
Warum, frage ich Euch, warum sollten wir sterben?
Man hat versucht, uns zu erzählen, dass das Leben durch das Sterben erst lebenswert werde. Was ist das für eine Gurke!
Und falls wir doch sterben müssen, was ich bezweifle, ja, was ein Blödsinn ist, dann müssen wir das Recht haben, selbst darüber zu entscheiden. Ich will nicht sterben, und ich will nicht, dass meine beiden Katzen Samuel und Gesine sterben, wenn sie es nicht ausdrücklich wollen, und meine Katzen wollen das nicht!
Aber die Wirklichkeit!, höre ich die Ideologen des Bestehenden rufen. Die Wirklichkeit sei nun mal so, wie sie sei!
Aber nur, weil es stimmt, was sie sagen, müssen wir das nicht glauben! Warum sollten wir hinnehmen, dass die Wirklichkeit über die Bedingungen unseres Lebens entscheidet? Ist für uns denn nur von Belang, ob wir vor dem Sterben Rotkohl oder Sauerkraut essen? Ob wir Talkshows oder Dokus gucken, bevor der Krebs in unseren Eingeweiden explodiert?
Nein nein nein!
Wenn wir schreiben, fordern wir eine Autonomie von der Welt! Darüber sollten wir uns im Klaren sein. Wenn wir schreiben, so schreiben wir nicht einfach die Welt ab (wie sollte das überhaupt gehen), sondern wir

entwerfen Vorschläge, Änderungen, Forderungen, indem wir die Welt nicht sehen, wie sie ist, sondern wie sie für uns ist, und wie sie sein könnte, wenn man uns lassen würde, oder wie sie nicht wäre, niemals.
Wenn wir schreiben, so propagieren wir die Fiktion! Die Fiktion ist unsere kümmerliche Hand, die aus der Kiste der Wirklichkeit heraus nach süßen Früchtchen greift, die dort doch hängen müssen, an einem Baum oder meinetwegen auch an einer Wäscheleine oder an der Kralle eines dicken, fröhlichen Vogels, der dort hoffentlich seine freundlichen Runden dreht, wie dem auch sei: Wir wollen nach diesen süßen Früchtchen greifen! Wer sollte uns verbieten, nach diesen Früchtchen zu greifen! Wer will uns noch drohen, uns dann aus dem Paradies zu vertreiben, wir sind da ja gar nicht! Wir wollen Früchtchen fressen, viele süße Früchtchen! Jetzt geht's los!
Es gibt einen Ort! Brüder und Schwestern, es gibt einen Ort! Ihr wisst, dass ich das Theater meine. Das Theater ist der Ort, wo Wirklichkeit und Fiktion aufeinandertreffen, und es ist also der Ort, wo beides seine Fassung verliert in einer heiligen Kollision. Das Theater ist der Berg Harmaggedon!
Was sind Theaterstücke anderes als Anleitungen für die Wirklichkeit?
Das Theater ist der Ort, an dem die Fiktion in Wirklichkeit umgewandelt wird. Jaja, aber dann lasst uns das auch machen!
Machen wir doch!, rufen die Würstchenpeter des Bestehenden. Das aber, Brüder und Schwestern, ist eine Lüge, und ich bitte Euch, sie als solche zu erkennen.
Denn die Fiktion, die diese Pimmelschwäne für das Theater entwerfen, hat keine Autonomie. Im Wissen darum, dass die Fiktion aufsetzen wird auf der Landebahn der Wirklichkeit, passen sie diese zuvor an die Wirklichkeit an. So opfern sie die Fiktion auf dem Altaratartrara der Wirklichkeit. Dabei darf nicht die Wirklichkeit die Fiktion bestimmen, sondern die Fiktion muss die Wirklichkeit verändern! Oder ist es wirklich unser Wunsch, zu sterben? Ist diese Wirklichkeit etwa vollkommen? Was für eine blöde Frage: Nein, natürlich nicht, sie ist ungenügend, die Wirklichkeit ist ein löchriger Schuh, den wir uns so nicht anziehen werden!
Was also haben wir zu fordern in unseren Theaterstücken:
Dass die Bäume blühen im Winter,
dass die Straße nicht aufhört, wo das Feld beginnt,
die Bombe implodiert,

der Rauch aufsteigt, bevor das Feuer entzündet ist,
dass grünes grünes Moos auf unseren Köpfen wächst,
der Pelikan bellt,
unsere Spucke nach oben fliegt,
wir wandern können durch die Zeit, querfeldein, wie durch den Raum,
dass das Sterben nicht mehr gilt, man uns das nicht mehr nimmt,
was uns das Einzige ist: Unser Leben.
Brüder und Schwestern, das unmögliche Theater ist möglich!
Es gibt keinen Grund, mir das zu glauben, also tut es trotzdem!
Im Namen der menschlichen Freiheit, des Freischütz, Freiburgs, Frischkäses, Friederikes:
Das unmögliche Theater ist möglich, trotz allem und gerade deshalb!
Aber lasst uns nicht glauben, es könnte gelingen. Lasst uns nicht glauben, wenn es gelänge, dann sei es gelungen. Wenn es gelingt, die Wirklichkeit zu verändern, ist es wieder misslungen, ist es die Wirklichkeit, die überwunden werden muss, in die Ewigkeit hinein!
Wir dürfen in unseren Entwürfen nicht so tun, als gäbe es ein Heil, das zu erreichen sei, auf das wir uns setzen könnten, wie auf eine Frotteewärmflasche.
Das unmögliche Theater ist die ewige Forderung!
Das unmögliche Theater ist das fortwährende Scheitern in eine bessere Zukunft hinein und vorwärts in die Vergangenheit!
Das unmögliche Theater ist für den Menschen, aber auch für meine Katzen und die anderen Tiere (große und kleine)!
Es ist nicht, wie es ist! Es ist, wie wir wollen, dass es wird! So ist es!
So ist es nicht!

Wolfram Lotz, Herbst 2009

Ewald Palmetshofer
räuber.schuldengenital

Die Endlichkeit ist,
aber die Wahrheit
des endlichen Seins ist das Ende.
(Jacob Taubes)

Personen

Die Unsterblichen:

OTTO – der alte Vater
LINDE – die alte Mutter

EDITH – die Nachbarin im Rollstuhl
SEPP – die Liebe der Nachbarin

Die Nachkommen:

FRANZ – der zweitgeborene Sohn
KARL – der erstgeborene Sohn

PETRA – die Nachbarinnentochter

Anmerkungen: In den Aleph(א)-Szenen sitzt die Nachbarin nicht im Rollstuhl. Die Ewigkeit ist ohne Harm. // Vielleicht führt das Sprechen der Figuren an manchen Stellen ihr Handeln erst herbei, so als müsste man das Tun herbeireden. Vielleicht aber beugt sich in anderen Fällen das Tun der Voraussage des Gesprochenen ganz und gar nicht, so als müsste man nach dem Sprechen oder zur gleichen Zeit *anderes* tun, *mehr* tun als das Gesagte. Anders ausgedrückt: Das Tun kann für sein vorhergegangenes Sprechen mitunter Überraschung sein, so wie oftmals ein später Satz die vorhergegangenen wendet. // Der Epilog ist visuell gemeint. Es geht um die schweigende Bewegung ins Körperinnere.

… der bestimmende Imperativ
der heutigen Welt
lautet »Lebe ohne Idee!«
(Alain Badiou)

(א)
Jenseits von Ende
die Unsterblichen

LINDE was glotzt ihr so?
ja ihr!
was ihr so glotzt, hab ich gesagt!
was ihr so glotzt
hab ich was Falsches – nein!
was gibt's dann bitte so zu schau'n?
EDITH ich schau doch nicht
LINDE ich kann's nur leider deutlich seh'n
das Schau'n
OTTO Schatz, keiner
keiner schaut
LINDE doch, alle
SEPP ja, zum Boden
ganze Zeit schau ich zum Boden
Himmel nocheinmal!
zum Boden schau'n, das ist kein Schauen nicht!
LINDE ich hab gesagt »die Zeit!«, hab ich gesagt, die Zeit, sie ist des Todes Bastard, nein, sie ist sein Knecht, so muss man sagen »Knecht«, hab ich gesagt, den er, der Tod, höchstselbst, bis dass er wiederkommt, zu seiner Rechten, Stellvertretung eingesetzt, hab ich gedacht und dann gesagt:
der Tod
der Fürst
der Zeit
mehr nicht
das kann man sagen, nichts dabei!
da ist, würd ich jetzt sagen,
wirklich nichts dabei!
EDITH was regt sie sich so auf
SEPP halt's Maul
EDITH was regt sie sich so auf, hab ich gefragt
es hat doch keiner was gesagt

OTTO das fängt ja gut an
wirklich gut

LINDE ich bin noch nicht am End'!

OTTO Entschuldigung!

LINDE am Ende also kommt der Tod kommt wieder, kommt und nimmt zurück von seinem Stellvertreter, ihr, der Zeit, das, was ihm selbst gehört, nimmt er zurück:
das Reich, die Kraft, die Herrlichkeit
von mir aus
nimmt er sich,
der Tod,
zurück
die Zeit hat alles gut, das sagt der Tod, hat alles gut gemacht, die Zeit, in der Absenz von ihm, dem Tod, hat sie, die Zeit, perfekt an seiner Statt die Ordnung, die Geschäfte, Welt! am Laufen sie gehalten, gut! das hat sie gut gemacht! »das hast du gut gemacht!« klopft auf die Schultern ihr und sagt: »du kannst jetzt geh'n«, sagt er, der Tod, zu ihr, der Zeit, »du kannst jetzt, danke, kannst du geh'n«

OTTO ja weiter, Schatz

LINDE am Ende geht sodann die Zeit, wohin, das weiß man nicht, sie geht, geht aus, geht fort, vielleicht auch unter, geht und ist nicht mehr, nein nimmermehr
am Ende aller Zeit
da ist die Zeit dann aus
am End'
und sitzt der Tod, nachdem die Zeit er fortgeschickt, sitzt da und schaut sich um und legt die Hände in den Schoß und sagt der Tod:
»na endlich«, sagt er
Hände in dem Schoß
»na endlich«
»pfuh«
das sagt der Tod,
am Ende
»endlich«
»pfuh«
sag, Otto, hörst du zu?

OTTO natürlich Schatz

LINDE ich find das gut, da muss ich lachen

du nicht auch?
und ihr?
was ist mit euch?
nicht zugehört?
was der am Ende, was der sagt
dass der dann »endlich« sagt
und »pfuh«
am besten find ich »pfuh«
das find ich wirklich
wirklich gut
und lustig
ihr nicht auch?
das ist doch

EDITH lustig, ja
sehr lustig
sagt der »pfuh«
unglaublich

LINDE ganz genau
mehr hab ich nicht gesagt
nur die Geschichte von der Zeit erzählt
den »Witz« der Zeit, würd ich fast sagen
mit der Pointe: »pfuh«

SEPP und dann?

LINDE was heißt »und dann«?

SEPP weißt, leider, Linde, frag mich nur, was dann
das möcht ich wissen
was denn dann, nachdem die Zeit gegangen

EDITH »endlich«

SEPP ja, nachdem die endlich an ihr End' gekommen,
fortgegangen
was dann bleibt, dem Tod
nachdem
was dann?

LINDE das weiß ich nicht
der sitzt halt da
das hab ich mir nicht überlegt
der sitzt halt
Otto, sag doch du mal was!

ich kenn mich mit der Ewigkeit
der sitzt halt da
der Tod
ach, Sepp
der sitzt halt da

SEPP in alle Ewigkeit

LINDE von mir aus, ja

SEPP ich frag mich nur

EDITH jetzt Sepp, sei ruhig

SEPP nein, Edith, Liebling, frag mich nur, warum der überhaupt, in der Geschichte, die da grad erzählt, warum der überhaupt zurückgekommen ist, der Tod – zu schweigen ganz von dem »Woher«, WOHER zurück, egal – man fragt sich halt warum, wenn gar nichts auf ihn wartet, wenn er ewiglich dann sitzen muss, weil ja die Zeit nicht mehr vergeht, weil die schon weggegangen

EDITH pfuh!

SEPP ach leck mich doch!
ich find' das komisch

OTTO ja, wir auch

SEPP im Sinn von »traurig«

OTTO ach

EDITH Sepp, du mich auch!
ich mein jetzt: lecken

LINDE war nur Spaß!
hab's mir nur ausgedacht,
weiß auch nicht, so halt,
einfach so nur ausgedacht, die Zeit, den Tod,
ein Witz, verdammt!

SEPP sehr komisch: sitzen ewiglich
das find ich wirklich komisch

LINDE ja
nur leider, Sepp, die Ewigkeit, das war ich nicht!
die kommt in der Geschichte, meiner, nicht mal vor
da kann ich nichts dafür!
da hab ich, Edith, recht, nicht wahr?

OTTO fällt noch wem andren, wenn's beliebt, was ein?
vielleicht?

EDITH mir nicht

LINDE braucht auch kein Witz zu sein
EDITH da sind wir froh, geliebte Linde
Sepp und ich
OTTO Geschichte
irgendwas
vielleicht
wem andern
irgendwem?

(0)
Prolog
das Kind

PETRA **dort sitzt's**
am Boden sitzt's, das Kind
FRANZ **die Knie sind aufgestellt**
KARL **die Arme um die Beine rundherum geschlungen**
PETRA **sitzt am Boden, schaut nach vorn**
KARL **ins Feuer schaut's,**
das es sich angezündet
innen, drin im Haus
FRANZ **da ist ein Loch im Dach**
da zieht der Rauch
KARL **das ganze Dach ist fort**
PETRA **ob es hier wohnt?**
FRANZ **als hätt's den Kopf verlor'n, das Haus**
als wär der eingestürzt
wie weggesprengt
KARL **das ist kein Haus**
nur Mauern mehr
kaputter Zahn
PETRA **vom Himmel fällt ein bisschen Licht aus Mond und Sternen**
komisch
KARL **Mond und Sterne gibt's nicht mehr**
PETRA **fällt durch das Loch im Dach**
FRANZ **den Hals**
KARL **die gibt's nicht mehr, verdammt**
PETRA **das Licht**
der Schein vom Feuer, das da brennt
das Rot
wirft Schatten an die Mauern
Schatten von dem Kind
FRANZ **es rührt sich nicht**
es sitzt nur da
es schaut

PETRA **ins Rot, ins Flammenrot**
KARL **gibt Mond und Sterne nicht**
PETRA **ins Rot**
KARL **nur schwarze Nacht**
PETRA **was hat es da, das Kind?**
kann das wer seh'n?
in seiner Hand,
was es da hat?
KARL **ein Stock**
ihn übers Feuer hält
FRANZ **und auf dem Stock?**
was ist denn das?
kann durch den Rauch hindurch
ich kann nichts seh'n?
PETRA **wenn ich's nicht besser wüsst**
würd sagen: »Wurst«
hat eine Wurst sich aufgespießt und macht sie warm
KARL **ist keine Wurst**
PETRA **vielleicht ein Brot**
KARL **nein, auch nicht**
FRANZ **nein**
PETRA **Kartoffel**
KARL **nichts davon**
FRANZ **nein nichts**
PETRA **da kommt der Wind**
durchs eingeschlag'ne Fenster
schaut!
und bläst den Rauch kurz fort
ich kann es seh'n
mein Gott
es ist
es ist ein Bein
ein Bein
ein Fuß mit einem Stück vom Bein
FRANZ **am Stock**
und aufgespießt
KARL **ins Feuer**
PETRA **brät's ein Menschenbein**

FRANZ **am Stock, am Spieß**
PETRA **mein Gott**
weil's Hunger hat
KARL **den gibt's nicht mehr**
PETRA **und warum dann?**
KARL **aus Langeweile**
PETRA **lässt den Stock jetzt fall'n**
ins Feuerrot lässt Stock und Bein
hat's uns gehört?
KARL **verdammt**
ich seh nichts mehr
seh nur mehr Rauch
wie eine Säule in dem Haus
PETRA **jetzt steht es auf**
das Kind
es geht vom Feuer weg
ich kann's nicht seh'n
wo ist es hin?
verdammt, ich kann's nicht seh'n
ich kann's nicht seh'n
das Kind
verdammt!
jetzt schnell!
eh's uns entwischt

1. Teil
WARTEN

(1)

LINDE sie kommen, hörst?
sie kommen
OTTO was?
LINDE sie haben angerufen
OTTO beide?
LINDE nein, der eine nur
hat angerufen, hat gesagt, sie kommen
er und dann sein Bruder noch, hat er gesagt,
der Ält're, Erstgebor'ne
hat gesagt, er nimmt den Jungen, nimmt ihn mit,
dass beide kommen
OTTO schau dich an
die Brüder kommen
weiß man auch, vielleicht, warum
LINDE nein, nicht
das weiß man nicht
OTTO dann ruf den Jungen an und frag
man muss das wissen
sag ihm das
ich muss das wissen
dass ich's wissen muss
LINDE du kannst ihn selber fragen
weißt du ganz genau,
dass mir der Junge sicher nicht die Gründe sagt
der Alte hat ihm einen Maulkorb, höchstwahrscheinlich,
umgehängt,
damit sie kommen, uns mit ihren Gründen,
möcht man sagen,
überfall'n
OTTO das haben sich die beiden prächtig ausgedacht
sich einen Plan gemacht geheim

die wahren Gründe hinter diesem Plan versteckt,
dass man nicht sehen kann die Gründe
gut versteckt

LINDE ich hab's versucht
beim Alten, wohlgemerkt
nach ihren Gründen ihn gefragt
»ja muss man immer einen Grund
was ist denn das, dass man sofort mir einen Grund,
und auch dem Bruder,
unterstellt
es könnt ja Liebe sein
der Grund, warum wir kommen,
könnt ja Liebe«

OTTO Blödsinn

LINDE hat er nicht gesagt,
die Liebe
hat er nicht
das sag jetzt ich
das mit der Liebe
war nur deutlich in der Stimme
konnt man hör'n
war ganz empört, die Stimme

OTTO kann's mir blühend vorstell'n, Linde
praktisch in den Ohren hör ich's

LINDE weil der Grund ja Liebe
müsste!
müsst ja Liebe
und die Frage, meine, unsre, nach den Gründen
ihm und sicher auch dem Jungen
einen Stich ins Herz versetzt

OTTO weil wir von Gründen, Trieben, von Motiven ausgeh'n
und von einer Liebe nicht

LINDE das hat er nicht gesagt
man konnt's nur trotzdem hör'n

OTTO man hätt durchs Telefon hindurch dem Ält'ren
einen Schlag versetzen soll'n,
wenn's möglich wär durchs Telefon,
dass er die wahren Gründe,

nicht die Lügenliebe,
ausspuckt aus dem Maul
LINDE ich sag viel lieber »Mund«
OTTO von mir aus
aus dem Mund
den Grund, den wahren, spuckt
der Ält're
EINER halt
könnt auch der Junge sein
weil sind die beiden sich so nah,
durch das, was man Genetik nennt,
könnt's möglich sein,
dass, wenn man einem mit der Faust
der Schlag sich quasi quantentechnisch, glaub ich, fortsetzt von dem einen in den andern
übertragen wird
den einen schlägst und spuckt's der andre aus
den Grund
weil sie genetisch
die Verbindung
Brüder
sind vom gleichen Blut sind sie
LINDE da hast du, Otto, recht, vom gleichen Blut, die Brüder, Söhne, was die Zeugung anbelangt vom gleichen Blut, von deinem, denk mir grad, das ist doch schon ein bisschen komisch, dass man Blut und nicht viel eher Samen sagt, weil du ja nicht das Blut von dir in mich hinein, beim Zeugen von den Brüdern, nicht dein Blut, den Samen hast in mich, vom gleichen Samen sind die Brüder, sagt man halt nicht so, das wär schon komisch, wenn statt Samen Blut aus dir, aus dem Geschlecht statt Samen Blut, gekommen, komisch
OTTO ja, das wär sehr komisch, Linde
LINDE kann an der Genetik kann's auf jeden Fall nicht liegen, Otto,
dass der Schlag vom einen auf den andern
und den Grund nicht ausgespien
hab wohl am Telefon
beim Reden mit dem Ält'ren
alles falsch hab ich gemacht
das tut mir, Otto, leid
das ist jetzt wirklich meine Schuld

OTTO das ist nicht schlimm
LINDE sehr lieb von dir
ich bin auch nicht alleine schuld
das muss man sagen
bin ich nicht
hast schließlich du in mich die Brüder reingespritzt
drum müssen wir die Schuld ganz einfach brüderlich
hätt ich schon fast gesagt jetzt »brüderlich«
wie Mann und Frau natürlich!
teilen
OTTO ja, von mir aus
gib schon her
die eine Hälfte nehm ich mir
von dieser Schuld
und auch von der, dass aus den Brüdern nichts
aus beiden nichts
weil beide, nein, zu nichts gebracht
LINDE wer weiß, es könnt ja sein,
dass dieser Grund, den sie geheim, die Brüder,
das Motiv
könnt auch was Schönes sein
OTTO das glaub ich nicht
LINDE die Liebe
OTTO sag,
du Linde,
magst vielleicht der Schuld kurz selber hinterher
und rüberkommen her zu mir?
weil, schau!
da, wo die Schuld, der Same und das Blut,
ich mein,
da macht die Hose eine Beule jetzt,
die ist ein bisschen eng sogar
LINDE ach Otto, diese Schuld,
die kann jetzt keiner von uns nehmen
viel zu spät
mir setzt das auch grad ziemlich zu
ich komm schnell hin zu dir
auf deinen Schuldenberg steig ich

jetzt spür ich deine und die meine, Otto,
spür ich auch
OTTO das ist ja wirklich schlimm mit uns
LINDE ja sehr
das nimmt kein gutes End'
OTTO wie diese Schulden hier zusammenkommen
LINDE wachsen
OTTO Schulden über Schulden
LINDE kannst mir deine Schuld, wenn's d' magst
OTTO sehr gern
wer ist denn an der Türe jetzt
die Brüder können das nicht sein
das gibt's doch nicht
sind das die Brüder jetzt?
LINDE das glaub ich nicht
OTTO ich kann ja nicht mit diesem großen Schuldenberg in meiner Hose drin mich vor die Brüder stell'n
jetzt geh schon runter da von mir
das gib's doch nicht
LINDE ach, Otto
OTTO hättest wirklich sagen können,
dass die Brüder schon am Weg
LINDE das sind die Brüder, Otto, nicht
weiß auch nicht, wer da kommt
gerade jetzt
verflixt
hab deinen Schuldenberg bestiegen
grade eben
läutet's an der Tür
jaja! wir kommen
sind gleich da!
verdammt
ich komm nicht runter
hilf mir mal!

(2)

KARL wo bleibst du denn?
ich steh und wart
schau mir die Gegend an
beschiss'ne, drecksbeschiss'ne Gegend, denk ich
klopf dann an die Tür
LINDE ich komm ja schon
KARL tret mit dem Fuß dagegen
hämmre mit der Faust
steh in der Kälte rum
LINDE verdammt!
KARL was dauert denn so lang da drin?
ich steh mir hier die Beine in den Bauch
vor einem Scheißhaus, Franz!, an einer Autobahn
beschiss'ne Gegend
weiß nicht wo
auf halber Strecke
zwischen Nichts und Sichernochmehrnichts
am Parkplatz auf der Autobahn
FRANZ hab einen Schwanz im Mund
KARL jetzt, Franz!
FRANZ der schmeckt nach einer Woche Leben schmeckt der
sag's dann auch dem Typen
»schmeckst nach einer Woche«, sag ich
schaut mich an
versteht kein Wort
nehm ihn heraus aus meinem Maul und sag's noch mal
»nach einer Woche Leben schmeckst!«
steh auf
»ach leck mich!«
spuck den Schwanzgeschmack
das Leben
spuck ich aus und geh
was schreist denn so?
ich war am Klo

KARL hat ziemlich lang gedauert
FRANZ Tschuldigung!
der Karl steht und schaut mich an
was is?
den Kopf geschüttelt, weggeschaut,
sich umgedreht
den Blick hinaus
KARL auf diese Landschaft zwischen Nichts und Nichts hinaus
die Autobahn fast völlig ausgestorben
fährt nichts mehr
paar Laster noch
mit sicher nichts in diesen Kästen drin
bleibt keiner steh'n
FRANZ dann kommt der Typ vom Scheißhaus raus
den brauchst nicht fragen
hab ich schon
der is zu Fuß
KARL verdammt
FRANZ dann heißt's jetzt einfach warten
KARL tolle Gegend hier
zum Warten
dass ein Auto stehen bleibt
uns mitnimmt
wie gemacht dafür
weißt, Franz, in Zukunft wird auf einem Parkplatz nie mehr ausgestiegen
hörst
in Zukunft
schlechter Plan
das war ein wirklich schlechter
unbeschreiblich schlechter Plan
ein Parkplatz irgendwo im Irgendwo
schau dich mal um
was ist denn das?
was soll das sein?
die Gegend da
in der wir rumsteh'n
toller Plan!
am Arsch der Welt

FRANZ die nächste Abfahrt hätt uns, Karl, nichts gebracht
nach Süden runter
nichts
das weißt du ganz genau
KARL noch nicht mal Tiere gibt's hier
sicher nicht
in dieser Gegend sicher nicht
verschlägt hier sicher nicht mal Tiere her in diese
ja, vielleicht zum Sterben
falls es Tiere
kommen nur zum Sterben her
falls du hier Tiere sehen solltest, Franz,
die sterben grad
FRANZ verenden
KARL was?
FRANZ das Tier VERENDET, Karl
sterben kann es nicht
verenden!
KARL toll
ich frag mich nur, ob endlich einer kommt
FRANZ wir warten, würd ich sagen, einfach mal
KARL dass einer kommt
ein toller Plan
dass endlich
FRANZ gib die Flasche her!
KARL weißt Franz, das nenn ich Endlichkeit,
wenn man auf's Endlich-Kommen wartet
FRANZ gib die Flasche her
KARL na gut
dann warten wir
FRANZ genau
KARL und wird schon einer kommen
scheiß auf diese Gegend
Arsch der Welt
bestimmt
und stirbt die Hoffnung ja bekanntlich ganz zuletzt
ein Glück
FRANZ halt's Maul!

KARL ich frag mich immer, was das heißt:
»die Hoffnung stirbt zuletzt«
was heißt denn das?
und ob das Hoffnung
soll das Hoffnung geben?
ja?
dann möcht ich wissen: bitte, WAS?
wenn alles tot
die Hoffnung nicht
was daran Hoffnung

FRANZ Karl, ein Auto!
fuck
vorbei

KARL die Dinge alle tot, die Hoffnung hat sie alle abgewartet, alle, bis zuletzt, bis alle tot, dem letzten Ding vermutlich hinterhergerufen: »komm gleich nach«, ruft sie, die Hoffnung, »komm gleich nach, ich sterb zuletzt, ich wart nur kurz«, schaut sich noch ein Mal um, ob sie auch keinen überseh'n, »nein, alles weg« sagt sie, die Hoffnung, alles weg, »ich geh dann auch«, sagt sie
verendet
stirbt
naja, wie schon gesagt,
zuletzt
und dann?
was ist denn dann?
jetzt gib die Flasche wieder her
und dann?
das möcht ich wirklich wissen
nach der Hoffnung
Franz

FRANZ weißt was? mir is das scheißegal! was nach der Hoffnung is mir sowas von, das is mir völlig, halt die Schnauze jetzt!, das is mir völlig, könnt dran liegen, dass ich selbst soweit noch nicht gekommen bin, dass dieser Folgezustand, dass die Zukunft von der Hoffnung mich beschäftigt haben könnt, bisher, das muss ich leider sagen, selbst bin ich soweit noch nicht, in meiner eignen Zukunft leider gar nicht angekommen, nein, bisher, weshalb das Seelenheil der Hoffnung, falls' das gibt, ich weiß es nicht, ihr Leben nach dem Tod, das is mir scheißegal und für den Fall, dass es tatsächlich für die Hoffnung einen Himmel, könnt ja sein, in dem sie weiterlebt, dann hängt sie dort vermutlich längst schon mit der Liebe rum, die is schon lange tot und wartet, dass noch wer zu ihr in diesen scheißverdammten Himmel kommt und ihr das Fötzchen leckt, der blöden Sau

KARL und jetzt?

FRANZ jetzt wird gewartet

KARL ja
sie hat nur »ja« gesagt
am Telefon
ich sag: »wir kommen«, sag ich
sie drauf »ja«
sonst nichts
nur »ja«

(3)

PETRA werd sagen: nicht
geh nicht, du kannst noch bleiben, werd ich sagen
kommt so selten einer her zu mir
drum kannst du wirklich bleiben
aufgerechnet auf die Zeit,
die keiner da gewesen ist,
ist, dass du da bist, fast schon nichts,
wenn man das gegenrechnet mit der Zeit,
wo du noch nicht gewesen
fast schon nichts ist das
so kurz
geh nicht,
sag ich
er wird sich umdreh'n wird er in der Tür
und auf der Schwelle kehrt
wird auf mich zu
zurück
wird er zurück
geh nicht, hab ich
geh nicht
wird bleiben
auf mich zugeh'n
wird mit seinen Augen
grüne Augen
in mich schau'n
wird er
mit seinen Lippen
seine auf die meinen legen
Lippen aufeinander
seine
meine
flüstern
spinnen

Speichelfäden
Worte wird er sagen
unerhörte Worte
er und ich
und wie die Brüste
meine
an den Spitzen spitzer werden
werd ich spür'n
und gegen dieses weiße Kleid,
in das ich eingehüllt,
sich drängen meine spitzen Brüste durch das Kleid
durchbohr'n's
und weint das Kleid
nein blutet Honig
wie's die Brüste durchgestoßen
ihm entgegen
aufgetan die Lippen
oben
unten
werden zwischen meinen Beinen Lippen
werden Wörter formen,
ohne Ton,
die niemand je gesprochen
aufgebrochen ist das Siegel
ich
und eingetreten er
und ihn mit Lippen kostend
ihn empfangen werd ich haben
oben
unten
er in mir
und auf ihn stürzen werd ich
auf ihn sinken
fallen werd ich auf ihn zu
und nochmals
nochmals
immer wieder
fall ich auf den Liebsten, der da einst

und bleibt
und immerdar
werd auf ihn fallen bis er aus sich in mich kommt
und ist
und bleibt
ein ganzes Meer in mir aus ihm wird sein
und wird am Rand des großen Wassers
in mir drinnen
wird am Rand die Sonne sich erheben
aufgeh'n wird sie in mir drin
am Rand des Wassers
mit der Sonne bricht der Tag
und neue Welt
werd auf ihn fallen
lauter Atem
seiner
meiner
fast wie Wind
wird sagen
er
der Liebste

EDITH Petra!

PETRA sagen wird er

EDITH Petra! hörst!

PETRA nicht so, nicht so!
mit leiser Stimme
flüstern wird er

EDITH kommst du endlich?
muss ja raus
das weißt du ganz genau
ich muss gleich raus

PETRA nein, falsch, falsch, falsch!
ich sag: »sag nichts«, sag ich
und »psst«
und leg den Finger auf die Lippen ihm
sag nichts

EDITH wo bleibst du denn, verdammt!
man muss anscheinend immer extra

muss dich holen,
muss die alte Mutter
kommen muss die,
muss dich holen,
weil von selber kommst du nicht
was machst du denn?
schaust wieder blöd beim Fenster raus?
wofür ist das denn gut?
da draußen gibt's zum Sehen nichts

PETRA ich dreh mich um, sag,
so halt, Mutter
halt nur so
starr' Löcher in den Himmel

EDITH mach das Fenster zu
ich hab nichts an
ich frier
jetzt schau dir an, wie ich beisammen bin
stürzt alles ein in dem Gesicht von mir
stürzt alles ein, seitdem die Plage
wenn ich nicht die Haare hätt
die hohen Wangenknochen nicht
die blauen Augen
Augen stürzen niemals, weißt
ich würd mich selber nicht erkennen mehr
im Spiegel
tu schon was und schau nicht nur

PETRA geh von dem Fenster weg und auf sie zu
leg beide Arm' um sie

EDITH ich hab als Kind dich immer schön gemacht
soweit's halt möglich war
das ist das Mindeste,
was eine Mutter sich erwarten kann,
dass das zurück
dass das zurückgegeben wird
von einer Tochter
hab nur eine
drum von dir

PETRA ich heb sie hoch

aus ihrem Stuhl
trag aus dem Zimmer sie
EDITH das Kleid!
PETRA das hol ich dann

(4)

KARL wir steh'n am Straßenrand
vom Parkplatz weggegangen
sind zu Fuß die Bahn entlang
schon ziemlich dunkel
nichtmal Mond
FRANZ paar Sträucher
Baumstumpf
setz mich hin
EDITH mir tun die Füße weh
FRANZ ich kann nicht mehr
mir tun die Füße weh
KARL ich weiß
FRANZ lass gut sein, Karl, für heut
es kommt nichts mehr
wir bleiben hier
die Nacht
wir bleiben einfach hier
ist doch egal
KARL wir sind zu langsam, Franz
das dauert alles viel zu lang
wir kommen noch zu spät
da kommt ein
hörst du das?
da kommt ein
hey!
FRANZ ich sitz am Baumstumpf, schau ihm zu
er springt, er winkt
läuft auf das Auto zu
KARL der bremst
der Fahrer bremst
FRANZ der Wagen langsam wird
KARL und an den Rand gelenkt
FRANZ bleibt fast schon steh'n

KARL am Pannenstreifen
FRANZ schwarzer Golf
KARL rollt langsam aus
jetzt komm!
FRANZ steh auf vom Baum
KARL lauf auf den Wagen zu,
der fast schon steht
jetzt Franz, komm her!
FRANZ von hinten ich
komm aus der Dunkelheit
aus dem Geäst, Gesträuch
KARL dann gibt der Gas, verdammt
FRANZ wie ich ins Licht vom Auto
KARL gibt der Gas, verdammt
die blöde Sau
was soll denn das?
halt an! bleib steh'n!
was gibst denn Gas?
FRANZ fährt einfach los
KARL du blöde Sau!
was soll denn das?
lässt uns in dieser Gegend steh'n?
es wird gleich Nacht, verdammt
das gibt's doch nicht
mir reicht's
ich geh allein
wir trennen uns
FRANZ sag, spinnst?
KARL die haben Angst
das sieht man doch
zwei Männer in der Nacht
wen wundert's
schau uns schau dich an
wir kommen hier nicht weg zu zweit
wir trennen uns
ich fahr allein
wir seh'n uns dort
FRANZ lässt mitten auf der Straße lässt mich steh'n?

KARL das ist nicht mitten auf der Straße
FRANZ mitten steh ich hier
KARL dann geh zur Seite
FRANZ nix da!
KARL lass mich los
jetzt nimm die Hände weg
FRANZ was, wenn ich Angst, wenn ich so ganz alleine Angst, was ist denn dann? wenn ich so mutterseel'nallein am Weg und bleibt ein Auto steh'n und zwei im Auto sind und steigen aus, könnt sein, dass MIR mal was, das könnt verdammt nochmal könnt's auch passier'n, dass MIR mal was vielleicht passiert
KARL das glaub ich kaum
du kannst dich wehr'n
schau dich mal an
die Hände
schau sie an!
die andre auch!
FRANZ steckt in der Hosentasche drin
die rechte Hand
zur Faust geballt
steckt in der Hosentasche drin
KARL die andre auch!
FRANZ nehm ich die Hand heraus
die rechte Faust
KARL mach auf!
FRANZ der Stahl darin
ganz spitz und scharf
geht in der Hose immer auf
KARL wir seh'n uns dort
FRANZ bleib da
ich scheiß auf dich!
hier mitten auf der Straße
scheiß ich auf dich drauf
KARL das ist nicht mitten auf der Straße
FRANZ mitten steh ich scheiß auf dich
KARL das möcht ich seh'n
FRANZ sehr gern
so schnell kannst gar nicht schau'n

KARL hast du die Hosen unten, nicht?
das hab ich mir gedacht,
dass du sehr schnell
beim Hosenrunterlassen bist du schnell
FRANZ du blöde Sau
KARL jetzt Franz
FRANZ du kannst dich selber »franzen«
Arschloch
KARL gib die Flasche her!
wir seh'n uns dort
FRANZ lässt mich jetzt einfach stehen hier
KARL ja mitten auf der Straße
FRANZ hau schon ab
hau ab, zieh Leine
schleich dich
wird die Nacht allein verbracht
am Straßenrand
mir ganz egal
geh ich allein
zum Baumstumpf geh ich
setz mich hin
beim dürren Hollerstrauch
mit keinen Blättern drauf
Geäst, Gesträuch
das schützt vor Wind und Wetter nicht,
denk ich
stech mit dem Messer in den Baum
ins morsche Holz
dreh's in der Wunde einmal rum
zieh's wieder raus
schnitz in den Stumpf ein »F«
schreib meinen Namen mit dem Messer
unterschreib ich in den Baum
dann roll ich mich in Plastik ein
grab in die Böschung mich
schau in die Nacht
kein Mond
der Hollerstrauch wirft einen Vogel

tot
auf mich
vielleicht ein Lied gesungen
mal
der Vogel
weiß man nicht
dann Nacht

(5)

PETRA (von der Zukunft singen)

sie wird den Mund
wird auftun wird sie ihn
und wird ein Wort daraus
das muss wer reingelegt
das muss wer
sicher er
als er bei ihr
wird in ihr mal gewesen sein

wird Fleisch ums Wort
herumgesponnen
wird
sie spricht
das Wort
das Kind
auf ihrer Zunge reiten
seinen Namen kennt noch nicht

EDITH sag, singst du?
PETRA nein
ein großer Teller aus Metall
auf nacktem Stahl
die kalte Mutterfrau
am Boden ausgeschüttet in der Dusche liegt
EDITH ich hab's gehört, dass du gesungen
sicher hast gesungen
heiß! das brennt! das brennt! mach's aus!
PETRA da war noch Schaum
EDITH du lügst
PETRA da war noch Schaum
EDITH wenn ich noch Kräfte hätt
das Lügenmaul mit heißem Wasser

kochend heißem Wasser
waschen würd ich's dir, das Maul
vor meinem war noch Schaum, sagt sie
weil ich die Tollwut hab
jetzt heb mich raus
und gib die Plastikschürze weg damit
da bleib ich immer kleben dran
das mag ich nicht
wie ich das hass
das blöde Plastik auf der Haut
wie ich das hass
hast du gehört
du sollst die Schürze

PETRA heb sie hoch
mir an die Brust
durchs Zimmer trag ich sie
zum Stuhl
bevor sie loslässt
beißt sie zu

(6)

LINDE vom Schuldenberg hinabgestiegen
komm ja schon!
mach ich die Türe auf
ach du!
das hab ich ganz
vergessen hab ich das
wie schön
komm rein
PETRA ich schieb den Stuhl,
in dem die Mutter sitzt,
ins Haus hinein
ins Nachbarshaus
LINDE es ist die Edith, Otto!
die von drüben und die Brüder nicht!
ja grüß dich Edith
Petra, bleibst du auch?
EDITH nein nein
es liegt zuhaus noch sehr viel Arbeit rum
PETRA genau
da leg ich mich jetzt gleich dazu
auf Wiederseh'n
EDITH ja ja
LINDE sie schaut ein bisschen blass aus um die Nase
EDITH ach
die scheut das Sonnenlicht
die Arbeit und das Licht
in ihrem Alter hab ich drüben dieses Haus gebaut
der tote Mann und ich das Haus
ich frag sie jeden Tag,
ob's irgendwas auf dieser Erde gibt,
das VOR ihr nicht schon dagewesen
fällt ihr nichts drauf ein
sag, Linde, willst mich stehen lassen hier?

hier draußen?
schiebst mich rein, vielleicht!
LINDE es ist die Edith,
Otto!
bist du schon
ich mein
soweit?
er war noch schnell
ich glaub
am Klo
EDITH aha
LINDE ja schön, dass du mal wieder rüber schaust
zu uns
zum Otto und zu mir
EDITH jetzt schieb mich rein!
hier zieht's
OTTO ja, Edith, grüß dich!
EDITH oh, Herr Pensionär, ich grüß Sie herzlichst
ob der Herr vielleicht die Güte hätt
vom Flur mich wegzuschieben
weil die Zugluft
Himmelherrgott
soll ich aufsteh'n, selber geh'n?!
das kann ich nicht!
ob das nicht an den Füßen liegt
OTTO ich schieb dich herzlich gern
den Stuhl, in dem du sitzt
EDITH sehr freundlich
weil die Frau von dir,
die lässt mich einfach steh'n hier draußen
in der kalten Luft lässt die mich steh'n
LINDE ach was, wir haben halt geplaudert noch
EDITH das wär ja noch viel schöner
dass ich mir im kalten Zug den Tod
zuerst die Plage überleb
und dann an Schnupfen sterb
LINDE ich mach dann Tee!
OTTO die Linde, weißt, hat ganz vergessen mir zu sagen, dass du

kommst,
die Linde
nichts gesagt zu mir
bist selber her
gefahr'n?
EDITH natürlich nicht!
vor eurem Haus der Schotterweg
da bleibt der Stuhl drin stecken
geht das Selberfahren nicht
das hab ich euch schon tausendmal gesagt
seit ihr hier hergezogen dieses Haus gekauft
LINDE das ist jetzt schon paar Jahre ist das her
da hat's den Stuhl, in dem du sitzt noch nicht
bist noch zu Fuß bist du gegangen
damals
EDITH mit den Stöckelschuh'n im Schotter dauernd umgeknickt
LINDE die Tochter hat sie hergebracht
EDITH drin fast versunken
blöder Schotterweg
OTTO wie geht's denn der?
der Tochter
EDITH was?
OTTO wie's deiner Tochter geht
EDITH wie's wem?
LINDE der Tochter
EDITH weiß ich nicht
OTTO was heißt, das weißt du nicht?
LINDE hat sie sich eingelebt?
EDITH in mich?
das Kind ist alt genug
OTTO das stimmt
und Kind ist's auch keins mehr
EDITH da hast du recht
das einz'ge Kind, von dem zu sprechen lohnen würd,
ist das, das irgendwann mal unten
höchste Zeit
aus dieser Trockenheit
glaub kaum, dass ich den Tag erleb

das müsst der jüngste sein dann von den Tagen
würd die Sonn' vom Himmel fall'n
naja
fehlt halt der Mann dazu
weil Männer gibt's hier nicht
und eure beiden?

OTTO wer?

EDITH die Söhne, die ihr habt

LINDE die Brüder
ja
die zwei
was soll ich sagen
Otto?

OTTO hab mit ihnen nicht am Telefon gesprochen, Linde
das warst du

EDITH geht's ihnen gut, den Söhnen

LINDE ach, die schlagen sich halt durch, die zwei
die Brüder
wie wir alle
schlagen sich halt durch
der Erstgeborne, Große, besser

OTTO ja, so ist das halt,
dass sich die Großen besser schlagen

EDITH fehlt mir der Vergleich
bei meiner Tochter
gibt nur sie
und keine zweite
schöne Ironie,
dass sie die Erstgeborne
nach ihr nichts mehr nachgekommen
ist zugleich die Letzte
sie
das ist doch eine schöne Ironie
wenn man die Erste ist
und keiner nachkommt
ist zuletzt gekommen
man
hat das nicht Gott gesagt?

das hat doch Gott
ich glaub
die Ersten werden auch, hat er gesagt,
die Letzten sein, hat er gesagt
da hat er recht, der Gott
wenn man allein ist
hat er recht
er ist ja selber auch allein
der Erste und der Letzte
hat er recht
der Gott

LINDE was ist denn das?
schon wieder an der Türe wer?

OTTO das sind sie jetzt, die Brüder
sind jetzt da
mit ihrem Plan
dem Überfall

EDITH das glaub ich nicht

OTTO doch doch
die Brüder

EDITH nein
das ist zu früh
das tut mir wirklich leid

OTTO ja geh schon hin, mach auf den Brüdern, Linde

LINDE ich?

OTTO ja du
mach auf

EDITH ich wollt euch vorher noch
hab ein Geheimnis
wollt ich euch erzähl'n

LINDE da steht ein Mann
vor unsrer Tür
wer ist denn das?

EDITH die Liebe

OTTO kann nicht sein
es ist ein Mann

EDITH nein, meine!
meine Liebe!

LINDE Edith, nein, das Geld
es ist das Geld!
was will denn der?
heut ist der Monatserste nicht
EDITH jetzt macht schon auf, verdammt
darf ich euch vorstell'n
Sepp
LINDE man kennt sich ja
das Geld
SEPP grüß Gott
OTTO der Mann vom Geld
schau an
EDITH jetzt kennt ihr mein Geheimnis, nicht
LINDE das freut uns, Edith, sehr
wenn das so weitergeht,
stehst noch von deinem Rollstuhl
stehst noch auf
das macht die Liebe
und die rosa Backen
sind mir, wie du bei der Tür bist reingefahr'n,
sofort die rosa Backen aufgefall'n
das macht die Liebe
OTTO alte Liebe rostet nicht
LINDE da hast du, Otto, recht!
der Stuhl
der mit den Rädern
rostet
drauf die Edith
rostet nicht
OTTO der Schuldenberg, denk ich
in meiner Hose, Linde,
bleibt der, glaub ich,
heute bleibt der
unberührt
LINDE Sepp, setz dich

(א+7)
Vom Ende
die Unsterblichen

SEPP ja, dann sitzt er da, der Tod, im Schoß die dürren Hände liegen, atmet, nein, natürlich nicht, schaut grade aus, starrt Löcher in die Luft, zum Anschau'n keiner da, seitdem die Zeit er fortgeschickt, ist keiner da, und ist nun, er, der Tod, nicht länger unter seinem altbekannten Namen anzutreffen, würd – käm' einer, eine auf ihn zu und ihn beim Namen rufen – würd er gar nicht wissen, wer gemeint, sich nicht mehr angesprochen fühl'n, weil er zum Tod-Sein aufgehört, weil er von nun an Ewigkeit, nachdem die Zeit er tot gemacht, nachdem nichts mehr vergeht, weil alles schon vergangen ist, ist er die Ewigkeit, der Tod, das ist sein neuer Name: »Ewigkeit«, auf den er hört, sich eine Krone auf den kahlen Kopf gesetzt, jetzt König Ewigkeit, das ist jetzt er, der König Ewigkeit, in seinem Reich, in dem nichts ist, nur alles mal gewesen, jetzt bloß nimmermehr, im Schoß die dürren Hände, schaut sie an, den Blick gesenkt, so sitzt er da, der alte König, hebt das Haupt, und ringsum nichts, so weit das Auge reicht und drüber raus nur nichts und nichts und wieder nichts in alle Ewigkeit, das denkt der König, dieses End' – er lächelt – hört nie auf

(8)

PETRA ich sitz und schau
den Rest vom Tag
beim Fenster schau ich raus
den ganzen Tag
gibt's nichts zu seh'n
nur einmal kurz ein Fuchs
ganz dünn und mager
Schatten nur von einem Tier
und bei der Hecke wühlt im Müll
den Kopf ganz tief
liegt schwerer Hunger drauf
da geht die Haustür drüben auf
das alte Nachbarspaar
verlässt das Haus
und fort der Fuchs
und wieder nichts
fast ewig nichts
dann seh ich's rascheln in den Bäumen
hören kann ich's nicht
nur rascheln seh'n
und wie ein Kopf ein brauner großer
zwischen Bäumen
kommt hervor
aus dem Geäst, Gesträuch
vier lange dünne Beine
durch das Gras
und steht im Garten drüben
steht ein Hirsch
steht einfach so
und riecht und steht und schaut
mit riesig schwarzen Augen
schaut mich an
und rührt sich nicht

und schaut mich an
zu mir herauf
nein nein ich täusch mich sicher nicht
ich geh
ich geh vom Fenster weg
ich mach es zu
ich mach das Fenster zu
schaut immer noch
noch immer hoch,
der Hirsch
die Hörner, das Geweih
zwei tote Bäume,
denk ich
trägt der mit sich rum am Kopf
und dreht die Ohren, riecht
und kommt ein zweiter aus den Bäumen
kommt, bleibt steh'n und hebt den Kopf
und hoch
und schaut zum Fenster rauf
schau'n beide rauf
was wollt ihr denn?
was wollt denn ihr von mir?
hört auf!
ich geh aufs Klo
dann wieder hoch
steh'n die noch immer da
im Gras
und schau'n
und schau'n
und rühr'n sich nicht
dann plötzlich
Ohren spitzen
Kopf zur Seite
schnell
und kehrt
und springen
sind sie beide weg
das Fenster wieder aufgemacht

schau raus
da seh ich SIE
wie sie die Straße her
und zu aufs Haus
und in den Garten rein beim Tor
und kurz im Garten steh'n
im Gras
wo vorher noch
dann in das Haus
die zwei

EDITH was machst denn auf dem Boden da?

PETRA ich war so schwer
das Stehen auch
war auch so schwer
das Steh'n und ich war'n beide schwer
drum geb ich auf, hab ich gesagt
das Stehen aufgegeben
ich
wollt näher an der Erde sein
mich hingelegt
ein wenig nur

EDITH die Erde gibt's hier nicht
das ist ein Plastikboden

PETRA drunter ist die Erde dann

EDITH du kannst sehr gerne mit den Händen graben
kommt das Holz, der Bretterboden
unterhalb Beton zuerst
dann kommt der Stein
das Haus auf Stein gebaut
vor Tausend Jahr'n
da war dein Vater noch auf Erden
nicht den Felsen weggesprengt
das hätt sich keiner leisten können
nein, der Herr baut nicht auf Sand
das Haus auf Stein

steh auf!

PETRA dein neuer Mann hat alles ausgetrunken

EDITH was?
PETRA er ist gekommen
warst nicht da
hat alles ausgetrunken
EDITH Blödsinn
PETRA nein
natürlich nicht
noch reichlich da für dich
hast dich geschreckt?
ich geh mal wieder hoch
schön langsam
schneller geht nicht
Tschuldigung
EDITH verkriech dich in dein Zimmer,
unter deine Decke
grab dich in der Erde ein
PETRA du, Mutter, weißt,
wenn ich so tief am Boden lieg und du nicht da,
dann ist's, als hätt die Zeit wer angehalten
ist's, als würd sie still steh'n, weißt
als könnt ich ewig liegen bleiben
ist's, als würd nichts kommen mehr
nur dann: dann kommst ja du!
was für ein Glück!
dass ich noch immer lachen kann
das find ich gut
das find ich wirklich gut,
dass ich
ein Glück
EDITH steh auf!
PETRA ich glaub die Liebe, Mutter, kommt
ich kann sie hörn
EDITH steh auf!
PETRA ich mein natürlich deine
meine nicht
die war zu ungeduldig
meine
konnt nicht länger warten,

dass es Mutter besser geht
der alten kranken Mutter, die so plötzlich
ganz allein
konnt meine Liebe nicht drauf warten
leider
lange her
ach schau!
die Liebe!
deine

SEPP Schmetterling
wo bleibst du denn?

PETRA was machst du, Mutter, frag ich mich,
wenn du mich ausgetrunken hast?

SEPP was machst du denn?

EDITH ich komm ja schon

PETRA ich kann nur Raupe seh'n

EDITH kannst was?

PETRA von diesem Schmetterling
kann ich nur Raupe seh'n

EDITH halt's Maul
Sepp, bring mich weg

PETRA doch sie, die Liebe, er
kann seh'n, was in dir drinnen tief verborgen
kann die Zukunft seh'n, die Liebe, er
von dir
den Schmetterling
wenn nur kein Vogel kommt
und frisst
den Wurm

EDITH Sepp, bring mich weg, hab ich gesagt

PETRA nur bis der kommt
das muss ein großer Vogel sein
steh ich vom Boden
von der Erde steh ich nimmer auf
werd längst von Würmern aufgefressen sicherlich
und lieg so da
denk an die zwei,
die aus dem Nichts gekommen

plötzlich da
im Garten steh'n
im Gras

wo bleibt ihr denn?
ich wart die ganze Zeit
die ganze Zeit allein, verdammt
wo seid ihr denn geblieben, ihr
so lang
das war nicht abgemacht
dass ich so lang auf euch
und ihr nicht kommt
und ich alleine warten muss
die ganze Zeit
die ganze Zeit davongelaufen
mir

2. Teil
KOMMEN

(9)

FRANZ
+KARL wir kommen nicht mit Stift und Rechenapparat und setzen unter eure Rechnung keine neuen Zahlen, unsre Zahlen, bessre Zahlen, fügen nichts hinzu und machen keinen Strich darunter, neue Summe, sagen nicht: »da habt ihr euch verrechnet, weil ihr ohne uns gerechnet habt, doch jetzt sind wir gekommen, um den Fehler auszumerzen aufzuklär'n und eine Rechnung anzustell'n, die MIT und nicht wie eure OHNE uns gemacht, weil ihr die Rechnung ohne uns gemacht, die habt ihr einfach ohne uns«, und sind wir nicht gekommen jetzt, nein, tut uns leid, um das MIT-UNS in eure Rechnung einzutragen, hinterher, nein, sind wir nicht, weil wir die Rechnung ernst und auch das Endergebnis, glauben euch, wir glauben euch und anerkennen, dass die Rechnung, eure, ohne, völlig ohne, nein, wir kommen nicht, weil wir noch eine Hoffnung hätten, der gemäß noch eine neue Rechnung anzustellen möglich wär, die uns als Korrektur der Rechnung-OHNE-UNS ein andres Resultat versprechen könnt, mit dieser Hoffnung sind wir nicht gekommen, weil nicht länger glauben wir, dass so ein Rechnen-mit-uns überhaupt noch möglich wär, weil dieses Rechnen selber an ein End' gekommen ist,
wir glauben euren Zahlen, Resultaten, eurer Rechnung, habt bestimmt mit höchster Richtigkeit gerechnet, ihr, die Rechnung richtig angestellt, gewiss, wir nehmen euch beim Wort, bei eurer Zahl, bei eurer Rechnung werdet ihr genommen werden, klingt nach Drohung, ist es auch!

LINDE was für ein Schreck
da sitzt ihr beide da
euch reingeschlichen
wie ein Dieb
gekommen in der Nacht
gleich zwei sogar von diesen Dieben

Otto, komm!
die Brüder sind
wir kommen heim
geh bei der Türe rein
mach Licht
und sitzen – vorher Dunkelheit
FRANZ ich grüß dich, Mutter
LINDE ihr!
ja hallo
hallo Franz
und Karl
hallo
auch
– die Brüder, sitzen, Otto
KARL grüß dich
LINDE Otto, kommst du mal!
jetzt sind die Brüder da
ich hab mich schon am Telefon gefragt
als mich der Ält're angerufen,
was der Grund von euch
KARL die Liebe
FRANZ Vater, grüß dich!
LINDE schau, die Brüder, Otto
schau
OTTO ich schau sie an
und weiß nicht, was ich sagen soll
KARL wie wär's mit »hallo«
OTTO hab mein Leben lang geschuftet,
fällt mir ein
das fällt mir plötzlich ein
mein Leben lang
dass ich geschuftet hab
was wollt ihr denn?
was führt euch her?
was habt ihr vor?
ihr habt bestimmt was vor
man kommt nicht einfach grundlos
grundlos kommt ihr nicht

KARL die Liebe
FRANZ Bruderliebe
OTTO Blödsinn
nichts davon
seid ihr beim Fenster rein?
KARL die Tür stand offen
OTTO was, die Tür?
LINDE die hab ich zugesperrt
nein wirklich, Otto
FRANZ Mutter, gräm dich nicht
es wird mal heißen:
»immer offen für die eignen Kinder
stand die Tür von ihr«
OTTO durchs Fenster rein
FRANZ wie geht's denn so?
LINDE wem? uns?
KARL ja euch!
natürlich euch
wie geht's?
LINDE ach so
natürlich, ja
natürlich
gut geht's uns
dem Otto und auch mir
nicht wahr?
OTTO natürlich geht's uns gut
KARL das freut uns
die Natürlichkeit des elterlichen, euren!, Glücks
das freut uns
FRANZ schönes Haus!
LINDE und euch?
zwei ausgezehrte Wölfe
eingedrungen in das Haus
beim Fenster,
denk ich
springen gleich
fall'n über ihn und mich
fall'n die wie Tiere her

KARL hätt Hunger

LINDE was?

KARL ich hätte Hunger

FRANZ hätt ich auch

KARL wir waren lange unterwegs
bei Wind und Wetter
hat am Weg nicht viel gegeben,
fast schon nichts

FRANZ ich schau mal, was so da ist

LINDE gibt nicht viel

FRANZ was heißt das: »gibt nicht viel«?

OTTO es gibt hier nichts

FRANZ ich schau mal trotzdem nach

OTTO wo willst denn schau'n?

FRANZ im Kühlschrank

LINDE ach

KARL da schau ich mit

OTTO ich dacht', ihr wärt aus Liebe hier, so hat's der Ält're doch gesagt, dass ihr aus Liebe, sag's nur nach und wär ich selber, zugegeben, zwingend nicht auf den Gedanken draufgekommen, dass die Liebe euer Grund, nur wenn's der Ält're sagt, will ich's ihm glauben, frag mich nur, warum von dieser Liebe man nur Hunger sieht, das frag ich mich, warum man von der Liebe nur mehr Hunger sieht
ich geh ins Bett

LINDE da geh ich
Otto, wart auf mich
da geh ich mit
gut Nacht!

(10)

PETRA die Mutter schläft
die Liebe auch
kein Hirsch zurückgekommen
auch kein Fuchs
die Augen kurz nur zugemacht
dann auf
und plötzlich
unten
drüben
in dem Garten
roter Punkt
im Garten
unten
drüben
glüht ein roter
schwach
dann röter wird und hell
und wieder schwach
das ist kein Auge, nein, von keinem Tier
da steht wer unten
drüben
in dem Garten
steht wer
raucht
kann sein Gesicht
kann das nicht seh'n
da ist die Glut zu schwach
das Rot nicht hell genug
ich seh's nicht
seh dich nicht
seh nur dein Rot
die Glut
kann dich nicht seh'n

kommst du zum Rauchen immer?
kommst du immer raus?
zum Rauchen?
in den Garten immer raus?
jetzt zeig dich
zeig dich schon
jetzt mach schon
mach!
mach Licht!
mach mehr das Rot!
mach hell
dann plötzlich
plötzlich fort
die Glut zu Boden fällt
das Rot
verschwunden
weg
hinabgestürzt
das Hell
und Rot
und nimmermehr
wo ist die Taschenlampe?
kann ja mit der Lampe kurz
ganz kurz
kann schau'n, ob der noch da
und welcher von den beiden
Blödsinn
dummer Einfall
blöder Plan
und außerdem
ist wieder rein ins Haus
ist sicher nicht im Garten
unten
drüben
in dem Garten
ist der sicher nimmermehr
nur dann, dann kann ich,
denk ich,

ruhig
kann nichts passier'n
nur kurz ein bisschen
bisschen Licht
ein Blitz
ein Lichtblitz nur
ganz kurz
der Kegel von der Lampe
fällt herab das Licht
vom Fenster
auf der Straße landet
überquert
und bis zum Gehsteig geht
zum Gartentor
und reicht nicht weiter
geht nicht in den Garten rein
das Licht, verdammt
verliert sich in den Sträuchern
in der Hecke
geht verlor'n
das Licht
im Zaun
Geäst, Gesträuch
vom Fuchs gefressen,
denk ich
plötzlich
unten
drüben
in dem Garten
blitzt ein Feuer
steht noch immer
stand der da
jetzt wieder raucht
die Lampe aus der Hand gefall'n
verdammt
doch nicht so laut!
das weckt sie
weckt sie alle auf

vom Fenster weg
und auf den Boden runter
Lampe aus
OTTO ich kann nicht schlafen, Linde
kann ich nicht
muss an die Brüder muss ich denken
LINDE Milch und Wurst
im Kühlschrank gibt es Milch und Wurst,
die an den Rändern Falten wirft
das stört uns, Otto, nein, das stört uns nicht
kann von den Brüdern ruhig gefressen
tote Wurst und saure Milch,
kann ruhig gefressen werden
schlaf jetzt, Otto
musst nicht länger denken dran
nein, an den Kühlschrank wirklich nicht
OTTO ich denk nicht an den Kühlschrank, Linde
was die Brüder,
wenn der Kühlschrank leer gefressen
ihre Bäuche voll,
raubt mir den Schlaf
der Kühlschrank nicht
verdammt
du bist so blöd
wie man so blöd sein kann
der Kühlschrank, glaubt sie, macht mir Sorgen
nein
zum Stehlen sind die hergekommen
weiß ich ganz genau
ich kann den Hunger seh'n
LINDE ist nur ein kurzer Hunger
rasch gestillt, wirst seh'n, der Hunger
ach, was red' ich: »Hunger«
Appetit!
das ist kein Hunger
Appetit!
was wär'n denn das für Zeiten, dass das Hunger
wär'n ja dunkle

lächerlich
wär'n dunkle Zeiten
zugegeben
kommt uns Alten heftig vor
der Appetit der Söhne
heftig
eine Laune sicher
schnell vorbei
wirst seh'n,
bis ich bestiegen hab
den Schuldenberg erklommen
ist die Laune von den Söhnen längst vorbei
ist die
und ich noch immer
auf dem Schuldenberg
und auf dir reit'
und in den Morgen rein
mit dir
OTTO geh runter da, ich kann jetzt nicht
LINDE ich will!
ich muss
ich darf
man wird doch wohl noch dürfen dürfen
hab grad Appetit auf dich
OTTO wir sind im Haus alleine nicht
falls du's vergessen
LINDE soll'n sie's hör'n!
die solln's ruhig hör'n wie gut
dass es den Alten gut, nein, besser
besser geht's als »gut«
es geht uns prächtig
soll'n sie's hör'n, wie prächtig, wunderbar
das Leben
unsres
immer noch
die solln's ruhig hör'n
OTTO hör auf!
LINDE dass du mir, Otto, immer noch so eine Freude machst

nach so viel Jahr'n
fast halbe Ewigkeit
passt dein Geschlecht in meins
ganz wie am ersten Tag
EDITH wie du gekommen bist
am ersten Tag
und immer wieder
jeden Ersten, Monatsersten
mit dem Geld da in der Türe stehst
SEPP ich halt es hin
das Geld
du nimmst's
EDITH in dem Kuvert
SEPP machst eine Unterschrift
ich schau dir lange zu
EDITH dass ich so ewig lang zum Unterschreiben brauch
seit dieser Körper
eine Plage über ihn gekommen
kommt sonst keiner her
nur mit dem Monatsersten Geld
von einem Mann gebracht
kommt mit dem Geld die Liebe
sieben dürre Jahre
endlich hinter mich gebracht
wie dürr ich bin
dass du das magst
die dürre Frau
dass ich so ewig lang zum Unterschreiben brauch
SEPP und ich dir helfen muss dabei
die Hand nicht von alleine geht
EDITH es geht schon
danke geht schon
geht!
und schau nicht so!
ich kann nicht geh'n
genau!
das sieht man doch!
drum sitz ich hier

im Stuhl mit Rädern dran
weil ich nicht gehen kann
so! fertig unterschrieben
nimm die Hand jetzt weg!

SEPP es steh'n zwei Wörter da
am Zettel

EDITH schau nicht so!,
hab ich gesagt

SEPP steht auf dem Zettel
nicht der Name

EDITH »LIEBE« steht

SEPP zwei Wörter hingeschrieben

EDITH »Liebe«!

SEPP keine Unterschrift

EDITH und »VÖGELN«

SEPP und der Name nicht

EDITH hast mich ins Bett getragen dann
kommst seither immer wieder liegst du da

PETRA am Boden lieg ich immer noch

EDITH liegst immer wieder da

PETRA und schlägt mein Herz so laut
das weckt sie auf
das weckt sie alle
grab's drum ein
das laute
in die Erde grab ich's ein

EDITH werd wieder heil, mein Liebling, weißt
werd wieder heil
weil mir die Tochter
tut mir wirklich gut

PETRA das Haus auf Stein gebaut
beim Graben drauf gestoßen
alle Finger
alle zehn
am Stein mir wundgekratzt beim Graben
regnet's Blut daraus

EDITH die Dürre braucht nur bisschen Feucht
dann wieder heil
wirst seh'n

PETRA mir Mutter aus den Fingern trinkt
EDITH du auch!
schon morgen
PETRA Herz aus Stein
grab's in der Erde
schlaf ich
ein

(11)

FRANZ den Kühlschrank leer gefressen
komm von draußen rein
hast alles leer gefressen?
KARL nichts
weil nichts zu fressen
alles auf den Boden rausgeworfen
saure Milch!
die kann sich Mutter selber saufen
FRANZ hast gehört?
du kannst dir deine saure Milch
die kannst dir selber saufen!
sagt dein Erstgebor'ner, Mutter
sag's nur nach
KARL die schläft schon fest, die kann nichts hör'n
FRANZ mit saurer Milch die Kinder großgezogen
ranzig kam's aus spitzen Brüsten raus
da lob ich mir,
wenn ich am Scheißhaus Schwänze melk',
da weiß man immer, was man kriegt
ich schluck es nicht
und manchmal Geld
ich hab kein' Hunger
geh mal raus
vorm Haus im Garten steh ich
rauch
KARL ich muss das Kopulier'n jetzt leider unterbrechen,
tut mir leid
steh in der Tür
sie stell'n sich tot, die zwei
dort wo ich herkomm sagt man zum Geficke
»Schulden-machen« sagt man
weiß ich nicht, wie's dazu kommt
dann geh ich hin
schütt' saure Milch ins Ehebett

LINDE geh weg!
jetzt Otto, mach doch was
geh weg!
OTTO ja was?
was soll ich denn?
ich hab's gewusst
sag nur, ich hab's gewusst
KARL Entschuldigung!
hab mir gedacht, weil ich der Erstgebor'ne bin,
komm ich als Erstes her
der Franz spielt draußen noch im Garten,
kommt dann rein, bestimmt,
ich fang jetzt trotzdem schon mal an
LINDE das muss doch nicht um diese Zeit
schon lang nach Mitternacht
wir schlafen schon
der Vater schläft
und ich mit ihm
wir schlafen schon
das kann doch warten
bis der Morgen morgen kommt kann das doch warten
muss doch nicht um diese Zeit
um diese schwere Zeit
die Zeit ist wirklich
schwere Zeiten sind das
Himmelherrgott Otto, tu doch was!
OTTO was willst du, Karl?
was ist so wichtig,
dass es nicht bis morgen warten kann?
was kann das sein?
was kann so wichtig sein
ich kann mir vorstell'n: nichts!
KARL nein, Vater, leider, es pressiert
und kann nicht warten
ich!
muss drauf besteh'n
noch in der Nacht
ich schlaf nicht mehr

schon lang nicht mehr
es bleibt für soviel Zeit sowenig Geld
das bringt mich lang schon um den Schlaf
dass für die Zeit die kommt, das Geld nicht reicht
ich hätt gern, Vater, Mutter,
heut das Geld der Zukunft schon
so würd ich sagen
wenn ihr fragt
das Geld der Zukunft
jetzt!

LINDE das ist doch lächerlich
sag, Otto, hörst du das?

OTTO natürlich hör ich das
ich lieg im Bett, hab keine Hosen an
steht dieser
Sohn!
vor mir
das ist der Grund
nicht Hunger, Appetit
zum Rauben sind sie hergekommen
nichts, es gibt hier nichts
kein Geld
das Haus gekauft vom Rest
sonst gibt's hier nichts
die Rente kommt am Monatsersten
morgen schon
was für ein Zufall
bist du grade recht gekommen
hast du Glück
was für ein Glück
kannst dich auf morgen freu'n
kommt mit dem neuen Morgen kommt das Geld,
für das du hergekommen bist mit deinem
Bruder!
könnt ihr haben, morgen, wenn der Geldmann kommt
paar Scheine im Kuvert
ich unterschreib euch gern den Wisch
und dann haut ab

haut ab ihr zwei
in eure Stadt,
in der's nach Menschen stinkt
haut ab!
und raus jetzt raus!
ich werf dich eigenhändig
vor die Tür, verdammt
hier schläft der alte Herr mit seiner Frau
das ist das Schlafgemach
in Würde hat man sich zurückgezogen
in das Alter
nackt werf ich den eigenen Sohn hinaus mit dir
da zwischen meinen Beinen
nackt
das Genital, mein Schöpferschwanz,
mit dem ich dich in diese Frau,
die Mutter heißt,
hineingezeugt
wo ist der Samen?
wo?
der Samen
her damit
gib ihn zurück
sofort
ich will ihn wieder haben
jetzt
wenn heute Zahlnacht ist
wenn abgerechnet wird
dann bitte her damit
ich treib die Schöpferschulden ein
am letzten Tag
am Monatsletzten
zahlst an deiner Zeugung ewiglich, mein teurer Sohn
ach hätt ich ihn, den Samen,
besser aufgespart im Samensack
nicht ausgestreut für dieses –
Nichts!
von einem –

raus jetzt
raus!
verdammt
ich sagte,
raus jetzt

(12)

PETRA nicht
geh nicht
du kannst noch bleiben
kommt so selten einer her
bist von den Hirschen einer, hab ich recht?
ich hab euch kommen seh'n
gleich zwei
sitzt du schon lange da?
beim Fenster rein
schaust mir beim Schlafen zu
FRANZ war rauchen vor dem Haus
PETRA hab deine Glut geseh'n
das Rot
und du mein Licht
nicht wahr?
magst nicht noch näher
komm doch her ein bisschen
näher
FRANZ bin durchs Fenster rein
im Zimmer steh
liegt eine Frau am Boden
schläft
ich schau ihr zu
weiß nicht,
warum
bin ich mein Bruder nicht
PETRA seid eingebrochen in das Nachbarshaus ihr zwei
jetzt du bei mir
seid ihr zum Stehlen da
stiehlst du jetzt mich
vielleicht
wer weiß
stehl ich auch dich

weil, weißt,
ich hab nicht viel
bin innen hohl
fast ausgetrunken
ist zum Stehlen nicht viel drin
gebroch'ner Becher
ausgeschüttet lieg ich da
hebst du mich auf und nimmst mich mit
vielleicht
wer weiß
stehl ich auch dich
ich wär so gern
bis an den Rand gefüllt
weiß nicht, womit
komm her
noch bisschen näher
her

FRANZ ich muss
muss los
mein Bruder
hörst?
wir sind
die Nachbarsbrüder sind wir

PETRA kommst du wieder?
kannst auch unten raus
durchs Haus
und bei der Tür
der Schlüssel steckt
falls du was brauchen kannst
am Weg nach draußen
nimm's ruhig mit
weil mir gehört hier nichts
gut Nacht
auf bald

(13)

KARL wo bleibst du denn?
ich steh und wart
schau mir den Garten an
in finst'rer Nacht
kann fast nichts seh'n
kommt aus dem Nachbarshaus gestiegen
kommt der Franz
ich pfeif ein zweites Mal
FRANZ hab was geholt
zum Essen
da
fang auf
hab ich der Alten, die da wohnt,
gestohl'n
KARL hat's dich geseh'n?
FRANZ natürlich nicht
ich konnt sie schnarchen hör'n
KARL das Geld kommt morgen
FRANZ was?
KARL das sagt der alte Mann im Ehebett
dass morgen Geld
der Geldmann kommt am Monatsersten morgen
mit dem Geld
sonst gibt's hier nämlich nichts
wenn nicht der Geldmann kommt
und jeden Ersten das Kuvert
die Rente bringt
gibt's nichts
die müssten ewig leben, dass ein Geld reinkommt
die zwei
das nenn ich Ironie
ich schieß mich tot
nein, lieber sie

nur geht das nicht
weil sie ja leben müssen
ewiglich
damit am Ende von der Ewigkeit
sich eine Summe angespart
ein Kapital
das man dann Erbe nennt
und das man erben könnt
das »man«, das heißt »wir zwei«
nur andrerseits
sie müssten, bis das Ende eintritt,
tunlichst sich mit »nichts« begnügen
könnt man nur von gar nichts leben
würd am Ende vieles übrig bleiben
Ironie
für dieses Sparmodell der Ewigkeit
man müsst schon längst gestorben sein
dass Zukunft kommt
müsst man die Gegenwart beenden
fragt sich nur,
wie nach dem Ende man ins Morgen kommt

FRANZ vom Fenster drüben blitzt kurz Licht
das sieht er nicht, der Karl
sieht es nicht

KARL gibt's bei der Alten drüben was?
gibt's was zu holen da?

FRANZ glaub nicht

KARL bin auch zu müd dafür
man kann ja morgen mal
ich leg mich schlafen
Betten gibt's hier nicht für uns
dann gute Nacht

FRANZ ich schlaf hier draußen schlaf ich ein
im Garten
im Geäst, Gesträuch
das Licht nicht mehr gekommen
dunkle Nacht

(14)

PETRA (in die Zukunft singen)

sie wird das Haus
wird lassen wird sie es
und wird die Mutter nicht mehr tragen
nicht von ihrem Blut mehr trinkt
das eig'ne Fleisch
bevor's zerfällt
wird einmal Leben
in ihr mal gewesen sein

wird Fleisch vom Mann
herausgewonnen
wird
sie küsst
den Mund
den Mann
in ihr Geschlecht sie nehmen
seinen Namen kennt noch nicht

der Morgen kommt
es kräht ein Vogel fällt vom Himmel tot herab
ob ihn die Füchsin frisst?
die ihre Pfoten wundgegraben in der Erde
sagt die Liebe:
»würd sehr gerne deine Tochter kosten«,
sagt die Liebe
geht
beim Haus hinaus,
die Liebe, er
und mit dem Geld

EDITH wo bleibst du, Petra
liegst noch rum?

PETRA nein, Mutter, nein

ich bin schon da
und lang schon wach
hab einen Tunnel mir gegraben
hab dein Kleid dabei

(15)

LINDE ich hab Kaffee gemacht
es gibt nur leider keine Milch
die ist uns, unerklärlich, ausgegangen über Nacht
OTTO was für ein Glück
ich mein,
was für ein unerhörtes Glück,
dass du und ich
dass wir die Milch nicht gut vertragen, Linde
dass wir zwei seitdem ich denken kann
ganz ohne Milch und schwarz
KARL erstaunlich
ganz wie wir
nicht war?
FRANZ es muss die Unverträglichkeit der Milch
die muss ein Erbe sein
LINDE genau
KARL wie schön
OTTO das find ich auch
ich hätt ja gestern fast herausgehört,
dass eine Unzufriedenheit
das musst du wissen, Franz, du warst nicht da
den Karl aufgebracht
in später Nacht
dass viel zu wenig für euch abgefall'n
LINDE ach was!
OTTO am nächsten Morgen schaut die Welt
zum Glück, nicht wahr?
gleich wieder anders aus
die Sache mit der Milch
die Unverträglichkeit
von diesem Erbe hat man gestern, nein,
noch nichts gewusst
ihr habt ja doch was abbekommen
nicht?

KARL war das ein Witz?
sag Franz, war das ein
ja ich glaub, das war ein Witz
FRANZ ich weiß nicht recht
LINDE auch Otto, wirklich
einfach ausgegangen ist die Milch
ist doch egal
KARL nein, Mutter, nein
ich täusch mich nicht
lass dich umarmen, Vater
gut gewitzt!
sehr gut sogar
vortrefflich gut
der alte Herr
wie gut der witzt
LINDE jetzt lacht sogar der Franz lacht sich fast tot
du hattest, Otto, völlig recht mit deiner Theorie
was die Verbindung von den Brüdern anbelangt
KARL so wird's wohl sein
dass unsre Bruderschaft der Grund
an der Verwandtschaft muss es liegen
nicht am Leben selbst
nicht an der Welt
und an den leeren Kassen nicht
bloß daran,
dass wir nacheinander
uns den gleichen Mutterkuchen teilten
FRANZ noch Kaffee?
KARL sind nacheinander aus dem selben Unterleib,
Geschlecht des Unglücks,
wir gefall'n
und ergo dann halt aus der Welt
FRANZ nur umgekehrt
der Zweitgebor'ne, ich, der fiel zuerst
der andre hinterher gestürzt
zum Glück sehr weich gelandet
lag ja selbst noch dort
bist du in mich gestürzt

fing ich dich gerne auf
kein Knochen ging zu Bruch
bei dir

KARL ich fiel dir einfach hinterher

FRANZ so muss es wohl gewesen sein

KARL aus der Verwandtschaft kam's
nicht aus der Welt

FRANZ verrückte Zeiten
stehen Kopf
der Kronprinz folgt dem Narren nach

KARL im Sturze nur

LINDE ach, Blödsinn

OTTO Linde, nein
die Brüder haben recht!
es wird der Thron nicht abgegeben
habt ihr völlig recht!
nicht vor der Zeit
und merkt euch wohl:
die Zeit ist lang!

KARL das ist uns, Vater, völlig klar,
wie lang die Zeit
ein Pfeil ist diese lange, eure, Zeit,
ein Pfeil,
der stets nach oben zeigt
nach oben, Vater
immer nur nach oben zeigt die Zeit für euch
Progress
der Aufstieg, Vater, Mutter
von der Zeit empor gehoben, ihr
wir fall'n
egal!
ihr schreitet mit der Zeit
nicht nur voran, nein
hoch und immer höher
ringsum fällt's an euch vorbei, hinab
was schert's die Zeit
was kümmert sie der Sturz der Dinge
ihr egal

es zieht die Welt vorbei
nach unten halt
hinab
das zeigt den Aufstieg an
solang die Dinge untergeh'n, steigt sie hinauf
und nimmt euch mit
gebenedeit von allen Genitalen, nein, Geschlechtern
ist die Gnade ganz mit euch,
und eine Doppelgnade ist's!
oh gnadenreiche Spätgeburt
was wart ihr froh
und jetzt noch für den Untergang,
wie's scheint, gebor'n zu früh
was für ein Glück!
es reicht das Gnadenbrot für euch das geht nie aus

OTTO was kann der Mensch für seine Zeit?

LINDE das hast du, Otto, gut gesagt
das hast du wirklich gut
ich glaub, da kommt jetzt wer
da ist wer an der Tür
nur reinspaziert, nur rein!

OTTO na endlich

SEPP Gott zum Gruße

OTTO kommt das Geld

SEPP Besuch!
schau an
ich bin gleich weg

FRANZ nein nein
ein lang ersehnter Gast

KARL wir sind die Söhne

SEPP ach
ich will nicht stör'n
ich muss nur kurz den Vater und die Mutter
schnell für eine Unterschrift die zwei entführ'n

FRANZ das kann ich auch

LINDE jetzt sei nicht lächerlich
geh weg da, Franz
lass mich vorbei

KARL ach, Mutter, sei nicht so
wir unterschreiben gern für euch
der Franz und ich
wir sind ja zwei
kann jeder einen Namen schreiben
schreib ich einfach »Mutter« hin
der Franz den Vatersnamen schreibt
SEPP sehr lustig, ja
es muss natürlich der Empfänger
selber unterschreiben
mit Verlaub, die Herrn
KARL ja, sag ich doch
FRANZ das Geld empfangen wir
SEPP ach so?
OTTO Geburtstag
SEPP was?
OTTO die Söhne, ja
Geburtstag
LINDE ganz genau
was schenkt man denn zwei ausgewachs'nen Brüdern,
Söhnen, Männern, sonst
ein Geld
SEPP ja gut
ich bräucht, dann Linde, wieder hier
und, Otto, hier die Unterschrift
wie immer, bitte, bitte sehr
OTTO sehr gern
KARL Herr Geldmann, Tschuldigung,
wo muss ich unterschreiben, wenn ich alles nehm?
SEPP wie meinen? was?
KARL ja wenn ich alles nehm
ich mein, das ganze Geld
SEPP es haben beide Eltern unterzeichnet schon
drum ist das gar nicht nötig
diese Sohnesunterschrift
und hier das Geld
FRANZ ich nehm's schon mal
KARL ich mein den Rest

das andre Geld
das ganze andre Geld
wo muss ich unterschreiben? wo?
SEPP das andre Geld, das ist das Geld der andern
KARL Geldmann, wenn du klugscheißt, tut's gleich weh
LINDE sag, Otto, hörst du das?
OTTO natürlich, Linde, ja!
KARL dann nochmal, Geldmann:
wo ich unterschreiben muss
für alles
SEPP Otto, sag, kann's sein, dass das ein Überfall
von deinen Söhnen, jetzt?
vielleicht?
OTTO natürlich nicht
FRANZ da hast du völlig, Vater, recht!
ich mein, hab ich das Messer schon
das in der Hosentasche
rausgenommen, aufgeklappt
und in der Luft damit herumgeschnitten
mit dem Stahl?
das hab ich nicht
drum gibt's hier, würd ich meinen, keinen Überfall
Gespräche nur
greif in den Hosensack
KARL so, scheiß drauf, Geldmann
gib schon her die Tasche mit dem Rest
vergiss die Unterschrift
die Tasche!
FRANZ bleibst du steh'n, verdammt!
LINDE Franz, lass den Mann da los
FRANZ es ist die Transaktion
das Bankgeschäft noch lang nicht abgeschlossen,
Mutter
LINDE Otto!
KARL Schnauze, jetzt und aufgepasst,
dass da kein Missverständnis,
keiner sagt, die Brüder war'n zum Rauben war'n die da
die Brüder

nein, Kredit!
wir nehmen nicht das fremde Geld
der fremden andren Leute
nein, das Geld der Eltern aus der Zukunft nur,
das Geld, das kommt,
wir nehmen's heute schon
das ganze Geld, das kommt

FRANZ zum letzten Mal:
wo muss man für das Geld der Zukunft unterschreiben
Geldmann, wo?
hab einen Stift aus Stahl zur Hand

OTTO da, Linde, sieht man jetzt den wahren Grund
weshalb die Brüder heimgekehrt
warum uns nicht schon gestern Nacht
im Ehebett ermorden meuchlings?
Diebesräuberbande räudig in der Nacht dahergelaufen

FRANZ lass schon los, du alter Sack, die Tasche
muss ich in den Bauch dir schreiben?
lass schon los, verdammt!

SEPP da schaut ihr jetzt, ihr Pfeifen
glaubt doch nicht,
dass so ein Geldmann ohne Sicherheit
von Haus zu Haus das Geld
seit Jahren schon
und unverletzt
glaubt ihr das echt?
ganz ohne Sicherheit
so wie die Zeiten sind, verdammt
die Tasche her
das Geld, sofort
und Abstand halten
bitte sehr!

PETRA die Tür stand offen

SEPP du?
was, was machst denn du?

PETRA die Tür stand offen, Tschuldigung
die Mutter wollt so dringend hier das Kleid,
das dunkle,
zeigen in der Nachbarschaft

FRANZ kommst grade recht
wir werden hier von diesem Mann bedroht
PETRA was sagst du dazu, Mutter?
steht die Liebe einfach so bei fremden Leuten rum
hat eine Waffe in der Hand
was sagst du dazu, Mutter?
nein, sie spricht heut nicht
SEPP was ist denn los mit ihr?
jetzt Edith, Liebling, sag schon was
FRANZ der rastet völlig aus, der Mann
der rastet völlig aus
kommt bei der Tür herein
steht mit der Waffe da
LINDE jetzt lüg doch nicht
FRANZ halt's Maul!
SEPP der hat ein Messer
Räuber sind das
Räuber
stehl'n das Geld
KARL wer sind die denn?
OTTO das sind die Nachbarn
Frau und Kind!
KARL wer hat denn dich gefragt
PETRA du bist der Bruder, nicht?
ich hab euch kommen seh'n
in dunkler Nacht
war höchste Zeit für euch
KARL du hast da was
PETRA ach das
da hat die Frau im Stuhl sich an mir festgebissen
nicht so schlimm
bevor mich auch die Liebe trinkt
hab ich gedacht
schau ich mal rüber
müsst mal kurz paar Tage weg
wollt ich nur sagen euch
damit ihr's wisst
zwei Hirsche war'n im Garten gestern Nacht
der eine kam zu mir

KARL da hat er nichts gesagt
PETRA er wollt mich fast schon stehl'n
was würd'st du sagen Mutter,
wenn du eines Morgens wach wirst
ist die Tochter weg
von einem fremden Mann gestohl'n
vielleicht von zwei'n
SEPP jetzt halt dein Maul und nimm die Mutter mit
fahr weg mit ihr, hau ab
das ist ein Überfall!
kapierst du das?
PETRA was stiehlst du denn?
SEPP nicht ich, du blöde Kuh
die beiden da!
ich steh in Notwehr hier
verdammt, das gibt's doch nicht
wie man so blöd sein kann
wie man so blöd
PETRA du schützt das Geld
den Schatz der Alten, nicht?
hast dich ins Nest gesetzt
die Mutter vögelst
frisst dich fett
für gar kein Geld
bist in das Haus gekrochen, Wurm
trag ich die Mutter durch das Haus für dich
leg sie zu dir ins Bett
setzt auf den geilen Schwanz von dir
die Mutter drauf
wenn's sein muss gern
werd in der Zukunft dich so wie die Mutter pflegen
ohne Geld
das mach ich alles ohne Geld
bis alles fort
bis ihr mich ausgetrunken
feist und vollgesogen
platzt der fette Wurm
kein Schmetterling im Innern drinnen

nichts
nur Blut
jetzt schieß doch, Liebe!
Geldmann, schieß!
geh auf den Geldmann zu
schau in die Waffe rein
ist da das Sterben drin
in diesem Loch?

FRANZ wo muss ich unterschreiben, Geldmann?
hier?
die Mutter schreit
die andre auch
schreib meinen Namen
mit dem Messer schreib ich
in des Geldmanns Bauch

PETRA da drinnen war es nicht, das Sterben
nein

KARL verdammte Scheiße!
Scheiße, Franz!

FRANZ halt's Maul!
du auch, in deinem scheißverfickten Stuhl
du auch! halt's Maul, verdammt!

KARL wo ist das Geld?
wo sind die Alten hin?
jetzt komm schon!
schnell!

PETRA geh mit den Brüdern, Mutter, mit
geh weg, geh fort
an jeder Hand ein Bruder
rechts der Franz
der Karl geht links
so geh ich, Mutter, fort mit zwei'n
das ist Gerechtigkeit
dass, wenn die alte Mutter, alt und krank,
noch einen Mann bekommt
bekomm ich zwei, verdammt
bekomm ich Tochter zwei
das ist gerecht

dass Tochter zwei
weil eine Liebe nicht genug für mich
die ist mir nie und nimmer nicht genug
nur eine
eine Liebe
zwei!
zwei Hirsche sind gekommen
geht die Füchsin mit

EDITH du machst mich heil
gefälligst
gehst du nicht!
du bleibst und machst mich heil
so war das abgemacht
bis ich aus diesem Rollstuhl steig
mich aus dem Stuhl mit Rädern dran erheb
und wieder heil
die Lahme gehen kann
weil ich nicht sterb und bald schon wieder geh

PETRA dann raus mit dir
aus deinem Stuhl
vom Thron herab
gestürzt
jetzt sind wir, Mutter, quitt
liegst du am Boden
auf der Erde liegst
aus deinem Stuhl bist draußen
sind wir quitt
ich geh
die Füchsin
in den Garten
bald ist Paarungszeit

(16)

LINDE nimm!, hab ich gesagt
das Geld!
jetzt nimm es schon, du Mann, das Geld
OTTO genommen, weil's die Frau gesagt
LINDE steh'n wir im Garten
OTTO Mann und Frau
LINDE die Blätter feucht, ich auch, mit Tau
OTTO steh'n wir versteckt,
das Endgeschlecht
verborgen von Geäst, Gesträuch
im Garten steh'n wir
Mann und Frau
FRANZ
+KARL
+PETRA wo seid ihr denn?
wir kommen durch den Garten schreiten wir
wo seid ihr zwei?
wir schreiten weiter
wo?
wir kommen nicht allein des Geldes wegen, nicht allein, weil ist beim Schreiten durch den Garten ist uns eingefall'n, es könnt ja sein, dass nach dem Geld was übrig bleibt, wenn's erstmal weggenommen, könnt was bleiben, ideell, für morgen, woll'n wir nicht verzichten drauf, das Ideelle mitzunehmen nach dem Geld, wir woll'n das MEHR-ALS-GELD, wenn alles fort und nichts mehr da, bleibt doch bestimmt nicht nichts, nicht wahr?
wir schreiten weiter, suchen, geben, nein, so schnell nicht auf
wo seid ihr denn?
wir schreiten, suchen, Spuren lesen
nichts
PETRA ich kann sie seh'n
KARL da seid ihr
FRANZ steh'n sie, Mann und Frau
gefunden euch

KARL kein MEHR-ALS-GELD
FRANZ und nichts, das Genital, die Blöße zu bedecken
nichts
ihr seid ja nackt
KARL kein Erbe sonst
hier gibt es nichts für morgen
nichts
weil wenn ihr zwei an morgen denkt,
dann seid ihr selber dieses Morgen
dann der andre Morgen, der nach Morgen kommt
PETRA und wieder ihr
KARL das Überübermorgen
PETRA immer ihr!
ihr folgt auf euch und folgt euch selber nach
FRANZ ihr seid die stumpfe, dumme, impotente Zeit
das ewig Gleiche
KARL weil ihr nichts und gar nichts andres als das Gleiche wollt
PETRA ihr wollt am Morgen selbst nur aufgeh'n
steht und schaut hinaus aufs Meer
und geht am Rand des Meers
da geht ein neuer Morgen
taucht am Horizont
KARL nein falsch
das seid ihr selbst
PETRA und könnt kein Morgengrau'n erfinden euch,
das nicht ihr selber seid
weil ihr von dieser Welt nichts andres mehr er-warten wollt, als euch,
euch selbst
nichts andres hofft,
als morgen wieder dort am Horizont
wie eine Sonne aufzusteh'n
FRANZ es muss die Welt nur Horizont
PETRA das Panorama muss sie sein
FRANZ der Hintergrund für eure Götterdämm'rung
weil ihr längst unsterblich seid
PETRA ihr fresst hier alles auf, fresst alles auf
und werdet niemals satt
ihr fresst und fresst

KARL ein Leichenschmaus!
ihr habt die Welt
das Interesse
Woll'n
das Denken einer andern Welt,
die Politik zu Grab' getragen
FRANZ sitzt beim Leichenschmaus und stopft euch voll
die feisten Leiber mit den fetten Resten
denkt es ist ein Fest
und Grund zum Feiern
PETRA fickt euch
FRANZ fick dich
Vater
Mutter
KARL dieses Fest ist um
FRANZ vorbei die Feier
aus, Begräbnis!
aus!
vorbei
FRANZ
+KARL die Rechnung jetzt!
FRANZ
+KARL
+PETRA sofort!
die Tafel abgeräumt
Geschirr entzwei gebrochen
Gläser umgestoßen
Tischtuch fort
hinaus mit euch
die Reste für die Tiere
Dachs und Krähe
Hirsch und Fuchs
wir sind gekommen
um das Ende dieses Fests bekannt zu geben
aus!
das Fest ist
Vater
Mutter
aus

KARL Entschuldigung
ich schuld' dir, Vater, noch
hätt fast vergessen, dass ich Schulden hab

hier hast du deinen Samen
Vater
wart
hier kommt er
hier
zurück

3. Teil
LEBEN, EWIG

(א+17)
Im Ende
die Unsterblichen

LINDE was ist denn hier gescheh'n?
kann mir wer sagen?
EDITH was?
LINDE was hier gescheh'n,
es ist mein Kopf in einer Weise eingedreht,
die mit der Atmung sich nicht gut verträgt
OTTO es steht mein Bein am Knie nach vorn
die Scheibe ging, wie's scheint, zu Bruch
EDITH mein Gott, es hat die Brust geöffnet mir mein Kind
SEPP es steckt das Messer noch
EDITH ich schau hinein in mich, seh in mir drin das Haus, in dem die Plage wohnt, ich sag zu ihm, der neben mir am Boden liegt, sag ich: »fass rein in mich und hol die Plage raus aus ihrem Haus, verjag, verscheuch sie, treib sie aus, soll nicht mehr länger in mir sein, da ich geöffnet bin«, macht hoch die Tür, die Tor macht weit!
jetzt fass schon rein, verdammt fass rein!
OTTO ich lieg so weit entfernt, komm auf die Beine nicht und auch nicht ran an dich, das Haus in dir und an die Plage nicht,
jetzt merk ich, dass der eine Arm, der rechte,
dass der fehlt
SEPP könnt sein, dass ich gekommen bin zu liegen auf dem Arm von dir, könnt sein, ich seh nicht hin, mich drückt's im Rücken drückt dein Arm vielleicht,
ich dreh mich auf den Bauch, geb frei den Arm, tatsächlich deiner, schau!
OTTO es nimmt die linke Hand den rechten Arm, hebt ihn vom Boden auf wie einen Stock führ ich den Arm,
den abgefall'nen

EDITH Stückchen noch!
OTTO jetzt komm ich ran!
EDITH mach hoch die Tür
OTTO zieht's Messer raus die Hand am rechten Arm, dem abgefall'nen, zieht das Messer aus ihr raus
EDITH die Plage auch! du sollst verdammt die Plage aus dem Haus vertreiben, Himmelherrgott!
OTTO komm nicht rein, ist's Loch zu klein
EDITH jetzt helft ihm mal, ja Liebling, fass mit an!
SEPP ich steh vom Boden auf zu helfen ihr und aus dem Bauch, auf den ich mich gedreht vorhin, da bleibt am Boden das Gekrös' von meinem Bauch in einem Haufen liegen das Gekrös'
LINDE renk mir den Kopf zurecht
was liegt denn da?
SEPP da war ein Loch im Bauch,
draus das Gekrös' die Innereien sind hinabgestürzt
LINDE geh'n zu ihr hin und links und rechts an diesem Spalt in ihrer Brust
OTTO dort wo das Messer war
LINDE wir ihre Brüste teilen
OTTO fassen wir mit ganzer Kraft
LINDE und links und rechts zu Boden
SEPP wie ein Buch geöffnet sie
EDITH und kannst sie seh'n, die Plage? siehst?
SEPP da ist ein Haus in dir
EDITH ich weiß, verdammt
LINDE er macht die Türe auf vom Haus
EDITH darin die Endlichkeit zu wohnen pflegt
LINDE das Messer nimmt
OTTO und sticht sie tot
SEPP ich stech' sie tot
OTTO die da im Innern sitzt
EDITH schon geht's mir besser
wunderbar
LINDE die Brüste
EDITH erst die Türe!
LINDE wieder zugemacht
SEPP vom Boden das Gekrös' gehoben, angeschaut
das brauch ich nicht und nimmermehr

LINDE es sitzt der Kopf wie eh und je
OTTO der rechte Arm schon nachgewachsen
EDITH schaut!
OTTO uns gar nicht aufgefall'n
LINDE wir haben Publikum
SEPP uns zugeschaut
EDITH die ganze Zeit
LINDE und einfach schau'n und steh'n
OTTO dann langsam näher kommen
LINDE kommen drei
OTTO zwei große
LINDE lange Beine
EDITH staksen her
SEPP ein kleiner noch
LINDE als drittes
EDITH kommt ein roter Fuchs
SEPP geht auf den Haufen zu, den ich zurückgelassen, das Gekrös, der Hirsch
LINDE frisst alles auf
OTTO so wie der Fuchs den Arm von mir
EDITH geh'n auf uns zu
LINDE die drei
OTTO zwei Hirsche
EDITH roter Fuchs
SEPP und unsre Wunden lecken
EDITH dringt die Zunge von dem Tier mir bis ins Herz
LINDE ein Hirsch mir aus der Nase trinkt
OTTO das ganze Blut
EDITH das Rot mir von den Lippen eine Füchsin küsst
SEPP bis nichts mehr da
EDITH das Rot
LINDE dann wieder geh'n
OTTO und fort
LINDE die drei

(18)

KARL steh vor dem Haus
als Erster angekommen
darf nicht rein
soll draußen, sagt sie, soll ich warten
wo der Bruder
scheiß auf den
sag ich,
bin ich der Hüter meines Bruders?
weiß ich nicht
wir sind getrennt gefahr'n zum Schluss
lutscht sicher Schwänze, sag ich nicht
steh in der Gegend rum
die gleiche drecksbeschiss'ne Gegend
wie die ganze Zeit
wo bleibst du denn?
FRANZ komm ich zu spät?
KARL sie hat gefragt nach dir
FRANZ komm ich zu spät, hab ich gefragt
KARL es ist noch nichts passiert
sie schreit nur
oft
FRANZ dein Glück
hab mich am Weg hierher
und hatte wirklich Zeit
kein Auto steh'n geblieben
lange Zeit beim Geh'n
hab mich gefragt, was ich dir tu
falls ich zu spät sein sollt
KARL bin selber noch nicht lange da
so schlimm kann's nicht gewesen sein
FRANZ bin in ein Haus gebrochen
gestern Nacht
am Weg

hab drinnen Milch gefunden
da
jetzt nimm!

KARL für was soll das denn gut sein

FRANZ nimm!

KARL wofür?

FRANZ jetzt nimm sie schon, verdammt
die ist fürs Kind

KARL du spinnst ja wohl
die hat sie selber
dann
die Milch

PETRA **wo bleibt ihr denn?**
ich wart die ganze Zeit
die ganze Zeit allein, verdammt
wo seid ihr denn geblieben, ihr
so lang
das war nicht abgemacht
dass ich so lang auf euch
und ihr nicht kommt
und ich alleine warten muss
die ganze Zeit
jetzt seid ihr endlich da
die Brüder sind im Fuchsbau sind sie angelangt
steh'n sie beim Bett
die Hirsche
links und rechts
habt ihr die Zeit genützt?
am Weg hierher?
euch ausgedacht
weil seinen Namen kennt noch nicht
die Mutter
auch die Väter nicht
es bricht das Siegel
jetzt

(א+19)
Vom Ende
die Unsterblichen

SEPP der kahle König, sitzt und sitzt und sitzt, sitzt immer noch die ganze Zeit, die's nicht mehr gibt, weshalb das »IMMER NOCH« des Sitzens falsch, weil's kein »WIE LANG?« mehr gibt, weil nichts mehr teilt die Dauer, schlägt kein Herz, kein Atem geht, der Augenblick von keinem Lidschlag je mehr unterbrochen, starrt nach vorn, der König, er, ein Schau'n wie Stein; doch dann, was dann passiert, dem König, ihm, der Ewigkeit, das ist nicht möglich, kann nicht sein, weil's ja das »DANN« nicht gibt, nicht mehr, nicht existiert im Königreich, das »DANN«, wär da ein »DANN« gewesen, würd – käm' einer, eine auf ihn zu – man fragen können: »wann?«, das ist doch unerhört, der König zürnt, er ruft: die Köpfe ab! doch keiner da und keine Körper, Köpfe, nichts, schaut in den Schoß, die dürren Hände liegen wie Geäst, Gesträuch und tot, dann wandern sie, die Hände, zu den spitzen Knien, und weiter dann, zum Saum von diesem dunklen Kleid, das er, die Ewigkeit, der König, sie, zu tragen pflegt und zieht am Saum und hoch und weiter, weiter noch bis an die Brust, die Beine nackt und nackt die Scham, und blickt hinab und schaut ein kleiner Kopf aus dem Geschlecht und schaut sie an

PETRA **es kommt!**

(20)
Epilog
das Kind

Das Feuer brennt nicht mehr. Vom Regen ausgelöscht. Nur Rauch, wie eine Säule in dem Haus, das keins mehr ist, kein Dach, nur bisschen Mauerwerk, verfaulter Stockzahn, dieses Haus. Dann aus der Säule, aus dem Rauch das Kind erscheint. Es tritt hervor, geht auf uns zu, wird immer größer, Mund und Augen von dem Kind erfüll'n das Bild. Es schaut uns an. Dann öffnet's seinen Mund, das Kind, sperrt auf das Maul, das Tor macht weit, wird alles Rachen, rot und schwarzer Schlund. Wir sind gewesen, dann.

FIN

Roland Schimmelpfennig

An und Aus

Theaterstück

Personen

DER JUNGE MIT DER BRILLE
DAS MÄDCHEN MIT DEM FAHRRAD

FRAU Z. (Die Frau mit den zwei Köpfen)
HERR A. (Der Mann ohne Mund)

FRAU A. (Die Frau aus Stein)
HERR Y. (Der Mann mit dem brennenden Herz)

FRAU Y. (Die Motte)
HERR Z. (Der tote Fisch)

Die Überschriften der Szenen sollte man einblenden oder ansagen, das ist zum Verständnis des Stücks und seiner Struktur sicher sehr hilfreich.

Verschiedene Zeitebenen: ein Montag im Frühjahr – und gleichzeitig Monate später.

Teil 1: AN

1. FRAU Z.: DIE FRAU MIT DEN ZWEI KÖPFEN

Frau Z., Mitte bis Ende Dreißig. Sie trägt einen dunklen, engen Rock, eine weiße Bluse. Sie hat die Haare hochgesteckt. Sie ist vielleicht eine erfolgreiche Geschäftsfrau. Sie überlegt eine Weile, was sie sagen soll – oder wie sie sich ausdrücken soll. Sie zögert, weil sie sich nicht gern an das erinnert, was sie sagen will, und weil sie glaubt, daß ihr niemand glauben wird – oder daß niemand sie verstehen wird.

FRAU Z. Das –

Kurze Pause.

– das Licht ging aus.

Kurze Pause.

Das Licht ging kurz aus, und dann ging es wieder an.

Kurze Pause.

Es war nur ein kurzer Moment – Licht aus. Licht an.

Kurze Pause.

Als das Licht wieder anging,

Sie zögert.

als das Licht wieder anging, hatte ich zwei Köpfe.

Pause.

Ja. Zwei Köpfe.

Kurze Pause.

Ich hatte plötzlich zwei Köpfe.
Und deshalb –

Kurze Pause.

Und deshalb sah ich ihn mit vier Augen: Herrn A.
Ich sah ihn zweimal –

Kurze Pause.

Ich sah ihn von oben, wie den Mann, den ich gerade küssen wollte, und wir waren uns sehr nah –

Kurze Pause.

und ich sah ihn gleichzeitig von der Seite –
wie den Mann, mit dem ich gerade geschlafen hatte, und wir waren unendlich weit voneinander entfernt.

Kurze Pause.

Wir lagen nebeneinander auf dem Bett.

Kurze Pause.

Auf dem Bett in dem Hotel – in Zimmer Nummer Eins.

Kurze Pause.

Wie immer.

Kurze Pause.

In Zimmer Nummer Eins hängt ein Spiegel, und ich konnte im Spiegel sehen, wie ich ihn – wie ich Herrn A. mit meinem anderen Kopf ansah.

Pause. Sie zeigt mit den Händen die Richtung des Spiegels und die Richtung des Mannes neben ihr auf dem Bett.

Nein –

Kurze Pause.

Nein – mir tat nichts weh, es geht mir gut, dachte ich – und gleichzeitig dachte ich –

Kurze Pause.

Ich dachte: Hier stimmt etwas nicht. Ich dachte: Hier stimmt nichts.

Kurze Pause. Sie fährt sich kurz durch das Haar.

Was ich damit sagen will, ist: Ich dachte zwei Dinge zur selben Zeit.

Sie weiß, daß das nicht geht.

Ich dachte: Es geht mir gut, und ich dachte: Hier stimmt nichts.
Es geht mir *nicht* gut. Es geht mir schlecht.

Kurze Pause.

Und dann ging das Licht wieder aus.
An und aus.

2. MONTAGABEND: DAS HOTEL AM HAFEN

Ein junger Mann, er ist etwa zwischen zwanzig und dreißig. Er trägt eine Brille, ein T-Shirt und eine Schürze. Es ist Montag.

DER JUNGE MIT DER BRILLE Ich bin verliebt.
Ich liebe ein Mädchen.

Er zeigt in die Richtung des Mädchens auf dem Berg.

Und sie sagt: Sie kann da nicht weg.

Kurze Pause.

Und ich kann hier nicht weg.

Kurze Pause.

Sie sagt, sie ist die Biene, und ich bin der Wal.
Sie sagt: So kommen wir nie zusammen.

Kurze Pause.

Aber sie hat ein Fahrrad.

Kurze Pause.

Sie müßte nur auf ihr Fahrrad steigen und den Berg hinunterfahren,
runter zum Hafen, zu mir.

Kurze Pause.

Und sie sagt: Ich kann nicht,
ich muß hier oben bleiben, jeden Tag,
das ist meine Aufgabe,
das ist mein Posten,
und ich verlasse meinen Posten erst,
wenn meine Schicht zu Ende ist
oder wenn ich tot bin –

Kurze Pause.

Und ich sage: hey hey hey –
Geliebte: Deine Schicht ist nie zu Ende,
und sie sagt: Deine auch nicht,
komm doch rauf zu mir, rauf auf den Berg.
Besuch mich, ich würde mich so freuen,
es ist einsam hier oben,

vergiß das Hotel, vergiß den Hafen,
vergiß die Arbeit,
komm zu mir – das Leben ist zu kurz,
und wenn wir keine Möglichkeit finden,
uns in der Arbeitszeit zu lieben, drehe ich durch!

Kurze Pause. Er lacht.

3. HERR A.: DER MANN OHNE MUND

Ein Mann, Herr A., in einem dunklen Anzug, er trägt ein weißes Hemd, eventuell eine Krawatte.
Er überlegt, was er sagen soll – oder wie er sich ausdrücken soll. Es fällt ihm nicht leicht, über die folgenden Dinge zu sprechen – über die er aber auf der anderen Seite auch sprechen will.

HERR A. Es wurde plötzlich dunkel.

Kurze Pause.

Wir lagen auf dem Bett in Zimmer Eins. Frau Z. und ich. Wie jeden Montag. Alles war wie immer – und dann wurde es dunkel.

Kurze Pause.

Das Licht ging aus.

Kurze Pause.

Und dann ging das Licht wieder an.

Kurze Pause.

Sie – Frau Z. – sie war plötzlich sehr aufgeregt. Sie saß auf dem Bett und zeigte auf ihr Spiegelbild.

Kurze Pause.

Sie war völlig außer sich. Sie war entsetzt.

Kurze Pause.

Sie sagte: Bin ich das?
Sind wir das?
Was ist mit meinem Kopf?

Kurze Pause.

Immer wieder: Was ist mit meinem Kopf?

Kurze Pause.

Und ich – ich sagte: Was ist denn, was hast du denn, es ist doch alles in Ordnung.

Kurze Pause.

Das heißt – ich hörte, wie ich das sagte, aber ich sagte es gar nicht.

Kurze Pause.

Ich – ich konnte es gar nicht sagen. Ich –
ich hatte keinen Mund mehr.

Kurze Pause.

Mein Mund war weg.

Kurze Pause.

Ich wollte zu ihr sagen, siehst du, was mit mir passiert ist, mein Mund ist weg, er ist verschwunden –

Kurze Pause.

Und stattdessen hörte ich, wie ich zu ihr sagte, komm, es ist alles in Ordnung, leg dich zu mir, küß mich.

Kurze Pause. Er ist verzweifelt.

Ich konnte nicht mehr sprechen, aber ich hörte trotzdem meine Stimme – meine Stimme sprach und sprach weiter – ohne Mund.

Kurze Pause.

Meine Stimme sagte: Ruhig, ruhig, alles ist gut, ruhig atmen,
laß mich dich küssen, du bist schön –

Kurze Pause. Er hält sich kurz den Mund zu.

Meine Stimme sagte zu ihr Dinge, die ich gar nicht mehr sagen konnte.
Es ging etwas weiter, was von einem Augenblick auf den nächsten vorbei war – was gar nicht mehr weitergehen konnte –

Kurze Pause. Er glaubt nicht, daß ihn jemand versteht.

Und dann fiel das Licht wieder aus.

4.1 VERZWEIFLUNG

DER JUNGE MIT DER BRILLE *rauft sich die Haare* Sie sagt, sie ist die Biene, und ich bin der Wal, und damit meint sie, daß wir nie zusammenkommen können –

Verzweifelt.

Aber das hier unten ist meine Arbeit,
der Hafen,
das Hotel,
gerade heute, denn heute ist Montag –

Das helle Geräusch eines Telephons: PING!

4.2 SMS

Ping!

SMS *von dem Mädchen mit dem Fahrrad* Ich bin die Biene,
und du bist der Wal.
Komm rauf zu mir, und ich zeige Dir etwas, was Du noch nie gesehen hast.

4.3 FRAU Z. UND HERR A.

DER JUNGE Montag ist immer ein schwieriger Tag,
denn ausgerechnet am Montag,
jeden Montagabend,
treffen sich heimlich
hier im Hotel
Herr A. und Frau Z.
Sie bestellen erst etwas zu essen,
und dann mieten sie für ein paar Stunden
Zimmer Nummer Eins –

5. ZIMMER NUMMER EINS

Frau Z. Sie überlegt weiter, wie sie am besten und am verständlichsten sagen kann, was sie zu sagen hat. Sie weiß, daß man nicht sagen kann, was sie zu sagen hat.

FRAU Z. Wir –

Kurze Pause.

hatten immer dasselbe Zimmer.

Kurze Pause.

Bis zu dem Tag.

Kurze Pause.

Wir nahmen immer das Zimmer Nummer Eins.

Sie lacht etwas.

6.1 DIE HEIMLICHEN LIEBHABER IM HOTEL

DER JUNGE MIT DER BRILLE Die heimlichen Liebhaber, Frau Z. und Herr A.,
sitzen an einem kleinen Tisch unten im Hotel.
Sie haben, wie jeden Montag, etwas zu essen bestellt:
Er sieht aus, als habe er schlecht geträumt, wie immer,
und sie ist nervös, wie immer, sie möchte wahrscheinlich am liebsten beim Essen rauchen, ihre Augen fahren im Kreis.
Sie sprechen leise, und sie sitzen nebeneinander, nicht gegenüber, sie essen, sie sehen sich kaum an.

6.2 DAS FLÜSTERN

HERR A. *flüstert* Ich habe das ganze Wochenende an dich gedacht –
FRAU Z. *flüstert* Ich habe es kaum ausgehalten –
HERR A. *flüstert* Und heute abend habe ich frei, den ganzen Abend.
FRAU Z. *flüstert* Ich auch. Mein Mann hat gesagt, er kommt erst spät nach Hause.

Das hohe Geräusch eines Telephons: Ping!

7.1 SMS: DIE LUFT SCHMECKT NACH NICHTS

Ping!

SMS *von dem Mädchen mit dem Fahrrad* Wonach schmeckt die Luft?

Sie schmeckt nach nichts.
Was für ein verregnetes Frühjahr!

Das Geräusch des Regens an der Scheibe. Das Geräusch der Wellen.

7.2 REGEN UND MEERWASSER

DER JUNGE MIT DER BRILLE Es ist eine Montags-Affäre,
und der Wind
trägt Regen und Gischt über die Mole
an die Fenster des Hotels,
Regen und Meerwasser.

Ping!

7.3 SMS: DIE LUFT SCHMECKT NACH SALZ

Ping!

SMS *von dem Mädchen mit dem Fahrrad* Die Luft schmeckt nach nichts,
aber heute schmeckt die Luft nach Salz,
und wenn ich die Augen schließe, höre ich das Meer,
so wie Du, Walfisch.
Gruß B. (wie Biene.)

8.1 BLICK AUF DAS MEER

Herr A., allein.

HERR A. Das Hotel hatte überhaupt nur drei Zimmer. Es war ein billiges, kleines Hotel, nichts Besonderes, heruntergekommen. Ich mochte es nicht, aber es paßte zu uns.

Kurze Pause.

Und es lag am Hafen. Wenn man aus dem Fenster sah, blickte man auf das Meer.

Kurze Pause.

Der Junge mit der Brille, dem das Hotel gehörte, tippte gerade eine Nachricht in sein Telephon.

Kurze Pause.
Ping!

8.2 SMS: WANN SEHE ICH DICH WIEDER?

Ping!

SMS *von dem Jungen mit der Brille* Hey da oben, hey da oben auf dem Hügel, ich hätte auch gerne eine Montags-Affäre, oder am liebsten eine MontagDienstagMittwochDonnerstagFreitagSamstagSonntags-Affäre, wann sehe ich Dich wieder –

8.3 ZIMMER NUMMER EINS

FRAU Z. Und Herr A. fragte nach dem Schlüssel für unser Zimmer. Zimmer Nummer Eins. Und dann – dann gingen wir rauf, und –

Kurze Pause.

Und später fiel das Licht aus.
Und als es wieder anging, da hatte ich zwei Köpfe.

Pause.

Die Köpfe waren gleich –

Kurze Pause.

– nur ahnte das Gesicht des einen Kopfes nichts von dem entsetzlichen Schrecken, der dem anderen Kopf tief ins Gesicht geschrieben war.

9. DAS BILD

DER JUNGE MIT DER BRILLE Ich greife hinter mich, um Herrn A. und Frau Z. den Schlüssel Nummer Eins zu geben,
und mein Blick fällt auf das Bild an der Wand, das berühmte Bild.

Der Junge macht eine Geste, er zeigt mit dem Arm eine in der Luft stehengebliebene Welle.

Frau Z. sieht auf den Fußboden. Dieser Moment ist ihr immer unangenehm: Wenn die beiden nach dem Schlüssel fragen und dann die Treppe hochgehen in den ersten Stock und jeder ihnen hinterhersieht, und alle wissen, was los ist.

Er lacht.

10.1 SIE SCHRIE

Herr A., in dem dunklen Anzug. Er überlegt, was er sagen soll – oder wie er sich ausdrücken soll. Es fällt ihm nicht leicht.

HERR A. Sie schrie.

Kurze Pause.

Sie schrie, und dann schlug sie ihren Kopf gegen den Spiegel.

Ping!

10.2 SMS: LIEBE AUF DEN ERSTEN BLICK

Ping!

SMS *von dem Jungen mit der Brille* Hey! LIEBE AUF DEN ERSTEN BLICK: Du bist der lebendige Beweis, daß es das gibt.

Wahltöne eines Telephons.

10.3 DER MUND

Herr A., in dem dunklen Anzug. Er überlegt, was er sagen soll – oder wie er sich ausdrücken soll. Es fällt ihm nicht leicht.

HERR A. Sie schrie.

Kurze Pause.

Und ich: Ich versuchte, mir den Mund aufzureißen – aber dort, wo mein Mund gewesen war, war nichts mehr.
Ich versuchte, mein Gesicht an der Stelle aufzureißen, an der mein Mund gewesen war.

Kurze Pause.

Und gleichzeitig hörte ich die ganze Zeit meine Stimme, und ich versuchte, mich zum Schweigen zu bringen –

Kurze Pause.

– und beides gelang mir nicht.

Er schweigt.

11. GUT, ALLES GUT

Wahltöne.

DER JUNGE MIT DER BRILLE Hey, wie geht's –
DAS MÄDCHEN MIT DEM FAHRRAD Gut, alles gut, alles ruhig, nur kein schönes Wetter …

Kurze Pause.

… nein …

Kurze Pause.

… nein …

Kurze Pause.

… nein …

Leise.

Danke für Deine Nachricht … Ich bin *so sehr* verliebt in dich –

Klicken des unterbrochenen Telephonats.

12.1 TÜR ZU, TÜR AUF

DER JUNGE MIT DER BRILLE Und jeden Montag
treffen sich hier im Hotel heimlich
– außer Herr A. und Frau Z. –
auch Frau A. und Herr Y.
Kaum sind Herr A. und Frau Z. mit dem Schlüssel
oben in Zimmer Nummer Eins verschwunden, Tür zu,

Er macht eine Geste.

kommen unten Frau A. und Herr Y. zur Tür herein, Tür auf.

Er macht eine Geste.

Tür zu. Tür auf.
Zu. Auf.

Ping!

12.2 SMS: ICH DENKE AN DICH

Ping!

SMS *von dem Mädchen auf dem Hügel an den Jungen mit der Brille*
Mach mal das Radio an, ich denke an Dich.

Der Junge macht das Radio an.
Es läuft vielleicht so etwas wie Bill Fay: Never Ending Happening

12.3 FRAU A. UND HERR Y.

DER JUNGE MIT DER BRILLE Frau A. betrügt ihren Mann mit Herrn Y.
Sie treffen sich jeden Montag
heimlich in dem kleinen Hotel am Hafen.
Sie haben es eilig, sie kommen rein, sie haben keine Zeit zum Essen, nie,
und dann fragen sie nach dem Schlüssel für Zimmer Nummer Zwei.
Sie halten sich an den Händen, und Frau A. sagt zu Herrn Y.:
Ich bin so verliebt in dich,
das sagt sie immer,
und er sieht immer aus, als käme er vom Sport –

13. FRAU A.: DIE VERSTEINERTE FRAU

Eine Frau, Frau A., sie ist allein. Sie sitzt schweigend da. Sie ist wie versteinert.

FRAU A. Ich bin so verliebt in dich –

Kurze Pause.

Das hatte ich zu Herrn Y. gesagt. Als wir nach dem Schlüssel fragten. Und dann waren wir raufgegangen, Herr Y. und ich, in das Zimmer Nummer Zwei, so wie jeden Montag.

Kurze Pause. Sie lächelt leicht.

Wir hatten es eilig.
Wir trafen uns jeden Montag in dem Hotel am Hafen, ich betrog meinen Mann mit Herrn Y. Schon lange.

Kurze Pause.

Ja. Ich fühlte mich gut mit Y. Ich fühlte mich jung.

Kurze Pause.

Das Licht fiel aus.

Kurze Pause.

Erst flackerte es, und etwas später fiel es aus.

Kurze Pause.

Das Licht fiel aus, und dann ging es wieder an – oder –

Kurze Pause.

Es ging wieder an, – aber –

Kurze Pause.

Ich sah fast nichts mehr, ich war fast blind.

Kurze Pause.

Ich war uralt.

Kurze Pause.

14.1 DIE HEIMLICHEN LIEBHABER II: FRAU A. UND HERR Y.

DER JUNGE MIT DER BRILLE Sie haben
eine heimliche Montags-Affäre.
Frau A. und Herr Y. nehmen immer das Zimmer Nummer Zwei.
Und sie wissen nicht,
daß der Mann von Frau A., Herr A., mit Frau Z. nebenan
in Zimmer Nummer Eins ist,
sie haben keine Ahnung.

Ping!

14.2 SMS: DER SCHATTEN EINES VOGELS

Ping!

SMS *von dem Mädchen an den Jungen* Hast Du mal versucht, den Schatten eines Vogels zu photographieren? Unmöglich!

15.1 DIE FRAU AUS STEIN

Frau A., sie ist allein.

FRAU A. Ich war plötzlich uralt. Ich war wie aus Stein.
Ich war fast blind und tastete um mich herum, und dann fand ich Herrn Y.s Hand, und ich tastete nach seinem Körper.

Kurze Pause.

Er lag neben mir, wie noch wenige Augenblicke zuvor. Er lag da auf dem Bett in Zimmer Nummer Zwei, und ich kam ihm so nah ich konnte:
Er war so, wie ich ihn gerade noch gesehen hatte: jung und schön, hinreißend. Was für ein herrlicher Mann – ich spürte seinen Körper, seine glatte Haut.

Kurze Pause.

Ich liebe dich, sagte ich leise zu ihm, es tut mir leid, was passiert ist, und er sagte: Ich liebe dich,
und dann –

Kurze Pause.

Ich bin plötzlich sehr alt geworden, sagte ich zu ihm, ich weiß nicht, wie alt ich plötzlich bin, neunzig, oder hundert, oder tausend, und ich bin aus Stein, und er lachte und sagte: Du bist nicht mal vierzig, und du bist aus Milch und Honig,

Kurze Pause.

und dann begann ich zu weinen, weil ich wußte, daß ich ihn nie wiedersehen würde –

Sie weint.

15.2 WÄHRENDDESSEN, IN ZIMMER NUMMER EINS:

FRAU Z. Glaubst du, fragt Frau Z., etwas außer Atem, glaubst du, daß deine Frau dich auch betrügt?
HERR A. Wieso auch?, fragt Herr A.
FRAU Z. Weil du sie betrügst.
HERR A. Meine Frau ist ein Stein. Und was ist mit deinem Mann? Betrügt er dich?
FRAU Z. Mein Mann? Mein Mann ist ein Fisch.

Ping!

15.3 SMS: WAS MACHE ICH, WENN

Ping!

SMS *von dem Mädchen auf dem Hügel* WAS MACHST DU EIGENTLICH, WENN DIE AUS NUMMER EINS RAUSKOMMEN, BEVOR DIE ANDEREN IN NUMMER ZWEI VERSCHWUNDEN SIND?

15.4 HOKUSAI

DER JUNGE MIT DER BRILLE Ich greife hinter mich nach dem Schlüssel Nummer Zwei für Frau A. und Herrn Y., die haben es eilig,
und dabei fällt mein Blick auf das Bild an der Wand,
das berühmte Bild, das überall hängt, das Bild von der Welle.

Er hält kurz inne.

– und dann gehen die beiden die Treppe hoch, Zimmer Nummer Zwei ist neben Zimmer Nummer Eins –

Kurze Pause.

Tür zu.

Kurze Pause.

Tür auf.

Kurze Pause.

Es ist Montag –

16. DER RENNENDE MANN

Ein Mann, Herr Y. Er sitzt bewegungslos da. Er trägt Sportkleidung. Er ist ein Athlet. Er sagt längere Zeit nichts. Er denkt nach. Etwas arbeitet in ihm. Er sucht nach den richtigen Worten.

HERR Y. Ich bin mein Leben lang gerannt.

Kurze Pause.

Ich war immer ein Läufer. Mein Körper –

Kurze Pause.

Ich –

Kurze Pause. Herr Y. ist sehr aufgewühlt und gleichzeitig bewegungslos. Er weiß, daß das, was er sagen will, nicht einfach zu verstehen ist.

Mein – mein Herzschlag fand in meinem Körper immer ein Echo.

Kurze Pause.

Nein, kein Echo – eine Fortsetzung –

Er sieht auf. Er glaubt nicht, daß ihn irgend jemand versteht.

Oder eine Antwort.
Und dann, an dem Tag in dem Hotel, in Zimmer Nummer Zwei, mit Frau A., da ging für einen Moment das Licht aus – oder es flackerte –, und dann ging das Licht wieder an, und von dem Augenblick an – begann mein Körper zu rasen – mein Körper begann zu laufen, zu toben.

Kurze Pause.

Aber ich spürte mein Herz nicht mehr.

Kurze Pause.

Und sie sagte, sie sei plötzlich so alt. Sie sei aus Stein. Aber sie war gar nicht alt. Sie war wie immer.
Ich wollte sie umarmen, ich wollte sie lieben, und sie sagte, sie sei versteinert,
und ich – mein Körper rannte immer schneller, obwohl mein Herz nicht schlug, und ich rannte die Wände des Zimmers hoch und die Decke entlang, und dann küßte ich sie wieder, und dann rannte ich wieder weiter.

Kurze Pause.

In dem Zimmer. In Zimmer Nummer Zwei. Ich rannte und rannte, bis das Licht zum zweiten Mal ausfiel – und alles dunkel wurde.

Ping!

17. MMS: DAS MEER IN DER DÄMMERUNG

Ping!

MMS *von dem Mädchen mit dem Fahrrad Ein regnerischer Tag Wald.*
Man ahnt eine Stadt am Fuße des Hügels.
Dahinter das Meer in der Dämmerung.

18.1 DIE HEIMLICHEN LIEBHABER III / TÜR ZU, TÜR AUF

DER JUNGE MIT DER BRILLE Tür zu. Tür auf.
Die Tür zu Zimmer Nummer Zwei geht hinter Frau A. und Herrn Y. zu,
und die Tür zum Hotel geht auf,
wie jeden Montagnachmittag kommen Frau Y. und Herr Z. herein,
Tür zu, Tür auf, Auftritt Frau Y. und Herr Z.

Guten Tag,
Frau Y. und Herr Z.
haben hier wie an jedem Montag
ein heimliches Rendezvous.
Herr Z. weiß nicht,
daß seine Frau ihn in diesem Moment mit Herrn A.
in Zimmer Nummer Eins betrügt,
und Frau Y. weiß nicht, daß ihr Mann sie in diesem Moment
mit Frau A.
in Zimmer Nummer Zwei betrügt.
Frau Y. trägt eine große Brille, und Frau Y. paßt nicht zu Herrn Y.,
der immer aussieht, als käme er vom Sport,
aber sie paßt gut zu Herrn Z.
Herr Z. paßt nicht zu Frau Z., die am liebsten beim Essen rauchen würde,
aber Herr Z. paßt gut zu Frau Y., obwohl die beiden
nie miteinander sprechen, wenn sie in das Hotel kommen.
Sie fragen nach dem Schlüssel, und dann verschwinden sie
ohne ein weiteres Wort in Zimmer Nummer Drei. Tür zu.

Ping!

18.2 SMS: WAS SIEHST DU?

Ping!

SMS *von dem Mädchen mit dem Fahrrad* Wenn es nicht so regnen würde, könnte ich bis zum Horizont sehen, und was siehst du?

18.3 DAS BILD

DER JUNGE MIT DER BRILLE Mein Blick fällt auf das Bild an der Wand, das berühmte Bild von der Welle.
Seit wieviel Jahren sehe ich das Bild?
Manchmal, vor allem montags, wenn Herr A. mit Frau Z. in Zimmer Nummer Eins ist,

und wenn Frau A. mit Herrn Y. in Zimmer Nummer Zwei ist,
und wenn dann Frau Y. und Herr Z. zur Tür hereinkommen, wie jeden Montag,
Tür zu, Tür auf,
dann frage ich mich, wie lange, wie lange das alles noch gutgehen kann,

Kurze Pause.

denn nichts bleibt, wie es ist,
und nichts ist für die Ewigkeit.

19. FRAU Y.: DIE MOTTE IM SCHWARZEN REGEN

Frau Y. Auch sie hat sehr darauf geachtet, was sie anzieht. Dunkle Farben, nichts zu Auffälliges. Sie könnte Redakteurin sein oder Lektorin – oder eine Wissenschaftlerin. Sie rückt sich die Brille zurecht und streicht das Haar zurück. Sie will anfangen zu sprechen, hält aber dann inne. Sie zögert. Sie bekommt die Worte kaum über die Lippen, aber gleichzeitig kann sie auch nicht schweigen.

FRAU Y. Wir – wir hatten uns geliebt.

Kurze Pause.

Wie jeden Montag, in Zimmer Nummer Drei.

Kurze Pause.

Wir redeten nicht viel, nie.

Sie muß fast lachen.

Wirklich nicht.

Kurze Pause.

Und dann flackerte die Glühbirne. Sie ging aus, und dann ging sie wieder an.
Und es regnete. Aber es regnete nicht draußen.

Kurze Pause.

Es regnete in dem Zimmer, in Zimmer Nummer Drei. Sonst wirklich kein besonderes Zimmer – und der Regen war schwarz.

Kurze Pause.

Und dieser Regen traf mich, und meine Flügel verklebten, und meine Augen und meine Fühler.

Pause. Sie beißt sich auf die Fingernägel.

Ich war eine Motte.

Kurze Pause.

Ich hatte mich in dem kurzen Moment der Dunkelheit in eine Motte verwandelt. Der Regen traf mich, und ich konnte mich nicht schützen. Ich kroch über das schwarze, durchtränkte Bett, ich wollte zu –

Kurze Pause.

Ich wollte zu Herrn Z., der neben mir lag und nichts zu bemerken schien. Er lag auf dem Rücken und rauchte und sagte etwas von einem Fisch, aber ich verstand ihn nicht.

Kurze Pause.

Und dann wurde es wieder dunkel. Und es blieb dunkel.

Ping!

20. SMS: TRÄGST DU EINEN HELM WIE ALLE HELDEN DER ARBEIT?

Ping!

SMS *von dem Jungen an das Mädchen* Hast Du eigentlich einen Helm auf wie alle Heldinnen der Arbeit, hast du bei der Arbeit einen Helm auf?

21. HERR Z.: DER ERSTICKENDE FISCH

Herr Z. Er trägt einen Anzug mit Krawatte und weißem Hemd. Er sucht nach den richtigen Worten und traut sich kaum, sie auszusprechen.

HERR Z. Die Glühbirne flackerte. In Zimmer Nummer Drei.

Kurze Pause.

Wir waren immer in dem Zimmer Nummer Drei.

Kurze Pause.

Das ging schon lange so. Seit Monaten.

Kurze Pause.

Es regnete an dem Tag. Oder an dem Abend.

Kurze Pause.

Wir hatten uns geliebt – und – wir redeten ja nie viel. Nie.

Kurze Pause.

Das Licht fiel aus. Und als es nach ein paar Sekunden wieder anging –

Kurze Pause.

da schien alles so hell, und ich bekam keine Luft mehr, ich –

Kurze Pause.

Ich hatte mich in einen Fisch verwandelt. Und ich lag auf dem Bett in dem Licht und zuckte und sprang in die Luft, ich war –

Kurze Pause.

Ich war ein Fisch auf dem Trockenen und –

Kurze Pause.

Ich wußte, ich würde sterben, das Licht der Glühbirne über uns erstickte mich, und Frau Y. –

Kurze Pause.

Frau Y. neben mir auf dem Bett schien nichts zu bemerken, sie sagte etwas über den Regen. Sie weinte, aber sie weinte nicht, weil ich ein Fisch war.

Kurze Pause.

Und dann wurde es dunkel.

Ping!

22. SMS: ICH BIN EINE BIENE

Ping!

SMS *von dem Mädchen an den Jungen* Was für ein Helm? Seit wann tragen Bienen Helme???

23.1. IN ZIMMER NUMMER EINS / CLOSE UP:

In Zimmer Nummer Eins liegt eine Frau auf dem Rücken und sieht an die Decke. Sie ist 38 Jahre alt, verheiratet, aber nicht mit dem Mann, der neben ihr liegt.
Herr A. liegt neben ihr und schläft. Er schläft immer danach, und Frau Z. ist etwas nervös, unzufrieden, oder unruhig, und die Glühbirne an der Decke flackert kurz.
Die Augen von Frau Z., leicht nervös.
Ich habe gerade gedacht, mir wird schwarz vor Augen.
Und dann sagt sie,
nach einer Pause,
glaubst du,
daß das immer so weitergeht?
Schweigen.
Es ist traurig,
sagt Frau Z.
Was? Sagt er plötzlich.
Schläfst du nicht?
Ich habe geträumt.
Und was hast du geträumt?

Ping!

23.2 SMS: HEIMLICHE MONTAGSLIEBE

Ping!

SMS *von dem Mädchen* Du hast zwar eine Brille, aber Du bist trotzdem ein Hafenarbeiter und Kapitän des U-Boots der heimlichen Montagsliebe.

23.3 IN ZIMMER NUMMER ZWEI / CLOSE UP:

Frau A. auf dem Bett in Zimmer Nummer Zwei, sie lächelt, in ihren Augen funkelt etwas, es geht ihr blendend, sie ist verliebt in Herrn Y., und ihr Mann, Herr A., ahnt nichts davon, A. ist für sie ein erotisches Vakuum, und er hat schwierige Träume.
Sie sagt: Ich habe gedacht, das Bett bricht zusammen, du bist –

23.4 IN ZIMMER NUMMER EINS:

Herr A. sagt:
Meine Frau mag es nicht, wenn ich von meinen Träumen erzähle, sie haßt es.
Oh, sagt Frau Z., wie schade,
ich bin aber nicht deine Frau.

Ping!

23.5 SMS

Ping!

SMS *von dem Jungen mit der Brille* Willst Du mich heiraten?

Ping!
Ping!

SMS *von dem Mädchen mit dem Fahrrad* Ja.

23.6 IN ZIMMER NUMMER DREI:

Im Zimmer Nummer Drei
liegen Herr Z. und Frau Y. auf dem Rücken,
etwas außer Atem, wortlos, aber lächelnd.
Herr Z. und Frau Y. reden nie – oder:
Sie reden wenig.
Sie zieht ihre Brille wieder an und sieht ihn an.
Still hier, sagt sie.
Ja, sagt er.
Redet deine Frau viel? fragt sie ihn.
Ja, sagt er.
Und dein Mann? fragt er.
Mein Mann ist ein Idiot, sagt sie. Mein Mann denkt nur an seinen

Körper. Er denkt nur an seinen Körper und an seine Firma. An die Produktion.
Sie sagen lange nichts.
Ich habe gedacht,
ein Zug fährt durch das Haus, sagt sie dann.
Er sagt:
Ich habe gedacht, die Tür springt aus dem Schloß und geht nie wieder zu.

Ping!

24. SMS: WANN?

Ping!

SMS *von dem Jungen an das Mädchen* Wann?

Ping!
Ping!

SMS *von dem Mädchen an den Jungen* Morgen. Am liebsten noch heute.

25. DAS FLACKERN

CHOR Die Glühbirne flackert.
Die Glühbirne in Zimmer Nummer Eins
an der Decke über Herrn A. und Frau Z.
flackert,
die Glühbirne sagt:
Was ist das,
ist das ein Black-out,
ist das ein Brown-out?
Frau Z. in Zimmer Nummer Eins sagt,
ich glaube, mir wurde kurz schwarz vor Augen,
während sie sehr unruhig an einer Zigarette zieht.

Das Bett in Zimmer Nummer Zwei
zittert, das Bett sagt:
Was ist das für ein Zittern,
was ist das für ein leichtes Zittern –
Frau A. in Zimmer Nummer Zwei sagt:
Ich habe gedacht, das Bett bricht zusammen,
und sie sieht Herrn Y. verliebt an,

Frau Y. in Zimmer Nummer Drei,
noch außer Atem,
sagt zu Herrn Z.:
Was ist mit der Tür –

und der Türgriff in Zimmer Nummer Drei sagt:
Was ist das für ein Klappern,
warum klappert die Tür.

Die Glühbirne in Zimmer Nummer Eins sagt:
Was für ein unangenehmes Gefühl,
ein Gefühl, als ob man keine Luft mehr bekommt,
als ob man erstickt, kurz,
was für ein unangenehmes Gefühl.

Das Bett in Zimmer Nummer Zwei sagt:
Ich habe gedacht, ich zerbreche,
ich gehe aus den Fugen,
was für ein furchtbares Gefühl,
als ob alles zu Ende ginge,
als ob alles zusammenbräche.

Die Tür von Zimmer Nummer Drei sagt:
Ich dachte, ich springe aus dem Schloß
und gehe nie mehr zu,
wie ein Abgrund –

Das Licht geht aus.
Das Licht geht wieder an.
Kurze Pause.
Das Licht geht wieder aus.
Aus. An. Aus.

Ping!

26. SMS: ICH LIEBE DICH

Ping!

SMS *von dem Jungen mit der Brille an das Mädchen* Hey da oben, ich vermisse Dich, ich liebe Dich.

Ping!

27.1 SMS: ICH LIEBE DICH AUCH

Ping!

SMS *von dem Mädchen mit dem Fahrrad* Ein schwarzblauer Himmel.
Schwarzes Land, schwarzes Meer,
man kann Meer und Land nicht mehr voneinander unterscheiden.
PS. Ich liebe Dich auch.
PPS. Triff mich unten an der Mole bei der Schule, da wo wir uns fast mal geküßt hätten und Du Dich dann doch nicht getraut hast, und ich mich gefragt habe, worauf Du noch wartest, und Du gesagt hast, Du hättest gerne eines von den Häusern da unten in der Siedlung am Wasser und einen Fernseher und Kinder. DU VOLLIDIOT. Ich halts nicht mehr aus.
Ich bin wie aus Blei.

Ping!

27.2 SMS: DU BIST LEICHT WIE EINE BIENE

Ping!

SMS *von dem Jungen mit der Brille* Du bist nicht aus Blei. Du bist leicht wie eine Biene.
Hast Du Feierabend?

Ping!
Ping!

SMS *von dem Mädchen mit dem Fahrrad* Nein.

Ping!
Ping!

SMS *von dem Jungen mit der Brille* Bist Du tot?

Ping!
Ping!

SMS *von dem Mädchen mit dem Fahrrad* Nicht, daß ich wüßte.

Ping!
Ping!

SMS *von dem Jungen an das Mädchen oben auf dem Hügel* Ich glaube, es ist gerade ein Wal am Fenster vorbeigeschwommen.

Ping!
Ping!

SMS *von dem Mädchen auf dem Hügel* Das war kein Wal, das war Dein Spiegelbild.

28. BLACK-OUT

DER JUNGE MIT DER BRILLE Und mein Blick fällt auf das Bild an der Wand hinter dem Tresen,
die Welle hängt an der Wand, und dann geht das Licht kurz aus und wieder an,
Licht aus,
Licht an,
und als das Licht wieder angeht, denke ich kurz:
Das Bild hat sich bewegt.
Die Welle auf dem Bild hat sich bewegt.

Kurze Pause.

Aber sie hat sich nicht bewegt.
Oder doch?
Alles steht still.
Und dann wird es dunkel.

Kurze Pause.

Das Licht fällt aus.
Montag ist immer ein schwieriger Tag!
Wo ist das Feuerzeug, wo sind die Streichhölzer?

29.1 IN ZIMMER NUMMER DREI:

Herr Z. sieht in der Dunkelheit
aus dem Fenster von Zimmer Nummer Drei in dem kleinen Hotel am Hafen, und dann sagt er zu Frau Y.:
Ist das ein Thunfisch?
Vor dem Fenster schwimmt ein Thunfisch und sieht zum Fenster rein.
Frau Y. erschrickt.

FRAU Y. Das ist kein Thunfisch, das ist ein Taxi, das ist ein TOYOTA.

29.2 IN ZIMMER NUMMER ZWEI:

HERR Y. Herr Y. sagt: Das gibt es nicht, das kann nicht sein –
Frau A. sagt: Was hast du, Liebling,
sieh mal aus dem Fenster, das sind Fische, das ist ein ganzer Schwarm von Fischen – das sind Makrelen.
FRAU A. Das sind keine Makrelen, das sind Fahrradfahrer –

29.3 IN ZIMMER NUMMER EINS:

HERR A. Herr A. und Frau Z. sind dabei, sich anzuziehen.
Er sagt: Da ist ein Hai.
FRAU Z. Wo?

HERR A. Vor dem Fenster.
An dem Fenster von Zimmer Nummer Eins in dem kleinen Hotel am Hafen zieht ein Hai vorbei.
FRAU Z. Das ist kein Hai, das ist ein BMW.

30. HALLO? HALLO? HALLO?

FRAU Z. Und wir suchen unsere Sachen zusammen, in der Dunkelheit –
FRAU Y. Der Rock, die Schuhe – wo sind die?
HERR A. Hast du mein Hemd gesehen, weißt du, wo mein Hemd ist –
FRAU A. Ich kann meine Uhr nicht finden –
HERR Z. Ist das meine Brille oder deine?
FRAU Z. Ich finde meine Bluse nicht –
HERR Y. Die Krawatte, wo ist die Krawatte –
HERR Z. Meine Haut ist –
FRAU Y. Hier ist ein Schuh, ist das dein Schuh?
FRAU Z. Ich finde meinen Rock nicht –
HERR Y. Ist das dein Schuh?
HERR Z. Hatte ich eine Krawatte an?
FRAU A. Wo ist denn mein –
FRAU Y. Aua –
HERR A. Entschuldigung.
FRAU Z. Hast du meine Schuhe gesehen –
HERR Y. Die Socken –
HERR Z. Der Gürtel –
FRAU Y. Meine Tasche, mein Telephon –
mein Telephon geht nicht –
HERR Z. Meine Brille –
FRAU A. Mein Telephon –
HERR Y. Meine Schlüssel.
DER JUNGE MIT DER BRILLE Vollkommene Dunkelheit. Das Geräusch der Türen. Tür auf. Tür zu. Das war Zimmer Nummer Eins. Kurze Pause. Tür auf. Tür zu. Das war Zimmer Nummer Zwei. Jetzt. Jetzt bricht alles zusammen.
FRAU Z. In dem stockdunklen Flur vor Zimmer Nummer Eins stoße ich mit jemand zusammen, Entschuldigung, es ist so dunkel –
FRAU Y. Verzeihung, ich taste mich im Dunkeln vorwärts.

Sie flüstert.

Und ich glaube, die Frau, mit der ich gerade zusammengestoßen bin, hatte zwei Köpfe.

DER JUNGE Und noch einmal: Tür zu. Tür auf. Das ist Zimmer Nummer Drei.

Frau Z. stößt im dunklen Flur mit Frau Y. zusammen, mit der Frau, mit der sie gerade ihr eigener Mann betrogen hat, aber es ist so dunkel, sie kann sie nicht sehen –

FRAU Z. Ein Körper wie der Flügelschlag einer Motte –

DER JUNGE Und sie kann ihren eigenen Mann, Herrn Z., nicht sehen, der nur wenige Zentimeter neben ihr steht und zum Ausgang tastet und –

Tür zu, Tür auf – dabei mit Herrn Y. zusammenstößt – also mit dem Mann, mit dessen Frau er gerade –

HERR Z. Neben mir im Flur ein Mann, ein schweißnasser Körper – ohne Herzschlag.

HERR A. Im Flur berührt mich etwas, ein Mann, er fühlt sich an wie ein Fisch –

FRAU Y. Meine Hände berühren im Dunkeln ein Gesicht: ein Gesicht, Augen, Nase, kein Mund –

HERR A. Hände in meinem Gesicht mit Haut wie aus Stein. Entschuldigung, es ist so dunkel –

Wahltöne. Das Tuten des klingelnden Telephons in der Leitung. Niemand geht ran. Die Verbindung wird plötzlich unterbrochen. Ein sonderbares Geräusch.

DER JUNGE UND DAS MÄDCHEN Hallo? Hallo? Hallo?

Der Song aus dem Radio.

Teil 2: AUS

1. DER DURCHSICHTIGE JUNGE

Der Junge mit der Brille. Er hat ein frisches weißes Hemd an, keine Schürze mehr. Er denkt lange nach, wie er am besten ausdrücken soll, was er zu sagen hat. Er weiß nicht, wo er die Geschichte beginnen soll – am Ende oder am Anfang. Er versucht, die Geschichte zusammenzusetzen, obwohl er weiß, daß man sie nicht zusammensetzen kann.

DER JUNGE MIT DER BRILLE Sie – sie schrieb: Ich halte es nicht mehr aus. Ich bin wie aus Blei.
Und ich schrieb ihr: Du bist nicht aus Blei. Du bist eine Biene.

Er muß etwas lächeln.

Ich halte es nicht mehr aus. Damit meinte sie – sie hält es nicht mehr aus ohne mich. Wahrscheinlich.
Vielleicht meinte sie auch etwas anderes.

Kurze Pause.

Aber das – das sah ihr nicht ähnlich, so was sagte sie nie. Und ich – ich schrieb ihr: Hast Du Feierabend?
Und sie: Nein.
Bist Du tot?
Und sie schrieb: Nicht, daß ich wüßte.

Er lächelt etwas unsicher.

Und dann fiel das Licht aus und ging nicht wieder an.

Kurze Pause.

Und ich – ich hatte das Gefühl, immer leichter zu werden.
Oder durchsichtig.

Kurze Pause. Er lacht kurz.

Dabei war ich doch der Walfisch –

Kurze Pause.

Durchsichtig.

Kurze Pause.

Als ob ich mich auflösen würde.

Er sieht auf das Telephon in seiner Hand, aber es macht kein Geräusch.

Ich habe seitdem –
Ich habe seitdem nichts mehr von ihr gehört.

Er ist ratlos. Er kann sich nicht erklären, was geschehen ist.

2. DIE VERSTEINERTE FRAU UND DER MANN OHNE MUND

Der Montagabend. Es ist spät in der Nacht. Das Haus von Frau A. und Herrn A. Vielleicht in einer Küche. Herr A. kommt gerade zurück. Frau A. ist schon da.

FRAU A. Hey.
HERR A. Hi.

Kurze Pause.

FRAU A. Schon zurück?
HERR A. Hmm.

Kurze Pause.

FRAU A. Wie war's?
HERR A. Das – es – war – na ja –

Sie verdächtigt ihn schon lange. Er verdächtigt sie schon lange.

FRAU A. Mit wem warst du weg?
HERR A. Warum sitzt du im Dunkeln?
FRAU A. Kein Licht.
HERR A. Oh.

Kurze Pause.

Schon lange?
FRAU A. Weiß nicht, ich bin auch gerade erst zurückgekommen.
HERR A. Ah ja –

Pause.

FRAU A. Was ist mit deinem Mund?
HERR A. Mit meinem Mund? Was ist mit meinem Mund?
FRAU A. Ich dachte kurz, er sei nicht mehr –

Sie macht ein Streichholz an und leuchtet in sein Gesicht. Es fällt ihr nicht leicht, sich zu bewegen.

Der Kühlschrank ist kaputt.
HERR A. Ach ja?

Er ist plötzlich gesprächig.

Der Kühlschrank ist keine zwei Jahre alt, Kühlschränke halten ewig, wenn man sie nicht durch die Luft schmeißt, das liegt nur am Strom. Wenn der Strom wiederkommt, geht auch der Kühlschrank wieder.
FRAU A. Die –

Kurze Pause.

– die Gläser auch. Die Schüsseln. Alles voller Scherben.

Pause.

HERR A. Und du?
FRAU A. Ich –
HERR A. Alles in Ordnung?
FRAU A. Ich – ich wollte den Stuhl aufheben, der Stuhl ist umgefallen.

Kurze Pause.

Aber ich habe es nicht geschafft. Ich – ich kann mich kaum bewegen.
HERR A. Was – was ist?
FRAU A. Ich weiß nicht – ich bin wie aus Stein –
HERR A. *lacht kurz auf* Oh. Du bewegst dich nicht genug.

Sie streicht, so gut sie kann, über seinen Mund.

FRAU A. Ich weiß nicht, nein, nein. Ich habe es auch nicht geschafft, die Scherben zusammenzukehren.
HERR A. Ich mach das – ich mach das schon.

Kurze Pause.

Ist was?

Kurze Pause.

FRAU A. Ich hätte gern – ich hätte gern, daß –

Kurze Pause.

Ich frage mich, wie das alles kaputtgehen konnte. Es ist ja nichts mehr übrig –
HERR A. Wie meinst du das – es ist doch nichts passiert – und wenn der Strom wiederkommt, dann – dann geht einfach alles weiter.

3. DAS MÄDCHEN AUS BLEI

Das Mädchen allein, ohne Fahrrad. Sie trägt sehr ordentliche Kleidung. Sie ist es nicht gewohnt, über sich selbst zu sprechen, schon gar nicht in der Öffentlichkeit. Sie ist sehr ernst, besorgt. Sie zögert, aber sie ist nicht schüchtern. Sie weiß einfach, daß niemand ihr glauben wird.

DAS MÄDCHEN Ich war aus Blei.

Kurze Pause.

Und ich sank –

Sie macht eine Geste –

Ich sank in die Tiefe.

Kurze Pause.

Kann sein, daß die ganze Welt aus Blei war.

Kurze Pause.

Und gleichzeitig zersprang fast mein bleiernes Herz vor Sehnsucht nach dem Jungen.

Sie lächelt.

Ja. So war das. Also war ich vielleicht doch noch nicht ganz aus Blei.

Kurze Pause.

Ich konnte das Land nicht mehr sehen, und nicht mehr das Meer.

Kurze Pause.

Und dann wußte ich, daß ich da oben nichts mehr zu tun hatte. Daß ich gehen konnte.

Kurze Pause.

Und ich schrieb ihm: Triff mich an der alten Schaukel,
nein, triff mich an der Hafenmole,
nein, triff mich unten an der Schule am Wasser.

Kurze Pause. Vielleicht das Echo eines PING. Sie lächelt.

Da hätte er mich fast mal geküßt, aber dann hat er sich nicht getraut.

Kurze Pause.

Das Blei zog mich hinab.

Kurze Pause. Sie beißt sich kurz auf die Lippe.

Ja. Ich wurde immer schwerer.

Kurze Pause.

Schwer wie Blei.

Kurze Pause.

Dabei war ich doch immer leicht wie eine Biene.

Sie versteht nicht, was geschehen ist.

4. DIE MOTTE IM REGEN UND DER RENNENDE MANN

Im Haus von Frau Y. und Herrn Y., es ist spät am selben Montagabend. Herr Y. ist gerade hereingekommen, er ist völlig verschwitzt.

FRAU Y. Bist du gelaufen?
HERR Y. Ja.
FRAU Y. Bis gerade eben?
HERR Y. Ja.
FRAU Y. Um die Uhrzeit – mitten in der Nacht.
HERR Y. Ja, ich –

Kurze Pause.

ich konnte nicht aufhören.

Kurze Pause. Sie berührt ihn kurz.

FRAU Y. Du bist ganz kalt. Obwohl du schweißnaß bist.
HERR Y. Ja, etwas stimmt mit meinem Herz nicht.

Kurze Pause.

FRAU Y. Oh. Du mußt zum Arzt.
HERR Y. Ja, wahrscheinlich –

Kurze Pause. Er sieht, daß sie völlig naß ist.

Deine Sachen sind naß, bist du naß geworden?
FRAU Y. Ja – im Regen.
HERR Y. Regnet es? Du bist ja komplett naß – deine Haare –
FRAU Y. Das war komisch.

Sie lächelt.

HERR Y. Was?
FRAU Y. Es regnete plötzlich.
HERR Y. Wo?
FRAU Y. In – in der Stadt –

Kurze Pause. Beide stellen keine Fragen mehr, deren Antworten sie nicht wissen wollen.

Was – was machen wir jetzt?
HERR Y. Ich weiß nicht.
FRAU Y. Haben wir noch was zu trinken?

Kurze Pause. Sie sieht sich um.

HERR Y. Es regnet durch das Dach rein –
FRAU Y. Ja –
HERR Y. Das Haus ist völlig –

Kurze Pause.

Was ist mit dem Haus –

Kurze Pause.

FRAU Y. Ich hätte gerne –
HERR Y. Ja?
FRAU Y. Ich hätte gerne, daß alles so ist wie vorher.

Sie sehen sich um.

Wie früher.

5. DIE HAND AUS LUFT

DER JUNGE MIT DER BRILLE Die Gäste stolperten in der Dunkelheit an mir vorbei,
und sie erkannten sich nicht, obwohl sie doch alle miteinander verheiratet waren –
und niemand bezahlte, und niemand sagte auf Wiedersehen, vielleicht sahen sie mich nicht –

Kurze Pause.

Und dann ging ich auch – es war ja niemand mehr da – und ich war verabredet –

Kurze Pause.

Ich wollte abschließen – und mir fiel der Schlüssel durch die Hand.

Kurze Pause.

Er fiel mir nicht aus der Hand, er fiel mir durch die Hand.

Kurze Pause.

So fühlte es sich zumindest an.

Kurze Pause.

Es war niemand unterwegs – kein Mensch, keine Autos.

Kurze Pause.

Ich wollte sie anrufen, aber ich konnte sie nicht anrufen.

Kurze Pause.

Ich konnte das Telephon nicht halten. Meine Hände waren wie –

Er betrachtet seine Hände. Kurze Pause.
Entfernte Telephonwahlgeräusche.

Wie aus Luft. Und sie wurden immer durchsichtiger.

Kurze Pause.

Und ich machte mich auf den Weg zu der alten Schule –
an den kleinen Häusern vorbei, hinter der Betonmole –

Kurze Pause.

Durch die Dunkelheit. Man konnte nichts mehr sehen, so dunkel war es.

Kurze Pause.

Nicht die Hand vor den Augen. Als ob die Welt leer wäre.

6. DIE FRAU MIT DEN ZWEI KÖPFEN UND DER ERSTICKENDE FISCH

Dieselbe Nacht: das Haus von Frau Z. und Herrn Z.

FRAU Z. Hallo.
HERR Z. Hallo.

Kurze Pause.

FRAU Z. Schon zurück?
HERR Z. O ja – ich –
FRAU Z. Hm?
HERR Z. Es gab einen Stromausfall, der Film fiel aus.
FRAU Z. Ah. Der Film.

Kurze Pause.

Welcher Film?
HERR Z. Nicht wichtig.

Kurze Pause.

Die Leute saßen im Dunkeln und starrten auf eine leere Leinwand.

Lacht kurz auf.

Stell dir das mal vor: eine leere Leinwand.
Eigentlich ist die Leinwand immer leer –

Kurze Pause.

Ich hatte das Gefühl, keine Luft mehr zu bekommen.
FRAU Z. Oh.
HERR Z. Und ich hatte das Gefühl, daß meine Haut aufplatzt wie in der Sonne.
Dabei war ja alles dunkel – wie hier –

Kurze Pause.

Was ist mit deinem Kopf?

FRAU Z. Ich habe mich gestoßen.
HERR Z. Wo?
FRAU Z. An einem Spiegel.
HERR Z. Hier?
FRAU Z. Ja, hier.

Kurze Pause.

Wo sonst?

Kurze Pause.

HERR Z. Tut es weh?
FRAU Z. Ja –

Er sieht sie an.

Ich habe versucht, dich anzurufen. Es gibt kein Wasser.

Kurze Pause.

HERR Z. Was ist mit den Fenstern?
Sie sagt längere Zeit nichts.

FRAU Z. Der Fernseher und das Radio gehen nicht.

Sie drückt auf einen Knopf eines Radios.

Siehst du – alles tot –

Leise Musik.

7. DAS FLÜSTERNDE BLEI

Das Mädchen. Auch sie versucht, die Geschichte Stück für Stück zusammenzusetzen, damit man ihr vielleicht glaubt.

DAS MÄDCHEN Ich fuhr mit dem Fahrrad durch die Nacht.

Kurze Pause.

Und dann ging das Fahrrad kaputt.

Kurze Pause.

Es brach zusammen. Ich stürzte, und dann versuchte ich wieder aufzustehen – aber das war gar nicht so einfach.
Mein Körper wurde immer schwerer.

Kurze Pause.

Und das Telephon – ich konnte das Telephon nicht mehr hochheben.

Kurze Pause.

Zu schwer.

Sie lächelt unsicher. Sie glaubt nicht, daß ihr jemand glaubt.

Das war unten, am Meer, hinter der Betonmole bei den Häusern, aber wo waren die – alles dunkel, niemand unterwegs, ich dachte –

Kurze Pause.

Da lagen mein zerbrochenes Fahrrad und ein toter Fisch. Ich saß im nassen Sand zwischen Gras und Steinen.

Kurze Pause.

Ich dachte, es kommt jemand. Es wird jemand kommen, der mir aufhilft.
Ich wollte nach dem Jungen rufen, aber meine Zunge war zu schwer, mein Mund. Ich konnte nur noch flüstern.

Kurze Pause.

Und ich begann mir selber eine Geschichte zu erzählen.

Kurze Pause.

Die Geschichte von der Biene und dem Walfisch.
Eine Biene verliebte sich in einen Wal, und der Wal verliebte sich ebenso in die Biene.
Der Wal und die Biene wollten sich lieben: aber was, wenn uns die Leute sehen, sagte die Biene, doch eines Nachts, es war Neumond, war es so dunkel, daß niemand den Wal und die Biene sehen konnte – und sie verabredeten sich, um sich zu lieben –, aber sie fanden sich nie.

Sie weiß nicht, ob sie weitererzählen soll – oder ob sie nicht besser die Geschichte noch einmal von vorn erzählen sollte.

8. DIE FLIEGENDE STIMME

Der Junge. Er überlegt, wie er seine Not beschreiben soll.

DER JUNGE MIT DER BRILLE Ich konnte die Füße kaum noch auf dem Boden halten.

Kurze Pause.

Ich hätte längst an der Schule sein müssen – oder zumindest fast: Vor mir in der Dunkelheit mußten die Häuser liegen –

Kurze Pause.

Ich wollte das Mädchen rufen, aber meine Stimme flog durch meinen Hals und meine Zähne – fast ohne jeden Ton –

Er versucht, das Mädchen zu rufen, aber es gelingt ihm nicht. Kurze Pause.

und ich begann zu schweben – oder zu schwimmen.

Er weiß nicht, wie er das beschreiben soll.

Ich weiß nicht.

Kurze Pause.

Als ob ich fliegen würde.

Aber dieses Fliegen ist kein Fliegen, das ihn freut. Es macht ihm Angst.

9. DAS LICHT IM KOPF DER MOTTE

Frau Y. und Herr Y. Sie versuchen, diesen Teil ihrer Vergangenheit gemeinsam zu erzählen, aber dann spricht doch nur sie.

FRAU Y. Wir saßen in unserem Haus der Dunkelheit, und es regnete, es schneite fast – und ich hatte etwas zu trinken gefunden.

Kurze Pause.

Sein Körper raste immer weiter, sein Puls flog, und dabei bewegte er sich nicht einmal mehr.
Es regnete in das Haus hinein, und der Regen war so schwer auf meinen –

Sie macht eine unsichere Geste – als ob sie Flügel hätte.

Aber –

Kurze Pause.

in meinem Kopf war es taghell.

Kurze Pause.

Es war so hell wie auf einer Straße beim Bahnhof.
Es tränten mir die Augen von dem Licht in meinem Kopf.

Kurze Pause.

Das Licht war überall. Das Licht der Leuchtreklamen. Das Licht der Schaufenster, in meinen Augen. Und wir gingen Hand in Hand die Straße entlang. So wie früher.

Kurze Pause.

Aber – je heller es in meinem Kopf brannte, desto dunkler wurde es.

Sie lächelt kurz.

Und ich suchte mein Telephon. Ich schrieb eine SMS.

Kurze Pause.

Ich wußte, daß das Telephon nicht mehr funktionierte, aber ich schrieb die SMS trotzdem: TRIFF MICH AM MONTAG, WIE IMMER.

Sie lächelt unsicher. Herr Y. sitzt neben ihr.

10. DIE BIENE UND DER WAL

Das Mädchen fängt ihre Geschichte noch einmal von vorne an.

DAS MÄDCHEN Es war einmal eine Biene, die flog an den Rand der Nacht, und an dem Rand der Nacht brannte ein kaltes Feuer, das war der Mond. Und dieses kalte Feuer war fast so hell wie der Tag, und die Biene flog weiter und weiter, sie flog dem Mond hinterher auf das Meer hinaus und fand schließlich nicht mehr zurück.
Und dort, mitten auf dem hohen Meer, als sie kurz davor war, ins Wasser zu stürzen und zu ertrinken, traf sie einen Wal, und der trug sie zurück an Land.

Gegensätze ziehen sich an. Plus und Minus.
Der Wal verliebte sich in die Biene, und die Biene verliebte sich in den Wal.
Aber sie waren ein sehr ungleiches Paar, denn die Biene lebte in der Luft, und der Wal lebte in der Tiefe des Meeres.
Doch sie liebten sich unendlich.
Der Wal wollte fliegen können, und die Biene wollte tauchen.
Schließlich wollten die beiden sich nicht nur unterhalten.
Und eines Tages hielt es der Wal nicht mehr aus und sprang aus dem Wasser und verschluckte die aufgehende Sonne, damit sie ihn in die Luft hebe wie ein Ballon.
Und die Sonne trug den Wal durch den Himmel, und der Wal sah die Sterne und die Welt, die Erde, die Berge, die Flüsse, das Land. Und dann verbrannte sie ihn.
Und die Biene suchte den Wal überall, und als sie ihn nicht fand, auch nicht weit draußen auf dem Meer, verschluckte sie den untergehenden Mond, und dann versank sie mit dem schweren Mond in sich im Meer. Und dann sah sie die Fische, die Quallen, die Strömungen und die Korallen. Und sie sanken bis auf den Grund des Meeres, und dort zerdrückte der Mond die Biene.

Das ist das Ende der Geschichte, aber sie ist mit dem Ende nicht zufrieden.

11. DER TOTE FISCH

Frau Z. und Herr Z. Beide nebeneinander. Beide sind ordentlich gekleidet, scheinbar unverletzt – aber das kann täuschen.

HERR Z. Sie –

Kurze Pause.

Meine Frau – Frau Z. – sie sah aus, als ob sie – sie sah aus, als ob sie sich im Spiegel ansehen würde, aber da war kein Spiegel mehr – und sie sah trotzdem so aus, als ob sie ihr Spiegelbild nicht mögen würde.

Kurze Pause.

Und ich –
Ich erstickte, und meine silberne Haut riß auf.
Und sie sagte: Du brauchst ein Pflaster – und dabei blutete sie selbst.

Pause.

Ich lag – ich weiß nicht – auf einem Stück Wiese, neben einem Weg oder einer Straße, ich kann es nicht sagen.

Pause.

Mich wird eine Katze fressen, dachte ich, es sind immer die Katzen, die die toten Fische fressen.

Kurze Pause.

Und dann lag nur noch mein Skelett im Gras, mein Fischskelett, und durch meine Gräten wuchs gelbes Gras.

Kurze Pause.

Und das – da dachte ich, das muß etwas bedeuten, wenn durch einen Fisch das Gras wächst, aber ich –

Kurze Pause. Er rückt sich die Brille zurecht. Frau Z. sieht ihn an.

Ich kann nicht sagen, was es bedeutet. Ich weiß es nicht. Erst dachte ich, es hat eine schöne Bedeutung, und dann dachte ich, es hat keine Bedeutung. Aber es gibt nichts, was keine Bedeutung hat.
Und dann begriff ich, daß es etwas Furchtbares bedeutet.

Er ist sehr ernst. Es verschlägt ihm fast die Sprache. Sein Telephon macht ein Geräusch. Ping! Er liest die Nachricht und lächelt.

Entschuldigung.

12. KEIN RADIO

Der Junge. Er ist unsicher, unruhig. Voll Sorge, weil er weiß, daß irgend etwas nicht in Ordnung ist. Er weiß nur nicht, was es ist.

DER JUNGE Als ob ich durch die Häuser, die ich in der Dunkelheit gar nicht sah –

Kurze Pause. Er sucht nach dem richtigen Wort.

– hindurchgleiten würde.

Kurze Pause.

Oder fliegen. Oder schweben. Durch die Fenster, durch die verschlossenen Türen. Als ob es für mich keine Wände mehr gäbe –

Kurze Pause.

Kein blaues Licht der Fernseher in den Wohnzimmern,
kein gelbes Licht, das aus den Kühlschränken fällt –

Kurze Pause.

kein Radio,
diesen Song liebe ich, magst du ihn auch,
und hier Radio Iwaki mit dem Wetterbericht,
und hier ist Radio 95.8 mit den Nachrichten,
kein pfeifender Kessel,
kein klingelndes Telephon,
keine Werbung im Fernsehen,

Werbegeräusche.

kein Sport im Fernsehen,

Jubelnde Sportfans in einem Stadion.
keine Musik.

Musik. (Bill Fay?)

13. DIE FRAU MIT DEN ZWEI KÖPFEN

Frau Z. und Herr Z.

FRAU Z. Seine Haut – seine Haut war so trocken, sie platzte auf, fast wie bei einem Sonnenbrand.

Kurze Pause.

Oder wie bei einem toten Fisch.

Kurze Pause.

Die beiden Köpfe – meine beiden Köpfe – die beiden Köpfe fingen an, sich gegenseitig anzusehen.

Kurze Pause.

Sie sahen sich in die Augen.

Kurze Pause.

Und was sahen sie –

Kurze Pause.

Sie wollten sich küssen, aber statt dessen fingen sie an, sich mit den Zähnen zu zerreißen.

Sie blickt auf.

Ja. Sie rissen sich in Stücke. Sie haßten sich. Sie haßten sich dafür, was sie sich selbst angetan hatten.

Sie berührt mit den Fingerspitzen vorsichtig ihr Gesicht. Er sieht sie an.

14.1 DER SPIEGEL

Das Mädchen geht einem Gedanken nach.

DAS MÄDCHEN Bei Tag liegt das Meer vor uns, grau und manchmal silbern, wie ein Spiegel, und dann würde ich gerne das Fahrrad nehmen und auf dem Spiegel herumfahren, – aber was, wenn es Nacht wird, und was, wenn der Spiegel zerbricht.

14.2 DER KÜHLSCHRANK

HERR A. Früher gingen wir am Strand spazieren. Lange Spaziergänge. Abends, bevor es dunkel wurde. Wir gingen Hand in Hand, und manchmal küßten wir uns. Oder wir blieben einfach stehen und blickten auf das Meer. Auf die Wellen. Wir waren glücklich. Ja. Wir waren glücklich.
Wir hatten das Haus,
die Gläser –
Wir hatten den Kühlschrank gekauft. Wie lustig, einen Kühlschrank kaufen. Das ist gleichzeitig unromantisch und romantisch.
Und der Verkäufer sagte, Kühlschränke halten ewig, wenn man sie nicht durch die Luft schmeißt.
Wir haben gelacht.

14.3 DIE GLÄSER

FRAU A. Und seine Mutter hat uns die Gläser geschenkt. Zur Hochzeit. Weingläser. Schön. Teuer. Ist nie eins kaputtgegangen. Nie.
Die Schüsseln.
Stühle.

14.4 DAS DACH

HERR Y. Das Dach. Das Dach des Hauses habe ich mit meinem Vater selbst geteert, Vater und Sohn bauen ein Haus, hatte meine Frau gelacht, als sie unten stand und uns zuwinkte. Wir standen oben und sahen auf das Meer. Das hält für immer, es sei denn, die Welt geht unter, sagte sie. Kommt zum Essen, es wird dunkel.

FRAU Y. Das hält für immer, es sei denn, die Welt geht unter. Ihr seid stark. Kommt zum Essen, es wird dunkel.

14.5 DIE FENSTER

HERR Z. Früher liebten wir es, zusammen Filme zu sehen. Nicht im Kino. Zu Hause. Oder Musik zu hören.
Oder aus den Fenstern zu sehen, während die Musik lief, und dabei stellten wir uns vor, wir würden einen Film sehen.

Er lacht.

FRAU Z. Einen Film, der irgendwo am Meer spielt. Wir nannten den Film »Radio Iwaki«.

14.6 DER FERNSEHER

HERR A. Und wenn wir nachts spazieren gingen:
Das blaues Licht der Fernseher in den Wohnzimmern,
das gelbe Licht, das aus den Kühlschränken fällt –
die Geräusche aus den Häusern,
diesen Song liebe ich, magst du ihn auch,
und hier Radio Iwaki mit dem Wetterbericht,
und hier ist Radio 95.8 mit den Nachrichten,
pfeifende Kessel,
klingelnde Telephone,
die Werbung im Fernsehen –

Werbegeräusche.

15.1 IM FRÜHEREN HAUS VON HERRN UND FRAU Z.

Das Haus von Frau Z. und Herrn Z:
eine Frau mit zwei Köpfen
zerfleischt sich selbst.

Ein toter Mann, ein toter Fisch.

Ein Kühlschrank sagt:
Was ist? Was ist geschehen? Warum wird es plötzlich so heiß?

15.2 IM FRÜHEREN HAUS VON HERRN UND FRAU A.

Eine Frau aus Stein
in ihrer früheren Küche. Frau A.
Sie hört nichts mehr.
Sie sagt: Ich habe nie gewußt, wie das funktioniert,
ein Radio. Irgendwas mit Wellen.

Ein Mann ohne Mund.
Er schneidet sich das Gesicht auf
und singt und singt und spricht,
es sprudeln aus ihm die alten Filme,
die alten Lieder, die alten Nachrichten –
alles, was vorbei ist.

15.3 IM FRÜHEREN HAUS VON HERRN UND FRAU Y.

Eine Motte im Regen, den Kopf voller Licht.
Ein Mann mit einem rasenden Körper,
gleich explodiert sein Herz.
Das Dach sagt: – aufgerissen, als ob ich nie dagewesen wäre –

15.4 AM UFER

Ein Mädchen neben einem kaputten Fahrrad, schwer wie Blei.
Ein Junge aus Luft,
der durch Häuser geht.

Die Scherben auf dem Fußboden flüstern:
Was ist geschehen, wer sind wir, wir waren doch Gläser,
was sind wir jetzt?

Der Schlüssel auf der Straße sagt:
Was ist, warum hebt mich niemand auf?
Warum schließt niemand zu? Wozu bin ich denn da?

16. DIE FRAU AUS STEIN

Frau A. und Herr A. Sie versuchen gemeinsam zu beschreiben, was geschehen ist – was sie hinter sich haben. Auch dieses Paar ordentlich gekleidet, wie für einen Besuch beim Arzt.

FRAU A. Es war – es war so dunkel, und wir standen uns gegenüber –

Kurze Pause.

Und es war ja nicht mehr sehr viel übrig.

Kurze Pause.

Und ich konnte mich kaum noch bewegen. Ich spürte, wie mich Moos überzog.

Kurze Pause.

Ich spürte, daß ich für immer dort bleiben würde, verwittert, vom Wind und den Wellen.

Kurze Pause.

Aber er – er tat mir leid. Ich wußte, daß er dachte, er könne etwas ändern. Ich wußte, daß er dachte, das richtige Wort – oder ein richtiges Wort könne alles ändern.

Kurze Pause.

Aber da war ja nichts zu ändern. Nicht mit Worten. Mit Worten kann man nichts zurückholen.

Kurze Pause.

Er nahm eine der Scherben, die auf dem Boden lagen. Und dann schnitt er sich in den Mund.

Sie bewegt sich nicht, und sie sagt auch nichts mehr.

HERR A. Wenn ich meinen Mund –
oder die Stelle, an der mein Mund war, bevor er –

Kurze Pause.

Ich nahm eine der Scherben von den kleinen Schüsseln für die Suppe, die überall auf dem Boden rumlagen, und ich schnitt die Stelle auf –

Kurze Pause. Er schneidet sich den Mund auf. Sie bewegt sich nicht, oder nur kaum.

Ich wollte die Stelle aufschneiden, damit die richtigen Wörter herauskommen, aber –

Kurze Pause.

Aber ich fing nur an zu bluten.

Kurze Pause.

Zuerst. Und dann – dann kam aus mir nicht mehr die Stimme, die lauter Dinge sagte, die nicht mehr zu sagen waren, sondern –

Kurze Pause.

Die Stimme aus dem Radio. Oder die Stimmen aus dem Radio.

Radiostimmen von Nachrichtensprechern.

Und Musik.

Musik.

Und die Stimmen aus den Filmen.

Filmgeräusche.

Liebeserklärungen, Schreie, Explosionen.
Und die Stimmen der Reporter und der Live-Berichterstatter aus den Nachrichtenredaktionen und die Stimmen von Fachleuten und Politikern und von Physikern und Chemikern und Biologen und den Leuten auf der Straße, und dann war da wieder Musik, und Sport und Gelächter und Trickfilme und this is the BBC worldservice and this is –

Kurze Pause.

Und sie – meine Frau – sie sah mich an, wie versteinert, ich glaube nicht, daß sie mich hörte – sie sah mich an, oder sie sah durch mich hindurch. Sie stand bewegungslos da, wie ein Stein.

Kurze Pause.

Und all diese Klänge, diese Stimmen, die Wörter, die Geräusche, die Lieder, die Namen der Produkte, die Namen der Dinge, die uns einmal glücklich und reich gemacht hatten – waren wie –

Kurze Pause.

wie Luft. Nichts als Luft.

Kurze Pause.

Und ich – ich lächelte ohne Mund – wie in den Filmen – oder in der Werbung.

Er ist unsicher, ob verständlich ist, was er sagt.

Wie in den Filmen.

Er will nicht lächeln, aber er lächelt trotzdem. Sie lächelt nicht.

17.1 DIE AUFGEHENDE SONNE

Das Mädchen.

DAS MÄDCHEN Ich kam wieder auf die Füße, ich weiß nicht wie – und dann lief ich weiter – ich mußte ja weiter –

Kurze Pause.

Wir stellten uns oft vor, wir wären etwas anderes, als wir sind. Die Biene und der Wal, zum Beispiel. Oder die See und das Land.

Kurze Pause.

Oder die aufgehende Sonne.

Kurze Pause.

Daran mußte ich denken.

17.2 FLASHBACK: DIE SEE, DAS LAND UND DIE LUFT

Der Junge mit der Brille, Anfang Zwanzig, und das Mädchen mit dem Fahrrad.

DER JUNGE MIT DER BRILLE Du wärst die See,
und ich wäre die Erde.

DAS MÄDCHEN MIT DEM FAHRRAD Du wärst das Land, und ich wäre das Meer.

DER JUNGE MIT DER BRILLE Du wärst die aufgehende Sonne.

DAS MÄDCHEN MIT DEM FAHRRAD Und du wärst der Kreis der Sterne, der Mond.

DER JUNGE MIT DER BRILLE Die Nacht, der Tag –

DAS MÄDCHEN MIT DEM FAHRRAD Du wärst die Wellen.

DER JUNGE MIT DER BRILLE Die Wellen und die Fische. Und du wärst die Tiere, die Katzen und die Bienen.

DAS MÄDCHEN MIT DEM FAHRRAD Das Meer und das Land. Die Wellen.

Sie nehmen sich kurz an der Hand.

DER JUNGE MIT DER BRILLE Alles bewegt sich –

DAS MÄDCHEN MIT DEM FAHRRAD Und nichts bleibt, wie es ist.

Kurze Pause.

17.3 ALS OB ICH DURCH IHN DURCHGELAUFEN WÄRE

Das Mädchen.

DAS MÄDCHEN Und dann stand ich vor dem Hotel.

Kurze Pause.

Ich mußte an der Schule vorbeigelaufen sein, ohne es gemerkt zu haben.

Kurze Pause.

Dabei war die Schule doch nicht zu übersehen.

Kurze Pause.

Ich hatte den Jungen nicht gefunden. Als ob ich durch ihn durchgelaufen wäre.

Kurze Pause.

Und – ich wußte, daß ich den Weg zurück nicht schaffen würde. Zu schwer.
Daß ich dort auf ihn warten würde, da, vor dem Hotel – egal, wie lange es auch dauern würde.

18. DER MANN MIT DEM BRENNENDEN HERZ UND DIE MOTTE IM REGEN

Herr Y. und Frau Y.

HERR Y. Sie war wie ein nasses Tier. Sie tat mir leid. Ich hatte sie noch nie so gesehen.

Kurze Pause.

Und ich wollte ihr ein Handtuch geben, oder eine Decke – aber ich fand keine.

Kurze Pause.

Und das – das machte mich wütend –

Kurze Pause.

Und die ganze Zeit spürte ich, wie mein Körper raste, wie ich schwitzte,
wie mir der Schweiß in die Augen lief und ich gleichzeitig fror.

Kurze Pause.

Ich fror, ich begann zu zittern bei rasendem Blut.

Kurze Pause. Er friert leicht, wenn er daran zurückdenkt.

Sie fragte mich, ob ich Fieber habe. Nein, sagte ich, oder ich weiß nicht, mir ist so kalt, und ich zittere, aber gleichzeitig schwitze ich, ich glaube, so kann ich morgen nicht zur Arbeit –

Kurze Pause.

So kann ich nicht in die Firma.

Kurze Pause.

Warte, sagte sie, komm her – und sie umarmte mich.

Er weint.

Und dann –

Er kann es nicht sagen. Er bringt es nicht über die Lippen.

FRAU Y. Er sah mich an, während ich über seine Hand krabbelte –
und seinen Arm hinauf –
und seinen Hals hinauf.

Sie macht eine Geste.

Es regnete, und er weinte, und ich wollte ihn trösten. Ich sagte, laß mich nachsehen, ich sehe nach deinem Herz.

Kurze Pause.

Und dann kroch ich in seinen Mund. Endlich kein Regen mehr.
Ich kroch in seinen Körper. Es war dunkel in seinem Körper –

Kurze Pause.

Aber ich hatte das Licht in meinem Kopf, taghell wie die zehn Millionen Lampen von Shinjuku, und dann fand ich sein Herz –

Kurze Pause.

Und dieses Herz – es stand gar nicht still.

Kurze Pause.

Nein – es schlug und schlug wie wild – aber es war völlig verbrannt, und es brannte immer weiter.

Beide wissen nicht, was sie noch sagen könnten. Ihre Geschichte ist so, wie sie ist. Und sie ist zu Ende.

19. DER WAL FLIEGT UND VERBRENNT

Der Junge.

DER JUNGE Ich flog und flog, und gleichzeitig löste ich mich auf, ich war überall, ich flog durch die Bäume, durch das Gras, den Sand, das Wasser, die Steine und die Erde hindurch, und ich stieg mit dem Wind immer höher und höher in die Luft, hoch über den Hügel hinauf, hoch in den Himmel zu den Sternen, und ich dachte, das ist doch wie in der Geschichte von dem fliegenden Wal … so wie in der Geschichte!, aber ich will nicht verbrennen, ich will nicht verbrennen wie der Wal, und ich glaubte, unten in der Dunkelheit ein Fahrrad zu sehen, kaputt, zerbrochen, wie kann denn ein Fahrrad zerbrechen, und dann sah ich das Hotel, und vor dem Hotel stand das Mädchen allein auf der Straße, ich war mir ganz sicher, und ich rief ihr etwas zu –
Ich rief: Hey! Du hast gesagt, du wolltest mir etwas zeigen! Was war das?

Kurze Pause.

Du hast gesagt, du wolltest mir etwas zeigen! Was war das? Was wolltest du mir zeigen?

Kurze Pause.

Aber sie hörte mich nicht.

Er kann nichts mehr sagen. Es gibt nichts mehr zu sagen.

20. DAS MÄDCHEN VOR DEM HOTEL AUF DER STRASSE BEI NACHT

Das Mädchen. Sie weiß, daß das Ende der Geschichte ist und trotzdem keine Antwort. Sie versucht noch einmal, alles zu erklären, so daß sie jemand versteht.

DAS MÄDCHEN Ich stand vor dem Hotel.
Alle Lichter waren aus, kein Mensch auf der Straße. Kein Auto. Nicht einmal ein Hund. Kein Vogel.

Sie lacht.

Hast du mal versucht, den Schatten eines Vogels zu photographieren? Unmöglich!

Kurze Pause.

Ich dachte kurz, ich würde den Jungen rufen hören.

Kurze Pause.

Aber es ist niemand da. Auf der Straße liegt ein Schlüssel.

Kurze Pause.

Und es ist nichts zu hören. Kein Geräusch. Nur der Wind. Die Luft.

Kurze Pause.

Es ist so dunkel, man sieht kaum die Hand vor den Augen.

Kurze Pause.

Die Welt ist verschwunden, aber die Sterne sind so klar wie nie zuvor.

Ende

Werner Schwab

ÜBERGEWICHT, unwichtig: UNFORM

Ein europäisches Abendmahl

Der Raum

Das Gastzimmer einer Wirtschaft, die ein Mittelding zwischen Kneipe, Beisl und Landgasthaus vermittelt. Die vergangenen Jahrzehnte haben ihre Spuren im Raum hinterlassen, was an der Einrichtung ablesbar sein soll. Links der Eingang und die Musicbox; in der Mitte die Tische; rechts, die Breitseite entlang, der Schanktisch. Man sieht also hinter die »Theke« hinein. An den Wänden befinden sich teilweise schon vergilbte Bilder von Boxern, Fußballern, halbnackten Mädchen und Hunden; auf einer Stellage Pokale und Klubfähnchen; irgendwo Sparvereinskästen; in einer Ecke ein nagelneuer Spielautomat.
Links, am etwas abseits stehenden Tisch (Tischtuch, Wasserglas mit Blume), sitzt das schöne Paar; gegen die Mitte zu ein leerer Tisch. Am nächsten (Gewürzständer, Plastiktischtuch) befinden sich Karli und Herta und meistens auch Fotzi, am rechten residieren Schweindi und Hasi. Die Wirtin werkt meist hinter dem Schanktisch, Jürgen lümmelt davor.
Man trinkt Wein oder Bier, das schöne Paar Sekt.

Die Sprache

Besonders zeigen sollte sich der mehr oder weniger komfortable Weg, den der Sprechende zurücklegt, indem er ein Objekt anspricht. Sprecher und Besprochenes vermischen sich dann überdeutlich und wirken dadurch »unrein«. Der daraus resultierende Dreck gehört sich selber und besorgt Klarheit, aber keine Einsicht, so hofft der Autor.

Personen

JÜRGEN

Ein studentisch wirkender Typ, aber nicht mehr jung. Runde Brille, halblanges Haar, eventuell Bart. Sehr oft wirkt er linkisch und unsicher.

SCHWEINDI

Ein dicklicher, ungeschickter, aber doch wieder behend wirkender Mensch. Alter unbestimmt. Er wirkt in seinem Gesamtausdruck ziemlich obszön, ohne dies mit vordergründigen Gesten zu belegen.
Während des ganzen ersten und in Teilen des dritten Aktes häkelt er an einer himmelblauen Strampelhose und kaut Schwarzbrotstücke.

HASI

Schweindis Gattin. Sie wirkt gewissermaßen hartherzig und lenkt ihren Mann nach Belieben. Sie häkelt ein rosa Strampelhöschen.

KARLI

Grobschlächtig, jedoch nicht stimmig in seiner Körpersprache. Absolut das, was man mit einem »Proleten« assoziiert. Trotzdem wirkt er selbst beim ansatzlosen Zuschlagen so, als wäre er nicht richtig zusammengebaut.

HERTA

Ein schwer angeschlagen wirkender Mensch, etwa im Alter Jürgens. Sie hat Narben und wirkt immer irgendwie verheult, trotzdem sieht man ihr an, daß sie einmal außergewöhnlich hübsch gewesen sein muß.

FOTZI

Älter als Herta. Benimmt sich idiotisch, um sich abzugrenzen. Exhibitionistische Gebärden, macht auf Erotik, was total danebengeht. Kurzer, karierter Glockenrock, groteske Dessous.

WIRTIN

Stumpfsinnig, scheint aber genau zu wissen, was ihr schmeckt und was nicht. Sie ist zumindest kräftig gebaut und wirkt gemächlich hinter der Schank, soweit sie sich nicht entsprechend beteiligt.

DAS SCHÖNE PAAR
Extrem attraktiv, äußerst geschmackvoll gestylt. Sie sitzen mit dem Rükken zu den anderen und beschäftigen sich mit Blicken und Gesten ausschließlich miteinander. Bisweilen küssen sie sich zärtlich und berühren sich mit den Fingerspitzen. Während des ersten Aktes sprechen sie kein Wort.
Im dritten Akt sehen sie im Prinzip gleich aus wie im ersten, haben aber etwas Ordinäres und Neureiches an sich.

Erster Akt

Ein von Jürgen verlautbartes Prosit, alle trinken.

JÜRGEN Und wissen Sie, Herr Schweindi, oft verbringt meine Person mit mir die ganze Nacht über meinen sozialwissenschaftlichen Studien, denn tagsüber wird ja ein ganz und gar nicht unbeträchtlicher Teil der Kinder unserer Stadt von mir unterrichtet, von meiner Wenigkeit, die freilich auch noch die ganze Kinderschrift verantwortungsvoll zu korrigieren hat. Und schon gar nicht darf mein ehrenamtlicher Tätigkeitsbereich einem Vergessen als Unterschätzung anheimfallen. Der Pädagoge in mir scheut ja selbstvergessen gar keinen Aufwand, das Gemeinwohl betreffend. Mein Gewissen versagt sich ja keine Verantwortung, wie Sie wissen. Die gewissenhafte Betreibung der eigenen Verantwortlichkeit ist es am Ende schließlich, die das sogenannte Kreuz der Menschheit insgesamt erleichtert.

SCHWEINDI Das haben Sie sehr einprägsam und durchaus von einem Anflug von Schönheit überflogen in diesen Raum hineingesprochen, Herr Jürgen. Ein Verantwortungsfeinspitz wie Sie ahnt bestimmt, daß sich unsereins wie ich sich ja seinerseits andauernd in einem Verantwortungszustand befindet, gewissermaßen Tag und Nacht an eine Verantwortung angekettet. Meine Gattin kann das an Hand ihrer ehevollen Erfahrungen bestätigen, nicht wahr, Hasi?

HASI Ja, mein Schweindi wird von der Verantwortlichkeit keine Sekunde aus den Augen und in einer Ruhe gelassen.

JÜRGEN Man muß der Menschheit, die ja aus lauter Menschen besteht, eine echte Vernunft zuführen, indem man ihr ein wirklich menschliches Wissen vermittelt, das sie umfassend glücklich und dadurch betroffen vernünftig macht. Man muß gewissermaßen einen Dominoeffekt des Glücks in Betrieb setzen, bis Wissen und Glück nicht mehr rückfällig werden können.

SCHWEINDI Der Endsieg der menschlichen Vernunft steht höchstwahrscheinlich längst schon vor der Tür und hält die Türklinke in der siegreichen Hand.

FOTZI Dann soll er halt hereinkommen, der Endsieg mit seinem Glück, und nicht so eine Schüchternheit heraufkommen lassen. Hier kann ja ein jeder herein, der ein Geld hat.

WIRTIN Aber schon auf dieser Stelle verschließt du deinen abartigen Mund, Fotzi, wenn die gescheiten Menschen mit einer gescheiten Sprache ihre gescheiten Gedanken hinausführen.

JÜRGEN Lassen Sie die Fotzi ruhig ihre Worte aus ihrem Körper heraussprechen, Frau Wirtin. Und unsere Fotzi hat in ihrer ausgewachsenen Kindlichkeit gar nicht so ein großes Unrecht. Man muß die Vernunft ständig mit einem großen Wissen überzeugen, daß sie permanent hereintreten soll. Vielleicht ist die Vernunft als Glück schon mitten unter uns.

KARLI Das Glück ist ein Trampel, das bleibt immer draußen, wo es seine Ruhe hat. Eine feige Sau ist so ein Glück.

WIRTIN So ein unteres Tier wie du hat es schon von der ganzen Natur aus nicht verdient, daß es von einem Glück besucht wird. Wenn man nämlich andauernd eingekerkert wird wegen seiner Körperverletzungen, dann darf man nur eine kleine Hoffnung in der Brust zurückbehalten, daß das Glück vielleicht einmal einen Brief falsch abgibt.

Herta lacht und bekommt von Karli eine Ohrfeige, auf die sie kaum reagiert.

JÜRGEN Bitte nicht zuschlagen, Herr Karli, auf einen Körper hinaufschlagen ist überhaupt nicht solidarisch.
Man muß im eigenen Leben immer solidarisch sein mit dem ganzen Lebensgebilde, einfach mit allem, was lebensförmig ausschaut, und einfach keinen Unterschied einreißen lassen zwischen den Lebewesen. Man ist ja allem vollkommen verpflichtet, das von einer Existenz betrieben wird. Das Einfache ist, auf das ganze Leben gemünzt, genau so wichtig wie das Uneinfache. Wissen Sie, Herr Schweindi, bisweilen tritt meine Person einfach an einen schlichten Würstelstand heran und ißt mit den wirklich nur sogenannten einfachen Menschen ein gutes und bloß vermeintlich ordinäres Würstchen. Freilich weiß ich, daß so eine Wurst für einen geistig arbeitenden Menschen keine gesunde Nahrung darstellen kann. Man stelle sich das einmal vor das geistige Auge: Mehl, Blutplasma, Speck, Geschmacksverstärker, Phosphate ecetera; keinerlei lebensnotdürftige Vitamine. Aber man muß den Symbolwert so einer Wurst sich

rechnen lassen können. Das Würstel als Metapher für eine kulturelle Solidarität, wissen Sie, als billiger, massenhafter Zugang zum tierischen Eiweiß.

KARLI Blödsinn, so ein Dreck. Ein Würstel ist ein Würstel zum Fressen und sonst nichts.

SCHWEINDI Maul halten, man bittet sich zurückzuhalten, Herr Karl … Das war aber eine großartige Definition, Herr Jürgen, Sie haben, ohne einen Menschlichkeitsbegriff zu verletzen, soeben mein Einstellungsverhältnis zum Grundnahrungsmittel Brot miterläutert. Ich brauche das massenhafte Brotgefühl in meinem Körper. Brot ist von Natur aus heilig, man muß es bergen als eine Kostbarkeit. Brot und Wurst … großartig, der Leib des Herrn und das Fleisch der Erde. Brot ist für den Menschen allerdings gesünder als eine Wurst.

KARLI Brot ist sowieso ein Scheißdreck, und an einer Wurst hat noch keiner seinen Tod erleiden müssen, außer er ist an einem Wurstbissen erstickt. Dann ist er aber ein Trottel oder er redet zuviel beim Essen. Alle Menschen fressen ihre verschissenen Würstel, das ist ganz normal, und alle Menschen müssen verrecken am Ende ihres Lebens, aber nicht wegen der Würstel. Und dafür, daß Sie ein echter Lehrer sind, Herr Jürgen, ist Ihre Würstelgeschichte ein ganz verdrehter Scheißdreck.

SCHWEINDI Es ist vollbracht, Sie sind verloren, Herr Karl.

JÜRGEN Sie verstehen meine Absichtlichkeiten nicht, lieber Herr Karli, ich finde ein Würstel als menschliche Einrichtung einfach sympathisch, weil es die Menschen miteinander verbindet. Wir leiden in der ganzen Wirklichkeit doch alle an der gleichen Einsamkeit. Und ein Würstel ist ein Symbol gegen eine alleinige Verwahrlosung, wie eine Fahne auch ein Symbol ist. Also meine Kinder in der Schule verstehen das.

KARLI Frau Wirtin, ein Paar Käsekreiner für unseren Herrn Lehrer, damit er nicht so einsam ist in seinem verzwickten Leben.

Die Wirtin reagiert nicht, Herta lacht und bekommt von Karli einen Kuß. Fotzi stellt sich vor Karli auf, hebt mit einer Hand den Rock und hält die andere geöffnet hin.

FOTZI Bitte ein Geld für eine Musik.

Karli langt ihr grob zwischen die Beine und gibt ihr eine Münze. Fotzi tänzelt zur Musicbox und bedient sie. Ein deutscher Schlager ertönt. Nach einer halben Minute gibt die Wirtin der Box einen Tritt, und die Musik ist aus. Fotzi tänzelt zu Jürgen und hebt den Rock.

Wieviel muß ich herzeigen, auf daß ich ein Würstl ganz für mich alleine bekomme?

JÜRGEN Aber Fotzi, ich bezahle dir doch kein Herzeigen deiner Intimität, deine Intimität gehört doch nur dem deinigen Körper und sonst keinem Menschen. Frau Wirtin, bitte einmal Würstl mit Saft für das Fräulein Fotzi.

Fotzi setzt sich. Die Wirtin bringt ein kaltes Würstl und knallt es auf den Tisch. Fotzi spielt obszön damit. Schweindi und Hasi schütteln empört die Köpfe.

HASI Drecksau.

JÜRGEN Dafür hab ich dir dein Würstl aber nicht bezahlt, Fotzi. Für das Entsetzliche an der menschlichen Existenz will ich nichts von mir bezahlt wissen. Iß doch das Würstl lieber in dich hinein. Wenn du etwas im Magerl hast, dann kommst du auf andere Gedanken.

HERTA *steht auf, spricht mit quiekender Schulkindstimme* Ich esse immer alles ordentlich hinunter, sonst weint das kleine Jesulein über die Hungerleider dieser Erde.

Karli reißt sie brutal nieder.

SCHWEINDI Das war nicht schön von Ihnen, Frau Herta, bei allem Respekt …

HASI Von mir hat sich schon immer ein jeder alles nicht gedacht, weil ich immer nur ein Inhalt für die fremden Augen habe sein müssen. Wenn man schön ausschaut, dann bekommt die Welt den bösen Blick und man selber für sich einen schlechten Geruch. Besser, man hat gar keinen Geruch oder man stinkt, sonst kommen einem alle Menschen an die Haut heran und schauen nach, was mit der Haut los ist und was unter der Haut wächst.

Karli zeigt ihr einen Vogel.

KARLI Angebrunzt hast du dich immer, bevor ich dich deinem Mann weggenommen habe, und geheult hast du immer, bevor du dich angebrunzt hast. Zweimal am Tag hast du geheult bei deinem Mann, und zweimal am Tag hast du dich angebrunzt, und gestunken hast du immer bei deinem blöden Mann. Aber in meiner Lebensgemeinschaft tust du das nicht mehr, meine liebe Herta, bei mir ist es schon fast ganz aus mit dem Anbrunzen, bei mir brunzt du dich ja nur mehr einmal an, weil ich dir nämlich nicht so oft auf dem Körper hinaufschlage wie dein ausgefressener Mann. Seit du mir gehörst, sieht man wieder, daß du als Mädel früher schön ausgeschaut hast, fast so schön wie eine richtige Schauspielerin.

SCHWEINDI Ihre pädagogischen Fähigkeiten, die zweifelsfrei schwierige Frau Herta betreffend, will ich ja keineswegs in einen Zweifel hineinziehen, Herr Karli, aber sind Sie sich sicher, daß das Wasserabschlagen der Frau Herta ein öffentlich günstiges Thema herstellt, in einem halböffentlichen Raum, wie es ein Stammgasthaus nun einmal sein muß. In einer öffentlichen Einrichtung sollte man allgemeine Dinge aufgreifen, man könnte für ein Beispiel den Brotbegriff erörtern.

KARLI *steht erregt auf* Ich habe mich auf dieser Welt noch nie angebrunzt, geehrter Herr Schweindi.

JÜRGEN Aber meine Herrschaften, seien Sie doch nicht so entsetzlich, bitte nicht so grauenhaft …

SCHWEINDI Und als ein rosiger Säugling auch nicht, Herr Karli?

KARLI Von mir hat es nie einen kleinen Scheißdreck gegeben. Ich war noch gar nicht auf einer Welt, wie ich klein sein habe müssen. Ich war nie ein dickes kleines Jesulein wie Sie, Herr Schweindi. Ich kann mich nicht erinnern, und was ich nicht erinnern kann, das kann es nicht geben können. Darum hat sich Karli nie angebrunzt.

HERTA Dafür scheißt du mir immer ins Bett hinein in deinem Rausch.

Karli packt sie an den Haaren und läßt sie lange nicht los.

KARLI Mußt keine Übertreibung in die ehrlichen Menschen hineintreiben, Herta, mußt schön normal zu den Menschen weitersprechen, Herta, oder das Goscherl halten, sonst ist das Goscherl kaputt.

Herta wimmert.

HASI Jetzt wird sie sich bald wieder anbrunzen, heulen tut sie ja schon.

KARLI *hält sie immer noch an den Haaren* Hörst du, Herta, beim Karli wird nicht gebrunzt. Einen empfindlichen Menschen wie den Karli tut das nämlich im Allerinnersten ganz furchtbar treffen, wenn sich seine Herta anbrunzen tut.

JÜRGEN Meine Herrschaften, da tun Sie Ihrer menschlichen Würde aber einen Bärendienst, Ihrer eigenen Menschenwürde und der Menschenwürde von der Frau Herta freilich auch. Man muß eine freiheitliche Seelenlandschaft in seinen Innenraum hineinaquarellieren. Die Menschenwürde in einem Menschen muß man einfach anerkennen wie die tägliche Wetterlage, dann kann man nicht verstoßen gegen sie. Einer Wetterlage gegenüber würde man sich ja auch nicht insultierend verhalten. Man flucht zwar bisweilen auf einen Wetterumsturz, nimmt ihn aber am Ende seiner Wetterfühligkeit zur Kenntnis und wird nicht handgreiflich …

Aber natürlich sehe ich schon ein, daß eine Menschenwürde das Leben anstrengt und daß man vor den Schluchten des Lebens bisweilen ein Fluchen gegen sie herausentwickelt. Man sagt dann: dieses gottverfluchte Arschfotzenleben, aber trotzdem kehrt man gerne wieder heim in die Kultur der Lebenswürde und betrachtet in sich die freiheitliche Seelenmalerei. Ein zartroter Sonnenuntergang, meine Herrschaften, ein Sonneversinken im inneren Gerechtigkeitsmenschen, wissen Sie, die Seele als Sonne, die vorsichtig und freundlich hinter den nieren- und herzförmigen Gebirgszügen untergeht. Das erzeugt die Gleichheit als Schönheit auf dieser Welt, die natürlich ein Denkfehler ist, die Welt meine ich …

KARLI Sie sind ja noch blöder als ich, der Karli. Und bei mir haben schon immer alle gebildeten Menschen immer festgestellt, daß ich der größte Depp bin, den es auf der Menschenwelt geben kann. Und ich habe schon oft mit der Faust in solche bessere Menschen hineinschlagen müssen, bis sie schwere Leibschmerzen sich zugezogen haben, weil ein kleines warmes Gefühl braucht ein jeder Mensch für sich selber in sich, sonst kann er sich am Abort ja gleich selber mit dem hinunterlassen, das ihn gerade verlassen hat.

Eine Seele nämlich, das ist ein Hunger, ein furchtbarer Durst und das komische Gefühl beim Karli, wenn er seinen Purzl in die Herta hineinsteckt. Die Seele, das ist, wenn man lachen muß, wenn man einem Menschen beim Sterben zuschaut.

FOTZI *tänzelt zu Karli* Bitte ein Geld für die Musik.

Karli faßt ihr brutal zwischen die Beine und spuckt ihr in die geöffnete Hand.

HASI Hasi und Schweindi sind gebildete Menschen, wenn Sie das bitte in eine Kenntnis in sich hineinnehmen wollen. Wir haben eine Herzensbildung, und unser Verstand leuchtet wie ein großer roter Apfel. Wir sind Menschen, die mit beiden Füßen auf der Verstandeswelt stehen, nicht wie die Fotzi, der geile Trampel.
Mein Schweindi war sogar ein halbes Jahr lang Pädagoge wie der Herr Jürgen, nur haben meinen Schweindi diese gemeinen Buben, diese unlauteren Kindermenschen, fertiggemacht, diese kleinen bösen Schweine. Die haben dem Herrn Schulinspektur vorgelogen, daß mein Schweindi immer mit den Lulus von den Mordbuben spielen will.

FOTZI *tänzelt zu Schweindi* Bitte Geld für Musik.

Schweindi betrachtet gelangweilt Fotzis Unterleib und gibt ihr eine Münze. Der gleiche Schlager und dasselbe Spiel mit der Wirtin.

HASI Dabei hat mein Schweindi nur seine Hasi lieb und ihr gutes Essen und das ganze schöne Leben, das sie in den Schweindikörper hineinlebt.

SCHWEINDI Ja, Hasi, wir werden waschechte Kinder kriegen, bestimmt und freilich werden wir Junge haben in unserer schönen Wohnung. Unser Nachwuchs wird uns in alle Zukünfte weiterverbreiten.

HASI Da muß der Schweindi aber einmal eine Erregung bekommen für eine Befruchtung, sonst verschwindet eine kalte Sonne hinter einen schwarzen Himmel davon.

SCHWEINDI Wir werden einen Sohn haben, der aussieht wie die Hasi und der Schweindi zusammen. Das Kind wird einen Eindruck verbreiten, als hätte man uns beide faschiert mit einem Fleischwolf und aus dem Faschierten das kleine Schweinehasi zusammengeknetet.

KARLI *steht auf und grinst hinterhältig* Herr Schweindi, wissen Sie, was der größte Scheißdreck auf der Welt ist? Der größte Scheißdreck auf der Welt ist ein Brot. Brot ist Dreck. Ein jedes Brot muß man wegschmeißen.

SCHWEINDI *läuft rot an, steht auf* Drecksau, Kriegsverbrecher, Hochverräter. Brot ist das Gold der Erde, Brot ist Leben. Brot ist der Leib des Herrn und wird täglich erschaffen.

KARLI Hoffentlich haben sie den Leib dann vorher ordentlich ausgenommen, wie sie den in den Backofen gesteckt haben, sonst kriegt er einen Geruch, wie Sie einen im Mund haben.

Die Wirtin geht wortlos zu Karli und ohrfeigt ihn. Weil Herta gelacht hat, bekommt sie auch eine Ohrfeige.

WIRTIN Auf der Stelle entschuldigst du dich beim Herrn Schweindi, du verfaulter Drecksack. Auf der Stelle lieferst du beim Herrn Schweindi eine Entschuldigung ab, sonst brauchst du keinen einzigen von deinen dreckigen Füßen mehr in meine Wirtschaft hereinsetzen.

KARLI Entschuldigung für die Sauerei, Herr Schweindi …

HASI Der Herr Antichrist entschuldigt sich, Schweindi.

SCHWEINDI Wir werden darüber nachdenken, Herr Karli.

HERTA *zu Karli* Feigling, besoffener Waschlappen.

Karli schlägt auf Herta ein und schleppt sie an den Haaren zu Schweindi.

KARLI Sofort überreichst du dem Herrn Schweindi eine Entschuldigung, oder ich hack dich auseinander und verfüttere dich an die Hunde.

Herta murmelt eine Entschuldigung.

SCHWEINDI Wir vergeben dir, Herta, und auch Ihnen, Herr Karl, ich bitte allerdings darum, den Versuch zu unternehmen, sich zu bessern.

KARLI *drückt Hertas Gesicht an Schweindis Hosenschlitz* Wirst du auch wirklich eine Besserung in dich aufnehmen, du geile Sau? Wirst du auch wirklich einen besseren Menschen aus deinem Menschen machen?

Herta gibt zustimmende Zeichen und wird losgelassen. Sie fällt zu Boden und holt ein Taschentuch hervor, um es sich vor die Nase zu halten.

HASI Sie sind ein primitiver Mensch, Herr Karli, aber ein schlechter Kerl sind Sie nicht.

KARLI Danke, Frau Hasi, ich werde darüber nachdenken.

FOTZI Vergeben Sie mir auch, Herr Schweindi, ich möchte, daß mir auch einmal eine Vergebung gemacht wird, lieber Herr Schweindi.

SCHWEINDI Aber du hast doch noch nie etwas Richtiges angestellt, du dummes Fotzilein.

HASI Die Fotzi kann überhaupt nichts Echtes anstellen, die Fotzi ist ein schlechtes dummes Tier. Die Fotzi ist wie ein Hendl, das einen Flügelkrebs hat. Die Fotzi kommt einmal in die Tierkörperverwertung. Die Fotzi wird durch einen Schlachtschußapparat aus der Welt geschafft werden, und unsere Fotzi bekommt bestimmt keine Genehmigung für einen Platz auf einem Friedhof. Aus der Fotzi werden sie ein Hundefutter machen in einer Dose. Keinem menschlichen Menschen wird die Fotzi abgehen, wenn sie endlich nicht mehr da sein wird.

Fotzi umkreist Hasi bestürzt.

SCHWEINDI Sei doch nicht so streng, Hasi, was soll denn unser Sohn über die Welt denken, wenn er das hört. Wir sind doch Familienmenschen, eine richtige einheimische Familie. Wir sind gefühlvolle Menschen und müssen die Worte nachsichtig einsetzen.

HASI Da muß unserem Familienoberhaupt aber einmal das Schwänzchen himmelwärts aufsteigen, sonst ist es Essig mit den Hasenkindern, sonst bleiben die Kinder im Himmelszelt.

JÜRGEN Sie sollten vielleicht doch einmal einen Arzt aufsuchen, Herr Schweindi, die medizinische Wissenschaft rettet heute schon viele Nachkommenschaften, die früher als für immer verloren galten.

KARLI Ha, ha, der Schweindi kann nicht vögeln. Herr Schweindi, wissen Sie, was der größte Scheißdreck auf der Welt ist? Ein Brot und wenn man nicht vögeln kann.

Schweindi steht auf, bringt aber kein Wort heraus. Die Wirtin bewegt sich auf Karli zu.

Ich erbitte eine Vergebung, Herr Schweindi.

Er gibt Herta präventiv eine Ohrfeige.

Ich kann schon gut vögeln, gell Herta, sag, daß ich sehr gut vögeln kann. Erkläre den Menschen, daß der Karli immer ein steifes gesundes Fleisch in der Hose hat.

Herta gibt ihm eine Ohrfeige.

Na bitte, das ist der Beweis. Die Frau Wirtin weiß ja auch, daß ich gut vögeln kann, die haut mich ja auch immer.

JÜRGEN Es wird zuviel gehaut auf dieser Welt. Der menschlichen Seelenlandschaft wird andauernd in ihre Abendröte getreten. Die Liebe zu den Menschen besteigt viel zu oft einen Zug, der in ein falsches Land hineinfährt. Die menschliche Gesellschaft wird viel zuviel geschlagen von der menschlichen Gesellschaft.

KARLI Gerade darum muß man mehr vögeln im Leben, da paßt das Hauen besser dazu, dann ist das Hauen nämlich eine Lust und hat ein genußvolles Lebensrecht. Wer vögelt, hat mehr vom Schlagen.

SCHWEINDI Das Menschenhauen ist eine Privatangelegenheit des menschlichen Körpers, das geht keinen was an. Meine Hasi zum Beispiel weiß ganz genau, an welcher Stelle des Lebens sie ihrem Schweindi auf den Körper schlagen muß.

KARLI *zeigt auf das schöne Paar* Und die da drüben hauen sich womöglich überhaupt nicht, die sind sich wahrscheinlich zu fein dazu. Die sind sich womöglich überhaupt zu fein zum Vögeln. Die küssen sich und sind fertig mit sich. Das sind wahrscheinlich welche, die überhaupt keinen menschlichen Geruch haben.

HASI Was wissen Sie denn von der Reinheit des Herzens, Herr Karli. Es gibt Menschen, die ergießen sich in die höchsten Großartigkeiten. Man muß nur warten können, bis das Weltglück seine Netze auswirft, aber die Glücksnetze des Universums muß man mit dem menschlichen Gehirn erkennen können.

JÜRGEN Sehr richtig, Glück ist Erkenntnissache, und Erkenntnissache ist die Konsequenz des schimmernden Abendrots in der menschlichen Gehirnseele. Ein richtiger Mensch muß eben allerdings dauerhaft eine Aufmerksamkeit allen Menschen gegenüber in Anschlag bringen.

Man ist halt durch die Realität des Lebens gezwungen zu einer weltumspannenden Fairneß. Man muß bei einem jeden Menschen immer das Beste für möglich halten und sich nur für das Bestmögliche entscheiden. Die Menschenliebe ermöglicht den gleichheitlichen Zugang zu den ganzen Menschen, denn alle Menschen sind von Natur aus möglicherweise gut.

HASI Diese kostbar gekleideten Menschen da drüben haben allerdings ein seltsames und ziemlich abgehobenes Aussehen. Man sollte sie womöglich nicht beachten, weil es möglicherweise gefährliche, weit wegstehende Menschen sind. Wenn man seltsame Menschen betrachtet, dann kann es gefährlich werden für den eigenen Menschen in sich, den man inwendig betreuen muß.

WIRTIN Zum Glück habe ich vom Herrn Jürgen zu Weihnachten einen echten Sekt geschenkt bekommen, sonst hätte ich die Bestellungswünsche dieser Menschen gar nicht erfüllen können.
Ich bin ein Mensch, zu dem die Menschen hinkommen, um sich bedient fühlen zu können und um eine Bequemlichkeit in den Leib hineinzukriegen. Ich muß alle Bestellungen erfüllen, ich bin eine Wirtin, ich muß den Menschen zukommen lassen, was ihnen zusteht nach dem Gesetz. Jeder Mensch hat eine Bestimmung, und jeder Mensch gehört einer Bestellung, die ich erfüllen muß.

JÜRGEN Diesen Sekt habe ich allerdings für Sie und für eine Ihrer guten Stunden in einem sehr feinen Geschäft erworben, Frau Wirtin, und jetzt haben Sie mein prickelndes Geschenk an diese glitzernden Menschen verkauft, die wahrscheinlich ganz oberflächliche Personen sind.

WIRTIN Was war das schon mit Ihnen, Herr Jürgen, das muß ich Ihrer Person schon mitteilen. Für Ihre kleine Leistung unter einer Lust sind Sie mir im Bett beinahe gestorben, aber es war nett von Ihnen gedacht, daß Sie mir einen Tag später einen echten Sekt geschenkt haben als einen Ausgleich für Ihre Schwäche in der Nacht vorher.

KARLI Ha, ha, der Herr Oberlehrer kann auch nicht vögeln. Die Menschen lesen zu viele Bücher und können ihren Körper nicht mehr, weil sie ihre Körperlichkeit in den Kopf hinaufgelesen haben und der Kopf den Körper aus dem Menschen hinausgedacht hat.

SCHWEINDI Das Tier in Ihnen bellt wieder seine Animalität in die Atmosphäre hinaus. Eine Befruchtung ist ein fast ausschließlich geistiger Vorgang. Sie schindludern über die Welt hinweg, Sie sind ein Herdenmensch, ein Tier in einer Menschengestalt.

KARLI *steht auf* Ich bin ein gesundes Lebewesen. Auch meine wirkliche Mutter hat bei meiner größeren Kindheit immer gesagt, daß mein Vater wahrscheinlich aus der Natur kommt, daß mein Vater wahrscheinlich ein Schäfermischling gewesen ist.

JÜRGEN Sie sind ein Mensch wie alle Menschen, Herr Karli. Das Tier in Ihrer Person ist eine gesellschaftliche Verformung wie ein zertrümmertes Nasenbein. Sie werden gewiß noch zu sich finden, denn ein jeder Mensch ist auffindbar im Gestrüpp der Menschenwelt. Sie werden sich suchen und finden, mein lieber Herr Karli.

HASI Das möge Gott in seiner Güte verhindern. Alle höheren Mächte verbergen das Entsetzliche der fürchterlichen Menschen. Menschheit in einem Menschen ist die Feinheit in einem Menschen. Mensch sein ist fein sein und mit dem Eigenmenschen fein einherleben können. Freilich ist eine Feinheit in Wirklichkeit innerlich und nicht äußerlich wie bei diesen weltfremden Glanzmenschen.

Sie zeigt auf das schöne Paar.

FOTZI *tänzelt zum schönen Mann* Bitte Geld für die Musik aus der Musikmaschine.

Der schöne Mann läßt keinen Blick von der schönen Frau, greift blind in seine Hosentasche und gibt Fotzi, ebenso blind, eine hohe Banknote. Fotzi quietscht entzückt auf und tänzelt glücklich zu Karlis Tisch. Karli will das Geld schnappen, die Wirtin ist aber schneller. Sie gibt Fotzi eine Münze, dann das Ritual mit der Musicbox. Fotzi ist diesmal unzufrieden und will der Wirtin an die Kleiderschürze, in die die Wirtin die Banknote gesteckt hat.

WIRTIN Du wirst dir in deinem Kopf doch wohl nicht einbilden, daß dein Loch einen Tausender wert ist. Das war nur wegen mir und meinem Sekt.

HASI Was sind das für Menschen, die einem Tier wie der Fotzi ein so hohes Geld aushändigen. Haben diese Menschen innerhalb von sich kein Verantwortungsgefühl?

SCHWEINDI Es handelt sich zweifelsohne um Personen, die ihre Verantwortung fortgejagt haben, abgetrieben haben, ausgerottet haben, oder diese Menschen haben eine Erbkrankheit bei der Drüse für die Verantwortlichkeit und gar keine Verantwortung angeboren.

JÜRGEN Man könnte das Geld an die Ärmsten der Armen hinunterspenden. Ich weiß eine Kontonummer, die das gute Geld aufnimmt und in einen guten Sinn verwandelt.

Er ist plötzlich irritiert und greift sich an den Kopf.

Ich weiß nicht … es ist schrecklich, alles, was ich fortlaufend sage, gebe ich von mir … alles Ausgesprochene ist bösartig grauenhaft.

KARLI Ein Tausender ist ein Tausender.

HERTA Der Tausender gehört freilich eigentlich der Fotzi. Der Tausender war für das Loch von der Fotzi vorausbestimmt, aber in unserem Land hier ist es sogar vorausbestimmt, daß eine Vorsehung an einem Menschen nicht funktioniert. In unserem Land wird einem sogar das Horoskop aus dem Menschen herausgestohlen …

Karli zeigt ihr einen Vogel.

… es ist traurig, es ist so traurig, daß ich bei mir selber so unglaublich traurig bin, und noch trauriger ist alles, weil ich mir eine Traurigkeit nicht mehr in mein Leben hineinleisten kann. Diese Menschen da drüben können sich immer eine Traurigkeit aufkaufen, ohne Schmerzen erleiden zu müssen. Solche Menschen streicheln sich und sind traurig, weil sie so glücklich sind, oder sie küssen sich, weil sie genau wissen, daß eine Trauer die beste Freundin von einem Glück ist.

Karli gibt ihr einen Klaps auf die Stirn und schüttelt seinen Kopf.

SCHWEINDI *eifrig* Diese Menschen sind rücksichtslose Menschen, seltsame Menschen, aber fein und voller kostbarer Tücher am ganzen Körper. Eine viel zu kostbare Haut, eine Weltfremdheit im Menschenausdruck. Man ist als solcher Mensch wahrscheinlich gar nicht in der Fähigkeit, eigene Kinder aus seinem Leben in die Welt hinauszuerzeugen. Familienfeindlichkeit, liebe Hasi, Verhütungsmittelmenschen, die jede christliche Vernunft zu Tode genießen; sexuelle Menschen ohne sexuelle Verantwortlichkeit. Man muß Mittel für die Wege herausfinden, auf denen solche Menschen ihre Sprache herausrücken müssen, auf daß sie ihr unerfülltes und minderwertiges Leben erzählen müssen und merken müssen, daß sie ein schlechtes Leben leben. Freiwillig schlecht geführte Leben sind es, liebe Hasi, Leben, die sich selber genügen, so wie ein Gebirge sich selber genügt, kein Patriotismus, verantwortungslos wie das Meer oder ein Wald.

HASI Und du erstickst dafür an der Verantwortlichkeit, bäuchlings verreckst du in deinem verantwortungsvollen Körper. Eigentlich müßtest du Hasi heißen und nicht ich, weil du gar kein Körperschweindi bist, sondern ein Karnickel, aber ein geschnittenes, ausgefressenes, eines, das man am besten auf die Straße setzt, damit es zusammengeführt wird.

SCHWEINDI *weinerlich* Du bist eine gemeine Sau. Wenn wir einmal Kinder haben, werden dir das unsere Kinder niemals verzeihen können.

Hasi sticht ihn mit der Stricknadel.

Ahhh … jetzt hast du in mich hineingestochen, jetzt ist mein Körper verletzt …

Hasi gibt ihm auch noch eine Ohrfeige.

Ahh … es … es hat schon alles seine Richtigkeit … das Leben ist immer bei sich, das ist ganz normal. Das Leben führt sich halt gerade so auf wie ich ein Bub war, da war das Leben herrlich wunderbar schön. Das Schönste am Leben, so wie es sich aufführt, ist eine bubenhafte Kindheit. Und überhaupt gefällt mir das Leben als Kindheit am besten. Als Kinderbub hat man einen zarten schuldhaften Körper, der immer bestraft werden muß, weil er bestraft werden will. Als Kind wird man gezüchtigt, bis der Körper schreit, und als ein schreiender Kindermensch weiß man aber, daß die Welt ganz Ohr ist, eine riesengroße Ohrmuschel, die genau zuhört. Der zarte Kinderkörper schreit die Welt an, und die Welt vergibt ihm seine süße Schuld. Eine Kindheit braucht die Zucht, damit sie eine Kindheit bleiben kann.

Er beißt heftig in ein Stück Brot.

KARLI Ha ha, er ist ein Kinderficker. Der größte Scheißdreck auf der Welt ist halt wirklich ein Brot mit einem Kinderficker darauf, aber ohne ein richtiges Gurkerl und ohne eine Mayonnaise, ha, ha …

SCHWEINDI Kriegsverbrecher, Brotbetrüger, Kriegsbetrüger, Brotverbrecher. Nie wieder erlangst du von mir eine Vergebung.

WIRTIN *bewegt sich auf Karli zu* Noch ein stinkendes Wort und du fliegst für alle Ewigkeit. Der Herr Schweindi hat sich immer rührend um alle Kinder gekümmert. Der Herr Schweindi ist nämlich moralisch ein kirchturmhoher Mensch, der hat eine große Liebe zu allen Lebewesen in sich, da bist du nichts als eine Wanze dagegen, eine Gefängniswanze in einem Verbrecherbett.

SCHWEINDI *heftig Brot kauend* Alle Lebewesen sind in der Liebe, nur die Wanzen nicht. Die Wanzen werden vergast.

KARLI *steht empört auf* Ein … ein Mensch bin ich …

Er starrt zur Decke.

Ich stehe vor einem großen Spiegel, vor einem riesengroßen Spiegel … und sehe, daß ich ein Mensch bin, weil ich sehe … daß ich wie ein Mensch ausschaue …

Er setzt sich schwer atmend. Herta will ihn trösten, er stößt sie brutal weg.

SCHWEINDI Ich gestatte mir, Ihnen meinen persönlichen Dank zu übermitteln für die argumentatorischen Hinzufügungen ihrerseits in der Wanzenangelegenheit, Frau Wirtin. Wir wissen die Integrität ihrer Person zu schätzen. Ich hoffe, daß Ihrer Vorgehensweise eines Tages umfassender Vorbildcharakter zuteil werden wird.

JÜRGEN Seltsam … »seltsam« ist ein eigenartiges Wort, darum ist das Leben seltsam. Man bemüht sich um das Leben der Menschen, weil man sich um sein eigenes Leben bemühen muß, und die Menschen können nichts erkennen, als daß das Leben seltsam ist, und selber wird man sich selber ganz eigenartig, weil man sich überbleibt, weil man sich schon wieder nicht los geworden ist und weil man von der ganzen Seltsamkeit selber das Seltsamste ist. Und auf einmal bleibt man mitten auf einem Zebrastreifen stehen und sagt dem eigenen, ganz normalen Leben, daß es sterben muß, daß dem Eigenmenschen das Leben abstirbt, bis es weg ist.

KARLI *zeigt auf das schöne Paar* Und die da drüben, wo ist denen ihr Leben, das absterben wird?
Wo die doch so fein und glatt sind, innen und außen, wie ein Eidotter. Und wenn die gar kein Leben haben, das absterben muß, wann

sterben die da drüben dann überhaupt? Aber geben muß es ihr Leben irgendwie, weil unsere Augen diese Feinheitsmenschen anschauen müssen, also müßte man die da drüben auch niedersterben können.

Die Wirtin begibt sich an den Tisch des schönen Paares und stützt die Hände in die Hüften. Schweindi ißt immer hektischer Brot.

WIRTIN Ist alles zu einer Zufriedenheit?
Darf man noch etwas heranbringen?
Haben die Herrschaften noch einen Wunsch innerhalb ihrer Herrschaften?

Der schöne Mann winkt ab, ohne sein Gesicht von dem der schönen Frau abzuwenden. Die Wirtin setzt sich zu Hasi und Schweindi.

Die Schweine sind durch und durch befriedigt. Die brauchen nichts mehr, weil sie nichts mehr wollen wollen. Die haben aufgehört, etwas zu wollen von der Welt, weil sie nicht einmal mehr etwas brauchen können von uns. Diese Schweine brauchen nur sich. Alle besseren Menschen brauchen nur sich und sind auch noch zufrieden mit sich selber. Alle feinen Menschen sind tote Schweine ohne Schwarten, ohne einen Speck und ohne eine menschliche Wärme.

SCHWEINDI Solche Menschen sind aber in ihren Leben nicht einmal Schweine. Echte Schweine kümmern sich verantwortungsvoll um ihren eigenen Nachwuchs. Schweine sind bessere Menschen, als man sich das so im Alltag so hineindenkt und dann ausdrückt. Man muß diese Menschen den richtigen Fragen unterwerfen, man muß eine Rechenschaft fordern von solchen Mitbürgern, die nicht einmal fähig sind, Schweine zu sein. Man muß eine Bürgerinitiative heranwachsen lassen.

HASI Man muß die Dinge an die Wand stellen, damit man wissen kann, woran man ist vor den Dingen. Ein urwüchsiger Mensch muß solche Menschen fragen, was sie glauben, überhaupt zu sein. Herr Karli, Sie sind ein einfacher Mensch, Sie können gut vögeln, fragen Sie diese Menschen, woran man ist mit ihnen. Übernehmen Sie die Initiative, Herr Karl.

KARLI *steht auf* Hee, ihr da drüben, trinkt ihr einen Obstler mit uns?

Der schöne Mann winkt ab, ohne sein Gesicht von dem der schönen Frau abzuwenden.

SCHWEINDI *steht auf* Das sind niederträchtige Menschen und keine Staatsbürger, das sind Kriegsverbrecher, die höchstwahrscheinlich die Ansicht vertreten, daß Brot ein Scheißdreck ist, daß Brot ein Nichts ist, daß unsereins ein Nichts ist.

KARLI Brotverbrecher, Nichtsvertreter, Kriegsverleumder.

SCHWEINDI Sehr genau richtig, Herr Karl, ich habe nie an Ihnen gezweifelt.

HASI Er ist ein primitiver Mensch, aber ein guter Kerl, und er kann höchstwahrscheinlich gut vögeln.

WIRTIN Er vögelt gut.

HERTA Er ohrfeigt gut beim Vögeln.

Karli gibt ihr eine Ohrfeige, die Wirtin tritt hinzu und ohrfeigt sie auch, Herta bekommt einen Lachkrampf.

JÜRGEN Aber meine Herrschaften, meine Freunde … bitte bitte bitte, der Krieg bricht doch sonst aus. Die Welt stirbt uns davon, bitte bitte bitte …

Schweindi setzt sich in Bewegung, küßt Jürgen auf den Mund, die Wirtin auf die Stirn und Karli auf Stirn und Mund. Karli wischt sich geekelt die Lippen. Schweindi geht zum schönen Paar und boxt dem schönen Mann linkisch die Schulter. Der schöne Mann winkt ab, ohne sein Gesicht von der schönen Frau abzuwenden. Schweindi faßt sich die abwinkende Hand und führt sie sich zwischen die Beine. Der schöne Mann betrachtet sehr sachlich und mäßig interessiert den Schweindi, der sich mit der fremden Hand aufgeilt. Fotzi stopft sich die Hände in den Mund und zuckt hysterisch.

SCHWEINDI *zum schönen Mann* Du bist ein Kind. Du bist eine bubenhafte Kindheit. Du bist mein kleiner Junge. Du bist ich, wie ich weiß war wie ein Elfenbein und klein wie ein Vogel.

Karli tritt hinzu und gibt der schönen Frau eine Ohrfeige. Die Wirtin entreißt Schweindi die fremde Hand und führt sie sich zwischen die

Beine. Hasi pirscht sich heran, gibt im Vorbeigehen dem schönen Mann eine Ohrfeige und führt sich Karlis Hand zwischen die Beine. Jürgen kommt hinzu, kniet sich vor die agierende Menschengruppe nieder und bettelt: bitte nicht, bitte nicht. Herta steht und schaut kühl, sie erzeugt mittels eines Kaugummis eine große rote Blase, die sie schließlich über ihrem Gesicht zerplatzen läßt. Man reißt das schöne Paar auf den Boden nieder und die Kleider vom Leib.
Karli macht Anstalten, die schöne junge Frau zu vergewaltigen. Schweindi zieht dem schönen jungen Mann glucksend die Hosen aus. Die Wirtin zieht ihre Kleiderschürze hoch und setzt sich auf das Gesicht des schönen Mannes. Hasi wartet hinter Schweindi auf dessen Erektion, um sie für sich ausnützen zu können. Das schöne Paar ist jetzt völlig unter den zugreifenden Leibern begraben. Schließlich spritzt Blut.

Ende des ersten Aktes.

Zweiter Akt

Wieder die Wirtsstube. Zwei ziemlich aufgefressene Kadaver, aus denen die Rippenknochen nackt herausragen. Die Wirtin, Karli, Jürgen, Fotzi, Schweindi und Hasi knien oder hocken um die Leichenreste herum, noch halb ausgezogen, verstört, zerrauft und bluttriefend. Man hat das schöne Paar also aufgefressen. Herta steht an derselben Stelle wie im ersten Akt und bläst Blasen mit einem weißen Kaugummi, wieder und wieder. Man erzeugt noch Schmerz- und Lustgeräusche.

JÜRGEN Was haben wir nur aus uns und mit diesen Menschen getan.

Er legt seinen Knochen ab.

Wir haben uns an der Menschlichkeit vergangen, wir haben uns an unserer Unshaftigkeit vergangen.

Weinkrampf.

KARLI Die Menschlichkeit hat sich an uns vergangen. Wir sind von der Menschlichkeit aus dem Boden ausgerissen worden und aus und aus und ganz vorbei.

JÜRGEN Diese fremde vertraute Fremdheit … dieses wunderschöne Tötenmüssen, dieses immer wieder aufs neue alte Maulstopfen der Vernunft durch die Lust im Blut …

Weint.

KARLI *unsicher* Es war gar nichts. Wir haben nur gejausnet. Es war nur das: Unser rotes Brot gib uns heute … wie jeden Tag. Unsereins arbeitet immer den ganzen hellichten Tag hinunter in die tägliche Finsternis, und in der Nacht schuftet alles von alleine weiter in einem. Vierundzwanzig Stunden am Tag wird ein Mensch hinuntergearbeitet. Das einzige, was einen Menschen unterbricht, ist eine Brotzeit. Die Brotzeit verbreitet die menschlichen Gefühle unter den Menschen, wie ein schlechtes Wetter das lebensnotwendige Regenwasser in der ganzen Natur verbreitet.

SCHWEINDI *kaut hinunter* Brotzeit gibt es nicht, Brot ist zeitlos. Sie waren schuldig, sie haben das Haupt des Herrn umflogen wie Schmeißfliegen einen Scheißdreck. Wir haben sie trotzdem geliebt. Wir haben sie zu uns genommen. Wir haben uns trotz allem ihrer erbarmt.

KARLI Der größte Scheißdreck auf der Welt ist das tägliche Brot, das man sich täglich verdienen muß.

Schweindi haut Karli einen Fleischbatzen an den Kopf. Die Wirtin haut ihm mit einem Schenkelknochen auf den Kopf.

HERTA *selbstsicher* Ihr Todesficker, ihr geilen Menschenaasfresser. Für euch wird man eine eigene Hölle erfinden müssen. Ihr werdet in einer verfaulten Bauchhöhle eure Ewigkeit verbringen, wie immer. Es wird alles so sein, wie es immer gewesen ist und wie es immer sein müssen wird. Aber es werden alle blutigen Zeiten in einer einzigen Zeit sein. In euren Herzen werden tausend qualvolle Schmerzeier zu einer faustgroßen Eierspeis zusammengebraten werden. Ihr werdet bei mir sein müssen, in der Kraftkammer von einer eigenen Hölle.

JÜRGEN Daß alles Passierte immer wieder passieren muß. Daß wir immer wieder uns umbringen und hinunterfressen müssen. Daß das Gleiche immer wieder einfach so daherkommt, als täte es die Möglichkeit, daß man sagt: ohweh, schon wieder das Gleiche, gar nicht geben.

WIRTIN Ich werde schon wieder den großen Ofen einheizen müssen, auf daß wir die Knochen verbrennen können. Jede Woche muß ich einheizen einmal. Innerhalb des Lebens geht es ja wirklich zu wie in einem Vogelhaus: Alles kommt ungefragt daher und frißt sich voll. Von allen Seiten stürzen die Lebensereignisse in das eigene Haus herein und krepieren, ob man will oder nicht. Manchmal besteigt es mein Gewissen wie ein Hochwasser, daß das Umbringen die erste Idee vor der Welt sein könnte, daß das Umbringenmüssen gar nicht das Umbringenmüssen ist, so wie der Himmel der Himmel sein muß … und sonst nichts.

FOTZI *angestrengt* Wo ich sein muß … wo ich bin, da ist nichts, was eine Lust haben darf, etwas heraussprechen zu können. Alles liegt herum und erinnert sich selber an nichts … es ist aber nur so … alles erinnert selber an etwas … das es selber nicht ist … wie am Autofriedhof … wie ein totes Auto, das einmal ein feines Auto gewesen ist, aber selber nicht wissen kann, daß es ein feines Auto ist, wie es ein feines Auto war … Es ist einfach etwas … etwas da, und es ist nichts. Die Menschen lehnen sich an etwas an und wissen nicht, daß sie zehntausend Kilo schwer sind … es bricht dann so zusammen … und da ist ein toter Mensch … aber man kann ihn nicht anschauen, den kaputten Menschen, man sieht nur eine Staubwolke, die langsam hochsteigt, ein bißchen ein fliegender Dreck. Und weil alles viel zu schnell geht, schaut es so langsam aus.

HERTA *klopft mit einem Knochen resolut auf den Boden* Aber es hat geschmeckt. Es war gut in sich, so süß wie etwas Junges, Zurückgebliebenes.

Herta lacht böse.

Wer den gleichen Stoff ißt, aus dem er gemacht ist, der kommt unter die Räder. Ich bin glücklich … ich bin glücklich, daß ihr alles totfressen müßt, und daß ich fest auf meinem Lebensrest sitzen kann und zuschauen kann, wie euch das Ermordete umbringt.

JÜRGEN *sehr ernst* Wir haben erneut versagt. Wir haben das Licht am Menschen verfinstert, weil wir abermals aufgefressen haben, was uns zu gut gefallen hat und uns so eine entsetzliche Lust hereinverursacht hat. Irgendwie müssen wir einer jeden Fremdheit den Kragen abschlagen, und nur eine Fremdheit ist eine Schönheit.

Er sitzt ab jetzt abwesend herum und spielt mit Leichenteilen wie mit zufälligen Gegenständen.

KARLI *weinerlich* Ich will nicht als Karli in die Hölle kommen, wo die Herta ist. Die Hölle ist wie das Leben, ich will nicht leben müssen, ich will keinen eigenen Menschen im Höllengefangenenhaus. Ich will nur manchmal einen Menschen auf den Körper schlagen, damit der Körper so tun kann, als ob er sterben täte, ohne aber einen letzten Tod zum Hineinsterben …

Weint.

Jetzt ist alles aufgefressen. Es ist wie zu Weihnachten und zu Ostern, ein Mensch kommt auf die Welt, ein Mensch wird aufgehängt, und man frißt und sauft vor lauter Freude … man feiert da ein Elend, von dem man eh schon immer gewußt hat, daß es ein Elend ist, auch schon bevor es sich so übergeil der Welt zum Schlachten verkauft hat.

Alles, was gefeiert wird, ist immer das Grauenhafte, was einen Welthunger in die Menschen hineinzwängt … eine Geburt, eine Hochzeit, eine Leiche. Und nach einem Feiertag ist einer total ausgefressen, und es ist einem schlecht. Keiner ist richtig abgeholt worden, weil er gar nicht richtig eingeladen war, aber verstopft ist ein jeder … bevor er noch richtig zuschlagen hat können …

SCHWEINDI Das Philosophische ist aber schon höchstens oder mindestens die Angelegenheit vom Herrn Jürgen und von meiner Wenigkeit. Wir sind die gebildeten Menschen, Herr Karli, wir sind die persönlichen Pädagogen … überhaupt scheinen Sie mir umfangreiche Probleme mit Ihren zwischenmenschlichen Grenzziehungen zu haben.

KARLI *müde* Brot ist ein Scheißdreck …

Die Wirtin haut ihn mit einem Rippenknochen. Karli reagiert kaum.

HASI Der Mensch versteht nur das, was er schmecken kann. Eine Geschmacklosigkeit muß man kosten, bis sie freiwillig einen Geschmack bekommen muß. Es ist vielleicht sogar schrecklich, aber es ist die Wahrheit, daß der Geschmack die wirkliche Wirklichkeit ist.

SCHWEINDI *weinerlich* Ich hab ihn wirklich geliebt in meinem Herzen. Er ist mir so zutraulich vorgekommen, wie er gestorben ist. Er hat sich eigentlich überhaupt nicht gewehrt … und dabei habe ich nur einen Oberschenkel haben dürfen. Ihr geilen Schweine habt ihn hinuntergewürgt, bevor ich meine Liebe seinem Fleisch mitteilen habe können. Dabei ist mir mein Scheißding schon beinahe gestanden, und wer weiß, vielleicht wäre ich doch noch ein echter Vater geworden. Ihr habt mein mögliches Kind vorzeitig aufgefressen. Ihr habt eine glückliche Vaterschaft in eurer Verdauung. Ihr seid die Kinderfresser meiner Kindermöglichkeiten. Außerdem wart ihr schon immer gemein zu mir, ihr habt bei mir immer eine Unfreundlichkeit bei euch in Reserve gehalten …

Weint.

HASI Wir werden eine neue Lust für unsere Elternschaft auffinden, Schweindi, und eines Tages wird eine normale Lust in unserer Körpermitte einziehen und mehrere Kindheiten nach sich ziehen. Dann werden wir glückliche Eltern, wie es das Gesetz vorschreibt.

JÜRGEN *sinnierend* Vielleicht ist vor einem Anfang doch schon alles vorgeschrieben und abgestimmt …, dann würde alles immer in eine Eigenruhe heimkehren, dann wäre alles auf der Welt egal wie ein Theater. Wenn die Welt ein echtes Spiel ist, dann gibt es einen Spieler, der es so tragisch dann auch wieder nicht meint …

FOTZI Die Fotzi ist richtig unglücklich, weil sie glücklich ist. Zwei Leben sind ausgegangen, und die Fotzi ist am Leben. Die Fotzi versteht nichts, aber sie versteht, daß sie nichts versteht. Ich weiß nicht … alles, was zu einem Ende geht, ernährt die Menschen so gut. Für die Schwierigkeiten bei der Ernährung kann die Ernährung ja gar nichts dafür, daß es sie geben muß … Es ist gar nicht so schlimm für eine wie mich … aber die Fotzi ist eure Sau, aber nur eine Nebensau. Die Fotzi bringt keiner um, dafür schmeckt sie einem fremden Hunger nicht gut genug. Da heißt es weiterleben, auch wenn man ein Leben gar nie hat haben wollen.

HERTA Ich weiß, daß ich Herta heiße, aber ich muß heute nicht: die Herta sagen, ich kann heute: ICH sagen, weil ich der einzige Mensch bin, der noch keinen Menschen gekostet hat. Der Abend gehört mir. Ich bin der einzige Mensch, der bei sich verweilen darf, darum bin ich wirklich ein anbetungswürdiger Mensch. Ich merke, daß ich lange gewartet habe, ohne wirklich zu warten. Aber wenn das Warten an seinem Ende ist, merkt man, daß man immer gewartet hat. Das Gleiche muß oft genug gekommen sein, daß man begreift, daß man immer doch auch erwartungsvoll gewesen ist und daß das Warten ein Ende hat. Und darum werdet ihr mir jetzt die Reinheit meiner Füße lecken, aber ohne hineinzubeißen.

HASI Vielleicht hat sie recht. Es ist ja doch alles das Gleiche und darum egal. Wir können es ja versuchen. Vielleicht hebt sich alles auf, wenn wir ihre Füße lutschen, und alles geht weiter wie ein frischer Furz.

Herta zieht sich Schuhe und Strümpfe aus und steckt Karli die Zehen eines Fußes ins Maul. Karli lutscht und weint. Nacheinander schließen sich alle an, außer Schweindi. Er betrachtet irritiert die Szene.

SCHWEINDI Ich lecke sie nicht, die katastrophalen Füße von der da … Ich bin ein aufrechter Österreicher, und ein Österreicher leckt keine menschlichen Füße, ein österreichischer Mensch küßt höchstens voller Ehrfurcht die marmorsteinige Fußhaftigkeit einer echten Jungfrau mit einer logischen Gnade, die bei so einer dabei ist.

HERTA Ab jetzt und schon länger bin ich die Jungfrau. Ich bin so fertigbefruchtet, daß ich niemandem mehr gehöre. Ich bin an jedem Ende angekommen und deswegen eine Jungfrau im nachhinein, eine freigefickte Jungfrau, eine Kinderfrau durch eine abgestürzte Massenfrauenhaftigkeit, und darum leckst du mir meinen Fuß, du Schweindimensch. Dein Dreck wird auf meiner Haut zerbrechen, und du wirst rein sein wie eine Wüste.

Hasi gibt Schweindi eine Ohrfeige. Schweindi lutscht greinend an Hertas Fuß. Fotzi küßt Hertas Hintern.

KARLI Ich war noch nie in einer echten landschaftlichen Wüste, aber in einer echten Wüste gibt es sicher einen Sandsturm, der das Leben friedlich verdeckt und die Augen zumauert. Wenn ich fortgehen könnte, täte ich ganz von selber in einer richtigen Wüste ankommen, mit Knochen, die die Wüste abgefressen hätte und nicht ich. Und es wäre warm. Wüsten haben sicher mehr Hitze als ein Mensch, das wäre eine Gelegenheit, einmal nur auf sich selber zu schauen, nicht auf äußeres Fleisch und Blut. Man täte überleben wollen müssen und hätte immer einen Durst, aber einen Durst von außen nach innen und nicht umgedreht.

FOTZI In einer Wüste wäre ich ein Lappen von einem abgetrockneten Kaktus, aber dafür ein Fetzen ohne Durst und ganz alleine, ein Aufwischfetzen, von dem keiner weiß, daß er ein Fetzen zum Aufwischen ist.

JÜRGEN *eifrig* Die Fotzi hat recht. Die einfachen Menschen haben immer recht. Eine Wüstung … eine Hitze, die nichts beweist als sich selber, eine Unfruchtbarkeit, die nicht gesund ist und nicht ungesund … ein Land, das nichts beweisen will, kein österreichisches, kein deutsches, kein deutschösterreichisches …

HASI Sprich ein Machtwort, Schweindi, selbst ein Mensch wie der Herr Jürgen versinkt im Blutgefühl aus der Wirklichkeit hinaus.

SCHWEINDI Nun, äh …, der mitteleuropäische Mensch … also, Herr Jürgen, Sie haben viel studiert, aber … was soll ich denn sagen, Hasi?

HASI Mach ein Machtwort, ein männliches Machtwort, wenigstens in der Sprache.

SCHWEINDI Also … sogar eine Wüste wird ein fruchtbares Gemach, wenn der hellhäutige Mensch es in einen Besitz nimmt. Ihre Wüstungen werden Menschenland, wenn sich der richtige Menschenschlag darum annimmt. Nichts kann sich selber gehören, nur das Brot und das Brotgetreide, dem die Menschheit insgesamt angehört.

HERTA Keiner versteht eine Wüste. Die Wüste ist meine Freundin, weil sie ehemaliges Land ist. Sie macht einen absterbenden Ausflug zu euch, nicht ihr zu ihr. Das seid ihr …

Sie gibt einem Gerippe einen Tritt, setzt sich an den Tisch, an dem das schöne Paar saß, und trinkt deren Sekt.

KARLI Nein, nicht, sei vorsichtig …

Er bringt das Gerippe in die alte Lage.

WIRTIN Ich spreche nicht gerne am Ende der Sprache, weil ich eine Wirtin bin. Eine Wüste muß aber schön sein, wenn man einen Tropenhelm und eine Verpflegung hat. Es gibt seltene Blüten, die vor dem Fenster bei uns nicht herauskommen wollen. Man bildet freilich ein Treibhaus nach, weil man die Wüste blühen sehen will.

SCHWEINDI *eifrig* Man bildet alles nach. Man kann alles nur nachbilden. Das ist oft ganz einfach, zum Beispiel ein Kilo Mehl stürzt auf den Boden. Alles ist auf einmal weiß und hat gegen seine Bestimmung eine ganz andere Eintönigkeit. Sagen wir, das Fenster ist offen, ein Südwind weht, der Staubsauger ist kaputt …

HASI Wir haben aber drei Staubsauger.

SCHWEINDI Dann ist eben alles kaputt. Es gibt immer noch die Unfälle, die über alles hinausreichen.

KARLI Es gibt da gut gefütterte Möglichkeiten. »Möglichkeiten« ist ein Wort, das man kennen muß, weil es ein umgängliches Wort ist. Und in den Filmen über die Wüste gibt es dick eingewickelte Menschen und blonde Mädchen mit einem Sonnenbrand. Jede Wüste hat einen Genuß und einen Sinn. Sieht man einen Wüstenfilm, trinkt man mehr Bier als bei einem Kriminalfilm.

SCHWEINDI Und jetzt stellen Sie sich vor, Herr Karli, das Mehl ist aufgeteilt am Boden im Wohnzimmer, und mit dem eigenen Fingerspitzengefühl formt man sich kleine Dünen hinein. Einem Pelargonienstock reißt man ein paar Blätter aus und schneidet kleine Kaktusformen zurecht. Aus Zündhölzern bastelt der geschickte Mensch dann die Gerippe der unglücklichen Forscher und der überfallenen Kaufleute. Am Horizont plaziert man sich als der Mensch mit der schönen Phantasie einen großen roten Apfel, der für die ganze untergehende Sonne steht. Dann macht man sich als der anpassungsfähige Mensch einfach ganz klein, bis man durch das Mehl stolpert und: Wasser … Wasser murmelt. Aber gerettet wird der moralisch einwandfreie Heldenmensch noch allemal, dafür ist man immer noch groß genug.

HASI *steht auf* Aber die Sauerei auf dem Wohnzimmerboden räumst du dann selber aus dem gemeinsamen Wohnzimmer hinaus. Außerdem weißt du bei dir ganz genau, wie sehr ich es verabscheue, wenn deine geisteskranken Finger an meinen Pelargonien herumzwicken.

Sie gibt Schweindi eine Ohrfeige.

Da ist eben wieder einmal ein Malheur passiert, und da spielen diese Kindermenschen Wüste innerhalb einer Wohnzimmerlandschaft. Wenn es keine Möglichkeiten für ein Malheur innerhalb des Lebens geben täte, dann wäre die Welt ein Geschäft mit lauter Gegenständen, die sich gegenseitig nichts angehen und womöglich auch noch ohne einen Käufer und ohne einen Verkäufer.

Wird unsicher.

Man kann ja für eine Zukunft die Möglichkeit vorantreiben, sich zu verbessern … Oder nicht?

JÜRGEN Ich weiß nicht, warum manchmal etwas schön ist.
Pause.
Manchmal ist es so, als würden sich die Gegenstände miteinander ins Bett legen und einfach schön ausschauen.
Pause.
Dabei tun die Gegenstände einfach das, was sie immer tun, nämlich nichts … sinnlose Schönheiten. Die Gegenstände kümmern sich einen Dreck um uns. Wir sind den Gegenständen gleichgültig. Nur die Form bestimmt, wie man aneinanderfällt … und was nach dem Fall vielleicht gebrochen ist. Und da ist vor dem Auge auf einmal das Abscheuliche aufgebaut, das Häßliche, durch eine Bewegung ist alles versunken. Wenn sich nichts bewegen würde, dann müßte niemand sterben.

Er geht zu Herta und birgt sein Gesicht in ihrem Schoß. Sie gießt ihm gelangweilt ein Glas Sekt über den Kopf. Er gleitet müde zu Boden und bleibt ein Weilchen liegen.

SCHWEINDI *wie erwacht, steht auf* Meine Herrschaften, ich bin bedrückt. Es lastet ein Gewicht auf meinen inneren Körperteilen, das sich rätselhaft perfekt über meine ganze Persönlichkeit hinwegmultipliziert. Man muß den Ausweg suchen, der garantiert keine falschen Angaben macht. Meinen Gefühlen ist es nun einmal übel geworden, und man hat eben als der Gefühlsinhaber die verdammte Pflicht und Schuldigkeit, der Übelkeit der eigenen Gefühle zu Leibe zu rücken.

Hasi nickt zustimmend und klopft ihm anerkennend den Hintern.

HASI Es gibt doch gesetzliche Abläufe, Brauchtum und Handlungen für eine jede schlimme Lage … so wie die Menschen sowas eben in der Kirche machen, beim Militär und bei der Feuerwehr.

KARLI *müde* Meine Fenster sind alle zu, die Balken haben sich alle verklemmt. Innen ist kaum noch eine Luft zu merken. Der Teufel hat sich selber ausgetrieben.

SCHWEINDI *pathetisch* Der Staat … er hat sich selber den Krieg erklärt und sich das eigene Brot aus dem Staat herausgestohlen … brennende Brotlaibe, finsteres Licht, Fackeln aus Würsten, und selbst das Wasser schickt an sich, zu brennen.

FOTZI Das Tote ist jetzt furchtbar am Leben und regiert die Luft wie ein ganzes Land sich regieren muß. Ich bin zum Glück nur ein nebenseitiger Mensch. Wenn ich mich am Nationalfeiertag aufhänge, dann fällt einem Land wie dem meinigen gar nichts auf und ein. Man täte wahrscheinlich sagen, daß ich keinen Kalender betrachtet habe und daß ich zu blöd bin, einen Kalender zu entziffern.

JÜRGEN *springt auf und spannt sich* Halt, jetzt muß man auf mich hören. Jetzt muß ich am Zug sein. Man muß jetzt einfach meinem Zug gehorchen. Wir werden Abbitte leisten. Die Wirklichkeit wird sich in unsere Beziehung bringen. Der Zusammenhang wird ganz von selber eine Erklärung abgeben. Wirtin, Kerzen, Wirtin, wir produzieren eine Andächtigkeit. Wirtin, wir müssen es umgestalten können und alles als einen symbolischen Ablauf verstehen lernen. Wir werden lernen, immer lernen lernen lernen, bis der Sinnlosigkeit der Sinn einschläft wie ein schlecht durchbluteter Fuß. Wirtin, ich habe gesprochen.

Die Wirtin holt aus ihrer Kleiderschürze mehrere Kerzenstummel, gruppiert sie sorgsam um die Gerippe und zündet sie an, dann dreht sie das Licht ab.

KARLI So eine Erlösung braucht ein körperliches Licht, kein elektrisches.

FOTZI So ein Lichtlein ist gütig, weil ihm alles gleichgültig ist. Den ewigen Lichtern ist es wurst, was sie verbrennen, alles muß ernährt werden, auch die Flammen.

Karli haut Fotzi eine herunter.

Aua, haha, das brennt ja auch wie ein Licht.

JÜRGEN *wutentbrannt* Wird das wohl endlich sein eigenes Ende erleben wollen? Wird das Ende vom Totschlagen endlich zur Kenntnis genommen werden?

KARLI *weinerlich* Erbitte eine freundliche Vergebung, Herr Jürgen. Der Bach speist den Fluß, aber der Fluß bleibt im Flußbett, bis das Meer kommt.

SCHWEINDI Ein interessanter Gedanke, Herr Karli.

JÜRGEN Ruhe.

HERTA Es ist wie ein Tulpenfeld. Ihr seid wie ein Tulpenfeld. Eine grauenhafte, übergewichtige Arschblüte neben der anderen unförmigen Farbensauerei … Ich bin schon in einem ganz anderen Land als ihr. Ich habe gerade zum erstenmal in meinem Leben das Wort »übergewichtig« benützt und das Wort »unförmig«.

Trinkt.

Unwichtig. Ein Übergewicht, unwichtig, euer ganzes Land eine Unform.

Laut

Bei uns ist alles eine gemeine Übersinnlichkeit, da wird freilich immer alles aufgefressen werden müssen, was nicht so grauenhaft sein muß, weil ein jedes abartige Schöne daran eine Erinnerung macht, daß das Ganze bei uns übergewichtig ist, unwichtig und unförmig.

Mir hat man ja bloß das Sprechen von meiner Schönheit heruntergefressen, damit meine Schönheit ihr Maul halten muß, weil alle haben zuschauen wollen, wie eine Schönheit einen Stoff verläßt, wie ein Fleisch einen Knochen zurücklassen muß, weil es herunterrutscht unter der ewigen Faust.

Trinkt.

JÜRGEN Bitte keine Qualen mehr zusammenbauen in unserer Mitte. Eine häßliche Musik ist oft sehr schön, wenn man sie von weit weg hört, und trotzdem ist es die gleiche Musik, aber es ist Musik vermischt mit der Welt, und Welt und Musik zusammengebraut ergibt eine Wehmut, Frau Herta.
Alle meine inneren Werte verbeugen sich ja vor Ihnen, Frau Herta, wir töten und fressen und Sie lieben. Sie sind dem Außenfleisch nicht anheimgefallen. Sie werden höchstens manchmal vergewaltigt, aber wie Sie gebaut sind … da spielt das keine Rolle, Sie wachsen ja sofort nach und werden erst recht eine goldene Jungfrau.

HERTA *böse* Ich liebe nicht. Ich liebe nie. Übergewichtig, unwichtig, unförmig.

Karli und Schweindi stürzen zu Hertas Füßen und lecken sie. Fotzi tritt hinzu und küßt mit einem Knicks Hertas Hand. Hasi zieht einen Schuh und einen Strumpf aus, geht zu Schweindi und gibt ihm einen Tritt in den Hintern. Wie sich der brüskierte Schweindi umdreht, steckt Hasi ihm den Fuß ins Maul.

SCHWEINDI *spuckt aus* Pfui, mein Gott, wie ein Fuß stinken kann, seit Wochen nicht gewaschen, und wahrscheinlich bist du wieder absichtlich in Hundescheiße gestiegen, wie du es immer machst, weil es so schön glitscht, wie du sagst.

Hasi hebt einen Knochen auf und will auf Schweindi einschlagen, hält aber plötzlich inne und läßt den Knochen resignierend sinken.

KARLI Meine Herta wäscht sich dreimal am Tag einen jeden ihrer Füße, und weil die Füße immer so sauber sind, hat sie gemerkt, daß man die Füße auch für etwas anderes verwenden kann als nur zum

Gehen. Meine Herta ist die Jungfrau Herta, zur Jungfrau Maria reicht es noch nicht ganz.

HERTA *trinkt* Mein Wesen ist die Sauberkeit von einem Schmutz, ein Stoff, dem eine jede Moral endlich heruntergebröckelt ist, ein reiner Stoff, Wasser … Stein. Die Schmerzen finden keinen Weg mehr an meine Haut heran.

Trinkt.

Der Karli kann natürlich nicht gut vögeln, aber er kann gut schlagen und so tun, als ob er gut vögeln könnte. Das weiß auch die Wirtin, aber die muß selber schlagen und kriegt überhaupt nur eine Feuchtigkeit in ihren Unterleib, wenn sie selber auch geschlagen wird. Ich stehe über allem. Ich bin bei meiner verschissenen Geburt gestorben, aber wahrscheinlich haben sie mich dann bestochen, damit ich ihnen die Nachgeburt, die ich bin, vorspiele und ihnen damit eine Freude bereite. Ein jeder will sich dann auch noch anschauen wollen, wie aus einer Nachgeburt eine Mißgeburt heranwächst, wie etwas ganz langsam einstürzt und sich auftrennt.

Trinkt.

Mein Leben führen die anderen Menschen.

Trinkt.

KARLI *unterwürfig* Wir führen dein Leben schon richtig, Herta, fürchte dich nicht, wir stehen dabei, wenn dein Leben irgendwo ankommt, und achten darauf, daß es deinem Leben an nichts fehlt und auf daß es nicht fehlgeleitet wird.

WIRTIN Ich bin nur die Wirtin. Der Gast ist ein König. Meine Lüste sind in den Köpfen der Menschen, die ich bedienen kann. Ich führe mein Regiment, das denen gehört, die bei mir eine Gesellschaft kaufen.

JÜRGEN Bei meiner Idee hat alles ein natürliches Ende. Man kann sagen, daß alles schiefgegangen ist.

WIRTIN Ich muß nichts auf keinen Menschen zusagen. Alles passiert überall. Die Menschen kümmern sich zu wenig um fremde Angelegenheiten. Wenn man sich nur noch für die fremden Angelegenheiten eine Zeit reserviert, dann merkt man, daß alles überhaupt nur eine einzige Angelegenheit sein kann. Eine Gastwirtschaft befreit die Welt von einer falschen Einsamkeit ihrer Bestandteile. In einer Gastwirtschaft entstehen viele Verbrechen. Ich betrachte dann immer die Verbrechen und denke, daß halt Späne fliegen, wo gehobelt wird. Entweder gibt es die Verkehrsunfälle oder keine Automobile. Aber ein Verbrechen ist kein richtiges Verbrechen mehr, wenn man friedlich neben einem Verbrechen sitzt und wenn das Verbrechen von einem Kerzenlicht beleuchtet wird. Alle Menschen sind Verbrecher. In ganz Europa gibt es nur Verbrechermenschen. Ich habe schon Ausflüge nach ganz Europa hinter mir, ich kenne Europa, und ich habe überall nur Verbrechen betrachtet. Ein Verbrechen ist ja nichts Schlechtes, man muß nur wissen, was man aus einem Verbrechen machen kann, ein Verbrechen ist der freie Markt im Menschen, darum habe ich immer einen ganzen Haufen Kerzen eingesteckt.

SCHWEINDI *angestrengt* Eine Begierde hat dann eine Berechtigung, wenn sie … wenn sie mit dem passenden Gegenstand gefüttert wird. Man darf mit seiner ganz natürlichen Lust nicht einen erstbesten Menschen zerstören, sondern man muß warten können, bis eine Figur kommt, die verbrecherisch genau auf die Eigenlust hinaufpaßt.

FOTZI *neckisch* Bis der richtige Bubi kommt, dem der Herr Schweindi dann wieder den Bauch aufschneidet …

Hasi stürzt sich auf Fotzi und drückt ihren Kopf in einen der Kadaver hinein.

HASI Du abartige Sau, auch noch das Maul aufmachen, nicht nur das Loch.

SCHWEINDI Du … du hast ja nur ein Glück, daß du kein Kind bist …

JÜRGEN *weint* Frau Hasi, ich bitte Sie, seien Sie doch fraulich …

Hasi läßt von Fotzi ab und richtet sich die Frisur. Fotzi kriecht unter Hertas Tisch und rollt sich ein.

Frau Wirtin, erzählen Sie doch noch eine europäische Geschichte.

WIRTIN Europa ist voller Geschichten. Man macht eine Gemeinschaftsreise nach Europa und macht einen Ausflug in einen Geschichtshaufen hinein. Die Geschichten liegen übereinander wie Gewandfetzen, und jede Geschichte handelt von den Verbrechen der Verbrecher, und wie man mit einem neuen Verbrechen ein altes überholen könnte. Ich mache gerne diese Gemeinschaftsgeschichtsausflüge nach Europa. Als Wirtin kennt man ja die Eigenlandverbrechen in- und auswendig, da ist ein europäisches Verbrechen eine schöne Abwechslung. Ich fahre aber auch immer wieder gerne heim in die einheimischen Verbrechen, die sind so schön üppig.

Hasi und Schweindi murmeln zustimmend.

HERTA *betrunken* Übergewichtig … unwichtig … menschenförmig. Ich gehe … spazieren. Ich werde … einmal in meinem Leben … spazieren gehen … und gar kein Ziel in mir vorfinden. Ich werde am besten einen Park … aufsuchen,… einen Park voller Tauben … Die Taube ist ein viel zu großer Vogel … und eine jede Taube … ist die Herta. Eine Taube benimmt sich wie die andere, alle Tauben sind gleich … und hat man eine große Taube erschossen,… dann wachsen zwei neue nach … eine Taube gibt es nämlich gar nicht … es gibt nur DIE Tauben … die Herta ist DIE Tauben, übergewichtig, unwichtig, unförmig …

Man ignoriert sie.

JÜRGEN *versonnen* Ich werde eine Reise machen, eine Reise am Schreibtisch durch das Dickicht des europäischen Denkens. Ich werde allen Reizen von außen eine Abfuhr erteilen. Ich werde mich in einen reinen Verstand verwandeln.

KARLI Ich werde auch eine Reise machen. Ich werde ins Gefängnis abreisen und irgendwann nicht mehr herausreisen können. Meine Reisegesellschaft verursacht immer eine grauenhafte Vollpension. Bei meinem Reiseziel versterben die Menschen noch blöder als in dieser verfluchten Gastwirtschaft. Gestern sind Menschen gestorben worden, jetzt sterben die Menschen wie die Mastschweine vor sich hin, und morgen kommen die in die Würste, die glauben, daß man überleben kann.

SCHWEINDI Auch wir werden eine Reise unternehmen. Hasi und ich werden von einer Kreuzfahrt über das Meer aufgekauft sein. Die Welt ist größer als das eigene Land und kleiner als die eigene Heimat.

HASI Es gibt Lüfte, die anders riechen als die eigene Atemluft. Es gibt die Pyramidenluft und die Petersdomluft. Es gibt das ewige Eis, das atmet und das Maul haltet, obwohl es atmet und ewig spricht. Es gibt Menschen, die so tun, als wären sie Menschen, obwohl sie kaum wie echte Menschen aussehen, schwarze, gelbe und rote Menschen, die alle eine Atemluft verbrauchen und Ausdünstungen haben.

FOTZI Ich werde keine Reise haben. Ich werde wieder hier herkommen müssen. Fünf Minuten von meinem Zimmer bis hierher dauert meine tägliche Reise, und wenn ich einmal reich bin, dann nehme ich ein Taxi, ein sinnloses Taxi hierher, und gebe dem Taxifahrer ein furchtbar großes Trinkgeld.

JÜRGEN Der menschliche Geist wird alle Reiseziele bestätigen. Der Geist singt das letzte Lied. Es ist eigenartig, aber es ist nichts passiert. Die Toten erzählen unsere Geschichten. Geschichten sind deswegen Geschichten, weil sie nichts anderes sein können als Geschichten. Noch nie hat jemand gelogen … und noch nie hat jemand nicht gelogen. Alles Verzählte hat einen Schimmelpilz als Mutter und eine beliebige Ausscheidung als Vater, die Brüder und Schwestern sind die Verwesung und die Nichten und Neffen die Welt, wie sie die Schnauze nicht halten kann.

SCHWEINDI Ich weiß nicht … ein Mensch bewegt sich. Alle Menschen gehen, winken, springen und machen sich mit ihren Körpern lustig. Und dann macht so eine Figur eine ausflüssige Bewegung, die einem mitteilt, daß sie sterben müssen wird. Ein Mensch hängt eine kleine Zusatzbewegung an, die einem erklärt, daß man die Bewegung und den Bedeutungsträger töten muß.

HASI Du bist als dummes Tier zu mir gekommen, und ich bin eine, die weiß, daß die Vorräte auf der Welt ausgegangen sind. Es gibt nur noch Idiotenmenschen, die einem nur gehören können. Du gehörst mir wie die Kinder, die wir nicht kriegen werden. Aber es ist freilich normal, daß man ein Vater werden will, weil man die kleinen schrecklichen Buben aus der Welt hinausschlachten muß. Man geht unter die Menschen, weil die Menschen nicht zu ertragen sind. Die Menschen sind viel zu schwer. Aber noch entsetzlicher werden die Menschen, wenn sie nicht da sind, wenn man an sie denken muß … dann ist es, als wäre man ein Stück Schnitzelfleisch in einem fremden Maul.

SCHWEINDI Wenn du einen echten Hund hättest, der täte mich tagtäglich beißen, wenn ich eine Katze hätte, dann wäre sie dir entlaufen.

JÜRGEN Es wird genug. Es ist nichts. Es wird das alles nicht sein müssen, dort … wo sich alles zeigt, über unseren Köpfen.

Er nimmt zwei Rippenknochen und wird seine Rede dirigieren. Herta ist am Tisch eingeschlafen. Alle anderen nehmen rund um die Kadaver meditative Posen ein.

Ich will eine Landschaft.
Eine Landschaft ist alles.
Das beste an einem Menschen ist eine Landschaft ohne Ende.
Die Enden einer Landschaft sind flüssig und erinnern an Milch und Nebel.
Landschaften sind Landschaften, weil sie ein Blick sind aus einer ungeheuren Entfernung.
Entfernungen sind Abstände, die die Menschen so verkleinern, daß sie ein unsichtbarer Bestandteil werden können.
Die Vorstellung einer Landschaft ist das Ende der Endzeit des Menschen. Eine richtige Landschaft erspart sich eine jede Geburt, ein jedes Leben und freilich vor allem den Tod der Landschaftsbenützer.
Wenn man als Mensch eine Landschaft auf das Leben malt, dann ist man als Mensch bei der Fertigstellung der Landschaft von der Menschheit suspendiert wie von einem Dienst, der quälen muß, aber fertiggedient den Menschen aufhebt.
Wir nehmen als Entfernung die Höhe, eine so hohe Höhe, daß man keine Menschen mehr ausmachen kann. Die Augen nehmen nur mehr das Ganze als Alles in sich auf.
Es ist freilich eine schöne Landschaft mit Kanten an der richtigen Stelle, mit Vertiefungen, die nicht an offene Gräber erinnern, und mit sanften Erhebungen, die keine Grabhügel in den Menschen wachrufen. Es ist ein von Menschen befreites Land, es ist ein ausgestorbener Landstrich ohne Leichen. Baumriesen erzeugen einen herrlich sinnlosen Schatten. Wahrscheinlich gibt es Tiere im Land, aber es gibt keine einzelnen Kreaturen für das Auge, nur wie Rinnsale sich bewegende Herdenverdunkelungen in einem steppenförmigen Abschnitt. Der Tod ist tatsächlich ausgewandert wie ein Mensch, der sein Glück machen will in Amerika.
Wir sind alle in diesem Land, aber ohne uns und unsere Formen. Wir sind ein Stoff, der sich selber nachwächst und wieder ausbleicht. Es

gibt keine Stimme, die sagt: Ja, ich habe getötet, ich habe an einen Menschen gedacht, und schon war er tot.
Es gibt überhaupt keine Stimmen mehr. Das Gras wächst nur, um das nachkommende Gras zu düngen mit seiner goldenen Fäulnis. Der Gebirgszug am Horizont gestaltet das Licht der Landschaft, ohne die Landschaft zu verdunkeln. Es gibt so viele verschiedene Arten von Grün, daß man sich in einem freien Studium ihrer Möglichkeiten verlieren würde, wäre man am Leben vor einem Grün.
Man denkt an den Himmel, wenn man dem Flüßchen folgt, das das Meer speist, das den Himmel speist, der die Hölle nicht mehr speist, weil die zugesperrt worden ist wie ein Geschäft ohne Kundschaft.
Wir sind jetzt alle wirklich gerettet. Wir sind dermaßen fertiggerettet, daß wir kein Gefühl mehr haben für unsere Rettung, weil es nichts mehr gegeben haben kann, wovor unsereins gerettet werden hätte können.
Die Wolken über uns sind kostbare Pferde, die nichts zertrampeln. Wir wechseln dauernd, was wir sind. Einmal ist die Fotzi ein Kornfeld ohne eine landwirtschaftliche Nutzung, dann ein blühender Haselnußstrauch. Einmal sind der Herr Schweindi und die Frau Hasi ein Schwarm Saatkrähen, dann ein reifes Tollkirschenunterholz eines regelmäßig atmenden Mischwaldes. Einmal ist der Herr Karli ein glitzernder Gletscher, dann die Streu im selben atmenden Mischwald. Einmal ist die Frau Wirtin der Kieselgrund des Flüßchens, dann ein dampfendes Moorgebiet. Einmal ist die Frau Herta die ganze fette Erde der ganzen fetten Landschaft, dann ist sie der vorsichtige Wind, der die Erdoberfläche abtrocknet. Einmal bin ich … also einmal bin ich der Tag und einmal die Nacht.

Pause.

SCHWEINDI Schön ist es hier, sehr schön …
WIRTIN Wunderbar, ein herrlicher Ausflug …
FOTZI Das schönste auf der Welt ist sie selber … die Welt.
KARLI Eine gute Gegend, hier ist alles zum Aushalten.
HASI Ja, nicht schlecht irgendwie, aber das mit dem Tollkirschenunterholz war eine Sauerei, das war sicher eine Anspielung.

Alle heben erstaunt die Köpfe und betrachten Hasi.

JÜRGEN Sehen Sie, sowas ist der Sündenfall. Das ist, wie wenn man im Paradies einen Spaziergang macht und überall küssen sich Löwen und Gazellen, aber auf einmal steht man vor einer Bodensenke, die gefüllt ist mit Bierdosen, Wurstzipfeln, Servietten und verbrauchten Präservativen. Und dann wird das ganze Paradies mit einem Schlag zu einem Picknickplatz mit lauter einheimischen Menschen.

Ende des zweiten Aktes.

Dritter Akt

Sitz- und Stehordnung wie im ersten Akt, aber das schöne Paar ist eben erst eingetreten und sondiert, die Nase rümpfend, die Räumlichkeit.

SIE Meinst du wirklich, Schatz?

ER Aber ja doch, Liebling, aber nehmen wir diesen Tisch hier, der ist noch am weitesten von Küche und Abort entfernt.

Sie nehmen denselben Tisch, den sie im ersten Akt inne hatten. Die Wirtin trippelt an den Tisch und wischt mit einem Tuch.

WIRTIN Was … was darf es sein, was man bringen dürfte?

ER Im Grunde hätten wir gerne etwas zu uns genommen, wenn es keine Umstände macht.

SIE Oh ja, einen kleinen rustikalen Happen, etwas von dem schwer verdaulichen Zeug, das einem im Magen liegt wie ein verregneter Sommertag.

WIRTIN Belegtes Brot, Würstel, Gulasch, Gulaschsuppe, Beuschel, Bohnensuppe, Toast … Schmalzbrot.

ER Also für mich ein Gulasch ohne Gebäck, dafür ein Schmalzbrot und Ketchup als Draufgabe.

SIE Haha, ach du süßes Ferkel, jetzt übertreibst du aber … möglicherweise.

ER Aber nicht doch, Schatz, der weltgewandte Gaumen muß mit seiner jeweiligen Umgebung kommunizieren.

Lacht.

SIE Nun schön, dann für mich eine Beuschelsuppe mit zwei Käsetoasts, dazu einen Obstler und ein Bier.

ER *lacht* Du bist ein Genie … für mich Cola-Rum und einen Magenbitter.

SIE Ooch, der Magenbitter ist schon ein Betrug. Das ist schon ein häßlicher kleiner Pessimismus. Dann allerdings eben für mich auch einen.

Er beugt sich vor, sie küssen sich lange. Die Wirtin steht irritiert daneben und weiß nicht, ob das alles ernst gemeint ist.

SCHWEINDI *schleimig* Das sind originelle Menschen. Das sind Menschen, die immer einen Spaß innerhalb ihrer Personen haben. Es ist erfreulich, daß der Humor tatsächlich keine Grenzen kennt. Gestatten Sie, daß ich unsere Wenigkeiten vorstelle: Königshofer … Kurt und Sieglinde, aber unter Freunden Herr Schweindi und Frau Hasi. Wissen Sie, es hat sich eingebürgert … ohne einen rekonstruierbaren Ursprung ans Tageslicht bringen zu können, aber nomen est omen, wie der Lateiner sagt, nicht wahr, Herr Jürgen …, das ist unser Herr Jürgen, unsere Intelligenzbestie gewissermaßen …

JÜRGEN *verbeugt sich unsicher* Haubenschweiß, wenn Sie gestatten, Sozialwissenschaftler … und Pädagoge, Randgruppenproblematiken, Minderheiten … Sie verstehen …

HASI Mein Gatte ist eigentlich auch Akademiker, er bewohnt auch die pädagogische Wirtschaft wie unser Herr Jürgen.

ER Nun, Frau Wirtin, wann füllen Sie unsere Tröge mit Ihren delikaten Küchenabfällen?

Sie lacht auf, die Wirtin schreckt auf und verschwindet schulterzuckend in die Küche.

SCHWEINDI Gestatten Sie, daß ich meine Lebensgemeinschaft mit meiner Gemahlin einer treffenden Charakteristik unterziehe, wir werden sehr bald Eltern und uns gewissermaßen vermehren.

Hasi schaut ihn böse an. Karli bekommt einen Lachkrampf.

KARLI Haha, der Schweindi vögelt sie nie, die …

Stockt.

Äh, ich bin der Herr Karli … Karl Mondschein … und im öffentlichen Dienst beschäftigt.

ER Sehr erfreut, die Herrschaften, gewissermaßen eine illustre Gesellschaft, nicht wahr, Schatz?

SIE Deliziös, wie unsere Bestellung, Liebling. Dein tödlich sicherer Instinkt hat uns noch ein jedesmal in die richtige Gastwirtschaft getrieben.

KARLI *irgendwie fiebrig* Das ist übrigens die Herta, wir vögeln sehr oft, wir …

Herta gibt ihm eine Ohrfeige.

… wir betreiben eine ausgefüllte Lebensgemeinschaft.

FOTZI Ich bin die Fotzi, eigentlich heiße ich Marie-Luise, mein Nachname hat einen blöden Klang, den sag ich lieber nicht, den hab ich noch von meinem tödlich verunglückten Mann. Er war Photograph, er hat mich eigentlich immer photographiert.

SIE Hast du gehört, Liebling, was für göttliche Idioten.

ER Es sind einfache Menschen, Schatz, du mußt ihre Primitivität nicht so augenfällig verachten.

HERTA Mir ist sowas gleichgültig. Ich heiße Herta, ich bin von meinem Nachnamen vergessen worden. Mein Mädchenname ist vergessen wie ein Waschmittel, das es nicht mehr gibt. Es gibt Menschen, die sind wie ein Geschäft, das man abgesperrt hat, bevor es richtig aufgemacht hat werden können, und so wird man irgendwie ein Sonderangebot auf einem Fetzenmarkt. Ich glaube, ich bin eine Frau, die geheime Frau. Meine Fähigkeit besteht darin, weder glücklich noch unglücklich sein zu müssen. Meine Person war einmal sehr schön, so schön wie eine Schauspielerin ohne Theaterstück. Der Karli da, dieser Karli ist zur Zeit mein Sterbegefährte, mein Körpertrottel, mein Fleischhammer. Karli wird wahrscheinlich bald sterben müssen, weil ich ihm befehlen werde, endlich aufzuhören. Wissen Sie, ich lasse ihn noch einmal auf meinen Körper schlagen, und dann wird Karl sterben und vorher noch einen Höhepunkt haben. Wissen Sie, was das ist, ein Höhepunkt? Es ist ein Sonntag in der Hölle, das Gegenteil von einem Witz, die lustige Ahnung von einem Ende.

KARLI *beginnt zu verzweifeln* Ich will in keine noch größere Hölle hinein.

SIE Schau, Liebling, der herrliche Schwachkopf glaubt noch an die Hölle.

ER Du mußt zugeben, Schatz, daß ich uns heute in die beste Vorstellung der Stadt geführt habe. Langjährige Erfahrung, weißt du, geübt in Sachen Kontrapunkt.

JÜRGEN *erregt* Es ist nicht so leicht … wissen Sie … es ist nicht so leicht …

SCHWEINDI Der Herr Jürgen hat recht … es ist nicht so leicht, nein, es ist wirklich nicht so leicht.

HASI *kühl* Nein, leicht ist es nicht, aber sonst ist es auch nichts.

Die Wirtin kommt mit den gewünschten Speisen und bedient umständlich das schöne Paar. Es beginnt grinsend zu essen.

SCHWEINDI Mahlzeit, wenn Sie gestatten, wirklich sehr originell … wirklich.

HASI Jetzt verstopf dir doch endlich selber dein blödes Maul, du impotentes Stück Scheiße.

Schweindi wird unsicher und nimmt seine Strickarbeit wieder auf, vorher beißt er noch kräftig in ein Stück Schwarzbrot.

ER Hast du gehört, Schatz, der strampelhosenstrickende Vollidiot kann seine Bettgeschichten nicht erledigen.

Sie bekommt einen Lachkrampf.

HASI Lachen Sie nicht, junge Frau, seien Sie froh, daß Ihr männlicher Begleiter Sie zufrieden stellen kann. Sie müssen keine Hasi sein und Ihr Freund kein Schweindi. Sie müssen sich nichts überlegen, Sie müssen nichts dazuerfinden.

Schweindi vertieft sich auffällig in seine Strickarbeit.

SIE *kauend* Schmeckt das nicht übersinnlich beschissen gut, Liebling? Weißt du, dieser kulinarische Edelramsch und die Sektflöten … manchmal sind mir diese schicken Brosamen über.

ER *kauend* Gewiß, gewiß, bisweilen muß man seine Geschmacksknospen abhärten, es ist eine Art Frühlingsfrosterfahrung, die Eismänner des Gaumens, eine letztlich unumgängliche Selbstdisziplinierung.

KARLI Wahrscheinlich bin ich doch kein Mensch. Am Ende bleibt einem doch nichts als der eigene Körper, und wer nur einen eigenen Körper hat, der lebt nicht, wenn er nicht geschlagen werden kann. Wenn man alles zusammenrechnet und abrechnet, dann gibt es gar keine Menschen, nur die Körper und die schön angezogenen, göttlichen Götter, für die alles klein und nebenseitig ist.

JÜRGEN Aber … lieber Herr Karli, der Mensch ist … also der Mensch … wissen Sie. … wissen Sie, wie der Mensch sich sieht … wie der Mensch ist … der Mensch …

Weinkrampf, die Wirtin krault ihm den Hinterkopf.

HERTA Ein Körper spricht leise, weil er DER Körper ist, und deswegen spricht er sich ans Ziel. Alle Körper sprechen mundlos und wissen sich deshalb leichter an ihr Ende heran. Die Körper leben zielstrebig gegen die Menschheit und finden ganz von selber heim. Und daheim ist alles, was tot ist, ohne zu wissen, daß es tot ist.

JÜRGEN Aber das Leben, Frau Herta. Das Leben ist doch … das Leben … das Leben muß … es ist alles wie das Leben.

Weint.

WIRTIN So einfach ist das wirklich … alles nicht … nicht so einfach, wie es ist …

SIE Jetzt haben wir uns doch tatsächlich das waschechte Volk angelächelt, was, Liebling?

KARLI Wir sind verdammt. Wir sind verdammt, zu fressen, was sich uns von selber vorsetzt.

FOTZI Wir sind Menschen, und wir müssen bis zum Lebensende Menschen bleiben. Wir müssen unseren Unterleib ausziehen und herzeigen, weil es in der Menschenmitte brennt, tagein und tagaus. Wir müssen die Mitte zeigen, weil sie die Menschenaugen und die Menschenhände dauernd photographieren müssen. Machen Sie sich frei, sagt das Leben zu den Menschen. Ganz, fragt der Mensch. Ganz, sagt das Leben.

ER *lacht* Das müssen wir alles dem Peter und dem Michael erzählen, Schatz, die müssen sich das unbedingt einverleiben, die schreiben ein alles berührendes Drehbuch, und der Axel macht einen Film daraus, der sich stundenlang gewaschen hat.

SIE *kauend* Ja, die haben ein Gefühl für sowas, die erzeugen dann auch diese Gefühle, die man haben muß, wenn es sich um sowas dreht, was hier abläuft.

KARLI Hier ist nichts … nichts … Es ist wie ein Wasser, ein Wassersturz. Über ein Wasser gibt es nichts zu berichten, ein Wasser ist einfach auf der Welt. Der eine läßt Wasser, der andere hat einen Blutsturz. Alles reimt sich so komisch und rinnt halt hinunter, alles muß sein Maul gar nicht halten, weil es gar keines hat. Ich … ich habe einmal etwas gelesen, es war eine Sage über das Gebirge und über das Wasser, es war eine Geschichte, von der es eine Wahrheit gar nicht gibt, es war eine Sage über das Alpenland und die

Wasserlöcher … und was passiert mit den Bergmenschen und den Wasserlochmenschen, wenn sie von außen angeschaut werden von den Schriftmenschen, wenn die eine Sagengeschichte aufschreiben wollen.

HERTA Ich habe einmal einen Brief geschrieben. Das war ein Brief an ein Mannsbild, das ich einmal nicht geheiratet habe, das mich nicht hat heiraten wollen, das mich für sich nicht eingesehen hat. Das war der einzige Brief, den ich für einen Menschen niedergeschrieben habe … und ich habe an gar nichts denken können, wie ich den Brief geschrieben habe, ich habe beim ganzen Briefschreiben nur immer an mich denken müssen. Ein jeder Mensch denkt am stärksten an sich, wenn er an einen anderen Menschen denken muß. Ich habe mich richtig geschämt, wie ich einmal einen Brief geschrieben habe.

JÜRGEN Aber Frau Herta, die Schrift ist wichtig … die Schrift ist doch das einzige, das es wirklich gibt … die Schrift ist … das Leben … ohne die schlechten Lebenszeiten. Was soll sie denn machen, die Menschheit, ohne eine Schrift. Die Schrift ist doch das allerletzte, was die Menschen vor sich bewahren kann.

SIE Hast du gehört, Liebling, die verdrehte Type ist womöglich auch ein Schriftsteller.

ER Alle Welt ist Schriftsteller, Schatz. Alle Welt schreibt ihr dummes hübsches Leben vor sich her. Das ist ganz normal. Was soll der Mensch denn machen sonst mit seiner Sprache? Du schreibst ja auch ein Tagebuch.

Er küßt sie auf die Nasenspitze.

SCHWEINDI *springt auf* Ich bewundere Menschen, die Schriftsteller sein können. Welt und Schrift, das ist wie Brot und Schinken, ein ganz ein feiner Schinken, der dann das frische Brot ganz automatisch voraussetzt. Wahrscheinlich muß man ein ganz feiner Schinken sein, damit man von der besten aller Welten eingeklemmt werden kann.

JÜRGEN *begeistert* Großartig, Herr Schweindi, sehr sinnlich und kulinarisch formuliert, aber sehr mit einer Richtigkeit in diesen Raum hineingehandelt.

FOTZI Wir sterben aber. Wir sind in die Welt gevögelt und können nicht fliegen.

SCHWEINDI *resignierend* Es gibt Tage, da riecht die ganze Welt nach Brot.

HASI Der Brotgeruch hat mich von Geburt auf zu einer kleinen Sau gemacht. Darum habe ich einen Brotfresser wie dich, den Schweineschweindi auf mich hinaufgeheiratet, weil ich mein Brotelend habe fertigsterben wollen. Brot ist der Täglichkeitskampf, dort wo alles und nichts nur befruchtet werden kann, da wo nichts sein kann … außer ein Brot. Als ein blödes Kind habe ich an einem Tischtuch gezogen und bin von so einem scheißbraunen Brotlaib beinahe erschlagen worden. Das riesige Menschenbrot ist auf meinem Kinderkörper gelegen und hat einfach so gut vor sich hingerochen. Dann hat meine Mutter, die immer nach meinem Vater gestunken hat, von meiner Kindheit heruntergenommen, was man ein Brot heißt … und das duftende Scheißding bekreuzigt. Und mein Schweindi, der stinkt noch mehr als mein Vater, aber er ist ein ganz schwacher Stinker, und er frißt noch mehr Brot als er, der gestorbene Vatergestank. Der Schweindi ist zum Glück nur mein Untermensch, der liegt unter mir, mein Vatermensch ist oberhalb von mir gelegen oder auf mir, ein Stein, der wie ein Brot ausgeschaut hat oder umgedreht. Der Schweindi ist der gleiche ausgefressene Hund wie mein Vater, aber er gehört eben mir, und ich kann den Schweindihund zudrücken, wann ich will.

Schweindi hat die Hände vor das Gesicht geschlagen und duckt sich. Hasi hat den Brotkorb auf den Boden geleert und zertritt das Brot. Sie spuckt Schweindi an und gießt ihm lächelnd ein Bier über den Kopf.

Wenn eine Luft ausgeht, dann ist die ganze Luft weg, nicht wahr? Niemand erzählt, alles zerstört. Es kann womöglich irgend jemand geben, aber so eine Person sagt: Ich gehe mit mir weg, anderswo ist es der bessere Ort, und der Eigenmensch, der eine Person mögen kann, bleibt immer daheim und zurück. Es gibt immer ein Land, das man lieber hat, als man einen mögenden Menschen mögen kann. Es gibt Länder, keine Menschen. Kein Mensch ist einem Menschen einen Menschen wert. Eine jede Person geht ab und weg. Im schlimmsten aller Fälle bleibt einem ein Mensch da …, wenn alles schief stinkt, fällt einem ein ganzer Mensch anheim,

wie es heißt bei einem ausgelassenen Menschen, wie meine Person einer sein muß … Das Vieh verfault daheim, die Person verwest im Ausland.
Kinderschwänze.

Sie schlägt auf Schweindi ein.

Brotkrümel.

Schlägt zu.

Selbstbefriedigung.

Schlägt zu.

Mein Mittelfinger.

Sie schlägt zu. Das junge Paar und Herta lachen. Fotzi hält sich die Ohren zu und schließt die Augen. Jürgen macht panische Bewegungen.

Mein Ringfinger.

Schlägt zu.

Mein Zeigefinger.

Sie zeigt ihren Zeigefinger.

Alles hinein ins Loch. In welches?

Sie schüttelt Schweindi.

In meines? Ist meines wirklich meins, oder ist es nur meine Wüste, weil es keiner will? Was heißt WOLLEN? Und wenn es irgendeine Sau bewässert?

Man versucht sie zu beruhigen.

Ist das dann ein Glück? Wird dann wirklich alles grün und üppig?
Was mache ich mit einem Urwald in meinem Bauch?
Man muß töten töten töten töten … alle Menschen … alles.

Sie wendet sich an das schöne Paar.

Stellen Sie sich einmal einen Menschen vor. Nur einmal machen Sie sich einen Menschen in den Kopf, einen echten Menschen …

Sie übergibt sich beinahe.

… einen echten Menschen, wie er leibt und lebt.

Sie übergibt sich beinahe und hält die Hände vor den Mund. Es ist ruhig geworden, sie geht hinaus. Fotzi nimmt die Finger aus den Ohren. Schweindi hält sein Gesicht längst verborgen und rührt sich nicht. Karli kämpft verbissen mit seinen Fingernägeln.

SIE Langsam wird das ein wenig überkomplett hier, Liebling, meinst du nicht?

ER Es ist eine selten geile Show, aber es übertreibt sich langsam.

JÜRGEN *wankt total verwirrt zum schönen Paar* Es … es … es sind die Tauben. Der getrocknete Taubenkot … man atmet ihn als Staub … man atmet ihn als Kampf … Taubenstaub … massenhafte Vermehrung, massenhafte Vernichtung. Gott hat Grippe um diese Jahreszeit … die schlechte Luft … alles krank … immer schlechte Luft … immer Grippe … wissen Sie, eine einzige Unaufmerksamkeit und es fressen einen die Tauben … dann wird man Taubenscheiße und Taubenstaub …

SIE Frau Wirtin …

Sie deutet ihr, daß sie Jürgen weghaben will. Die Wirtin führt ihn vorsichtig an die Theke zurück, gießt ihm einen Schnaps ein und hilft ihm beim Trinken.

ER Zahlen bitte … ein spaßiges Essen, aber eine mittlerweile doch zu traurige Gesellschaft.

KARLI *fiebrig, springt auf* Wir sind nicht eine traurige Gesellschaft. Wir leben mitten im Leben ein fröhliches Leben. Wir sind immer fröhlich. Ich kann sogar ein Lied aufsingen.

Er singt:

Ich liege in der Straßenbahn
Mein Leben hats mir angetan
Ein Messer steckt in meiner Brust
und äh … äh
oder nein, ich weiß ein anderes …

Singt:

Tatü tatü die Feuerwehr
das Leben brennt heut wieder sehr
tatü tatü die Feuerwehr
doch unser Leben kann nicht mehr
tatü tatü die Feuerwehr
das Leben ist uns viel zu schwer
tatü tatü die Feuerwehr
die brennt ja selber nur noch mehr
tatü tatü die Feuerwehr
sie kommt nicht mehr
sie geht nicht mehr
sie kann nicht mehr
sie will nicht mehr
nie mehr … nie mehr
nie … mehr

Die Wirtin stampft auf ihn zu und will ihn schlagen, fällt ihm aber weinend in die Arme.

(aus)

Sam Shepard

Herzlos
(Heartless)

Deutsch von
Martin Michael Driessen

»What moment in the gradual decay
Does resurrection choose? What year? What day?«
Nabokov

… »everything does indeed seem to me to be shadow and evanescence. My head spins with anguish. Really, that *is* the world: a desert of fading shadows.«
Eugène Ionesco

Mit großem Dank an:
Santa Fe Institute
Sylvia Plath
César Aira
Matthew Warchus
Jim Houghton
und
Peter Brook

Personen

MABLE MURPHY
ROSCOE
SALLY
LUCY
LIZ

Erster Akt

Alle Regieanweisungen gehen vom Gesichtspunkt des Schauspielers aus. Ein einfaches Bühnenbild, schwarz eingerahmt; eine leere Bühne im Prinzip, bis auf einige prominente Möbel: ein Einzelbett links, rampenparallel, mit dem Fußende nach rechts; ein Einzelbett rechts, rechtwinklig zur Rampe, mit dem Fußende zum Publikum. Weiter vorne steht, in der Mitte zwischen den Betten, ein runder Tisch mit Glasplatte, flankiert von zwei weißen, metallenen Gartenstühlen. Das Bühnenbild sollte eine Terrasse suggerieren, wobei die zwei Betten sich in einem nicht näher definierten Innenraum befinden. Das ganze Arrangement wird von großen Palmen eingerahmt. Ganz links vorne ragt, etwa wie der Bug eines Schiffes, ein »Aussichtspunkt« in den Zuschauerraum, dessen Seiten steil abfallen, wie in einen schwarzen Abgrund. Der hintere Teil der Bühne steigt leicht an, dahinter befindet sich ein schwarzer Abgrund. Die hintere Kante der Spielfläche ist so hoch, dass die Darsteller von dort herunterspringen können und von einem unsichtbaren Netz aufgefangen werden. Auch können sie dort die Spielfläche überraschend und plötzlich betreten. Während es dunkel wird, schreit eine Frauenstimme (Mables Stimme) durchdringend einen Namen.

MABLES STIMME *schreiend, im Off rechts* ELIZABETH!!!

Plötzlich, grelles Licht. Zwei Figuren werden sichtbar. Roscoe, ein Mann von Mitte sechzig, fährt hoch in dem Bett auf der rechten Bühnenseite, frontal zum Publikum. Im selben Augenblick dreht Sally, eine Frau Anfang dreißig, sich um in dem Bett auf der linken Bühnenseite, so dass sie dem Publikum ihren Rücken zuwendet; dabei wickelt sie das Betttuch eng um sich herum, wie eine Mumie. Pause. Roscoe steht schnell auf und stellt sich vor ihr Bett. Er trägt grüne Boxershorts, ein einfaches weißes T-Shirt und weiße Socken.

ROSCOE *desorientiert* Sally?

Roscoe geht etwas näher an ihr Bett heran, bleibt dann stehen.

SALLY *immer noch mit dem Rücken zum Publikum* Ich schlafe.

ROSCOE Hast du geschrien?

SALLY Nein.

ROSCOE Ich dachte, ich hörte einen Schrei.

SALLY Geh Gassi mit deinem Hund.

Roscoe dreht sich um, geht nach rechts – bleibt stehen – dreht sich wieder nach Sally um, verwirrt.

ROSCOE Als ich aufwachte, wusste ich nicht mehr, wo die Fenster waren. Ich dachte, ich bin immer noch in irgendeinem Motel –

SALLY *ohne sich umzudrehen* Da hast du dich geirrt.

Roscoe dreht sich wieder um, geht ab nach rechts. Sobald Roscoe weg ist, dreht Sally sich auf die andere Seite, Richtung Publikum. Sie setzt sich auf in ihrem Bett, mit nacktem Oberkörper. Eine lange Operationsnarbe schlängelt sich von dem Punkt zwischen ihren Schlüsselbeinen herab bis an ihren Nabel – hellviolett und sehr ins Auge springend. Sie sieht sich um, schaut nach rechts, steht auf. Sie trägt weiße Unterwäsche. Sie greift sich eine graue Leinenbluse, zieht sie rasch an und knöpft sie teilweise zu, während sie Richtung Rampe geht, zu dem Stuhl, der links vom Tisch steht. Sie setzt sich auf den Stuhl, frontal zum Publikum, zieht ihre Beine hoch, umschlingt die Schienbeine mit ihren Armen und starrt über die Köpfe der Zuschauer hinweg, als ob sie in der Ferne irgendetwas sähe. Pause. Dann hört man Roscoes Stimme im Off rechts; er spricht in einem hohen Falsett zu seinem Hund. Von dem Hund hört man gar nichts. Sally macht nichts, außer zuhören – immer noch über die Köpfe der Zuschauer in die Ferne starrend.

ROSCOES STIMME *zu dem Hund, im Off rechts* Na, wollen wir spazieren gehen? Was meinst du? Wollen wir Gassi gehen? Pissen und kacken? Pipi, Pipi. Ja? Wollen wir das? Oh – so ein froher Hund! Ein froher, froher, froher Hund! Auf geht's! Pissen und kacken! Spring, spring! So ein froher, froher, froher, froher Hund! Komm, wir gehen – jetzt geht's los! Ja – ein froher, froher, froher, froher –

Im Off rechts entfernt Roscoes Stimme sich, bis sie nicht mehr hörbar ist. Pause. Sally sitzt einfach nur da und starrt ohne jede Haltungsveränderung in die Ferne. Sie spricht mit ruhiger Stimme irgendeinen Gesprächspartner an, der unsichtbar ist, aber sich in der Richtung des Publikums befinden muss.

SALLY Du hättest mir sagen müssen, was auf mich zukommt. Du hättest mich warnen können. Aber natürlich, wie hättest du es wissen sollen? Du warst genauso wie ich. Stimmt's? Babys, eigentlich. Wie alt waren wir damals – zehn? Elf? Ich hab's vergessen. Wie hätten wir wissen sollen, was uns erwartet? *Pause.* Aber ich bin froh, dass du immer noch da bist – ein Teil von dir. Ich bin froh – *Sie stoppt.* Aber du musst damit aufhören, mich mitten in der Nacht zu besuchen. Ich kann nicht – ich muss ab und zu schlafen. Verstehst du? Ein wenig Ruhe haben. Ich kann nicht damit umgehen, dass –

Lucy, Sallys ältere Schwester, tritt auf von links. Lucy ist sehr grau in grau angezogen: dunkle Strickjacke, Rock bis auf die Knie, flache Schuhe. In ihren Händen trägt sie ein metallenes Tablett mit Spritzen, Flaschen, Wattebällchen, Alkohol etc. Lucy sieht Sally dasitzen und bleibt stehen. Sally beachtet sie nicht und starrt immer noch vor sich hin.

LUCY Du bist früh auf.

Sally bleibt in derselben Haltung, beachtet sie nicht.

Hast du deine Pillen genommen, »Herzchen«?

Keinerlei Reaktion von Sally.

Hast du deinen Orangensaft getrunken? Vitamin D?

Keinerlei Reaktion von Sally.

Sally, was sollen wir bloß mit dir machen?

SALLY *immer noch in derselben Haltung* Wen meinst du mit »wir«?

Lucy schnaubt, geht zum Tisch, stellt das Tablett mit den Medikamenten ab und setzt sich auf den anderen Stuhl, rechts vom Tisch. Sally bewegt sich nicht und starrt immer noch vor sich hin. Lucy beginnt ihre Alltagsroutine, indem sie die Spritzen mit diversen Medikamenten füllt, wobei sie fachmännisch gegen die Ampullen schnipst, während sie mit Sally spricht.

LUCY *während sie arbeitet* Hast du schon irgendwas Häusliches getan, heute Morgen – sagen wir mal, Kaffee machen – ein Ei backen –?

Sally schüttelt ihren Kopf.

Und was ist mit deinem neuen Freund – wie heißt er noch mal?

SALLY Roscoe.

LUCY Ja, was ist mit dem? Sieht aus wie so ein »Raus aus den Federn«-Typ. Hat Roscoe etwa Kaffee gemacht?

Sally zieht die Schultern hoch.

Ich riech da so was Heißes, Aromatisches –

SALLY Dann wird er wohl welchen gemacht haben.

LUCY Richtig gesprächig bist du ja, heute Morgen.

SALLY Zu früh für höfliche Plauderei. Krieg ich Kopfschmerzen von.

LUCY Oh – Tschuldigung.

SALLY Brauchst dich nicht zu entschuldigen.

Lange Pause. Sally verharrt in derselben Haltung, Lucy macht weiter mit ihrer Arbeit.

LUCY Hast du zufällig vorhin einen Schrei gehört?

Sally dreht langsam ihren Kopf Richtung Lucy und starrt sie an.

SALLY Was?

LUCY Einen Schrei. Laut-schrill-durchdringend. Schauerlich.

SALLY Wird wohl Mable gewesen sein.

LUCY Mama schreit nicht. Sie stöhnt.

SALLY Früher hat sie geschrien.

LUCY Das ist lange her.

SALLY Ja – sie hat jahrzehntelang geschrien.

LUCY Das würde ich nun auch wieder nicht sagen.

SALLY Und was würdest du sagen?

LUCY Na ja – sie hat natürlich geschrien, als sie damals aus diesem Baum fiel.

SALLY Ja.

LUCY Aber das ist lange her, als Whitmore sie verließ. Du warst gar nicht dabei.

SALLY Doch, war ich. Ich war hier. Als du sie völlig lädiert zurück ins Haus gebracht hast. Da hat sie geschrien.

LUCY Na ja – sie hatte furchtbare Schmerzen.

SALLY Die Polizei stand vor der Tür.

LUCY Daran kann ich mich nicht erinnern.

SALLY Nein, natürlich kannst du das nicht.

Lange Pause, während die zwei einfach nur schweigend dasitzen.

LUCY Dann waren es vielleicht die Nachbarn.

SALLY Was?

LUCY Die geschrien haben, mein ich.

SALLY Schreiende Nachbarn.

LUCY Ehekrach oder so was.

SALLY Ich habe diese Nachbarn noch nie gesehen. Du?

LUCY Einmal.

SALLY Nur ihre Autos. Und ihre Gärtner.

LUCY Wer könnte denn sonst geschrien haben?

SALLY Wir sind in L.A. Hier schreit andauernd irgendwer.

Lange Pause.

LUCY Wo ist denn dein Freund abgeblieben? »Boscoe«, so hieß er doch, oder?

SALLY Roscoe.

LUCY Wie auch immer.

SALLY Nein. Nicht »wie auch immer«. Sein Name ist »Roscoe«. Wie würde es dir gefallen, wenn jemand dich »Bussi« nennen würde, anstelle von »Lucy«?

LUCY Sally, um Himmels willen! Es macht echt keinen Spaß, sich mit dir zu unterhalten!

SALLY Spaß?

LUCY *kurze Pause* Wo ist denn dein Freund – »ROSCOE«?

SALLY Gassi mit seinem HUND. *»Hund« übertrieben betonend. Pause.*

LUCY Ach – er hat einen Hund? Das ändert meine Meinung über ihn.

SALLY Wieso das?

LUCY Er ist doch der Typ, der gerade vor kurzem seine Frau und Kinder verlassen hat, oder? Der abgehauen ist?

SALLY Ja und?

LUCY Na, dann ist er wohl auf der Suche nach einem Ersatz.

SALLY Du meinst, den Hund?

LUCY Ja.

SALLY Der Hund ersetzt seine Frau?

LUCY Na ja –

SALLY Der Hund ersetzt seine Kinder?

LUCY Ich will nicht –

SALLY Das ist tiefgründig, Lucy. Das ist echt tiefgründig. Bist du einfach so, ganz von alleine darauf gekommen?

Sally steht unvermittelt auf und geht nach hinten, legt sich in ihr Bett, wickelt sich wie zuvor in das Betttuch und dreht Lucy den Rücken zu. Lucy steht auf und legt ihre Utensilien auf das Tablett zurück.

LUCY Tja – vielleicht brauchst du einfach mehr Ruhe, Sally. Vielleicht ist es das. Von Schlafmangel kann jemand mürrisch und reizbar werden. Aus Untersuchungen geht hervor – *Sie geht nach rechts, bleibt dann stehen.* Du solltest aber wirklich deine Medikamente nehmen. Du möchtest doch am Leben bleiben, oder?

Lucy ab nach rechts. Pause. Sally liegt einige Momente einfach nur da und beginnt dann zu singen, a cappella – mit voller Stimme, ohne ihre Haltung zu verändern, Rücken zum Publikum.

SALLY *singt* I want to stay alive
I want to stay alive

How many times I catch myself
I want to stay alive
I'm slipping all the time
Falling in my mind
Ten times a day I catch myself
I want to stay alive

Sie hört auf zu singen. Nahtlos anschließend, kommt Roscoes Stimme aus dem Off rechts.

ROSCOES STIMME *ruft aus dem Off rechts* Sally! He, Sally! Du bist doch nicht wieder eingeschlafen, oder? Denn ich hab was für dich! Eine süße, fette Überraschung!

Sally rollt sich auf ihre andere Seite, Gesicht zum Publikum.

SALLY Und was wäre das?

ROSCOES STIMME Marmeladen-Donuts!

SALLY *setzt sich auf in ihrem Bett* Marmeladen-Donuts?

ROSCOES STIMME Frittierte!

SALLY Was für Geschmack?

ROSCOES STIMME Himbeer. Mango.

SALLY Mango? In einem Donut?

ROSCOES STIMME »California Exotica« heißen die. Honiggolden! Triefend!

SALLY Das müssen die injizieren oder so was. Wie kriegen die denn da Mango rein?

Roscoe tritt von rechts hinten auf und geht auf den Tisch zu, in jeder Hand eine Kaffeetasse und eine weiße Papiertüte mit Donuts zwischen den Zähnen. Er nähert sich langsam dem Tisch, darauf achtend, dass er keinen Kaffee verschüttet. Er stellt die Tassen ab, dann die Tüte mit den Donuts. Sally beobachtet ihn genau, vom Bett aus.

Du wärst ein prima Ehemann. Vielleicht.

ROSCOE Ups! Hab die Sahne vergessen.

Roscoe dreht sich um und eilt ab nach rechts. Sally springt aus dem Bett, geht zum Tisch, guckt in die Tüte und schnuppert an den Donuts. Dann knüllt sie die Tüte wieder zusammen. Sie setzt sich wieder auf den Stuhl links, nimmt eine Tasse und schlürft Kaffee. Roscoe kommt zurück von rechts hinten mit Sahne, Tellern und Servietten; er redet schon während des Auftritts.

Roscoe auftretend Ich persönlich bin ein großer Fan von Marmeladen-Donuts. Das begann schon in der Zeit, als ich ein Junkie war

– Avenue D, Vierzehnte Straße, Dunkin' Do-Nuts, Bullen, prügelnde Transvestiten, Nutten und Tunten – alles, was zugedröhnt war und verzweifelt.

SALLY Sehr eindrucksvoll.

Roscoe setzt sich an den Tisch, legt Donuts auf die Teller, verteilt Servietten etc., während Sally Kaffee schlürft und zuhört.

ROSCOE Alle wollten diesen saftigen Marmeladen-Donut. Es war eine Religion.

SALLY Es gab ihnen neue Hoffnung.

ROSCOE So ist es.

SALLY Sie begannen, an sich selbst zu glauben.

ROSCOE Fanden zu ihrem Glauben zurück.

Pause.

SALLY Du warst also ein Junkie?

ROSCOE Das waren wir alle, damals.

SALLY Oje. Kann man sich jetzt kaum vorstellen.

ROSCOE Die sechziger Jahre, weißt du.

SALLY Ich wurde erst '82 geboren.

ROSCOE Armes Ding.

SALLY Wieso? Hab ich was verpasst?

ROSCOE Die ganzen Attentate. *Auf die Donuts zeigend* Ich glaube, ich teil die mal in zwei. Die sind ja riesig.

SALLY Fleißig, fleißig, fleißig.

Roscoe steht auf und geht wieder nach rechts ab. Sally nimmt sich sofort einen Donut, riecht und schleckt einen Klumpen von der Füllung ab. Als Roscoe zurückkommt mit einem Buttermesser, legt sie den Donut schnell auf den Teller zurück. Roscoe setzt sich und fängt an, Donuts zu halbieren.

Was meinst du – sollte ich das jetzt filmen? Bietet sich irgendwie an.

ROSCOE *während er Donuts schneidet* Was?

SALLY All diese – Geschäftigkeit. Dieses – spontane Leben. Als Dokumentation.

ROSCOE Ich hasse Dokumentarberichte.

SALLY Nein, ich meine – für den Film – an dem wir gearbeitet haben – wie immer man den nennen will.

ROSCOE Der so tut, als ob er das wahre Leben zeigt.

SALLY Nicht »als ob«.

ROSCOE Wie du willst.

Sally eilt nach hinten zu ihrem Bett und zerrt Videokamera und andere Ausrüstung darunter hervor. Sie setzt sich Kopfhörer auf, schnallt sich einen Gürtel mit Akkusatz um, stellt die Bildschärfe ein etc. Während sie zum Tisch zurückkommt, hievt sie sich die Kamera auf die Schulter und fängt an, Roscoe beim Donutessen und Kaffeetrinken zu filmen.

Roscoe direkt in die Kamera Hier sehen Sie mich, während ich einen mit Zitrone gefüllten Marmeladen-Donut esse. »Marmelade« ist in diesem Fall nicht ganz die korrekte Bezeichnung, denn es handelt sich eher um eine Creme – eine Meringue, vielleicht.

SALLY *weiterfilmend* Professor Hubbard – äh, könnten Sie uns einen vergleichenden Einblick geben in die Werke von Cervantes und sagen wir, ähm, einem zeitgenössischen lateinamerikanischen Autor wie etwa – César Aira?

ROSCOE »Humboldts Schatten«?

SALLY Den meine ich.

ROSCOE Nun ja, den einzigen relevanten Vergleich, den ich machen könnte, liegt im Abenteuer an sich – zwei Männer zu Pferd, die in die unbekannte Ferne schweifen, auf der Suche nach Romantik.

SALLY *weiterfilmend* Romantik?

ROSCOE Sinngebung.

SALLY Sinngebung?

ROSCOE Hör auf, alles zu wiederholen, was ich sage!

SALLY *Auge an der Kamera* He, wir drehen! Das wird alles aufgezeichnet.

ROSCOE Ich weiß, ich weiß. Aber es nervt, wenn du das machst.

SALLY Was nervt?

ROSCOE Dass du alles wiederholst! Das nervt.

SALLY *weiterfilmend* Ist Wiederholung nicht ein Bestandteil primitiver Rituale?

ROSCOE *wirft Donut auf Teller* O mein Gott.

SALLY Na ja – stimmt das etwa nicht? Dichtung – Gesang – Tanz – Trommeln –

ROSCOE Können wir vielleicht etwas anderes –

SALLY Schon gut, schon gut. Wie gereizt du plötzlich bist.

ROSCOE Ich bin nicht gereizt!

SALLY Doch, bist du.

Sally umkreist Roscoe, sich nähernd und entfernend, um ihn aus verschiedenen Winkeln aufzunehmen.

ROSCOE Ich bin nicht gereizt! Ich weiß nur nicht, ob diese ganze Film-Idee –

SALLY Dann lass uns das Thema wechseln.

ROSCOE Ja, bitte.

SALLY Was hat es auf sich mit diesem Junkie-Geschäft, um mal was zu nennen? Davon wusste ich nichts. Ziemlich schockierend. Vom Heroin zur Professur?

ROSCOE Das hatte nichts mit »Geschäfte« zu tun – obwohl – genau genommen schon.

SALLY Ziemlich lukrativ.

ROSCOE Das ist aber nicht, was ich –

SALLY Erzähl doch mal von »damals« – von diesen Jahren – du weißt schon – wie es so auf den Straßen zuging.

ROSCOE Mir gefiel es besser, als wir einfach – geplaudert haben. Weißt du – gefilmt werden verändert alles.

SALLY *weiterfilmend* Inwiefern?

ROSCOE Ich weiß nicht. Es hemmt.

SALLY Vergiss die Kamera einfach.

ROSCOE Kann ich nicht!

SALLY Wie war das, als du deine Frau und Kinder verlassen hast? Das ist doch ein gutes Thema.

ROSCOE Darüber mag ich nicht reden.

SALLY *während sie die Kamera absetzt* Du bist auf einmal so mürrisch.

ROSCOE Tut mir leid – ich – ich möchte einfach nur – meinen Kaffee trinken und – einen Marmeladen-Donut essen und – über gar nichts nachdenken müssen.

SALLY Okay, von mir aus.

Sally stellt die Kamera unter den Tisch auf den Boden, nimmt den Kopfhörer ab, setzt sich wieder auf den Stuhl links, Roscoe gegenüber, und schlürft Kaffee. Pause.

ROSCOE Wie geht's deiner Mutter?

SALLY Wie?

ROSCOE Wie's deiner Mutter geht?

SALLY Hab nicht nachgesehen. Das ist nicht meine Abteilung. Darum kümmert Lucy sich. Bussi Lucy.

ROSCOE Verstehe.

SALLY Lucy ist im Moment bei ihr – setzt ihr gerade eine Spritze. Warum fragst du sie nicht?

ROSCOE Wir sind wohl wieder beim Thema Junkies, was?

SALLY Du hast davon angefangen. Sie kriegt Beruhigungsmittel – Vitamine – Antibiotika – was weiß ich. Ein regelrechter chemischer Cocktail.

ROSCOE Aha.

SALLY Sie hat auch eine Krankenschwester, die sich um sie kümmert.

ROSCOE Und wieso setzt die Krankenschwester dann nicht –?

SALLY Meine Mutter hat ziemlich ausgefallene Bedürfnisse.

ROSCOE Was ist denn mit ihr los?

SALLY Das scheint niemand genau zu wissen.

ROSCOE Und was sagen die Ärzte?

SALLY »Anspannung.« »Krampf.«

ROSCOE Aha – sie haben also eine Bezeichnung dafür?

SALLY Sie sagen, es ist psychosomatisch.

ROSCOE Sobald die eine Bezeichnung haben, geben sie's auf.

SALLY Was?

ROSCOE Den Versuch herauszufinden, was es wirklich ist.

SALLY Starrkrampf – ihre Hände sind wie Krallen. Die Füße, völlig krummgezogen.

ROSCOE Wie ist denn das passiert? Irgendwas muss passiert sein.

SALLY Aus 'ner Tanne gefallen. Ist schon lange her.

ROSCOE Aus einer Tanne?

SALLY Mitten in der Nacht. Von ziemlich hoch oben.

ROSCOE Sie ist hochgeklettert? Wieso?

SALLY Es war ein Unfall. Ein Trauma – du weißt schon.

ROSCOE Meinst du, ich könnte sie mal kennenlernen?

SALLY Warum?

ROSCOE Einfach so – ich würde sie ganz gerne kennenlernen. Wir leben schließlich alle im selben Haus.

SALLY Ich dachte, du hast gesagt, du wärst nur zu Besuch. Bis es dir besser geht.

ROSCOE Ja, schon – das stimmt.

SALLY Nur so lange es braucht, um deine Trennung zu verkraften. Das hast du mir doch erzählt, oder?

ROSCOE Aber sicher. Und glaube mir, ich bin sehr dankbar für die Gastfreundschaft.

SALLY Du »lebst« hier nicht.

ROSCOE Nein.

SALLY Das hier ist nicht dein Zuhause.

ROSCOE Nein, das ist es nicht.

SALLY Du bist zu Besuch.

ROSCOE Ja!

SALLY Gut.

Lange Pause. Roscoe schaut über die Köpfe der Zuschauer hinweg in die Ferne.

ROSCOE Wie habt ihr dieses Haus überhaupt gefunden?

SALLY Meine Mutter hat es schon seit Jahren. Abfindung nach einer Scheidung.

ROSCOE Ein phantastischer Blick.

SALLY *schaut in dieselbe Richtung* Ja. Man sagt, dass James Dean hier öfters zu Gast war.

ROSCOE Echt?

SALLY Als er am Anfang seiner Karriere stand, ja. Schlief in demselben Bett, worin du jetzt schläfst. Genau wie George Washington.

ROSCOE Du willst mich wohl verarschen.

SALLY Ich »verarsche« niemanden.

ROSCOE Das ist doch unglaublich! James Dean?

SALLY Jawohl. Frisch aus Indiana. Aber natürlich kann es sich auch um eine weitere Fabel aus dem großen L.A.-Kanon der hysterischen Wahnvorstellungen handeln.

ROSCOE Der hysterischen *was*?

SALLY Vergiss es.

Lange Pause. Beide blicken über die Zuschauer hinweg auf das große Los Angeles Valley.

ROSCOE *während er in die Ferne sieht* Ich habe das noch nie von so hoch oben gesehen. Man überblickt ja das ganze Tal.

SALLY Ja. Das ganze scheußliche Panorama in einem Blick. Bei klarem Wetter kannst du den Pazifik sehen.

ROSCOE *zeigt mit dem Finger* Ist er das da?

SALLY Was?

ROSCOE Dieser bläuliche Streifen dort?

SALLY *schaut in die Richtung, die er andeutet* Nein, das ist Smog. Er ist da drüben – wenn man ihn sehen kann. Der Ozean. *Sie zeigt in eine andere Richtung.*

ROSCOE Blauer Smog? Ich dachte immer, Smog wäre gelb.

SALLY Die Farbe wechselt je nach Jahreszeit. So wie bei den Laubwäldern an der Ostküste.

ROSCOE *während er in die Ferne sieht* Wusstest du, dass die Spanier den Smog schon im 16. Jahrhundert in ihren Tagebüchern erwähnten?

SALLY Und welche Farbe hatte er damals, Herr Professor?

Lucy tritt von rechts auf, mit ihrem Metalltablett, leere Medizinflaschen etc. Sie bleibt stehen, als sie Roscoe sieht.

LUCY Na – wieder zurück?

Roscoe steht sehr höflich auf, streckt die Hand aus.

ROSCOE Äh – Roscoe Hubbard – und Sie sind Lucy, stimmt's?

LUCY Die Schwester, genau. Lucy, die Schwester. *Sie stellt das Tablett ab und schüttelt Roscoe die Hand.*

SALLY Schön, dass wir uns jetzt alle kennen.

LUCY Und, wie war der Spaziergang mit dem Hund?

ROSCOE Toll. Ganz toll. Wunderbare Wege, hier oben. Der Eukalyptusduft. Die ––

SALLY Pitbulls. Nato-Stacheldraht.

Pause.

ROSCOE *zu Lucy* Also – möchten Sie Kaffee? Wir haben gerade –

LUCY Gerne. Dankeschön.

Roscoe geht ab nach rechts. Lucy setzt sich auf Roscoes Stuhl. Sie und Sally sitzen schweigend da. Sally schlürft ihren Kaffee. Lucy starrt hinaus, über L. A. Lange Pause.

SALLY Das ist *sein* Stuhl, weißt du.

LUCY Oh – *Sie steht abrupt auf, schaut sich den Stuhl an.* Mir war nicht klar, dass er reserviert ist.

SALLY Er saß da.

LUCY *sieht sich um nach einem anderen Stuhl* Okay. Na ja, es wird wohl noch einen anderen geben.

SALLY Bestimmt.

Lange Pause. Sally schlürft Kaffee. Lucy bleibt stehen.

Und, wie befindet sich die Königin-Mutter heute Morgen?

LUCY *im Stehen* Unverändert.

SALLY Redet sie?

LUCY Manchmal.

SALLY Zusammenhängend?

LUCY Ab und an.

SALLY Aber sie ist bei Bewusstsein?

LUCY Scheint so, ja.

SALLY *kurze Pause* Worüber redet sie denn so, heutzutage?

LUCY Sie sagte, sie hätte einen Schrei gehört. Zur selben Zeit wie ich.

SALLY Sie hat geträumt.

LUCY Irgendeinen Namen.

Roscoe tritt auf von rechts, mit einer Tasse Kaffee und einem leichten Klappstuhl.

ROSCOE Da wären wir! Musste erst einen Stuhl auftreiben.

LUCY Ach – Sie haben einen Stuhl mitgebracht. Wie nett.

ROSCOE Ja. Sie können meinen nehmen, und ich setze mich auf diesen hier.

LUCY Oh, aber ich kann auch –

ROSCOE Ich bestehe darauf.

Roscoe stellt Lucy ihren Kaffee hin, klappt den Stuhl auf, stellt ihn mitten hinter den Tisch und setzt sich zwischen die beiden Frauen.

SALLY Hier geht's ja zu wie in so einem alten Schwarzweißfilm. Alle sind höflich und galant.

LUCY *setzt sich und lehnt sich zu den Donuts hinüber* Sind das etwa –? *Sie nimmt sich einen.*

ROSCOE Marmeladen-Donuts? Ja, genau.

SALLY Die einzig wahren.

ROSCOE Sie können sich gerne einen nehmen. Ihre Schwester scheint sie nicht besonders –

Sally schnappt sich einen Donut und steckt sich das ganze Ding in den Mund. Lucy und Roscoe schauen ihr zu, während sie vor sich hin mampft.

LUCY *zu Sally* Gut?

SALLY *mit vollem Mund* Köstlich.

Pause, während Sally kaut.

ROSCOE *zu Lucy* Ich hätte ja gerne die Bekanntschaft Ihrer Mutter gemacht, aber Sally meint –

SALLY *kauend* Was?

ROSCOE Na ja – du hast doch gesagt, dass –

SALLY *kauend* Mich stört das nicht, wenn du sie siehst. Warum sollte es?

ROSCOE Aber du sagtest doch –

LUCY Ich halte das für keine gute Idee.

SALLY Und wieso nicht?

LUCY Weil sie –

SALLY Was?

LUCY Beeinträchtigt ist. *Zu Roscoe* Wissen Sie –

ROSCOE Beeinträchtigt?

LUCY Sagen wir, eingeschränkt.

ROSCOE Oh –

LUCY Sie ist nicht mehr, was sie war.

ROSCOE Na ja, wer von uns –

Sally holt den Rest des nicht aufgegessenen Donuts aus ihrem Mund und klatscht ihn auf den Tisch.

SALLY Sie macht uns was vor.

LUCY *zu Roscoe* Sagen wir mal so: Sie ist einfach noch nicht so weit, dass sie neuen Begegnungen gewachsen wäre.

SALLY Du meinst, sie steht voll unter Drogen.

LUCY So ist das nun auch wieder nicht, Sally.

SALLY Sie weiß nicht mal, welchen Tag wir haben.

ROSCOE Drogen?

SALLY »Schmerzmittel« sagt man heute dazu.

LUCY Meine Schwester übertreibt.

SALLY Ha!

Pause. Lucy ändert ihre Sitzhaltung und stößt dabei versehentlich mit dem Fuß gegen Sallys Videoausrüstung unter dem Tisch. Lucy guckt unter den Tisch.

LUCY Was ist denn das?

SALLY Das gehört mir.

LUCY Eine Kamera?

SALLY Ja.

LUCY Wozu brauchst du so was?

SALLY Wir machen einen kleinen Film – Roscoe und ich.

LUCY Ach was! Und wovon handelt er?

SALLY Muss alles unbedingt von etwas »handeln«?

LUCY Na ja – normalerweise gibt es ein Thema.

SALLY Roscoe ist das Thema.

LUCY Oh –

SALLY Sein Leben – seine Karriere –

LUCY Oh, mir war gar nicht klar, dass –

ROSCOE Karriere, das ist ein zu großes Wort.

LUCY Mir war gar nicht klar, dass Sie so – interessant sind.

ROSCOE Verstehe – im Moment ist der Eindruck wohl ein anderer.

SALLY Er ist vielschichtig. Chaotisch.

LUCY Echt? *Zu Roscoe* Also, was machen Sie denn?

SALLY Er ist berühmt.

LUCY Tatsächlich? Ich habe nie von Ihnen gehört. Wie war ihr Name noch mal?

SALLY Roscoe Hubbard.

ROSCOE Also wirklich – »berühmt« ist nicht gerade –

SALLY »Berüchtigt« – ein Gelehrter – ein Professor –

LUCY Auf welchem Fachgebiet?

ROSCOE Hauptsächlich »Cervantes«.

LUCY Wie?

ROSCOE »Don Quichotte«.

LUCY Ah ja.

ROSCOE Und Borges.

LUCY *Wie* sprechen Sie das aus?

ROSCOE *übertrieben artikulierend* Bor-ges. Man fügt dem »g« ein schwaches »h« hinzu. Nur ein Hauch.

LUCY *versucht es, erfolglos* »Bur-gies«.

ROSCOE Ausgezeichnet.

SALLY Was soll das? Das war echt Scheiße. Das war nicht »ausgezeichnet«.

LUCY *versucht es erneut, erfolglos* »Bohr-gas«.

SALLY Vergiss es!

ROSCOE *zu Sally* Nicht doch, sie –

SALLY Sie massakriert ihn! Dein Lieblingsautor – und sie macht Hackfleisch draus.

LUCY Beruhige dich – ich dachte nur, ich versuch's mal.

ROSCOE Ich war ziemlich beeindruckt. Für einen ersten Versuch –

SALLY Es war total Scheiße. Es hatte nicht die geringste Ähnlichkeit mit seinem Namen.

LUCY *zu Roscoe* Wie auch immer – entschuldigen Sie, dass ich noch nie von Ihnen gehört hatte.

ROSCOE Nicht doch – bitte entschuldigen Sie sich nicht. Das spielt doch keine Rolle.

LUCY Und was haben Sie sonst so gemacht?

SALLY Er war ein Junkie.

Lange, tödliche Stille.

ROSCOE Ich war niemals wirklich ein –

Lucy steht auf, nimmt ihr Tablett.

SALLY Doch, das warst du. Das hast du mir selbst erzählt.

ROSCOE Das war als Metapher – *Zu Lucy* Möchten Sie noch einen Kaffee?

LUCY *im Stehen* Nein, danke. Nein.

SALLY Er ist mit Heroin, Beatniks, Burroughs und Ginsberg aufgewachsen.

LUCY Das ist sehr traurig.

ROSCOE *bietet Lucy Donuts an* Ein Marmeladen-Donut?

LUCY Nein danke.

ROSCOE Nett, Sie kennengelernt zu haben.

LUCY Ganz meinerseits.

Lucy geht ab nach links, mit ihrem Tablett. Lange Pause. Sally schlürft ihren Kaffee. Roscoe starrt hinaus über Los Angeles.

ROSCOE Vielen Dank auch.

SALLY Du hast mir selbst erzählt, dass du ein Junkie warst.

ROSCOE Ich habe mal was geraucht, ja? Aber ich habe nie an der Nadel gehangen. Meine Geschichte war als Parabel gemeint!

SALLY Wie war das?

ROSCOE Als Parabel!

SALLY Nein, das davor. »An der Nadel gehangen?«

ROSCOE Das ist, wenn man süchtig ist.

SALLY Oh – darüber hast du noch nichts erzählt.

ROSCOE Ich habe vorhin – drauflosgeredet.

SALLY Um anzugeben? Damit, dass du mal ein Junkie warst?

ROSCOE Ich wollte dir imponieren.

SALLY Aber du hast mich doch schon –

ROSCOE Darum ging's nicht.

SALLY Warum dann?

ROSCOE Ich wollte gerne – dass du mich als einen Mann siehst, der einiges erlebt hat.

SALLY Wow. So wie Jimi Hendrix?

ROSCOE Nein, natürlich nicht! Bloß – nicht als irgendeinen x-beliebigen – »Akademiker«.

SALLY Aha. *Pause.* Du bist also ein Lügner. Ein Möchtegern.

ROSCOE Nein, nein – ich habe das schon alles miterlebt.

SALLY Alles, was?

ROSCOE Die Sechziger! Matratzen auf dem Fussboden – Kakerlaken, die dir über die Füße krabbeln – Oregano in Säckchen –

SALLY Das ist doch alles gelogen, oder?

ROSCOE Nein! Ist es nicht. Aber es gab keinen Grund, deiner Schwester zu erzählen, dass ich ein –

SALLY Jetzt lügst du schon wieder. Du lügst.

ROSCOE Ich lüge nicht!!

SALLY Ich weiß es. Ich brauche dir nur in die Augen zu sehen. Kein Wunder, dass deine Frau dich verlassen hat.

Sally steht auf, geht zu ihrem Bett und wirft sich der Länge nach hin. Sie liegt auf dem Rücken und starrt an die Decke.

ROSCOE Sie hat mich nicht verlassen. Ich habe *sie* verlassen!

Lange Pause. Sally starrt an die Decke. Roscoe starrt auf den Fußboden – schweigend.

SALLY Ist ja auch egal.

ROSCOE Es ist mir nicht egal, wenn du glaubst, dass alles, was ich sage, eine Lüge ist.

SALLY Es geht nicht nur um das, was du »sagst«.

ROSCOE Worum dann?

SALLY Es geht um das, was du verschweigst.

ROSCOE Ich verstehe nicht, was du meinst.

Lange Pause.

SALLY Du solltest zu ihr zurückgehen. Es ist die reinste Vergeudung.

ROSCOE Von was?

SALLY Zeit. Du rennst umher wie ein kopfloses Huhn auf der Schnellstraße. Was glaubst du eigentlich, was du machst?

ROSCOE Ich weiß es nicht.

SALLY Deine »Freiheit« finden oder so was? Ganz dein eigener Herr sein? Was versuchen Sie sich zu beweisen, Herr Professor?

ROSCOE Ich habe keine Ahnung.

SALLY Du solltest zu ihr zurückgehen.

ROSCOE Dafür ist es zu spät.

SALLY Wie lange wart ihr zusammen?

ROSCOE Sehr lange.

SALLY Dann kann es auch jetzt nicht zu spät sein.

ROSCOE Was soll denn dieses plötzliche Mitgefühl mit meiner Frau, verdammt nochmal? Ist das irgendein feministisches Manifest? Aus heiterem Himmel? Du kennst meine Frau nicht einmal! Du weißt nicht, wie sie ist. Du hast sie noch nie gesehen!

Plötzlich wird Mable Murphy, die Mutter von Sally und Lucy, von rechts in einem Rollstuhl auf die Bühne gefahren. Sie wird von Elizabeth geschoben – eine große, elegante, schöne junge Krankenschwester. Eine blaue Plaid-Decke liegt über Mables Knie, und sie trägt einen dunkelgrünen Schal um den Hals. Sie ist Ende siebzig, ihre Hände sind verkrampft und wie Krallen an ihre Brust gepresst; ihre Füße starr nach innen gedreht. Elizabeth ist ganz in Weiß, im Stile einer klassischen Krankenschwester, mit Hütchen, Schuhen mit flachen Absätzen, weißen Strümpfen, steifleinenem Rock etc. Elizabeth hält den Rollstuhl abrupt an. Sally richtet sich sofort auf in ihrem Bett. Roscoe steht auf.

SALLY Mama!

MABLE Zieh dir was an. Was soll denn das – sind wir etwa im Kabarett?

SALLY Warum bist du aufgestanden, Mama?

MABLE *zu Roscoe* Und wer sind Sie?

ROSCOE Äh –

SALLY Das ist mein Freund – Roscoe.

MABLE Lass ihn selbst reden. Er kann doch selbst reden – *Zu Roscoe* Oder nicht?

ROSCOE Ja, Ma'am.

MABLE Also?

ROSCOE Ich bin –

MABLE Als was für eine Art von Freund würden Sie sich bezeichnen, Roscoe? Einfach als »Freund«; oder als eine »freundschaftliche Bekanntschaft« oder als »Freund bis in den Tod«? Zu welcher Kategorie zählen Sie sich?

ROSCOE Also – Sally und ich –

SALLY Wir arbeiten zusammen an einem Projekt, Mama.

MABLE Zieh dir was an! Was ist denn los mit dir? Kennst du den Unterschied zwischen privat und öffentlich nicht mehr?

Sally springt auf und wühlt unter den Decken; zieht eine blaue Pyjamahose hervor und zieht diese rasch an.

Wo kommen Sie her, Roscoe? Aus welcher Gegend? Das gibt's nicht oft, dass ein Gast bei uns übernachtet.

ROSCOE Kentucky, Ma'am.

MABLE Ah ja – Bourbon und Pferde.

ROSCOE Jawohl, Ma'am. Stimmt genau.

MABLE Man sagt, es ist das Wasser.

ROSCOE Wie bitte?

MABLE Kalkstein. Kalksteingefiltertes Wasser.

ROSCOE O – ja. Das stimmt genau.

MABLE Geboren und aufgewachsen?

ROSCOE Wie bitte?

MABLE In Kentucky?

ROSCOE Nein, Ma'am. Mein Vater war bei der Air Force.

MABLE Und das bedeutete? Flugzeuge?

ROSCOE Nein – es bedeutete, dass wir von der einen Stadt zur nächsten zogen.

MABLE Entwurzelt.

ROSCOE Ja, Ma'am.

MABLE Hören Sie auf, mich »Ma'am« zu nennen. Wir sind hier nicht im »Vom Verdammten Winde Verweht«.

ROSCOE Tut mir leid.

MABLE Und unterlassen Sie diese Entschuldigungen. Ich habe nichts im Sinn mit dem Kult des Entschuldigens. Eine Sünde ist eine Sünde. Man versucht damit nur, sein Schuldgefühl auszutricksen.

ROSCOE Ja. Natürlich.

MABLE Einen Hund, der mit dem Schwanz zwischen den Beinen herumschleicht, habe ich noch nie gemocht.

ROSCOE Nein.

MABLE Vor allem nicht, wenn er zittert und winselt.

ROSCOE Verstehe.

MABLE Da kriegt man erst recht Lust, ihn zu treten.

Pause – Roscoe schaut zu Sally hinüber.

ROSCOE Wie nett, Sie endlich persönlich –

MABLE Sie sind eigentlich etwas zu alt, um mit meiner Tochter rumzumachen, oder?

SALLY Mama –

ROSCOE Ma'am – es ist nicht so, dass ich –

MABLE Habe ich nicht gerade gesagt, was ich von dem »Ma'am«-Sagen halte?

ROSCOE Entschuldigen Sie –

MABLE *wendet sich von Roscoe ab* O Gott – noch so ein dressierter Affe. *Wieder zu Roscoe* Wie alt sind Sie überhaupt, »Roscoe«?

ROSCOE Fünfundsechzig.

MABLE Fünfundsechzig. Das ist mehr als doppelt so alt wie sie. Sie sollten sich was schämen, aber davon ist nicht die Rede, stimmt's? Insgeheim sind Sie vielleicht sogar stolz.

ROSCOE Wir sind einfach nur –

MABLE Erzähl mir keinen Scheiß, Mister! Ich sehe doch, dass hier was läuft. Sonst würde sie nicht halbnackig herumlaufen, oder?

SALLY Das brauche ich mir nicht anzuhören!

Sally überstürzt ab nach links, wobei sie ihre Pyjamahose mit beiden Händen hochhält. Pause.

MABLE *ihr nachschauend* Hysterisch.

Pause. Sie wendet sich Roscoe zu.

Warum setzen Sie sich nicht? Sie nerven mich, »Roscoe«.

Roscoe setzt sich.

Mable nickt Richtung Liz.

'Lizabeth!

Liz weiß intuitiv, wo Mable hin will, und rollt sie Richtung Tisch; bleibt dann mitten vor dem Tisch stehen, frontal zum Publikum. Roscoe beobachtet fasziniert alles, was Liz tut.

Du kannst dich setzen, wenn du willst, Liz. Schone deine Füße.

Liz zieht die Handbremse des Rollstuhls an und setzt sich auf den Stuhl links, Roscoe gegenüber, der sie unentwegt anstarrt. Liz faltet ihre Hände in ihren Schoß, Beine zusammen, höchst anständig. Sie lächelt Roscoe schüchtern an. Mable lehnt sich nach vorn über den Tisch und sieht den Donut-Klumpen, den Sally auf den Tisch gespuckt hat.

Was ist denn das für ein Schweinkram? Hat jemand auf meinen Tisch gekotzt?

ROSCOE Ach, das ist bloß –

Liz steht rasch auf und beseitigt den Donut-Klumpen mit einer Papierserviette.

MABLE Wirf es den Eichhörnchen vor, Liz. Die werden es verschlingen. Eklige, verseuchte Biester. Wahrscheinlich übrig geblieben nach der Pest.

ROSCOE Die Pest?

Liz geht mit den Donut-Überbleibseln in der Serviette quer über die Bühne ganz nach hinten und wirft das Ganze von der hinteren Bühnenkante den Felsen hinunter. Dann kommt sie, sich die Hände reibend, zurück zum Tisch.

MABLE Mein Ex-Gatte, Whitmore, knallte sie immer von der Veranda aus ab, mit einem Kleinkalibergewehr. Das fand er großartig. War natürlich, bevor es das Fernsehen und Videogames und Pornographie gab. Nein, warte mal – die gab's doch schon länger, oder? Hat man nicht unlängst prähistorische Grottenmalereien von Geschlechtsteilen entdeckt?

Roscoe fixiert Liz unablässig, während sie sich wieder ihm gegenüber an den Tisch setzt, eine saubere Serviette nimmt und sich die Finger abwischt. Mable sieht, wie sehr er von Liz fasziniert ist.

Mable zu Roscoe Oh – dies ist meine private Krankenschwester, Elizabeth Bynon. Aus irgendeinem Grund ist sie stumm geworden, aber sie ist grenzenlos loyal. Stimmt doch, oder, Liz?

Liz nickt, lächelt Roscoe zu und fährt fort, sich die Hände zu säubern.

Sie stammt aus Newcastle in England, wo sie dieses dunkle Bier brauen, wovon man in die Klapse kommt, wenn man nicht aufpasst. Sie ist ein Geordie. Hatte einen charmanten Akzent, als ich sie kennenlernte – so ein Singsang, irgendwie schwedisch, skandinavisch. Aber dann ist was passiert – stimmt's, Liz?

Pause. Mable schaut Liz an und wartet auf eine Reaktion, aber Liz starrt weiterhin Roscoe an.

Was *ist* denn passiert, Liz?

Liz zuckt nur mit den Achseln, lächelt Roscoe an.

Wie auch immer, irgendetwas muss passiert sein, wir wissen nur nicht genau was, und sie machte dicht, ohne noch einen Piep zu sagen. Hat ihrer Loyalität und Zuverlässigkeit aber nicht geschadet. Kein bisschen. Würde sich vor einen Güterzug werfen für mich. Stimmt's nicht, Liz? Wenn es sein müsste.

Liz wischt sich immer noch die Hände und lächelt Roscoe an.

Danach suchen wir doch alle, nicht wahr, Roscoe? Wenn man es genau betrachtet. Unbedingte Treue – das ist, wonach wir uns insgeheim sehnen, tagein, tagaus. Meinen Sie nicht? Absolute Vergebung.

ROSCOE Ja, Ma'a – *Er unterbricht sich selbst.*

MABLE Ein Mensch, der blind ist für all unsere Fehler. Der nur den Engel in uns sieht – das gütige Wesen. Wie Mütter zum Beispiel. *Zu Roscoe* Meinen Sie nicht auch? Was sagen Sie?

ROSCOE Mütter?

MABLE Absolut. Wenn es um ihre Kinder geht – das eigene Fleisch und Blut. Unbedingte Liebe. Väter, weniger – Väter, das ist eine andere Baustelle.

ROSCOE Da mögen Sie recht haben.

MABLE Stimmt's nicht, Liz? Das mit den Vätern?

Liz nickt, lächelt Roscoe zu.

Väter stellen unmögliche Anforderungen. Erwartungen, gefolgt von Enttäuschungen. Das eine bedingt das andere. Eine Schlange, die sich selbst in den Schwanz beißt.

ROSCOE Also, ich denke –

MABLE Wenn Sie ein kaltblütiger Mörder wären – Ihre Mutter würde Ihnen verzeihen.

ROSCOE Mir?

MABLE Sie könnten unschuldige Passanten abschlachten, am helllichten Tag. Kleine Kinder köpfen mit einem Bowiemesser. Die Bäuchlein aufschlitzen – das rosafarbene Gedärm herauszerren und es roh verspeisen. Ihre Mutter würde es Ihnen verzeihen.

ROSCOE *Meine* Mutter?

MABLE Natürlich. Gar keine Frage. Würde sie doch, oder, Liz?

Liz nickt, kichert und lächelt Roscoe an.

Aber der Vater nicht. O nein. Der Vater hätte nur Worte der Verurteilung und der Verdammung. Verachtung. Er wäre der Staatsanwalt – der Henker – er würde alle Blutbande leugnen. Verstoßen würde er Sie.

ROSCOE Mein eigener Vater?

MABLE Na klar doch. Und dann wäre da natürlich noch die Sache mit der Begierde.

ROSCOE *steht unvermittelt auf* Begierde?

MABLE Setzen Sie sich. Wir haben gerade erst angefangen.

Roscoe setzt sich wieder.

Begierde kann man nicht einfach unter den Tisch kehren.

ROSCOE Nein.

MABLE Nein. Die lässt sich nicht ignorieren. Wir sind schließlich alle nur menschlich, nicht wahr?

ROSCOE Menschlich? Ja, natürlich.

MABLE Eben. Auch wenn wir es gerne anders hätten.

ROSCOE Na ja – was sollten wir denn sonst sein? Ich meine –

MABLE Dämonen – Drachen – Werwölfe – da gibt's viele Möglichkeiten.

ROSCOE Oh – schon – aber die sind genau genommen nicht –

MABLE Was?

ROSCOE Menschlich.
MABLE Nein. Aber sie existieren trotzdem, oder?
ROSCOE Ich würde –
MABLE Wie sagt Shakespeare noch?
ROSCOE Shakespeare?
MABLE Über die Begierde. Die Macht der Begierde:
Plötzlich zitierend
»Verspritzter Geist, vergossen voll in Scham,
ist Wollust, wenn es kommt. Bis man es tut,
bezeichnet man sie mörderisch, infam,
verlogen, grausam, tierisch, gar nicht gut.«
So heißt es doch, oder?
ROSCOE Ich kenne mich nur mit Cervantes aus. Ich bin kein –
MABLE So heißt es doch, nicht wahr, Liz?
Liz nickt, lächelt Roscoe immerfort an.
Bringen Sie Ihren Shakespeare mal wieder auf Vordermann, Roscoe. Man lebt nur einmal. Niemals nachlassen, sage ich immer.
ROSCOE Na ja, Shakespeare ist nun mal nicht mein –
MABLE Jetzt fällt es mir wieder ein:
Erneut zitierend
»Dies weiß die Welt, und doch: kein Mann entrinnt
dem Himmel, der ihm diese Hölle bringt.«
Das ist es! So heißt es doch, oder? Welch ein wunderbares Instrument ist unser Intellekt. Es war die ganze Zeit da, lag herum wie eine schlafende Katze, die nur darauf wartet, dass ich ihr auf den Schwanz trete! »Kein Mann entrinnt dem Himmel, der ihm diese Hölle bringt.« Ist das nicht wunderbar. Einmalig, oder?
Lange Pause. Mable schaut abwechselnd Roscoe und Liz an, eine Reaktion erwartend.
Liz?
Liz lächelt Roscoe ununterbrochen an, was ihn sichtlich nervös macht.
Liz?
ROSCOE *zu Mable* Ich habe da drüben eine Kanne Kaffee auf dem Herd, also wenn Sie –
MABLE Ich komme gerade richtig in Schwung!
ROSCOE Ich meinte nur, falls Sie eine Pause machen möchten, Mrs –?
MABLE Murphy. Mable Murphy. Aus der Grafschaft Cork. Ich selbst nicht, natürlich, aber die, die die Radieschen von unten sehen.

ROSCOE Ein Tässchen Kaffee, Mrs Murphy?

MABLE Glauben Sie etwa, ich könnte Kaffee aus einer Tasse trinken?

ROSCOE Na ja – äh – vielleicht haben wir einen Trinkhalm für Sie.

MABLE Trinkhalm?

ROSCOE So einen langen. Ich glaube, ich habe welche gesehen.

Mable schaut Liz an, verunsichert.

MABLE *zu Liz* Ein langer Trinkhalm? Für Kaffee?

Liz zuckt mit den Achseln.

Und was ist, wenn so ein Ding schmilzt? Liz?

Liz zuckt wieder mit den Achseln.

MABLE *wieder zu Roscoe* Okay. Ein Versuch ist es wert.

ROSCOE Großartig!

Er springt auf, erleichtert, weil er sich der Situation entziehen kann, und geht ab nach rechts. Lange Pause. Mable blickt über die Köpfe der Zuschauer hinweg auf Los Angeles. Liz sitzt, die Hände gefaltet, auf ihrem Stuhl. Mable stupst ein Stückchen Donut hin und her mit ihrem Ellenbogen und inspiziert es.

MABLE *grinsend* Trinkhalm. *Erneut über L.A. hinausblickend, fragt sie Liz, die ebenfalls nach vorne schaut.* Was meinst du, Liz? Haben wir es hier mit einem Schwachsinnigen zu tun?

Liz zuckt mit den Achseln, starrt in die Ferne.

Mable vor sich hin schauend. Ist er ein Psychopath?

Liz rümpft die Nase und schüttelt den Kopf.

Ein Pädophiler?

Liz schüttelt ihren Kopf.

Eine verlorene Seele?

Liz nickt. Pause. Roscoe kommt zurück von rechts, mit einer frischen Tasse Kaffee und dazu einem langen Trinkhalm, der in einer weißen Papierhülle steckt.

ROSCOE *geht Richtung Tisch* Da wären wir! Wusste ich's doch!

Roscoe stellt den Kaffee vor Mable auf den Tisch, hält dann den Trinkhalm in die Höhe.

Ihr Trinkhalm! *Lächelnd* Ein langer Trinkhalm. *Er fängt an, ihn auszupacken.*

MABLE Das soll *sie* machen. Ich weiß ja nicht, was Sie alles angefasst haben.

Roscoe hält Liz den Trinkhalm hin. Sie nimmt ihn, Roscoe ununterbrochen anlächelnd. Sie packt ihn sorgfältig aus, während Roscoe sich wieder setzt. Mable beginnt eine ausschweifende Rede, eher für sich als für andere gemeint. Roscoe hat nur Augen für Liz.

Mable über L. A. hinausblickend Ich nehme an, es hat auch schlechte Mütter gegeben. Wenn man so drüber nachdenkt. Faule Äpfel. Entartete. Verbrecherinnen. Muss wohl. Solche, die ihre Kinder auffressen. In Müllcontainer stecken. Bei Vollmond in Schlammpfützen ertränken. Ich möchte aber doch lieber davon ausgehen, dass sie in der Minderheit sind. Seltenste Ausnahmen. Was meint ihr, wieso die so was taten? Aus Rache? Untreue. Irgendeine Form von Verrat. Oder vielleicht war's auch nur der gute alte Wahnsinn. Vielleicht war's einfach das. Der Ruf des Wahnsinns.

Liz tut den ausgepackten Trinkhalm in Mables Kaffee und führt dann das andere Ende an Mables Lippen. Mable schließt die Augen und schlürft.

Mable spuckt plötzlich Trinkhalm und Kaffee aus. VERDAMMT!!!

Roscoe steht auf, Liz steht auf, sie nimmt eine Serviette und versucht, Mable abzuwischen, die spuckt und ihren Kopf hin und her wirft.

ROSCOE Was ist?

MABLE Heiß!! Das ist es!

Roscoe steckt seine Finger in Mables Kaffee, um zu prüfen, wie heiß er ist.

Nehmen Sie Ihre Finger aus meinem Kaffee! Was für eine Erziehung haben Sie denn gehabt?

ROSCOE *zieht sich zurück* Ich könnte Eis holen.

MABLE Ich will kein Eis! Was soll ich mit Eis? Drauf lutschen?

ROSCOE Es tut mir leid.

MABLE Setzen Sie sich wieder hin!

Roscoe setzt sich. Liz fährt fort, Mables Kleidung zu säubern.

Und Kaffee wollte ich sowieso keinen. *Zu Roscoe* Wieso habe ich Ihnen bloß erlaubt, mich dazu zu überreden?

ROSCOE Ich meinte nur –

MABLE Wieso habe ich ihm erlaubt, mir das in den Kopf zu setzen, Liz? Kaffee! So was Blödes. Ich hasse Kaffee. *Zu Liz, die sich wieder setzt* Du hättest das vorhersehen müssen. Du hättest mich warnen müssen. Mich beraten.

Liz wird nervös und fängt an, die Serviette auf ihrem Schoß zusammen- und dann wieder auseinanderzufalten. Sie lässt den Kopf hängen und scheint beschämt.

Mable setzt ihre Tirade fort. Es ist deine Aufgabe, mich vor solchen Situationen zu schützen. Wenn ich mich nicht auf dich verlassen kann, auf wen denn dann? Auf niemanden. Ich bin so hilflos wie ein neugeborenes Kind. Schau mich doch an!

Liz wirft einen scheuen Blick auf Mable, lässt dann den Kopf wieder hängen und macht weiter mit ihrer Serviette.

ROSCOE Sie hat nichts –

MABLE Halten Sie sich da raus!

ROSCOE Ich meine nur, dass sie –

MABLE Sie haben keine Ahnung, was hier läuft, oder? Irgendein dahergelaufener Außenseiter – und führt sich auf, als ob – Wer sind Sie überhaupt? Nichts als ein obdachloser, elender Penner! Eine Ausgeburt der Air Force!

ROSCOE Ich sage nur, dass Sie Liz nichts vorwerfen können in Bezug auf –

MABLE Das geht Sie wohl gar nichts an, oder?

ROSCOE Na ja, es ist schon ziemlich unfair, wie Sie –

MABLE Unfair! Was hat denn Fairness damit zu tun? So was haben wir hier nicht nötig.

ROSCOE Wie bitte? Also, ich wollte nicht –

MABLE Halten Sie den Mund.

Pause, Schweigen.

»Fairness.« Was glauben Sie, wer Sie sind – die Sittenpolizei?

Sie zeigt mit einer Kopfbewegung auf Liz, die mit gesenktem Kopf fortfährt, ihre Serviette zu falten.

Schauen Sie sich dieses hinreißende junge Geschöpf an. Stumm. Zum Schweigen verdammt. Sprachlos wie ein Stein. Dumm wie Brot. Was hat das mit Fairness zu tun? Und schauen Sie sich meine Tochter an – Sally. Sie wissen Bescheid über Sally, oder etwa nicht? Sie hat Ihnen alles von sich erzählt?

ROSCOE Alles?

MABLE Ach nein, natürlich nicht. »Alles«, das ist wohl zu viel verlangt. Da wäre man überfordert. Wie habt ihr euch überhaupt kennengelernt? Sie und Sally?

Liz beginnt leise zu weinen, immer noch mit gesenktem Kopf, während sie an ihrer Serviette herumfaltet und von Mable ignoriert wird. Roscoe, ganz auf Liz fixiert, steht langsam auf und redet mit Mable, ohne Liz aus den Augen zu lassen.

ROSCOE *während er langsam aufsteht* Äh – ganz genau weiß ich das nicht mehr, es war eine Talkshow, glaube ich. Sie interviewte mich über, äh, Literatur –

MABLE *ohne die schluchzende Liz zu beachten* Talkshow? Interview? Natürlich, was denn sonst. So lernt man sich kennen, heutzutage. Talkshows, Reality-TV, Tanzen mit Stars, Facebook. Grenzenlose Langweile, wohin man schaut. Ich hätte sie nie in dieser gottvergessenen Wüste großziehen sollen.

Liz beginnt, etwas lauter zu weinen – Roscoe nähert sich ansatzweise an, aber hält inne.

Ich hätte sie in Sand Hills, Nebraska großziehen sollen, wie meine Lizzie. Das Salz der Erde. Eine wie Lizzie würde nicht in BH und Höschen herumstolzieren, oder? O nein, das würde sie nie.

Liz heult immer noch.

ROSCOE Ich dachte, Sie sagten vorhin, dass sie aus England stammt.

MABLE England? Von wegen. Liz ist ein Kind der Prärie. Stimmt's, Lizzie?

Liz nickt.

Weinend Willa Cather. John Deere Traktoren. Tornado Versicherungen.

ROSCOE Oh – ich meinte tatsächlich, Sie erwähnten irgendeinen Ort in Nordengland.

MABLE Waschen Sie sich die Ohren, Roscoe. Geben Sie besser acht!

Plötzliche Stille, während man nur Liz hört, die jetzt leise weint. Dies dauert einige Augenblicke.

Zu Roscoe Sehen Sie, was man alles verpasst, wenn man nicht richtig zuhört? Wenn man die ganze Zeit abgelenkt ist.

Roscoes Aufmerksamkeit richtet sich ausschließlich auf Liz, während Mable den Eindruck macht, als ob sie in den Raum als Ganzes hineinhorcht. Roscoe bewegt sich langsam auf Liz zu, die immer noch weint, Kopf gesenkt, Hände im Schoß. Er stellt sich neben Liz und macht Anstalten, ihr seine Hand auf die Schulter zu legen.

ROSCOE *zu Liz* Miss?

MABLE Fassen Sie sie nicht an!

Roscoe zieht seine Hand jäh zurück, bleibt aber neben Liz stehen, die immer noch leise weint.

Sie wird es verkraften. Das tut sie immer. Das ist die gute alte Pioniermentalität. Die Fähigkeit, den schlimmsten Missgeschicken die

Stirn zu bieten. Zu Ihren Eigenschaften gehört das aber nicht, oder, Mr Hubbard? Widerstandskraft.

ROSCOE Ich finde, es gibt keinen Grund, jemanden so zu erniedrigen.

MABLE Grund? Sie glauben, es braucht einen Grund?

Pause, während sie ihn forschend betrachtet.

Sie würden in null Komma nichts zusammenbrechen, nicht wahr, Roscoe? Zerbröseln, wie eine hauchdünne Waffel.

Pause.

Liz, fahre mich vor bis an die Kante; an meinen Aussichtspunkt. Ich möchte mal wieder in den Abgrund schauen.

Liz hört sofort auf zu heulen – steht auf – geht gehorsam Richtung Rollstuhl – löst die Handbremse – schiebt Mable nach links vorne und dann hinaus auf den erhöhten Felsvorsprung. Sie stoppt vor der äußersten Kante. Mable starrt hinaus über das weite Tal von Los Angeles, während Liz pflichtbewusst hinter ihr steht, ihre Emotionen jetzt wieder ganz unter Kontrolle. Roscoe, am Tisch stehend, bleibt alleine zurück. Pause.

Mable über die Köpfe der Zuschauer hinweg schauend Beängstigend, nicht wahr?

ROSCOE *schaut ebenfalls nach vorne, bleibt aber am Tisch stehen* Sally sagte mir, heute gebe es zu viel Smog, um den Ozean zu sehen. Auch wenn er blau ist.

MABLE *in die Ferne starrend* Was ist blau?

ROSCOE Der Smog.

MABLE Blauer Smog? Wer hat Ihnen denn so einen Quatsch erzählt?

ROSCOE Sally. Ihre Tochter.

MABLE Ich weiß, wer Sally ist. Wissen Sie's?

ROSCOE Na ja – für die kurze Zeit, die wir uns –

MABLE Hat sie von sich erzählt? Von ihrer Narbe?

ROSCOE Narbe?

MABLE Erzählen Sie mir nicht, die wäre Ihnen entgangen. Ich bin sicher, Sie haben persönlich Bekanntschaft damit gemacht.

ROSCOE Ich, äh –

MABLE Und aus nächster Nähe betrachtet, im schimmernden Mondenschein.

ROSCOE Sally und ich sind einfach –

MABLE »Freunde« – Ja. Das sagten Sie bereits.

ROSCOE Sie hat mir nur erzählt, dass –

MABLE Eine Operation. »Aortenklappen-Insuffizienz«, hieß es. Wie sich das schon anhört. Als ob man von einem schwachsinnigen Kind spricht. Auslaufendes Blut in der linken Herzkammer. Ein Herzklappendefekt.

ROSCOE Mein Gott! Sie hat mir nicht gesagt, dass es etwas so Ernstes war.

MABLE Abwegig, was? Es sickert langsam vor sich hin – Tropfenweise. Kein äußeres Zeichen weist hin auf die Gefahr. Aber es tröpfelt unentwegt weiter. Tödlich. Unsichtbar.

ROSCOE Und wie alt war sie, als man sie –

MABLE Ein kleiner Knirps. Zehn Jahre oder so. Stellen Sie sich vor – so jung und schon mit einem Fuß im Grab.

Pause.

Und dann tauchte eine Organspenderin auf.

Liz dreht sich mit dem Rücken zum Zuschauerraum und hält eine Hand vor ihr Gesicht.

Ein Wunder. Ein junges Mädchen. In ihrem Alter. Aus dem nichts. Ein Mordopfer, sagten sie. Abgeschlachtet im eigenen Garten, während sie im Sand mit ihren Puppen spielte. Den Mörder hat man nie gefunden.

Pause.

Sally stand auf der Liste – es gibt eine Warteliste für Herzen, wissen Sie. Man muss warten, bis eins frei wird. Verkehrsunfälle. Selbstmorde. Man muss sich gedulden. Sally stand oben auf der Liste. Das Herz des Mädchens wurde von der Ostküste eingeflogen, in einem gläsernen Gefäß, umwabert von Trockeneis. Blaue Latexhandschuhe. Weiße Chirurgenmasken. Baumwollene Schuhüberzüge. Sallys Herz wurde herausgenommen und triefend herumgereicht. Ihr Blut in einer Schale aufgefangen. Mein rosiges Töchterlein – nur noch eine Leiche, die abwarten muss, ob sie noch einmal leben darf. Kein Atem. Kein Bewusstsein. Ausgeweidet wie ein Reh im Wald, dampfend im vergilbten Laub. Der Welt abhandengekommen.

Das Spiellicht auf Mable, Liz und Roscoe wird eingezogen. Ganz rechts vorne an der Rampe erscheint Sally in einem gelben Spot und singt direkt ins Publikum, während die anderen langsam in die Dunkelheit verschwinden.

SALLY *singt gefühlvoll* I want to stay alive
I want to stay alive

How many times
I catch myself
I want to stay alive

Auch Sally, zuletzt als Einzige sichtbar in ihrem Spot, verschwindet in die Dunkelheit.

Ende des Ersten Aktes.

Zweiter Akt

Im Dunkeln hören wir zum ersten Mal die Stimme von Liz, die jetzt den Refrain des Songs singt. Sie singt hell und schön – irgendwo in der Nähe von Roscoes Bett.

STIMME VON LIZ *im Dunkeln* I'm slipping out of time
Falling in my mind
Ten thousand times I catch myself
I'm watching what is mine

Am Ende des Refrains geht ihre Stimme über in ein schweres Atmen und Seufzen und dann, während das Spiellicht langsam aufblendet, in eindeutig sexuelles Gestöhne. Liz sitzt rittlings auf Roscoe, ihr bleicher Rücken dem Zuschauer zugewandt. Roscoe gibt hin und wieder ein unwilliges Grunzen von sich. Liz hat ihren Krankenschwesternrock bis an ihre Oberschenkel hochgeschoben. Ihre Bluse ist bis auf die Taille heruntergestreift, aber sie trägt einen weißen BH. Ihr Schwesternhütchen hat sie nicht abgesetzt. Ihre weißen Strümpfe sind über das Fußende des Bettes drapiert, und darunter stehen, ordentlich nebeneinander, ihre flachen Schuhe. Während sie gerade ihren Höhepunkt erreicht, kommt Sally, vollständig bekleidet mit Pyjamahose und -jacke, zum Vorschein aus der Seitenbühne links, Videokamera geschultert, Auge am Sucher, und filmt Liz und Roscoe beim Sex. Liz springt von Roscoe herunter, sobald sie Sally entdeckt. Während Liz sich dem Publikum zuwendet, verzweifelt ihren Rock herunter- und ihre Bluse hochzerrend, wird eine schlangenförmig verlaufende Narbe auf ihrem Brustkorb sichtbar, genau wie bei Sally. Dieser visuelle Eindruck sollte so überraschend und blitzartig sein, dass der Zuschauer unsicher ist, ob er tatsächlich gesehen hat, was er gerade noch zu sehen glaubte. Liz reißt ihre Schuhe und Strümpfe an sich und rennt ab nach rechts, während Roscoe, in Unterhose, mit ausgestreckten Armen und Beinen auf dem Bett zurückbleibt und nach Atem schnappt. Sally filmt unentwegt weiter und kommt näher an Roscoe heran.

ROSCOE *sich aufrichtend* O mein Gott! Was machst du denn da?

SALLY Ich filme das nackte Leben.

ROSCOE Hör schon auf mit dem Blödsinn! Drehen wir hier einen Porno oder was?

SALLY Alles ist, was es ist.

Roscoe stöhnt, lässt sich zurückfallen, dreht Sally den Rücken zu und wickelt sich in das Betttuch. Sally filmt weiter.

ROSCOE Du redest wie ein Hipster aus den 50ern. Hau schon ab!

SALLY *während sie auf das Fußende des Bettes steigt, um Roscoe von oben herab zu filmen* Jetzt hab dich nicht so. Es ist bloß eine winzige Momentaufnahme, im Gesamtentwurf.

ROSCOE Was heißt hier »Gesamtentwurf«! Es gibt gar keinen »Gesamtentwurf«! Alles, was du hast, sind ein paar schwachsinnige Filmstreifen!

SALLY *weiterfilmend* Heutzutage redet man nicht mehr von »Streifen«, wenn es um Filmaufnahmen geht, Herr Professor.

ROSCOE »Gigabytes« – Flash memory – wie auch immer. Jetzt verschwinde endlich! Was ist bloß los mit dir?

SALLY *weiterfilmend* Lassen Sie uns einmal von Ihrem sagenhaften Sexappeal reden, Herr Professor. Und das in Ihrem Alter! Wie können Sie –

ROSCOE Und dabei ist sie angeblich stumm!

SALLY *Auge am Sucher* Das hörte sich vorhin anders an.

ROSCOE Irgendwas stimmt hier nicht! Erst heißt es, sie stammt aus England – und dann soll sie plötzlich aus Nebraska sein. Was läuft hier?

SALLY Meine Mutter hat sie aufgegabelt. Ich weiß weiter nichts.

ROSCOE Das ist doch alles unfassbar!

SALLY Ja, irgendwie schon, was? Aber wir haben eine wunderbare Überleitung von deinem Vortrag über Borges zu dem über Cervantes im Kasten.

ROSCOE *richtet sich mit einer brüsken Bewegung auf* Stell dieses Ding ab!

Er schubst Sally vom Bett.

Du wirst nichts von diesen Filmstreifen, oder wie immer du sie nennst, benutzen, klar? Und höre auf, mich Professor zu nennen.

SALLY Die meisten Männer hätten kein Problem damit.

ROSCOE Ich bin verheiratet!

Pause.

SALLY Oh – *Setzt die Kamera ab, sehr kontrolliert in ihren Bewegungen.*

ROSCOE Ich meine – ich betrachte mich schon noch als –

SALLY Mir war nicht klar, dass du dich auch jetzt noch –

ROSCOE Ich meine – natürlich nicht, was uns betrifft.

SALLY Nein. Da hast du wohl vorübergehend den Verstand verloren.

Eine lange Pause, während der Sally Kamera und Zubehör wieder unter ihr Bett verstaut und Roscoe sich auf die Kante des seinigen setzt.

ROSCOE Ich weiß nicht, was ich hier überhaupt mache.

Lucy kommt plötzlich von rechts herein, mit leeren Injektionsspritzen auf ihrem Tablett. Sie bleibt stehen. Roscoe steht unvermittelt auf und beginnt, sich anzuziehen.

LUCY Oh – Entschuldigung – ich störe doch nicht?

SALLY *zu Lucy* Alles schon erledigt?

LUCY *von Mable sprechend* Sie hat keine Schmerzen mehr.

SALLY Gut gemacht, Mädel.

LUCY *zu Sally* Hast du Elizabeth gesehen?

Roscoe wirft Sally einen schnellen Blick zu und zieht sich weiter an. Sally lächelt Lucy an.

SALLY *zu Lucy* Nein, habe ich nicht. Ist sie denn nicht bei Mable?

LUCY *kommt nach vorn und stellt ihr Tablett auf den Tisch* Keine Ahnung, wo sie ist. Normalerweise sitzt sie um diese Zeit an ihrem Bett und lackiert ihr die Nägel, in irgendeiner tristen Farbe.

Kurze Pause.

Gibt's Kaffee?

ROSCOE Äh – nein – wir haben noch keinen –

SALLY *lächelnd, zu Lucy* Zu beschäftigt, weißt du.

LUCY Ach ja? Ich dachte schon, euch würde nichts anderes einfallen, als einander zu interviewen.

ROSCOE *unvermittelt, zu Lucy* Wer ist diese Frau? Wo kommt sie her?

LUCY Wer?

ROSCOE Diese – Krankenschwester. Diese –

LUCY Ach, Elizabeth? Die ist einfach irgendwann aufgetaucht.

ROSCOE Einfach so?

LUCY Unsere Mutter war auf ständige Pflege angewiesen, nach ihrem Unfall. Wieso fragen Sie?

ROSCOE Ich weiß nicht. Sie scheint hier irgendwie – fehl am Platz. Ich meine –

LUCY Ach ja? Seltsam. Ich wollte gerade das Gleiche über Sie sagen, Roscoe.

ROSCOE Was meinen Sie?

LUCY »Fehl am Platz.«

SALLY *zu Roscoe* Grobheit vererbt sich in direkter Linie, von Mutter auf Tochter.

LUCY Ich meine – was haben Sie hier eigentlich zu suchen, Roscoe?

ROSCOE Ich bin nur –

SALLY Er hängt hier nur ein bisschen rum.

LUCY Er »hängt rum« mit dir? Seid ihr Teenager oder was?

ROSCOE Nein – verstehen Sie – Sally hat mich aufgefangen, nach dieser Katastrophe mit meiner Frau.

LUCY Ach ja? Sie hat Sie getröstet? Alles wieder heilgemacht?

SALLY *beherrscht* Scher dich zum Teufel, Lucy.

ROSCOE Auf einmal war es da – das Aus. Ich habe es nicht kommen sehen. In einer Sekunde zerfällt dein ganzes Leben. Jahre und Jahre – Kinder – Schulen – Schulbrote mit Erdnussbutter – und dann – wird dein ganzes Dasein über den Haufen geworfen. Einfach so. Es ist verheerend. Auf einmal bist du heimatlos – alleine – fährst herum – fragst dich, wo du duschen kannst –

LUCY Wo ist Ihre Frau jetzt, Roscoe? Wo sind Ihre Kinder?

SALLY *zu Lucy* Jetzt hör mal zu – das geht dich gar nichts an. Ich habe Roscoe gefragt, ob er mitkommen und eine Weile bei uns wohnen mag – das ist alles.

LUCY Ja. Du hast Roscoe gefragt. Uns nicht.

ROSCOE Ich kann – ich kann ja wieder gehen – ich meine –

SALLY Nein! Du bleibst hier, solange du willst. So lange, wie's braucht.

ROSCOE Danke – ich schätze das – aber ich möchte nicht die Ursache einer –

Er sammelt seine Schuhe und Socken ein.

SALLY Du bist keine Ursache, Roscoe. Wir waren immer schon so.

Peinliche Pause.

ROSCOE Ich sollte mal mit meinem Hund gehen. Ehrlich gesagt – ich – ich weiß nicht, was ich tun sollte. Ist das nicht furchtbar? Ich meine, dass mir, in meinem Alter – immer noch so etwas – ich habe das alles nicht kommen sehen. Überhaupt nicht.

Roscoe geht ab nach rechts, Schuhe und Socken in der Hand. Sally und Lucy bleiben zu zweit zurück. Pause.

LUCY Er benimmt sich, als ob er sich schuldig fühlt. Als ob er vor irgendwas auf der Flucht wäre.

SALLY Und was sollte das sein?

LUCY Ich weiß nicht, Sally. Du lädst diesen total Unbekannten bei uns ein. Du weißt gar nichts von ihm. Er könnte –

SALLY Ich wusste genug von ihm.

LUCY Was denn? Was weißt du denn von ihm? Er könnte ein entflohener Häftling sein –

SALLY Er ist ein angesehener Schriftsteller!

LUCY Soll das ein Witz sein? Das war der Marquis de Sade auch!

SALLY Er braucht nur eine Bleibe – bis er sich wieder zusammengerissen hat. Gib ihm eine Chance.

LUCY Das ist doch jämmerlich, findest du nicht auch? Warum geht er nicht zu Leuten, die er kennt? Freunde – Familie – was hat er hier zu suchen?

SALLY Er hat keine Familie!

LUCY Die wird er hier auch nicht finden!

SALLY Diese Familie will er bestimmt nicht! Das kannst du mir glauben. *Pause.* Wieso ist das Ganze eigentlich ein Problem für dich?

LUCY Ist es nicht.

SALLY Du benimmst dich aber so. *Pause.* Was geht dich denn das Ganze an? Er ist ein Freund von mir. Ich mag ihn.

LUCY Schön für dich.

SALLY Ja.

Lucy setzt sich auf den Stuhl rechts, während man von der Seitenbühne rechts hört, wie Roscoe wieder in einem hohen Falsett zu seinem Hund spricht. Von dem Hund hört man nichts.

ROSCOES STIMME *im Off rechts* Na, wollen wir spazieren gehen? Was meinst du? Spazieren gehen? Ja? Pissen und kacken? Auf geht's. So ein froher Hund – spring, spring. Froher, froher Hund. Auf geht's. Gassi, Gassi. Auf geht's! Pissen und kacken. So ein froher, froher, froher Hund –

Roscoes Stimme entfernt sich, wie zuvor. Eine lange Pause, während Sally sich auf ihr Bett setzt und auf den Fußboden starrt, frontal zum Publikum. Lucy fummelt am Tisch mit den Injektionsspritzen herum.

LUCY *Roscoe parodierend* »So ein froher, froher, froher Hund«! *Pause.* Hast du ihm das mit deinem Herzen schon erzählt?

SALLY Nein, warum sollte ich?

LUCY Einfach nur, um –

SALLY Mit offenen Karten zu spielen?

LUCY Na ja, sie kann ihm ja kaum entgangen sein.

SALLY Was?

LUCY Deine Narbe.

SALLY Was für eine Narbe?

LUCY O mein Gott, Sally! Hat er denn nichts gefragt, als ihr –

SALLY Ich habe ihm gesagt, mir wäre als kleines Kind etwas im Hals steckengeblieben.

LUCY Im Hals?

SALLY Genau.

LUCY Und das soll Grund genug gewesen sein, um dich der Länge nach aufzuschlitzen?

SALLY *steht mit einer heftigen Bewegung auf* Es rutschte immer tiefer!

LUCY *Was* rutschte immer tiefer?

SALLY Was weiß ich! Tiefer und tiefer! Jedes Mal, als sie es fast zu fassen hatten, rutschte es wieder weg – was immer es war!

Lange Pause. Sally steht einfach nur da, zitternd. Lucy sitzt weiterhin am Tisch und bringt es nicht fertig, Sally anzuschauen.

LUCY *leise* Also, gefunden haben sie es nie?

SALLY *Pause.* Nein – sie haben es nie gefunden. *Sie setzt sich wieder auf das Bett.*

LUCY *Lange Pause.* Warum reden wir bloß nie – darüber? Wie kann das sein, dass wir nie –

SALLY Was gibt's denn zu bereden?

LUCY Wir sind Schwestern!

SALLY Na und? Das waren wir immer schon. Das lässt sich nicht ändern.

LUCY Es ist nur –

SALLY Was?

LUCY Dass ich mich manchmal frage, wie das sein muss, für dich.

SALLY Ein Freak zu sein, meinst du? Herumzuspazieren, während das Herz eines ermordeten Mädchens in meiner Brust schlägt? Sozusagen, abartig zu sein? Meinst du das? Weil sie – weil ein Teil von ihr immer noch in mir weiterlebt?

LUCY *Pause.* Du solltest mich nicht so hassen. Du brauchst mich doch nicht –

SALLY Es ist nicht mein eigenes Herz! Ich kann dir unmöglich erklären, wie das ist. Verstehst du? Ich kann dir nicht einmal ansatzweise klarmachen, wie das ist – immer noch am Leben zu sein und die ganze Zeit zu wissen – die ganze Zeit zu wissen –, dass ich eigentlich tot sein sollte!

LUCY *Lange Pause.* Schon gut. *Leise* Schon gut.

SALLY *Pause.* Und überhaupt, was sollte Roscoe mit all den schmutzigen Details? Was hätte er davon? Jetzt sieht er mich, wie ich bin. Einfach so, wie ich bin. Deshalb mag ich ihn. Es ist, als ob wir einander aus dem Nichts begegnet sind – als ob wir gar keine Vorgeschichte hätten.

LUCY Also –

SALLY Was?

LUCY Ich finde, er ist ein Glückspilz – ein Mann seines Alters, mit einer Frau wie dir.

SALLY Wie mir?

LUCY So jung. So –

SALLY Was?

LUCY Hübsch.

SALLY Ja, ja, nur zu –

LUCY Aber es stimmt –

SALLY Hör auf, mir zu schmeicheln!

LUCY Aber ich –

SALLY Ich will einfach nicht, dass er all das weiß! Kapiert? Ich will nicht, dass er das Gefühl kriegt, er ist Teil irgendeines – Experimentes.

LUCY Nein –

SALLY Bevor man sich's versieht, fängt er an, sich das irgendwie vorzustellen – die klaffenden Rippen – das herausströmende Blut.

LUCY Sally –

SALLY Du erzählst ihm nichts!

LUCY Das würde ich nie.

SALLY Doch, das könnte durchaus passieren.

LUCY So etwas würde ich nie tun. Wie kommst du darauf?

SALLY Manche Dinge kommen immer ans Licht, auch wenn wir es nicht wollen. Oder stimmt das etwa nicht? Dinge, die einen auffressen, seit eh und je. Katastrophen. Urplötzlich sind sie wieder da. Du wirst auf einer stählernen fahrbaren Krankentrage aus dem Operationssaal geschoben – Du siehst wie ihre glänzenden, wachsamen Augen dich anstarren. Weiße Masken. Du hörst ihr erregtes Flüstern – es ist ein Wunder! Neues Leben! Der Tod selbst hat dich aus dem Totenreich zurückgeholt. Der glückliche Zufall eines Mordes im richtigen Augenblick. Du bist auserwählt! Du bist die einzig Auserwählte, die es verdient hat, weiterzuleben! Nicht dieser arme, kleine, ausgeschlachtete Körper, der zusammengerollt im Sand liegt. Abgeschrieben. Vergessen. Als ob sie alle vergessen hätten, dass du gar nicht am Leben sein solltest! Dass es nicht beabsichtigt war, dass du weiterhin atmest. Tot – schon seit langer, langer, langer Zeit tot. Schon bevor es die Erde überhaupt gab!

Plötzlich ein gellender Schrei von Mable, aus dem Off rechts.

MABLES STIMME *aus dem Off rechts* ELIZABETH!!!!

Lucy springt wie vom Blitz getroffen auf. Kurze Pause.

LUCY Warum ruft sie nie nach *mir*?

Lucy läuft ab nach rechts, um nach Mable zu sehen, Sally alleine zurücklassend. Lange Pause. Sally sitzt einfach nur auf der Bettkante – dann spricht sie leise zu sich selbst und zugleich auch zu irgendeinem »Andern«.

SALLY *für sich* O je – es ist mal wieder so weit. Nur du und ich. Manchmal denke ich – das endet wohl nie.

Plötzlich kommt Liz von der Hinterbühne durch die Mitte angerannt. Sie ist vollständig angezogen, bis auf ihre Schuhe, die sie in ihrer rechten Hand trägt. Sie ist barfuß, und ihre Füße bluten. Sally bleibt ohne jede Regung auf dem Bett sitzen. Liz bleibt vor dem Glastisch stehen und setzt sich dann auf den Stuhl rechts, ohne Sally zu beachten. Liz hebt ihre Schuhe hoch, etwa bis Kopfhöhe, und lässt sie dann auf den Boden fallen. Pause.

LIZ *außer Atem, ohne Sally anzuschauen* Hast du einen Lappen? Einen Waschlappen oder so was.

SALLY *laut, Finger an den Lippen* SHHHH!!!

LIZ *ohne Sally anzusehen* Sie können uns nicht hören.

SALLY *laut und deutlich flüsternd* Sie könnten direkt um die Ecke auf uns lauern. Die ganze Bande.

LIZ Die sind alle taub. Taubstumm. Du weißt schon, was ich meine. *Sie reibt ihre Füße.* Hast du einen Lappen?

Sally steht auf, geht nach rechts und verschwindet.

Liz zu Sally, während sie einen Schuh aufhebt und daran riecht. Ein nasser Lappen wäre nicht schlecht.

Sie stellt den Schuh wieder hin, nimmt den anderen und fährt mit der Hand hinein – nimmt ein kleines Blatt heraus und schnipst es in die Luft, worauf es auf dem Boden landet.
Ist Roscoe immer noch mit seinem Hund unterwegs?

SALLY *tritt wieder auf von rechts, mit einem nassen Waschlappen* Ich denke schon. Er wandert manchmal ziemlich weit.

LUCY Wohin denn?

SALLY Das sagt er nie. Ich nehme an, er denkt nach über das, was er getan hat.
Sally gibt Liz den Waschlappen, geht um den Tisch herum und setzt sich auf den Stuhl links. Liz schlägt die Beine übereinander und fängt an, sich das Blut von den Zehen zu wischen.

LIZ Was *hat* er denn getan?

SALLY Na ja – abhauen. Frau und Kinder im Stich lassen.

LIZ *während sie damit beschäftigt ist, ihre Zehen zu säubern* Die sind doch schon groß, oder? Die Kinder.

SALLY Ja. Ich glaube schon. Aber trotzdem –

LIZ Was?

SALLY *betrachtet die blutigen Füße von Liz; Pause* Was hast du mit deinen Füßen gemacht, Liz?

LIZ Ich bin gerannt.

SALLY Barfuß?

LIZ Mit diesen Dingern kann ich nicht rennen. *Sie hält einen Schuh hoch.*

SALLY Wieso läufst du auf einmal? Joggen hat dich noch nie interessiert.

LIZ Es gibt eine Menge Dinge, die du nicht von mir weißt.

SALLY *Ein plötzlicher Ausbruch, sie schlägt mit der Faust auf den Tisch.* Wieso läufst du auf einmal!
Liz kreuzt in aller Ruhe ihre Beine erneut und säubert jetzt ihren anderen Fuß mit dem Waschlappen. Pause.

LIZ Ich laufe, wenn ich nicht mehr weiter weiß.

SALLY Oh – oh, was ist denn jetzt los! Jetzt ist es auf einmal an der Zeit zu rennen, bis dir die Füße bluten! Jetzt ist es auf einmal an der Zeit, zu reden anzufangen! Jetzt ist es auf einmal an der Zeit, meinen Freund zu bumsen! Hab ich recht?

LIZ Shh. *Pause. Dann, ruhig* Ich habe bloß experimentiert.

SALLY Experimentiert.

LIZ Ich war neugierig.

SALLY Worauf?

LIZ Ob er es – erkennt.

SALLY Was!

LIZ *Pause.* Mein Fleisch und mein Blut.

SALLY Damit schien er nun wirklich keine Probleme zu haben!

LIZ Wer ich – wirklich bin.

SALLY Oh –

Pause.

Oh. Verstehe. Also, ich schulde dir auf einmal etwas?

LIZ Das hast du schon immer getan.

SALLY Und jetzt muss ich die Rechnung begleichen – meinst du das?

LIZ Kein Melodram, bitte.

SALLY Und dein Herz soll ich dir wohl auch zurückgeben?

LIZ *Lange Pause.* Und wenn das ginge – wie würdest du das anfangen?

SALLY Ich würde – alles noch mal machen müssen, in umgekehrter Reihenfolge. Dich wieder zum Leben erwecken. Das willst du doch, oder?

LIZ Dann wärst – *du* tot.

SALLY Ja.

LIZ Und vielleicht klappt es nicht.

SALLY Könnte sein.

LIZ Und dann – wären wir beide tot.

SALLY Ja.

LIZ Und was wird dann aus uns? *Pause.*

SALLY Dasselbe wie jetzt, schätze ich – oder –

Eine lange Pause, während Liz sich langsam zu Sally hindreht und sie anstarrt. Dann steht sie langsam auf, immer noch barfuß. Liz geht schräg nach hinten zu Sallys Bett; kniet sich hin und zerrt die ganze Filmausrüstung hervor. Sally steht auf.

Was machst du denn da?

Liz geht absichtsvoll zur Mitte der Hinterbühne, mit der Filmausrüstung. Sally macht einen Ansatz, um Liz zu folgen, während diese nach hinten geht.

Was machst du denn da!

Liz bleibt ganz hinten in der Bühnenmitte stehen, genau da, wo sie vorhin aufgetreten war, hebt die Kamera mit einer Hand hoch über ihren Kopf und schleudert sie über die hintere Kante der Spielfläche. Die Kamera verschwindet ins Nichts. Pause; dann – ein sehr lautes Krachen, wie wenn Glasscheiben und Metall aus großer Höhe auf Beton zerschellen.

Sally rennt auf Liz zu.

Was zum Teufel hast du mit meiner Kamera gemacht!!

Sally rennt auf Liz zu, bleibt dann aber unvermittelt stehen, weil Mable und Lucy von rechts auftreten: Mable in ihrem Rollstuhl, der von Lucy geschoben wird. Liz bleibt ganz hinten in der Mitte stehen, mit ihrem Rücken zu den andern. Lucy hat sich an Mables Medikation vergriffen und steht schwer unter Drogen.

MABLE *sieht Liz* Ah, gut – sie ist wieder da. Wusste ich's doch, dass sie es nicht lange ohne uns aushält.

SALLY *zu Mable* Sie hat gerade meine Kamera runtergeworfen!

MABLE Deine *was*?

SALLY *kreischend* Mein Lebenswerk!!

MABLE Vielleicht suchst du dir jetzt einen richtigen Job.

Liz dreht sich um und spaziert in aller Ruhe an Sally vorbei nach vorne. Sie setzt sich wieder auf den Stuhl rechts, schlägt die Beine übereinander und fährt fort, ihre Füße zu säubern, während die anderen einfach nur zusehen.

Mable zu Liz Also, du kannst nicht genug von uns kriegen, was?

Pause. Liz schweigt.

Ach, du willst uns mit Schweigen bestrafen? Darauf fällt keiner mehr rein, Schwester – das ist dir hoffentlich klar.

Liz säubert weiterhin ihre Füße mit dem Waschlappen.

LUCY *zugedröhnt* Kein Kommentar.

SALLY Sie hat meine Kamera in das San Fernando Valley geworfen.

LUCY Ach, vergiss es.

Während der folgenden Szene geht Sally langsam nach hinten, als ob sie noch nicht fassen kann, dass sie gerade ihr Lebenswerk verloren hat. Sie geht dabei genau denselben Weg, den Liz zurückgelegt hat, bis sie letztendlich den Punkt erreicht, wo Liz Kamera und Ausrüstung in den Abgrund geschleudert hat.

MABLE *zu Liz* Ich habe dich schon längst durchschaut. Wie du mit dir selbst geredet hast – oder mit wem auch immer. Dieses Plappern. Dieses Schreien mitten in der Nacht. Du warst es doch, die geschrien hat – oder etwa nicht?

Liz zuckt mit den Schultern, schüttelt den Kopf, fährt fort, ihre Füße zu säubern.

LUCY Natürlich, du warst das!

MABLE Wir haben dich alle durchschaut, die ganze Zeit. Wir alle.

SALLY *während sie weitergeht zur Bühnenmitte hinten* Dieses rachsüchtige Biest. Hat das Beweismaterial zerstört.

MABLE *zu Liz* Verrat und Täuschung – das ist nichts Neues für mich, weißt du. Als Whitmore mich verließ –

LUCY *zu Liz* Ihr Ehemann –

MABLE *zu Lucy* Er war *dein* Vater.

LUCY Er ist tot.

MABLE Trotzdem, er war dein Vater.

SALLY *immer weiter nach hinten gehend* Mein Vater war er nicht.

MABLE *laut* Er war *der* Vater überhaupt! *Pause.* Wie auch immer – wie auch immer – lenk mich jetzt nicht ab. Als Whitmore plötzlich wegging und mich verließ –

LUCY *über Liz, die weiterhin ihre Füße säubert* Sie hört dir gar nicht zu.

MABLE *noch lauter* Als Whitmore verschwand und mich im Stich ließ! Da hat alles angefangen! Dieses ganze Elend, der Schmerz! Diese plötzliche innere Unruhe. *Pause.* Ich machte mich auf den Weg. Wohin noch mal? Wisconsin. Meine Sommerresidenz. Das war doch in den North Woods, oder? Ich dachte mir – hier kriegst du dich wieder in den Griff.

LUCY *zu Liz* Hörst du, was sie dachte?

MABLE Elend, das war's. Schmerz! So einfach ist das. Das hat mich dorthin gebracht.

SALLY Da liegt sie. Da unten. Ich kann sie sehen. Total zerstört.

Lucy schiebt Mable zum Tisch, direkt neben Liz.

Hört ihr mir zu?

Lucy lässt plötzlich Mables Rollstuhl los und stürzt auf Liz zu, reißt ihr den Waschlappen aus den Händen und schmeißt ihn auf den Boden.

LUCY *zu Liz* Jetzt gib acht, ja?!

Lucy geht wieder an ihren Platz hinter Mables Rollstuhl. Liz bleibt sitzen und starrt auf den Waschlappen am Boden. Mable redet weiter.

MABLE Die Tage verstrichen. Die Nächte. Ich war alleine. Ich lag da und hörte die Mäuse über den Dachboden rennen. Den Wind. Die Vögel am See.

Sally geht immer noch langsam nach hinten, ihr Tempo richtet sich nach Mables Monolog.

Manchmal ging ich nach draußen und sah mir den Mond an. Ich wanderte umher. Ging über die schmalen Wege Richtung Dorf. Sah blaue Fernsehschirme flackern hinter den Fenstern. Es war mitten im Wald. Hunde heulten. Kein Auto zu sehen. Es roch nach Tannen und Müll. Tierkadaver. Fledermäuse und Eulen schossen vorbei. Ich ging einfach weiter. Hörte Kies unter meinen Schuhen knirschen. Meinen eigenen Atem. Aber an Whitmore dachte ich nicht. Eigenartig, was? Nicht ein einziges Mal. Er war weg. Komplett aus meinem Leben verschwunden. *Pause.*

Sally hat jetzt den Platz erreicht, von wo aus Liz ihre Kameraausrüstung hinuntergeworfen hat; sie schaut in die Tiefe, springt dann von der Kante der Hinterbühne und verschwindet. Hören tut man nichts. Liz starrt weiterhin auf den Waschlappen vor ihren Füßen.

Ich ging und ging. Ich kam an den Ortsrand. Kein Mensch zu sehen. Niemand. Nirgends. In der Ferne, ein Autokino. Vielleicht – konnte ich irgendwas davon mitkriegen. Nicht die Stimmen. Keine Musik. Einfach nur bewegende Gestalten. Körper. Farben. Der Wind wurde stärker. Ich ging direkt auf den Film zu. Ich ging immerzu weiter. Als ob der Film mich an einer Schnur zu sich hin zog. Als ob die Gestalten auf der Leinwand zu mir sprachen. Ich kam näher, aber hören tat ich noch immer nichts. Jetzt konnte ich das Gesicht erkennen. Ich konnte das Gesicht ganz deutlich sehen. Es war James Dean – er lag auf dem Bauch auf der roten Erde, seine kurzen Ärmel hochgekrempelt. Ich kletterte auf einen Baum, um mehr zu sehen. Höher und höher. Ich konnte sehen, wie er die schwarzen Augenbrauen hob. Diese außergewöhnlichen Augenbrauen von ihm. Es schien, als ob er mit jemandem sprach, aber es war kein Mensch da – da war nichts, außer ein Feld mit Bohnen. Seine Lippen bewegten sich, aber ohne Stimme. Er sprach mit den Bohnen. Seine Lippen kamen ganz nah, als ob er – als ob er sie küssen wollte – oder – sie liebkosen –, so dass sie sich trauten zu wachsen. Seine Augen waren so – voller – voller Liebe. Das war's, nichts anderes. Reine Liebe. Ich versuchte, noch näher heranzukommen, aber da brach der ganze Ast ab. Ich stürzte. Kopfüber in die Nacht. Ich zerbrach in tausend Stücke. Ich war zerschmettert.

LUCY Und dann haben wir dich nach Hause gebracht.

Pause.

Liz springt plötzlich auf, schnappt sich den Waschlappen, setzt sich wieder auf ihren Stuhl, schlägt die Beine übereinander und fängt wieder an, sich die Füße abzuwischen. Lucy kommt hinter dem Rollstuhl hervor, es ist offensichtlich, dass sie unter Drogeneinfluss steht. Sie geht auf Liz zu, die immer noch schweigend mit ihren Füßen beschäftigt ist.

Lucy behutsam zu Liz Hast du mitgekriegt, was meine Mutter dir gerade erzählt hat?

Die Wirkung der Drogen macht sich vor allem bemerkbar durch eine gewisse Schwere ihres Kopfes, was manchmal dazu führt, dass ihr Kinn auf die Brust sackt und sie völlig weggetreten ist. Dann fängt sie sich wieder und macht weiter wie zuvor. Liz säubert weiterhin ihre Füße, und Mable hört vom Rollstuhl aus zu.

Hast du irgendwas davon verstanden? Sie hat versucht, dir was zu erklären. Es war symbolisch gemeint – das über die Kieswege – dieses Knirschen – mitten in der Nacht – ganz alleine. Sagt dir das was? Hat dich das – irgend – irgendwie – erinnert – hatte das, sagen wir mal – eine entfernte Ähnlichkeit – mit dem, was du selbst erlebt hast – ich meine, mit deiner Erinnerung an was – an, wie heißt das – an das, was dir angetan wurde? Zum Beispiel – äh – keine Stimmen zu hören – oder – äh – total abhängig zu sein –

MABLE Abhängig?

LUCY Nun ja – ich meine – ausgeliefert zu sein – sozusagen – äh, verstehst du? Völlig ausgeliefert.

MABLE Ausgeliefert?

LUCY Na ja, vielleicht war da auch nichts. Vielleicht ist es gerade das – eine Lähmung.

MABLE Lähmung?

LUCY *zu Mable* Vielleicht ist das auch nicht das richtige Wort. Vielleicht war es – ein Anfall, oder –

MABLE Anfall?

LUCY Also – vielleicht auch nicht. Was ich sagen will – hat die Geschichte meiner Mutter etwas bei dir erzeugt – eine Resonanz – einen Widerhall – oder ging es glatt an dir vorbei. Das ist, was ich wissen wollte.

MABLE *zu Liz* Meine Tochter hat sich an meiner Medikation vergriffen. Du musst ihr verzeihen, Liz.

LUCY Das stimmt nicht – das stimmt überhaupt nicht.

MABLE Erstaunlich, wie wir leugnen können, was so offensichtlich ist.

LUCY Es stimmt ganz einfach nicht! Ich versuchte nur – ich ertrug es nicht länger – ich meine – ich ertrug es einfach nicht länger, verantwortlich zu sein für –

MABLE Mich?

LUCY Nein, nein, nein – es geht gar nicht so sehr um dich. Daran bin ich gewohnt. Nein – es geht um mich.

MABLE Wie, um *dich*?

LUCY Um *mich*. Ich leide.

MABLE Du?

Liz hört auf, ihre Füße zu säubern, und betrachtet Lucy.

LUCY Ja.

MABLE Du leidest nicht. *Ich* leide! *Ich* bin's, die leidet.

LUCY Schon – aber manchmal – manchmal möchte ich einfach nur –

MABLE Was.

LUCY Weg. Einfach –

MABLE Weg?

LUCY Ja.

MABLE Ach ja – was soll ich sagen – wir sind alle manchmal urlaubsreif. Stimmt doch, oder, Liz?

Liz antwortet nicht – sie säubert wieder ihre Füße. Dann hebt sie jeden Schuh einzeln auf und wischt sorgfältig den Staub ab. Zwischendurch spuckt sie immer wieder auf den Waschlappen.

LUCY Ich möchte weit, weit weggehen.

MABLE Eine Urlaubsreise? Wo möchtest du denn hin? Istanbul, oder –

LUCY Nein. Ich möchte – an einen Ort –, von dem niemand weiß.

Liz hält wieder inne und betrachtet Lucy.

MABLE Der Dschungel von Borneo?

LUCY Nein.

MABLE *Ich* würde den Dschungel von Borneo gerne mal sehen.

Liz putzt wieder weiter.

LUCY Nein – ich möchte an einen Ort –, der keinen Namen hat. Von dem man nichts weiß.

MABLE Und wo wäre das?

LUCY Irgendwo – ich weiß nicht, wo.

MABLE Ach – und wie würdest du den finden, wenn du nicht weißt, wohin du gehst?

LUCY Man geht – man geht einfach.

MABLE Man geht einfach? *Sie lacht.* Redet sie jetzt auf einmal wie Dorothy im Zauberer von Oz, Liz? Oder bilde ich mir das nur ein? Liz?

LUCY Doch, das klappt. Man macht sich einfach auf den Weg.

MABLE Aber – wie würdest du denn wissen, wohin?

LUCY Ich würde jemanden mitnehmen. Jemanden, der mir dann hilft.

MABLE So wie Liz? Liz ist eine große Hilfe. Stimmt's, Liz? Natürlich nur, wenn du da bist.

Liz schaut Lucy wieder an.

LUCY Liz ist bei *dir*.

MABLE Ja, so ist es.

LUCY Also – dann kann sie ja nicht mit mir gehen. Wenn sie bei dir ist.

MABLE Nein. Nein, das kann sie nicht. Ich habe sie nur als Beispiel genannt.

LIZ *singt* If they could only hear me now

Liz beginnt wieder, ihre Füße zu säubern. Man hört Sally wild kreischen – und Roscoes Stimme, die antwortet.

SALLYS STIMME *schreiend, aus dem Off rechts* NEIN! DU KANNST NICHT WEGGEHEN! DU KANNST JETZT NICHT GEHEN!

ROSCOES STIMME *laut, aus dem Off rechts* Loslassen, Sally! Ich warne dich! Lass los!

SALLYS STIMME NEIN! DU KANNST NICHT EINFACH DAVONLAUFEN UND MICH VERLASSEN!

Sally und Roscoe kommen von rechts herein – Roscoe zerrt und schleudert Sally auf die Bühne. Sally hält den Griff eines altmodischen Koffers fest – Roscoe hält beide Seiten des Koffers fest und zieht sie hinter sich her, wobei er sich rückwärts in Richtung seines Bettes kämpft. Der Koffer ist gelb, mit braunem Lederbesatz.

ROSCOE *während er sie hinter sich herzerrt* Es reicht mir jetzt! Echt. Ihr wollt mich alle loswerden. Ich habe es satt, hier zu sein. Du hast es satt, dass ich hier bin!

SALLY *hält mit aller Macht dagegen* Nicht wahr! Hab ich nicht! Ich hab dich nicht satt!

Plötzlich reißt der Koffergriff ab, und Sally stolpert rückwärts – Roscoe stolpert samt Koffer in die entgegengesetzte Richtung – beide fallen hin – so wie in einem alten Slapstick. Sally bleibt am Boden liegen, den Koffergriff hoch in die Luft haltend, und beginnt laut zu weinen. Roscoe rappelt sich auf; geht mit dem Koffer zum Bett, legt ihn darauf und öffnet ihn; kniet neben dem Bett und fängt an, diverse Sachen unter dem Bett hervorzuziehen und in den Koffer zu werfen, wie etwa Hemden, Bücher, Unterwäsche, Socken etc. Lucy geht langsam Richtung Sally und bleibt dann tatenlos stehen, schaut auf Sally herab, die immer noch am Boden liegt und weint. Roscoe packt vehement weiter. Mable sieht vom Rollstuhl aus zu.

ROSCOE *während er seine Sachen einpackt* Es reicht mir jetzt. Das Ganze ist doch – ich kann nicht – ich kann nicht noch länger hier herumhängen und mir vormachen – dass irgendetwas passieren könnte – dass auf einmal ein Wunder geschehen kann – und – dass dann alles überstanden wäre – alles wieder gut wäre – dass du mich rettest.

SALLY *immer noch schluchzend auf dem Rücken, den Koffergriff in beiden Händen* WIR WAREN DABEI, UNS ZU VERLIEBEN!

ROSCOE *während er weiterpackt* Nein! Das waren wir nicht! Das war bloß – das war nie, was ich – ich war nicht zurechnungsfähig. Liebe – Liebe war nie –

SALLY Du hast gesagt – du hast mir gesagt –

ROSCOE Nein, nein. Da irrst du dich! Ich habe dir nie irgendwas gesagt!

SALLY DOCH! DU HAST ES MIR SELBST GESAGT! Wir waren ganz nahe an irgendwas dran.

LUCY *zugedröhnt* Das ist alles so abgefuckt.

MABLE Ach, lass sie sich streiten. Sie werden es überleben. Man überlebt alles, so oder so.

SALLY *immer noch weinend* Du hast mir gesagt, wir würden – du hast gesagt –

ROSCOE *packt wild seinen Koffer* Nein! Nein, nein, nein, nein, nein! Ich habe dir nichts versprochen! Nie! Ich habe nie –

SALLY *immer noch auf dem Rücken* Wie kannst du mich so anlügen? Direkt ins Gesicht? Du hast gesagt, ich wäre die Frau deines Lebens! Ich, und keine andere!

Liz steht plötzlich auf, wirft den Waschlappen hin, geht zu Roscoes Bett, nimmt seinen Koffer, kippt den Inhalt auf den Fußboden, wirft den Koffer hin, geht zu ihrem Stuhl zurück und beginnt wieder, ihre Schuhe zu säubern. Sally hört auf zu weinen, lässt die Arme sinken, richtet sich auf und betrachtet den Koffer. Pause.

ROSCOE *zu Liz, die ihn völlig ignoriert* Was soll das? Was soll denn das jetzt? *Er hebt seinen Koffer auf und fängt an, seine Sachen wieder hineinzuwerfen.* Ich habe noch nie so viele Verrückte auf einem Haufen gesehen! Das ist doch – das ist einfach – ihr seid doch alle –

MABLE Oh, jetzt hat er es auf uns abgesehen. Vorhin war er ganz dankbar. Demütig geradezu. Und jetzt –

Lucy geht auf Roscoe zu, der immer noch wie wahnsinnig am Packen ist.

LUCY *immer noch zugedröhnt, zu Roscoe* Fühlst du dich – nicht mehr wohl bei uns, Roscoe? Ich meine, hast du – hast du deinen Sättigungspunkt erreicht?

ROSCOE *weiterpackend* Lass mich – lass mich einfach – ich bringe das hier zu Ende, und dann bin ich weg! Bitte. Mehr verlange ich nicht.

LUCY Du machst dich auf den Weg? Ist es das, was du vorhast?

ROSCOE Genau! Das stimmt genau!

MABLE Heim, wo die kleine Ehefrau wartet! Zurück zu Weib und Kindern?

ROSCOE Nicht unbedingt.

SALLY Was – nicht?!

ROSCOE Ich sage nur –

LUCY Was für ein Auto hast du?

ROSCOE *unterbricht das Packen* Wie bitte?

LUCY Was für ein Auto?

ROSCOE *packt weiter* Was hat denn das damit zu tun?

LUCY Damit ich es mir vorstellen kann.

MABLE Sie muss sich immer ein Bild machen.

ROSCOE Ein Chevrolet, verdammt nochmal!

MABLE Ein Chevy!

Lucy geht plötzlich auf Roscoe zu, schnappt sich den Koffer, kippt den Inhalt auf den Fußboden und schmeißt den Koffer wieder hin. Roscoe steht fassungslos da.

Mable bricht plötzlich in Gesang aus.

See the USA
In your Chevrolet
America is asking
You to call
Drive your Chevrolet
Through the USA
America's the greatest
Land of all

SALLY *immer noch auf dem Boden sitzend, während Mable singt* Siehst du – sogar Lucy will, dass du hierbleibst.

Roscoe beginnt, seinen Kopf hin und her zu schütteln, was sich zu einem nervösen Tick entwickelt, als ob er kurz vor einem Nervenzusammenbruch steht. Er sammelt erneut seine Sachen ein und schmeißt den ganzen Haufen aufs Bett, legt den Koffer daneben und beginnt erneut zu packen, wobei er andauernd seinen Kopf schüttelt. Zusätzlich gibt er einen hohen, quiekenden Jammerton von sich.

ROSCOE *während er Sachen in den Koffer schmeißt* Nein! Nein, das will sie überhaupt nicht! Sie war's! Durch sie bin ich überhaupt darauf gekommen, was hier läuft. Ich wäre hier »fehl am Platz« – das hat sie gesagt! Ich wäre hier »fehl am Platz«!

LUCY Das war doch nur ein Witz.

MABLE Lucy macht andauernd Witze.

LUCY Ich bin nun mal ein Witzbold.

ROSCOE Nein! Nein, nein, nein! Ich hau ab. Ich hau so was von ab –

SALLY *auf dem Fußboden* Wo willst du denn hin, Roscoe? Hast du dir das schon überlegt?

ROSCOE *während er weiterpackt und unkontrolliert mit dem Kopf zuckt* Na klar habe ich mir das überlegt! Na klar! Ihr glaubt doch nicht, dass ich – dass ich einfach hier abhaue, ohne mir zu überlegen, wohin – ohne Plan – ohne Ziel! Oder glaubt ihr das etwa?

MABLE Wir wissen nicht mehr, was wir glauben sollen.

LUCY Du bist am Ende, Roscoe.

ROSCOE Wie? *Ich* soll am Ende sein?

SALLY Du wirst nicht weit kommen. Das sehe ich doch. Du wirst bald zusammenbrechen.

MABLE Genau. Sie sind kurz davor, endgültig zusammenzubrechen, junger Mann.

ROSCOE *während er Sachen in den Koffer schmeißt* Ich bin nicht jung! Ich bin kein junger Mann mehr!

LUCY Da hast du recht.

Während der ganzen Auseinandersetzung säubert Liz, in aller Ruhe und ohne etwas zu sagen, ihre Schuhe.

ROSCOE *zu Lucy* Du hältst den Rand!

MABLE *zu Sally* Er kann der Wahrheit nicht ins Auge sehen. Darauf läuft's hinaus.

SALLY Die Wahrheit ist – er hat mich nie geliebt. Das ist mir jetzt klar.

ROSCOE Doch, ich habe dich – es gab einen Moment –

SALLY Ha!

Sally steht auf und richtet ihre Kleidung.

ROSCOE Doch! Ich *habe* dich geliebt! Ich kenne meine Gefühle. Ich weiß, wenn sich etwas –

SALLY Wie?

ROSCOE Wenn etwas – mit mir passiert.

SALLY Zum Beispiel?

ROSCOE Wenn etwas Schönes entsteht – und sich entwickelt.

Sally marschiert direkt auf Roscoes Bett zu und kehrt den Koffer um, so wie die anderen zuvor.

Roscoe brüllt. NEIN!! O Gott. O mein Gott!

MABLE Gott kann Ihnen jetzt nicht mehr helfen.

ROSCOE Was habe ich denn getan? *Er versucht mit beiden Händen, das unkontrollierte Kopfschütteln zu bezwingen.* WAS HABE ICH DENN GETAN!! Warum ich? Was habe ich euch getan? Ich bin hier nur zu Besuch. Gar nichts habe ich getan. Ich bin total unschuldig.

Sally geht ruhig zu ihrem Bett auf der linken Bühnenhälfte, legt sich hin, die Hände hinter den Kopf verschränkt, und starrt an die Decke. Roscoe bricht jetzt völlig zusammen und setzt sich auf sein Bett, zwischen seinen Sachen und dem offenen Koffer. Er fängt an, sich vor und zurück zu wiegen, wobei er seinen Kopf zwischen den Händen hält, wie ein Geisteskranker kurz vor einem Anfall. Lucy steht da und beobachtet ihn mitfühlend. Mable beobachtet ihn vom Rollstuhl aus. Liz fährt in aller Ruhe fort, ihre Schuhe zu säubern, wobei sie hin und wieder auf den Waschlappen spuckt und daran leckt.

LUCY *sehr sanft und freundlich, während sie auf Roscoe zugeht* Du hast Mist gebaut, Roscoe. Das musst du einsehen. Du musst das akzeptieren. Damit fertig werden. Du hast totalen Scheiß gebaut.

ROSCOE *während er sich heftig vor und zurück wiegt* NEIN!! NEIN!!

LUCY *setzt sich neben Roscoe und klopft ihm auf den Rücken, während dieser sich weiterhin vor und zurück wiegt* Doch. Davonlaufen ist Feigheit. Das lässt sich nicht beschönigen.

ROSCOE *sich wiegend* Aber ich bin nicht davongelaufen! Es war aus und vorbei! Das ist alles. Vorbei! Aus und vorbei, vorbei, vorbei! Was macht es dann für einen Sinn, noch weiterzumachen?

SALLY *immer noch auf ihrem Rücken auf dem Bett* Was soll's – es geht dir bestimmt besser, sobald du wieder unterwegs bist.

MABLE Bestimmt. So ein Burger King gibt einem eine völlig neue Sicht auf die Welt.

ROSCOE NEIN! Nein, nein, nein, nein, nein!

SALLY Auf freier Straße.

MABLE *singt, während die anderen weiterreden*

See the USA
in your Chevrolet
The Rockies way out west
Are calling you
Drive your Chevrolet
Through the USA
Where fields of golden wheat
Pass in review

ROSCOE Ich will hier nicht weg! Ich will hier nicht weg!

SALLY *immer noch liegend* Aber du hast doch gesagt –

ROSCOE *sich verzweifelt vor und zurück wiegend* Da draußen gibt es nichts! Meile für Meile für Meile – nichts! Überhaupt nichts!

LUCY Wenn du erst einmal diesen bulligen Motor gestartet hast –

ROSCOE NICHTS! Nur Leere – nichts bewegt sich. Heruntergekommene Dörfer. Durchgerostete Traktoren. Von Wichita bis Topeka.

LUCY Ich kann dich fahren, wenn du magst. Du kannst auf der Rücksitzbank schlafen. Ich fahre gern.

ROSCOE Nein! Ich kann nicht – ich kann einfach nicht –

SALLY *immer noch auf dem Rücken* Tja – hier kannst du nicht länger bleiben.

Roscoe steht auf – plötzlich zu sich kommend durch das, was Sally gesagt hat.

ROSCOE *stehend* Nein – selbstverständlich nicht. Selbstverständlich.

MABLE Du wirst dir eine andere Bleibe suchen müssen, Roscoe.

ROSCOE Ja. Selbstverständlich werde ich das – selbstverständlich. Versteht sich.

Roscoe macht erneut halbherzige Versuche, seinen Koffer zu packen. Lucy steht da und beobachtet ihn.

LUCY Gib mir mal die Schlüssel, dann lass ich diesen Chevy schon mal warmlaufen.

ROSCOE *während er packt* Nein – ich schaff das schon. Ich meine –

SALLY Sie ist eine gute Fahrerin, Roscoe.

ROSCOE Nein – ich kann selber fahren. Habe ich immer gemacht.

Immer. Schon als ich ein kleiner Junge war. Bin immer selber gefahren. Überall hin. *Während er packt* Weg von – ich war immer schon – unterwegs. Auf der Flucht, meine ich. Gas geben. Quer durch die Obstplantagen und – sie haben mich nie geschnappt. Nicht ein einziges Mal. Ich war dermaßen – sie konnten es nicht fassen, wie ich jedes Mal davonkam. Direkt unter ihren Nasen. Ich verschwand einfach. Mit quietschenden Reifen. Wie ein Dämon. Kugeln pfiffen an mir vorbei. Brandherde. Schneidender Wind. Sirenen und Suchscheinwerfer. Hunde. Aber stellen konnten sie mich nicht! Sie bekamen mich nie zu fassen. Ich ließ keine Spuren zurück. Ein Phantom war ich! Ein Gespenst. Ich löste mich auf in nichts. *Immer weiterredend, während er hektisch seinen Koffer packt* Und dann tauchte ich wieder auf, in einer anderen Gegend. In einer anderen Zeitzone. Sie suchten mich mit Funkstreifenwagen – setzten die Bürgerwehr ein. Ketten und Flinten. Tränengasgranaten. Butangas. Flächenbrände wurden angezündet, um mich auszuräuchern. Feuer loderten Tag und Nacht. Die Hügel standen in Flammen. Tiere auf der Flucht. Überall Qualm. Männer zu Pferd. Suchtrupps. Fackeln. Es war – es war – *Er verstrickt sich in seiner Erzählung, während er immer noch versucht, seine Sachen zu packen.* Sie warfen Straßensperren auf! Risse im Asphalt! Der Wendepunkt! Überflutungen und – Überflutungen und – Sandstürme – und Wind – überall – alle Kanarienvögel waren tot!

Er stoppt, verharrt regungslos und schaut die andern an, als ob ihm erst jetzt wieder klar wird, wo in Raum und Zeit er sich befindet. Auch die andern verharren in ihrer jeweiligen Haltung – sogar Liz unterbricht ihr zwanghaftes Putzen. Es scheint, als ob alle sich intensiv bemühen, etwas zu hören, das unhörbar ist. Dies sollte keineswegs ein theaterübliches »Freeze« oder ein Tableau sein – es ist Teil der realistischen Handlung: Alle schweigen und versuchen zu verstehen, worum es geht. Das dauert eine Weile; dann geht Lucy auf Roscoe zu, baut sich vor ihm auf und streckt ihre Hand aus.

LUCY *zu Roscoe* Die Schlüssel, bitte.

Roscoe kramt die Autoschlüssel aus seiner Hosentasche hervor und gibt sie Lucy.

Ich fahre ihn vor.

Roscoe nickt. Lucy geht ab nach rechts, mit den Autoschlüsseln. Von jetzt an sitzt Liz absolut regungslos und schweigend da, frontal zum Publikum, beide Füße auf dem Boden, Hände auf den Knien.

MABLE Sie ist eine hervorragende Fahrerin, Roscoe. Sie könnte Tag und Nacht weiterfahren. Unermüdlich.

SALLY Aber sie ist ziemlich stoned, oder?

MABLE Ach, bis sie am Grapevine Canyon sind, wird sie's überstanden haben. Das ist doch die Strecke, die du fahren möchtest, oder, Roscoe? San Bernardino, Cucamunga und dann weiter nach Arizona?

ROSCOE *steht immer noch da, vollkommen verwirrt* Ich –

MABLE So würde ich fahren, an deiner Stelle. Wenn ich Richtung Osten wollte. Barstow, Yerma, Ludlow, Needles. Das wäre meine Strecke. Und dann unterwegs immer mal anhalten. Es gibt da jede Menge Sehenswürdigkeiten.

SALLY *richtet sich auf in ihrem Bett* Vielleicht baut sie einen Unfall, in dem Zustand. Einen Frontalzusammenstoß.

MABLE Zum Beispiel »Trigger« in Victorville. Roy Rogers Pferd. Du erinnerst dich doch an »Trigger«, oder? Der steht jetzt ausgestopft in einem Museum, direkt an der Straße.

SALLY *auf ihrem Bett sitzend* Ich glaube, »Trigger« wurde verkauft.

MABLE Nein, nein – »Trigger« würden die doch niemals verkaufen. Das ist ein Nationaldenkmal. »Trigger«, den kennt jeder. Warum sollten sie den verkaufen?

SALLY Würmer, Motten – das Sägemehl rieselte ihm aus dem Bauch.

MABLE Würmer und Motten?

SALLY Ich glaube sogar, sie haben ihn versteigert.

MABLE Nie im Leben! Wer hätte ihn denn kaufen sollen?

SALLY Ich glaube, es war irgendein Millionär aus England.

MABLE England? Immer wieder England! Die haben unsere moralische Kraft noch nie respektiert. Diese Arroganz! England.

SALLY Vielleicht habe ich mich geirrt.

MABLE Das nehme ich an. Davon gehe ich aus. So etwas hätte nie passieren können, ohne dass wir davon gehört hätten. So etwas hätte eine Bürgerinitiative ausgelöst. So etwas hätte einen Proteststurm verursacht. »Trigger« verkaufen! Allein schon der Gedanke –

SALLY Ich muss mich geirrt haben.

MABLE Ja, das musst du wohl! Das war eine völlig unverantwortliche Behauptung.

SALLY Es tut mir leid.

MABLE Du solltest dir merken, dass du erst nachdenken musst, bevor du etwas sagst.

SALLY Es tut mir leid.

MABLE Du kannst nicht einfach alles herausplappern, was dir so in den Sinn kommt.

SALLY Nein.

MABLE Wo kämen wir hin – was würde aus uns werden, wenn jeder so handelt? Willkürlich – chaotisch –

SALLY Es tut mir sehr leid.

Roscoe steht wie betäubt da und betrachtet Mable und Sally. Liz sitzt nach wie vor regungslos auf ihrem Stuhl und starrt vor sich hin. Dann ertönt – aus dem Off rechts, plötzlich und sehr laut – etwa fünf Sekunden lang die Hupe des Chevrolets. Alle erstarren. Dann – Stille. Im Off rechts fängt der Hund zu bellen an, was sich während der restlichen Spieldauer in Abständen wiederholt. Wir haben den Hund zum ersten Mal gehört. Roscoe setzt sich roboterhaft in Bewegung und geht in die Richtung, wo das Hupsignal herkam. Sally hält ihn auf.

Und was ist mit deinen Sachen?

Roscoe bleibt stehen, dreht sich nach dem Koffer um und schaut danach Sally an.

ROSCOE Die brauche ich nicht.

SALLY Saubere Wäsche? Zahnbürste?

ROSCOE Die brauche ich nicht.

SALLY Und was ist mit mir?

Roscoe schaut sie eine Weile an, dann setzt er seinen Abgang nach rechts fort. Sally hält ihn auf. Währenddessen bellt der Hund.

Du weißt schon, was jetzt passieren wird, oder?

Roscoe bleibt stehen, aber dreht sich nicht nach ihr um.

Du wirst immer verlorener und einsamer sein. Sie bringt dich nirgendwo hin. Ihr wisst nicht einmal, wo ihr hinwollt, stimmt's? Ihr zwei. Was für ein Paar. Irrt umher. Du hast nicht mal eine Karte, darauf möchte ich wetten. Oder? Ich wette, du hast nicht mal eine Karte.

Pause. Roscoe geht ab nach rechts, ohne sich noch einmal nach Sally umzudrehen. Sally steht da und sieht ihm nach. Der Hund bellt weiter. Mable beobachtet alles von dem Rollstuhl aus. Liz sitzt regungslos da, frontal zum Publikum. Geräusche aus dem Off: eine Autotür, die zugeschlagen wird; der Chevy, der wegfährt. Stille. Der Hund bellt.

MABLE Sally, bring mich an meinen Aussichtspunkt. Fahr mich hin.

Sally geht zum Rollstuhl und schiebt Mable nach links und dann hinaus auf die Rampe, bis zum äußersten Rand. Sie bleibt hinter Mable stehen. Pause. Hin und wieder bellt der Hund. Liz regt sich nicht.

Mable, über die Köpfe der Zuschauer hinweg auf Los Angeles schauend Er hat seinen Hund vergessen.

SALLY Hört sich so an.

MABLE Jetzt haben wir ihn am Hals.

SALLY Ja. *Pause.* Wir könnten ihn einfach aussetzen.

MABLE Die Kojoten würden ihm den Garaus machen.

SALLY Ja. *Pause.*

MABLE Oder wir erschießen ihn.

SALLY Ja.

MABLE Schmeißen ihn runter.

SALLY Aber vielleicht fängt er dann an zu stinken.

MABLE Ja.

SALLY Die Nachbarn würden sich Gedanken machen. Mord, oder so was.

MABLE Eine Abrechnung im Drogenmilieu. *Pause.*

SALLY Riechen Hunde genauso wie Menschen?

MABLE Du meinst, wenn sie tot sind?

SALLY Ja.

MABLE Ich glaube, süßlicher.

SALLY Süßlicher?

MABLE Könnte sein.

SALLY Meinst du, wie trockenes Blut?

MABLE Wie – der Tod. Weißt du.

SALLY Dann riechen wir wohl alle gleich. Ob Hund oder Mensch.

MABLE Irgendeinen Unterschied muss es geben.

SALLY Welchen?

MABLE Was?

SALLY Welchen Unterschied?

Lange Pause. Es passiert nichts.

Mama?

MABLE Ja?

SALLY Warum hast du mich gerettet, obwohl du wusstest, dass ich verloren war? Obwohl alles eigentlich aussichtslos war? Warum hast du mich am Leben gehalten?

MABLE So sind wir Mütter nun einmal.

Liz fängt an zu singen. Sehr schlicht. Ohne Begleitung. Die Scheinwerfer werden sehr langsam eingezogen, während Mable und Sally an ihren Plätzen verharren.

LIZ *a cappella* I want to come to life
I do
I do
I want to come alive
I do
I do
This swimming in the dark
Is tearing me apart
I want to come to life
I do
I do

In Abständen das Hundegebell, während das Spiellicht langsam bis zum Blackout eingezogen wird. Applauslicht. Direkt nach der ersten Verbeugung wird sehr laut »Choctaw Bingo« von James McMurtry eingespielt, auch während das Publikum den Saal verlässt. Das Bellen des Hundes wird dadurch übertönt; sollte der Song jedoch zu Ende sein, bevor der letzte Zuschauer gegangen ist, hören wir ihn erneut bellen – jetzt aus großer Entfernung.

Ende des Zweiten Aktes.

Nicky Silver

The Lyons

Deutsch von Frank Heibert

Personen

BEN LYONS, Ende siebzig, ein sterbender Mann. Obwohl er sich seinem Lebensende nähert, ist er nicht ohne Energie.
RITA, in den Sechzigern oder Siebzigern, seine Frau.
LISA, Ende dreißig, ihre Tochter.
CURTIS, in den Dreißigern, ihr Sohn.
KRANKENSCHWESTER, in den Vierzigern.
BRIAN, 27 bis 30, ein sehr attraktiver Immobilienmakler.

Zeit und Ort

Akt 1
»The Lyons«
Ein Abend in einem Krankenhauszimmer in Manhattan.

Akt 2
»Lage, Lage, Lage«
Eine Woche später, ein leeres Einzimmerapartment.

Akt 3
»Die meisten armen Wichser«
Drei Tage später in einem anderen Krankenhauszimmer.

Akt 1

»Die Lyons«

Ein Zimmer im Krankenhaus, Bett und zwei Stühle. Ben Lyons, ein alter Grantler, liegt im Bett, an einen Tropf und vielleicht einen Monitor angeschlossen. Eine große Ansammlung von Medikamenten steht auf dem Tisch am Bett. Auf der Fensterbank stehen ein paar Karten mit Besserungswünschen und angebrochene Packungen mit Süßigkeiten. Ben sieht der Krankenschwester zu, die einiges in seiner Akte notiert. Rita, Bens Frau, sitzt auf einem Stuhl und schaut sich eine Ausgabe von Schöner Wohnen *an. Sie blättert um.*

RITA Sieh einer an.

BEN Was?

RITA Was?

BEN Was hast du gesagt?

RITA Ich dachte, du schläfst.

BEN Was hast du gesagt?

Die Schwester geht ab.

RITA Ich sagte, sieh einer an.

BEN Sieh was an?

RITA Ich suche nach Ideen – fürs Wohnzimmer.

BEN Ich mag das Wohnzimmer.

RITA Ja, ich weiß, Liebes, aber ich nicht. Ich hasse es. Ich habe es immer gehasst.

BEN *halblaut* O Himmel.

RITA Wo hab ich das gleich gesehen. Dieses Zimmer. Dieses unfassbar schöne Zimmer. In einer Zeitschrift vielleicht. Blassblaue Wände. Eisblau. Gletscherblau. *Umwerfend*. Und ein Sofa – genau dieselbe Farbe in Seidenmoiré, aber dasselbe kalte Blau, wie Eiszapfen, so dass es praktisch in der Wand verschwindet. Göttlich! Es war nicht in einer Zeitschrift. Ich hab's gesehen, glaub ich. Ich glaub, ich hab's gesehen, ich meine, höchstpersönlich. Bunny Barsch! Erinnerst du dich an Bunny Barsch? Sie hatte immer einen phantastischen, einen wunderbaren, einen eleganten Geschmack! Wie die Goyim. Das ist natürlich Jahre her, bevor sie ihren Unfall hatte. Danach war sie nie mehr dieselbe. Ich weiß nicht mal, wo sie jetzt wohnt. Frieda Bronstein hat mir erzählt, sie wäre *verhaftet* worden. Kannst du dir das vorstellen? Wegen Ladendiebstahl. Lippenstift, ausgerechnet. Wahrscheinlich weiß man nie so richtig, wie die Leute sind, wenn sie erst mal die Türen hinter sich zugemacht haben. Und dann findet man es eines Tages raus. Man blickt zurück und begreift, und plötzlich ergeben ganz viele Dinge endlich einen Sinn. Zum Beispiel, was mit dem Limoges-Porzellan passiert ist, das ich ihr geliehen hatte. Ein 12er-Service inklusive Suppenterrine und passender Kelle und einer Saucenschüssel mit einem Schneckenmuster darauf –

BEN Was redest du da für einen Dünnschiss?

RITA Meinst du wirklich, dass Gossensprache angebracht ist?

BEN Himmelherrgott Scheiße nochmal.

RITA Du weißt genau, ich mag das nicht. Früher hast du nie geflucht. Du hast immer nur eisige Blicke abgeschossen. Und jetzt ist jedes zweite Wort aus deinem Mund Scheiße, Ficken und Schwanzlutscher. Ich finde das nicht sehr geschmackvoll.

BEN Ach, fick dich.

RITA Da. Siehst du? Siehst du? Als könntest du kein anständiges Gespräch mehr führen.

BEN Stimmt aber nicht.

RITA Seit wann bist du so ordinär?

BEN Mir tut der Kopf weh.

RITA Wenn die der Meinung wären, du brauchst stärkere Schmerzmittel, würden sie dir bestimmt auch welche geben. Ist dafür nicht dieser Tropf da? Das ist doch so einer. Aber du willst ja nicht abhängig werden.

BEN Wieso nicht? Ist sowieso alles egal, oder?

RITA Na ja … ich weiß nicht. Ich halte das nicht für eine besonders gute Idee. Willst du dir Fotos fürs Wohnzimmer anschauen?

BEN Mir gefällt das Wohnzimmer.

RITA Ich weiß, Liebes. Das hast du schon gesagt. Aber da ist alles so abgewetzt. Und es hat mir nie gefallen. Nicht richtig. Und ich durfte mir nie was richtig Schönes kaufen. Geld, Geld, Geld.

BEN Es ist bequem.

RITA Was hältst du von Marrakesch-Motiven? So nahöstlich, weißt du.

BEN Ich kriege Kopfschmerzen.

RITA Ich meine, mir ist schon klar, dass du nicht mehr dazu kommen wirst, es zu genießen, aber mir würde die Vorstellung gefallen, dass du es magst.

BEN Würde ich nicht.

RITA Versuch doch, geistig aufgeschlossen zu bleiben. Verbrannte Wüstenfarben, Spitzbögen, Bodenmosaiken.

BEN Ist mir egal.

RITA Es wäre hübsch. Denk an Beduinen.

BEN Wen juckt der Scheiß.

RITA Du könntest ein wenig Interesse heucheln, um höflich zu sein.

BEN Keine Lust. Warum sollte ich?

RITA Ist das so viel verlangt? Dass du mal so tust, als wär's dir nicht egal? Ich habe dreißig Jahre lang die Bürde derselben grotesken Wohnzimmermöbel getragen, von denen keins zum andern passt. Jeder Fleck auf jedem Stück Stoff erinnert mich an irgendetwas Grässliches, irgendeinen katastrophalen Tag, den ich durchstehen musste. Ist es zu viel verlangt, dass ich mir einen Neuanfang wünsche? Dass ich den üblen Nachgeschmack im Mund loswerden will? Ich schau mir das Sofa an. Ich weiß, es war cremefarben, als wir es kauften. Jetzt ist es der verblichene Ton zerstörter Hoffnungen. Die Sessel sind in allen Schattierungen des Ekels bezogen. Und der Teppich ist von lauter Resignation erdrückt.

BEN Was zum Teufel soll das heißen?

RITA Ist es falsch von mir, einen Neuanfang zu versuchen? Ich bin nicht so alt. Ich bin nicht so alt, dass ich besser gleich aufgeben sollte. Wer aussteigt, ist ein Aussteiger, und wer kämpft, ist ein Kämpfer – na gut, das versteht sich irgendwie von selbst. Ich will nicht einfach nur austrocknen und wegbröckeln. Entweder machst du jetzt mit, oder du meckerst weiter.
Sie kehrt zu ihrer Zeitschrift zurück. Kurze Pause.

BEN Rita, ich sterbe.

RITA Ja, ich weiß. Versuch es doch mal positiv zu sehen. Meine Mutter hat immer gesagt: »Sterben ist nicht so schlimm. Nicht wenn man die Alternative bedenkt.« War es das? Hat sie das gesagt? Vielleicht war es auch umgekehrt.

BEN Ich habe Angst.

RITA Wovor? Juden glauben nicht an die Hölle.

BEN Einige schon.

RITA Wir nicht.

BEN Du meinst, DU nicht.

RITA Ach, und du tust es? Du glaubst an die Hölle?

BEN Ich weiß es nicht.

RITA Na, selbst wenn es eine Hölle gibt, kann ich mir nicht vorstellen, dass du da hinkommst. Das ist ja wohl ein bisschen großspurig von dir, findest du nicht, dass du glaubst, du kommst in die Hölle? Wer bist du eigentlich, dass du darauf Anspruch erhebst? Was hast du denn getan? Warst du nett? Nein. Na und? Wer ist schon nett? Ist die Hölle nicht für Leute gedacht wie Hitler und Pol Pot? Du bist bloß ein kleiner Mann mit kleinen Sünden. Falls du überhaupt an die Sünde glaubst. Versuch einfach nicht dran zu denken. Was hältst du von chinesisch-modern? Alles niedrig, bodennah. Auf Kissen essen und auf Matten schlafen. Oder umgekehrt. Könnte dir das gefallen, was meinst du?

BEN Nein.

RITA Schön.

Sie schlägt die Zeitschrift zu. Kurze Pause.

Willst du Karten spielen?

BEN Nein.

RITA Willst du fernsehen?

BEN Nein.

RITA Willst du in die Gegend stieren?

BEN Kommen die Kinder?

RITA Lisa ist unterwegs. Ich hab ihr gesagt, sie soll Curtis anrufen.

BEN O Gott, muss das sein?!

RITA Was meinst du damit?

BEN Ich mag ihn nicht.

RITA Wie kannst du so etwas Furchtbares sagen.

BEN Er ist gruselig.

RITA Er ist dein Sohn.

BEN Er mag mich nicht.

RITA *wegwerfend* Ach.

BEN Er ist so »geziert«.

RITA Von was geziert? Was meinst du damit?

BEN Und was ist das überhaupt für ein Name, Curtis? Ich hab ihn Hilly genannt, nach meinem Vater.

RITA Das hat ja niemand für eine gute Idee gehalten.

BEN Er war ein guter Mensch. Mein Vater war ein guter Mensch.

RITA Hat er im Zweiten Weltkrieg den Nazis nicht Zyklon B verkauft?

BEN Er hat Pullover verkauft.

RITA Das hab ich anders in Erinnerung.

BEN Das haben die nie beweisen können! Nicht das geringste bisschen, verdammt! Er war gütig und liebevoll und willensstark. Und er konnte angeln.

RITA Na und?

BEN Er war ein Sportler.

Rita kehrt zu ihrer Zeitschrift zurück.

RITA Der Mann konnte also angeln. Das ist ja was.

BEN Jeder mochte ihn. Er war ein Mann für Männer.

RITA Ich weiß nicht mal, was das heißt. Was heißt das? Es klingt homosexuell.

BEN Es ist genau das Gegenteil. Ein sehr männlicher Mann.

RITA *auf die Zeitschrift bezogen* Französische Provinz?

BEN Er hätte Curtis gehasst.

RITA Weil er nicht angeln geht?

BEN Weil er homosexuell ist.

RITA Siehst du? Siehst du's? Curtis ist ein Mann für Männer. Ich meine, im tatsächlichen, wortwörtlichen Sinne.

BEN Ich denke oft an ihn. Ich denke die ganze Zeit an ihn.

RITA Curtis? Ich dachte, der käme dir nie in den Kopf.

BEN An meinen Vater.

RITA Ah.

BEN Ich vermisse ihn immer noch. Er ist schon so lange tot, und ich höre immer noch seine Stimme und rieche seinen Geruch.

RITA Er roch?

BEN Ein Duft.

RITA Du hast Geruch gesagt. Du meinst so was wie Körpergeruch? Schweißgeruch?

BEN Nach harter Arbeit. Nach draußen.

RITA Das hab ich anders in Erinnerung.

BEN Du hast ihn ja kaum kennengelernt.

RITA Aber ich würde mich dran erinnern, wenn er komisch gerochen hätte.

BEN Er hat nicht komisch gerochen.

RITA Na gut, dann eben schlecht. Wenn er schlecht gerochen hätte.

BEN Hör auf, das zu sagen!

RITA Du hast es aufgebracht. Es ist deine Theorie. Dein Vater hat gerochen. Hast du gesagt.

BEN Ach, halt einfach dein Maul.

RITA Ich habe nie gesagt, er würde riechen. Du hast das gesagt.

BEN Er hat nicht gerochen! Ich meine, er hat nach sich selber gerochen. Jeder riecht. Jeder riecht nach dem, wer er ist. Ich rieche. Du riechst. Jeder riecht nach irgendwas!

RITA Schön.

BEN Du willst mir nur den letzten Nerv rauben. Ich kann nicht aus dem Zimmer gehen, also hast du mich da, wo du mich haben willst. Ich sitze in der Falle. Ich muss hier liegen und dir zuhören. Du wusstest, was ich meinte. Das wusstest du von Anfang an. Mein Vater war ein großer Mann, ein Gigant, und du willst ihn bloß niedermachen. Du willst ihn kleinmachen, und ich muss hier liegen und dir zuhören, wie du immer weiterschwafelst!

RITA Du bist sehr miesepetrig.

BEN Fick dich!

RITA Dieser Krebs, der dich auffrisst, hat dir furchtbar schlechte Laune gemacht, wirklich übel.

BEN Findest du!? Findest du das? Kaum zu glauben, dass du keinen Doktor in Psychologie hast, mit solchen atemberaubend tiefen Einsichten! Du bist ein Genie, das bist du, Rita. Ein verficktes Psycho-Genie!

Rita schaut in ihre Zeitschrift.

RITA Was hältst du von frühamerikanisch?

BEN Ich verbiete dir, mein Haus umzugestalten!

RITA Du verbietest mir …?

BEN Du hast mich gehört.

RITA Dazu hast du gar nichts zu sagen.

BEN Das ist mein Haus! Ich will, dass es so bleibt, wie es ist!

RITA Ich glaube, ich sollte die Schwester rufen.

BEN *wütend* Fick die Schwester! Und fick dich! Lass bloß die Finger von meinem Haus! Ich liebe das Haus! Ich liebe das Wohnzimmer. Ich liebe alles darin!

RITA Ernsthaft?

BEN Außer die Menschen! Und es wird genauso bleiben, wie es ist.

Für immer und ewig! Hast du verstanden? Wenn sie eine Autobahn bauen, können sie drumherum bauen. Mir ist das scheißegal! Ich will das in mein Testament aufnehmen. Ich will es schriftlich. Das Sofa bleibt! Die Sessel bleiben! Du bist so verdammt scharf darauf zu vergessen, dass du nicht warten kannst, du kannst nicht mal warten, bis ich weg bin, um alles wegzuschmeißen. Ich habe diese Flecken gemacht! Mein Arsch hat die Dellen in diese Kissen gedrückt! Das sind meine Dellen! Du willst mich so schnell vergessen, wie du kannst, tja, und ich will das nicht! Ich will das nicht, und ich lasse es nicht zu! Hast du mich verstanden!

RITA Dazu hast du gar nichts zu sagen.

BEN *O doch!*

Lisa erscheint in der Tür, Ben und Rita bemerken sie nicht. Lisa hat eine sehr süße, sehr kleine Pflanze dabei.

RITA Es kann nicht gut für dich sein, so herumzuschreien.

BEN Ich will aber schreien! Ich kann machen, was ich will. Seit Jahren habe ich jeden verfickten Tag meines Lebens schreien wollen!

RITA Seit Jahren hast du herumgeschrien.

BEN *Lass das Haus, wie es ist!*

LISA Hallo Daddy.

RITA Lisa!

BEN *halblaut* Scheiße.

LISA Ich wäre schon früher hiergewesen, aber der Verkehr war entsetzlich, und ich habe keinen Parkplatz gefunden.

BEN Es gibt einen Parkplatz! Einen Klinikparkplatz!

LISA Ist mir gar nicht aufgefallen.

BEN Gleich da unten!

RITA Dein Vater regt sich gerade ziemlich auf.

LISA Das sehe ich.

BEN *aufgeregt* Ich »rege« mich nicht »auf«.

RITA Das geht vorbei.

LISA *versucht's mit fröhlich* Ich habe eine Pflanze mitgebracht.

RITA Sehr hübsch! Ist sie nicht hübsch, Ben? Das ist eine hübsche Pflanze. Herrlich.

BEN Dank dir, Mäuschen.

RITA Die stellen wir gleich hier hin.

Rita stellt die Pflanze ans Fenster.

BEN Die Bronsteins haben Süßigkeiten geschickt.

LISA Ach?

BEN Deine Mutter hat alles aufgegessen.

RITA Du hast auch was gegessen.

BEN Ein Stück.

RITA Es hat dir nicht geschmeckt.

BEN *schmollend* Ich hab eine Geleebohne erwischt.

RITA *zu Lisa* Wo sind die Jungs?

LISA Chad ist bei seinem Vater und Jeremy bei der Babysitterin.

RITA In seinem Alter?

LISA Er mag sie.

BEN Danke für die Pflanze.

LISA Ich fand, sie sollten besser nicht kommen.

RITA Habt ihr ihn testen lassen?

LISA Wen?

RITA Jeremy.

LISA Worauf?

RITA Du weißt schon.

LISA Nein, tu ich nicht. Was meinst du damit, testen? Worauf testen?

RITA *munter* Nichts, Liebes. Vergiss es. Mir gefallen deine Schuhe. Sind die neu? Die sind richtig lustig. Da drin sehen deine Füße ganz winzig aus.

BEN Lass dich mal anschauen.

LISA Wie getestet? Was meinst du damit? Worauf getestet?

RITA Na ja, Liebes, es ist nur, er kommt mir ein kleines bisschen … zurück vor.

LISA Was?

RITA Nicht übermäßig!

LISA Jeremy?!

RITA Moderat. Ganz moderat. Nur ein bisschen.

LISA Warum sagst du das?

RITA Das sollte keine Kritik sein.

LISA Jeremy ist nicht zurückgeblieben!

RITA Das kannst du nicht sicher wissen, wenn du ihn nicht testen lässt.

LISA Ich wüsste doch, wenn mein Sohn zurückgeblieben wäre.

BEN Das weiß man nie.

LISA So was testen sie doch in der Schule – warum sagst du das?!

RITA Ich wollte dich nicht aufregen.

LISA Wie sollte ich denn sonst reagieren? Was hast du erwartet?

RITA Da hab ich, ehrlich gesagt, nicht drüber nachgedacht.

LISA Findest du *Chad* zurückgeblieben?

RITA *nach kurzer innerer Abwägung* Nein.

LISA Aber Jeremy findest du –

RITA Reden wir nicht mehr davon. Vergiss, dass ich was gesagt habe. Reden wir von was anderem.

LISA Ich muss meinen Sponsor anrufen.

RITA Du bist doch gerade erst angekommen.

BEN Kann das nicht warten?

LISA *sieht sich um* … In Ordnung. Ich glaube, das geht in Ordnung.

RITA Gut.

LISA Ihr habt keinen Alkohol hier im Zimmer, oder?

RITA Ich glaube nicht.

LISA Wie lange findest du schon, dass mein Sohn zurückgeblieben ist?

RITA Bitte. Vergiss, dass ich was gesagt habe. Denk einfach nicht mehr dran. Wollen wir einen Besuch machen? Einen netten Krankenbesuch. Okay?

Lisa setzt sich hin. Kleine Pause.

LISA Du siehst gut aus, Daddy.

RITA Ja, oder?

BEN Ich fühl mich scheiße, wie ein Stück verfickte Scheiße, das ein Lastwagen überfahren hat.

RITA *vertraulich* Er flucht jetzt viel.

BEN Ich hör dich, drecksverdammich!

LISA Du hast ja nicht viel gesagt, weißt du. Als du angerufen hast. Ich meine, du hast gesagt, Dad hat Krebs, aber du hast nicht gesagt –

BEN Das stimmt. Ich habe Krebs. Genau.

LISA Ja. Aber, na ja – welche Art Krebs?

RITA Welche Art?

LISA Genau, welche Art? Wo sitzt er?

RITA Wo sitzt er nicht? Er hat in seinen Nieren angefangen, glauben sie, aber jetzt ist er überall, in seinen Knochen, seinem Darm, seinen Lungen, seinem Hypochonder –

LISA Seinem was?

RITA Hab ich grade Hypochonder gesagt? Ich meinte Hypothalamus. Oder Hypophyse. Hypothese? Kannst du mir folgen?

LISA Nein.

RITA Er hat sich jedenfalls ausgebreitet.

LISA O Gott.

RITA Er ist *überall*.

LISA Das war mir nicht – Wie *geht* es dir?

BEN Tja, was meinst du wohl?

LISA Das ist also richtig ernst. Das ist – Wann habt ihr das erfahren?

BEN Vor ein paar Monaten.

RITA Er geht ja nie zum Arzt. Sagt, er hat zu viel zu tun. Aber was denn bitte? Das würde ich gern mal wissen. Gott allein weiß, seit wann er nicht mehr gearbeitet hat. Er sitzt bloß zu Hause rum und –

LISA Moment, Moment. Ihr wisst das seit *Monaten?*

BEN *zu Rita* Ich tue sehr wohl was!

RITA Seit ein *paar* Monaten.

LISA Warum habt ihr mir nichts gesagt?

RITA Das hatte ich vor, Liebes, wirklich, aber weißt du, ich war so beschäftigt.

BEN *verächtlich* Sie spielt jetzt Backgammon.

RITA Ich habe an einem Turnier teilgenommen!

LISA Und deshalb habt ihr vergessen, mir mitzuteilen, dass mein Vater schwerkrank ist?

BEN Als wir es erfuhren, konnte man schon nichts mehr tun.

RITA Ein *fait accompli*.

BEN Es ist in mir, und es lebt.

RITA Also wirklich. Warum dich belasten? Du hast deine eigenen Probleme.

LISA Ihr seid meine Eltern!

BEN Du hast alle Hände voll zu tun.

RITA Du hast die Jungs.

BEN Ganz allein.

RITA Gehst du mit jemandem aus?

BEN Warum dich beunruhigen.

RITA Wir haben beschlossen, es weder dir noch Curtis zu sagen – bis zum Ende.

LISA … Zum Ende?

BEN So ist es. Das Ende … ich sterbe.

Es gibt eine lange Pause, in der Lisa versucht, das zu verarbeiten.

LISA Du stirbst.

BEN Ja.

LISA Ich hab nicht, ich kann nicht, ähm – ich weiß nicht –

RITA Alles in Ordnung?

BEN Es kann jeden Moment passieren.

LISA Das hättet ihr mir sagen müssen. Wirklich. Ich hätte mich vorbereiten können.

RITA Ich dachte, ich hätte mich klar ausgedrückt.

LISA *faucht sie an* Hast du nicht.

RITA Das tut mir leid.

LISA *zu Ben* Aber – du siehst nicht aus, als würdest du bald sterben.

BEN Das Aussehen kann trügen.

LISA Das ist nicht wahr. Das kann nicht sein. Habt ihr Ärzte aufgesucht – ich meine, eine zweite Meinung?

BEN Und eine dritte.

RITA Wir hatten Zeit, uns an den Gedanken zu gewöhnen.

Kurze Pause: Lisa lässt den Gedanken wirklich an sich heran.

LISA *zerbrechlich* … Du stirbst.

Ben nickt.

RITA Und wir dachten, jetzt, wo es, na ja, langsam ernst wird, da dachten wir, du solltest hier sein.

LISA Ich verstehe.

RITA Es ist in Ordnung. Wir sind bereit. Er ist bereit. Dein Vater hat ein gutes Leben gehabt.

BEN Nicht so richtig.

RITA Was meinst du damit?

BEN Was könnte ich wohl mit »nicht so richtig« meinen?

RITA Er hatte ein gutes Leben. Würden die meisten sagen. Er ist zwar eher der Glas-halb-leer-Typ, aber die meisten würden sagen, er hatte ein volles, ein erfülltes Leben.

BEN Sagst du.

RITA Aber jetzt, na ja … dachten wir, du solltest hier sein.

LISA Natürlich.

RITA Um alles zu sagen, was du vielleicht sagen willst.

LISA Oh.

RITA Bevor es zu spät ist.

LISA Ich verstehe.

Kurze Pause.

RITA Gibt es was?

LISA Was?

RITA Das du sagen willst?

LISA Oh. Jetzt? Du meinst, jetzt?

RITA *im Vertrauen* Ich würde nicht warten.

LISA Oh.

RITA Was immer du magst. Ein Gedicht. Oder vielleicht möchtest du von einer Erinnerung sprechen, falls dir etwas Angenehmes einfällt. Oder einfach von deinen Gefühlen, was immer du fühlst. Etwas von Bedeutung, nicht wahr.

LISA Natürlich. Ja. Natürlich, das möchte ich gern.

RITA Und?

Lisa stellt sich neben das Bett.

LISA Daddy, ich, ähm … ich … also …

Lange Pause, in der Lisa überlegt, was sie bloß Bedeutendes sagen könnte.

RITA Kein Stress, Liebes.

LISA *faucht sie an* Lass mich nachdenken!

RITA Tschuldigung.

Sie schauen Lisa dabei zu, wie sie versucht, sich an etwas zu erinnern. Als sie endlich spricht, klingt sie ziemlich sentimental.

LISA Daddy … ich weiß noch … als ich klein war, sechs oder sieben vielleicht, da hab ich auf dem Klettergerüst gespielt, und du hast zugeschaut, aber dann hast du ganz kurz weggeguckt, und ich fiel runter und … o Scheiße. Das ist ein Film.

RITA Kramer gegen Kramer!

BEN Ich werde langsam müde.

RITA Den Film fand ich toll!

LISA Mir wird schon was einfallen! Irgendwas. Das ist grad viel zu verarbeiten.

RITA Mach dir keine Gedanken deshalb. Bitte. Dir wird bestimmt was durch den Kopf schießen. Wie wenn dir erst der Name von jemandem nicht einfällt. Du versuchst es immer wieder, ohne Erfolg. Und dann, urplötzlich – tadaa!

LISA Ich geb's auf.

RITA Gut.

BEN Na, das war ja ein Flop.

RITA *zu Lisa* Hättest du bloß mal Pralinen mitgebracht oder so. Ich sterbe vor Hunger. Und ich habe einen grässlichen Geschmack im Mund.

LISA Soll ich runtergehen?

RITA Nein, nein, lass mal.

LISA Vielleicht hab ich ja was in meiner Handtasche.

Lisa sucht in ihrer Handtasche.

RITA Hast du deinen Bruder angerufen?

LISA Ja.

RITA Gut.

LISA Ein Stück Lakritz!

RITA Rot?

LISA Schwarz.

RITA Vergiss es.

BEN Ich war mir sicher, dass du irgendwas sagen würdest. Curtis vielleicht nicht, aber du. Da hätte ich drauf gewettet.

LISA Soll ich's noch mal versuchen?

RITA Bloß nicht. Das war peinlich.

LISA *niedergeschlagen* Gut.

Kurze Pause.

RITA Hör mal. Ich hab gedacht, vielleicht magst du mit den Jungs vorbeikommen und mich besuchen – eine Weile bei mir bleiben.

LISA Warum?

RITA Um mir Gesellschaft zu leisten.

LISA *skeptisch* Ehrlich?

BEN Du musst nicht.

RITA Vielleicht will sie ja.

LISA Die Jungs haben Schule.

RITA Wir können sie zu Hause unterrichten!

BEN Das ist was für Spinner.

RITA Gar nicht wahr. Viele wunderbare Menschen sind zu Hause unterrichtet worden. Alle möglichen Menschen. Präsidenten und Industriekapitäne.

BEN Nenn mir zwei.

RITA Jetzt gleich?

BEN Spinner und religiöse Fanatiker.

RITA Also bitte. Du bist doch derjenige, der auf einmal Angst vor der Hölle hat.

BEN Lass die Jungs, wo sie sind. Was willst du mit denen. Du magst sie doch eigentlich gar nicht.

RITA Das ist nicht wahr!

LISA Magst du deine Enkel nicht?

RITA Ich vergöttere sie!

BEN Tut sie nicht.

LISA Warum magst du sie nicht?

RITA Tu ich doch! Ich meine, Chad kommt ein bisschen sehr nach seinem Vater, und wie gesagt, ich glaube, Jeremy ist ein Spürchen zurück. Aber ich mag sie! Natürlich mag ich sie. Sie sind meine Enkel!

BEN Sie schwafelt.

RITA Kommt mich doch besuchen. Richtig mit Zeit. Und wir machen's uns nett!

LISA Schön, ich denk mal drüber nach.

BEN Das heißt nein.

LISA Müssen wir das jetzt sofort entscheiden?

RITA Aber nein. Magst du in *Schöner Wohnen* blättern? Ich will das Wohnzimmer neu machen lassen.

LISA Gott sei Dank. Es ist scheußlich.

BEN Keineswegs.

LISA Daddy, ich bitte dich.

BEN Mir gefällt es.

LISA Es ist ekelhaft. Man kommt ins Haus und denkt: »Meine Güte, hier leben arme Leute.« Ihr lebt wie arme Leute. Sollen das die Leute denken?

BEN Mir ist scheißegal, was die Leute denken.

Lisa setzt sich zu Rita. Gemeinsam blättern sie in Zeitschriften.

RITA Ich sehe blassblaue Wände. Eisblau.

BEN Ihr schert euch zu viel darum, was die Leute denken.

RITA Gletscherblau.

LISA Das klingt ein bisschen kalt.

RITA Darum geht's ja gerade.

LISA Ach so?

BEN Hörst du manchmal von David?

LISA Ich sehe ihn, wenn er die Jungs sieht.

RITA Ah, gut.

BEN Du solltest umziehen. Du solltest in einen anderen Staat ziehen. Das wäre ihm eine Lehre, dem Wichser.

RITA *auf Bens ordinäre Ausdrucksweise bezogen* Hörst du das?

BEN Er ist dran schuld. Ich mochte ihn nie. Ichbezogener, unreifer Dreckskerl. Er ist an allem schuld.

LISA Wovon redest du? Woran ist er schuld?

BEN Dass du trinkst. Er ist dran schuld, dass du angefangen hast zu trinken. Vor eurer Ehe hast du nie getrunken. Niemals! Kein Cocktail, kein Glas Wein zum Abendessen – gar nichts! Er hat dich dazu gebracht. Er hat dich dazu gebracht, und jetzt sieht man, wie weit es gekommen ist. Er ist dran schuld!

LISA Wir haben uns doch erst bei den Anonymen Alkoholikern kennengelernt!

BEN Ich gebe ihm die Schuld.

RITA *auf die Zeitschrift bezogen* Findest du Karo zu lässig?

Curtis steht in der Tür. Er hält eine Pflanze in der Hand, die um ein Mehrfaches größer ist als die, die Lisa mitgebracht hatte. Sie ist tatsächlich so groß, dass sein Kopf fast dahinter verschwindet.

CURTIS Hallo?

RITA Curtis!

CURTIS Wie geht's euch?

RITA Komm, das nehm ich dir ab.

CURTIS Danke.

RITA *nimmt die Pflanze* Ist die schwer!

CURTIS Geht's?

Rita stellt die große Pflanze neben die sehr kleine Pflanze, die Lisa mitgebracht hat. Kurze Pause. Alle sehen sich einen Moment lang die Pflanzen an.

LISA Tja. Er muss auch nicht ganz allein zwei Kinder großziehen!

CURTIS Was, gehört David etwa zu den Erwerbslosen?

LISA Zu den »Erwerbslosen«? Und du, gehörst du jetzt etwa zu den Politikern?

CURTIS Kriegst du keinen Unterhalt?

LISA Ach, halt den Mund.

RITA Du siehst großartig aus.

CURTIS Danke schön.

RITA Und das Gewicht?

CURTIS Du hast mich doch gerade vor dir.

RITA Wer weiß das schon so genau.

Curtis zieht die Jacke aus und hängt sie über einen Stuhl.

CURTIS Wie geht es dir, Dad? Wie fühlst du dich?

LISA Er stirbt.

CURTIS Was?

LISA Er stirbt.

CURTIS Himmel nochmal, Lisa, bei dir ist alles gleich immer die große Tragödie.

LISA Du begreifst nicht –

CURTIS Ich meine, wir sterben doch alle, oder?

LISA Aber nicht diese Woche!

CURTIS Was?

LISA Er stirbt.

CURTIS … Wie meinst du das?

LISA Er hat Krebs, anscheinend bis in den letzten Zentimeter, und er wird sterben – heute Abend, morgen, vielleicht nächste Woche.

BEN Nicht nächste Woche.

CURTIS O Gott.

RITA Es stimmt.

CURTIS O Gott.

LISA Genau. Und sie wussten es. Sie wussten es schon seit einiger Zeit, die beiden da, *und sie haben uns nichts davon gesagt*.

CURTIS Du stirbst?

LISA Hast du nicht zugehört? Das wissen sie seit Monaten. Und sagen kein Wort!

RITA Wir wollten euch nicht damit behelligen.

LISA Ist das zu fassen! Das Leben unseres Vaters hängt an einem seidenen Faden – und sie erwähnen das nicht einmal.

CURTIS Also … ehrlich gesagt finde ich das ziemlich nett. Rücksichtsvoll irgendwie.

LISA Was?!

CURTIS Sie haben sich Gedanken gemacht.

LISA Das meinst du ernst?

CURTIS Wenn man bedenkt, wie grotesk narzisstisch und kindisch sie sich normalerweise benehmen, finde ich es überraschend großherzig.

RITA Danke, Liebes.

LISA Es ist verrückt! Verrückt und egoistisch! Sonst nichts. Und dass es dir in Wahrheit egal ist, lässt im Übrigen darauf schließen, wie wenig dir überhaupt irgendetwas oder irgendjemand bedeutet.

RITA Bitte! Wir wollen doch nicht streiten. Wir verbringen nie Zeit miteinander, zu viert. Reden wir lieber über etwas Schönes.

Lange unbehagliche Pause. Alle sehen einander nur an.

CURTIS Hast du Schmerzen?

BEN Ich hänge am Tropf.

Noch eine unbehagliche Pause.

RITA Kommt Peter?

CURTIS *schüttelt den Kopf* Kiefer-OP.

RITA Oh.

CURTIS Tut mir leid.

RITA Er muss ja schreckliche Zähne haben.

CURTIS Eigentlich gar nicht.

RITA Er scheint immer irgendein –

CURTIS Schlechtes Zahnfleisch.

Die nächste unbehagliche Pause.

RITA Schreibst du gerade irgendwas? Arbeitest du an irgendwas?

CURTIS Im Moment nicht.

LISA Ich muss mal sagen, ich finde es unglaublich geschmacklos, ja, wirklich, in einem Krankenhaus mit einem *Baum im Topf* aufzukreuzen.

CURTIS Das *musst* du mal sagen?

LISA Ja. Genau. Das muss ich.

RITA Wir hatten Glück, dass wir dieses Einzelzimmer gekriegt haben.

BEN Erst haben sie mich in ein Doppelzimmer gesteckt. Der andere Typ hatte ein Affenherz.

RITA Hatte er nicht.

BEN Du hörst nicht zu.

RITA Er war wegen Gallensteinen hier.

BEN Fick dich!

RITA Euer Vater findet, sein naher Tod gibt ihm die Erlaubnis –

BEN So zu reden, wie ich Lust habe? Da kannst du deinen fetten Arsch drauf wetten.

CURTIS Gut so.

BEN Fick dich selber!

CURTIS *zu Lisa* Wie lange ist hier die Besuchszeit?

LISA *verzweifelt allmählich* Keine Ahnung.

RITA *munter, zu Curtis* Weißt du, was ich mir gedacht habe? Vielleicht magst du mich ja besuchen. Eine Zeitlang bei mir bleiben.

LISA Ich dachte, *ich* soll kommen?

RITA Du hast gesagt, du willst nicht.

LISA Ich habe gesagt, ich denke drüber nach.

RITA Gehupft wie gesprungen, Liebes, also wirklich.

CURTIS *zu Lisa* Was machen die Kinder?

LISA Alles schön.

CURTIS Geht es Jeremy besser?

LISA Er ist nicht zurückgeblieben!

CURTIS Du hast ihn testen lassen?

LISA Ich bin für Fernsehgucken.

Lisa sucht nach der Fernbedienung. Das Telefon klingelt. Rita geht hin.

BEN Gott, ich hoffe, es ist der Tod.

LISA Das ist nicht witzig, Daddy. Nur geschmacklos.

RITA *am Telefon* Hallo?

LISA *zu Curtis* Wo hast du geparkt?

CURTIS Es gibt einen Parkplatz.

BEN Hab ich dir doch gesagt!

RITA *zu Curtis* Für dich.

CURTIS Das ist bestimmt Peter. Ich hab gesagt, er soll anrufen.

Curtis nimmt das Telefon.

BEN *zu Rita* Dem Mann hatten sie ein Affenherz eingepflanzt.

RITA Das war ein Film. Du bist durcheinander.

CURTIS *am Telefon* Alles okay bei mir.

RITA *zu Lisa* Er kommt manchmal durcheinander.

BEN Keineswegs.

CURTIS *am Telefon* Ich weiß nicht.

RITA Gestern Nacht dachte er, ich wäre Suzanne Pleshette.

BEN Ich sagte, ich *wünschte*, du wärst Suzanne Pleshette.

RITA *zu Lisa* Das liegt an den Medikamenten.

CURTIS *am Telefon* Nicht zu spät … Ich dich auch.

RITA Wie geht es seinem Mund?

CURTIS Seinem was?

RITA Seinem Zahnfleisch.

CURTIS Oh, gut.

RITA *zu Lisa* Und wann findest du wieder jemanden?

LISA Ach, ich weiß nicht. Ich wollte es heute machen, aber dann hast du angerufen, und jetzt bin ich hier.

RITA Was ist mit diesem Bill passiert?

LISA Du meinst Bob?

RITA Er war ein Schatz. Er war so attraktiv, schönes Haar. Und sehr gute Manieren. Er nannte mich immer Mrs Lyons, egal wie oft ich ihm sagte, er könne mich Rita nennen, er blieb dabei. Und ich mochte seine Hände, er hatte sehr breite –

LISA Er hatte Herpes. Okay?

RITA Oh … Tja. Verstehe. Herpes. Hmmm.

CURTIS Er hatte also Herpes, na und? Wenn er dir was bedeutet, wo ist der Unterschied? Das bringt dich doch nicht um.

LISA Das weiß ich.

CURTIS Es sollte egal sein.

LISA Mir war's aber nicht egal. Ich habe mich nicht … wohl gefühlt, wenn wir intim waren.

RITA Weißt du, Liebes, kein Mensch fühlt sich wohl, wenn er intim ist.

BEN Deine Mutter hat immer viel gekotzt.

RITA Erzähl das doch nicht den Leuten!

BEN Wenn's stimmt.

RITA *zu Lisa* Ich versteh's nicht. Du bist ein süßes Mädchen. Du siehst absolut nett aus –

LISA Vielen herzlichen Dank.

RITA Das mein ich ernst. Seit du nicht mehr säufst und so viel abgenommen hast.

CURTIS *halblaut* Unglaublich.

RITA Vielleicht magst du keine Männer.

LISA Vielleicht mögen sie mich nicht.

BEN Vielleicht ist sie homosexuell. Wie Dingens.

CURTIS *verärgert* Ich heiße Curtis.

BEN Eigentlich nicht.

LISA Ich bin nicht homosexuell!

RITA Dann begreife ich es nicht. Ich meine, welcher Mann, der richtig im Kopf ist, würde dich nicht anbeten?

CURTIS Herpes ist nicht das Ende der Welt.

RITA *tolle Idee* Weißt du was, ein Stück den Gang runter ist ein sehr netter junger Mann, Leonard Sowieso, Lymphdrüsenkrebs Endstadium – *und* ich glaube, er ist Jude!

LISA Was?

RITA Ich hab mich mit seiner Mutter unterhalten. Reizend. Lern ihn doch mal kennen.

LISA Ich glaube kaum.

RITA Du versuchst es gar nicht! Deshalb bist du allein. Geh hin und sag Hallo!

LISA Ich will aber nicht!

BEN Sie will aber nicht!

RITA Siehst du jemand Besseres am Horizont? Na? Gibt es eine lange Schlange Verehrer, von der ich nichts weiß? Wie ich es sehe, sitzt du allein zu Hause und wartest darauf, dass irgendein perfekter Mann an deine Tür klopft, aus heiterem Himmel, und das ist kaum –

LISA Schließlich gibt es David!

Pause.

RITA Deinen David?

BEN Triffst du dich mit diesem Schwanzlutscher?

LISA Er ist kein Schwanzlutscher.

RITA Das sagt man doch nur so, Liebes.

CURTIS Sie trifft sich mit ihm.

LISA *defensiv* Wenn er die Jungs abholt.

CURTIS Und manchmal –

LISA *scharf* Hör auf zu reden! Das ist meine Sache.

RITA Ist da was? Ist da was im Busche?

LISA Ich weiß nicht.

RITA Ich fand euch toll als Paar. David und Lisa. Wie dieser Film. Wie hieß der noch?

CURTIS *zu Lisa* David und Lisa.

LISA Ich weiß nicht. Wir reden. Wir reden bloß. Für die Jungs ist das gut.

BEN Er hat dich zum Trinken gebracht.

LISA Ach hör schon auf. Ich war schon in der vierten Klasse betrunken! Da kannte ich ihn noch gar nicht!

RITA Hat er irgendwas gesagt?

LISA Wozu?

RITA Dass ihr euch versöhnt.

LISA Nein.

BEN Gott sei Dank.

RITA Hat er eine andere?

LISA Ich glaube nicht.

RITA Dann könnte es ja vielleicht, vielleicht klappen. Das fände ich wunderbar! So etwas passiert. Die Menschen gehen weg und kommen auch zurück. Das ist nicht so ungewöhnlich. Berühmte Menschen machen das die ganze Zeit. Ihr beide könntet wieder zusammen sein.

CURTIS Was zum Teufel ist denn los mit dir?

RITA Was meinst du damit?

CURTIS Das willst du? Dass sie wieder zusammen sind?

LISA Du weißt ja gar nicht, wie er ist!

CURTIS Ich weiß genug.

BEN Was soll das heißen?

LISA *zu Curtis* Für dich ist das einfach.

CURTIS Dass du auch nur mit dem Gedanken spielst –

LISA Du warst nicht dabei! Bei uns!

CURTIS Er ist ein Arschloch.

LISA Das ist er nicht!! Du kennst ihn nicht! … Wirklich nicht. Früher, wenn er mich anschaute. Dann – dann haben wir uns verständigt. Wir hatten einen Draht. Er vertraute mir … Er schaute mich an. Er glaubte daran, dass ich ihm helfen könnte. Dass ich ihn retten könnte.

RITA *leise* Das ist eine Menge.

LISA Ich sehe ihn immer noch vor mir, die ganze Zeit, braune, glatte Haare, wunderschöne Augen. Die mich anschauen. Nachts schlafen die Jungs, und das Zimmer ist still. Ich lausche, ob er da ist. Neben mir. Wie er atmet … Es tut so weh.

CURTIS Und?

LISA Und er hat mich geliebt.

CURTIS Und?

LISA Und ich hab's vermasselt.

RITA Wie denn?

LISA Er dachte, ich könnte ihn retten –

CURTIS Und.

LISA Und nichts.

CURTIS Himmel nochmal.

LISA Und nichts!

CURTIS Sag es.

LISA Du hast mir was versprochen!

CURTIS Sag es einfach!

LISA Das ist Privatsache! Verstehst du? Eine Privatsache!

CURTIS Und er hat dich geschlagen!

BEN Was!

CURTIS Er hat sie geschlagen.

LISA Du hattest es mir versprochen!

BEN Wichser.

LISA *zu Curtis* DU HATTEST ES MIR VERSPROCHEN!

CURTIS Und nicht nur einmal.

LISA Hör auf.

CURTIS Die ganze Zeit.

LISA Er konnte nichts dafür!

CURTIS *zu Rita* Hoffst du immer noch, dass sie sich versöhnen?

LISA So schlimm war das nicht!

CURTIS Du hast mich aus dem Krankenhaus angerufen!

LISA Ein Mal!

CURTIS *zu Rita* Du hättest sie sehen sollen.

LISA Es war meine Schuld!

CURTIS Blutüberströmt. Blut überall.

LISA Du hattest es mir versprochen!! Geschworen! Du hast da gestanden und mir versprochen, dass du es niemals sagen würdest – niemals irgendjemandem erzählen würdest!

CURTIS Tja, gelogen.

LISA Ich muss jetzt gehen –

CURTIS Gut, wenn du das willst –

LISA Ich muss jemanden anrufen.

CURTIS Soll er dich ruhig schlagen –

LISA Ich muss meinen Sponsor anrufen!

CURTIS Aber ruf mich nicht an, wenn du über die Klippe gehst!

LISA DU KENNST IHN NICHT!! DU WARST NICHT DABEI!!

CURTIS … Stimmt. Also mach, was du willst. Soll er dich ruhig zu Brei schlagen. Geht mich nichts an.

LISA *kämpft mit den Tränen, holt ihre Handtasche* Ich, ich – ich muss jetzt anrufen.

RITA *bietet ihr's an* Benutz ruhig das Telefon.

LISA Ich bin gleich wieder da. Ich bin – ich muss nur – ich bin gleich wieder da. Ich muss an die frische Luft. Entschuldigung.

Lisa geht ab. Kurze Pause.

RITA *leise* Ich hatte keine Ahnung.

Eine Pause. Niemand rührt sich. Die Schwester kommt herein und sieht nach Bens IV-Tropf.

SCHWESTER Haben Sie Schmerzen?

BEN Ja.

Die Schwester ändert die Einstellung am Tropf. Sieht auf ihre Armbanduhr, dann nimmt sie eine Tablette aus einer der Flaschen auf dem Nachttisch und reicht sie Ben.

SCHWESTER Hier. Das müsste Ihnen helfen.

Ben nimmt die Tablette. Die Schwester reicht ihm einen Becher Was-

ser vom Nachttisch. Er schluckt die Tablette und gibt ihr den Becher. Sie stellt ihn zurück.

Ich komme später noch mal wieder.

Die Schwester lächelt Rita an, dann geht sie ab. Ein Moment vergeht.

RITA *leise* Ich mag sie.

CURTIS Sie wirkt nett.

BEN Ist sie auch.

Kurze Pause.

RITA Wer verliebt ist, steht auf schwankendem Boden.

BEN Was zum Teufel soll der Scheiß jetzt?

RITA Ich rede von Lisa.

BEN Drück dich so aus, dass man dich versteht.

RITA Nicht alles dreht sich um dich, weißt du.

BEN Nein? Wie kann das sein? Ich meine, ich sterbe schließlich.

RITA *zu Curtis* Du hast so ein Glück. Ihr. Du und Peter. Ihr streitet euch nie, oder?

CURTIS Nicht oft.

RITA Das ist sehr selten.

BEN Es ist abartig.

RITA Dein Vater und ich … ich weiß noch, einmal, im Sommer. Du warst im Ferienlager, das heißt, du warst vielleicht neun oder zwölf. Dein Vater und ich haben uns die ganze Zeit gestritten. Man streitet sich, wenn Kinder in der Nähe sind, aber wenn keine da sind, ist es anders. Wenn die Kinder im Ferienlager sind, werden die Messer rausgeholt. In dem Sommer war es unglaublich heiß – wir hatten natürlich eine Klimaanlage, aber trotzdem waren alle ständig gereizt wegen der Hitze. Du kannst irgendwann kein lächelndes Pokerface mehr ziehen, wenn dir jemand im Baumarkt fröhlich entgegenzwitschert: »Na, heiß genug für Sie« … War das ein schrecklicher Sommer. Weißt du noch, Ben?

BEN Woher soll ich das wissen.

RITA Dieser heiße Sommer.

BEN Sommer sind heiß.

RITA Die Kinder waren im Ferienlager.

BEN Sommer sind immer heiß.

RITA Weißt du noch.

BEN Deshalb heißt es Sommer.

RITA Denk mal zurück.

BEN Vielleicht erinnere ich mich ja! Ich hab nicht gesagt, ich erinnere mich nicht. Aber wie zum Teufel soll ich wissen, ob ich mich daran erinnere, wenn ich gar nicht weiß, wovon zum Henker du überhaupt redest?

RITA In dem Sommer, als Curtis und Lisa im Ferienlager waren, hast du beschlossen, dass Curtis ein Homosexueller sei.

CURTIS Das hat er *beschlossen*?

RITA Er hat sich's einfach in den Kopf gesetzt.

BEN Und ich hatte recht, oder?

RITA Darum geht's jetzt nicht.

BEN Ich wusste es. Ich wusste es früher als irgendwer sonst.

CURTIS Wie alt bin ich in dieser Geschichte?

RITA Ich bin nicht sicher. Sieben – oder dreizehn.

BEN Ich konnte es riechen.

RITA Ben, bitte. Schluss jetzt mit den Gerüchen. *Zu Curtis* Bevor du herkamst, hatte er einen entsetzlichen Laberanfall, über den Körpergeruch seines Vaters, dass der nach Fisch gestunken hätte oder so was.

BEN Er hatte keinen Körpergeruch!

CURTIS Opa Hilly?

RITA *zu Ben* Das kam von dir. Nicht von mir.

BEN Er war ein monumentaler Mann. Du solltest stolz sein, dass du seinen Namen trägst.

CURTIS Ich glaube, das ist nicht mal ein richtiger Name. »Hilly.« War das nicht eine Abkürzung für irgendwas?

RITA Weiß kein Mensch.

BEN *zu Curtis* Er hätte dich gehasst.

CURTIS Vielen Dank.

RITA Also. Du warst im Ferienlager, und dein Vater setzte sich in den Kopf, du wärst schwul. Ist das okay als Wort?

CURTIS Es ist egal.

BEN Wir haben damals immer »Schwuchtel« gesagt. Hat keinem was ausgemacht.

RITA Und er beschloss, er müsste etwas dagegen tun.

CURTIS Zum Beispiel?

BEN Elektroschocks.

CURTIS Das ist nicht dein Ernst, oder?

BEN Halb.

RITA Er wollte mit niemandem darüber reden. Es war ihm so peinlich. Ich meine, der Enkel von Ernest-Hilly-Lyons-Hemingway entpuppt sich als eine Hinterlader-Tunte. Er war am Boden. Ich fand es toll. Die Sache ist die, er musste irgendwas unternehmen und wusste nicht was. Also schickte er mich in die Bibliothek, weil *er* ja keine Bücher dazu ausleihen konnte, nicht zu diesem Thema. Ich brachte ihm Bücher mit, und er las sie. Einige davon. Aber er wusste immer noch nicht, was er machen sollte. Er warf dein Spielzeug weg, mehr fiel ihm nicht dazu ein – und die Judy-Garland-Platte. Judy Garland at Carnegie Hall.

CURTIS Und das hat nicht funktioniert? Unglaublich.

RITA Ich fand die Platte toll. Wo sie schreit: »Wir bleiben die ganze Nacht, wir singen alles!«, da krieg ich heute noch Gänsehaut.

BEN Du hattest andere Platten.

RITA Er hat sie durch *Ballad of the Green Beret* ersetzt. Eine militaristische Schnulze!

CURTIS Das weiß ich noch. Ich kam nach Hause, und mein ganzes Spielzeug war weg – bis auf die kleinen grünen Soldaten.

RITA Ich war fuchsteufelswild. Und er wollte nicht darüber reden. Ich sagte zu ihm: »Ist dir lieber, dass ein kleiner grüner Soldat aus ihm wird, als dass er jemanden findet, den er lieben kann?« Und er sagte: »Logisch.« Er knallte ständig mit den Türen und schnauzte alle an. Es war grässlich … Zu der Zeit kaufte ich mir die Pistole.

BEN Du hattest eine Pistole?

RITA Und ob.

BEN Wo hattest du die her?

RITA Kannst du dich an Victor Cardin erinnern, zwei Häuser weiter?

CURTIS Die Cardins. Gartenmöbel im Wohnzimmer?

RITA Genau die. Er beschlagnahmte Autos, wenn die Käufer mit den Raten im Rückstand waren. Das machte er hauptberuflich. Einmal fand er eine Pistole auf dem Rücksitz eines Cutlass Supreme. Er war nett.

BEN Du hast eine Pistole gekauft?

RITA Kannst du der Geschichte nicht folgen!?

CURTIS Ist schon schwer zu glauben.

RITA Wieso?

BEN Wie viel hast du dafür bezahlt?

RITA Fünfundsiebzig Dollar. Er wollte hundert haben, aber ich hab ihm fünfundsiebzig gegeben und ein Jell-O gemacht, in Erdbeerform mit schwebenden Bananen drauf.

BEN Was für eine Marke war das?

RITA Keine Ahnung. Sie hatte eine Nummer. Eine Handfeuerwaffe. Schwarz. Nicht ohne Charme, so rein optisch.

CURTIS So sehr hattest du dich aufgeregt – meinetwegen?

RITA Eigentlich wegen der Schallplatte. Hast du je *Ballad of the Green Beret* gehört? Keine Melodie. Nicht im Geringsten. Jedenfalls fragte ich Victor Cardin, wo ich Kugeln kaufen könnte, und er sagte es mir, und als ich das nächste Mal zum Friseur musste, machte ich einfach einen kleinen Umweg … Ich weiß noch. Ich saß in der Küche – du warst bei der Arbeit – ich saß am Tisch, steckte die Kugeln in die Pistole und hoffte, dass ich alles richtig machte. Ich meine, ich hatte ja noch nie eine Waffe in der Hand gehabt.

BEN *leise* O Gott.

RITA Ich wusste nicht, ob ich in der Lage wäre, sie zu benutzen, damit zu schießen. Oder wie geschickt ich mich dabei anstellte. Ich dachte, das sollte ich mal rausfinden. Also ging ich nach hinten in den Garten, es war sehr still. Mittagszeit an einem Dienstag. Ich erhob die Waffe. Ich konnte meinen eigenen Atem hören, sonst nichts. Ich war sehr nervös. Und ich zielte. Ich zielte auf die Trauerweide, gleich neben die Stelle, wo früher die Schaukel hing … Und ich drückte ab … Es war sehr laut. Das verblüffte mich. Ich ließ die Pistole fallen und stand eine Weile da und dachte … »Das war das. Mehr braucht's nicht. Das ist ja nicht schwer.« … Und dann fiel mir ein, ich sollte mal nachschauen, ob ich mein Ziel getroffen hatte. Ich ging zu dem Baum, zu der Trauerweide, und ich konnte das Loch nicht finden. Dann schaute ich mir die Schaukel an … Nichts. Also fing ich am einen Ende des Zauns an und arbeitete mich voran, dreißigzentimeterweise, suchte sehr genau, bis ich es gefunden hatte. Das Loch. Mittlerweile wurde es spät, der Himmel verdunkelte sich, und es war Zeit, mit dem Kochen fürs Abendessen anzufangen … Ein paar Tage später verkaufte ich die Pistole zurück an Victor Cardin. Er gab mir nur fünfzig Dollar dafür. Aber ich wollte sie nicht im Haus haben.

Ben ist offensichtlich erschüttert von der Geschichte.

BEN Du hast versucht, mich umzubringen.

RITA Nein, nein. Ich habe ein Loch in den Zaun geschossen.

BEN Aber du wolltest es.

RITA Sonst nichts.

BEN Du wolltest mich umbringen.

RITA Das war so eine Laune.

CURTIS Warum bist du nicht weggegangen?

RITA Was, Liebes?

CURTIS Ich meine, wenn du schon an Mord dachtest, hättest du doch einfach gehen können.

RITA *wird das in diesem Augenblick klar* … Weißt du was, darauf bin ich nie gekommen.

BEN Mein Kopf tut weh.

RITA *munterer* Oh, das tut mir leid. Vielleicht sollte die Schwester kommen und tun, was immer sie tut, wenn sie kommt.

BEN Ich glaube ja.

RITA Ich geh sie mal suchen. *Setzt sich in Bewegung.* Du weißt nicht zufällig, wie sie heißt, oder?

BEN Nein.

RITA Ich werd sie schon finden. Wie viele Schwestern kann's denn hier geben? Ich finde sie.

Rita geht ab. Pause.

BEN Eure Mutter ist ein Miststück.

CURTIS Sieht ganz so aus.

BEN Sie lächelt viel, deshalb wirkt sie nett. Und sie redet die ganze Zeit, auf diese ganz bestimmte Art, deshalb merken die Leute nichts. Aber in Wahrheit ist sie ein Miststück.

CURTIS War sie das immer?

BEN Ich bin mir nicht sicher.

CURTIS Warum bist du geblieben?

BEN Bei ihr?

CURTIS Ja.

BEN *schlicht* Ich hab sie geliebt.

CURTIS Oh.

BEN Selbst schuld.

CURTIS Was?

BEN Ich liebe sie immer noch.

CURTIS Ehrlich?

BEN Manchmal muss ich mir ins Gedächtnis rufen, wer sie war, aber das Meiste davon ist noch da. Ich kann sie immer noch sehen, wenn ich sie anschaue. Manchmal.

Kurze Pause. Curtis will etwas sagen, das ihm schwerfällt.

CURTIS Ich will dir etwas sagen.

BEN Ich glaube, sie war vielleicht schon immer ein Miststück. Ich weiß es jetzt nicht mehr genau.

CURTIS Ich will etwas sagen.

BEN Sag's.

CURTIS *Es fällt ihm schwer.* … Ich vergebe dir.

BEN Was denn?

CURTIS Du hast dafür gesorgt, dass ich wusste, ich war nicht das Kind, was du wolltest.

BEN *leise* … Fick dich.

CURTIS Ich wollte es einmal sagen.

BEN Ich brauch deine Vergebung nicht.

CURTIS Ich wollte es dir sagen.

BEN Für wen hältst du dich eigentlich, du Scheißer?

CURTIS Für deinen Sohn.

BEN Meinen Sohn habe ich Hilly genannt. Nach meinem Vater.

CURTIS Das weiß ich.

BEN Einem großartigen Mann.

CURTIS Ich wollte es einfach nur sagen.

Kurze Pause.

BEN Warum bist du hier? Wir treffen uns nie. Du gehörst nicht zu uns. Nicht so richtig.

CURTIS Ich hab mein eigenes Leben!

BEN Du kommst hier rein und vergibst mir!? Fick dich doch ins Knie.

CURTIS Es wäre ganz leicht, weißt du. Es würde mich gar nichts kosten, dich jetzt umzubringen. Ich könnte ein Kissen nehmen, es festhalten und auf dein Gesicht drücken, bis du tot wärst. Gar nichts.

BEN Dann tu's doch. Ich sterbe sowieso bald. Glaubst du, es wär mir wichtig, wie es endet? Kein Stück. Mein Leben ist eine lange Parade der Enttäuschungen. Und du bist dabei der Scheiß-Obermufti. Tu's schon.

Sie betrachten einander eine Weile, ohne etwas zu sagen. Lisa erscheint in der Tür. Sie ist viel entspannter und fröhlicher als bei ihrem Aufbruch.

LISA Kommt, wir gehen alle in den Kreißsaal!

CURTIS Was?

LISA Babys gucken!

CURTIS Wieso das denn?

LISA Dacht ich so, im Fahrstuhl. Wär das nicht lustig? Das wär lustig! Wir könnten alle rübergehen und Babys gucken! *Zu Ben* Na ja, du nicht.

CURTIS Aber warum?

LISA Die sind so süß! Ganz rosa und dick und schwabbelig mit ihren kleinen Fingern und kleinen Füßen.

BEN Geht ihr ruhig, wenn ihr wollt.

LISA Wo ist Mutter?

BEN Sucht die Schwester.

LISA Ich guck mir wahnsinnig gerne Babys an. Es heißt ja, die Geburt wäre sehr traumatisch. Vielleicht der traumatischste Augenblick deines ganzen Lebens. Hab ich irgendwo gelesen.

CURTIS Es tut mir leid, Lisa.

LISA Vielleicht waren das auch Hühnchen, also Hühner. Hühner, wisst ihr – wenn die aus dem Ei kommen.

CURTIS Ich sagte, es tut mir leid.

LISA Was denn?

CURTIS Was ich gesagt habe, getan habe. Vorhin.

LISA Das hättest du nicht tun sollen. Es war falsch, und ich weiß nicht, ob ich dir verzeihen kann. Hühner! Hühner waren das. Absolut!

CURTIS *halblaut* O Himmel.

LISA Was? Was? Was ist los?

CURTIS Hast du was getrunken?

LISA Was soll ich haben? Natürlich nicht! Gott! Ich trinke nicht. Ich habe seit Jahren nichts mehr getrunken! Fünf Jahre clean und nüchtern! Hältst du mich für bescheuert? Glaubst du, ich schmeiße das alles weg? Ich habe Kinder! Ich habe mein Leben! Ich habe mir ein Leben aufgebaut. Ich weiß, dass ich nichts trinken darf! Ich bin nicht bescheuert! Wie kannst du es wagen? Wie kannst du es wagen, da auf deinen beiden Füßen zu stehen und –

CURTIS Du hast was getrunken.

LISA Ein kleines bisschen, nur ein ganz kleines bisschen.

CURTIS Heiliger Himmel.

LISA Na und?! Hab ich halt. Ich hab was getrunken. Ist ja schließlich *mein* Leben. Und starr mich nicht so an. Du bist nicht meine Mutter.

BEN Und auf geht's.

LISA Ich bring dich nicht in eine peinliche Lage, keine Sorge, Daddy – alles andere ist ihm egal.

BEN Wo ist die verdammte Schwester!?

LISA *zu Curtis* Es war ihm egal – es war ihm egal, dass ich trank. Allen war das egal! Bis ich in seinem gottverfluchten Country Club eine große Schau abzog. Als wär da noch nie jemand besoffen gewesen. Als hätte da noch nie jemand eine Szene gemacht oder zu laut gesprochen oder sich mit ihrem Mann gestritten.

BEN Du hast auf die Tanzfläche gepinkelt!

LISA *Das war keine Absicht!!*

BEN Das wollen wir hoffen.

Rita erscheint in der Tür, eine Schachtel Pralinen in der Hand.

RITA Ich konnte die Schwester nicht finden. Aber Pralinen.

LISA Wo hast du die her?

RITA Ein kleines Mädchen auf unserem Gang hier ist gerade gestorben. Und ich habe kandierte Mandeln gekriegt!

CURTIS Lisa trinkt wieder.

RITA Was? Ehrlich?

LISA »Lisa trinkt, Lisa trinkt.« Warum gibst du nicht gleich eine Scheißanzeige auf?

Lisa holt eine 0,75 l-Flasche Whiskey aus der Handtasche und gießt sich einen Becher voll.

RITA *halblaut* Gott, da geht man mal eine Minute raus.

LISA *nimmt die Mandeln* Gib her.

RITA Ich hatte so gehofft, dass das ein angenehmer Besuch würde.

CURTIS Tja. Nun. Der Mensch denkt … und so weiter.

RITA Was?

CURTIS Ich glaube, ich sollte mal gehen.

RITA Nein, nein! Das kannst du nicht. Wir haben noch nicht verabredet, wann du kommst.

CURTIS Wann ich komme?

RITA Zu Besuch. Bei mir.

LISA Meine Einladung ist offensichtlich abgelaufen.

CURTIS Ich komme nicht.

RITA Du kannst bei der Renovierung helfen. Das wird ein Spaß! Ich lasse mich schon andauernd von Zeitschriften inspirieren.

CURTIS Ich kann nicht. Tut mir leid. Ich muss an Peter denken.

RITA Du kannst ihn mitbringen.

CURTIS Er hat zu arbeiten. Das ist kein guter Zeitpunkt.

RITA Das wird nett. Wir könnten uns besser kennenlernen.

CURTIS Du und ich?

RITA Peter und ich.

CURTIS Ich glaube kaum.

RITA Aber –

CURTIS Tut mir leid.

RITA *fordernd Warum nicht!?*

CURTIS *standhaft* Er hat zu tun. Er hat sein eigenes Leben. Er kann nicht einfach alles hinschmeißen und weggehen, nur damit du Gesellschaft hast. Ich ruf dich später an, oder ruf du mich an, wenn irgendwas –

RITA Schämst du dich deiner Mutter?

CURTIS Natürlich nicht.

RITA Also, ich finde das sehr seltsam. Wirklich. Du bist drei Jahre mit Peter zusammen, und wir sind uns nie begegnet. Ist dir das klar? Ich habe diesen Menschen noch nie gesehen.

CURTIS Aber natürlich. Letztes Jahr bei deinem Geburtstag.

RITA Da ist er nicht gekommen! Du hast gesagt, er wäre krank. Ich will wissen, warum du dich schämst.

CURTIS Ich schäme mich nicht –

RITA Wenn es nicht an uns liegt, liegt es an ihm? Ist was mit Peter los?

CURTIS Natürlich nicht.

RITA Sag's mir einfach!

LISA Er ist erfunden.

RITA Ich rede mit deinem Bruder.

CURTIS Ich muss los.

RITA Das verstehe ich nicht –

LISA *steht auf* Du bist ihm nie begegnet, weil er nicht existiert!!

RITA Was?

LISA Er hat ihn erfunden.

CURTIS Halt den Mund, Lisa.

LISA Sag's ihr. Es gibt keinen Peter. Los, sag's ihr. Hat ihn nie gegeben.

RITA Ich hab am Telefon mit ihm gesprochen.

LISA Das war bloß irgendein Freund oder jemand, dem er Geld dafür gegeben hat – wahrscheinlich ein Obdachloser.

RITA Ich hab mit ihm gesprochen!

LISA *nimmt Curtis' Jacke* Es gibt keinen Peter. Wisst ihr noch, Ethan damals? Es gab keinen Ethan.

RITA O Gott.

CURTIS Gib mir meine Jacke.

LISA Erfunden.

CURTIS Gib her!

LISA *Alles* erfunden.

CURTIS Lisa –

LISA Curtis ist allein. Jawohl! Er hat niemanden. Sieht niemanden, *berührt* niemanden –

CURTIS Hör auf!

LISA Und zwar niemals, wenn ihr mich fragt. Das alles ist eine Lüge. Eine riesige beschissene monumentale krankhafte Lüge.

RITA *zu Curtis* Ist das wahr?

LISA Alles Fiktion!

RITA Ist das wahr!?

LISA Es ist gruselig.

CURTIS Ich muss los.

RITA ANTWORTE MIR!

CURTIS *Ja!*

RITA O Gott.

LISA *siegreich* … Und jetzt vergebe ich dir!

Curtis schnappt sich seine Jacke.

RITA *zu Curtis* Warum tust du so was?

CURTIS Es war einfach. Einfacher, als dich im Nacken zu haben.

LISA Frag ihn, wann das letzte Mal war.

RITA Das letzte Mal was?

LISA Er ist der Mann im Glashaus.

CURTIS Fick dich.

LISA Du verurteilst mich, aber du bist einfach nur abartig.

RITA Ich verstehe das nicht.

LISA Es gab nie einen Peter. Es gab nie einen Ethan. Obwohl ich vermute, manchmal hat er selber an sie geglaubt.

RITA Ich hab dir doch nur einen Partner gewünscht.

LISA Das ist lächerlich.

RITA Jemanden, den du liebst.

CURTIS So wie du? Wen hast du geliebt, sag mir das, wen hast du jemals geliebt, in deinem ganzen Leben?

RITA *schlicht* Dich.

Curtis weiß darauf keine Antwort. Er wendet sich Lisa zu.

CURTIS Du bist ein schrecklicher Mensch. *Zu ihnen allen* Ihr seid alle schreckliche Menschen. *Hoffentlich kriege ich euch bis ans Ende meiner Tage nie wieder zu Gesicht!!*

Curtis geht ab. Eine Pause.

LISA *überaus munter* Wow … Ich hatte ganz vergessen, wie viel Spaß das Trinken macht.

RITA Das war grausam.

LISA *prostet ihr zu* Tja, QUE … wie es so schön in dem Lied heißt – SERA.

Rita betrachtet Ben. Er hat die Augen geschlossen, und ihr wird klar, dass er schon seit einiger Zeit nichts mehr gesagt hat.

RITA Hol die Schwester.

Lisa läuft hinaus. Rita geht langsam ans Fenster. Nach einer Weile kommt die Schwester herein, Lisa dahinter. Sie geht zu Ben und prüft seinen Puls.

SCHWESTER Mr Lyons schläft.

RITA Ah.

SCHWESTER Er atmet flach, das liegt an den Medikamenten.

RITA Natürlich.

SCHWESTER Er sollte die Nacht durchschlafen.

RITA Vielen Dank.

Die Schwester nickt und geht ab. Kurze Pause.

Ich sah ihn an und dachte …

LISA Ich weiß.

RITA Tja.

LISA Alles in Ordnung?

RITA Natürlich.

LISA Gut … Ich sollte dann mal.

RITA Ja.

LISA Die Kinder.

RITA Natürlich – warte. Ruf mich später an. Ja? Ich glaube, du solltest nicht allein sein.

LISA Mach ich.

Lisa sammelt ihre Sachen ein, küsst Rita auf die Wange und geht ab. Rita sitzt auf dem Stuhl. Sie nimmt Schöner Wohnen *und sieht sich eine Seite an – aber dann merkt sie, dass sie etwas sagen muss.*

RITA Ben. Unsere Kinder sind eine Katastrophe. Einsam und schrecklich … Ich gebe dir die Schuld daran … Klar, ich war auch dabei. Also kann ich dir fairerweise nicht die ganzen Trümmer vor die Füße werfen. Ich war dabei. Ich habe zugeschaut. Ich habe mir das alles angeschaut, und ich erinnere mich an alles. Wirklich. Ich weiß noch, wie ich dich zum ersten Mal sah. Ich war mit einer Freundin zusammen, wir waren so jung, und du kamst rüber zu unserm Auto, und die Sonne stand hinter dir, deshalb konnte ich dein Gesicht nicht erkennen. Doch sobald ich es sah, wusste ich auch, auf der Stelle, dass du mich liebst … Und ich saß in der Falle. Ich habe sehr lange und mit aller Macht versucht, dich zurückzulieben. Ich weiß noch, wie du mich zum allerersten Mal berührt hast … Ich saß allein im Dunkeln, mitten in der Nacht. Ich erinnere mich an dein Gesicht, so dunkel und hart wie aus Metall. Und obwohl ich es versucht habe, erinnere ich mich *nicht* daran, wann es passierte, in welchem Augenblick ich anfing, dich zu hassen. Ich habe lange gesucht. Ich habe in allen Ecken nachgesehen, aber ich kann den Moment nicht finden. Wahrscheinlich gibt es ihn gar nicht. Keinen einzelnen Moment. Keine einzelne Sekunde, in der es passierte. Es war langsam und unvermeidlich, wie das Altwerden. Ich bekam nichts mit, und dann fiel mir auf, dass es passiert war. Musste ja. Und du hattest nur eines verbrochen, einen Menschen geliebt, von dem du dachtest, das wäre ich … Und jetzt bekommst du deinen Abgang … und ich hab … solch eine Angst. In all diesen Jahren warst du meine Aufgabe. Und ich war niemals allein. *Fängt an zu weinen.* Ich weiß nicht, was ich tun soll oder wer ich bin.

Eine Weile sitzt sie da, ganz still, weint und betrachtet ihren Mann. Curtis erscheint in der Tür. Er betrachtet seine Eltern eine Weile. Dann …

CURTIS Ist er tot?

Rita lächelt, so sehr freut sie sich über den Klang seiner Stimme. Sie lehnt sich zurück, blättert in ihrer Zeitschrift und seufzt.

RITA Morgen vielleicht.

Blackout. Ende von Akt 1.

Akt 2

»Lage, Lage, Lage«

Eine leere Wohnung. Ein großer Raum, Küchenzeile an der Wand und eine Tür zum Bad. Einige Abfälle liegen am Boden, ein paar Zeitschriften in einer Ecke, dazu ein paar Papp-Kaffeebecher. Brian kommt herein, im Businessanzug, gefolgt von Curtis, der sportlicher gekleidet ist. Brian schaltet das Licht ein.

BRIAN So. Wie Sie sehen können, ist sie bezugsfertig.

CURTIS Vom Müll mal abgesehen.

BRIAN Handwerker.

CURTIS Geht das hier nach Norden?

BRIAN Westen.

CURTIS Es gibt also keine Morgensonne.

BRIAN Nein, aber die Wohnung liegt in der Nachmittagssonne. Alles geht nicht. Die Aussicht ist wirklich nicht schlecht. Vertrauen Sie mir. Wenn Sie die Augen zumachen, können Sie das Chrysler Building sehen.

CURTIS Wie bitte?

BRIAN Das sollte ein Scherz sein. Ein bisschen Maklerhumor. Es gibt nicht viel Aussicht. Aber der Preis stimmt.

CURTIS Kann sein.

BRIAN Ich denke, das Bett ließe sich gut an dieser Wand hier aufstellen, und die Küchenzeile könnten Sie abteilen.

CURTIS Könnte ich.

BRIAN Wie ich höre, ist der Verkäufer *sehr* motiviert.

CURTIS *sieht sich um* Ist es laut hier? Was meinen Sie? Ich denke jetzt an Verkehrslärm. Ich arbeite zu Hause, deshalb ist das wichtig.

BRIAN Ich kann mir nicht vorstellen, dass Lärm ein Problem ist. Sie sind im vierten Stock – und gleich neben der Unitarierkirche.

CURTIS Und die sind leise?

BRIAN Soweit ich weiß. Und wie gesagt, der Verkäufer ist bereit zu verhandeln.

CURTIS Warum?

BRIAN Der Markt. Sie müssen sich klarmachen, was da draußen los ist. Es ist ein Blutbad. Vor einem Jahr konnten Sie einen Schuppen an der Schnellstraße für 1,5 Millionen verkaufen. Heute erwartet jeder ein Schnäppchen. Gucken Sie keine Nachrichten?

CURTIS Das deprimiert mich.

BRIAN Kann ja auch heftig sein.

CURTIS Nicht die Nachrichten per se, obwohl, stimmt, die können auch heftig sein, aber die Leute, die sie verlesen – die deprimieren mich. »Die Nachrichtensprecher.«

BRIAN Ach?

CURTIS Die sind alle so hübsch, ja? So nach dem Motto: perfekte Zähne und perfekte Haare – und ein perfektes *Leben*. Wie große Ken-Dolls, die Tragödien ausspucken.

BRIAN Was machen Sie noch mal von Beruf?

CURTIS Ich schreibe.

BRIAN Aber keine Nachrichten, wenn ich es recht verstehe.

CURTIS Nein, nein. Kurzgeschichten.

BRIAN … Sie wissen aber, dass hier 650 verlangt werden?

CURTIS Ich habe andere Einkommensquellen.

BRIAN Ich wollte nicht andeuten –

CURTIS Schon in Ordnung. Sie haben vollkommen recht. Heutzutage Kurzgeschichten zu schreiben ist ungefähr so, als würden Sie Musiktruhen produzieren. Die Leute finden die vielleicht hübsch oder faszinierend, sie sehen auch gut in einem Zimmer aus – aber keiner hat ernsthaftes Interesse daran. Ein Verlustgeschäft.

BRIAN Muss aber schon spannend sein.

CURTIS Warum?

BRIAN Ich weiß nicht. Kreativ zu sein. Es muss spannend sein, mit nichts zu beginnen, einem leeren Blatt Papier, und dann eine ganze Welt zu erschaffen.

CURTIS Sie wären erstaunt, wie unkreativ ich sein kann. Und Papier gibt es nicht mehr.

BRIAN Stimmt.

CURTIS Ist jetzt alles auf Computer.

BRIAN Ich weiß – trotzdem, metaphorisch.

CURTIS »Metaphorisch«? Ich sehe, Sie haben studiert.

BRIAN Ist das ein großes Wort?

CURTIS Alles ist relativ.

BRIAN Ich war auf einem kleinen College im Staat New York.

CURTIS Ach ja? Und was für einen Abschluss haben Sie gemacht? Ich meine, was studiert man so für die schnelllebige Halsabschneiderwelt der glamourösen Immobilienszene Manhattans?

BRIAN Es war eine Schauspielausbildung.

CURTIS Natürlich.

BRIAN Ja. Ich bin einer von den zehn Millionen in dieser Stadt, die sich Schauspieler schimpfen.

CURTIS Könnte ich Sie in irgendetwas gesehen haben?

BRIAN Das bezweifle ich.

CURTIS Testen Sie mich. Sie könnten überrascht sein. Ich bin kunstbegeistert. Sind Sie in irgendwas aufgetreten?

BRIAN Nur bei einem Einakter-Abend im EST.

CURTIS Da war ich!

BRIAN Ehrlich?

CURTIS Viele Treppen und es roch nach Urin?

BRIAN Genau! Aber angesehen. Ich meine, die Leute sehen sich das an. Ich war letztes Jahr bei der Marathonserie dabei, Nacht B. Das dritte Stück.

CURTIS Ich hab nur Nacht A gesehen.

BRIAN Ach. Na ja, war auch eine beschissene Rolle.

CURTIS Sie waren bestimmt toll.

BRIAN Ich weiß ja nicht. Ich meine, in meinem Abschlussjahr am College war ich Happy im »Handlungsreisenden«, und fünf Jahre später bin ich der Kellner in einem Einakter. Nicht gerade eine umwerfende Karriere.

CURTIS Vielleicht haben Sie nicht viel Talent.

BRIAN *leichthin* Fick dich.

CURTIS Ich hab gesagt, vielleicht. Ich hab dich nie gesehen. Nach meinem Wissensstand könntest du Laurence Olivier mit Bizeps sein.

BRIAN Das ist nicht leicht, weißt du? Viel davon hat mit Glück zu tun. Und mit dem richtigen Agenten.

CURTIS Natürlich.

BRIAN Ich hatte eine Agentin, die wirklich an mich glaubte. Sie war phantastisch –

CURTIS Was ist passiert?

BRIAN Alkoholvergiftung.

CURTIS Ich verstehe.
BRIAN Und seitdem … nun ja.
CURTIS Von daher Immobilien.
BRIAN Korrekt. Von daher.
CURTIS Das muss frustrierend sein.
BRIAN Irgendwas wird sich schon ergeben. Es ist wichtig, sein eigenes Rennen zu laufen. Und ich gehe zu Meetings, Vorsprechen. Ich schicke mein Foto rum.
CURTIS Das von der Website?
BRIAN Welche Website?
CURTIS Die Immobilien-Website. Die Makleragentur.
BRIAN Ach so, ja, klar. Das ist mein Porträtfoto. Kommerziell. Fürs Theater hab ich was viel Seriöseres.
CURTIS Es sieht dir eigentlich gar nicht ähnlich.
BRIAN Fand ich auch nicht!
CURTIS In Wirklichkeit siehst du viel besser aus. Ich hoffe, das ist okay –
Kurze Pause.
BRIAN Hab ich dir das Wohngeld genannt?
CURTIS Wohngeld?
BRIAN Von der Wohnung.
CURTIS Ach so. Acht-irgendwas.
BRIAN Acht-fünfundzwanzig.
CURTIS Das finde ich etwas hoch.
BRIAN Das ist durchschnittlich. Echt. Hier in der Gegend. Ist dir die Deckenhöhe aufgefallen? Und wir sind nur eine Straße von der U-Bahn weg. Ich schätze, die Wohnung hier geht ziemlich schnell weg, auch bei der derzeitigen Marktlage.
CURTIS Ich bin bei CAA, weißt du –
BRIAN Was?
CURTIS Als Autor. Sie vertreten mich.
BRIAN Echt?
CURTIS Vielleicht kann ich ja mit jemandem reden.
BRIAN Worüber?
CURTIS Über dich.
BRIAN Was meinst du jetzt?
CURTIS Na ja, ich kann nichts versprechen. Aber ich könnte doch mit jemandem reden, mich mal erkundigen –

BRIAN *aufgeregt* Du meinst mit einem Agenten? Mit einem Agenten reden? Über mich?

CURTIS Ich kann nichts versprechen.

BRIAN *Das wäre ja großartig!*

CURTIS Ich kenne eigentlich keinen in *der* Abteilung.

BRIAN Aber du meinst, du könntest vielleicht –

CURTIS Mein Agent kennt die bestimmt.

BRIAN Ich würde tot umfallen!

CURTIS Tu das nicht.

BRIAN Ich mein's ernst! Ich würde tot umfallen!

CURTIS Ich könnte mal mit ihm reden, mit meinem Agenten. Und schauen, was er tun kann.

BRIAN Das wäre phantastisch!

CURTIS Nun, wir werden sehen. Wie gesagt, versprechen kann ich nichts. Wir sind in letzter Zeit nicht so gut klargekommen. Mein Agent und ich.

BRIAN Aha?

CURTIS Wir hatten eine Meinungsverschiedenheit, und er sagte einige furchtbare Dinge. Aber hör zu, ich mach das. Ich schlucke meinen Stolz runter und ruf ihn an.

BRIAN Das wäre toll!

CURTIS Ich mach's gleich Montag.

BRIAN Mein Gott. Echt, danke schön.

Kurze Pause.

CURTIS Ist die Wohnung schon lange auf dem Markt?

BRIAN Warum tust du das?

CURTIS Was tun?

BRIAN Deinen Agenten anrufen – also, meinetwegen. Warum tust du das? Ich bin nur neugierig.

CURTIS Warum denn nicht?

BRIAN Du kennst mich gar nicht. Du weißt nicht, ob ich gut bin. Ich könnte vollkommen talentfrei sein. Bin ich übrigens nicht. Aber könnte ich sein.

CURTIS Niemand ist *vollkommen* talentfrei.

BRIAN Du weißt, was ich meine.

CURTIS Ich habe einen sechsten Sinn. In dem Augenblick, als ich dich sah, wusste ich –

BRIAN Ich verstehe nicht, warum du so was tust – dich für mich einsetzen. Ich bin ein Fremder. Wir sind uns gerade erst begegnet.

CURTIS Kann ich nicht einfach großzügig sein?

BRIAN Du glaubst, ich kann sie dazu bringen, mit dem Preis runterzugehen? Das ist es, ja?

CURTIS Ich fasse es nicht …

BRIAN Du glaubst, ich kann einen besseren Preis für dich rausschlagen. Ist das der Grund? Ich hab dir schon gesagt, dass der Verkäufer motiviert ist. Ich habe nur begrenzte Möglichkeiten. Sie verlangen sechs-fünfzig – und ich denke, sie würden sich auch mit sechs zufriedengeben. Aber mehr kann ich auch nicht machen. Also, falls du meinst, wenn du mir mit einem Agenten vor der Nase rumfuchtelst, bringt dir das irgendeinen phantastischen –

CURTIS Du bist sehr zynisch.

BRIAN Ich frage ja nur.

CURTIS Du unterstellst.

BRIAN Dann ist es meine Provision. Du glaubst, ich verzichte auf die. Ist das der Ansatz?

CURTIS Nein.

BRIAN Gib's zu.

CURTIS Ich wollte nur freundlich sein!

BRIAN Ich kann nicht auf meine Provision verzichten. Zunächst mal brauche ich die für meinen Lebensunterhalt, und zweitens arbeite ich für eine Agentur. Die lassen mich nicht einfach so auf eine Provision verzichten.

CURTIS Warum nimmst du an, ich hätte einen *Ansatz?*

BRIAN Weil ich nicht blöd bin.

CURTIS Nein, das weiß ich. Du warst auf dem kleinen College da.

BRIAN Geht es um Sex? Soll ich dir einen blasen oder was?

CURTIS O Gott!

BRIAN Du musst zugeben, dass es seltsam ist, ich meine, das ist doch überraschend, dass ein völlig Fremder einfach so –

CURTIS Ich habe dir etwas angeboten, ganz freundlich angeboten! Was kostet es mich denn, einen Anruf zu machen? Gar nichts! Ich mache eine freundliche Geste dir gegenüber, und du drehst dich um und schreibst mir die übelsten, ekelhaftesten Motive zu.

BRIAN Okay –

CURTIS Ich will gar nichts! Ich hab nichts erwartet. Ich war nur großzügig!

BRIAN Tut mir leid –

CURTIS Ist ja vielleicht schwer zu glauben, vielleicht kennst du das nicht aus unserer heutigen Welt, aber ich war einfach nur freundlich! Das ist alles! Das war's! … Himmel.

BRIAN Tut mir leid.

CURTIS Deine Sicht auf die Menschheit ist negativ.

BRIAN *entschuldigend* Wahrscheinlich.

CURTIS Himmel nochmal.

BRIAN Es tut mir leid. Wirklich.

CURTIS Na schön, in Ordnung. Wir – wir vergessen es einfach.

Kurze Pause.

BRIAN Ich bin ein Idiot. Ein beschissener Idiot. O Scheiße. Scheiße!

CURTIS Das ist jetzt abgehakt.

BRIAN Du tust etwas Nettes und ich – ich kann das so schlecht, Menschen einschätzen. Wahrscheinlich bin ich deswegen auch so miserabel bei dieser Immobilienmaklerei. Ich hab so ungefähr die miserabelsten Zahlen der ganzen Filiale. Gleichzeitig mit mir fing eine junge Frau an, ja, wir wurden zusammen ausgebildet. Ihr eines Auge wandert immer so ab, und sie ist nicht besonders hübsch, aber ob du es glaubst oder nicht, sie ist an mir vorbeigezogen. Ich sag mir immer, reine Glückssache, aber das stimmt nicht. Sie ist gut. Sie kann Leute einschätzen. Sie kann sie taxieren. Sie hätte dich nie so beleidigt wie ich.

CURTIS Du hast mich nicht beleidigt.

BRIAN Ich habe dich praktisch beschuldigt, mich zu erpressen.

CURTIS Ich habe überreagiert.

BRIAN Zu Recht.

CURTIS Vergessen wir es einfach, ja. Es ist nie passiert. Wir fangen noch mal von vorn an.

BRIAN Echt?

CURTIS Bitte.

BRIAN Also alles … cool zwischen uns?

CURTIS Ich bin zwar kein Mensch, der das Wort »cool« benutzen würde, außer wenn es um Temperaturen jenseits von gemäßigt geht – aber ich würde sagen, ja. Alles cool zwischen uns.

BRIAN Gut.

Kurze Pause, dann, verlegen:

Und du machst den Anruf?

CURTIS *sehr amüsiert* Jetzt fühle ich mich aber reingelegt.

BRIAN Okay, okay, vergiss es.
CURTIS Nein, schon in Ordnung.
BRIAN Ruf ihn nicht an. Bitte nicht.
CURTIS Doch, ich werde ihn anrufen.
BRIAN Wirklich?
CURTIS Ja.
BRIAN Tu's nicht.
CURTIS Mach ich aber.
BRIAN Wirklich?
CURTIS Ja.
BRIAN Danke. Und entschuldige noch mal.

Ein Augenblick vergeht.

CURTIS *sieht sich um* Also, was für eine Anzahlung wollen die?
BRIAN Weißt du was, eigentlich könnte ich schon mit meinem Chef reden. Wenn alles klappt, könnte ich die Provision vielleicht um zwanzig Prozent runterschrauben oder so.
CURTIS Nur zu … Ist das Eiche, der Boden, oder – oder was ist das?
BRIAN *bietet an* Willst du ein Kaugummi?
CURTIS Nein danke.
BRIAN Macht es dir was aus, wenn ich …?
CURTIS Natürlich nicht.
BRIAN *steckt sich ein Kaugummi in den Mund* Wir sollen nicht Kaugummi kauen, wenn wir Wohnungen zeigen. Sie sagen, das wäre unprofessionell. Die sind sehr streng, alles Schikane. Sie schreiben uns vor, was wir anziehen sollen, was wir sagen sollen – und manchmal schicken sie auch Spione los. Leute, die so tun, als würden sie sich Wohnungen anschauen, uns aber eigentlich nur in die Falle locken sollen mit irgendeinem »unprofessionellen Verhalten«.
CURTIS Wirklich?
BRIAN Ein Kollege ist letzte Woche gefeuert worden, weil er bei einer Wohnungsbesichtigung »beschissenes Dreckstück« gesagt hat.
CURTIS In welchem Zusammenhang?
BRIAN Er hat eine Tür zugeworfen, und seine eigene Hand war dazwischen.
CURTIS Ah. Na, das klingt doch angemessen.
BRIAN Warum willst du eigentlich umziehen?
CURTIS Ich habe immer zur Miete gewohnt, und jetzt wird es Zeit für Eigentum. Ich muss sagen, mir gefällt es hier. Für mich.

BRIAN Es ist okay.

CURTIS Für den Augenblick ist es richtig, aber was mache ich, wenn ich jemanden kennenlerne? Ich meine, für mich ist es okay, aber zwei Leute kann ich mir nicht vorstellen –

BRIAN Du könntest dich vergrößern.

CURTIS Zwei Leute brauchen Zimmer. Richtige Zimmer.

BRIAN Wem sagst du das. Ich wohne mit meiner Freundin zusammen – wir sitzen in einem Einzimmerapartment, und das ist nicht einfach. Ich kann dir sagen –

CURTIS Aha?

BRIAN *zuckt die Achseln* Aber mehr können wir uns nicht leisten.

Kurze Pause.

Weißt du was, ob du diese Wohnung kaufst oder nicht, ich glaube, das war's. Das ist mein Abschied vom Immobilienmarkt.

CURTIS Wirklich?

BRIAN Ich kann das nicht. Ich kann das nicht weitermachen.

CURTIS Du bist nicht glücklich hier?

BRIAN Wer könnte da glücklich sein? Ich meine, das ist doch im Grunde unmoralisch. Wie mein Angebot, die Provision zu reduzieren. Ich muss nicht mit meinem Chef reden. Wir sollen unsere Provision reduzieren. Der Markt ist so trocken wie die Wolga.

CURTIS Du meinst die Sahara?

BRIAN Und zufällig weiß ich, dass es hier eine undichte Stelle gibt. Da drüben in der Ecke. Das haben sie nicht repariert. Nur die Wasserflecken überstrichen!

CURTIS Das sieht aber immer weniger nach einem Schnäppchen aus.

BRIAN Es ist keine große Stelle. Das könnte man reparieren. Aber sie haben es nicht getan. Das ist der Punkt. Meine Freundin dachte, ich könnte das bestimmt gut. Sie sagte: »Du bist doch Schauspieler, verkauf einfach Immobilien. Fällt dir bestimmt leicht.« Stattdessen fällt es mir auf den Wecker. Ein Albtraum. Ich bin nicht gut darin, das ist eine Tatsache – Erfolg schafft neuen Erfolg, und ich hab die Arschkarte gezogen.

CURTIS Wie heißt sie?

BRIAN Wer?

CURTIS Deine Freundin. Nur weil – du hast sie in zwei Minuten zweimal erwähnt.

BRIAN Dawn.

CURTIS Oh, was für ein schöner Name.
BRIAN Stimmt.
CURTIS Was macht sie?
BRIAN Sie ist Schauspielerin.
CURTIS Ist es was Ernstes mit euch?
BRIAN *weicht aus* Na ja, ich kann nicht –
CURTIS Ich bin bloß neugierig.
BRIAN Ich glaube schon. Ich glaube ja. Vielleicht ja.
CURTIS Liebst du sie?
BRIAN Was?
CURTIS Liebst du sie?
BRIAN Na, also, das ist doch Privatsache, meinst du –
CURTIS Tut mir leid. Wirklich. Ich bin Schriftsteller. Ich glaube, ich bin einfach von Natur aus neugierig. Ich versuche, etwas über die Menschen herauszufinden.
BRIAN Klar.
CURTIS Und? Liebst du sie?
Kurze Pause.
BRIAN Ja. Glaube ich. Ich glaube, ich liebe sie.
CURTIS Beschreib sie.
BRIAN Was?
CURTIS Wie sieht sie aus?
BRIAN Ähm. Braune Haare. Blaue Augen.
CURTIS Ist sie groß?
BRIAN Nein.
CURTIS Klein.
BRIAN Durchschnitt.
CURTIS Wo habt ihr euch kennengelernt?
BRIAN In der Schauspielklasse.
CURTIS Hat sie Talent?
BRIAN *überlegt* Ja. Ja, hat sie. Sie hat Talent.
CURTIS Hast du sie gleich geliebt?
BRIAN Das weiß ich nicht mehr.
CURTIS Ist sie witzig?
BRIAN Manchmal.
CURTIS Ist sie gut im Bett?
BRIAN Was?
CURTIS Ist sie gut im Bett?

BRIAN Jetzt warte mal –

CURTIS *allmählich aggressiv* Ist sie gut im Bett?

BRIAN Was soll das werden? Ich meine, wir stehen hier so –

CURTIS *sehr bestimmt* Antworte einfach. Beantworte die Frage. Ist sie gut oder nicht?

BRIAN *defensiv* Sie ist ordentlich.

CURTIS Ordentlich?

BRIAN Sie ist großartig.

CURTIS Liebt sie dich?

BRIAN Ich weiß es nicht.

CURTIS Aber du fickst mit ihr?

BRIAN Okay, das reicht.

CURTIS Du fickst oft mit ihr.

BRIAN Halt den Mund!

CURTIS Wie fickst du mit ihr?

BRIAN Was ist los mit dir, Mann!? Was zum Teufel ist los mit dir?!

CURTIS Liegst du oben?!

BRIAN Das fragt man doch nicht einfach!

CURTIS Liegst du oben? Wie fickst du mit ihr? Beschreib es mir!

BRIAN Halt's Maul, verdammt!

CURTIS *fies* Fickst du sie in den Arsch!?

BRIAN Hör auf!!

CURTIS Sie lässt es zu, dass du sie in den Arsch fickst?!

BRIAN Was zum Teufel ist los mit dir?!

CURTIS Antworte.

BRIAN Fick dich!

CURTIS Willst du, dass ich diese Wohnung kaufe?

BRIAN Das ist mir egal!

CURTIS Ich werde sie kaufen.

BRIAN Scheißegal!!

CURTIS Von wegen! Du und deine Freundin, du und Dawn mit ihrer mittleren Größe, ihren braunen Haaren und blauen Augen, ihr beide, Dawn und du, die es zulässt, dass du sie in den Arsch fickst, oder es auch nicht zulässt – ihr beide, in euer kleines Zimmer ohne Trennwände gesperrt, euer einziges Zimmer, ihr braucht es, dass du die Wohnung verkaufst! Ich glaube, das braucht ihr ganz dringend! Ich glaube, du würdest dafür alles Mögliche sagen! Alles, was dir in deine beschissene kleine Birne kommt!

BRIAN *Was zum Teufel ist mit dir los!!?*

Curtis' Handy klingelt. Sie sehen sich an, sehr angespannt. Ein Moment vergeht. Erneutes Klingeln. Brian geht beiseite, als Curtis drangeht.

CURTIS Hallo … Hi … Aha … Nein, ich glaube nicht … Ja.

Ein Moment vergeht, bevor Curtis das Handy abschaltet. Und noch einer, bevor er es wieder in die Tasche steckt. Er versucht es zu unterdrücken, aber der Anruf hat ihn offenkundig sehr tief berührt.

Mein Vater ist gestorben.

BRIAN Was?

CURTIS Gerade eben. Das war meine Mutter. Sie hat angerufen, um es mir zu sagen.

BRIAN O Scheiße.

CURTIS Es macht nichts. Ich meine, es war kein Schock. Es kam erwartet.

BRIAN Oh.

CURTIS Wir hatten es eigentlich schon vor einer Woche erwartet. Ich habe mich vor einer Woche von ihm verabschiedet. Ich saß zwei Tage lang in seinem Zimmer, zusammen mit meiner Mutter. Und er starb und starb nicht.

BRIAN Oh.

CURTIS Und jetzt hab ich den Moment verpasst.

BRIAN *ruhig* … Hör mal. Ich lass dir meine Karte da –

CURTIS Was?

Brian legt seine geschäftliche Visitenkarte auf den Boden.

BRIAN Ich gehe jetzt. Aber lass dir Zeit. Schau dich um. Was immer. Mach einfach die Tür hinter dir zu, wenn du so weit bist. Ja?

Curtis nickt.

Alles okay bei dir?

CURTIS Alles in Ordnung.

BRIAN Nimm dir so viel Zeit, wie du willst.

CURTIS Ich versuche zu begreifen, warum du gelogen hast.

BRIAN Wie jetzt, wegen der undichten Stelle?

CURTIS Nein. Nein, ich meine nicht die undichte Stelle. Ich meine alles.

BRIAN Ich verstehe nicht.

CURTIS Ich glaube, es gibt niemanden namens Dawn.

BRIAN Sie ist meine Freundin.

CURTIS Und ich glaube, ich weiß warum.

BRIAN Wir leben zusammen.

CURTIS Ich glaube, du hast gelogen, ich glaube, du hast sie erfunden, um mir auszuweichen. Ich meine, du willst, dass ich die Wohnung kaufe. Du willst, dass ich meinen Agenten anrufe, damit du einen neuen Agenten findest. Und ich glaube, du hast geglaubt, wenn ich glauben würde, dass du schwul bist, könnte das mit Erwartungen an dich verbunden sein. Dass du irgendwas machen sollst. Mit mir. Also hast du einen Weg gesucht, all das zu entschärfen. Ich werfe es dir nicht vor. Eigentlich nicht. Obwohl es dumm war. Sinnlos. Es wäre sowieso nichts passiert.

BRIAN Dawn ist meine Freundin. Wir leben zusammen.

CURTIS Das glaube ich dir nicht!

BRIAN Ich gehe jetzt.

CURTIS Ich glaube, du heißt Brian Hutchins. Du wohnst in der 83. Straße West, Nummer 163, im 5. Stock, nach vorne raus. Und du schläfst mit Männern.

BRIAN *verblüfft* … Wer bist du?

CURTIS Ich glaube, du hattest gestern Nacht Sex mit einem Mann. Dunkle Haare. Spanier vielleicht. Er trug ein rotes Sweatshirt.

BRIAN *ruhig* Ach du heilige Scheiße.

CURTIS Er war von halb neun bis halb elf bei dir. Nach dem Sex ist er gegangen. Er hat ein Taxi genommen. Und du hast im Fernsehen Nachrichten geschaut. Bis zum Schlafengehen.

BRIAN Wer bist du?

CURTIS Ich bin bloß jemand, der zufällig in Nummer 164 auf der 83. Straße West wohnt. Im fünften Stock … nach vorne raus.

BRIAN *entsetzt* O Gott.

CURTIS Glaubst du etwa, ich würde diese Wohnung kaufen, diese beschissene Wohnung mit ihren undichten Stellen und ihrer Nordlage? Nicht in einer Million Jahren.

BRIAN Du hast mich beobachtet?

CURTIS Ja. O ja. Schon lange.

BRIAN Ach du Scheiße.

CURTIS Bis diese Woche war dein Name Peter. In meinem Kopf. Ich hab dich Peter genannt … und ich hab dich sehr geliebt. Wir haben uns nie gestritten.

BRIAN Du kranker Wichser …

CURTIS Aber erst gestern hab ich deinen Namen auf dem Klingelschild gesucht und dann recherchiert, bis ich dein Gesicht gefunden hatte, auf der Website eines Maklers.

Brian geht auf Curtis zu.

BRIAN *drohend* Bleib mir bloß vom Hals.

CURTIS Beantworte meine Frage.

BRIAN *grausam* Ich beantworte deine Scheißfragen nicht!

CURTIS Hab ich recht?

BRIAN Perverse Sau!

CURTIS Hast du deswegen gelogen?

BRIAN Mach, dass du wegkommst!

CURTIS Hatte ich recht!?

BRIAN Such dir eine andere Wohnung!

CURTIS Ist das der Grund!!?

BRIAN Hast du verstanden?! Such dir eine andere Wohnung!

CURTIS *hält stand* Nein.

BRIAN Ich bring dich um, verdammt nochmal!

CURTIS Ich bleibe, wo ich bin.

BRIAN Ich mein's ernst.

CURTIS *als Provokation* FICK DICH!

Brian schlägt fest zu, in den Bauch. Curtis krümmt sich vor Schmerzen. Brian schlägt ihm erneut in den Bauch, dann auf den Hinterkopf. Noch ein Schlag, und Curtis fällt zu Boden. Brian tritt zu, zweimal, fest. Dann betrachtet er ihn lange.

BRIAN Mach die Tür hinter dir zu, wenn du gehst.

Abgang Brian.

Blackout. Ende von Akt 2.

Akt 3

»Die meisten armen Wichser«

Es wird hell, ein anderes Krankenhauszimmer, oder auch dasselbe. Curtis liegt im Bett und schaut gelangweilt und verärgert drein. Nach einer Weile kommt die Schwester mit einem Essenstablett herein, das sie vor ihn stellt. Sie ist kurz angebunden.

SCHWESTER Bitte sehr.
CURTIS Wie spät ist es?
SCHWESTER Halb fünf.
CURTIS Halb fünf. Aha. Und was für eine Mahlzeit ist das?
SCHWESTER *was wohl* Abendessen.
CURTIS Wer auf Gottes weitem Erdboden isst um halb fünf zu Abend?
SCHWESTER *streng* Leute in Krankenhäusern.
CURTIS Das ist doch idiotisch.
SCHWESTER Sie wollen nichts essen?
CURTIS Wenn ich das nicht esse, krieg ich bis morgen nichts mehr. Dann verhungere ich. Dann sterbe ich.
SCHWESTER Wohl kaum. Sie sind in einem Krankenhaus. So weit würden wir es nicht kommen lassen.
CURTIS Ich habe mich hyperbolisch ausgedrückt.
Kurze Pause. Die Schwester führt ein Thermometer über seine Stirn, liest es ab. Er hat kein Fieber. Das notiert sie in seiner Krankenakte.
SCHWESTER Haben Sie Wundschmerzen?
CURTIS Nein, fühlt sich alles phantastisch an. Ich bedaure nur, dass ich nicht mehr als eine Galle hatte, die ihr mir rausrupfen konntet.
SCHWESTER Bitte, ja, Sie hatten noch Glück. Bei Ihren inneren Blutungen. Dass das am Ende ein so unwichtiges Organ war.
CURTIS Hab ich ein Glück.
SCHWESTER *herrisch* Ich hab schon Leute hier reinkommen sehen, die besser aussahen als Sie und in Plastiksäcken wieder rausgebracht wurden.
CURTIS Na, das ist ja tröstlich.

SCHWESTER Kommt andauernd vor. Mr Cornfield hier auf dem Gang ist mit Kurzatmigkeit eingeliefert worden, drei Tage später musste für eine Kiste Maß genommen werden.

CURTIS Wunderbar.

SCHWESTER Dies ist ein Krankenhaus. Der Tod lauert an jeder Ecke. Ihnen fehlt also eine Galle? Na und? Die Erde dreht sich weiter.

CURTIS Sind Sie die einzige Schwester auf dieser Station?

SCHWESTER Essen Sie einfach.

CURTIS Könnte ich nicht vielleicht jemanden bekommen, der etwas weniger … zynisch auftritt? Ich brauche niemanden, der fröhlich ist, ruhig würde völlig ausreichen.

SCHWESTER Sie wollen sich bloß beschweren.

CURTIS Ich fand Sie nett, als Sie meinen Vater gepflegt haben. Sie machten den Eindruck von stiller Effizienz auf mich.

SCHWESTER Essen Sie nun oder nicht?

CURTIS Was würde es brauchen, um Sie *zurück* in Ihr Schneckenhaus zu kriegen?

SCHWESTER Mir persönlich ist es gleich, aber es gehört zu meinen Aufgaben, darauf zu achten, dass Sie essen.

CURTIS *seufzt* Was gibt es denn?

SCHWESTER Hackbraten.

CURTIS Hackbraten hatte ich schon.

SCHWESTER Will heißen?

CURTIS Die Küche hier bringt einen zu der Frage, warum ihr einen nicht lieber gleich habt verbluten lassen.

SCHWESTER Sie finden sich wohl besonders witzig?

CURTIS Kommt schon mal vor.

SCHWESTER Sie sind anstrengend.

CURTIS Sagen Sie.

SCHWESTER *faucht* Sie *müssen* was essen.

CURTIS Keineswegs. Nicht das da. Es ist ekelhaft.

SCHWESTER Später werden Sie es wollen, wenn es kalt und hart geworden ist.

CURTIS Niemals.

SCHWESTER Und dann wird's Ihnen leidtun.

CURTIS Tja, dann warten wir das mal ab.

SCHWESTER Ich sollte es einfach mitnehmen. Das würde Ihnen eine Lehre sein. Es gibt hier nichts anderes zu essen. Und mit Präsentkörben sind Sie ja auch nicht gerade überhäuft worden, oder? Ihre Familie hat keine Obstberge geschickt. Ich hab schon Obdachlose mit großzügigeren Freunden erlebt.

CURTIS Ich hätte gern ein Club-Sandwich.

SCHWESTER Was?

CURTIS Ich möchte ein Club-Sandwich. Pute, weißer Toast, Mayonnaise.

SCHWESTER Was glauben Sie, wo Sie sind?

CURTIS Und kein »Putenfleisch«. Nicht diesen Pressfleisch-Müll. Ich will Putenbrust. Echte Pute.

SCHWESTER Sie sind in einem Krankenhaus, keinem Feinkostladen.

CURTIS Ich esse nichts! Ich werde so lange nichts essen, bis ich das bekomme, was ich will!

SCHWESTER O doch, das werden Sie.

CURTIS Nein! Hiermit erkläre ich offiziell, dass ich in den Hungerstreik gehe! Haben Sie verstanden? Sie können den Glukosetropf schon mal fertigmachen, das da fasse ich nicht an. Ich mein's ernst. Ich werde nichts davon essen. Kein bisschen!

SCHWESTER Sobald Sie Hunger kriegen, werden Sie was essen.

CURTIS Das werden wir ja sehen, nicht wahr!?

SCHWESTER An Ihrem Essen ist nichts zu beanstanden. Alles in Ordnung.

CURTIS Haben Sie niemand anders zum Foltern?

SCHWESTER Mr Lyons, ich habe mich sehr darum bemüht, Ihnen gegenüber professionell zu bleiben. Aber Sie provozieren mich. Und ich lasse mich nicht provozieren. Verstehen Sie? Haben Sie mich verstanden? Sie werden dieses Essen essen!

CURTIS Was glauben Sie, mit wem Sie reden? Was glauben Sie eigentlich, mit wem zum Teufel Sie reden?!

Sie stieren sich eine Weile aggressiv an.

SCHWESTER *drohend* Wenn ich wiederkomme, erwarte ich, dass das weg ist.

CURTIS *ruft ihr nach* Und das ist Ihre Art von Patientenbetreuung?

Ben tritt von der Seite her auf, in Freizeitkleidung, und spricht zum Publikum. Curtis sieht und hört ihn nicht.

BEN Das Sterben stellte sich, wie erwartet, als nicht besonders aufregend heraus. Ich schlief, als es passierte. Eben träumte ich noch von Kaninchen und dann, ganz plötzlich, nichts. Ist schon ganz okay hier, wo immer ich gerade bin. Wir nennen es nicht Himmel – aber Hölle auch nicht. Es ist in Ordnung – wobei man für alles ewig lange Schlange stehen muss. Anfangs hatte ich natürlich Angst. Aber dann kam so ein Mann zu mir, ein alter Mann. Ich kannte ihn nicht. Er war alt. Und sehr klein. Und hatte graue Haut. Ich sagte nichts. Und dann umarmte er mich. Ich roch ihn und wusste Bescheid. Er hatte mich gefunden … Mein Vater hatte mich gefunden. Und ich hatte keine Angst.

Rita erscheint in der Tür.

RITA *aus dem Off* Bist du auf?

CURTIS Ich bin wach.

RITA Wie geht es dir?

BEN *zu Rita* Die Menschen riechen nach sich selber!

Ben geht ab, als Rita ins Zimmer rauscht. Sie trägt ein schwarzes Kleid und hat ein Blumengesteck dabei, das sie auf der Fensterbank platziert.

RITA Du siehst besser aus, viel besser. Du siehst gut aus. Du verlierst diese Eierschalblässe, die du gestern noch hattest. Deine Schwester ist direkt hinter mir. Sie hat noch kurz dem netten jungen Mann hier auf dem Gang Hallo gesagt.

CURTIS Welchem netten jungen Mann?

RITA Leonard Dingens. Ich hab dir von ihm erzählt.

CURTIS Der im Sterben liegt?

RITA Lymphom. Sie ist zufällig in sein Zimmer geraten, an dem Tag, als du hier eingeliefert wurdest. Sie dachte, es wäre dein Zimmer. So sind sie ins Gespräch gekommen. Ich glaube, da hat es gefunkt – und sie hätte es schlechter treffen können. Hat sie ja schon mal.

CURTIS Aber er liegt im Sterben!

RITA Niemand ist vollkommen, Curtis. Du erwartest zu viel. Ich glaube, das ist der Grund, warum du immer nur imaginäre Freunde hast. Du erschaffst sie selbst und kannst sie vollkommen machen.

CURTIS Sie waren aber gar nicht vollkommen, nebenbei bemerkt.

RITA Ach?

CURTIS Ethan zum Beispiel hatte eine etwas feuchte Aussprache.

RITA Woran hast du das gemerkt?

CURTIS Ich möchte nicht darüber reden.

RITA Hmmm.

CURTIS Wie war die Beerdigung?

RITA Die Polizei hat heute Morgen wieder angerufen.

CURTIS Was hast du ihnen gesagt?

RITA Ich habe gesagt, die Entscheidung liegt bei dir.

CURTIS Gut.

RITA Und dass du deine Gründe haben wirst. Sie glauben, ich kann dich dazu bewegen zu kooperieren. Ich habe ihnen versichert, dass ich dich zu gar nichts bewegen kann.

CURTIS Ich möchte gern loslassen. Okay? Ich möchte es hinter mir lassen.

RITA Ich begreife aber immer noch nicht, was du überhaupt in dieser leeren Wohnung zu suchen hattest.

CURTIS Hab ich dir doch gesagt! Es war ein Drogendeal.

RITA Ein Drogendeal? Ach ja? Ein Drogendeal? Was für ein Jargon soll das denn sein? Du nimmst keine Drogen, und seit wann redest du wie eine Figur aus einem Fernsehkrimi?

CURTIS Ich wollte ein bisschen herumexperimentieren.

RITA Dafür bist du zu alt. Halt dich an das, was du kennst. Ist das dein Abendessen? Ich bin am Verhungern.

Rita nimmt den Deckel von dem Essen, greift nach dem Jell-O-Nachtisch, setzt den Deckel wieder drauf und isst das Jell-O.

CURTIS Was haben sie gesagt?

RITA Wer?

CURTIS *etwas verärgert* Die Polizisten.

RITA Du sollst Anzeige erstatten. Du sollst dir Fotos anschauen.

CURTIS Ausgeschlossen. Ich will so tun, als wäre das Ganze nie passiert.

Lisa erscheint in der Tür, im schwarzen Kleid.

LISA Hallo?

RITA Komm rein, Liebes.

LISA *zu Curtis* Wie geht es dir?

CURTIS Unverändert.

LISA Wir sollten nicht zu lange bleiben. Die Babysitterin rechnet stundenweise ab, und Raymond wartet.

RITA Er sollte raufkommen.

LISA Das hab ich ihm gesagt.

CURTIS Wer zum Teufel ist Raymond?

RITA Ihr Sponsor. Seit sie letzte Woche aus der Kurve geflogen ist, klebt er an ihr wie eine Fliege am Fliegenpapier. Sie wohnen beide bei mir. Das macht ziemlich viel Spaß – bis auf das ständige »Zeugnis ablegen«.

LISA Er ist neu. Er ist mein neuer Sponsor.

CURTIS Was ist mit dem alten passiert?

LISA Er hat mich nicht mehr zurückgerufen. Aber Raymond ist sehr lieb und sieht sehr gut aus. Er begreift, dass ich in einer sehr heiklen Phase bin. Ich brauche *ständige* Supervision.

RITA Wie geht es Leonard, Liebes?

LISA Sie haben gerade einen Hickman-Katheter gelegt.

RITA Ist das nicht nett? So nett. Ihr seid ein süßes Paar.

CURTIS Stört es denn keinen außer mir, dass dieser Typ demnächst einen Abgang macht!?

LISA Unter normalen Umständen würde es mich bestimmt stören. Aber im Moment herrschen keine normalen Umstände. Ich fühle mich sehr verwundbar.

CURTIS Trotzdem!

LISA Hab ich schon erzählt, dass David angerufen hat? Hat er nämlich. Er fragte, ob er jemanden zur Beerdigung mitbringen kann. Jemanden mitbringen! Kannst du dir das vorstellen? Ich sagte, ich fahre gerade durch einen Tunnel, und legte auf. Er hat eine Affäre zur Beerdigung seines Ex-Schwiegervaters mitgebracht!

RITA Unglaublich geschmacklos! Ist noch mehr Jell-O da?

Rita sieht nach. Keiner da. Sie stellt den Deckel zurück.

LISA Sie war angezogen wie ein Flittchen. Ich hasse ihn. Wirklich. Ich mein's ernst. *Zu Rita* Sahen sie glücklich aus? Ich finde nicht, dass sie glücklich aussahen. Vielleicht hält es ja nicht lange.

RITA Er hat dich zusammengeschlagen, Liebes. Lass einfach los.

CURTIS Wie war denn die Beerdigung?

RITA Ich hatte mit mehr Leuten gerechnet. Aber es sieht nach Regen aus. Wahrscheinlich hat das Wetter sie abgehalten.

CURTIS Und die Tatsache, dass niemand den Verstorbenen besonders mochte.

RITA Es war bewegend, wirklich. Und irgendwie wichtig für mich. Weißt du, ich konnte mich gar nicht verabschieden – als es geschah. Ich hab's verpasst. Hatte ich dir das gesagt? Ich schlief gerade. Tag für Tag saß ich da und wartete, beobachtete ihn. Schlief ein. Wachte auf. Stunde um Stunde. Und dann nickte ich wieder mal ein. Da ist es passiert. Und so hab ich es verpasst.

LISA Wer bringt eine Affäre auf eine Beerdigung mit!?

RITA Dein Onkel Seth war da. Er ist dick geworden.

CURTIS Er war schon immer dick.

RITA Na, jetzt ist er noch dicker. Er sieht aus wie ein weißer Fats Domino.

LISA Wer?

RITA Aber der Gottesdienst war entzückend. Ich habe sehr ansprechend geweint, und Lisa hat ein Gedicht von E. E. Cummings vorgetragen.

CURTIS *zu Lisa* Warum um alles in der Welt?

LISA Keine Ahnung.

CURTIS *ironisch* Das klingt aber nett.

RITA Ich lasse deinen Vater verbrennen. Ich habe einen Katalog in der Handtasche und dachte, wir könnten uns vielleicht über die Urne abstimmen. Ich denke an etwas, das deutlich nach Ingwertopf aussieht.

LISA Ich schau's mir mal an!

Rita gibt Lisa einen Katalog aus ihrer Handtasche. Lisa blättert darin. Die Schwester kommt herein.

SCHWESTER Haben Sie was gegessen?

CURTIS Nein.

SCHWESTER Ich komme wieder.

Die Schwester geht ab.

CURTIS *im Vertrauen* Sie hasst mich.

RITA Was redest du denn da?

CURTIS Sie wirkt ganz angenehm – aber in Wirklichkeit, hinter verschlossenen Türen, ist sie der reinste Nazi.

RITA Tja. Warst du freundlich zu ihr?

CURTIS Natürlich.

RITA Tatsächlich?

CURTIS Warum sollte ich nicht freundlich sein?

RITA Hast du auch mal nach ihr gefragt?

CURTIS Ja.

RITA Tatsächlich?

CURTIS Ja!

RITA Wie heißt sie denn?

CURTIS *hat keine Ahnung* … Ich bin sehr freundlich gewesen!

RITA Du kennst nicht mal ihren Namen.

CURTIS Doch, natürlich! Sie heißt Eunice!

RITA Das erfindest du gerade.

CURTIS Natürlich.

RITA Siehst du?

LISA *über eine Urne im Katalog* Die gefällt mir.

RITA *schaut sie sich an* Übel.

LISA Die ist süß.

RITA Die hat überall Antilopen drauf.

LISA Die gefallen mir.

RITA Nein. Absolut nicht. Nein. Antilopen!

LISA *schmollt* Bitte sehr.

Lisa blättert weiter im Katalog.

CURTIS Warum verteidigst du sie? Ich meine, ich sage dir, die Frau ist gemein, und du gibst mir die Schuld.

RITA *ignoriert das* Curtis, hast du darüber nachgedacht, was wir besprochen hatten?

CURTIS Was wir besprochen hatten?

RITA Dass du zu mir ziehst.

CURTIS O Himmel.

RITA Du wirst jemanden brauchen. Du musst dich erholen. Du kannst dich nicht selbst versorgen.

CURTIS Hab ich doch bisher.

RITA Und wohin hat dich das gebracht? Auf den Fußboden einer leeren Wohnung, blutend. Dahin. Du bist nicht gerade ein Leuchtturm der Selbstversorgung, oder? Du sollst ja nicht für immer bei mir wohnen. Nur eine Zeitlang. Ein paar Wochen. Ein paar Jahre –

CURTIS *halblaut* Ach du lieber Gott.

RITA Bis du wieder auf die Beine kommst. In der Vergangenheit hast du immer gesagt, du könntest nicht. Du müsstest an Peter denken. Aber jetzt, wo er sich in Luft aufgelöst hat, verstehe ich nicht, wie du mein Angebot –

CURTIS NEIN! … Nein. Ich werde nicht mit dir zusammenleben. Ich kann meine Meinung zu diesem Thema nicht noch deutlicher ausdrücken. Es war schlimm genug, dass ich dazu verurteilt war, die ersten achtzehn Jahre meines Lebens mit dir zusammenzuleben. Aber jetzt bin ich auf Bewährung draußen, und, verlass dich drauf, ich gehe nicht zurück!

RITA Ich kann mich nur an Schönes erinnern.

CURTIS Dann müssen sie dir das halbe Hirn amputiert haben. Ich weigere mich, noch einmal an Bord der Titanic meiner Kindheit zu gehen. Nimm es einfach hin, dass ich nicht mit dir zusammenleben werde. Keinen Monat lang. Keinen Tag lang. Keine Stunde! Ich verstehe, dass du Angst vor dem Alleinsein hast. Aber vielleicht hättest du das bedenken sollen, bevor du mit einem Brieföffner auf mich losgegangen bist, als ich sieben war. Oder weinend mitten in der Nacht in mein Zimmer geschlichen kamst. Oder damit gedroht hast, mich zu Pflegeeltern zu schicken, wenn ich nicht auf Antiquitätenjagd mit dir gehen wollte! Also, zum letzten Mal, ich werde mich weder zu Besuch noch für eine WG noch für meine Genesung bei dir im Haus einfinden! Also bitte, lieber Gott, lass das Thema ein für alle Mal eines natürlichen Todes sterben!!

RITA Willst du noch mal drüber nachdenken?

CURTIS NEIN!!

RITA Gut.

Kurze Pause. Rita sammelt sich.

Wenn das so ist, solltest du wohl das hier lesen.

Rita holt einen Brief aus der Handtasche. Curtis nimmt ihn.

CURTIS Was ist das?

RITA Ein Brief.

CURTIS Das sehe ich. Was hat er mit mir zu tun?

RITA Lisa, pass auf.

LISA Was?

RITA Ich habe eine Entscheidung getroffen.

LISA Über die Urne?

RITA Über mein Leben.

CURTIS *auf den Brief bezogen* Von wem ist der?

RITA Lies ihn einfach.

CURTIS *öffnet den Brief* Kann ich nicht. Diese Handschrift ist ja fürchterlich.

RITA Er ist von Raymond.

LISA Von meinem Raymond?

RITA Ich betrachte ihn nicht als deinen Raymond.

LISA Mein Sponsor, mein neuer Sponsor – der bei uns wohnt?

RITA Genau der.

LISA Er schreibt dir Briefe? Warum schreibt er dir Briefe?

CURTIS Was ist los?

RITA Lies ihn.

CURTIS Ich sagte doch, kann ich nicht.

RITA Dann sag ich dir halt, was drinsteht.

LISA Aus welchem Grund schreibt er dir überhaupt?

RITA Ich habe diesen Brief gestern früh auf meiner Frisierkommode gefunden. Darin teilt mir Raymond mit, dass er mich witzig findet. Er findet mich lebhaft und geistreich und sagt, ich habe eine unvergleichliche Lebenslust.

LISA *schnappt sich den Brief* Gib her!

RITA Es stimmt. Er sagt, die Begegnung mit mir gehört zu den großen Freuden seines Lebens.

LISA Mein Raymond?!

CURTIS Dich?

RITA Ganz recht. Und dass ihm etwas an mir liegt.

CURTIS Das steht da alles drin?

RITA Mehr oder weniger.

LISA Ich kann kein Wort entziffern.

CURTIS Wie alt ist der Typ?

LISA In den Vierzigern!

RITA Ist es so unvorstellbar, dass ihm etwas an mir liegt?

CURTIS Ist das eine rhetorische Frage?

LISA Wann ist das passiert?! Wo war ich, während das lief? Ich war doch jeden Tag da.

RITA Du schläfst auch, oder?

CURTIS Die meisten Menschen warten bis nach der Beerdigung, um neue Bande zu knüpfen, aber ich schätze …

LISA Ich fühle mich total verraten! Sehr verletzt und sehr verraten.

RITA Wir haben das nicht geplant. Es ist einfach passiert. Dinge passieren. Menschen begegnen sich, es funkt –

LISA Das heißt, es gab Sex? Du hast mit Raymond geschlafen!?

RITA Das geht dich nichts an! Ja.

LISA O Gott!

RITA Er hat sich schon gedacht, dass dich das möglicherweise treffen würde.

LISA Er hat mir erzählt, er könnte keine Erektion kriegen, weil er Diabetiker ist.

RITA Er hat mir erzählt, dass er dir das erzählt hat.

CURTIS Du schläfst mit einem Vierzigjährigen? Wer *bist* du?!

RITA Derselbe Mensch wie immer. Und ich habe gewartet, bis euer Vater fast tot war.

CURTIS Hegst du Gefühle für diesen Raymond?

RITA Bitte nenn ihn nicht »diesen Raymond«.

CURTIS Und?

RITA *wegwerfend* Er ist in Ordnung. Er sieht nett aus.

LISA Mir ist schlecht.

CURTIS *zu Rita* Aber du glaubst, er hegt Gefühle für dich.

RITA Natürlich nicht.

CURTIS Was?

RITA Ich bin nicht dumm, Curtis. Aber Raymond auch nicht. Er weiß eine Gelegenheit wahrzunehmen.

LISA Was soll das heißen?

RITA Raymond ist Künstler. Maler, genauer gesagt. Eine Kreuzung zwischen David Hockney und Willem DeKooning.

CURTIS Klingt ja schauerlich.

RITA Ist es auch. Er sagt, seine Kunst würde besser werden, wenn er nicht für seinen Lebensunterhalt arbeiten müsste.

LISA Raymond? Mein Raymond?

RITA Ja, Liebes. In der ersten Nacht, als er bei uns im Haus war – du warst schon im Bett –, hat er sich mir bei einem Napfkuchen von Entenmann geöffnet. Wir haben geredet. Stundenlang. Am Ende hat er geweint, wegen irgendwas. Weiß ich gar nicht. Ich hab nicht so genau aufgepasst … Und ich hab ihn ins Bett mitgenommen.

LISA *O Gott!*

CURTIS Du bist eine alte Matrone! Was soll das denn, fremde Männer, Männer, die du gar nicht kennst, in dein Bett mitzunehmen? Das ist, das ist – unziemlich. Es ist ekelhaft!

RITA Das ignoriere ich jetzt.

LISA Aber …

RITA Die Sache ist die, wir fliegen nach Aruba.

LISA Aruba!?

CURTIS Wann?!

RITA Heute Abend.

CURTIS Ist das dein Ernst!?

RITA Ja. Wenn du gesagt hättest, dass du für deine Genesung zu mir kommen wolltest, hätte ich es verschoben. Hast du aber nicht.

LISA Ich fasse es nicht!

RITA Es ist wahr. Wir haben es heute Morgen besprochen, während du unter der Dusche warst. Heute Abend geht ein Flug ab JFK, und den nehmen wir.

CURTIS Findest du das nicht geschmacklos?! Ich meine, am Abend nach der Beerdigung deines Ehemanns brennst du mit einem Mann durch, den du seit einer Woche kennst?!

RITA Das ist mir ziemlich egal.

LISA Ich brauche einen Sponsor!

RITA Er wird jemanden anrufen.

CURTIS Wie lang bist du weg?

RITA Auf unbestimmte Zeit.

LISA Was soll das heißen!?

RITA Das heißt, für lange Zeit. Ich weiß nicht, wie lange. Aber lange.

LISA Du haust einfach ab?!

RITA Mehr oder weniger.

LISA Ich krieg keine Luft.

RITA Ich fange neu an. Ich starte noch mal durch. Ich bin nicht so alt, dass ich jetzt einfach aufgeben will.

CURTIS Du weißt aber, dass er nur dein Geld will? Er sagt vielleicht »Lebenslust«, aber er meint dein dickes fettes Bankkonto.

RITA Das weiß ich natürlich. Und das bringt mich zum zweiten Teil meiner Ankündigung. Curtis, du musst dir etwas anderes für deinen Lebensunterhalt überlegen.

CURTIS Wie bitte?

RITA Es war in Ordnung für mich, dir Geld zu geben, solange dein Vater noch lebte –

LISA Du hast ihm Geld gegeben!?

RITA Aber dein Vater hat mir weniger hinterlassen, als ich erwartet hatte, und wenn ich Raymond bei Laune halten will, werde ich jeden Cent brauchen.

CURTIS Du lässt mich einfach hängen?

RITA Das ist mehr als überfällig, wirklich.

CURTIS Ohne Vorwarnung?!

RITA Ich will ehrlich sein. Selbst wenn deine Kurzgeschichten wundervoll wären, was sie nicht sind, kann man von so was nicht leben. Du hattest zwölf Jahre Zeit, dich aus der Mittelmäßigkeit und Unbekanntheit rauszuschreiben, und du bist gescheitert. Irgendwann kommt der Zeitpunkt, den Tatsachen ins Auge zu schauen, deine Möglichkeiten zu sondieren und einen neuen Plan zu machen. Vielleicht würde ich das anders sehen, wenn ich dich für talentiert hielte, aber das tue ich nicht.

LISA Wie viel Geld hast du ihm gegeben?!

CURTIS Du hältst mich nicht für talentiert!?

RITA Ich weiß, dass das ein Schock ist –

CURTIS Allerdings!

LISA Das kannst du doch nicht machen!

CURTIS Du lässt mich einfach hängen?!

LISA Das ist ein ganz schlechter Zeitpunkt –

CURTIS Warum? Warum jetzt?!

LISA Das kannst du nicht machen! Das verbiete ich dir!

RITA Ich hatte gehofft, ihr würdet euch für mich freuen.

LISA Ich finde es selbstsüchtig – unglaublich selbstsüchtig! Wir sind deine Kinder. Unser Vater ist gerade eben gestorben, und du beschließt, genau in diesem Moment –

CURTIS Hast du dir das gut überlegt?!

LISA *halblaut murmelnd* Gott, gib mir die Gelassenheit / Dinge hinzunehmen / Die ich nicht ändern kann; / Den Mut, Dinge zu ändern / Die ich ändern kann / Und die Weisheit, das eine vom andern zu unterscheiden.

CURTIS *fast gleichzeitig* Warum machst du das? Kannst du mir das sagen? Kannst du mir das erklären? Sag's mir! Warum machst du das!!?

RITA *triumphierend* WEIL ICH'S KANN! Weil ich muss! Ich glaube, ich muss! Hier gibt es gar nichts für mich. Sicher, auf den ersten Blick gibt es Bindungen. Ich habe Kinder. Ich habe Freunde. Aber meine Freunde sind mir fremd, und meine Kinder sind traurig und unversöhnlich. Lisa, ich kann nicht jeden Tag unter dem Berg der Tragik leben, den du die ganze Zeit auftürmst. Dein Leben ist zu trügerisch und zu anstrengend. Eine Wolke zieht vor der Sonne vorbei, und du siehst den Weltuntergang! Curtis, wie auch immer deine Kindheit war, das Buch ist alt, seine Seiten sind verblasst. Du weigerst dich, irgendjemandem irgendwas zu verzeihen, und jetzt reicht's! Mir ist klar, dass du bist, wer du bist, und ich trage meine Verantwortung daran. Aber die Tage werden zu Jahren, und irgendwann muss das mal aufhören! Ich mache das, weil ich vierzig Jahre mit einem Mann verheiratet war, den ich nie geliebt habe. Aber selbst Verachtung ist eine Bindung – und jetzt, wo auch die weg ist, bin ich nirgendwo in der Welt verwurzelt. Ich mache das, weil ich immer noch am Leben bin und irgendwie versuchen muss, irgendetwas zu empfinden! Es mag schnell aussehen oder abrupt, aber so ist die Welt nun mal.

Man wartet und wartet und wartet, und dann ändert sich alles, alles auf einmal! Ja, ich habe Angst. Ich habe schreckliche Angst. Aber ich werde springen. Habt ihr verstanden?! Ich will meine Zeit am Strand zubringen, in der Sonne, am Wasser, mit einem Mann, der zu jung für mich ist, weil ich in der Lage bin, es zu tun! Liebe ich ihn? Nein. Liebt er mich? Das bezweifle ich sehr. Aber er ist nett. Und er findet mich witzig, und wir hängen nicht in einem endlosen Krieg fest! Es tut mir leid, wenn ihr euch verlassen fühlt, aber ihr seid jetzt erwachsen, und es wird Zeit. Es ist schon drüber hinaus! Euer Vater ist nicht mehr, und ich muss mich verändern! Raymond wartet auf mich, und wir werden nach Aruba fliegen. Heute Abend! Ich werde diesen Ort verlassen, euch, mein Leben! Ich fange noch einmal an, ganz neu! Ich gehe! Ruft mir gute Reise zu oder, ganz ehrlich: Fickt euch beide ins Knie! *Rita greift nach ihrer Handtasche.* Lisa, such einfach irgendeine Urne aus. Wünscht mir Glück.

Rita geht ab. Lange Pause.

CURTIS Wow … Er hatte recht.

LISA Was?

CURTIS Sie ist wirklich ein Miststück.

LISA … ich fasse es nicht.

CURTIS Sie findet mich untalentiert.

LISA Wie viel Geld hat sie dir gegeben?

CURTIS Lass einfach.

Kurze Pause. Sie sind beide ziemlich fertig.

LISA *zerbrechlich* Sie ist weg.

CURTIS Hättest du je …?

LISA Nie im Leben.

CURTIS *zwingt sich* Na … Tja. Bravo.

LISA Hmmm.

Eine Pause. Man sieht, dass der Abgang ihrer Mutter sie beide traurig und etwas leer hinterlassen hat. Dann kommt Lisa eine große Erkenntnis. Sie steht auf.

Ich gehe jetzt.

CURTIS Was?

LISA Ich muss los.

CURTIS Warte. Bleib noch ein bisschen. Du kannst ein Taxi nehmen.

LISA Nein, wirklich, ich –

CURTIS Nur ein bisschen.

LISA Besser nicht.

CURTIS Bitte bitte?

LISA *ringt kurz mit sich* Ich möchte nicht.

CURTIS Aha.

LISA Tut mir leid.

CURTIS Warum denn? Ich meine, ernsthaft, warum sollte es dir leidtun? Ist ja nicht so, als wären wir Freunde. Das waren wir nie. Ehrlich gesagt.

LISA *Das* tut mir leid.

CURTIS Du willst nach Hause.

LISA *langsam glücklich* Nein. Gar nicht, eigentlich. Ich hab gerade eben gedacht, dass ich gern David anrufen würde. Seine Stimme hören. Aber dann merkte ich, dass mich das jedes Mal traurig macht, weißt du. Ich denke immer, das passiert nicht mehr, aber dann passiert es doch.

CURTIS Aha.

LISA Ich gehe Leonard besuchen.

CURTIS Den, der im Sterben liegt?

LISA Ich weiß, das findest du komisch. Und es ist eigentlich auch nicht so, wie Mutter sagt. Ich meine, wir sind nicht »verliebt«. Ich glaube nicht, dass wir eine gemeinsame Zukunft haben. Und es ist nicht so wie damals, als ich David zum ersten Mal sah … Gott. Ich schaute in diese Augen, und sie waren so schön. Nicht ganz braun. Nicht ganz grün. Sie waren …

CURTIS Haselnussbraun. Diese Farbe nennt man haselnussbraun.

LISA Leonard hat normal braune Augen. Gestern hab ich ihn gefüttert – ein bisschen Pudding auf den Löffel getan und an seinen Mund geführt. Da hat er mich angeschaut, und was ich in seinen Augen sah, seinen normal braunen Augen … war Glück. Es war ganz einfach. Unverwässert. Glück. Und weißt du, was mich wirklich überrascht hat – es kam völlig unerwartet –, wirklich überrascht hat mich, dass *mich* das glücklich machte. *Lisa greift nach ihrer Handtasche.* Ich werde Leonard besuchen.

CURTIS Kommst du danach wieder?

LISA Ich glaube nicht.

CURTIS *geniert sich* Bitte? … Ich hab irgendwie Angst.

LISA Wovor? In ein paar Tagen kommst du nach Hause. Alles wird so sein wie zuvor.

CURTIS Eigentlich nicht, genau genommen. Ich werde allein sein.

LISA Was?

CURTIS *zerbrechlich* … Ich werde Peter nicht mehr haben.

LISA Das verstehe ich nicht.

CURTIS Er hat das mit mir gemacht … *Fängt an zu weinen.* Peter. Dieser Mann. Ich habe ihn beobachtet.

LISA *sanft* Oh.

CURTIS Und er hat das getan.

LISA Das tut mir leid.

CURTIS *ruhig, halblaut* Macht nichts.

LISA *sucht nach Worten, mit denen sie den Schmerz ihres Bruders lindern kann* Mir ist klar, dass ich kaum die Richtige bin, dir Ratschläge zu geben, aber Curtis, vielleicht kannst du es eines Tages mal mit richtigen Menschen probieren.

CURTIS Vielleicht.

LISA *friedlich* Ich werde jetzt Leonard mit Pudding füttern. Hmmmm.
Lisa lächelt Curtis an und geht. Man sieht, dass sich Curtis sehr einsam fühlt. Obwohl er es zu unterdrücken versucht, muss er weinen.

CURTIS *halblaut* Scheiße.
Nach einer Weile taucht die Schwester in der Tür auf. Sie kaut Kaugummi. Curtis reißt sich zusammen.

SCHWESTER Alle weg?

CURTIS Was?

SCHWESTER *kommt herein* Ihre Besucher, alle weg?

CURTIS Ja.

SCHWESTER Lärmige Leute.

CURTIS Stimmt wohl.

SCHWESTER *auf sein Abendessen bezogen* Haben Sie was gegessen?

CURTIS Nein.

SCHWESTER Was wollen Sie damit beweisen?

CURTIS Ich esse das nicht.

SCHWESTER Großer Mann.

CURTIS *Fick dich!!*

SCHWESTER Hmmm. Noch schlechtere Laune als sonst.

CURTIS Tschuldigung.

SCHWESTER Ihre Wunde?

CURTIS Nein. Nein, es ist nicht … Sie kriegen eine Menge zu sehen, Dinge, Leute, stimmt's? Leben, Tod, in diesen Zimmern.

SCHWESTER *führt das Thermometer über seine Stirn* Wenn Sie meinen.

CURTIS Und ergibt das einen Sinn für Sie?

SCHWESTER Was?

CURTIS Das alles?

SCHWESTER *amüsiert* Was? Meinen Sie, ich kann Ihnen das Leben erklären? Meinen Sie, ich könnte irgendwelche Einsichten über das Trümmerfeld Ihres Lebens formulieren? Scheiße. Ich bin Krankenschwester.

CURTIS Aha.

SCHWESTER Na schön. Ich versuch's mal. Ich glaube, es gibt keine Antworten. Manche Menschen sind glücklich. Und andere sind einfach einsam, böse und traurig. So ist die Welt.

CURTIS Aha.

SCHWESTER Sie wirken auf mich, als gehörten Sie zur zweiten Sorte.

CURTIS Na, besten Dank.

SCHWESTER Keine Ursache. *Aufs Abendessen bezogen* Soll ich das dalassen?

CURTIS Bleiben Sie ein bisschen?

SCHWESTER Wozu?

CURTIS Reden. Nur … reden.

SCHWESTER *ärgerlich* Sie sind nicht der einzige Patient auf dieser Station.

CURTIS Und wenn ich Sie bitte?

SCHWESTER Werden Sie erwachsen. *Wendet sich zum Gehen.*

CURTIS Warten Sie! … Nur eins noch.

SCHWESTER *ärgerlich* Was?

CURTIS *schlicht* … Wie heißen Sie?

Sie schauen sich lange an. Dann beschließt sie, es ihm zu sagen.

SCHWESTER Jeanette.

Sie schauen sich an.

CURTIS Jeanette.

Curtis nimmt den Deckel von seinem Abendessen und isst einen Bissen. Jeanette sieht zu. Nach einer Weile geht sie zu einem Stuhl und setzt sich.

JEANETTE Na gut, bitte. Worüber wollen Sie reden?

Curtis isst.

Blackout.

VORHANG

Zusätzliche Szene, optional

Bei der Premiere im Vineyard Theatre gab es eine zusätzliche Szene. Der 2. Akt begann mit einem Monolog Lisas ans Publikum, vor dem Vorhang. Der stand nicht im ursprünglichen Manuskript, sondern war später hinzugekommen, weil man mir gesagt hatte, das Stück befasse sich nicht genug mit der Figur der Lisa. Dies war meine Lösung. Ich war mit dem Monolog nicht hundertprozentig zufrieden und überarbeitete ihn für die Broadway-Inszenierung. Kate Jennings Grant spielte ihn großartig! Sie war komisch und herzzerreißend und wunderbar. Und doch fühlte sich der Monolog unterm Strich unnötig an. Nochmals: An Kate lag es nicht. Sie machte die Figur unglaublich lebendig, viel lebendiger, als der Text ahnen lässt, und deshalb brauchten wir das zusätzliche Material nicht mehr. Nach mehreren Voraufführungen beschlossen wir, den Monolog doch zu streichen. Das war schmerzlich für mich und für Kate ganz sicher auch, obwohl sie es sehr freundlich aufnahm. (Das ist sie immer.) Hier jedenfalls ist der Monolog, den nur wenige Zuschauer zu sehen bekamen:

LISA Ich heiße Lisa. Und ich bin Alkoholikerin.
Stimmen vom Band antworten: »Hi Lisa.«
Ich war fünf Jahre lang nüchtern. Bis Dienstag. Mein Vater ist krank. Ich glaube, er stirbt. Ich meine, er stirbt. Er liegt im Sterben. Und der Druck war einfach – ich weiß nicht, als ich ihn so im Krankenhaus liegen sah, das hat mich wohl aufgewühlt. Nein, gelogen. Ich meine, es war wirklich verstörend. Aber das ist nicht der Grund, warum ich etwas getrunken habe. Wir waren alle zusammen – wir vier, mein Bruder, meine Eltern und ich. Und ich weiß, sie lieben mich, bla bla bla, aber man kann es ihnen nicht recht machen. Es ist schlicht unmöglich. Und ich meine, echt jetzt, wer sind die eigentlich – wer seid ihr alle, dass ihr glaubt, mich verurteilen zu können!? Ich hab also was getrunken! Na und? Wisst ihr, vor fünf Jahren, als ich mit dem Trinken aufhörte, wirklich mit dem Trinken aufhörte, aß ich nonstop. Den ganzen Tag, die ganze Nacht. Ich spülte eine ganze Prinzenrolle mit BigMacs runter. Ich sagte mir immer: »Das ist ja gar nicht

für mich. Ich sammle nur Happy-Meal-Punkte, damit ich Spielzeug kriege, für die Kinder.« Zehntausend Spielzeuge später passte mir nichts mehr, und meine Oberschenkel scheuerten aneinander – also, ganz ehrlich, jetzt im Moment denke ich, ich wäre lieber eine dünne Alkoholikerin als fett und nüchtern – und wessen großartige Idee war das überhaupt, bei diesen Meetings immer Donuts zu essen? … Tut mir leid, tut mir leid. Raymond, mein neuer Sponsor, hilft mir dabei zu erkennen, dass es hier nicht um Entweder-Oder geht. Ich versuche bei guter Laune zu bleiben, aber das ist ziemlich ermüdend, offen gesagt. David sagte immer Nein-nein. Ich werde nicht über ihn sprechen. Er ist mein Ex-Mann, und ich versuche, ihn in einem klareren Licht zu sehen. Ich weiß nicht, warum das so schwer ist. Er war ja nicht vollkommen. Er war ein launischer Miesepeter und eigentlich ein bisschen depressiv. Ich meine, sein Lieblingsfilm ist »Das Urteil von Nürnberg«!

Ich will nicht über David sprechen. Die Jungen vermissen ihn. Ich meine, natürlich treffen sie ihn, aber es ist nicht dasselbe. Deshalb habe ich das Gefühl, ich müsste die Lücke ausfüllen. Vor ein paar Monaten hatten sie an der Schule Tag der Offenen Tür. Statt Unterricht verbringen die Kids den Nachmittag draußen und veranstalten Rennen und so Zeug. Unser Steuergeld bei der Arbeit. Und Jeremy ist nicht besonders sportlich. Jeder hat Dinge, die er gut kann, und andere, die er nicht gut kann. Jeremy ist unsportlich. Also, ich ging hin, ich wollte ihn natürlich unterstützen. Und er lief das Einhundertmeter-Rennen, das Zweihundertmeter-Rennen und das Tausendmeter-Rennen und kam als Letzter durchs Ziel. Ich meine, jedes Mal als Letzter. Da war diese Frau, eine Mutter, der ich noch nie begegnet war, sie hatte eine Menge Parfüm drauf. Wir waren draußen, und es war trotzdem zu viel. Diese andere Mutter sagt zu mir, lächelnd, ja: »Na, welcher ist denn Ihr kleiner Junge?« Und ich weiß nicht, warum ich das gemacht habe! Es passierte, ohne nachzudenken. Ich geriet in Panik. Ich meine, ich liebe ihn, ich liebe meine Kinder, aber – ich zeigte auf irgendein anderes Kind, ein sportliches Kind mit einem sehr süßen T-Shirt. Und sie fragte mich nach seinem Namen, aber bevor ich antworten konnte, tippt mir noch eine andere Mutter auf die Schulter und zwitschert: »Das ist *mein* Sohn! Sie zeigen auf mein Kind!« Und dann starrten mich die beiden an, als wäre ich irgendeine Missgeburt. Sie warteten auf eine Erklärung, aber die Befriedigung hab ich ihnen nicht gegönnt. Ich drehte mich einfach weg und lief zu meinem Auto und haute ab, so schnell ich konnte. Ich fuhr sehr schnell, so schnell, dass ich tatsächlich an meiner Straße vorbeifuhr. Und ich dachte nur, fahr. Fahr einfach immer weiter und bleib nicht stehen, fahr, bis du ganz weit weg bist, wo dich keiner kennt, fahr, fahr, fahr, fahr –

Ihr Handy klingelt.

Scheiße. Entschuldigung, ich dachte, ich hätte das abgestellt. Das ist meine Mutter. Da geh ich besser dran. *Am Telefon* Hallo … Natürlich.

Lisa legt auf. Kurze Pause. Dann hört sie sich an, als wäre sie gerade zu einer Gefängnisstrafe verurteilt worden.

Ich soll auf dem Weg ins Krankenhaus eine Zeitschrift mitbringen. *Nach einem kurzen Moment intensiven inneren Kampfes ruft sie, ziemlich dringlich*:

Weiß hier irgendwer, wo der nächste McDonald's ist?

Andres Veiel

Das Himbeerreich

Personen

DR. BRIGITTE MANZINGER
GOTTFRIED W. KASTEIN
DR. DR. HC. WALTER K. VON HIRSCHSTEIN
BERTRAM ANSBERGER
NIKI MODERSOHN
HANS HELMUT HINZ

1. Das große Fest

Ein Raum mit Kabinen, die an Aufzüge erinnern, die Wände mit teurem Edelmetall behangen, das dem Ort das Klaustrophobische nimmt. Der Raum ist nicht eindeutig definiert, durch das sparsame Inventar (Bürostühle u. ä.) erinnert er an ein rudimentäres Großraumbüro, zugleich könnte er aber auch ein großer Wartesaal sein.

ANSBERGER Ab einer gewissen Größe schließt das Verantwortung mit ein, einfach durch die Bedeutung von dem, was man tut, sicherlich auch die Verpflichtung zu einem Stil, zu einer Haltung. Man stolpert nicht einfach auf einen Vorstandssitz. Die Art und Weise, wie man das erreicht, ist genauso wichtig wie die Tatsache, dass man es erreicht. Im Rahmen des Möglichen offen und grade miteinander umzugehen schließt nicht aus, dass man ein raffinierter Kämpfer ist, ganz im Gegenteil. Ich trete dafür ein, dass es ein Honorar für Haltung gibt. Daran halte ich mich.

MODERSOHN Dransein, Einfluss haben, gestalten können, sich abheben von dem täglichen Treiben, Sonderräume bekommen und sich ausklinken können aus dem, was banal und normal ist. Kann mir keiner erzählen, dass er da immun ist. Wenn ein CEO mit einer Eskorte abgeholt wird, der bewegt sich anders, der kriegt mit, wie Menschen vorbeifahren und sehen, dass er zum Auto geführt wird, von jemand, der sichtbar 'ne Waffe trägt, aber in Zivil ist und einen in eine gepanzerte Limousine reinsetzt und Gas gibt –

VON HIRSCHSTEIN Wie bekommen Sie Mitarbeiter dazu, dass sie Ihnen folgen? Lesen Sie zu Hause Geschichtsbücher. Denken Sie sich hinein in historische Zusammenhänge. Eröffnen Sie eine Sitzung mit einem überraschenden Bild, einer historisch affinen Situation, mit einem philosophischen Aperçu. Damit rechnet niemand, dann sind Sie Ihren Kollegen sofort voraus, da können die nicht mitreden. Damit setzen Sie die Metaebene der Debatte, dann machen Sie einen eleganten Bogen zum tagesaktuellen Problem. Aber bevor Sie das tun, fragen Sie Ihre Kollegen, wie sie das einschätzen, die werden nichts dazu zu sagen haben. Sie sind beschämt, so haben sie das Problem noch nicht betrachtet, sie stimmen zu, natürlich. Dann lenken Sie beiläufig um, zum eigentlichen Punkt der Sitzung. Sie sind vorbereitet, Sie haben zuvor mehrere Mitarbeiter beauftragt, Ihnen die entsprechenden Expertisen zu schreiben. Sie treffen zunächst den, den Sie für am kompetentesten halten, bringen sich auf den Stand der Diskussion.

Dann sprechen Sie mit dem Zweiten, Sie sind bereits gut gebrieft, stellen ihm mit diesem Wissen weitere Fragen, machen ihn auf mögliche Widersprüche aufmerksam. Allein die Tatsache, gefragt zu werden, bedeutet ein ungeheures Privileg. Was jederzeit widerrufen werden kann. Das wissen die Mitarbeiter, um zum Inner Circle zu gehören, muss man schon was tun. Auf diese Weise gehen Sie schon mit einer klaren Haltung in die entscheidende Sitzung. Die eigentliche Entscheidung ist bereits getroffen.

Frau Manzinger auf.

REDE FRAU MANZINGER In seiner Abstraktheit sperrt sich das Investmentbanking gegen jede vereinfachte Etikettierung. Unser Banking steht für spektakuläre Unternehmensfusionen, für unseren Beitrag, Unternehmen an die Börse zu bringen und damit Kapital für Neuinvestitionen und Arbeitsplätze zu kreieren, für exzellente Derivat- und andere Wertpapiergeschäfte, die über Jahrzehnte für einen gesamtgesellschaftlichen Mehrwert gesorgt haben. Es steht auch für ein Modell, das in sich utopisch ist und zugleich gesamtgesellschaftlich Maßstäbe setzt, ein breeding ground für eine ethisch fundierte Community. Vielfalt ist zu einem entscheidenden Wettbewerbsvorteil geworden. Im globalen Wettstreit um die besten Köpfe ist ein offenes, tolerantes Lebens- und Arbeitsumfeld das ausschlaggebende Argument. Unsere Unternehmensphilosophie rückt den Mitarbeiter in den Vordergrund, der aufgrund seiner Talente eingestellt wird, unabhängig vom sozialen Background, seiner Nationalität, seinem Alter, seiner Hautfarbe, seinem Geschlecht und seiner Religion.

Mitunter wird der emanzipatorische Gedanke, der unserer Philosophie zugrunde liegt, auf das Smithsche Erlösungsversprechen »to better the comfort of life« reduziert. Dabei besteht das Glück des Einzelnen eben nicht nur in der Deckung der Grundbedürfnisse, sondern auch in der Verwirklichung von Freiheitsrechten. Erst dadurch entwickelt dieses System seine Kraft. Die spektakulärste Freiheit ist, fast immer zwischen verschiedenen Möglichkeiten wählen zu können. Wahlfreiheit schließt die Möglichkeit von Fehlentscheidungen ein. Solche Korrekturen – kleine Verluste genauso wie spektakuläre Zusammenbrüche – sind aber der Preis der Wachstumsdynamik, die allgemeinen Wohlstand schafft. Krisen haben in diesem System durchaus ihren Sinn: Sie entwerten überschüssiges Kapital – eine nicht unwesentliche Bedingung für einen Neubeginn. Der Zyklus von schöpferischem Kreieren und nicht weniger schöpferischem Zerstören begleitet uns seit fünftausend Jahren.

Der Streit um dieses oder jenes Regelwerk ist wichtig. Viel wichtiger ist aber, dieses wunderbare System globaler Freiheit zu bewahren. Wir sollten mehr Kapitalismus wagen.

KASTEIN Die haben Durst und trinken Salzwasser. Das hilft, und dann trinken sie noch mehr. Die braucht zehn Liter zum Nachkippen. Dem zerfrisst der Krebs die Leber, der hat eine asymmetrische Prostata, dem versagt der rechte Lungenflügel. Ich kratze mir Flecken vom Anzug, die ich gar nicht habe: *Zu viel gekleckert, zu wenig geklotzt?* – Die machen alle weiter. Die sind mit neunzig Vorsitzender eines Familienrates und lassen sich Center in Berlin bauen, die nach ihnen benannt sind, und dann muss die Entscheidung getroffen werden, ob die übers Verbrennen oder die Erdbestattung schneller da oben sind, um da das Regiment zu übernehmen. Das ist die Kante, vor der stehen die, und was machen die: Noch mehr Gas geben, das ist so ein Reflex, noch mehr Gas, weg von dieser Kante. Und wenn man wieder am Rand steht, hat man den ultimativen Endorphinausstoß: Man schaut zwar tief runter, ist aber nicht am Boden.

MODERSOHN Ich hab angefangen mit 80000, 100000, das ist für die sechzig Stunden nicht viel, die du da rumrockst, der Rest sind incentives, variable Gehaltszulagen, du musst wissen, wo Musik drin ist und wie lange sie spielt. Das hat viel mit Musikalität zu tun, sechs Jahre Konservatorium, twentyfour/seven, Violine, dann Kontrabass. Solange die Musik spielt, tanzen wir, timing ist alles, ich weiß, wann die Melodie zu Ende ist, und gehe rechtzeitig raus, gehe short, wette, dass das Ding den Bach runtergeht. Setze die richtigen Gerüchte in die Welt, man muss wissen, wem man was streut, und wenn's in einem Club ist, du machst weiter, triffst die richtigen Leute, am nächsten Tag versendet sich's bei Bloomberg, und dann bin ich schon draußen. Das sind kleine Flirts mit Mephisto, keine Frage, am Anfang arbeitest du mit ein paar Millionen, dann kommt 'ne Null ran und dann noch eine, und auch bei den Gehaltszulagen kommt plötzlich 'ne Null ran, wo ist der Punkt und wo das Komma, dann soll ich zehn Millionen handeln, dann hundert Millionen, dann 11,7 Milliarden … das ist nicht Regionalliga, du stehst vor einem Deal, du kriegst was mit, was die anderen nicht wissen, setzt auf …, *der spinnt*, und am Abend hast du 400 Millionen für die Bank gemacht, was bleibt da, am Ende eines Tages, am Ende eines Jahres? Was sind 60 Milliarden?

KASTEIN *zu Modersohn und Frau Manzinger* Wenn Sie jede Sekunde einen Euro zum Fenster rauswerfen, Tag und Nacht, Samstag und Sonntag, mit Schaltjahr und ohne. Wann müssen Sie damit beginnen, um auf 60 Milliarden zu kommen? – Bei Christi Geburt. Ihr Gehirn ist programmiert auf Eins, Zehn, Hundert, vielleicht noch Tausend, aber nicht auf Milliarden.

FRAU MANZINGER Gier ist mehr als Habgier und Raffsucht. *Zu Kastein* Denken Sie an Begriffe wie Begierde, Begehrlichkeit, Neugierde. Gier kann durchaus sinnstiftend und anregend sein. Wer sorgt denn immer noch für die Überschüsse der Bank? – Das sind wir.

MODERSOHN Refrain ist: Ich hab ausgesorgt, höre in fünf Jahren auf, mach mich vom Acker. Das sagt hier jeder, und alle machen weiter, außer you get sacked, kann mir keiner erzählen, warum war WALL-STREET so ein Erfolg? Sind doch alle mit den gleichen Hosenträgern rumgelaufen, waren Sie mal in einem Hörsaal mit tausend BWL-Studenten?

HINZ Unsere Scheiben sind abgedunkelt, 6,5 Millimeter, das wehrt Panzerfaust-Beschuss ab. Die Bodenplatte aus härtestem Stahl, Panzerungskategorie B 7 – das ist Präsidenten-Klasse, mehr geht nicht. So einen Tresor muss man fahren können. Das hat viel mit Einfühlung zu tun, der Motor ist mein Bruder, ich kenn jede Stimmung bei dem, hab mich eingehört in den Jahren. Ich red mit dem, na, Kasomil, gut geschlafen, jetzt müssen wir aber was losmachen, willst nicht so, raus mit der Sprache. Ist ein Vertrauen auf Gegenseitigkeit, der weiß, was er an mir hat, ich kann Zylinder, ich kann Zündkerze, ich kann Vergaser, ich kann Hydraulik, brauch da keine Werkstatt, mache ich selbst, wenn's sein muss auch bei 190 auf der Autobahn, muss meinen Vorstand ja pünktlich anlanden.

KASTEIN Wenn Sie da sitzen, in diesem Kreis, alle sind berauscht, der Verantwortliche fürs Investmentbanking referiert, Ertragslage hochgejagt, wir sind auf Platz Eins, Eigenkapitalrendite 23 Prozent … und alle denken, die Party geht jetzt immer so weiter. Und ich sage, das ist das absolute Schönwetterprogramm. Beim ersten Unwetter steht hier alles unter Wasser …

CHOR I *Ich bin mit Büchern aufgewachsen. Wir sind mit unseren Holzautos Slalom um die Stapel gefahren, die sich auch bei uns im Kinderzimmer türmten. Mein Vater war Kunsthistoriker und konnte nichts wegwerfen. Er hat Texte geschrieben, die mal eine Fachzeitschrift gedruckt hat, mal in einem Ausstellungskatalog sich wiederfanden, und dafür hat er sich wochenlang eingelesen, in Bibliotheken die Tage verbracht, am Wochenende durchgearbeitet – und das alles für einen Lohn, wo ein Fassadenreiniger das Dreifache verdient. Er hat darunter gelitten. Das fehlende Geld war die Währung für eine Nicht-Anerkennung nicht nur seiner Arbeit, sondern seines gesamten Lebens.*

FRAU MANZINGER Hab als Broker angefangen, damals gab's da gar keine Frauen, heute übrigens auch nicht. Der Job ist Karate, ich hab zwei ältere Brüder, da durfte ich das trainieren. Ich hab das sehr gerne gemacht, habe denen gezeigt, dass ich keine Luftnummern mache. Derivate hatten wir bis dato kaum gehandelt, da kam ich mit einem Kunden an, der wollte mit 250 Millionen in ein Optionsgeschäft rein. Sie müssen schreien, damit sämtliche Händler checken, oha, hier ist was los, da müssen Sie erst mal durchdringen, feste Stimme, gute Preise. Sie treffen eine Entscheidung, Sie rechnen jede Null nach, und dann gibt's kein Zurück, entweder sind Sie weg danach – oder die Queen. Das hat etwas sehr Körperliches, hab immer ein Kribbeln im Kopf gehabt, da ist viel Bauchgefühl dabei, wenn das aufgeht, sind Sie mit sich und der Welt im Reinen, das ist beflügelnd, weil es einen leichter macht – wie ein Torpedo, der gezündet wird, man verdrängt mit dem Unterboden des Brettes das Wasser, hebt ab mit einer noch nie erlebten Schubkraft, Flow, Glück pur. Das darf nicht aufhören, Sie wollen mit dem Kunden auch das nächste Geschäft machen, die Preise sind überall fast gleich, da müssen Sie was anderes bieten, die eigentlichen Deals werden nicht im Büro gemacht, sondern nachts auf der Piste, Entertaining ist alles, das heißt, als Frau müssen Sie fuckable sein, sie müssen beim Kunden Phantasien auslösen. Sie haben mit Männern zu tun, die gerade fürchterlich viel Geld verdient haben und die meinen, wenn da eine Frau ist, die kann ich jetzt auch noch haben. – Nach zwei Jahren wollten die mich von Frankfurt weg nach London holen, head office, das wird einem freitags so mitgeteilt, wir haben da was, Montag fangen Sie an. Die rechnen ja nicht, dass man da nein sagt, die denken, das kann nur am Geld liegen, als ich nicht genickt hab, haben die's verdreifacht, die haben's einfach nicht kapiert, ich wollte nicht nach London, war schwanger und hatte schon das Angebot für einen Vorstandsposten, zuständig fürs Handelsgeschäft, Unternehmensfusionen, da fällt die Piste weg, ich kann mir die Arbeit einteilen, um fünf mache ich Schluss, und nach dem Vorlesen der Gutnachtgeschichte geht's weiter. Ich kann mich nicht komplett ausstöpseln, aber die Kunst der Pause beherrsche ich.

KASTEIN Ich hab beobachtet, wie Leute wie sie Personalpolitik gemacht haben. Wer das meiste Geld reinspült, entscheidet. Das sind Leute, die instinktgenau ihren Ort gefunden haben, wo sie Überperformer sind. Dafür müssen die ihr Umfeld clean halten.

FRAU MANZINGER *zu Kastein* Vergessen Sie nicht … Sie sind Teil des Problems und nicht Teil der Lösung. Dass Sie sich hier noch aufhalten, ist ein Privileg.

KASTEIN Ich bin gar nicht hier. Sie glauben doch nicht, dass ich scharf drauf bin, mit Ihnen Fahrstuhl zu fahren. – Es gibt das russische System, es gibt das italienische System, aber auch unser System verträgt keine Feinde. Das hat eben nur subtilere Methoden, mit ihnen umzugehen. Selbst wenn man das versteht, es bringt keine Schlagzeilen, es gibt keine Volksaufstände. Ich bin geschlagen mit dieser Einsicht, ich bin geschlagen mit der Erkenntnis in diesen Apparat. Ich hab mir nie träumen lassen, das rauszufinden, was ich rausgefunden habe.

FRAU MANZINGER Dass Sie Ihren Vertrag nicht verlängert bekommen haben, darüber sollten Sie doch mal langsam hinwegkommen. –

KASTEIN Darf ich Sie mal was fragen? Wie lange braucht das Sonnenlicht von der Sonne auf die Erde? Sie wissen es nicht. Das ist alles zugänglich. Für nichts brauchen Sie einen IQ von über 130, das können Sie sich doch alles erschließen. Muss man nicht wissen, aber man könnte es, heute leichter denn je. Wozu demokratisieren wir denn den Zugang zu allen Informationen durch Googeln? Leute wie Sie sind ganz oben und wollen nichts wissen.

FRAU MANZINGER Wir müssen permanent Entscheidungen treffen in einem Bereich, den niemand wirklich durchdringt, vielleicht ein, zwei Mitarbeiter, die wissen, was in einem Produkt wirklich drin ist. Die spezialisieren sich auf Inhalt und wie man die Ware für den Kunden verpackt. Ich bin immer voraus, weil ich keine Zeit mit Details verschwende. Ich gehe in schwere Verhandlungen und weiß, dass ich nichts weiß. Und deswegen halte ich eine offene Situation sehr gut aus; und das ist die Schwäche meiner Kollegen, die kleben an ihrem kleinen Wissen und haben keinerlei Überblick. Je mehr der andere wackelt, desto klarer sehe ich – und wenn er nicht genug wackelt, dann mache ich den wackelnd; eine falsche Bewegung und es scheppert. Und das atme ich.

MODERSOHN Sie sitzen an einem Vorstandstisch, und irgendjemand erklärt Ihnen eine Finanzstruktur und benutzt dann auch noch Mezzanine und first loss, das haben Sie noch nie gehört, denken, ich bin suboptimal vorbereitet. Die anderen verstehen das, dann nick ich auch mal.

FRAU MANZINGER Erst produzierst du die Verunsicherung, schürst Angst, dann beruhigst du sie wieder, sagst: »Ich orientier euch jetzt mal.«

KASTEIN Wenn Sie in so einer Runde sitzen, das ist ein einsames Leben. Sie rechnen durch, wer die größeren Bataillone hat. Das schaffen Sie nicht alleine, da brauchen Sie eigene Agenten. Irgendwem müssen Sie vertrauen. Wenn Sie das jahrelang … – Dann fragen Sie sich plötzlich: Lügt mein Fahrer, wenn er Guten Morgen sagt? Arbeitet der für mich oder überwacht der mich?

HINZ Guten Morgen, guten Morgen, guten Morgen.

FRAU MANZINGER Paranoia schützt nicht vor Verfolgung. – Ich musste mir nie etwas beweisen. Ich hab mir immer gesagt: Ich kann morgen aufhören. Diese Unabhängigkeit hat hier keiner auf der Rechnung. Vielleicht verlief mein Weg deshalb wie eine simple physikalische Kippschaltung: steil und stetig aufwärts. –

HINZ Kann ich von mir nicht sagen, bei mir geht's immer auf und ab, morgens runter in die Vorstandsgarage, abends wieder hoch. Und das seit 37 Jahren. Ich krieg ja alles mit. Warten, oben im Vorstandsbüro oder jetzt hier, immer in Bereitschaft. Bezahlt werde ich für meinen Fuß, dass der schön aufs Pedal geht. Bremsen wird nicht so gerne gesehen, da verlieren wir Zeit, für die roten Ampeln bin ich verantwortlich und für die Staus auch, hätte ja anders fahren können, sitze ja eh meistens nur rum, haben Sie keine Verkehrsnachrichten gehört?

Das stimmt, aber ich arbeite immer. Eigentlich müsste ich für meine Ohren bezahlt werden, die kriegen alles mit, und dann wird das zermahlen, zerkleinert, werden Begriffe nachgeschaut, Wörter vermessen, Zahlen hingeschrieben und wieder wegradiert.

FRAU MANZINGER Heute muss man nicht mehr Rotwein schwenkend in Hinterzimmern sitzen, wie das alte Bild vom Bankier, der sagt: So wird es gemacht, ohne dafür eine rationale Begründung zu liefern. Wir schätzen Risiken ein, machen sie kalkulierbar, und dann wetten wir auf das von uns prognostizierte Ergebnis: Strukturierte Produkte sind strukturierte Wetten. Das hier erzeugte Geld wird folglich nur vermehrt, indem man die Risiken vermehrt … Kalkulieren kann man das Risiko, genauer gesagt: Bemessung, Verlauf und Volatilität des Risikos, nur wahrscheinlichkeitstheoretisch. Dafür muss man die synthetisch strukturierten Risiken durchschauen können. Wir orientieren uns bei den Volatilitäten an der EUREX, da bekommen wir aber nur den Bruchteil der Volatilitäten mit, die wir für unsere Arbeit benötigen. Danach wird die Luft natürlich dünner. Wir kalibrieren mit GARCH beziehungsweise nutzen Modelle stochastischer Volatilität, etwa …

HINZ *Garch.*

FRAU MANZINGER Hull!

HINZ Ich geb mir Mühe, dass man mich versteht. Die geben sich Mühe, dass man sie nicht versteht. Versteh ich ja, die wollen unter sich sein. Das fühlt sich dann ein bisschen wärmer an, wenn ich weiß, Kollege, du bist der Einzige, der mich versteht, der Rest sind Idioten. Ist ja ein einsames Geschäft, jeder vor seinem Computer, jeder in seiner eigenen Welt.

VON HIRSCHSTEIN Wenn ich jemand eingestellt habe, habe ich nicht nach dem vorhandenen Wissen auf seinem Fachgebiet gefragt, das setze ich voraus, sonst würden sie ja nicht hier sitzen, das wäre ja eine Dreistigkeit sondergleichen, wenn die kommen und kein Fachwissen haben. Ich habe gefragt: Was machen Sie denn, wenn Sie dieses Wissen nicht anwenden? – Dann sagt einer, Sport. – Ja, welchen? – Tennis – Und im Winter, frag ich ihn? – Skilauf – Ja, aber was machen Sie, wenn Sie nicht Tennis spielen und nicht Ski fahren, oder wenden Sie dann immer nur Ihr Fachwissen an? – Lesen. Ich lese gerne. – Was haben Sie denn gelesen? – In den letzten vier Wochen bin ich dazu nicht gekommen. – Da wusste ich, den will ich nicht. Jeder hat eine Chance, aber nur einmal.

ANSBERGER Wir hatten immer gefragt, wo wird Geld gebraucht, und es dann dort hingegeben. Heute fragen wir nicht, wo wird es gebraucht, sondern wo bringt es den höchsten Ertrag. Das ist der Unterschied.

CHOR II *Mein Vater, und das hab ich nie aufklären können, mein Vater wollte keinen Sohn. Als meine Mutter entbunden hat und seine Sekretärin ihm gesagt hat, es ist angerufen worden, Sie haben einen Sohn, hat er der Sekretärin gesagt, sie soll den Chefarzt anrufen, ob er sich nicht geirrt hat, ob's wirklich ein Sohn ist. Ich hatte deshalb in den ersten Wochen keinen Namen, Johanna passte ja nicht, und einen anderen gab's nicht. Ich war no name. Und so hat er mich auch behandelt.*

KASTEIN Das Entscheidende, was man wissen muss, ist, wie geht das System mit Abweichlern um.

MODERSOHN Renditeziele sind vorgegeben, am Abend mit dem Chef kommuniziert, nächsten Tag früh: Morgenappell: Wir sind jetzt am Donnerstag, stehen mit den Zahlen noch beim Dienstag. Woran liegt das, ja?

FRAU MANZINGER Wenn man Aggressivität positiv besetzt, im Sinn von Ziele ansteuern, dann kann ich mich damit gut anfreunden.

MODERSOHN Wenn Sie nicht den return bringen, sitzen Sie am nächsten Tag Ihrem Chef gegenüber … Der hat Analystenkonferenz, die machen Druck, warum? Die vergleichen sofort, was die anderen reinbringen.

FRAU MANZINGER Das Geschäft hat zyklische Einbrüche, und unsere Mitarbeiter haben das naturbedingt auch. Damit lassen wir sie nicht alleine. Unsere Personaler arbeiten mit Coaches …

MODERSOHN Ich komm da rein, in dem Büro liegt ein Perserteppich, eines der ganz wenigen Nicht-Vorstandsbüros, in denen so was liegt. Der Mann ist mir sofort sympathisch, social intelligence, ist eher rare case. Mir war klar, dass ich auf die Ziele der Abteilung eingeordnet werden soll. Ich bin denen zu selbstbewusst. Das kann man sein, aber nicht gegenüber dem Chef. Der Personaler kommt dann gleich so mit Strategien der Verunsicherung, *ah, fliederfarbenes Hemd mit 'ner fliederfarbenen Krawatte, kühn, stilsicher, gefällt mir*. Was hieß, so 'ne Extravaganz können Sie sich erlauben, wenn Ihre Performance auch so verwegen ist. Er fragt, was ich mir vorstellen würde, ob für mich auch eine Marktlösung in Frage käme. – Marktlösung? – Ist nicht von mir, sagt der, ist neue Sprachregelung hier. War 'ne Umschreibung für Entlassung. Der wollte sehen: Knick ich weg oder werde ich zur Kampfmaschine.

FRAU MANZINGER Ich hab ihm danach klargemacht: Wir balancieren auf einem rollenden Stein, der ins Tal donnert. Du musst deine Beine immer in Bewegung halten. Sobald du damit aufhörst, fällst du runter und wirst überrollt.

MODERSOHN Ich hab ihr gesagt: Ich bin einmal gefallen, das reicht. – Gut, sagt sie, ich hab ein paar schwierige Deals. Brauch ein hired gun dafür. – Am nächsten Tag hatte ich meinen neuen Vertrag.

CHOR III *Das war am Zugang zur S-Bahn, da standen sie, heute würde man sagen Hells Angels, früher hießen die Rowdies, mit Ketten, ich war mit drei Kumpels unterwegs, die an der S-Bahn grinsten sich eins, ich geh auf die zu, merk gar nicht, dass ich alleine dastehe, die Kumpels haben die Biege gemacht, reiß dem Ersten die Kette weg, und schon hat der Zweite die an der Backe, Blut spritzt, dem Ersten tret ich in die Nieren, der krümmt sich weg, zerfetz dem anderen die Schläfe, der Dritte kriegt die Kette an die Augenbraue, blutet wie abgestochen, geht zu Boden, wimmert, der Anführer rennt weg, ich verfolg den, Treppe runter, der springt in die S-Bahn, ich nach, hau auf den ein, kann nicht aufhören, Leute halten mich fest, ich hätte den umgebracht, fragt mich der Richter, Notwehr ja, Sie sind denen zuvorgekommen, aber warum das in der S-Bahn, da hatten Sie doch schon gewonnen, sag ich, der hat mein Gerechtigkeitsempfinden gestört.*

2. Der Deal

MODERSOHN Wir haben eine Fassung für die Gewinnmehrjahresplanung erstellt …

FRAU MANZINGER Wenn jemand mit einer Sieben vor dem Komma kommt, sag ich aus Prinzip: Wenn wir sieben können, dann können wir auch acht.

MODERSOHN Wir haben eine weitere Gewinnplanung erstellt, die kam wieder zurück. Weil es zu wenig war. Zu wenig Gewinn, mehr return! Am Ende waren es 28 Fassungen.

FRAU MANZINGER Wir segeln extrem hart am Wind und gehen hohe Risiken ein. Das geht nicht mit Sparbüchern und ein paar Firmenkrediten.

ANSBERGER Moment! Ich hab mich da reingearbeitet, bekam einen Wirtschaftsprüfungsbericht, wo im Detail die Geschäfte der Investmentbank abgebildet wurden. Ich habe das dann »Protokoll des Grauens« genannt … da waren alle wahnsinnigen Verbriefungsdinge drin, also riesige Kreditpakete, mit denen man gehandelt hat, ohne zu wissen, was da eigentlich drin war, man hat auch Verbriefungen selbst konstruiert, im großen Stil, nicht zweistellige Milliardenbeträge, dreistellig, die haben massiv Geld verloren … da im Subprime Bereich mit den amerikanischen Hypotheken.

HINZ Prime kommt von prima, man müsste sagen extraprima, erste Wahl, sub ist knapp drunter, also Orangen Handelsklasse 1 gegenüber Handelsklasse 2, bisschen weniger saftig, aber gut im Fleisch. Wenn man das draufgeschrieben hätte, was drin ist in den Obstkisten, bestenfalls Kompost, schlimmstenfalls Sondermüll, dann hätte das Zeug ja niemand gekauft. Verpackung ist alles. Auch als es schon gestunken hat wie die Pest, haben die alle weitergekauft. Brauchen nur einen Deppen, der ruft, *Saftindustrie hat Zukunft, getrunken wird immer*, dann wollen die den Keller voll haben.

MODERSOHN Das Entscheidende sind einfach die Produkte, die wir selbst kreiert haben ja. Risiko und Ertrag sind siamesische Zwillinge. Wir haben also Neubauten, Wohneinheiten an der mexikanischen Grenze zu USA in Tijuana finanziert … zehntausend Wohneinheiten, die da gebaut werden sollten … Du siehst den angesetzten Return, fragst nicht, wer soll da hinziehen? Wird da tatsächlich irgendwann mal was gebaut? Wer wäscht da welches Geld?

ANSBERGER Dann haben wir von den Lebensversicherungen Pakete übernommen. Das waren alles Todkranke, die Lebensversicherungen hatten die zusammengefasst und haben die als Paket weiterverkauft.

VON HIRSCHSTEIN Die Leute, die todsterbenskrank sind und noch ein paar Jahre brauchen, bis sie die Lebensversicherung ausbezahlt kriegen, wetten auf ihren eigenen Tod, lassen sich die vorab ausbezahlen, weil sie sagen, ich hab noch ein wenig Geld, dann kann ich mein Leben noch ein bisschen genießen.

ANSBERGER Und dann werden diese Wetten auf Veranlassung der Investmentleute in strukturierte Fonds gepackt, und im Todesfall sollte die Bank das Geld plus Zinsen von der Versicherung zurückbekommen. Das ist, wenn die Leute bald danach sterben, für die Bank normalerweise anhand der Sterberate gut handelbar.

VON HIRSCHSTEIN Nur bei uns ging's nicht auf, die Kunden wollten einfach nicht sterben, dadurch kam natürlich der Cashflow nicht zurück.

FRAU MANZINGER Dass man sich darüber empört, ist verständlich. Aber was ist Empörung? Emotionalität. Ich darf dazu meinen geschätzten Kollegen Dibelius zitieren: »Emotionalität ist ein morphologisches Korrelat: elektrische Entladung von Nervenzellen in bestimmten Hirnregionen. Wenn man einen spezifischen Bereich in Ihrem Gehirn stimuliert, kann man Sie plötzlich weinen lassen. Ist das dann ein Gefühl? Nein, es ist eine Reaktion auf bestimmte Einflüsse, die wir im täglichen Leben nicht hinreichend genau definieren und voneinander unterscheiden können, deswegen nennen wir es Emotionalität …« Das heißt nichts anderes, als dass es keine menschliche Freiheit mehr gibt. »Nicht ich treffe eine Entscheidung, nach rechts oder links zu gehen, sondern sie resultiert aus Myriaden von Einflussfaktoren … Wenn der Mensch letztlich und zugespitzt ausgedrückt nur die Marionette dieser Einflussfaktoren ist, dabei mögen sowohl Umwelt als auch Gene eine Rolle spielen, erübrigen sich die Begriffe der Freiheit und Verantwortlichkeit.« Wenn Freiheit und Verantwortlichkeit nur mehr relative Begriffe sind, bedeutet (das) nicht, dass »wir in dieser ohnehin schweren Krise der Versuchung anheimfallen sollten, die Auswirkungen unseres Handelns kleinzureden, aber wir sollten es vermeiden, Einzelfälle zum Beleg für die Verwerflichkeit des ganzen Systems zu nehmen.«

HINZ Wir werden singen:
Es ist eine schöne Zeit, wenn der Dattelkern keimt.
Jeder, der fällt, hat Flügel.

FRAU MANZINGER Wenn wir uns zurückziehen, und Goldman und Morgan Stanley machen weiter, dann heißt es: Was haben Sie sich denn dabei gedacht? Die verdienen Geld en masse, was machen wir denn hier? Tiefste Provinz.

ANSBERGER Ich habe im Risikoausschuss immer die Frage gestellt: Wie groß ist unser Risikoappetit? Sagen Sie mir mal eine Zahl. Wie viel Risiko wollen wir eigentlich? – Keine Antwort. Das ist signifikant. The sky is the limit.

CHOR IV *Er hat gesagt: »Du bist um vier hier« – und dann war ich nicht da. Ich hab nicht vergessen, dass ich heimkommen muss, sondern: Was ist vier Uhr? Was ist das noch mal? Ich wurde für unterintelligent gehalten, hab Schleife binden nicht gekonnt, hab nicht richtig gesprochen. Mein Vater war auf die Einhaltung von Plänen bedacht, die er anderen auferlegt hat – der ist gekommen, hat mich bei Freunden eingesammelt, hat mich verprügelt vor denen, also, ins Gesicht geschlagen, mit Stock, mit Schuh …*

ANSBERGER Wir haben die Investmentbanker ja selbst geholt. Die Bank wäre ja von unseren Brüdern aus Amerika übernommen worden, wenn wir da nicht mitgemacht hätten.

VON HIRSCHSTEIN Ich kann mich erinnern, dass alle Vorstandsvorsitzenden der großen deutschen Banken nach Berlin ins Ministerium zitiert wurden und dass uns die Leviten gelesen wurden, dass der Finanzplatz Deutschland immer mehr gegenüber London und New York zurückfällt und dass wir mal auf Vordermann kommen, mehr ins Risiko gehen müssen, die Derivate und die Strukturierten Finanzierungen ausbauen, dass wir endlich mal modern werden, das, was die Amerikaner uns mit den großen Investmentbanken vormachen …

MODERSOHN Da fangen ja nicht plötzlich ein paar durchgeknallte Leute an, irrsinnige Geschäfte zu machen. Da muss die Politik ja erst einmal die richtigen Strukturen schaffen. Das muss auf den Weg gebracht werden. Die Politik hat doch die Brandbeschleuniger legalisiert. Hohes Risiko, hoher Ertrag, den Song haben wir gemeinsam gesungen!

KASTEIN Jeden Abend sitzen die zusammen, ich kenne den Laden. Können wir gleich mal hingehen. Jeden Abend machen die da Berlin. Kommen von der Regierung, gehen zur Regierung, und nachts ruft die Kanzlerin noch an, sagt, *helfen Sie mir mal, erklären Sie mir das mal*. Und wenn's ganz dringend ist, kommt der Chef persönlich ins Kanzleramt. Am nächsten Tag haben wir das in den Regierungserklärungen.

FRAU MANZINGER Es war politisch gewünscht, dass die Bank im Investmentsektor auf Akquise geht. Der Blick konnte ja nur nach Amerika gehen, dort wollten wir mitmischen, der Finanzplatz Frankfurt galt als immer mehr abgehängt, wir sollten aufholen.

KASTEIN Aber wie die das durchsetzen, die Investmentbanker, das Auftreten als pressure group … … nur wir können das. – Tail – I win, head – you lose. – … *bei Gewinnen nehme ich bitte zu fünfzig Prozent teil, und bei Verlusten krieg ich trotzdem Bonus, sonst geh ich*. – Und was ist mit Verlustteilnahmen? – *Ich bin doch kein Aktionär, ich arbeite hier ja nur.* Als Investmentbanker sind Sie an den Gewinnen in höherem Maße beteiligt als die Aktionäre, ohne dass Sie Kapital gegeben haben. Leute wie Sie haben den Kapitalismus längst besiegt.

ANSBERGER Reden wir doch mal über den eigentlichen Deal! Es ging darum, das Ding zu kaufen, intern haben wir die Bank, um die's ging, PAULA genannt, wir waren der PETER, und aus PAULA und PETER sollte der TRANSATLANTIC HERO werden. Ich hab mir den Deal von den Risiken her angeschaut … Ich bekam aus meiner working group da die ersten Ergebnisse. Die haben schon so gestunken, da sagte einem der Instinkt, wir bringen uns mit dem Kauf von PAULA an den Abgrund. Um das wirklich einschätzen zu können, hätte PAULA erst einmal selbst jeden Tag ihre Handelsprodukte bewerten müssen. Warum haben die das nicht gemacht? Die wussten, wenn wir ständig neu bewerten müssen, kommen gigantische Verluste hoch. Wäre das da schon rausgekommen, wäre der Deal gefährdet gewesen. Aber der sollte stattfinden.

FRAU MANZINGER Es war die einzige Transaktion, die wir stemmen konnten in Amerika. Denn alle anderen waren zu groß, da hätte der Schwanz mit dem Dackel gewackelt. Es war, wenn Sie so wollen, Notwehr. Wir mussten das tun, sonst gäbe es uns heute nicht mehr, andernfalls stünde an unseren Filialen City-Bank oder Deutsche Goldman …

Wir waren uns eigentlich immer alle einig, mit Ausnahme von vielleicht einem oder zwei Vorstandsmitgliedern, die aus welcher Gelegenheit heraus auch immer irgendwann mal verlauten ließen, sie hätten das Teil nie gekauft.

VON HIRSCHSTEIN Ich hab sofort gesagt, die Risiken der Fusion müssen sehr genau geprüft werden, das werde Monate brauchen … da hieß es schon, dass die Dealstrukturen mit den Vertretern von PAULA bereits festgelegt und nicht mehr änderbar seien, eine genaue Prüfung sei bis zur Vertragsunterzeichnung nicht mehr möglich. Da gab's einen irren Druck, in zwei Wochen wurde der Vertrag zu Ende verhandelt. In zwei Wochen! Ich hab das nicht glauben können, so über alle Risiken hinwegzugehen. Weil klar war, der Deal ist politisch gewollt, man wollte einen starken Player, einen Champion, im Zweifelsfall haftet der Staat.

ANSBERGER Ich hab da ein langes Papier angefertigt, das nannten wir »Küchenrolle«. Das haben wir ihr dann zur Kenntnis gebracht. Sie rief mich am Morgen gleich zu sich, war außer sich.
Die Zahlen sind so, wie sie sind, ich kann sie nicht besser machen.

FRAU MANZINGER Dann stirbt der Deal, und die Verantwortung tragen Sie.

VON HIRSCHSTEIN Nachdem sich die Unruhe etwas gelegt hatte, widmeten wir uns im Vorstand der Überlegung, wie man die Prognosen verbessern könnte.

ANSBERGER Faktisch ging's ihr darum, die Zahlen so lange um jeden Preis zu schönen, bis der Deal sich rechnete. Sie fand das »der Bedeutung des Projekts angemessen«.

MODERSOHN Die Höhe der Verluste war für uns nicht entscheidend, da klar war, dass wir staatliche Bürgschaften bekommen werden.

ANSBERGER Meine Kollegen haben das dann mit diesen geschönten Variablen hochgerechnet. Und wenn das am Ende eines Tages von einer anderen Realität eingeholt wird, kein Problem, wir haben die staatlichen Garantien, das Geld ist da. Wir haben jetzt 20 Milliarden bekommen, wenn die nicht reichen, wird die Hand noch mal aufgehalten, nicht wahr, Frau Manzinger? Bis zu 500 Milliarden sind garantiert, sind ja alles nur Steuergelder letztendlich, wir sind systemrelevant, too big to fail … die können uns nicht gegen die Wand fahren lassen …

FRAU MANZINGER Dass lineare Entwicklungen auf Dauer nicht

durchzuhalten sind, lehrt schon die Biologie. Eine Bakterienkultur kann für eine gewisse Zeit exponentiell wachsen, aber irgendwann reicht der Nährstoff nicht mehr, und sie bricht plötzlich zusammen. Man tut sich schwer zu erkennen, wann solch eine Entwicklung endet, wenn man selbst mittendrin steckt. Das ist, wenn man so will, der menschliche Faktor. – Der Mensch ist angstgetrieben, das sehen Sie an meinen Kollegen. Aus einer kleinen Krise macht die Angst eine große. Diese irrationalen Ausschläge sind mathematisch nicht vorhersehbar. Aber wir arbeiten daran, potenzierte Angst in unseren Modellen zu berücksichtigen und einzupreisen.

ANSBERGER Die einzige Chance, den Deal noch zu stoppen, war der Aufsichtsrat … Ich wollte den Bericht über die unklaren Risiken dort einbringen – am Tag, als über den Ankauf beschlossen werden sollte. Das hätte wie 'ne Bombe eingeschlagen und den Deal noch gestoppt. Der Aufsichtsratsvorsitzende wehrte ab, sie hätten schon genug Papiere, dafür sei einfach keine Zeit mehr. Als ich insistierte, hat er mir untersagt, das vorzutragen. Über den Umbau eines Pförtnerhäuschens hat man diskutiert, aber für diesen Deal hat man nicht mal eine Ausschuss-Sitzung einberufen.

VON HIRSCHSTEIN Da sind Dinge gelaufen, das kann man eigentlich keinem erklären, keinem vernünftigen Menschen. Das ist nicht Klabunda Barundi, das ist Deutschland.

FRAU MANZINGER Es war ein Geschäft mit einem extrem interessanten Ansatz, TRANSATLANTIC HERO zu werden, das war ja was wert, das war ja die Vision. Man darf zwischendrin nicht vom Gas gehen, Sie hören ja auch nicht auf, Fußball zu spielen, weil Sie wissen, in der 90. Minute kommt der Schlusspfiff. Da laufen Sie auch, bis tatsächlich abgepfiffen wird, und bis dahin wollen Sie gewinnen.

VON HIRSCHSTEIN Ich hab mich in diesen Verhandlungen sehr unwohl gefühlt. Ich stelle mir dann immer den Klang der Stimme meiner Mutter vor. Und reagiere auf sie. Sie ist in diesem Moment bei mir. Ich halte die Situation besser durch, wenn ich mich mit meinen Engeln in Verbindung setze. Davon gibt es reichlich, und viele von ihnen leben noch.
Und dann kam die entscheidende Sitzung, wo es hieß, fertig verhandelt, jetzt wird abgestimmt. Ich hätte da ganz klar sagen müssen, das ist ein Blindflug, da stimme ich dagegen. Und dann seht mal zu, da braucht ihr einstimmige Beschlussfassung, dann müsst ihr mich eben vorher rauswerfen. Das hätte ich sagen können.

FRAU MANZINGER Niemand wurde gezwungen, dem Kauf zuzustimmen. Es war ein einstimmiger Beschluss, so falsch kann's dann doch nicht gewesen sein.

ANSBERGER Man muss sich das mal so vorstellen, man steht da ganz alleine, der Aufsichtsratsvorsitzende, alle Vorstandskollegen, das Projektbüro, alle sagen: »Das ist der Deal unseres Lebens!«, und als Einziger sagt man: »Nein!«, ist über 37 Jahre bei so 'nem Institut. Sie sind dann nicht derjenige, der jetzt dann sagt, ich hab den Stein der Weisen, ich bin dagegen.

MODERSOHN Das kann Ihnen jetzt jeder Staatsanwalt sagen: Wenn Sie das alles so wahrgenommen haben, dann hätten Sie eben nicht nur den warnenden Finger heben müssen, dann hätten Sie einfach aufstehen müssen und sagen, ich unterschreib das nicht.

KASTEIN Leute, die es besser wissen müssten, heben die Hand und nicken das ab. Es sind die vielen Schwachen. *Tut mir leid. Ich hab Frau und Kinder.* Die wirklich gefährlichen Leute, die sind schwach. Die sind unberechenbar, und sie kommen nachts und von hinten.

CHOR V *Mein Vater war lange in Gefangenschaft – er ist 1947 bei seinem dritten und erst dann geglückten Ausbruch zu Fuß von Metz Hunderte Kilometer nach Hause gelaufen, stand vor der Tür, seine Mutter öffnete, zwei Jahre nach dem Krieg, die Eltern denken, unser Sohn ist gefallen, und dann steht der da, die Mutter erkennt ihren Sohn nicht. Er war zwei Jahre im Bergwerk, er musste Kohle schaufeln, in niedrigen Stollen, auf Knien. Ich erinnere mich, mein Vater hatte an unserem Steg ein Boot liegen, sein Segelboot, das war sein Ein und Alles. Einmal war viel Wind – er musste das Boot an den Steg manövrieren, es war schwierig für ihn, das richtig festzumachen. Er hat zu zittern angefangen, am ganzen Körper, hat geschlottert, dem ist der Schweiß runtergelaufen; wo du sagen kannst: manifester Stress, so ein stolzer Mann.*

ANSBERGER Als der Vertrag in Kraft treten sollte und ich dann diese ganzen Bilanzunterlagen bekam, also, mir ist es schwarz vor Augen geworden, weil es war alles noch viel schlimmer, als ich vermutet hatte. Und da hab ich gesagt, jetzt bist du in Teufels Küche, vielleicht atmest du irgendwann mal gesiebte Luft, weil, du kannst … in der kurzen Zeit kannst du das alles gar nicht übersehen. Du sollst da die Bilanz unterschreiben. Und da hab ich's richtig mit der Angst zu tun bekommen.

VON HIRSCHSTEIN PAULA hatte noch zusätzliche Risiken in zweistelliger Milliardenhöhe auch in den strukturierten Kreditportfolien, in denen beispielsweise Kredite aus dem amerikanischen Hypothekenmarkt enthalten waren.

ANSBERGER Damit diese Risikopositionen erst mal nicht in der Bilanz bei uns auftauchen, haben wir eine Spezialgesellschaft gegründet. Da hat man solche Geschäfte abgewickelt, wenn man will etwas under cover, da hat die Aufsicht nicht reingeschaut, die haben den Sitz auf die Kanalinseln verlegt. Aber die Risiken verschwinden ja nicht, wenn man sie verpackt und auslagert. Auch wenn man dem Kind einen schönen Namen gibt.

HINZ Für die Namen war ich zuständig, nachts, bei langen Strecken. Sie war hinten eingeschlafen, wird wach und fragt: Wo sind wir denn? Und ich sage: Keine Ahnung, bin auch gerade aufgewacht. Wir lachen herzhaft, und dann kommt die Frage: Wir haben ein neues Kind, eine unserer Zweckgesellschaften, haben Sie eine Idee, wie wir's nennen können? – Ich frage, welchen Zweck hat die? – Sagt sie: Wollen Sie's wirklich wissen? Da bringen wir all das rein, was niemand sehen soll. – Da war bei mir alles klar, sag ich: Wie wär's mit Loreley?

KASTEIN Was geht da gegen den Felsen? Diese Kreditpakete haben sich aus sich selbst heraus vermehrt, dass das auf eine Explosion zuläuft, das sehen Sie jetzt … Die Loslösung der Finanzsphäre von der Realsphäre: Welchen Nutzen hat der Gewinn einer Bank? Ein Produktionsunternehmen investiert in Forschung, in die Produktverbesserung, in die Produktivität. Und die Investmentbank? Schafft mit ihrer Geldvermehrung ein Perpetuum mobile und rast damit wogegen?

MODERSOHN Ohne staatliches Geld hätte uns Loreley in den Abgrund gerissen. Dann wären wir alle weg vom Fenster. Okay, such is life. Anyway – more fucked up ist: Die Politik hat Risikopositionen im dreistelligen Milliardenbereich, wenn man so will, verstaatlicht. Die haben das eingelagert in eine Art Bad Bank und haben es »FMS Wertmanagement« genannt, klingt so, als ob da noch mal Werte rauszuholen wären. Da ist fast alles tot da drin, Schrott. Die Bad Bank ist staatlich, über den Bankenrettungsfonds muss ständig neues Geld nachgeschossen werden, 2012 waren's zehn Milliarden. Wenn ein Flughafen 200 Millionen teurer wird, regen sich alle auf, hier sind's zehn Milliarden, das ist dann mal so 'ne kleine Meldung im Wirtschaftsteil, gut platziert im Sommerloch, wenn alle Fußball gucken und niemand irgendwas begreift, bis 2020 sollen 40 Milliarden dazukommen, das taucht ja dann auch irgendwann mal im Bundeshaushalt auf, als gigantisches Milliardengrab, zusammen 50 Milliarden, das ist ein Sechstel des gesamten Haushalts. Ist ja auch Geld! – Die Politik wollte doch die Fusion! Um jeden Preis! Wir haben doch nur ausgeführt, was die wollten.

ANSBERGER Schieben Sie's doch nicht auf die Politik! Sie wollten weitermachen, business as usual, dafür brauchen Sie Milliarden-Kredite. Ich hab am Abend vor der Vorstandssitzung erst die Entscheidungs-Unterlagen bekommen, und dann hab ich die ganze Nacht dran gesessen. Ich hab den Verantwortlichen morgens früh angerufen und hab gefragt, ob er noch alle Tassen im Schrank hat. Dann hat er's von der Sitzung runternehmen lassen, dann wurde das Ding nicht verabschiedet. Ich hab gedacht, jetzt müssen die mir doch dankbar sein, ich hab der Bank einen Milliarden-Schaden erspart … Dass sie mich dann so rasiert haben, damit hab ich nicht gerechnet.

KASTEIN *zu Ansberger* Sie haben ja noch die eine oder andere Illusion, das spüre ich, aber die treibe ich Ihnen noch aus. Woher kommen denn die exorbitant hohen Gewinne? Wie haben unsere Investmentbanker das gemacht? Indem sie riesige Kredite verpackt, bis zur Unkenntlichkeit vermischt haben, keiner wusste wirklich, was in den Paketen drin ist. Die haben sich auf die Pakete von den Ratingagenturen das Gütesiegel triple A draufstempeln lassen, absolut sicher. Und dann wurden sie weiterverkauft. An kleinere Banken, die nur auf das Gütesiegel gestarrt haben und sich das Zeug gedankenlos in den Keller haben räumen lassen. Unsere Banker haben doppelt Gewinn gemacht: Indem sie das Zeug verkauft und im großen Stil gleichzeitig darauf gewettet haben, dass die Pakete nichts mehr wert sind.

HINZ Nachts zieht ein Feuerteufel durchs Dorf. Ein Haus nach dem anderen brennt ab. Ich weiß, dass bald auch mein Haus dran sein könnte. Ich verkaufe mein Haus an einen Deppen, der die Gefahr nicht sieht, und gleichzeitig versichere ich mein Haus, das ich gar nicht mehr habe, bei einer Brandschutzversicherung tausendfach. Das Haus brennt ab, der Käufer hat den Schaden, geht pleite, ich sage zur Regierung, den kannst du nicht pleitegehen lassen, wenn der pleitegeht, gehen tausend andere auch pleite! Folgekosten! Flächenbrand! Warum sage ich das: Weil ich die Kaufsumme noch nicht voll erhalten habe. Und von einem Pleitier nichts mehr erwarten kann. Die Regierung nickt, legt einen Fonds auf, rettet den Hauskäufer und zahlt die Kaufsumme des Hauses an mich aus. Und warum tut sie das? Weil sie erpressbar ist. Wenn ich mein Geld nicht bekomme, kann ich meine Kredite nicht zurückzahlen. Dann gehen alle meine Gläubiger pleite. Die haben auch wieder Kredite laufen. Alles ist mit allem verbunden. Also zahlt besser! Und dann habe ich Anspruch auf die tausendfache Versicherungssumme für ein Haus, das mir gar nicht mehr gehört.

Die Versicherung geht pleite, der Staat fängt sie mit Steuergeldern auf, ich bekomme die tausendfache Versicherungssumme vom Staat für ein Haus, das ich schon lange nicht mehr besessen habe. – So einfach.

FRAU MANZINGER Wäre die Versicherung nicht gerettet worden, wären die Pensionen von sechs Millionen Lehrern in Nordamerika, die von zwanzig Millionen Staatsangestellten in Indien verlorengegangen, die hatten alle dort Ausfallversicherungen. Erklären Sie mal einem indischen Lokführer, der vierzig Jahre lang eingezahlt hat, dass seine Pension weg ist. So viele Suppenküchen können Sie gar nicht aufstellen, wie dann benötigt werden … und Ihre eigene auch, Herr Kastein, auch wir haben unsere Pensionskasse bei dieser Versicherung rückversichern lassen …

KASTEIN Es gibt einen einzigen Grund, warum ich hier was sage. Sie und Ihre Condottieri, Ihre ehrenwerte Gesellschaft, raubt länderübergreifend, kontinentübergreifend, die rauben ganze Bevölkerungen aus.

FRAU MANZINGER Mein lieber Kastein, Sie beleidigen Ihre eigene Intelligenz. Auf den Barrikaden, die Sie da errichten, werden Sie als Erster verbrannt. Vergessen Sie nicht, wie viele Jahre Sie in der Verantwortung standen und nichts gesagt haben. Warum sprechen Sie erst jetzt? Warum so spät? – Vielleicht sollten Sie mal Segeln gehen? Auf den Spuren des Odysseus, Ihren Homer in der Hand, da aufkreuzen, wo er gelitten, gestritten, gehurt und gesoffen hat? Draußen ist Sommer, man muss doch auch mal leben.

ANSBERGER Die können sich die besten Köpfe der Publizistik in ihre Presseabteilung holen, und dann sehen Sie als Einzelner ganz schön blass aus, eine Riesenkohorte, die Hunderte Millionen kostet. 300 Leute beschäftigen die heute …

KASTEIN Genauso viele Leute werden engagiert, um nicht entlarvt zu werden. Spin doctors. Privatdetektive. Meine Haltung dazu habe ich denen offen gezeigt. Die Leute sehen das als feindlichen Akt, und im Rahmen ihrer Möglichkeiten beantworten sie es so. Manche haben ein langes Gedächtnis. *Wenn der das durchschaut, was weiß der denn noch. Der weiß zu viel.* Das macht Sie zum Gegner, das macht Sie gefährlich.

VON HIRSCHSTEIN Ein Mann aus der Presseabteilung. Das sagte er mir ganz offen: Wir haben den Auftrag, Sie hier zu isolieren und in den Medien bloßzustellen. – Sie wollen es ja erst mal nicht glauben, denken, da will sich einer wichtigmachen.

ANSBERGER Es gibt die richtigen Lakaien in der Wirtschaftspresse, die schreiben das dann, die wollen nicht abgehängt werden von den Informationen …

KASTEIN Ich weiß noch, unser letztes Gespräch in der Bank, drei Tage vor meinem Ausscheiden, wobei wir nicht sicher waren, können wir hier überhaupt reden. Wir wissen inzwischen, was die da alles veranstaltet haben, wen die da alles überwacht haben. Ich habe Ihnen damals gesagt, haben Sie sich mal angeguckt, wem Sie da vertrauen.

ANSBERGER Ich wusste, als eine neue Telefonanlage installiert wurde, dass da Abhörmechanismen eingebaut wurden. Bin ja nicht von Dummsdorf …

KASTEIN Diese ganze Abhörstrategie, die haben systematisch gesammelt, was sie kriegen konnten. Dafür braucht man Technik. Das war nicht der hauseigene Sicherheitsdienst.

VON HIRSCHSTEIN Ich habe das trotzdem nie öffentlich gemacht, Abhören hin oder her, es gibt viele Straftatbestände im Leben. Mit Dreck schmeißen hab ich nie für eine sinnvolle Sache gehalten. Das ist dann eine Frage der Abwägung, da muss man wieder logisch denken können.

MODERSOHN Best case scenario: Der Dreck bleibt immer an einem selbst hängen.

ANSBERGER Ich bin in meiner Bank immer dafür angetreten, die Dinge möglichst unter dem Teppich zu halten und nicht an die Öffentlichkeit zu tragen.

FRAU MANZINGER Der eine oder andere Banker hat Regelverstöße begangen. Das sind justitiable Einzelfälle, die muss man vor Gericht stellen, die müssen bestraft werden. Aber deshalb können Sie nicht die ganze Branche aburteilen. In den Fehlern Einzelner liegt nicht die Ursache der Krise. Spekulative Blasen hat es immer gegeben. Sie sind Teil eines Marktkorrektivs. Der Mensch ist ein Herdentier, das ist nun mal so. Wenn alle rennen, will keiner zurückbleiben. Gute Führung bedeutet eben zu schauen, wo die Herde hin will – und dann vorneweg zu laufen.

KASTEIN … Und wenn alle an den Abgrund kommen, treten Leute wie Sie zur Seite. Ihre Wetten auf den Tod der Herde sind alle schon platziert.

VON HIRSCHSTEIN Ich hatte massiven Druck und habe mir gedacht, du musst dieses Desaster wirklich beenden, das ist nicht mehr deine Bank.

MODERSOHN Wenn man nicht mehr in dieses System passt, wird man abgestoßen. Das muss man akzeptieren.

VON HIRSCHSTEIN Ich hab mich viel mit Leuten unterhalten und habe Rotwein getrunken und andere Dinge, ja, auch mal mir einen hinter die Binde gekippt, um den Kram zu vergessen, dann legen Sie auch an Gewicht zu, also sagen wir mal, da ist man in einer Gefährdungssituation, wo man auch einfach mal umfallen kann, und ist tot.

ANSBERGER Zwei Tage später wurde ich in der Sitzung rausgebeten, dann wurde mir mitgeteilt, dass ich mit sofortiger Wirkung aus der Bank ausscheide. Ein Formular: Muss ich jetzt hier unterschreiben? – Fertig … kein Händedruck …

CHOR VI *Ich bin in den Bergen aufgewachsen – der wilde Mann, der weiß, wo man nach Wasser gräbt, wo man Holz für den Winter schlägt. Ist gar nicht mal so schlecht, wenn Sie eine lebende Bedrohung darstellen für andere. Da kann nicht einfach so ein Wurstel daherkommen und sagen: Vernichtet ihn.*

KASTEIN Irgendwo muss man ja am Abend zur Ruhe kommen. Wenn ich nicht so eine Konstitution hätte, mit guten Genen ausgestattet, dann überlebt man so was nicht. Herrhausen hat sein Leben riskiert und verloren … Wir wissen bis heute nicht, wer das war. Gerade hier möchte ich mich mit Verschwörungstheorien zurückhalten. Ich habe nie lange dieselben Autos, und meine Bude ist gesichert, da kommt das Überfallkommando innerhalb von zwei Minuten, weil ich zwischen der Kanzlerin und der Synagoge wohne, und das macht sonst keiner. Muss man eben planen. Warum? Weil es diese Bedrohung gibt. Es ist besser, nicht darüber zu reden. Wenn Sie es doch tun, kämpfen Sie gegen eine Organisation mit 300 Agenten. Um was geht es: um das Nachdenken. So wie Herrhausen nachgedacht hat. Der sitzt da alleine in seinem Büro und kommt drauf, dass die Welt keine Chance hat, wenn man die aufgezwungenen Verschuldungen nicht radikal abschreibt … irgendein Diktator nimmt einen Kredit, und dann ist Uganda, Burundi-Klabundi verschuldet. Der verjuxt das mit irgendwelchen Polinnen in Südfrankreich, und das Land hat die Schulden, und dann ist er weg. Aber das Land muss die Schulden abtragen. Die kommen da nie raus. Und das sind ja auch keine Schulden, die die, die es jetzt abtragen müssen, gemacht haben. Die Griechen, die diese Schulden jetzt bezahlen müssen, haben die Schulden auch nicht gemacht. Das haben die Familien Papandreou, Karamanlis und wie sie alle heißen, gemacht. Die haben den meisten Teil der Knete eingesackt und ins Ausland verschoben. Wo sind die Steuern und wo ist das Geld eigentlich hin? Wo sind die 400 Milliarden? Und wer hat ihnen dabei geholfen? Da kommt man doch auf die Schweiz, da kommt man doch auf Zypern, und da kommt man auf Deutschland. … Da geht's nicht nur um Schwarzgeldkonten. Goldman Sachs hat geholfen, zwei Prozent der griechischen Staatsschulden zu verstecken, und hat selbst dafür 500 Millionen kassiert. Ein dicker Vertrag, zehn Unterschriften, ein Team arbeitet daran zwei Wochen. So kamen die Griechen in den Genuss, dem Euro beizutreten. Beihilfe zum Betrug. Die Politik hat es so gewollt, entsprechende Gesetzesänderungen gab's ja: Griechenland ist Europa, und Europa ist der Euro. Damals hieß es, kein Land haftet für die Schulden eines anderen. So steht es im EU-Vertrag. Interessiert heute keinen mehr, Verfassungsbruch hin oder her, wir machen's ja freiwillig. Wer entscheidet und führt das alles aus: der Präsident der Europäischen Zentralbank. Ist der demokratisch gewählt? Nein. Woher kommt der? Von Goldman Sachs. Wer hat das Risiko: die Zentralbank, und wenn die nicht mehr Geld drucken kann – wir alle. Risiken verschwinden ja nicht, sie nehmen nur andere Formen an. Eine gigantische Umverteilungsmaschine. Die Banken brauchen dafür nicht mal ein Büro … da genügt ein Computer auf den Cayman Islands. Wie kommen Sie da raus aus diesen Billionen Schulden? – Inflation. Wen trifft es? Die, die keine Häuser haben, keine Goldbarren im Safe, den kleinen Sparer, der sein Vermögen verliert. Wozu führt das? Gigantische Rezession.

Wer gewinnt daran? Die, die heute schon auf den Zusammenbruch des gesamten Systems Hunderte von Milliarden wetten. Warum wird da niemand wütend? Warum werden die Zelte abgebaut und in den Museen ausgestellt? – Die eigentlichen Fragen werden nicht gestellt.

FRAU MANZINGER Wir stehlen uns nicht aus der Verantwortung, sondern versuchen, Vorschläge zur Verbesserung des Systems zu machen. Es geht um einen freiwilligen Bewusstseinswandel. Nicht im Kopf eines einzelnen Händlers. Der wird mit oder ohne Regeln immer weiter sein Geschäft machen, das er ohnehin nicht mehr wirklich kontrolliert. Das machen Maschinen im Bruchteil einer Sekunde, sie treffen die Entscheidungen, da kann kein Mensch mehr eingreifen, das ist »Natur«, mit wem wollen Sie da reden?

Wir müssen uns selbst Verhaltensmaßstäbe setzen, aus eigener Überzeugung. Dann sind wir wieder bei einem Freiheitsbegriff, der die Selbstheilungskräfte des Marktes anschiebt, anstatt sie zu blockieren. Über viele Jahre ist das Investmentbanking als ein Begleitaspekt der Globalisierung an der Generierung von Wohlfahrtsgewinnen beteiligt gewesen. Wir liefern als eine Gruppe der Bestverdiener den Speck auf den Frühstückstisch der Nationen.

Der Financial Sector zahlt weltweit den größten Beitrag an Unternehmenssteuern … Wir führen aus, was unsere Kunden wollen: Mehr Rendite zu erzielen als der Konkurrent, der Wettbewerber, der Kollege, der Nachbar. Damit spiegeln wir eine Grundhaltung, die der Zahnarzt mit seinem Wunsch nach einem anspruchsvollen Renditemodell genauso mitträgt wie der Stadtkämmerer, der die örtliche Wasserversorgung an einen Investor veräußert. Wer auf uns zeigt, meint sich selbst. *Ab.*

KASTEIN Es führt zu nichts, einem Banker ins Kreuz zu treten. Man muss die Mechanik verstehen. Der US-Präsident ist doch längst gewählt, von einigen wenigen, die über die entsprechenden Mittel verfügen, lange bevor alle das Kreuzchen machen. Sag mir, wie du finanziert wirst, und ich sage dir, was du denkst. Sie müssen heute, um zu herrschen, kein Blut mehr an Ihren Fingern haben, Sie brauchen kein Tyrann mehr zu sein.

Das hätte Machiavelli sich nicht träumen lassen. Aber selbst die, die nur noch in der Nähe der Macht sind, werden diesen Mechanismus nie, nie, nie, nie enthüllen, weil sie die Chance haben, ihn demnächst wieder zu nutzen. Weil sie die Hoffnung haben, noch einmal nach oben zu kommen. Und sie sind nicht raus, sondern nur ein paar Stockwerke tiefer. Auf Abruf. Im Schatten zwar, es kommt kein Licht hin, aber umso größer ist die Hoffnung.

Von Ferne ist Gesang zu hören. Es klingt so, als würde Frau Manzinger auf der Hinterbühne singen, einen Choral von Bach.

Singen kann sie wirklich schön, wenn ich das höre, möchte ich ihr den Kopf streicheln, auf den ich eigentlich einschlagen müsste.

CHOR VII *Mein Vater war oft in der Schweiz, war uk gestellt, also unabkömmlich, musste nicht an die Front, da hat er die Transporte nach Zürich begleitet, Gold haben die da hingekarrt, das sie den Juden aus den Zähnen gezogen haben. Hab ich erst am Sterbebett erfahren. Die Reichsmark war nichts mehr wert im Außenhandel, da mussten schon andere Sicherheiten her, um die Kriegsmaschine zu füttern. Was glauben Sie, warum Hitler die Schweiz nicht besetzt hat? Man überfällt doch nicht seine eigene Bank. Mein Vater hat sich da nie bereichert, ist immer anständig geblieben, sagt er. Wir hatten viel Vermögen, das war dann 48 alles weg, irgendwie musste die Bundesrepublik die Kriegsschulden ja loswerden, haben sie einen Währungsschnitt gemacht, wer 10000 Reichsmark auf dem Konto hatte, hatte dann nur noch 7,5 Prozent davon, also 750 Mark … das ist die Methode der Wahl, Staatsschulden schnell zu beseitigen. War ein Geheimplan, wusste ja keiner davon, kam über Nacht, hat uns kalt erwischt und bettelarm gemacht. Das wird wiederkommen. Der Euro ist ein Homunculus, der künstlich gezeugt worden ist und der sich dann irgendwo auflöst, das wissen alle, und keiner redet drüber. Ich glaube denen nichts mehr, aber auch gar nichts. Die drucken schon die neue Währung, wie die die nennen, keine Ahnung, aber gedruckt wird die schon, morgen gibt's die an den Bankomaten.*

3. Underground

HINZ In den Räumen hier gibt es kein Licht mehr, es kommt nur noch in kleinen Mengen herein. Oben leben sie in Gewächshäusern, da gibt es sehr viel Licht, eine Explosion von Licht, die sieben Himbeerreiche sind nicht nur oben, sondern auch unten, so weit es nach oben geht, so weit geht es nach unten.

MODERSOHN Wir waren eben nicht nur gut, sondern auch teuer. Es hat sich auch keiner richtig an die betriebswirtschaftliche Analyse des Wirkungsgrades unserer Abteilung gemacht, und ich saß da ein halbes Jahr. Und es wurde nie richtig erklärt, warum man diese Abteilung schließt, natürlich gab's im Investmentbanking Einbußen, ohne Frage, und einer nach dem anderen wurde da rausgezupft und irgendwo anders hin verladen. Und ich war dann noch mit zwei Kollegen der Letzte, der dann da saß, wir hatten aber eigentlich nichts zu tun. Wir hatten zwar Computeranschluss, der funktionierte, aber wir hatten keine Visitenkarten mehr, wir hatten auch keinen Auftrag, etwas zu tun. Wir saßen einfach da. Keiner hat uns etwas gesagt. Wenn wir die unmittelbaren Chefs gefragt haben …

Ja, wir wissen noch nicht genau, wie die Strategie ist, so wurde gesagt.

VON HIRSCHSTEIN Dass das das Ende sein soll, nach vierzig Jahren, das glauben Sie nicht. Das ist so, als würde Ihnen jemand sagen, also … »Sie haben Krebs und müssen in 'nem halbem Jahr sterben.« – Es war ganz anders abgesprochen. Meine Verlängerung war schon auf der Tagesordnung drauf. Dann hieß es im Vorstand plötzlich – wir müssen eine andere Lösung suchen. Innerhalb von zehn Tagen musste ich das Büro räumen. Das Mobiliar, das bei meinem Einzug drin war, wurde verglichen mit dem, was noch da war. Was fehlte, sollte ich bezahlen. Ja, selbst für so ein Unterteil für so 'n Computer, Konsole nennt sich das, da musste ich dann noch gucken, wo hab ich den überhaupt – weil ich den gar nicht mehr benutzte … Für jemand, der sich nichts zuschulden hat kommen lassen … also, keiner kann mir sagen, wo ich der Bank je geschadet hätte.

MODERSOHN Vielleicht haben die gedacht, der passt in keine richtige Struktur mehr rein. Lassen wir den mal da sitzen, mal sehen, was passiert. Und die haben das auch einfach nicht weitergedacht. Dass so etwas auch in einem durchorganisierten Laden stattfinden kann …

Es ging dann so ein Gerücht rum. Die in der Personalabteilung kriegen Zulagen, wenn sie uns dazu bringen, dass wir von uns aus kündigen. Dann muss die Organisation keine Abfindung zahlen.

ANSBERGER Ich habe mein Büro auch räumen müssen, jetzt sitze ich hier, man weiß nicht, wer sitzt da noch? Alles so ruhig hier, keine Namensschilder.

MODERSOHN Ich steh vor dem Turm, denke, irgendwas ist anders. Die Fassade glänzt wie immer, die Türen im Eingangsbereich drehen sich nicht schneller – plötzlich weiß ich es. Der Turm fault von innen, da ist ein Nasskern, dauert nicht mehr lang, fällt das Teil in sich zusammen. Da arbeiten keine Menschen mehr, die für die Bank einstehen, die stolz sind auf ihre Organisation. Da sind nur noch Nomaden, die von heute auf morgen rausgesetzt werden. Die weiterziehen, Hongkong, Sydney, London. – Ich bin so loyal und sage, ich geh da jetzt morgens weiter hin. Dann sitzt man hier und überlegt: Wie verbringe ich den Tag?

ANSBERGER Es hat nie eine klare Aussage darüber gegeben, was passt jetzt eigentlich nicht in die Landschaft? Ich merke, dass ich überflüssig bin, aber keiner sich traut, mir klar zu sagen, was das Problem ist.

MODERSOHN Ich habe nicht wirklich das Gefühl, dass die Bank mich schlecht behandeln will. Dass das als eine faire Lösung hier verstanden wird. Es wird ja für alles gesorgt.

ANSBERGER Hier kriegt man nur das, was einem vertraglich zusteht. Bürostuhl war sechsfach verstellbar, der hier ist nur dreifach. Ich hatte immer Softlan-Rollen drunter, jetzt habe ich billigere, die sind laut, kein Wunder bei dem Bodenbelag hier, ich hatte oben immer Teppich, ich war so blöd, hab ich nicht vorab reinschreiben lassen in meinen Vertrag, ist nachträglich nicht einklagbar, das wissen die genau. Vorhänge gingen bis zum Boden, jetzt gibt's gar keine mehr, gut, wir haben auch keine Fenster. Mein Fahrer steht mir ja zu, qua Vertrag, aber der darf nicht mehr auf den Parkplatz für den Vorstandsbereich. Ich muss in die Mitarbeitergarage, da hat keiner einen Chauffeur, da fällt man richtig auf …

HINZ Ich öffne die hintere Tür, lasse ihn aussteigen, schließe sie wieder und trage selbstverständlich die Aktentasche, der Weg ist ja jetzt etwas weiter.

ANSBERGER Die ist ja leer bis auf das Pausenbrot und die Teebeutel, ich lasse ihm das, seinetwegen.

HINZ Hier ist so ein Moloch, wo viele Sachen passieren, von denen kein Mensch keine Ahnung hat.

ANSBERGER Wenn sich einer so einrichten mag, dann kann er das hier tun. Es wirft mir niemand vor, dass ich ein hohes Gehalt habe und nichts dafür tue. Vielleicht sind wir einfach vergessen worden. Richtig vergessen worden, es ist ein Schauplatz, von dem niemand so richtig wissen will, was da eigentlich passiert. Vielleicht weil es ihnen lästig ist, weil es ein Nebenschauplatz ist, sie wichtigere Sachen zu tun haben. Weil es einfach auch ein bisschen kompliziert ist, das erfordert Nachdenken, man kann das nicht linear, eindimensional lösen.

VON HIRSCHSTEIN Ist ein echter Canaris, Lederausstattung, Original. Ich hab ihn von oben mitgenommen … weil er hier gut reinpasst; wollten sie fast den Neupreis, bekam sofort die Rechnung. – Ich bin im Grunde genommen froh, dass ich nicht da mehr da oben mit sitze und die jeden Tag erleben muss. – Wenn ich hier reinkomme, und der Etagendiener bleibt sitzen, denke ich, der hat es auch nicht mehr nötig, weil ich nicht mehr im Vorstand bin. Wenn der aufgestanden wäre, hätt ich gedacht, Mitleid habe ich nicht nötig. Das kommt dann schon, dass Sie hier Ihre Machtbefugnisse entbehren. Wenn Sie an der Pforte in der Zentrale nach mir fragen, wissen die nicht mehr, wer ich bin. Die Funktion löst sich auf und damit auch Ihre Existenz in so einer Organisation.

ANSBERGER Um das hier unten durchzuhalten, gibt's halt dann ein paar Instrumente – ich trau mich's kaum auszusprechen, ja – meine Waffe ist, dass ich mir angewöhnt habe zu denken: Leck mich am Arsch. Also, das denke ich mir zehnmal am Tag; wenn ich hier sitze, denke ich mir: Leck mich am Arsch. Auf Dauer ist das auch keine Lösung.

KASTEIN Die denken immer nur an ihre Privilegien. Was ich nicht verzeihen kann, ich kann's nicht, ich werde da auch nicht gnädig sein, ich kann ihm nicht verzeihen, ich hab ihn wirklich immer wahnsinnig gemocht. Ich verzeihe ihm nicht, dass er sich weigert, in größeren Zusammenhängen zu denken.

VON HIRSCHSTEIN Ich weiß, was ich tue, weiß, was ich tun kann. Ich halte mir zugute, bei der Bank die Dinge auf das richtige Gleis befördert zu haben, Fehler verhindert zu haben. Sicherlich nicht alle und immer, aber man muss da auch seine Grenzen sehen. Sie können nicht der Retter der Welt sein, ein Salvator Mundi. Sie müssen wissen, wie groß ihre Bataillone sind und wie weit Sie damit kommen. Jetzt mache ich die Dinge, die ich früher nicht machen konnte. Ich lese, was mich interessiert, jenseits eines höheren Zwecks …

KASTEIN … die jeweils aktuelle Papstbiographie …

VON HIRSCHSTEIN Nein, die Bibel.

KASTEIN Und, was folgt aus Ihrer Bibellektüre?

VON HIRSCHSTEIN *zu Kastein* Warum soll ich aus der Verdeckung kommen? Mich outen, öffentlich den Ankläger spielen? Ich bin Buddhist. Die einzige Religion, die keinen Krieg legitimiert hat. Zorro trägt immer eine Maske …

KASTEIN In Tunesien hat ein Gemüsehändler, der sich auf dem Marktplatz verbrannt hat, eine Revolution ausgelöst. –

VON HIRSCHSTEIN Dann fragen Sie unseren Fahrer. Er bringt Ihnen den Kanister. – *Zu sich* Glücklich das Land, das keine Helden braucht.

ANSBERGER Ich verfolge hier den Aktienkurs, hat so seinen Grund, hab auf fallende Kurse unserer Bank gewettet, geht ja alles den Bach runter, und warum soll ich nicht wenigstens davon was haben … was soll ich denn sonst machen. Ich bin halt auch Teil der ganzen Aktion. Und wenn die Musik stoppt, wollen alle auf einmal einen sicheren Stuhl haben, aber dann sind nicht genügend da.

VON HIRSCHSTEIN Ich schreibe … Keine Lebensbeichte, eher ein einfacher Bericht von einem, der wusste, was es braucht, um nach oben zu kommen. Nein, nie ganz nach oben. Den allerhöchsten Gipfel, den mochte ich nie, da war es mir immer zu eisig, zu frostig, da war man einsam. Aber drunter, auf den besonnten Hügeln, da, wo der Wein wächst, da fühle ich mich wohl.

ANSBERGER Ich schaue zu, dass ich meine Mandate loswerde. Ich muss mir überlegen, was mache ich mit dem Fahrer, ich bringe es kaum übers Herz, ihm zu sagen, dass ich ihn nicht mehr brauche, 37 Jahre hat er mich gefahren, ich habe mit ihm mehr Zeit verbracht als mit meiner Frau.

HINZ Ich fahre ja keinen mehr. Die sitzen ja immer hier. Kasomil ist verkauft, die oben fahren jetzt andere Modelle.

ANSBERGER Das wickelt sich alles sehr ordentlich ab. Er will für mich noch die Weihnachtspost machen, das lasse ich ihm.

HINZ Ich kann Rollstuhl, ich kann Briefmarke, ich kann Windel, ich kann Fencheltee, ich kann Weihnachtspost. Aber ich kann nicht Siechtum. Das ertrag ich nicht, da will ich nicht zusehen. Hab die alle anders gekannt. Will sie so in Erinnerung behalten.

VON HIRSCHSTEIN Wenn Sie mal einen Gedanken an die Philosophie verschwenden sollten. Der Mensch ist ja das einzige Wesen, das sich auszeichnet durch eine ständige Unzufriedenheit mit dem Bestehenden. Eine Schwalbe baut ihr Nest noch genauso wie vor 5000 Jahren. Kein Reh käme auf die Idee, den Weg zum Äsplatz abzuholzen, die gehen schön außen rum. Der Mensch ist immer unzufrieden mit dem Bestehenden. Du darfst von allen Bäumen essen, nur nicht vom Baum der Erkenntnis, der ist dir verboten. – Ich hab hier diesen Herrn für die Sekretariatsangelegenheiten, der schreibt das alles auf. Ich diktiere ihm Seite um Seite, abends sage ich, wissen Sie was, das werfen wir jetzt weg. Nicht weil es nicht gut genug ist … morgens fange ich gerne von vorne an. Wen interessiert es? Machen wir uns nichts vor, wir leben in einer Zeit, wo die Jungen weniger an ihren eigenen Fehlern leiden als an den Erfahrungen der Alten. Ich schreibe öfter mal einen Brief nach oben, eine Antwort erwarte ich nicht. Abgesehen davon, dass ich auch nie eine bekomme.

FRAU MANZINGER Ich kümmere mich um unsere Altvorstände, unsere verdienten Veteranen, manchmal ist es ein munteres Fachgespräch, ich helfe einen orthopädischen Bürostuhl zu organisieren, hab dafür gesorgt, dass hier keine Perser ausgelegt wurden, was glauben Sie, wie viele Oberschenkelhalsbrüche dadurch verhindert werden.

KASTEIN Glauben Sie wirklich, die macht das ohne Auftrag?
Leute wie die, das sind Physiker, die machen Versuche, probieren dies, probieren das … Die wissen, hier wird zu den Wurzeln gedacht, da wackelt der Turm, die Wahrheit ist dem Menschen zumutbar. Man sollte wirklich mal wieder Marx lesen! Kommunistisches Manifest, erstes Kapitel. Ein Genie des Abrisses, er hat alles vorausgesehen, die Vernichtung traditioneller Gewerbe und Industrien. Wir sind alle nur noch Geister.

MODERSOHN Status quo ist für mich Gift. Kompromiss macht mich tot. Ich kann nicht Kompromiss, ich kann nicht Mittelweg. Und deswegen tut mir das hier unten gut. Konzentration, Zeit für mich, downsizing, reduce to the max, die Hütte hier stemme ich – aber so was von. Die spielen doch nur auf Zeit, da oben. Der Zusammenbruch kann stündlich kommen. Dann brauchen die 'nen erfahrenen Feuerwehrmann. Ich bin bereit.

ANSBERGER Ja, ja, bereit sein ist alles.

CHOR VIII *Für mich sind Ruinen der Normalzustand. Auf den nach Kriegsende aufgenommenen Fotos von den Bombeneinschlägen kann man erkennen, wie das Gras schon wieder wächst. Es ist ein schöner Frühling, der April 1945, die Erde ist aufgerissen, das Gras wächst deshalb besonders grün. (1)*

4. Welcome to the Club

HINZ Wer Himbeerreiche anzündet, kann nicht erwarten, deren Früchte zu ernten.

FRAU MANZINGER Eine falsche Bewegung, eine kleine Winddrehung, eine Balanceverschiebung, weil man gerade punkten muss mit der Kraft – und es ist vorbei. Man muss erkennen, wie fragil dieses System ist und wie viel Energie man reinstecken muss, dass du immer in einem Gleitprozess bleibst. Wenn der Wind dreht oder nur eine kleine Abweichung hat, wird mein Brett mich nicht tragen, das hat nur Auftrieb mit dem richtigen Wind, und den muss ich selber reinblasen.

Ich hab Dinge gemacht, die gigantisch erfolgreich waren, wo jeder gesagt hat: Never ever wird das einer hinkriegen. Und wenn du dann einen Moment innehältst, weißt du ganz genau: Ich hab so eine große Versprechung … hinterlegt, dieses Tempo werde ich nicht mehr übertreffen, ich werde mich selber nicht mehr einholen können. Das ist dann ein Moment, wo ich sage: Da bist du nicht clever, sondern klug, wenn du erkennst: Mach dich vom Acker.

VON HIRSCHSTEIN Die Griechen hatten ja die Geschichte von dem Sisyphos, der den Stein hochrollt. Das war ja nicht, um dem Arbeit zu machen. Die Griechen hatten eine Angst vor der Unsterblichkeit. Die sagten, das hört ja nicht auf, deswegen haben sie das an dem Sisyphos dargestellt und sagten, der muss was schaffen, etwas, was nicht aufhört. Und daran halte ich mich. In der Hölle gibt es immer noch Hoffnung. Im Himmel, das ist nur noch Glückseligkeit, und das ist ein bisschen wenig. … Im Himmel möchte ich ja wegen des Klimas sein, weniger wegen der Gesellschaft. Da bin ich lieber hier.

FRAU MANZINGER Ich weiß: Wenn jemand so ’nem Typus wie mir folgt, wird er scheitern, ein anderer kann das nicht schaffen. Es gab ja mal die Überlegung, dass zwei Leute mir nachfolgen, das hätte auch nichts geändert. Und man schaut sich das von hier unten an und denkt: Ich bin froh, dass du da oben meinen Platz einnimmst, aber du wirst scheitern; und die scheitern dann auch. Die wissen nicht weiter. Die spielen alle auf Zeit. Die kriegen immer deinen Namen vorgehalten – und die müssen dann eine Bindung zu mir aufbauen, und das führt dazu, dass die mir dann zum Geburtstag gratulieren, und ich denke: Warum gratuliert der mir zum Geburtstag? Der muss mich zum Teufel wünschen. – Zunächst hat keiner verstanden, warum ich aufgebe. Die ist doch befreundet mit dem Milliardär X, die macht da privat noch eine Bank für den auf. Hat niemand verstanden, dass ich freiwillig gehe.

ANSBERGER Freiwillig?

FRAU MANZINGER Ich bin ja noch im Beirat der Bank. Die müssen mir Spesen bezahlen, hab ja noch ein, zwei Mandate, die haben noch nicht mal eine zeitliche Befristung reingesetzt. Ich bin nur hier, weil ich einen Brief abgeben wollte, mit den ganzen Jahresspesen, und da hab ich festgestellt, jetzt haben die meinen Ausweis abgeklemmt, der geht da oben nicht, ja. Letzten Monat kam ich noch überall rein, auch in die Vorstandsräume, überall. Hat uns keiner daran erinnert, dass wir die verlängern lassen müssen. Kommt jetzt keiner mehr oben rein. Also, es hieß ja immer, die werden verlängert, meinen konnten sie nicht verlängern, weil die Nummer war inzwischen an einen anderen weitergegeben. Und ob ich jetzt einen neuen kriege oder nicht – ich kann da klingeln. Ich will da sowieso nicht hin, also, das ist eine muffige Kiste da im 33. Stock, ich hab überhaupt keine Lust, da noch groß hinzugehen. – War beim Arzt. Sitze ich dem Mann gegenüber, armselig die Idee, lass uns fünf Jahre drüber sprechen, dass deine Mutter an deinem sechsten Geburtstag den Kuchen an andere verteilt hat. Ich sage ihm: Wissen Sie, dass Sie in Ihrer linken Wange ein Loch haben, wenn Sie die Hand wegnehmen? Weil Sie den Daumen in Ihre Backe bohren? Und Ihre eigentliche Leistung darin besteht, immer so dazusitzen und mich so anzugucken? Bewegen Sie doch mal Ihren Kopf, dann merken Sie, dass Ihr Musculus sternocleidomastoideus weh tut, der ist durch jahrelange Fehlhaltung verkümmert.

KASTEIN Menschlich lass ich auf sie nichts kommen, nichts, gar nichts. Der vordere Stirnlappen ihres Gehirns ist nicht voll ausgeprägt, deshalb ist ihre emotionale Intelligenz unterentwickelt, aber dafür kann sie nichts. Sie war lange meine natürliche Feindin. Sie, die mir immer vorgeworfen hat, nur negativ zu denken, weiß, dass ich in allem recht behalten habe. Das ist tragisch. Sie hat dieses System verteidigt, auch dann noch, als sie schon im freien Fall war. Sie ist der betrogene Betrüger. Und sie weiß es.

FRAU MANZINGER Gucken Sie die Wand hier an. Die ist nicht weiß, die ist nicht gelb, die ist einfach ein Nebel. Das ist kein freiwilliger Akt. Mein Mördergedächtnis dreht frei. Vielleicht muss hier einfach mal gelüftet werden.

KASTEIN Ich hoffe, dass ich irgendwann mal die Gelegenheit habe, mit ihr spazieren zu gehen, zwei, drei Stunden. Habe ich bisher nicht wahrgenommen, sie hat es mir ja angeboten.

CHOR IX *Als Kind habe ich von großen Räumen geträumt. Wo ich aufgewachsen war, war ich sehr beengt, eingekastelt von der Situation. Ich habe mich dadurch in eine andere Welt versetzt. Ich möchte Räume haben, wo man die Wände nicht mehr sieht. (2)*

5. Der große Regen

HINZ Bunker sind spektakuläre architektonische Gebilde. Mit Hilfe moderner Bautechnik wird für einige wenige daraus ein Domizil von einer klaren Schönheit. –
Es ist nur eine Frage der Zeit. Draußen sind die Firmenschilder abmontiert, es sollen Demonstrationen im Gange sein, ich kann Ihnen viele Adressen nennen, da haben die ihre Firmenschilder abmontiert, die haben sich anonymisiert. Wir sind die Einzigen im Gebäude, die anderen Abteilungen sind ausgelagert, in die Notarbeitsplätze außerhalb der Stadt, das zeigt ja, dass dann doch ein Bedrohungspotential tatsächlich von der Straße ausgeht, die Innenstadt verwaist, der Einzelhandel hat deutliche Umsatzeinbußen zu verbuchen – die man dann ein ganzes Jahr nicht mehr aufholen wird können – der Eingriff ist schon fundamental, auch das Aufgebot von Polizei hier, das ist enorm. Unser Turm ist auch mit entsprechenden Barrieren abgesperrt. Was zumindest eine mögliche Erstürmung schon deutlich erschwert …

REDE Nach derzeitigen Erkenntnissen kann es zu Unruhen kommen, ein Ende ist nicht absehbar. Vor diesem Hintergrund gibt die Bank folgende Handlungsempfehlung:
Ein Zugang zu Gebäuden in der Innenstadt ist nicht möglich. Bitte beachten Sie, dass der Außenparkplatz aus Sicherheitsgründen nicht benutzt werden darf. Mit den Führungskräften aller Bereiche finden Vorbereitungen statt, die Arbeitsfähigkeit wird trotz der zu erwartenden Einschränkungen sichergestellt. Es wird unbedingt das Tragen von Freizeitkleidung empfohlen.
Ich lasse heute auch den Schlips weg, bin dann tatsächlich, so wie's gewünscht ist, ganz normal in Zivil und mit Jeans, wie man eben in der Freizeit gekleidet ist, also, ich hab ja in der Freizeit auch keinen Anspruch, mich im Anzug aufzuwerten, Sportjacke und keine Aktentasche. Man legt ja ein Stück Seriosität damit auch ab. Der Anzug steht ja für das Besondere, es ist 'ne Seriosität, es hat formale Strenge, man vermittelt – so ist ja die Tradition – damit ja auch eine Glaubwürdigkeit.

Man grenzt sich damit ja auch ab – und dass diese Abgrenzung aufgegeben wird … Dass wir uns dem Pöbel auf der Straße anpassen, dass wir uns maskieren müssen … Notfallarbeitsplätze sind immer eingerichtet, für die vom Vorstand und alle in wichtigen Funktionen, für welche Katastrophen auch immer, es gibt hier immer die Möglichkeit eines atomaren Erstschlages, auch dann wird weitergetradet, in den größten Katastrophen werden die größten Gewinne eingefahren, ist alles eingerichtet für entsprechende Mitarbeiter, in bunkerähnlichen Unterbringungen, diese Notarbeitsplätze stehen immer zur Verfügung, die technischen Voraussetzungen sind gegeben, kann man sofort alles hochfahren, die alten roten Tastentelefone sind ersetzt, alles voll verkabelt, voll vernetzt, die PIN- und CODE-Zugänge sind identisch, man kann die Funktionsfähigkeit garantieren, letztendlich ein Fluchtpunkt, die latente Gefahr liegt eben in der Luft, ja, und die Trainingsjacken, das ist Mitarbeiterfürsorge, ich gehe davon aus, dass es schon die Fürsorgepflicht ist. Turnanzüge für alle hier, bitteschön, es kommt ja wahrscheinlich zu keinerlei Vorfällen; es ist ja wieder der Sturm im Wasserglas, man hat bislang nur die Sicherheitskräfte wahrgenommen, aber große feindselige und gewalttätige Proteste schon gar nicht. Man muss auch eine minimale Wahrscheinlichkeit komplett ausschließen. – *Übergibt Ansberger ein Handbuch.* … Das sind Notfallanweisungen, diese Handbücher, für Notfallprozesse – ja, wie soll ich's erklären – da werden alle Prozesse beschrieben, auf die Sie im Falle eines Falles zurückgreifen können – ›Standard Operating Procedures‹ …
Hinz ab.

VON HIRSCHSTEIN Die Liebe ist früh instrumentalisiert worden von den Priestern und den Vätern. Eine Frau war auch ein Handelsartikel und ein Friedensstiftungsmittel. Daher kommen in der Liebe die helle und die dunkle Seite. Von der dunklen Seite hebt sich die Fähigkeit des Menschen ab, zärtlich zu sein. Zärtlichkeit bei Dingen nennen wir Sorgfalt, Zärtlichkeit bei Menschen ist eine glückliche Form der Liebe.
KASTEIN Wofür beten wir?
FRAU MANZINGER Für Regen!
VON HIRSCHSTEIN Sie erinnern sich, dass Herodes bei der Geburt des Jesus 20 000 Säuglinge ermorden ließ, weil er hoffte, Jesus dabei zu

eliminieren? Was ist das für ein Gott, der seinen Sohn schickt und dabei zulässt, dass 20 000 Säuglinge umgebracht werden? Diese römischen Geschichtsschreiber, bei denen nichts, aber auch gar nichts weggelassen wurde, alles ist aufgeschrieben. Es gibt keine Stelle in der Geschichtsschreibung, wo das angedeutet ist,
20 000 ermordete Säuglinge. Gibt es nicht, hat nie stattgefunden. Warum steht das dann in der Bibel? Wenn ein Umbruch kommt, ist das mit Schmerz verbunden. Ein Fortschritt kommt nur aus einer Katastrophe heraus. Die Französische Revolution, auch die Geburt eines Menschen ist bei einer Frau mit Schmerz verbunden. Also immer wenn eine grundsätzlich neue Sache eintritt, da ist Krieg mit dabei …

ANSBERGER Die Krisen nach dem Zweiten Weltkrieg, nach dem Ersten Weltkrieg und nach den napoleonischen Befreiungskriegen – da haben wir Universitäten formiert. Wir haben Strukturen verändert, administrative, militärische und ökonomische Strukturen. – Der Krieg ist der Vater aller Dinge. Und da das heute nicht mehr geht, gibt es Ersatzkriege.

FRAU MANZINGER Der Gini Koeffizient zeigt seit Jahrzehnten, dass das Auseinanderdriften in der ganzen westlichen Welt von Arm und Reich ansteigt, unabhängig davon, ob Sozialisten oder Konservative oder Liberale regieren. Es reicht nicht zu sagen, das ist alarmierend, da müsste man was tun. Ich habe festgestellt, dass das niemand ernst nimmt. Die fühlen sich, ich will keine Namen nennen, die fühlen sich nicht betroffen.

VON HIRSCHSTEIN Ich freue mich über jede schreckliche Nachricht.

MODERSOHN Man muss den Glauben verbreiten, dass es weitergeht, man muss die Dinge besser darstellen, als sie sind.

VON HIRSCHSTEIN Wann kapieren Sie das endlich: Wir haben nur die Chance der Katastrophe.

MODERSOHN Sie kreieren Verunsicherung, negative self fulfilling prophecies, und dann stürzt alles ein. Das sieht man ja jetzt.

VON HIRSCHSTEIN Wissen Sie, wie wir hier genannt werden: das Sterbehaus.

FRAU MANZINGER Ich gehe ins Coq d'Argent, bestelle ein Glas Champagner, schlendere über die Dachterrasse, übersteige die Balustrade – und überlasse meinen letzten Moment nicht dem Zufall, mache ihn für jedermann sichtbar – als schöpferisches Individuum, der Sprung in die Tiefe, ein gefrorenes Bild des Todes, der noch keiner ist. Sterben als Botschaft, als Fanal. Die Krise ist in den Bankeretagen angelangt. Ein Ausrufezeichen. Ein Bild des Hire-and-Fire-Kapitalismus. Wie banal, wie falsch, wie lächerlich.

VON HIRSCHSTEIN Ich bin so alt geworden, um es noch ein bisschen hinauszuschieben. Ich habe Angst davor, weil ich keine Vorstellung habe, was dann sein soll. Wenn nichts wäre, wäre es unbequem, wenn etwas für ewig wäre, ist das auch unbequem.
In der Hölle haben Sie die Teufel und das Feuer und die anderen. Und dann sitzen wir da, haben eine gute Ablenkung, oben im Himmel haben Sie nur Glückseligkeit, das ist ein bisschen wenig. –

ANSBERGER Sie wissen, dass Gott nach rabbinischer Auslegung 26 Versuche gemacht hat, die Welt zu erschaffen. Sie sind alle gescheitert. Der 27. Versuch ist dann halbwegs geglückt.

VON HIRSCHSTEIN Aber wir sehen ja, die Gefäße halten nicht der Energie des ausgegossenen Lichts stand und zerbrechen.

ANSBERGER Man muss Gott seine Schöpfung verzeihen.

KASTEIN Wie treten wir ab? Als Förderer der Kommunalen Galerie. Als Förderer der Leichtathletik auf Haiti. Und als Ehrenpräsident des Fußballvereins FC Liechtenstein.

MODERSOHN Wenn's dann so weit ist, stellt sich die Frage, wo geht es hin, nach oben oder nach unten?

ANSBERGER Ich denke schon, dass ich oben reinkäme.

MODERSOHN The sky is the limit!

ANSBERGER Ich weiß, was Sie jetzt denken, eher kommt ein Kamel durch das Nadelöhr, als ein Reicher in den Himmel.

VON HIRSCHSTEIN Das ist etwas anders gedacht. Manche Dinge sind anders gedacht. –

Ende.

Quellennachweis:

(1) Zitiert aus »Die Kunst geht knapp nicht unter«, Anselm Kiefer im Gespräch mit Klaus Dermutz, Suhrkamp, Berlin 2010, S. 85, mit freundlicher Genehmigung des Verlags

(2) Ebd., S. 80, mit freundlicher Genehmigung des Verlags

Über die Autoren und ihre Theaterstücke

Ich war getrieben wie ein jeder begabter Mensch. Ich war zerrissen.

Fanny hebt Steine hoch und ißt Würmer. Eine Frau kommt.

Wo ist gleich wieder der Sinn?

Der Stiefel und sein Socken

»Als ich die letzten Bilder gemalt hatte, ging ich. Als meine Tante Ella im Sterben lag, malte ich, und nach dem Selbstmordversuch einer meiner Töchter, malte ich. Und jetzt, da ich Susn verlieren will, male ich: Affen besteigen meinen Tisch. Mit jedem Bild, das abgeholt wird, verliert dieses Haus ein Stück Deiner Seele, schreibt mir Susn in ihrer runden Schrift. Wieder hat es mir weder Herz noch Kopf zerrissen, flüsterte ich ihr, als sie das letzte Mal da war, aufgeregt ins Gesicht. Aber wenn man schreibt, das ist ja viel leiser als flüstern. Verschwiegen schiebt man jemand eine stumme Aussage zu, weshalb Literatur nur Verständigung zwischen Eingeweihten sein kann. Am Telefon meinte Susn, das sei ein Stück über uns zwei und wieder diese billige Seelenlosigkeit. Ich schrieb es in 5 Tagen hintereinander und kann mir wie immer nicht vorstellen, je wieder ein Stück zu schreiben. Die Zerrissenheit könnte nicht ausgeglichener sein: Breitenbach, die Grundsituation, wird nichts mehr, schon ebenso wie Arizona. Aber daß der Orchideenstrauch blüht, kann ich mir selber nicht erklären. Geht auch eins meiner letzten Bilder zurück, das heißt Wies kommt.« *Herbert Achternbusch*

Herbert Achternbusch (* 1938 in München) wuchs im Bayerischen Wald auf. Er studierte Malerei an der Kunstakademie Nürnberg; zahlreiche Veröffentlichungen, Filme und Theaterstücke. Er erhielt u. a. die Ludwig-Thoma-Medaille der Stadt München und den Petrarca-Preis (1977, abgelehnt). Für sein Stück *Der Stiefel und sein Socken* erhielt er 1994 zum zweiten Mal den Mülheimer Dramatikerpreis. Er lebt abwechselnd in München und bei Zwettl/Niederösterreich. Im Fischer Taschenbuch Verlag erschienen außerdem: *Daphne von Andechs* (in *Theater Theater 11*), *Alkibiades am Ende* (in *Theater Theater 12*) und *Der gelbe Hahn der Nacht. Vier Theaterstücke*.

ichmussichkannalsoichbinich

Vielleicht fängst du in der Mitte an?

Wunderland

»Diesen ganzen Sommer lang, einen Winter und den Sommer davor und den Winter danach und den davor, oder war es schon wieder der danach, habe ich im Wunderland gesessen, um das Wunderland zu schreiben, oder war es mal wieder umgekehrt? Und wo hört das auf, dieses Wunderland, und vor allem wann endlich. Aufsteigen, Abgrenzen, Abmessen, Aufschneiden, Durchleuchten, Durchtherapieren, Assessmenterklären und dann muss das, was da ist, immer noch den Humantest bestehen. Eine Seele ist, muss wohl auch da sein. Wie umgehen mit der Schuld des Wohlstandsglücks, und für wen funktioniert diese scheinbare Wunderwelt eigentlich? Dazwischen davor dadran Vertreter und Illegale, alte und ganz normal smart-Einsame vor der großen nahen Krisenwelt. Wer sind die WIR-Oktoberfest-Gesellschaft? Schnelles Abchecken für Privatheiten. Da muss doch noch mehr sein. Reden ums Verrecken/Überleben. Warten.« *Gesine Danckwart*

Gesine Danckwart (* 1969 bei Lübeck) lebt in Berlin und entwickelt als Autorin, Kuratorin und Regisseurin Theater-, Film-, Kunstprojekte an festen Theaterhäusern und in freien internationalen Kontexten. Sie realisierte u. a. das Rechercheprojekt *Tales/Chinaland* über und in China, *AUTO* im Hebbel Am Ufer (HAU1) in Berlin (in *Theater Theater 21*). Mit *Goldveedelsaga* bespielte sie für das Schauspiel Köln einen öffentlichen Platz und 2011 mit *Chez Icke* virtuelle und reale Tresenlandschaften. Im Fischer Taschenbuch Verlag erschienen außerdem: *Arschkarte* (in *Theater Theater 11*), *Meinnicht* (in *Theater Theater 12*) sowie ihre Übersetzung von *Romeo und Julia* (in *Shakespeare. Variationen*).

Ich klick im Weltweitnetz und spiele Poker.

Du fönst mich mit gestelztem Wortschwall zu?

Eine Neuköllnische Tragödie

»Es gibt hier in Potsdam auf dem Markt eine besonders gute Kräuterleberwurst, aber das tut nichts zur Sache. Ich bestrich mir eines Abends ein Brot damit und sang entzückt: WIE GUT DUFTET DIE KRÄUTERLEBERWURST HEUTE NACHT! Beatrice kam ins Zimmer und kommentierte, ebenfalls singend:

SO WIE EIN SCHWEIN, DAS TOT IST. Wir lagen beide lachend auf dem Boden. Man muß die Oper SALOME von Richard Strauss kennen. Dort singt am Anfang ein verliebter Soldat: WIE SCHÖN IST DIE PRINZESSIN SALOME HEUTE NACHT! und die Freundin des Soldaten singt, Unheil witternd: SIEH DIE MONDSCHEIBE, WIE SIE SELTSAM AUSSIEHT. (…) WIE EINE FRAU, DIE TOT IST. Ein Jahr später brachte ich den Gag in einem Theaterstück unter, das seinen Reiz aus dem surrealen Nebeneinander von Prekariat und Blankvers, von menschlicher Niedrigkeit und erhabener Wortwahl bezieht. Ich glaube, daß es eines der komischsten Theaterstücke überhaupt ist und, richtig inszeniert, die Zuseher zum Einnässen zwingt. *Die Neuköllnische Tragödie* war geboren. Doch der Gag mit der Kräuterleberwurst würde für viele im Publikum immer noch kryptisch bleiben, deshalb wurde der Text auch zur Grundlage für ein Libretto. Ich schrieb eine gleichnamige Oper, in der die Musik von Richard Strauss zitiert wird. Ich schrieb dann noch zwei weitere Opern und bin jetzt Komponist.«

Helmut Krausser

Helmut Krausser (* 1964 in Esslingen) schreibt Romane, Erzählungen, Theaterstücke, Tagebücher, Gedichte und Opernlibretti. 1994 gab er ein fulminantes Debüt als Dramatiker mit seinem Theaterstück *Lederfresse*, das weltweit an über 300 Bühnen aufgeführt wurde. Er lebt in Berlin. Im Fischer Taschenbuch Verlag erschienen: *Haltestelle. Geister* (in *Theater Theater 11*), *Roy Bar* (in *Theater Theater 17*) sowie *Stücke 93-03* und *Die Tragödie vom Leben und Sterben des Julius Cäsar* (in *Shakespeare. Variationen*).

Ich habe ja nichts gegen das Theater!

Lotz nimmt zwei Buletten und steckt sie sich in die Hosentaschen.

Was machen wir denn jetzt mit den Nudelsalaten?

Der große Marsch

»Das Unmögliche Theater stellt sich nicht zuerst die Frage: Wie soll das auf der Bühne möglich sein?, sondern wird zuerst und unbedingt die Forderung erheben, das Unmögliche mit dem Möglichen, also der Realität, zusammenzudenken, selbst wenn beides nicht zusammenpasst. Das ist der eigentliche Konflikt, würde ich sagen, nach dem ja immer gesucht wird. (…) Das Unmögliche Theater muss stattfinden, der Text reicht niemals aus! Aber: Ein Text des Unmöglichen Theaters, auch wenn er am Ende verschwindet, verschwindet nicht, da er niemals ganz eingelöst werden kann. Er bleibt mit seinen unmöglichen Forderungen bestehen – es sind Forderungen an die Wirklichkeit!«

Aus: *Das Unmögliche Theater von Hannes Becker, Wolfram Lotz und allen anderen*

Wolfram Lotz (* 1981 in Hamburg) wuchs im Schwarzwald auf. Er studierte Literatur-, Kunst- und Medienwissenschaft in Konstanz sowie Literarisches Schreiben am Deutschen Literaturinstitut Leipzig. Er schreibt Theaterstücke, Hörspiele, Lyrik und Prosa und wurde bereits mehrfach ausgezeichnet, u. a. 2011 mit dem Kleist-Förderpreis für *Der große Marsch* und dem Literatur-Förderpreis der Stadt Konstanz. Ebenfalls 2011 erhielt er ein Stipendium der Stiftung Künstlerdorf Schöppingen und wurde in der Kritikerumfrage des Jahrbuchs von *Theater heute* als bester Nachwuchsdramatiker genannt. 2012 folgte der Dramatikerpreis des Kulturkreises der deutschen Wirtschaft BDI e. V. und 2013 der Kasseler Förderpreis Komische Literatur zum Kasseler Literaturpreis für grotesken Humor. Im Fischer Taschenbuch Verlag erschien: *Einige Nachrichten an das All* (in *Theater Theater* 22).

nackt werf ich den eigenen Sohn hinaus mit dir

Die Ewigkeit ist ohne Harm.

was kann der Mensch für seine Zeit?

räuber.schuldengenital

»Mehr als Geld! – das ist es, was die Brüder und diese einsame Frau von gegenüber begehren; sie wollen das ›Mehr‹; was übers Geld hinausgeht, wollen sie. Man darf hier dem Geld nicht auf den Leim gehen. Nicht des Geldes wegen! Nein! Um das Jenseits-des-Geldes einzufordern, sind sie gekommen; um ihr Erbe anzutreten, das mehr und anderes als Geld sein muss. Müsste! Und sie schreiten durch den Garten, durch den elterlichen Garten, und finden im Gesträuch den Vater und die Mutter nackt. Das alte Geschlecht der Zeuger steht im Garten Eden ohne irgendwas. Ein paar Geldscheine in Händen nur, um die Blöße, um die Scham, das Genital zu bedecken. Leer sind die Kassen, und das politische Erbe steht tief in den roten Zahlen. Die politische Maxime ›Bereichere dich!‹ ist faul geworden. Sie ist die Fäulnis selbst! Der Garten: eine Gruft! Neun Monate später ist das Geld längst ausgegangen. Das Leben ist bankrott. Es liegt die Frau im Wochenbett. Die Schöpfung ist missglückt. Man nehme sie zurück.«

Ewald Palmetshofer

Ewald Palmetshofer (* 1978 in Linz) wurde 2008 von *Theater heute* zum Nachwuchsdramatiker des Jahres ernannt, mit dem Dramatikerpreis des Kulturkreises der Deutschen Wirtschaft und 2011 mit dem Förderpreis der Stadt Wien in der Sparte Literatur ausgezeichnet. Seine Stücke *hamlet ist tot. keine schwerkraft* (in *Theater Theater 18*) und *faust hat hunger und verschluckt sich an einer grete* (in *Theater Theater 19*) wurden für den Mülheimer Dramatikerpreis nominiert. Er war Hausautor am Schauspielhaus Wien und am Nationaltheater Mannheim. Im Fischer Taschenbuch Verlag erschienen zudem: *wohnen. unter glas* (in *Theater Theater 21*) und *tier. man wird doch bitte unterschicht* (in *Theater Theater* 22).

Ich wollte abschließen – und mir fiel der Schlüssel durch die Hand.

Sie weiß, daß man nicht sagen kann, was sie zu sagen hat.

Hast du mal versucht, den Schatten eines Vogels zu photographieren?

An und Aus

»His impressions of Tokyo and of Japan during that period as he travelled about, as well as what he has seen happening in Japan since March 2011 as someone on the outside looking in, helped shape this provocative new work. With his unique perspective, Schimmelpfennig explores the question: How are we going to live from this moment forward?«

New National Theatre, Tokyo

»Theaterstücke spiegeln ihre Zeit, vor allem spiegeln sie den Menschen und seine Wünsche, Sehnsüchte, Überforderungen, Fehler, Ängste, seine Unzulänglichkeit und Grausamkeit – und das allein ist schon kompliziert und komplex genug.« *Roland Schimmelpfennig*

Roland Schimmelpfennig (* 1967 in Göttingen) ist der meistgespielte Gegenwartsdramatiker Deutschlands und lebt in Berlin. Seit 1996 arbeitet er als freier Autor, seit 2000 schreibt er Auftragsarbeiten für das Deutsche Schauspielhaus Hamburg, das Burgtheater Wien, das Schauspielhaus Zürich, das Deutsche Theater Berlin, das Schauspielhaus Bochum und andere. 2010 erhielt er den Mülheimer Dramatikerpreis und den Else Lasker-Schüler-Dramatiker-Preis. Im Fischer Taschenbuch Verlag erschienen die Stückbände *Die Frau von früher* (Bd. 16218), *Trilogie der Tiere* (Bd. 17724) sowie *Der goldene Drache* (Bd. 19251), außerdem *Der elfte Gesang* (in *Theater Theater 20/10*), *Die Bacchen* (in *Theater Theater* 22), seine Übersetzung von *Hamlet* (in *Shakespeare. Variationen*).

Ich bin zum Glück nur ein nebenseitiger Mensch.

Fotzi tänzelt zu Jürgen und hebt den Rock.

Herr Schweindi, wissen Sie, was der größte Scheißdreck auf der Welt ist?

ÜBERGEWICHT, unwichtig: UNFORM

»Bei den Radikalkomödien Werner Schwabs kann man normalerweise die Augen schließen. Man verliert nur wenig. Es sind ja vor allem auch: Hör-Stücke, die den einzelnen Schauspieler im günstigsten Fall in eine virtuose Sprechblase verwandelt. Das ›Schwabisch‹ war und ist bis heute ein sprachgewaltiger Affront im Theater der dialogischen Konventionen. Schwabs Figuren sind linguistische Ungeheuer, nie authentisch, künstlich-kunstvoll versaut. Und auch wenn man weiß, dass der Österreicher sein halbes Leben in grässlichen Gaststätten verbracht hat, reicht das als Erklärung für diese einzigartige Sprachartistik nicht aus: für das musikalische Monologisieren, für das mäandernde Sprechen als Ausdruck einer egomanischen Selbstinszenierung, für diesen derbpoetischen Nominalstil, für die schizoiden Subjekt-Objekt-Vertauschungen.« *www.nachtkritik.de*

»Schwer aushaltbar sind Schwabs Texte allemal. (…) Die hohe Künstlichkeit der Sprache schlägt um in merkwürdigen Radikalismus, sobald sie nicht nur auf dem Papier steht, sondern laut gesprochen wird. Dann entsteht ein schräger beängstigender Aufschrei gegen die Welt der sauberen Syntax, der klaren Regeln und der wahren Worte und Werte. Schwabs Sprache ist voll schmutziger, aberwitziger Tragikomik.«

Theater heute

Werner Schwab (* 1958 in Graz) studierte an der Akademie der Bildenden Künste in Wien; mit seinen ersten Stücken, den *Fäkaliendramen*, wurde er 1991 der gefragteste Bühnenautor im deutschsprachigen Raum. Nach wenigen, sehr produktiven Jahren starb er in den frühen Morgenstunden des Neujahrtages 1994. Im Fischer Taschenbuch Verlag erschienen außerdem: *Antiklimax* (in *Theater Theater 17*), *Troiluswahn und Cressidatheater* (in *Shakespeare. Variationen*).

Ich stürzte. Kopfüber in die Nacht. Ich zerbrach in tausend Stücke.

Lucy starrt hinaus, über L.A. Lange Pause.

Wie? *Ich* soll am Ende sein?

Herzlos

»These characters fit into Shepard's pantheon of damaged, dysfunctional people linked by blood and desperation, but there is something particularly bleak and detached about their circumstances. The text and playbill quote Ionesco, and there are clear shades of Beckett, a key influence on Shepard, in the way these folks get nowhere … What *Heartless* reinforces is that we're all lost, in various stages of decay and disrepair.« *USA Today*

»The heart has always been a vital organ in the plays of Sam Shepard, and never more so than in *Heartless*, a poetic, enigmatic and often humorous exploration of the human failure to connect with one another that is the playwright's most inspired and imaginative work in years.«
Huffington Post

Sam Shepard (* 1943 in Illinois) ist einer der wichtigsten und meistgespielten amerikanischen Dramatiker seiner Generation, außerdem Schauspieler, Drehbuchautor, Rockmusiker und lebende amerikanische Legende. Er lebt auf einer Farm in Minnesota. Im Fischer Taschenbuch Verlag erschienen: *Die letzten Tage des Henry Moss* (in *Theater Theater 12*), *Mondphasen* (in *Theater Theater 22*) sowie *Der große Himmel. Short Stories* und *Rolling Thunder. Unterwegs mit Bob Dylan.*

Ich weiß, dass ich nichts trinken darf! Ich bin nicht bescheuert!

Brian tritt zu, zweimal, fest. Dann betrachtet er ihn lange.

Du kommst hier rein und vergibst mir!? Fick dich doch ins Knie.

The Lyons

»They're all too old for the sorts of mistakes they still feel comfortable making, but then, no one ever really grows up in Silver's grim, upper-middle-class Neverland. Eventually, of course, nearly everyone gets his or her lifeline severed, in a mass third-act euthanasia that may lack the grand cartoon cartharsis of Silver's nineties hits (*Pterodactyls, The Food Chain*), but packs no less punch for being so cunningly humane. Silver loves his little monsters, and so we do, too. (…) As comedy of death, *The Lyons* isn't trying to make a case for freshness or formal innovation. It's simply trying to tell a funny, furious little tale of family annihilation with honesty, savagery, and humanity, a story about how we all, ultimately, pick out our own urns. It succeeds marvelously.«

www.vulture.com

»The Lyons family seems to be the standard-issue dysfunctional middle-class Jewish-suburban family of several thousand previous Broadway and Off-Broadway dramas with comic relief, or comedies with poignant relief. (…) But this is the Nicky Silver edition of such a play; the expected things happen here, but happen quite differently.«

The Village Voice

Nicky Silver (* 1960 in Philadelphia) immatrikulierte sich an der New York University für den Studiengang Experimentelles Theater, spielte als Schauspieler im La Mama, schrieb unzählige Stücke und inszenierte an Off-Off-Theatern. Seit 1993 hat er sich am Off-Broadway durchgesetzt. Mit *The Lyons* schaffte Nicky Silver 2012 erstmals den Sprung an den Broadway. Nicky Silver lebt als freischaffender Dramatiker in New York.

Ich kann nicht Kompromiss, ich kann nicht Mittelweg.

Von Ferne ist Gesang zu hören.

Warum sprechen Sie erst jetzt? Warum so spät?

Das Himbeerreich

»Vor mehr als zehn Jahren lieferte mir der Vorstand einer großen deutschen Bank die prägnante Beschreibung der Krise, die sieben Jahre später zunächst die Finanzmärkte, dann die Ökonomie und schließlich ganze Staaten aus den Angeln heben sollte. ›Geld vermehrt sich losgelöst vom Produktivvermögen aus sich selbst heraus, es ist nur eine Frage der Zeit, wann sich spekulative Blasen bilden, die die Realwirtschaft und damit uns alle in den Abgrund ziehen.‹ Ich fragte ihn, was für seine Bank die Konsequenz dieser Analyse sei. ›Wir melken die Kuh, solange sie Milch gibt, und wenn nichts mehr kommt, haben wir längst auf ihren vorzeitigen Tod gewettet.‹ Mehr als zehn Jahre später habe ich mit dem inzwischen pensionierten Vorstand und 25 seiner Kollegen aus Deutschland, der Schweiz, Luxemburg und England Gespräche geführt. Sie waren die Akteure der Krise, und viele von ihnen stehen jetzt nicht mehr in unmittelbarer Verantwortung. Alle haben Verträge unterschrieben, die sie zu absolutem Stillschweigen verpflichten. Bei Zuwiderhandlung droht ihnen der Verlust ihrer Pension und möglicherweise hohe Regressforderungen. Ich sicherte ihnen Anonymität zu. Aus mehr als 1500 Seiten Protokoll destillierte ich das Stück. Einige Details wurden aus Gründen des Informantenschutzes verändert, der Duktus des Sprechens und Denkens blieb jedoch uneingeschränkt erhalten.«

Andres Veiel

Andres Veiel (* 1959 in Stuttgart) gehört zu den renommiertesten deutschen Regisseuren. Für seine Filme hat er mehr als vierzig nationale und internationale Auszeichnungen erhalten, darunter den Europäischen Filmpreis sowie mehrfach den Deutschen Filmpreis. *Der Kick* (in *Theater Theater 16*), zusammen mit Gesine Schmidt geschrieben und 2005 in seiner Regie am Theater Basel uraufgeführt, wurde in acht Sprachen übersetzt und an mehr als 50 Bühnen aufgeführt. Seine Inszenierung wurde 2006 zum Berliner Theatertreffen eingeladen.

Quellenhinweise und Erstaufführungsdaten

Herbert Achternbusch
›Der Stiefel und sein Socken‹

Uraufführung: Münchner Kammerspiele, 23. Dezember 1993
Regie: Herbert Achternbusch

Gesine Danckwart
›Wunderland‹

Ein Auftragswerk für die Frankfurter Positionen 2013 – eine Initiative der BHF-Bank-Stiftung
Uraufführung: Nationaltheater Mannheim, 25. Januar 2013
Regie: Cilli Drexel

Helmut Krausser
›Eine Neuköllnische Tragödie‹

Wolfram Lotz
›Der große Marsch‹

Uraufführung: Ruhrfestspiele Recklinghausen (Produktion des Saarländischen Staatstheaters Saarbrücken), 20. Mai 2011
Regie: Christoph Diem

Ewald Palmetshofer
›räuber.schuldengenital‹

Mit freundlicher Unterstützung des Bundesministeriums für Unterricht, Kunst und Kultur, Österreich
Uraufführung: Akademietheater Wien, 22. Dezember 2012
Regie: Stephan Kimmig

Roland Schimmelpfennig
›An und Aus‹

Uraufführung: New National Theatre, Tokyo, 4. Juni 2013
Regie: Keiko Myata

Werner Schwab
›ÜBERGEWICHT, unwichtig: UNFORM‹
Aus: Werner Schwab: Fäkaliendramen.

Uraufführung: Schauspielhaus Wien, 12. Januar 1991
Regie: Hans Gratzer

Sam Shepard
›Herzlos‹
Originaltitel: ›Heartless‹
Deutsch von Martin Michael Driessen
Die Zitate aus William Shakespeares Sonett 129 sind aus der Übersetzung von Markus Marti.

Uraufführung: Signature Theatre, New York, 27. August 2012
Regie: Daniel Aukin

Nicky Silver
›The Lyons‹
Originaltitel: ›The Lyons‹
Deutsch von Frank Heibert

Alle Anfragen für Aufführungsrechte und Nebenrechte im deutschsprachigen Gebiet sind zu richten an: S. Fischer Verlag, Hedderichstr. 114, 60596 Frankfurt am Main.
Alle übrigen Anfragen bitte an William Morris Endeavor Entertainment LLC, 1325 Avenue of the Americas, USA – New York N.Y. 10019

Uraufführung: Vineyard Theatre, New York, 21. September 2011
Regie: Mark Brokaw
Deutschsprachige Erstaufführung: Theater Phönix, Linz, 20. Februar 2014
Regie: Hakon Hirzenberger

Andres Veiel
›Das Himbeerreich‹

Eine Auftragsarbeit für das Staatstheater Stuttgart in Koproduktion mit dem Deutschen Theater Berlin
Uraufführung: Staatstheater Stuttgart/Deutsches Theater Berlin, 11./16. Januar 2013
Regie: Andres Veiel